天狗 鬼 河童

京極夏彦

講談社文庫

文庫版

今昔百鬼拾遺
月

京極夏彦

講談社

○目録

文庫版

今昔《こんじやく》百鬼《ひやつき》拾遺《しゆうい》——月《つき》

鑑と帽子を失くした娘は、月に向かって——。

今昔百鬼拾遺◎月／目録

今昔百鬼拾遺◎月

鬼

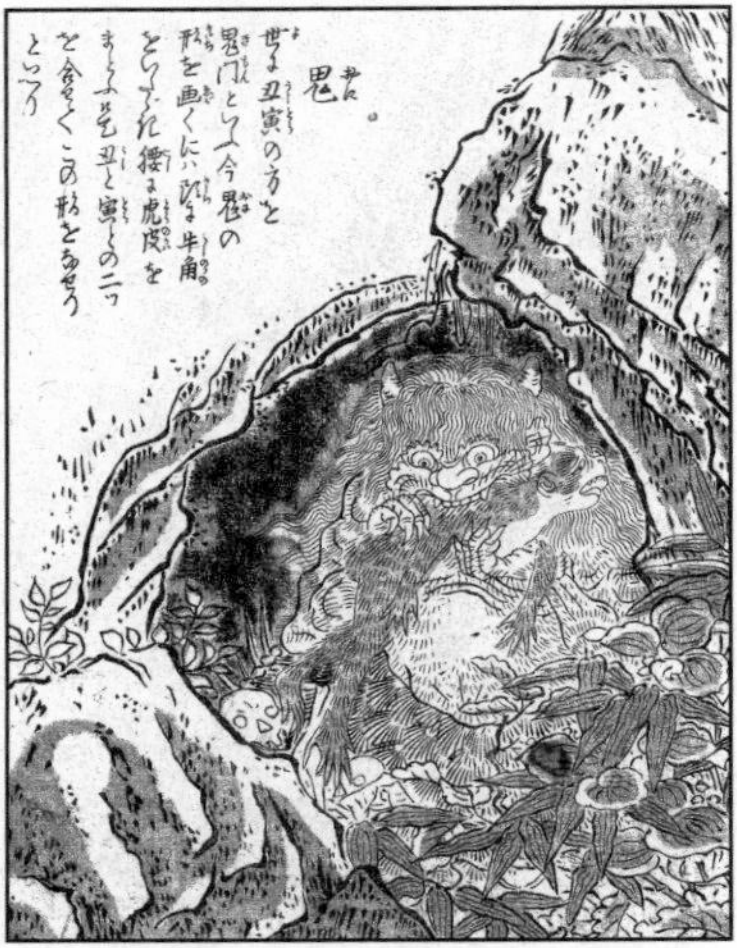

◎鬼

◎鬼《おに》——

世《よ》に丑寅《うしとら》の方を鬼門《きもん》といふ
今鬼《おに》の形《かたち》を画《ゑが》くにハ
頭《かしら》に牛角《うしのつの》をいたゞき
腰《こし》に虎皮《とらのかハ》をまとふ
是丑《うし》と寅《とら》との二ツを合せて
この形をなせりといへり

——今昔畫圖續百鬼／雨

鳥山石燕／安永八年

1

「迚《とて》も恐《こわ》い——と云っていました」

少女はそう云った。

姿勢も良く毅《き》然《ぜん》としているから、訴えかけると云うよりも抗議すると云う体《てい》なのだけれど、少女は興奮している訳でもなく、また決して怒っている訳でもなかった。

兎《と》に角《かく》この娘は生真面目《きまじめ》なのだ。

会ってから一度も目を逸《そ》らさない。

気恥ずかしくなってこちらが視軸を外《はず》してしまう程である。

まだ十四だと云う。中禅寺《ちゅうぜんじ》敦子《あつこ》はその頃の自分を思い浮かべる。

自分も、矢張《やは》りこんな顔をしていたのだろうか。前向きだけれど融通《ゆうずう》の利かない、頑迷ではないけれど納得するまでは引き下がらない——敦子もそう云う娘だった。

だからきっと、頻繁にこんな相手に咬《か》み付きそうな態度を取っていたのだろうと思う。

でも、そこ以外は全く似ていない。

小柄な敦子と違って、目の前の娘は背も高く、手足も長い。それだけで、もう随分と活動的に見える。十歳から齢下《としした》なのだが、身長は敦子の方が低いだろう。

齢上《としうえ》の方が背丈が大きいと云うのは、それこそ児童《こども》の発想なのだろうと思うし、それこそどうでも良いことだとは思うけれども、この外見が齎《もたら》す潑剌《はつらつ》とした印象に対しては然《さ》したる理由もなく劣等感を覚えてしまう。

「あの」

少女――呉美由紀《くれみゆき》は小首を傾《かし》げた。

ご免なさいと敦子は取り繕《つくろ》う。

聞いていなかった訳ではない。

「一つ確認させてください。その、迚《とて》も怖いと云っていた、と云うのは、どちらの方なんでしょう。被害者の片倉《かたくら》さんですか。それとも加害者の宇野《うの》さんですか」

あ、私こそご免なさいと、美由紀は円《まる》い目を更に円く見開いた。

「夢中になって話してしまって。私、その、順序立てて話そう話そうと心掛けていたんですけど、いつの間にか興奮してしまっていて。何か、その、支離滅裂ですか？」

そんなことはないですよと敦子は云う。

凡《およ》そ十四五の娘とは思えない話し振りである。

中禅寺さんのように上手には話せませんと美由紀は云った。

一瞬、何のことかと思った。

美由紀とは初対面だし、会ってから敦子はまだ殆《ほとん》ど喋っていないからだ。しかし美由紀が云う中禅寺とは兄のことだと、敦子はすぐに察した。

敦子の兄は、小さな神社の神職を務める傍《かたわ》ら、古書店を営んでいる。つまり兄はただの一市井人に過ぎないのだけれど、刑事や探偵、事件記者など、ただの一市井人とは云えない特殊な人人と懇意にしているものだから、犯罪性を帯びた騒動に巻き込まれることも少なくないし、事件解決のために担ぎ出されることも多いのだ。一般的には古本屋兼神主がそうしたことに役立つとは思えないのだが、どうも兄に限っては役に立つようである。

兄は余計なことを何でも識《し》っている。

そして、悪魔的に弁が立つ。

非力で体力もない兄の武器は言葉だ。繰り出される言の葉の渦の力は、強い。時に人心は揺れ場は覆《くつがえ》り、事件は解体する。

兄は多分、言葉で出来ている。

だから記憶の中の兄の貌《かお》はまま曖昧《あいまい》になるのだが、声だけは常に明瞭である。その声はいつも理路整然とした文脈で、揺るぎなき理《ことわり》を語っている。

去年の春、全寮制の女学院を舞台にした連続猟奇殺人事件が起きた。

美由紀はその事件の関係者なのである。

仲の良かった友人を含めて何人もが目の前で殺され、通っていた学院も閉鎖されたと聞いている。敦子の兄は、その事件の収束に手を貸している。美由紀はだから、兄の長広舌を実際に現場で耳にしているのだ。

敦子は少し笑った。

「あんなに能く喋《よ》る人はいません。兄のように話したりしたら、周囲《まわり》が引きます」

「女だからですか？ それとも小娘だから？」

美由紀の眼は益々円くなる。敦子は首を振る。

「女だからとか男だからとか、そう云う区別は無意味だと思う。主張することと性別は関係ないでしょう。私はそう云う括《くく》り方が嫌いだから――いや、好き嫌いじゃなくて、そんなの関係ないわ」

「関係ないですか」

関係ないだろう。

でも。

「いいえ――世間的にはそうやって分けちゃった方が都合の良い人が多いみたいだから矢《や》っ張《ぱ》り分けたいんでしょうけど、だから、関係ないって云って生きて行くのは結構面倒なんだけど、でも、関係ないものは関係ないでしょ。序《つい》でに云えば年齢も関係ない」

半分以上は自分に言い聞かせているようなものだと敦子は思う。

性差を超え、年功序列を素ッ飛ばして今の世を生きるのは、正直結構しんどい。

「兄貴は――変なの」

敦子は兄を思い浮かべる。

矢っ張り声しか浮かんでこない。

変だったでしょと問うと、美由紀は苦笑して、ええまあと答えた。

「でも、あんなに沢山難しいことばっかり話してて意味が通じちゃうって、凄いなと思って。私、ちゃんと理解出来たんですよ。でも言ってることは結構難解で、知らない言葉なんかもいっぱい雑《ま》じってるのに、何故解ったのか自分でも解らなくって」

「煙に巻かれただけじゃないの」

そう云う人なのだ、兄は。

違いますと美由紀は云った。

「意味は解らなくても理屈は通じたと云うか――いいえ、もう一度説明してみろと言われても、私には上手に出来ないんですけど。私、語彙《ごい》と云うんですか、それがその、少ないんです。でも、じゃあ一知半解で解った気になっているだけかと云うとそんなことはなくて、理解そのものは出来てると思うんですよね。それはつまり――論理的と云うか、理詰めと云うか、そういう形ではちゃんと通じていて、単に私が言葉知らずだから説明出来ないだけだと思ったんです」

「そんなことはないと思うけど」

いいえと美由紀は首を振る。

「あの事件の時も、私の話すことは大人には通じなくて——でも能《よ》く考えて、言葉を選んで、きちんと話したら通じたんです。もっと早くにそう出来ていれば、少しは事件解決に貢献出来たんじゃないかって、それが」

悔いているのか。

知る限り、この娘には何の責任もない。寧《むし》ろ被害者である。

学院内だけでも生徒が三人、職員が二人殺され、怪我人も出ている。

皆、この潑剌とした少女の眼前で起きたことなのだ。

普通ならどうだろうと思う。

否、普通などと云うものはない。自分ならどうだろう。惨劇からまだ一年経っていないのである。こんなに気丈に振る舞えるだろうか。それ以前に、自分の立ち居振る舞いを反省するなどと云う殊勝な態度が取れるだろうか。

それは——そうするだろう。

この辺は似ているのかもしれない。

「人に何かを伝えるためには、そして信じて貰うためには、言葉って大事なんだなと思って。言葉知らずでも。順序立てて、論理的に説明することは大切だって痛感して——」

「それはその通りだと思うけど、兄貴を見習うのは止《よ》した方がいいですよ。真似しようとしても出来ないし。言葉って、過信しちゃいけないものだと思う。私も同じように考えることはあるけど、結局は言葉の迷路に迷いこんじゃって、出られなくなるもの。順序立てて話すことはいいことだけど、身の丈に合った言葉を使えばいいと思う」

矢っ張りご兄妹《きょうだい》ですよねえと美由紀は感心したように云う。

「何か似てます。中禅寺さん」

今度の中禅寺は敦子のことだろう。敦子でいいわよと云った。

不思議な空間である。

所謂《いわゆる》裏露地で、しかも駄菓子屋の前だ。

粗末《そまつ》な木机が出してあり、それを挿《はさ》んで更に粗末な縁台が置かれている。敦子と美由紀はそこに差し向いで座っている。径幅《みちはば》は偉く狭いから、明らかに通行の邪魔だし、入店の妨害にもなっていると思うのだが、どうもそうでもないらしい。少し先で袋小路になっているようだし、見る限り塀ばかりだから、そもそも通行する者は少ないのだろう。

普段は、此処で児童《こども》達が座って駄菓子を食べたりしているのだと思う。

今はラムネの瓶が二つ載っている。暑い時期でもないから——と云うより明らかにまだ寒いのだから、敦子はラムネなど飲みたいとは思わなかったのだが、選択の余地は全くなかった。

美由紀の後ろの板塀にはジュース、ソーダと書いた貼り紙が覗いているのだが、それは共に粉末飲料のことだった。勿論、お茶も珈琲もない。

此処は美由紀の秘密の場所らしい。学友達は甘味屋なんかに行くらしいのだが、美由紀は苦手なのだそうだ。此処で子供相手に遊んでいた方が性に合っているのだと云う。

駄菓子屋は屋号を子供屋《こどもや》と云う。そのまま——と云うか、考えように依っては巫山戯《ふざけ》た名前のようにも思えるのだが、元は餅屋で、開業以来ずっとこの名なのだそうだ。先の戦争で働き手を失って餅が作れなくなり、残った老寡婦が一人で出来る商売として駄菓子屋を開業したと云うことらしい。

待ち合わせ場所を最初に聞いた時、敦子は少しばかり驚いた。

駄菓子屋で待ち合わせなどしたことがない。しかし相手はまだ子供なのだからそう云うこともあるかと思い直したのだった。しかし、待っていた美由紀は背も高く、考えていたよりもずっと大人びていて、もう一度驚いた。制服を着た美由紀の佇まいはどう見てもうらぶれた景色と釣り合ってはいなかったのだが、何故か馴染んではいた。

子供屋は上馬《かみうま》にある敦子の住まいからそう遠くはない。前の大きな通りは能《よ》く通る。ただ横道に入ったことなどない。用がない。

何ごとにも杓子定規で何につけあそびのない人生を歩んでいる敦子は、意味もなく回り道などしないのが常である。

そんな己《じぶん》に嫌気が差して、昨年の初夏に横道に逸れてみたりもしたのだが、その所為《せい》で手酷《ひど》い目に遭った。それから横道には入らない。だから情景《ロケーション》は新鮮である。

「それで——もう一度尋《き》くけど」

恐がっていたのは誰、と敦子は問うた。

「片倉さんです」

「被害者ですね」

「ええ。殺された片倉ハル子さん。高等部の一年生です」

「貴女《あなた》は——」

もうすぐ高等部ですと美由紀は云った。

「今の学校は中等部の三年で編入したので、すぐには中中お友達とか出来なくって。前の学校のこともそれなりに知られていたので——」

それは理解出来る。

同年代の同性ばかりの集団と云うのはそれなりに難儀なものなのだ。仲良くするにも面倒な手続きが必要だったりするし、時に陰湿な悶着も起きる。違うものではなく、似たものばかりが集まっているような場合、僅かな差異が大きな隔たりと錯覚されてしまうこともあるし、逆に均《なら》されて同質化してしまったりもする。どちらにしても普通にはしていられない。

何ごとにも負荷がかかるのだ。

美由紀は人殺しの学校から来た子、と呼ばれたそうである。

美由紀がそれまで在籍していた学校の生徒は殆どが良家の子女で、皆、学校が閉鎖された後もそれなりの学校に移籍し、然るべき待遇を受けているらしい。彼女達は皆、被害者として扱われているのである。

しかし美由紀の場合は少少違っていたようだ。

美由紀の実家は、美由紀の言葉を借りるなら、貧乏とまでは云えないが決して裕福ではない——のだと云う。前の学院に入学する際はかなり無理をしたようである。学院の閉鎖が決定した時、美由紀はこれ以上の勉学を諦めたと云う。今の学校への編入が叶ったのは、閉鎖された学院の理事長代理が便宜を図ってくれたからなのだそうだ。その人はあくまで個人的な行為とした上で、経済的な援助までしてくれたらしい。

敦子の知る限り、その人物はかなりの大物である筈なのだが、これも美由紀の言葉を借りるなら、その理事長代理と云う人はとびきりの正義漢で極めて善人なのだけれど、底抜けに鈍感で頗《すこぶ》る楽観的な人物——であるらしい。

中中辛辣である。

苛《いじ》められたりしたのと敦子は尋いた。

「さあ。無視とか、陰口とか、そう云うのはそんなに気にならない性質《たち》だし、私、叩かれたら叩き返しちゃう口なので」

「頼もしいんだ」

「と云うか、殺された友達を悪く云われた時なんかは、頭に来て相手を蹴っ飛ばしちゃって、逆に叱られました。そんなだから苛められたと云う実感はなくて、慣れるまで、暫《しばら》くの間、孤立してはいましたけど——」

今は結構普通にしてますと美由紀は云った。

「嫌な人もいるにはいますけど、それはお互い様なんだと思うし、仲良しも多いです。いや大体、仲は良いかな。でも——そうですねえ、半年くらいは誰とも口を利きませんでしたけど」

「半年ってつい最近じゃない？」

「まあそうですね。でもハル子さんだけは別で、最初から迚《とて》も親切にしてくれました」

「最初から？　学年は一級上だよね？」

「ええ。編入してすぐに声を掛けられたんです」

「そんな風に、上級生とは普通に交流があるものなの？」

「あると云えばありますけど——何と云うんですか。その、エスじゃないかとか謂《い》われたりもしたんですけど、そんな訳ないんです。エスって、上級の人が下級の可愛い子を愛するって云うような意味ですよね？」

「うーん」

間違ってはいないのだが、美由紀の云う愛するがどの程度の意味なのか諮《はか》り兼ねて、敦子は口籠ってしまった。

エス――シスターの頭文字のS――である。

女学生の世界ではかなり古くから使われている隠語で、単に好意を持つとか仲が良いとか云うだけに留まらず、時に肉体関係を伴う間柄も指し示す言葉だ。敦子が学生だった頃も使われていたから、すっかり定着しているのだろう。

少女小説の題材に取り上げられ、それらが人気を博したことも大きいと思う。ただ、現在も同じような意味で使われているのかどうかは判らない。

「そうだとして、そうじゃなかった、ってことなの？」

私可愛くないですもん、と美由紀はあっけらかんとした口調で云った。

「そう――かな」

「そうですよ。だってどんどん丈が伸びるんですもの。この一年でまた伸びました。竹馬女です」

身長は関係あるのと問うと、そうですよと云われた。

「可愛いというのは、やっぱり小さいものに対して適用する言葉です。ハル子さん――片倉さんは、私より背が小さかったんですもの。丁度、敦子さんくらい」

死んでしまいましたけど、と美由紀は云う。

途端に、話題は血腥《ちなまぐさ》さを帯びる。

「前の学校で仲良くしていた娘《こ》は、絞殺魔に頸《くび》を絞められて死にました。仲良くなりかけた娘は転落死して、私が疑いをかけた人は目潰し魔に殺されました。今度は辻斬り――」

そう。

それは、昭和の辻斬り事件と呼ばれている。

私、殆ど死に神ですねと美由紀は自嘲するかのように云った。

統計をとった訳ではないから正確なことは判らないけれど、身の周りで殺人事件が起きる確率と云うのはかなり低いものだろうと思う。天災や事故などで肉親や知人友人を一度に多数失うことはあるだろうし、悲しみは数値化出来ないから数の問題でもないとは思うけれども、そうした不幸な奇禍《きか》に遭う可能性とて多くはないし、況《ま》してや複数回体験する確率と云うのは高くないだろう。

「死に神と云うならうちの兄貴の方じゃない。貴女は違う」

こんな溌剌とした死に神はいないだろう。

そう云うと美由紀は笑って、ハル子さんにも云われましたと答えた。

「美由紀さんのような元気な死に神なんかいやしないって。死に神がそんなにはきはきしていたのじゃあ、死ぬ人も死ねないって云われました」

「そうでしょう。みんなそう思うのじゃない――」

いや。

と、云うことは。

「美由紀さん、片倉さんに前の事件のことを話したの？」

色色と訊かれたので色色と話しましたと美由紀は答えた。

「それは丁寧に聞いてくださったんで、詳しく話しました。勿論、云ってはいけないことは云いませんでしたし、話したくないことは話しませんでしたけど、お話しすることで気持ちに整理がついたと云うか――やっと、自分の中で事件が終ったと云うか」

それは、幾つかの独立した事象が複雑に交錯した、大変に難解な事件だったようだ。一応実行犯は捕まったものの、それですっきり終わってしまうような事件ではなかったのだと聞いている。

「それなのに、そのハル子さんが――死んでしまいました」

昭和の辻斬り事件は、完成したばかりの駒澤《こまざわ》野球《やきゅう》場《じょう》周辺で発生している。

被害者は七人。うち四人は死亡しており、二名は重傷、一人は軽傷であった。

報道に拠《よ》れば、最初の事件が起きたのは昨年の九月。

最初の被害者は胸と左二の腕を切られただけで命に別状はなく、その時点では単なる通り魔、強盗の類いと考えられていたようだ。

その二箇月後、二件の傷害事件が起きた。

一人は左腕をほぼ切断されるという重傷。もう一人は左脇腹を切られ、同じく重傷であったと云う。目撃証言から犯人は同一人と思われ、凶器も日本刀と断定された。警察は金品を目当てとした強盗ではないと判断、先に起きた一件と併せた連続通り魔事件として報道がなされた。

更に二箇月後。年を跨いだ本年、マリリン・モンロー来日で世間が沸いていた頃。

一月三十日を皮切りに、立て続けに三人が殺害された。一人目と二人目は病院に搬送されたものの出血多量で死亡。三人目は即死に近かったと云う。犯行はほぼ一週間置きに行われ、いずれも所謂《いわゆる》袈裟《けさ》懸《が》けに斬られていたそうである。こちらも、凶器を含む状況証拠から先行する三件と同一犯の仕業とされた。

昭和の辻斬りと云う、あまりセンスが良いとは思えない命名は、最初の死亡者が出た段階でなされたものである。どこかの新聞社が見出しに書いたもので、他社が倣い、三人目の死亡者が出た段階ではほぼ全社がその呼称を採用していた。

そして七日前。

二月二十七日。

美由紀の先輩である片倉ハル子が殺された。

昭和の辻斬り最後の被害者である。

犯人は逮捕されたのだ。

新聞などに拠れば、ハル子を殺害したのは十九歳の旋盤工、宇野憲一《けんいち》。宇野は犯行現場で立ち竦《すく》んでいるところを駆け付けた警官に依って現行犯逮捕されている。宇野はハル子殺害の他、過去六件全ての犯行を認め、またハル子と交際していたことも告白している。

動機等に就いては不明であると云う。

猶《なお》、ハル子殺害現場には、ハル子の母である片倉勢子《せいこ》もいたと云う。

報道されたのはそれだけである。

何だか釈然としない感じはした。

どうにも咬《か》み合わせが悪い話だと感じはしたのだが、深く考えなかった。別に妙なところはない。

そもそも十六歳の女学生が日本刀で斬り殺されたと云うだけで充分センセーショナルではあったのだし、殺害したのは未成年の交際相手、しかも連続殺人鬼だったと云う付録まで付いていた訳だから、当然のように世間は沸いた。号外こそ出なかったけれど、事件翌日の一面は昭和の辻斬り逮捕、交際相手の女学生を斬殺――と云う大見出しになった。

とは云うものの、その後はあまり報道する意味のない憶測記事が幾つか載っただけである。ハル子殺しは痴情の縺《もつ》れであり、宇野は痴話喧嘩《ちわげんか》の末にそれまで隠していた殺人鬼の本性を剝《む》き出しにしてハル子を斬り殺したのであると云うようなことに――。

なっていいた、と思う。

まあ、そうだと云われればそうなのだろう。そう云うこともあるかもしれない。ありそうな話ではある。けれども、敦子は何だか気に入らなかった。

宇野と云う青年が殺人者であったとしても。

その殺人者が、痴情の縺れの結果として犯行に及んだのだとしても——。

否、痴話喧嘩の末に興奮して犯行に及んだのだとするならば——。

矢張《やは》り何かが咬みあっていない気がした。しかし、それ以上敦子は考えることをしなかった。所詮《しょせん》は下世話な想像にしかならないからである。

そんな敦子の許に義姉から連絡があったのは一昨日のことだった。

美由紀は元来、兄か、兄の友人の探偵に相談するつもりだったのである。

しかし双方共に不在だったのだ。兄とその友人達は旅先で例に因って面倒な事件に巻き込まれているのだそうである。そちらはそちらで混迷しているようなのだが、頼って来たのが他ならぬあの事件の関係者であり、況《まし》て昭和の辻斬り事件に関わることならば余計に捨ててはおけないと——代わりに敦子が駆り出されたと云う次第である。

面倒臭いな、と一瞬敦子は思った。

どことなく釈然としない想いを持っていたくらいだから、事件自体には多少なりとも興味はあったのだ。敦子は雑誌記者だ。取材は馴れている。聞き取りも現場の視察も仕事のうちである。

面倒だと感じたのは相談したいと云っているのが十四歳の少女と聞いたからなのだ。

敦子は若い娘が苦手なのである。

学生の頃からそうだった。

情より理、夢より実。美しさより機能性。少女雑誌より科学雑誌が好きだった。空想するより推理する方が好きだった。そう云う娘だった。

だから女学生の時分も、女同士のふわふわした会話やふわふわした関係には随分と辟易《へきえき》したものである。

嫌いなのではない。認めない訳でもない。苦手なのである。

敦子は、そうしたふわふわしたものを、かなり幼い頃に捨ててしまったのだと思う。捨てていないのだとしたら、何かつまらないものですっかり糊塗《こと》してしまったのだろう。

だから、そう云うものを前面に出して生きている人達と出会うと、どうしても距離を置いてしまうのである。女学生は、きっとふわふわしている。

そう思ったのだ。敦子が面倒臭いと感じたのは、だから女学生そのものに対して感じた訳ではないのだ。それは女学生と対峙《たいじ》した時の己に対して感じた面倒臭さなのである。

でも。

それは杞憂に終わった。

呉美由紀と云う少女は、敦子よりも活発で、敦子よりも——敦子っぽかった。

「彼女は何を恐がっていたのかしら」

ならば、この娘に沈んだ顔は似合わないと、敦子は勝手に判断した。

「迚《とて》も怖いって、その辻斬り事件を恐れていたと云うことなの？　慥《たし》かに犯行現場はどれも貴女達の学校の近くばかりだし。それに、宿舎は学校の敷地内にあるんでしょう？　なら眼と鼻の先でしょう。当然、それなりに警戒もしていたのでしょうけど」

みんな恐がってはいましたけどと云った後、美由紀は小首を傾《かし》げた。

「でも、どうなんだろう」

「それは？」

「本気かどうか判らないですね。みんな、学校の外の出来ごとは中とは関係ないと、半分くらい思っていて――恐ろしいわ怖いわと口では云うんですけど、何だか実感はなかったみたいに思うんです。お休みの日以外で宿舎から出ることは殆どないですし、自分の身に災難が降りかかることがあるなんて考えている人は、あんまりいなかったんじゃないかと思います」

「本当のところは怖がってないと？」

「怖がってはいるんでしょうけど――何て云うのかなあ。怖いと云っても他人ごとなんです。他人ごとと云うのも違うのかなあ。そう、鼠を咥《くわ》えた猫を見ても怖い怖い云うんですから、それと同じじゃないかと思う」

とか。

なる程――殺人事件には怖さを感じていても、身の危険までは感じていなかったと云うことか。

「片倉さんは違ったのね」

「ええ。その、辻斬りの話をしていた時にそう呟いていたので、まるで関係がないとも思えないんですけども、他の人達の怖がり方とは違ってたと思うんですよね。でも、犯人が怖いとか、人殺しが怖いとか――そう云うことでもなかったと思うんです」

「では何が恐かったのかしら」

「その、祟《たた》りとか呪いとか、その手のものだと思うんですけど」

「祟り?」

どうも話が見えない。

ただ、美由紀は混乱している訳ではない。本人も云っていたが、順序立てて論理的に話す努力もしているようだ。それ以前にこの娘は聡明なのだ。だから話が見えないのは、そもそも見え難《にく》い話だからなのだろう。自己申告の通り語彙が少ないのか、美由紀自身見聞きしたことの整理がついていないのかもしれない。

「もう少し細かく話してくれる?　執拗《しつこ》いと思うかもしれないけど。片倉さんの辻斬り事件に対する反応は、他の生徒達とは少し違っていた――と云うことでいい?」

はいと美由紀は答える。

「それで、貴女の見る限り、彼女は明らかに何かを恐れていた——これもいい？」

「そうです。ハル子さんは恐がっていました」

「それは、残酷な凶行が身近で起きていることに対する恐怖でも、殺人と云う行為自体に対する恐怖でも、犯人に対する恐怖でも——ないのね？」

「ええ。ハル子さんは、他の娘《こ》と違って人殺しそのものを恐がったりするタイプではなかったと思います。私が話した去年の事件の話だって、普通に聞いてくれましたし。いいえ、寧ろあれこれ尋き返されて、必要以上に詳しく話しちゃったくらいです。他の娘は人殺しと聞いただけで耳を塞いで、怖いからやめてと云う感じだったけど——」

「自分が被害者になるかもしれない、と云う恐がり方でもないの？」

「それは何とも云えません」

明瞭だ。この少女は、判ることは判る、判らないことは判らないと、きちんと峻別し、正しく伝えようとしている。

「で、その、祟りと云うのは何処から出て来たのかな」

「はい。ハル子さんは、自分は善くない、善くない生れなんだと何度も云っていたんです」

「善くない生れ？」

旧弊《きゅうへい》的な身分のことか。

それとも迷信俗信の類い——憑き物筋のようなものだろうか。

「それって」

「いいえ、差別とか、そう云うことじゃないみたいでした。いや、そうなのかな」

美由紀は顎に人差指を当てる。

「血統がどうとか、家柄がどうとか云うのは、差別的な事柄ですか？」

「そうとも云えると思う。ただ、そうでない場合もあるとは思うけど。いずれにしても出自で個人を規定することは、場合に拠っては差別的だと思う。まだまだ根強いけど、私は感心しない。人種や性別も含めての話だけど、個人の努力で変えられない属性を評価の基準にするのは、前近代的な考え方だと思う」

はあ、と美由紀は口を小さく開けた。

「私、解り難いこと云った？」

「いいえ。能《よ》く解ります。ただ、敦子さん、矢っ張りお兄さんの血筋――あ、これがいけないって話ですよね」

敦子は微笑む。

「兄妹が似てるって指摘するのは、差別とは違うから」

似て――いるのだろうか。

「そうですよね、でも、それに近い話みたいなんです。近くもないのかな。その、先祖代代、片倉家の女は殺される定めだとか」

「ああ――」

「しかも、斬り殺されるんだと云う話でした」

「斬り殺される？」

それは。

「まあ――祟りや呪いの類い――ですね」

「ですよね」

つまり。

「片倉さんは、殺人と云う暴力的な行為を恐れていたのでも、殺人事件と云う犯罪的事象を恐れていたのでもないし、殺人者の存在を恐れていたのでもなくて、彼女は自らの、その女が斬り殺される家系こそを畏れていた――と、云うことなのかな」

そうだと思いますと美由紀は答えた。

「絞殺や撲殺ではなく、今回は辻斬り――辻斬りと云うのがどう云うものなのか、私はきちんと知っている訳じゃないんですけど、ただの通り魔やなんかと違って、人を刀で斬るからそんな風に呼ばれた訳ですよね？」

「そうねえ」

日本刀と云う時代錯誤な凶器こそがその時代錯誤な呼称を決定したことはまず間違いないだろう。

「ハル子さんは、その刀で斬り殺すと云う部分に強く反応したように思うんです。あくまで私の感想なんですけど」

「それで、迚《とて》も怖い——なの」

「本当に斬り殺されてしまいました」

それは慥《たし》かに気になるだろう。気になるだろうけれど、それは偶然と考えるよりないのではないか。刀で斬り殺されるかもしれないと云う強迫観念を持った者がいたとしても、刀で斬り殺す者と遭遇しなければそれはただの妄念に過ぎない。今回は偶偶《たまたま》——。

偶偶じゃないのか。

「そうだ。犯人の宇野と云う人だけど、美由紀さんも面識がある訳ね」

「はい。でも犯人——なんでしょうか」

「え？」

「いい人でした」

美由紀はそう続けた。

少し驚いた。

宇野憲一は四人も殺した殺人鬼である。

否、まだ取り調べ中で送検もされていないのだから、殺人鬼とされている——が正しいだろうか。

それにしても、少なくとも片倉ハル子を殺したことだけは間違いないことなのだろう。美由紀にしてみれば、親しい友を殺した男――と云うことになるのではないか。

「ごめんなさい。能《よ》く――解らない。貴女の話し方が悪いのじゃなくて、私に何か偏見と云うか、思い込みのようなものがあるんだと思う」

敦子は新聞記事を読んだだけである。

美由紀は違う。

この少女は或る意味当事者なのである。最初から敦子とは違うものを見ているのだ。

「容疑者は片倉さんと交際していたと報道されているけど、それは――事実なのかな。全寮制の女学校の場合、そう云うことって――結構厳しいのじゃない？」

恋愛のことは不得手ですと美由紀は云った。

「興味がないと云うか――」

「まあ、その辺は解る」

敦子はラムネを摑む。殆ど飲んでいない。

全く以て不得手なのだ。敦子も。

「敦子さんの仰る通り、宿舎ですから、日常的に外界とは遮断されてます。異性と出逢うことも少ないので、男女交際と云うのは――まあ、でも、ないことはないんです。前の学校は山の中で、物理的にも外界と隔離されていたんですけど、それでも」

「ああ――」

一部生徒に依る売春行為があったのだ――と聞いている。

「あんな辺鄙な処でもそう云うことがあったくらいですから――街中の宿舎のガードなんて甘いものだと思います。塀の外には大勢の人が行き来していて、学校への人の出入りも格段に多いんですもの。お休みの日は外出も出来ますし、放課後だって、届け出れば外出は可能です。門限はありますが、親元に帰る子だって沢山いますから。出逢いはあるんだと思います」

「異性と付き合っている人もそれなりにいた、と云うことなのかな」

いやあ、と云って美由紀は顔を傾けた。

「そこは微妙なんですけど、全くないなんてことはなくてですね、中等部では流石《さすが》に少ないと思いますけど、高等部にはその、外に想い人がいたり、実際恋愛をしている人もいるようなんですけど――でも多くは学校の中で過ごすので」

「生徒同士の擬似恋愛――か」

勿論、擬似でないケースもあるのだろうが、多くは真似ごとだ。

それは、異性同性を問わずにそうなのだろうけれど。性別に関わりなく、憧憬《しょうけい》も慈愛も憐憫《れんびん》も、そうした様様な感情が、時に性欲までもが、きちんと分離していない年頃と云うのはある。

「上級生に憧れたり、下級生を可愛がったりする方が、何と云うんでしょう、毎日の生活に密着していると云うか、何と云うんでしょう」

矢っ張り苦手ですと美由紀は云った。

「じゃあ片倉さんも」

「ハル子さんは、そう云うのはなくて、だから私と親しくしてることが周りからは奇異に見えたんじゃないでしょうか。エスエス謂われたのも、下級生と一緒にいるのが珍しかったからじゃないかと思います。宇野さんとは――」

お付き合いされてたのかもしれませんと美由紀は云った。

歯切れが悪い。

断言は出来ないと云うことか。

「はっきりとは判らないと云うことなのかな。でも美由紀さん、面識があると云うのなら、それは片倉さんの紹介と云うことよね。女学生と旋盤工が接触する機会は、そう多くないと思うんだけど、それも私の見識が偏っているのかな」

「偏ってないです。勿論、片倉さんの紹介――紹介じゃないのかな」

美由紀は中空を見る。

「紹介された訳じゃなくて――それに、宇野さんは旋盤工じゃないです。工場は去年辞めていると思います。いいえ、正式に辞めたんじゃないのかもしれませんけど」

益々判り難《にく》い。

報道とは随分様子が違うようである。

「私、家が遠いんです」

美由紀は唐突にそう云った。

「元元千葉なんで。帰れない程遠くはないんですけど、日帰りするのは面倒になる距離。だから、お休みの日もずっと宿舎にいることが多いんです。それで、あれは去年の秋だったと思うんですけど、ハル子さんがそれじゃあ如何《いか》にも淋しそうでつまらない、自分の家に来ませんかって云ってくれて、お言葉に甘えたんです」

「片倉さんのご実家に行った訳ね？　片倉さんの家は何処なのかな」

それすら知らない。

下谷《したや》ですと美由紀は答えた。

「下谷の刀剣屋さんでした」

「刀剣――屋なんだ。それじゃあ凶器は」

そこから持ち出されたものなのか。

「お父様は随分前に亡くなられていて、お店の方はずっとお母様が独りでやってらしたようなんですけど、開戦後は閉めていたみたいです。再開したのは三年くらい前のことだったと仰ってました」

「その、宇野さんは」

「宇野さんはお店にいました」

「お店？　お客さんなの？」

「いいえ」

最初は店員だと思いましたと美由紀は云った。

「店員って——お店を手伝っていたと云うことなのかな」

「手伝っていたと云うか——普通に店番をされていて、ハル子さんを見て、お帰りなさいと云ったんです、宇野さん」

「お帰りなさい？」

「ハル子さんもただいまと仰いましたし。いつお伺いしてもそうだったたし、お昼ご飯なんかも一緒に食べたりしたので、通いの店員さんだと思ってました。違うのかなと思ったこともあったんですけど、段段尋き難《にく》くなっちゃって」

「そう——なんだ」

想定していた構図とはかなり違っている気がする。

敦子は考える。

果たして自分は、この事件のどの部分に釈然としない想いを抱いたのか。

敦子が新聞等から組み上げた事件の骨格はこうである。

日本刀で無差別殺人を繰り返していた若い旋盤工が、凶行の果てに交際中の少女を殺害し、現行犯逮捕される——。

かなりエキセントリックな事件だ。

だからこそそこに痴情の縺れなどと云う一種月並みな動機が代入されることに、敦子は違和感を持ったのではなかったか。それなら誤って殺してしまったのだとでもした方が、まだ整合性が取れはしまいか。殺害後に殺したのが交際相手であると気付いて呆然としていたと云うのなら、まあそう云うこともあるかと敦子は納得していたのではないか。

仮にそうだとしても、現場に被害者の母親がいたと云う事実も——それが事実であったとしても——事実であるが故に——唐突である。

娘の殺害現場に母親が居合わせると云うのは、決して有り得ないことではない。だから目くじらを立てるようなことではないだろう。

それが通り魔的犯行であったとしても、母娘連れが襲われることだってある。

しかし——敦子は詳しく調べてはいないから断言は出来ないのだけれど——それまで昭和の辻斬りは、二人連れを襲っていなかったのではないだろうか。

何を根拠にそう判じたのか、敦子はまだ明文化出来ていない。

だが、読んだ記事には、目撃者を探していると云う記述が複数認められた——と、敦子は記憶している。

つまり、犯行を目撃した者はいないのだろう。

同行者がいたのであればそれは誰よりも間近に犯行を目撃した者となるのだろうし、そうでなければ一緒に危害を加えられていた可能性が高い。

被害者は常に単独なのである。

新聞記事からは辻斬り事件の被害者に同行者がいたと云う事実は汲めないのだ。

しかし、殺害現場に被害者の母親がいたと云うのなら、それは間違いなく、犯行前から被害者と一緒にいたと云うことになるのだろう。

駆け付けた、でも目撃した、でもないのだ。

七度目に至って二人連れを襲ったと云うことになるのか。そう云うこともあるのだろうが、何かおかしい。だからこそ痴情の縺れなどと云うそぐわない動機が涌いて出たのではないのか。

そうだったとしても、わざわざ親が傍《かたわら》にいる処を狙うだろうか。

——狙う、か。

そう、痴話喧嘩の末に逆上したと云う説明もどこか変なのだ。

凶器は日本刀である。

何処にでもあるものではないのだ。

日本刀を手に持って痴話喧嘩をすると云う状況は、日常的には考え難《にく》いだろう。

別れ話が拗《こじ》れでもしたか、被害者が浮気でもしたものか、動機はどうあれ喧嘩になってその場で逆上して殺害に及んだ訳ではない——と云うことになりはしないか。

加害者は取り敢えず凶器を何処かに取りに行っているのだ。

それは間違いないと思う。

例えば威そうとしただけであったのだとしても、そこは変わらない。殺意があったのであれば——。

犯人は殺そうと思ってわざわざ殺しに行った、と云うことになる。

でも、美由紀の話を聞くなら様相は少し変わって来る。

加害者である若者は被害者の実家に勤めているのだ。正式な被雇用者ではなかったのだとしても、頻繁に出入りしていたことは間違いないようだ。

つまり、勤め先の娘と恋仲になったと云う図式になるのだろう。

凶器も被害者宅——刀剣屋から持ち出したと云うことになるか。

また現場にいた母親も加害者と面識があったと云うことになる。

その場合。

勿論、大きく変わりはしない。

だが細部が違って来ると景色も変わる。

例えば——。

交際相手が殺人鬼だと気付いた被害者が、凶行を止めるため説得しに行って逆に殺害されたと云うケースは考えられないだろうか。説得しに行く際、危険を感じて母親に同行を求めたのだとすれば収まりは多少良くなる気がする。

「その——片倉さんが、宇野さんの犯行を見抜いていたと云うようなことはない？」

「犯行って——ああ、その、辻斬りの方ですね」

辻斬りの方と云う以上、美由紀も、矢張り一連の犯行と最後の一件は分けて考えているようだ。

「それはないと思います」

美由紀は即答した。

「根拠はある？」

「ありません。でも、最初の何件かは、殺し損ねていますよね？」

「そうね。三人は生きている」

「斬り方が下手なんだと云ってました。さっきも云いましたけど、ハル子さんはそう云うところは凄く捌《さば》けていて、他の子は怖い怖い云うばかりなんですけど、ハル子さんはまるで平気みたいでした。人を斬り殺すって難しいのだわ、とか」

「でも」

迚《とて》も恐がって——いたのではないのか。

「ええ。それはそうなんですけど、でもそれは殺人事件じゃなくて、自分の呪われた血筋の方を恐がっていたんだと思います。あ、そう云えばこんなことを云ってました」

美由紀は一度上を向いて、それから敦子の顔を見た。

「――こんな下手糞な犯人に斬られるのは厭だよって。痛いだけで死なないなんて最低だと思う、とも云ってました。自分はいつか誰かに斬り殺される運命なんだから、どうせ斬られるならせめて上手な人に斬って欲しいと」

「うーん」

どう受け止めれば良いのか。

「宇野さんが犯人だと気付いていたんなら、そんなこと云いますか？」

「どう――かしら」

「宇野さんが恋人だったなら、余計に云わなくありませんか？」

「そう――かもね」

敦子には判らない。

美由紀は今度はラムネの瓶を見詰めた。

「でも、そこも怪しいんですよね。あの二人、お付き合いされていたんでしょうか。新聞に書いてあるのだから、されてたんでしょうね」

そう云えばそこのところもあやふやなのか。

「いい人だったんでしょう？　宇野さん」

「ええ。愛想も良くて、誠実そうで、忠実《まめ》な感じでした。齢よりは大人びて見えて、新聞に十九だと書いてあったので驚きました。二十四五には見えましたから。でも、ハル子さんは、あの人は色色と若過ぎるみたいなことも云っていて、私は正反対の感想を持っていたので、ハル子さんって大人なんだなと思ってました。それから、そうだ。善い人過ぎてつまらないって」

「交際相手として、と云う意味じゃないの？」

「そんな感じじゃなかったんですよねえ」

上手に説明出来ないのだろう。しかしこう云う場合、得てしてその説明出来ない感じの方が核心を突いていると云うことも多いように思う。

印象だけで判断は出来ないが、そうした印象を受けたのならば、仮令《たとえ》言葉に出来なかったとしてもその印象を生んだ理由と云うのが必ずある筈なのだ。

兄なら説明してしまうんだろうけれど。

敦子が新聞記事を読んで何となく変だと感じたように、美由紀も何か違和感めいたものを感じ取ってはいるのだ。

ただ敦子がそうであるように、明文化出来ないのだろう。

だからこそ敦子は呼び出された訳だし。

美由紀は眉根を寄せた。

「だからと云って仲が悪いと云う感じはしませんでしたけど」

男女のことは解りませんと美由紀は云った。

それは敦子も判らない。

「お付き合いしていたかどうかは別として、少なくともハル子さん、宇野さんを辻斬りだと思ってはいなかった、と思うんです。宇野さんが犯人だと気付いていたなら、少なくともあんな態度は取らなかったと思います。だって、深刻なことですし。そもそも宇野さんが辻斬りの犯人なら、それはハル子さんにとって」

自分を殺す人と云うことになります、と美由紀は云った。

「殺されたんでしょう」

「ええ。殺されたんです。でも、ハル子さんは本当にその血筋の呪いを恐がっていましたから——宇野さんが人殺しだと、それも、刀で人を斬り殺しているんだと知っていたんだとするなら、その宇野さんがいる実家に帰ったりするでしょうか。それ、殺されに帰るようなものじゃないんですか？」

そうか。

敦子は勘違いをしていた。

昭和の辻斬りは、いずれも彼女達の暮らす宿舎の近くで起きている。

片倉ハル子が殺された場所も他の例に漏れることはない。片倉は学園の直ぐ傍《そば》の空き地で殺害されているのである。

だが。

犯行は勿論夜——午後十時のことだと云う。

そう、夜なのだ。

近いとは云え、こっそり宿舎を抜け出すと云うのは難しいのではないか。

「土曜日——だったのか。そう云えば」

「ええ。ハル子さんは殆ど毎週、下谷に戻っていました。土曜に戻って一泊して日曜に戻ることも何度もあって——」

「外泊は許されてるの？」

「実家に泊る場合だけですけど。届けを出せばいいんです。一週間前もそうでした。私も誘われたんですけど、ハル子さんが泊るなら帰りは一人になるのでお断りしたんです。用心した訳じゃないんですけど」

「貴女、誘われたんだ」

「もし、本当に宇野さんが殺人鬼で、ハル子さんがそれを知っていたのなら、その殺人鬼がいる実家に私を誘ったりするでしょうか。それ以前に、戻りますか？　ハル子さんは斬り殺される運命こそを恐れていたんですよ」

ないか。

しかし。

その日に知ってしまったとしたら。

実家に戻って、辻斬りに出掛けようとする宇野を目撃して、追いかけて――。

ないことはない。

ないけれど。

「それ、何か変ね」

そうですよねと元気に云って、美由紀は眼を見開いた。

「変なんです。変なんですよ。何処が変なのか判らないですけど、何だか凄く変なんです」

「片倉さんはその日、何時頃に宿舎を出たの？」

「あの日は遅かったんです。午後六時は過ぎていたと思います」

「そうすると、殆ど蜻蛉《とんぼ》返りで戻ったみたいなものよね」

二十時前には実家に着いたとして、三十分くらいしか家にいなかったと云うことになるのか。その僅《わず》かな間に何があったのかは不明だが、片倉ハル子は母親と宇野を伴ってわざわざ駒沢まで戻って来て、その上で殺された――と云うことになるのか。

「かなり不自然ではありますね」

「それは――」

「不自然に思えるのは新聞に書いてあるような経緯《いきさつ》を前提にして、それに当て嵌めるからですよね？　勿論、大きな違いはないんですけど、それにハル子さんが殺されてしまったことは間違いない事実なんですけど、でも何でしょう。ああもう、本当に、もどかしいですっ」

言葉が足りないんです私、と美由紀はちょっとだけ大きな声で言った。

店の中で居眠りをしていた老婆が顔を上げた。

「敦子さんのお兄さんくらい言葉があれば、きっと上手に説明出来るんだと思います。それが出来るなら、もうこのまま警察に行って説明したいくらいなんですけど」

敦子も似たようなことを考えていた訳だが。

「駄目ですよ、美由紀さん」

「何が駄目なんですか」

「兄貴は、こんな状態では多分、一言も喋らないと思う」

「そう――ですか？」

美由紀は口を半開きにした。

ぽかんとしている。こう云う表情になると、一気に子供になる。

「貴女は警察に行くと云うけども、行ってどうするつもり？」

「だから説明を」

「何を説明するの？」

「それは――」

「私も貴女も、変だと思ってこそいるけれど、自分が何を変だと思っているのかさえ解っていないんだから、説明するにしても、何を説明したら良いのかさえ判らない訳でしょう」

「でも変ですよね」

「変よ。でも、例えば、宇野さんが犯人じゃないとか、そう云うことじゃない訳よね。彼は現行犯逮捕のようだし、自白もしている」

「そうですけど、色色違ってますよね」

「新聞の報道と違っていると云うだけでしょう。警察はもっとちゃんと調べていると思うけど。宇野さんが旋盤工を辞めているとか、そう云う事実関係の調べは済んでいる筈」

「でも報道はされません」

「新聞が書かないだけじゃない？　だって、旋盤工が元旋盤工になるだけなんだし、訂正記事を出すようなことじゃないと思う」

「そう――か」

「学校からも聴取はしているでしょうし、何よりも片倉さんのお母さんが現場にいたんだから、警察も詳しく事情を訊いているでしょう。だから、警察は私達よりもずっと多くの情報を持っている筈。そうじゃない？　そうなら貴女が行っても話すことなんかないと思う」

そうですよね、と云って美由紀は少し浮かせ気味だった腰を落した。

「前の事件のことがあるので——何だか少し、その、浮き足立っちゃって」

仕方がない気がする。

聞く限りこの聡明な少女はその事件の真相に肉薄していたと云う。

しかし小娘の云うことに耳を傾ける者はおらず、その結果何人もが亡くなったのだ。自分の言葉がちゃんと大人に届いていれば、もしかしたら凶行は防げたのかもしれない、友人は死なずに済んだかもしれないと——。

美由紀はそう思っているのだろう。

敦子も同じようなことを考えることはある。

女だから、子供だから、肩書きがないからと云うだけで聞き入れて貰えないことと云うのは、殊《こと》の外《ほか》多い。

それを覆そうとするなら、慥《たし》かに語彙を増やすしかないのかもしれない。

ご免なさいと美由紀は云った。

「お忙しいのにこんな変な処に呼び出したりして。寒いのに。私、何だか、またお友達が死んでしまったので——少し興奮してたみたいです。敦子さんの仰る通り、私なんかが気付くことは警察もお見通しですよね。なら」

「でも変」

そう、変だ。

美由紀は一度怯《びく》りとしてから、悩ましげな視線を敦子に寄越した。

「何が変なのか解らないけど、変」

「解らないん——ですよね？」

「解らないんだけど、変なものは変。いい、美由紀さん。さっきも云ったけど、兄貴はこの段階では何も云わないと思う。兄貴はね、必要な情報が全て出揃って、推論が推論でなくなって、何かが確実になるまで、何も云わないの。そう云う人なの」

「はあ」

「私達には圧倒的に情報が足りない。それだけ。だから、そこを補えば何が変なのか判る。

知らないことは調べるしかない。判らないことは考えるしかない。

調べて、考えるしかない。

「ひとつ尋いていい？　その、片倉家の呪いだか祟りだかだけれど、ハル子さんは他に何か云っていなかった？」

少女は戸惑ったように視線を泳がせ、それから、

「あ——そう、鬼の因縁だとか云っていました」

と云った。

2

「迚《とて》も恐《こわ》い——ですか？」

やけに眼の大きな男はそう云って頸《くび》の後ろを掻《か》いた。それから、どうもねえと謡《うた》うように云って、今度は渋面を作った。

「解らないなァ」

私も解りませんと敦子は応える。

「鬼の因縁で斬り殺される運命——ってねえ。ほぼ意味不明ですわ」

「私もそう思います」

「そう云われてもですな——」

男は渋面のまま、首を傾げる。

この事実は把握されていたんですかと敦子は尋《き》いた。

「事実？　ああ、いや、事件のことはお話し出来ませんよ。まだ捜査中ですから」

男は刑事である。

名刺には玉川《たまがわ》署刑事課捜査一係、賀川太一《かがわたいち》と記されている。

「捜査状況をお尋ねしている訳ではないんです。私の提供した情報は無駄だったかどうかが知りたいだけです。周知の事実だったなら、折角《せっかく》お時間を割《さ》いて戴いたのに何のお役にも立てなかったことになりますから」

「いやいや、そんなことはないですよ。情報提供を求めたのは、まあこちらの方なんですから。お嬢さんが――失礼、中禅寺――さんか。そちらが気に病むことはない。どんな些細《ささい》な情報でも大歓迎――と云いたいところですがね。ただ、まあ、因縁だの鬼だのと云うのはねえ。どうもなあ」

賀川は再び、今度は後頭部を掻き毟《むし》った。

玉川署内の小部屋である。

敦子は勿論、情報収集のためにこの殺風景な部屋を訪れている。但し、表向きは違う。敦子は今、情報提供者としてこの部屋にいるのだ。

美由紀と別れた敦子は熟慮の末、神田《かんだ》に向った。

警視庁刑事部に勤める知人に連絡を取るためである。そうは云っても警視庁から情報を入手しようと思った訳ではない。そもそも本件は玉川署の管轄で、警視庁は本件に関わる情報など持っていないだろう。持っていたとしても民間人に捜査情報を教えることなどはない。

知人だろうが友人だろうが、それはない。

詳細な情報を知るのは所轄の刑事課なのだろうが、それこそ教えてくれと頼んで教えてくれる訳がない。そもそも出せる情報は遍《あまね》く出している筈である。

しかし敦子は、特別秘匿されているような情報を聞き出したかった訳ではない。寧《むし》ろどうでもいいと判断されてしまうだろう瑣末な事柄が知りたかっただけだ。

そこで敦子は、警視庁の知人を介して玉川署の誰かと接触することは出来ないかと考えたのだ。利用するようで少しだけ気が引けたが、悪いことをしようと云うのではないと思い直した。最初は近くの交番で電話を借りようと思った。しかし、考えてみれば事件は悉《ことごと》くその交番近辺で起きているのである。そこは謂わば現場なのだった。交番勤務の警官は当然事件に関わっている筈で、不用意なことは口に出せない。入り口で警戒されてしまったのでは元も子もない。派出所は避けた方が賢明だと思った。

そうなると電話がない。

借りて掛けるだけなら何処《どこ》でも出来るけれど、そこで相手からの返事を待つことは出来ないだろう。それ以前に相手が不在と云う可能性もある。いずれにしろ先方からの連絡を受けられる場所にいる必要があった。そこで、勤め先に行くことにしたのだ。

出社にふさわしい時間とは到底思えなかったのだが、雑誌の編集部などには土曜も日曜もなくて、定時という概念もない。だから土曜の夕方であっても人はそこそこいる。否、平素よりも多かったかもしれない。

所謂《いわゆる》森脇《もりわき》メモの存在が明らかになってから、他の部署は何だかんだと騒がしい。でも敦子が携《たずさ》わっている雑誌『稀譚月報《きたんげっぽう》』は基本的に科学系の雑誌なので、政治経済の記事は殆ど載せない。造船疑獄事件とはあまり関わりがないのである。

それでも編集長以下数名はデスクにいた。

敦子は、第六回東京都優秀発明展に出品された人造米炊煮器の記事を書き終えたばかりであった。次に割り当てられている仕事は週が明けないと着手出来ない。ゲラもまだ出ていないから早急にやることなどなかったのだが、編集部は常にバタバタしているから別段不審とも思われなかったようだった。

取材の振りをして警視庁に電話をかけ、知人の刑事にこう告げた。

昭和の辻斬り事件に就《つ》いての取材中に、報道されていない被害者の情報を入手したのだが市民としてはどう対処したらいいか——と。

嘘ではない。大した情報ではないとも申し添えた。敦子同様生真面目《きまじめ》なその知人は、管轄の所轄署に旧知の者がいるので問い合わせてみると答えた。

返事の電話を受けるためには暫く編集部で粘っていなければならない。

幸い返事は小一時間程で来た。先方はどんな些細なことであっても情報が欲しいと云っている——と云うことだった。担当者の名前を聞いて、これから向う旨を伝えて貰った。

そして敦子は等々力《とどろき》まで取って返し、この小部屋に通されたのだ。

賀川刑事は小柄だががっちりした体格で、眼と口が大きい。三十代と思われるが、皺《しわ》の多い乾燥した膚《はだ》の質感と、不釣り合いな程に子供っぽい髪形が年齢を不詳にしている。

賀川は口角を左右に拡げて歯を見せた。

「鬼って、節分じゃないんだし。そもそも祟られて殺されたと云うのはねえ。そうだとしても、我我警察にはどうしようもない訳ね。本気で祟りだったとしても、手を下したのは人でしょ。自分等はその人を捕まえるしかない訳だし、その、祟りの所為《せい》だとしても、それは下手人の罪を軽くするものではないの。そうでしょう」

そうですが、と敦子は云う。

「祟りでも因縁でもいいんですけど――と云うか、私、一応科学雑誌の編集に携わっている者なので、そう云うものは信じないんですが」

「あれ」

賀川はテーブルの上の名刺を見る。

「事件記者じゃあないのか、お嬢さん――失礼、中禅寺さんは」

「はい。うちの雑誌は、基本的に醜聞も事件も扱いません。扱う場合も、何と云いますか、扱い方が違います」

「科学――なんだね？」

この事件の何処が科学なのと、賀川は額に皺を寄せる。

「いや、関係ないんだけど気になって」

「お疑いはご尤《もっと》もです。私は別にこの事件に特化した取材をしていた訳ではなくて、何と云いますか、偶然、取材中に耳にした——と云うことです」

何の取材だよと敦子は思う。女学生を取材対象とする科学記事などない。

咄嗟に言い訳を考えたのだが全く思いつかなかった。追及されても答えられない。

「なる程ねえ。科学の雑誌かあ」

賀川は——納得したようだった。

刑事は敦子の名刺を手にして、矯《た》めつ眇《すが》めつ眺めている。

「いやあ、警察はね、祟りやなんかは扱わないけども、信じる信じないは個人の自由ですからね、私は個人的には、その解らないけれどあるのかもしれない、とは思う。でも扱わない訳よ。法律がないんだから。取り締まりようがないですよ」

承知してますと敦子は云う。

「私は、祟りだとか呪いだとか、そう云うことが云いたい訳ではなくて」

「科学雑誌だもんなあ。信じないんでしょ？」

「非科学的なものを信じないのではなく、科学的思考を信じているだけです」

「それじゃあ、その話はどう受け止めればいいのかなあ」

——この人。

何かに引っ掛かっている。そう感じた。

何と云っても祟り——正確には鬼の因縁なのだが——であるから、普通なら門前払い、然《さ》もなくば一笑に付されてお終いと云う話なのである。それでも一応は耳を傾けてくれているのだし、もしかすると何か捜査に行き詰まりでもあるのかもしれない。考えてみれば逮捕から一週間が経過しているのだ。被疑者は都合七件の犯行を自供しているのだから、別件での再逮捕がなされていてもおかしくないのだが、その報道はない。勾留期限ぎりぎりまで引っ張ってから再逮捕するつもりなのだろうか。何か不具合でもあるのか。

「少なくとも」

敦子は、賀川がしているように刑事の名刺を手にとって、それに向けて云った。

「祟りだとかそう云ったこととは無関係に、被害者の片倉さんは自分が殺害されることを事前に察知していた可能性がある——と、云うことにはなりませんか」

「事前に？」

賀川は敦子の名刺を卓上に置いた。

「それは、だってみんな次は自分じゃないかと思うものじゃないの？　通り魔なんてのは人を選ばないですよ。無差別ですよ。しかも直《す》ぐ傍《そば》で事件が起きてるんだしさ」

「ええ。私もそう思ったんですけど、慥《たし》かにあの学校の生徒は皆恐がってはいたようなんですが、次は自分かも——と云う意識は持ってなかったようなんです」

確認した訳ではない。あくまで美由紀の話の受け売りだ。

「実は」

敦子は少しだけ嘘を吐《つ》くことにした。

「あまり申し上げたくないんですけど、その、弊誌では犯罪に対する意識調査と云うのを前前から行っているんです」

「意識調査？　科学雑誌でしょ」

「ええ。社会心理学とでも云いますか、どうもピッタリ来る表現がないんですけど、何か暴力的な事件が発生した際に、事件現場の近隣住民の方方がそれをどのように受け止めているかを——あ、現場付近で余計なことを尋き廻るのは余り褒められたことではありませんよね？」

まあねえ、と賀川は口吻を突き出した。表情豊かな男だ。

「捜査中の場合もある訳でしょ。それは、ねえ」

「そうですね。それは重重承知しています。ですから捜査妨害などにならないよう、細心の注意を払って行っているつもりですし、また取材中に得た情報の中に捜査の進展に関わるようなことがあった場合は、取材先の方に出頭していただくか、今回のように」

「いや、解ってます。そこは解ってます」

賀川は両掌を下に向け、何かを収めるかのように手首を上下させた。

「その、科学――なんでしょう。学術と云うのかな。専門じゃないから判らないけど、そこは解ってます。ただ、何を尋く訳ですか」

敦子はご理解戴き有り難うございますと頭を下げた。

出鱈目《でたらめ》なのだが。

「はい。例えば、何処かの家で殺人事件が起きたと仮定しますね。で、その隣家では――まあ、隣人が被害者か加害者か、いずれ当事者なんですから、強ち《あながち》他人ごととしてしまう訳にも行かないのでしょうけど、でも、自分達に直接被害があった訳ではないですよね。その場合、その隣家の人達はどんな感想を持ち、どんな対応をするのか。では、更にその隣ではどうなのか。町内は騒ぎになるんでしょうけど、町が変わればもう他人ごとなのか。どのくらい離れれば認識が変わるのか。物理的距離よりも、親密の度合いに拠るのか。そうしたことを調べるんです」

「ああ」

賀川は眼をやや細めて口を少し開いた。

「それはさ、結構他人ごとなんじゃないか？　まあ我我も隈《くま》なく訊き込みに廻るんだけれどもね、わりと何とも思ってないよ。お向かいが大変なことになってるのに、アラ大変ですねえって感じで。親しくしてたとかも、あんまり関係ないみたいだなあ。下手すると血縁あるにも拘らず、無反応だよ。ま、あくまで感想ですよ」

「ええ——」

適当に云ってみただけなのだが、意外に面白い研究なのかもしれない。

「今回は、大変猟奇的な犯罪が連続で起きていて、その現場の目と鼻の先に女学校の寄宿舎があった訳ですね。取材を考えた段階では、真逆《まさか》その学校の生徒さんが被害者になるとは考えていなくて——それ以前に女学校なので、もっとガードが堅いと思っていましたから」

「割と自由な感じだね、あそこは」

「ええ。届け出さえすれば外出も可能ですし、実家であれば外泊も出来る。門限はありますが、そんなに早い刻限じゃないですね。なら、相当恐がっているのじゃないかと思ったんですけど」

「違った？」

「ええ。恐がってはいるんです。でも自分達が寝起きしている場所のすぐ近くで、何人も殺されていると云うのに、自分が襲われると思ってはいない。生徒だけじゃなく、学校側もそうなんです。外出禁止にするとか、そう云うことはしていない」

それは美由紀に確認した。

物騒だから充分に注意するようにと云われただけだったそうだ。

落石注意と同じで、注意していても突然落下して来る石は防げないし、当たれば死ぬこともあるのだが。

「理由は簡単で、彼女達には殺される理由がないからですね」

「まあ、誰だってそんな理由はないでしょう」

「ええ。多くはそうですね。疚《やま》しいところがないんですから、自分は平気だろうと思っています。彼女達もそうで――いいえ、もっと極端ですね。外界の出来ごとは、物語か何かだと思っているんです。精精、怖いお話です」

夢見がちな年頃だからなあと賀川は眼を細めた。

「まあ、そうなんだろうけれど」

「それで普通だとも思いますけど――そんな中でただ一人、自分は殺されるかもしれないと思い、大変に恐がっていたと云うんです、片倉さんは」

「そりゃでも、その、云い伝え？　因縁？　そう云う」

「でも、それで本当に殺害されてしまったんですよ彼女は。何百人といる生徒の中で唯一自分が殺害されることを予測し、恐れていた、そのたった一人の生徒だけが、実際に殺されてしまった。しかも予言通りに日本刀で斬り殺されてしまったんです」

「でもねえ。さっきも云ったけど、その、祟りは管轄外だから」

「祟りじゃなかったらどうなんでしょう」

賀川は大きな眼を剝いた。

「ないって？」

「賀川さん」

敦子は賀川の大きな眼を見詰めた。

「祟りなんか、ないでしょう？」

「ない、のかな」

「なかったとしたら」

いや待て、待って下さいと賀川は掌を敦子に向ける。

「何だか、お嬢――中禅寺さんの話に乗っかってしまったけれど、被害者と加害者は知り合いなんです。しかも交際してた訳ですよ。だから」

「加害者が昭和の辻斬りだと、被害者は予《あらかじ》め知っていた、と云うことですか？」

「それはだね」

「知っていたとして、です。その刃がやがて自分に向けられるだろうと被害者は予測していた、と云うことになりますよね？　そんなことがあるでしょうか。動機は痴話喧嘩だと云うことですが、そうすると、被害者は恋人が殺人鬼と知っていて――別れ話でも持ち出したと云うのでしょうか。それとも、殺人鬼だから別れようとしたのでしょうか。でも怒らせたら危険ですよね。それ以前に、秘密を知った段階で危なくないですか？　別れたいのなら警察に報《しら》せれば済むことじゃないんでしょうか。それとも自首でも勧めたのですか？」

そう捲《まく》し立てないで下さいと賀川は云う。

敦子は慌てて口を閉じた。

これでは興奮した美由紀と変わらない。

「慥《たし》かに、被害者が加害者――交際相手が殺人鬼だと事前に知っていたとは考え難《にく》いんだ。それ以前にだね。加害者は――」

あ、と云って賀川は口に手を当てた。

「辻斬り――ではないと？」

いやそれは云えません絶対に云えませんよと早口で云った後、云えないと云った時点でもう判っちゃいますわなあ、と続けて、賀川は脱力した。

「何ともねえ。あ、記事にしたりしないでくださいよ。雑誌の人は憶測で何でも書いちゃうから。新聞記事でさえ間違ってるしさ」

「私は事件記者じゃないですから」

じゃあ信用しますよと賀川は小声で云った。

「どうも、その、怪しい訳ですな。うーむ、あなた、何か聞き込んでないですか。逆に訊くけども。色色と尋き廻った訳でしょう、その学術とやらで」

「怪しいって――何がです？　何が怪しいのか判らなければ、どの情報がお役に立つのかも判りませんけど。勿論、捜査のお役に立つような情報を持っているなら惜しみなく提供します。市民の義務ですから」

あなたお幾歳《いくつ》ですと賀川は突然話題を変えた。

「はあ」

「いや、ご婦人に年齢を尋ねるのは失礼なんですかな。職業柄、何の遠慮もなく尋いて来たんですけどね、この間、何ですか、デリカシーがないとか云われて、こっ酷《ぴど》く叱られた。一方でそう云うところで男女差をつけるのは、何ですか、性差別だとか、そう云われたこともある。同じに扱えと云うんですな。そりゃ、まあそうだろうと思うが——」

「二十四になります」

賀川は口を半開きにした。

「はあ」

「別に失礼じゃないと思います。年齢は個人評価とは無関係です。若い方が好ましいとか齢上の方が偉いとか、そんなことはないですよね。でも、もし、質問する人が女性は若い方が好ましいと云うお考えをお持ちで、その上で尋かれたのなら、それは性的嫌がらせになるかもしれません。しかし、事務処理的必要から問い質したのであれば、何の問題もないと思いますけど」

「問題ないですかな。デリカシー方面も」

「いえ、それはデリカシー云々とは無関係でしょうし、そこにデリカシーなんて言葉を持ち込む方が偏見を持ってると思います」

「いや、その、今の質問は事務処理的な話じゃなくて、でも、まあ何と云うか、自分はそう云う偏見のようなものはですな」

お持ちでないと判断したからお答えしましたと敦子は云った。

賀川は顎を引いて指で額を拭った。

「持ってないですわ。そのつもりですわ。しかしですね、職業婦人で雑誌記者と聞いたので、もう少し年配の方を想像していてですな、あ、これも偏見かもしらんですが、そう云うつもりはないんですがねえ。自分は二十九ですから、そんなに違わんですよ。確乎《しっか》りしていらっしゃる。これは、何ですか、褒めております」

敦子は苦笑した。

賀川は見た目よりも付き合い易い人間のようだった。それよりも、勝手に三十代と値踏みしていた自分を、敦子は少し恥じた。

それで、と賀川は云う。

「青木《あおき》とはどのようなご関係ですか」

「関係——と申しますと」

説明は難しい。

青木とは警視庁に勤務する知人の名である。

正確に云うなら兄の友人の戦友の元部下、と云うことになるだろうか。

しかし、そんなことは最早どうでも良いことだろう。友達と云う程親しくはないし、知人と云うよりない。

「あ」

勘繰ってはおりませんよと賀川は慌てて云った。

「その、そう云うことを聞いておるのではなくてですな。ええと——聞けば事件の捜査中に知り合って色色ご協力を戴いておるとか」

「協力と云う程役に立ってはおりません。最初は慥《たし》か——」

いつだっただろう。

「ああ。一昨年でしたか、武蔵野のバラバラ殺人事件の時に、丁度同じような取材をしていて——あの、噂の伝播拡散と変質と云ったような意図から、地域の若年層を中心に取材をしたんですが」

それは真実である。

ただ、今回はそんな取材はしていないのだが。

「ああ。あのバラバラ。ありゃ酷《むご》い事件だった。鬼の所業ですわ。自分も間接的に捜査に加わりましたが、正直胸が悪くなった。いや、まあ、何故にこんなことを伺ったかと云いますとね」

賀川は前屈みになる。

「ええと、そう、何と云いますかね。その、今回の連続殺傷事件に関しては、ですな。何ですか。かなりの数のタレコミ——一般市民からの情報提供がありましてね。こりゃ有り難い話ではあるのですが、実のところ、それが捜査を混乱させておるのです」

「混乱と云うのはどう云うことなんでしょう。そんなに連日、大量の情報提供があるのですか？」

「まあ、あると云えばあります。それ自体は好《い》いんですわ。轢き逃げだの引ったくりだのだと、中中情報が集まらなくて困ることも多いですからなあ。この事件は割にセンセーショナルに報道されとるから、普段より沢山《たくさん》寄せられたんでしょう。ただですね、そのタレコミにどの程度信頼性があるのか、これ、まるで判りませんわ」

「虚偽の情報もある——と云うことですか」

違う違うと賀川は手を強く振った。

「そんな悪人はいないですよ。情報提供者は皆さん善意の人ばかりですよ。捕まえて貰わんと自身も怖い、と云うのはあるんでしょうしね。ただ、まあ勘違い見間違いと云うのはあるし、そうでなかったとしても無関係と云うことはあるんです。あるでしょう。でも無視は出来ない。一件一件確認せにゃならん。確認するまで関係あるかどうか判らんです。でも、確認すると云っても、これ、手間も掛かるし難儀な訳です。で」

賀川は右手で敦子を指差した。

「あなた。お嬢さん。失礼、中禅寺さんね。あなたが信用出来るかどうか、と云う話なんですわ。いやいやいや」

賀川は首を左右に小刻みに振った。

「信用せん、と云ってる訳じゃないですからね。誤解しないでくださいよ。青木とはですね、同期みたいなもんなんですよ、自分。青木は豊島《としま》に卒配されて、自分は世田谷《せたがや》でね。その後も年に何度かは会って飲むような仲です。青木はあれで、結構飲むんですよ。そんなこたァどうでもいいんですが、自分はあの男にかなり信頼を置いている。去年、服務規程違反で異動になったけれど、すぐに本庁に戻されたでしょう。真面目だからですよ。飛ばされたんだって真面目だからです。適当に済ますことが出来ないんです。その青木が信用していいと云うんだから、自分はあなたも信用したい。ただね」

賀川は今度は指を天井に向けた。

「上はそんなことじゃ説得出来ない訳ですわ」

「はあ」

「いや、もう正直、情報は要らんと上の者は思ってるんです。混乱する一方ですから。自白もしてる訳だし、このまま立件してしまっていいだろうと云う訳ですわ。自白と矛盾する情報もある。でも裏取りのためには検証せにゃあならん。尤も、全てのタレコミの整合性を取るのは不可能ですから」

人の記憶は曖昧ですからと敦子は云った。

曖昧ですなあ。曖昧ですよと賀川は顔をくしゃくしゃにして云った。

「自分だって一昨日何を喰ったか朧《おぼろ》げですわ。でもですな、自分としては善意で提供されたネタは無下にしたくない訳ですよ。見間違いなら見間違い、勘違いなら勘違いでいいんですけども、だからと云って別にどうでもいいだろうとは思えない。何か見落としがあるかも判らんでしょう。だから、出来るだけ客観的且《か》つ冷静な第三者の目は要ると思うんですわ、個人的にね。個人的にですよ」

他に何を聞き込まれましたかと賀川は泣きそうな顔で尋いた。

「色色と取材してる訳ですよね、あなた。女学生さん達からも。いや、学校には当然お伺いしてる訳ですが、凶悪な事件であるし、生徒は多感な年頃であるから、徒《いたずら》に動揺させたくないので生徒個別の聴取は出来る限り避けてくれと釘を打たれてしまいましてね。まあその時間、被害者以外の生徒達は全員宿舎にいたようで、目撃している筈もありませんからね、仕方がないとは思ったんですが――その、鬼の因縁ですか？　その話をあなたにしたのは、被害者と親しくしていた生徒ですよね？」

「情報源の秘匿は記者の基本ですが、本件に関しては刑事事件ですし、情報提供者本人にも予め確認していますから、お答えします。お察しの通り――です」

「ええと――呉さん。呉さんという下級生が親しくしていたと聞いていますがね」

「はい」

「他のこと、何か仰ってませんでしたかねえ。その呉さん、被害者のお母さんや加害者とも面識があるんですよね？　慥《たし》か」

敦子は首肯《うなず》く。

「どうなのかなあ」

そこなのだ。

敦子が——知りたいのも。

「賀川さん、何に引っ掛かっていらっしゃるんです？　私はお話しした情報が事件の骨格自体を変えてしまうようなものとは思っていません。ただ、加害者と被害者の関係性の認識が変わると云うことはあると思ったんです。痴情の縺《もつ》れって——」

「それは新聞記事の表現ですわ。何ですか、煽り文句ですか。それに近いもんでしょ。警察発表でそんなことは云ってないから。被害者と加害者は面識があり恋愛関係にあった可能性もある、と云っただけ。つまり、それまでの通り魔的犯行とは違うと云うことが云いたかったんだけれど」

「実際のところ、恋愛関係にあったかどうかは怪しいようですけど」

矢《や》っ張《ぱ》りかい、と云って賀川は拳骨で机をこつんと叩いた。

「あ、失礼。それも呉さんからの？」

「ええ――呉さんは、二人は仲が悪かった訳ではなかったけれど、恋人と云う感じには見えなかったと云っていました。勿論それは呉さんの感想、印象に過ぎない訳ですから、真相までは判らないんですけど――その、恋愛関係と云うのは何処から出て来たんですか？」

自白だよと賀川は云った。

ガードはかなり緩くなっている。

「あのね、自白だけなんですよ。自白。自白はさ、個人的な感覚では証拠能力ないと思うんだよ。先輩は自白至上主義でね、自供《うた》わせればお終いだと云うんだけども――あ」

刑事は口を押さえた。

「いや、まあ、本人がそう申告しとる、と云うことですわ。自分達は恋仲だった、と。でもねえ、そんなもん何とでも云えるでしょう」

「嘘かもしれない、と？」

「いや、嘘と云うかね。男の妄想かもしれんのですよ。片想いだったとしても見栄張る奴はおりますでしょ。相手は死んでいる訳ですから、確認は出来んのです。死人に口なし」

「それはそうかもしれませんけど――しかし、そうした動機や経緯に関しては兎《と》も角《かく》、犯行そのものに関しては自白を取る必要はないですよね？　現行犯逮捕なんですよね？」

「違いますよ」

違う――のか。

「凶器を持って現場にいただけ。だから現行犯逮捕じゃなくて、緊急逮捕ですな。犯行自体を目撃した人はいないから」

「でもお母さんが――いたのですよね？」

「いません」

「え？」

それも違うのか。別に秘密じゃないから云いますよと賀川は怖い顔で云う。

「何でもかんでも隠してる訳じゃないですわ。民間人に話すのは、ま、上司は怒るでしょうけど、やあ、此処はあなたと自分だけだし。あなたは善意の情報提供者であって参考人じゃないし。民間人には無条件で協力をお願いしておいて、こっちは沈黙《だんまり》と云うのはどうか。これ――訊問や事情聴取じゃないですからな。書き取りもしてないし。バレなきゃいいでしょう。信じますよ、あなたを」

賀川は眼を剝いて敦子を見た。

「片倉勢子さんは通報者です。現場にはいましたが犯行は通報途中に起きている。宇野が娘を殺害したところは、見てませんな」

「通報――」

それは考えていなかった。しかし、凶行の後、警官が来るまでぼうっとしている訳もない。誰かが警察には報せている筈だ。すると――。

「勢子さんはね、ほら、あそこ何もないでしょう。ないんですよ。あの野球場は照明も何にもないから、街燈なんかも少なくて、あの辺は真っ暗ですよ。だから通り魔も出るだろうと云うことでね。前回の犯行以降、巡回増やしてるんですわ。で、まあ警邏《けいら》が自転車で廻っていたら、和服のご婦人が血相変えて駆けて来た。で、娘が死ぬ——と」

「殺された、ではなく？」

「死ぬ、ですな。警官の証言では。こりゃ慌てます。で、駆け付けたらば」

犯行は済んでいたのか。

「しかし、そうだとしても、お母さんはお巡りさんに宇野さんが娘を殺そうとしていると訴えた訳ですよね？」

「そう——なんでしょうかなあ」

「違うんですか？」

「違うような、違わないような、です。片倉勢子さんは、刀が、刀がと繰り返したそうでね。刀が、刀が、娘が死ぬ、死んでしまう、ですわ。宇野が殺したとは云ってない」

「でも」

それは、どう聞いても宇野が——と云うことになるのではないか。

刀が勝手に人を斬る訳はないのだし、現に刀を持っていたのは宇野なのだから、それは同じことではないのか。

「まあ、現場に駆け付けてみればバッサリ、でしょう。お母さんはもう錯乱してしまって何が何だかですよ。警官は慌てて救急喚《よ》んで——いや、死んでないかもしらんと思った訳ですよ。死んでりゃ現場保持して鑑識喚びますがね。で、宇野を緊急逮捕、と。お母さんは、娘と一緒に病院に行ってしまって、宇野はするする自白するでしょう。まあ、それで普通は終りなんですがねえ」

賀川は両手で自分の顔を叩いて、それからゆっくりと指を下ろした。顔を引き伸ばしているように見えた。

「終わらなかったんですか？」

「お母さん、そりゃあ錯乱もしてたんでしょうけども、いいや、宇野さんじゃないなんて云い出しましてね。じゃあ誰だと尋いても、何ともまあ、要領を得ない。宇野が自白してると告げたらば、納得したようですけどね」

「宇野さんじゃ——ない？」

もう一人誰かいたと云うことか。いませんよ誰もと賀川は云う。

「足跡《ゲソ》痕も調べましたよ。女学生の靴と、宇野のドタ靴、それからお母さんの草履だけですよ。あとは警官のもの。だから、その場に他の人間は誰もいなかった。つまり、まあ宇野で決まりですよ。そうでしょ？」

そうなるだろう。

「じゃあ何がご不満なんです？」

「不満はないんだけどもさあ」

変でしょと賀川は実に不満げに云った。何か変なんですよと賀川は繰り返した。

「どうしてあんな場所に、母子《おやこ》と宇野とでいたのかと」

それは敦子も感じたことだし、少し考えれば誰でも不審に思うことだろう。しかしそう思うのは、報道ではそれに就いての説明が何もされていないからだ。ある程度事実関係を把握している筈の担当刑事の口からそんな言葉が出ると云うのはどうなのか。

「どうしてなんです？」

「まあ、自宅に戻っていた被害者を二人で送って来たと云うのが宇野の証言ですよ。元は実家に泊る予定だったけれど、急にハル子さんが寄宿舎に帰ると云い出して、もう夜も遅いし、場所も場所だし、何かと物騒だから送って行こうと——まあ、ここまではいいですよ。でもね」

賀川は一層に眼を剝いた。

「慥《たし》かに彼処《あそこ》は物騒なんだけど、宇野が通り魔の下手人ならば、その宇野こそが物騒の大本と云うことじゃないですか。物騒にしてるのは自分自身な訳でしょ。その上、何だって日本刀持って来ますか。刀剣屋だから刀はあるんだろうけど、持って来ますか普通。持って来ないよ」

余程鬱憤《うっぷん》が溜まっていたのだろうか。否、云いたいことが山程あるのに、ずっと云えないでいたのだろう。賀川は堰を切ったように話し出した。

「おかしいよ、どうしておかしくないとか云うんだよ。そもそもそんな三人連れで、そんなもの持ち歩いてたら目立つし、捕まるだろう。気が付かないかなあ」

「下谷からの移動手段は、当然、電車を利用した訳ですよね？　乗り継ぎもありますよね」

あるねえ、と賀川は節を付けるように云った。

「移動中の目撃者は全くいません。和服の女性、刀を持った若者、女学生の取り合わせはかなり目立つと思うけどなあ。バラバラに乗ってたんなら珍しくはないかもしれないけど、それじゃあ護衛にならんしね。まあ、日本刀持ってる宇野は単独でも目立った筈ですよ」

「それ、逆に日本刀だと思わないのじゃないでしょうか。何か袋のようなものとか、箱とか、そう云うものに入っていた訳ですよね？」

それもだッ、と賀川は大声で云った。

ドアの硝子窓から婦人警官が怪訝な顔で覗いた。

賀川がまるで気付いていないようなので、敦子は窓に向って愛想笑いをした。

「あのね、そう云うものは現場にないんです」

「入れ物はないんですか？　私は日本刀に詳しい訳ではないですが、持ち歩くにしても、桐箱に入れるとか、剣道の竹刀のように長い袋に入れたりするとかしないものでしょうか」

そもそも持ち歩いちゃ駄目なんだよと賀川は云った。その通りだろう。

「そうでしょう。でも、宇野はそのまんま持って来たと云う。勿論、鞘には入ってますよ。抜き身じゃあない。でもさぁ、そんな馬鹿な話は聞いたことがないよ。幕末ですか今は。銃砲刀剣類等所持取締令の、刀剣類等、には日本刀含まれてますよ。それ以前に帯刀禁止令が発布されたのは明治でしょ。今は昭和ですよ。誰も刀持ってないし、持ってたら捕まえますよ。片倉さんは商売ですから、まあ届けも出てるし運搬も業務のうちでしょうけどね、宇野はただの手伝いですよ。刀持って歩いて平気と云うのは納得出来ないですよ、自分は。でもね、実際持ってるんだからそうだったんだろうと云う訳ですよ。いや、そうなんだけど、変だろうと。持ってることがね。持てないでしょ、と」

やってられないよと刑事は愚痴を吐《は》き始める。

愚痴を聞いている暇はない。

「その辺のことに就いて、宇野さんは何と証言してるんです？」

「いや、それこそ物騒だからって。まあ護身用と云うことですよ。いやいや、それって通り魔が出たら応戦するつもりだったと云うことでしょ？　辻斬りが出たらチャンバラするんですか？　丹下左膳《たんげさぜん》や鞍馬天狗《くらまてんぐ》じゃないんだから。と云うか、通り魔、自分自身じゃないですか。おかしいでしょうに。それはまあ、お母さんもいたから、僕が通り魔だとは云えませんし、そうやって誤魔化《ごまか》して持ち出した——と云うことなんでしょうけどね」

最初から日本刀を持っていたのか。

縦《よし》んばそれが痴話喧嘩の末の凶行だったのだとしても、喧嘩した時点で、既に凶器は手許にあったと云うことになるのか。それとも、それ以前に関係は破綻していたと云うことなのかもしれない。

いずれも、二人が交際していたなら、と云う前提あっての話なのだが。

「それはつまり――加害者は最初から被害者を殺すつもりで凶器を持ち出した、と云うことになるんですか？」

「いやね、ハル子さんを殺すつもりだったんじゃなくて、本当は辻斬りをするためだったと云ってますけどね。送って行った序《つい》でに通り魔やっちまおうと云うね。何とも巫山戯《ふざけ》た話ですよ。結局、通り魔やる前に連れを殺してしまった訳だけども」

それは――慥《たし》かにどうなのか。

「いつもやってる現場付近に行くんだから、帰りがけに一寸《ちょいと》斬ってやろうと云うね。お手軽なもんですよねえ。こりゃまあ大いに不謹慎な発言なんだが、そう云うことはあるのかもしらん。いや」

賀川は手を翳す。

「普通はない。ないでしょう。あってはいかん。でも通り魔の気持ちなんぞ自分には察することが出来ない。自分は、刃物は好かんのです。銃剣の訓練も厭でしたよ」

髭剃りですら怖い、と賀川は顎を擦った。

「でもですな、まあ刀を持ち出したのがそう云う動機だったと仮定して、です。ハル子さんを無事に送り届けていたとしても、まだ片倉勢子も一緒にいる訳ですよ。それはどうする気だったんですか。用があるから先に帰れとでも云いますか？　刀持ち出す程危険な場所に来ていて、ご婦人一人で帰したりしますかね？　それとも、これからいかんことするから眼を瞑《つぶ》っててくれと云いますか」

「それ、慥《たし》かに相当無理があると想いますけど、そこに就いて、賀川さん以外の方の見解は？」

「簡単ですよ。別に考えてなかったんだろうと云うことですわ。ま、実際に宇野は片倉勢子の目の前で犯行に及んでいる訳だから、何も考えてなかったのかもしれませんけども——いや、そんなことある訳ないでしょう。ないよ。ない。そんな迂闊《うかつ》な男なら、もっと早くに捕まってるでしょうに。六人も襲ってるんですよ。三人は死んでるんだから」

「それに就いてですが——その凶器は他の」

賀川は敦子の質問を察したらしく、全て云いきるのを待たずに答えた。

「まず間違いなく、他の通り魔事件で使用された凶器ですわ」

そこに関しては歯切れ良く断言する。

「根拠は」

「血液が検出されている。刃の部分は研がれていますがね、研ぎ具合から見ても近近何かを切ったことは間違いない。で、何ですか、その持つところ。何ですか、柄《つか》ですか。あそこにはこう、何か巻いてあるでしょう、布みたいな。真田紐《さなだひも》みたいな。何ですか、詳しく知りませんが。そこから前の被害者の血が出た。あれはこう、編んでありますからね、表面だけ拭いたって取れるもんじゃない。沁みてるんですわ。検出された血液は、今回の被害者とは別のものですね。三人分くらいは出ていて、それらは前の被害者の血液型と合致してる」

「つまり、宇野さんが犯人かどうかは措《お》いておくとしても、その刀が昭和の辻斬り事件に使用された凶器であることはまず間違いないと云う訳ですか」

刀だけは。

刀だけは真犯人ですわと賀川は云った。

「刀——ですか」

「刀は人じゃないですから真犯人ってことはないですが、ほら、お母さんも云ってますしね。刀が、刀が、と」

刀が。

刀が刀が。

刀が——殺す。

刀なんだよと云って賀川は下を向いた。

「いや、すいません。興奮してしまって。自分、一司法警察官として、警察という組織には全幅の信頼を置いております。上司先輩も尊敬してます。警察官としての誇りも持ってます。でも変なものは変だよ。変でしょう」

「変――です。その、宇野さんの供述は全体的に不自然なんでしょうか。あ、こんなことこそ私なんかに云えないですよね」

云いますよ自分はと云って、賀川は反《そ》っ繰《く》り返る。

「宇野、実に素直に喋ってますよ。澱《よど》みなくね。裏を取っても、一応、嘘や誤魔化《ごまか》しはない。ただ、証言に何か齟齬《そご》があった場合、そこはおかしいだろうと指摘するとね、発言を修正してくるんだよ。こっちが誘導してる訳じゃないですよ、念のために云いますがね。何ですか、自白強制したりする印象があるでしょう警察の取り調べ。うちはないです。しませんわ、そんな無法なこと。と云うか喋りますからね、勝手に。ぺらぺらと。でもねえ、何だか、警察の都合を考慮して供述してるように自分には聞こえる訳ですよ。上司にそう云ったらば、都合良いも悪いもねえ、本当ならいいじゃねえかと叱られた。その通りですよ。でも、変だ。変は変だ」

「動機は――その、連続通り魔の方の」

「供述ですか？　刀をずっと観ていたら人が斬ってみたくなった――んだとか」

「斬ってみたくなった？」

「って、そんなこと云われてもねえ。通り魔なんてそんなものだと云われればそうかとしか返せないんだが、それ、いつの時代の剣術使いですか。講談にだってそんなイカレた侍は出て来ませんよ。大体、人を斬ってみたかったって、そんな鬼みたいな――いるのかもしれませんけど、自分には理解出来ない」

――鬼か。

「お尋ねします。賀川さん、勿論、絶対に口外しません。話せないならお答え戴かなくて結構です。直接訊問されている賀川さんの感触として、宇野さんは――無実ですか？」

賀川は口を横に拡げてへの字に曲げた。

「無実とは思いませんよ。片倉ハル子殺したのは宇野なんでしょう。でも、通り魔事件の犯人かどうかは甚だ怪しい。そもそも、証言と喰い違う」

「証言――と云うと」

被害者の半分は生きてるんですと賀川は云った。

「最初の被害者は、左腕を切られてます。こう」

刑事は自らの腕を示した。

「新聞報道では二の腕とあったが、本当はこの、肘《ひじ》の下辺りです。切断はされなかったが、もうちゃんとは繋がらんです」

賀川は何だか悔しそうだった。

「新聞の記事は間違いなんですか？」

「そこです。間違いじゃなく、これは解釈の問題でして。まあ、記者発表ではね、擦れ違い様《ざま》に腕を斬られたと――」

賀川は右腕を水平に振った。

「まあこう説明したんですな。で、まあ――人ってのは、先《ま》ず自分を基準に考えるもんなんじゃないですかな。被害者も加害者も、まあ、自分の身長と大差ないと思っちゃうもんなのか、と。だから位置としては二の腕だろうと、そう解釈したんじゃないかと」

それはそうかもしれない。

「実際は背の高い者も低い者もいる。だから斬られた位置はもっと、こう、何ですか。下だった。走って来て擦れ違いざまに斬られたので、何が起きたか全く判らなかったと云う」

「人相なんかは見ていないんですか？」

「そもそも暗いですからね。それに、このご時世に人斬りが出るとは思わないですわ。被害者は三十二歳の焼き芋屋ですよ。善良な芋屋。遅くまで売り歩いてて、冷えたんでしょうな。小便がしたくなった。屋台を置いて横道に入って、褒められた話じゃないんですが、公衆便所もないから。立ち小便をして戻るところを襲われた。いいですか、攘夷派の不逞浪士じゃない、芋屋さんですよ。いきなり刀で斬られるなんて思わないでしょう。だからそのまま錯乱して、何も覚えてないんですけどね――」

二人目は五十二歳の会社役員ですと賀川は云った。

「これも新聞報道は間違ってるんですがね。左腕の切断は芋屋さんで、この人は違うんですわ。実際は右胸の下側から脇腹にかけて斬られてます」

ここね、と云って賀川は右手を挙げ、左手で自分の脇の辺りを示した。

「これもね、まあこうやって万歳《ばんざい》でもしてなきゃ斬り難い部位ですわな。それこそ二の腕が邪魔になるでしょう。だからまあ、報道の人は腕ごと斬られたと思ったのかもしらん。でも、傷は一番浅い」

「傷、浅いんですか？」

慥《たし》かにやや奇妙な斬られ方だ。

「腕は」

「腕は無傷ですな。この人、会社役員と云っても土建屋さんで、元は鳶職だから、まあ頑丈な親爺《おやじ》さんでね、肝も据わってた。斬られても気丈に、犯人を取っ捉まえようとしたようでね、でもすばしこくて逃げられた。普通、物盗りと思うから。一応鞄を庇ったらしいが、こう」

賀川は右手で何かを引っ掻くようにした。

「ね、捉まえようとしたんだが空を掻いて、犯人は腋の下を擦り抜けちゃった」

「屈んだ、と云うことですか？」

「そう。親爺さんも身を屈めたんだろうと云ってましたがね。でもね、一人目の時、犯人は走って来て走り去った訳だけれども、この時は違ってて、物陰からぬっと前に出て、バサッとやって、ひょいと逃げてる訳ですわ。親爺さんは跡を追おうとしたんだが、出血が多くって、そこで大声を出した。それを通行人が聞き付け、十分程で警官が到着してる。傷も浅く手当てが早かったから助かった。いや、こんな目に遭って良かったなんてことはないですがね、一命を取り留めたことは、本当に良かったと思いますわ」

賀川は一度眼を閉じた。

善良な男なのだ。

「でね、現場の横、犯人が潜んでたと云う藪。植え込みちゅうか、藪ね。慥《たし》かに人がいた形跡はあるんだが――」

背が低いんだよと刑事は云った。

「三人目は十八歳の工員。これも報道では左脇腹とあるが、これに関しては完全な誤報でね、実際は右胸の、二人目よりやや上から斜めに斬り下ろされてる。これ、斬られてすぐに前屈みに倒れたんだけれど、ただ意識は明瞭で、倒れる途中に振り返って逃げる犯人の後ろ姿を見てる。犯人は」

小柄だったと云うんだと賀川は云った。

「小柄?」

「宇野は六尺はある。六尺あったら小柄じゃないでしょうよ。小柄と云うのは自分のような体格ですよ精精。自分、子供の頃の綽名《あだな》はマメ川だから。豆ですマメ。まあ、自分は二人目の現場で藪の中に屈んでみましたけど、ギリギリ隠れられる。でもね、部下にでかいのがいるんですよ。そいつは無理。首竦《すく》めたって肩から上が出る。勿論、暗いですから関係ないと云えば関係ない。どうせ見えやしないでしょう。でも隠れてる方は、見えてるか見えてないか判らんのだから、そんな半端な隠れ方しますか？」

しない、絶対しないと賀川は云った。

敦子は何も尋いていないのだが、この小柄な刑事は何もかも喋るつもりのようだ。

「二人目の土建屋の親爺さん、これがまたでかいんだ。最初は病院で寝てたから判らなかったけど立ち上がったら大柄で、自分なんざ見上げちゃいますわ。マメですからね。で、思ったんですよ。自分が犯人だったら、身を屈めなくたってちょいと頭下げれば、親爺の腋の下を潜り抜けられる——って」

「それはつまり、犯人は身長が低い、と云うことですか？」

賀川は一瞬沈黙した。

確信が持てないのか。いや、確信は持っていても断言は出来ない、と云うことか。

「で」

賀川は答えず、話を進めた。

「さっきの話。一人目の芋屋さんの腕ですよ。自分がこう刀を構えて擦れ違いざまに斬ったなら」

賀川は横に刀を構える真似をした。

「擦れ違い様《ざま》ですから、真横に構えたとして丁度肘の辺りです、切れるの。傷はほぼ水平についてる訳で、まあこうやって斬ったんでしょう。でも実際の傷はもう少し下ですわ。肘より下が斬られた。それはつまり、斬った奴は自分よりも背が低い、と云うことになりませんか。そうだなあ――丁度、お嬢さんくらいですかね。相当小柄です。まあ自分はマメだけれど、自分より小柄な男だって大勢いますからね。犯人はチビだと、そう思ってましたよ」

賀川は立ち上がった。

「ほら、自分より丈《たけ》がないなら、男としては相当チビではあるでしょ。いや、目撃情報の方もね、まあ何だかんだと勝手なことばかり云って来るんだけれど。勘違いもあるし、見当違いもあるし、ガセもあるんでしょうがね、その、七割くらいはね、小柄な男と云う情報なんです。小さい男が刀持って走って行ったと云う――」

賀川が民間から寄せられた情報を無視することは出来ないと云うようなことを云っていたのはこのことなのだろう。

慥《たし》かに、矛盾はしている。

「宇野さんは背が高い方だった――と？」

「高いでしょうや。戦後の若者はぐんぐん伸びる」

賀川もまだ二十代だ。若くないと云うこともないと思うが。

「自分なんかは、もう少し低けりゃ丙種《へいしゅ》合格だったかもしれんですよ、徴兵検査。今の若い者はみんな甲種《こうしゅ》でしょうな。ま、徴兵なんてもんはされん方が幸福かもしれないが」

賀川は咳払いをして再び座った。

「中にはね、大男だったと云うようなタレコミもある。辻斬りなんて変な綽名が広がった所為で、素浪人みたいな恰好をしていると思い込んでる人も多くてね、犯人がいると云う通報で行ってみればちんどん屋ですわ」

刑事は太鼓を叩くような仕草をする。

「何たって辻斬りだからさ。如何《いか》にも時代掛かってるでしょうに。新選組《しんせんぐみ》だか天誅組《てんちゅうぐみ》だか、そう云うもんだと思っているから、そう云う人影を目撃した者も多い。いや、自分が犯人なら和装で犯行には及びませんな。走り難《にく》いでしょう」

敦子は兄を思い出す。兄は常に和装である。

「だから、寄せられた情報で混乱するってのはそう云うことなんですわ。被害者の傷や証言と、容疑者の条件は必ずしも合わない。それは大問題だと思う訳だけれどもね、容疑者の容貌と合致するような目撃情報も、ない訳じゃあない。勿論、被害者の証言に近い情報も多く寄せられてるんですがね」

「警察としての見解はどうなんです」

「大柄だ小柄だと云うのは主観の問題だ、とね。大男から見りゃみんな小柄で、チビの目で見りゃみんな大柄じゃないかと」

そりゃそうだけどさ、と賀川はやさぐれたような態度を執り、すぐに改めた。

「まあ、自分はマメだけれども、中背とノッポくらい区別は付きますよ。道歩いてる人見てみんな大柄だなあなんて思いやしませんよ。違いますか」

「それはそうだと思いますけど」

「そうでしょうに。容疑者が逮捕されていて、それを補強するような目撃情報がある。これはいいですわ。何の問題もない。一方で、それらとは喰い違う目撃証言もある訳ですよ。それは却下と云うのはどうなんですか。まあ、ちんどん屋みたいな勘違いもあるから却下せざるを得ない情報も少なからずありますよ。何もかもに整合性を求めるこたァ出来んでしょうや。でも、宇野を送検するために被害者の証言や現場の状況まで却下すると云うのは、都合良過ぎはせんですか。これは捜査方針として少少――いや、大いに問題ではないかと自分は考えますよ」

「その点も同意しますが――賀川さんご自身はどう思っていらっしゃるんです？」

「判りません」

弱弱しくそう云って、賀川は萎《しお》れた。

「判らんのですよ。まるで判らんのですわ。しかし、自分は公僕としてこの事件の犯人を許すことが出来んのです」

　刑事は握った手で机を叩いた。

「もし、もしですよ、宇野が真犯人でない可能性が少しでもあるんなら、そこんとこは潰しておかなくちゃ安心出来ないんですわ。万が一違ってたらと思うとね」

「冤罪になると？」

「いや、裁くのは裁判所ですよ。検察だって仕事する訳だから。人が人を裁くんですからね、そこは厳重ですわ。縦んば自分等が見誤ったとしても、正して貰えるかもしらん。送検したって起訴されないこともありますわ。でも、だから現場の自分等は間違ってても良いなんてことはないでしょう。自分等警察の捜査が杜撰でいいなんてことはない。無実の人間を罪に問うのは大いに問題ですわ。でもそりゃ同時に犯人を見逃すってことですよ。それも問題でしょうに。いいですか、誤認逮捕だ冤罪だと云う以前に、真犯人が別にいた場合、そいつは今も野放しなんだよ」

　それが心配なんですよと云って、賀川は皺が出来る程に口を一文字に結んだ。

「四人目以降の被害者は、全部亡くなってるんですよあなた。物盗りでも傷害事件でもなく、む、無差別連続殺人なんですよ」

　賀川は興奮を収めるように顔を震わせ、仕切り直すように続けた。

「失礼。でね、四人目は女性で、これは袈裟《けさ》懸《が》けと云うのかな、肩先からバッサリやられてました。戦争で旦那さん取られて、子供二人抱えて内職で暮らしてる寡婦で、四十歳。貼った袋を納品に行った帰りにやられてる。残念乍《なが》ら通行人も殆どいなかったので、発見が遅れ、病院搬送後暫くは息があったが、出血多量で亡くなった。これね、ご遺体に縋《すが》って泣きじゃくる子供達が哀れでね。もう、泣くの我慢するのが大変でしたよ。もう、鬼畜の所業ですよ。鬼」

賀川は少し涙ぐんでいるようだった。

「五人目は二十歳のお針子さんで、この人は法事で実家に帰ってて、縫製工場の寮に戻る途中で斬られたんですな」

「お独り——だったんですか」

「独りですなあ。でも、その時は夜回りが近くにいて、悲鳴を聞いて駆け付けて腰抜かした。それで辻斬りだ辻斬りだと大騒ぎして——いつの時代かと思いますよ。新聞ももう少しまともな名前をつけりゃいいものを——ま、だから直ぐ警官も現着してるんだけども、遅いですわ」

病院へ搬送中に死亡ですよ、と賀川は残念そうに云った。

「被害者同士の接点は——」

ないないと賀川は手を振った。

「相当掘ったけどもね。何ひとつ関係性や共通項は出て来ない。六人目は近所の風呂屋の罐《かま》焚《た》きでした。六十二歳。風呂落として、一杯引っかけて、酔い醒ましにふらふらと歩いてたようですね。これも袈裟懸け。肋《あばら》まで断ち切られていて、即死のようでした。こちらは朝になって死体が発見された。これね、あなた、どう思いますか」

「段段斬り方が上手になっている――と思います」

「はッ」

賀川は一段と大きく眼を剝いた。どことなく爬虫類染《じ》みている。

「なる程。そりゃ気付かなかったが――」

「最初は、走って来て、勢いをつけて斬って――だからきっとさっき賀川さんがしたような動作だったのでしょう。でも人間には腕がありますから、それだと腕に当たって胴は切れない。だから次は隠れていて、前に出て斬り付けてみた。でも傷の角度はまだ浅いようなので、対象との距離も離れていたんだと思います。すっと斜めに薙《な》いだようなものなんでしょう。それじゃあ大して切れない」

こうね、と賀川は斬る真似をした。

「ええ。三人目は、もう少し上から、斬り下ろすようにしている。刀自体の重さを利用することに思い至ったんでしょう。でも、多分まだ踏み込みが足りなくて、致命傷は与えられなかった」

「なる程。そうですな」

「四人目で漸く、こう、適度な距離まで踏み込んで振り被って斬り下ろす、と云うスタイルが出来たんじゃないのでしょうか」

「そうか、そうだなあ」

賀川は腕を組んだ。

「自分は、これ被害者の身長を測ったんじゃないかと考えたんですわ。先ず適当に選んだ芋屋さんは腕を切っちゃった。で、もう少し身長が高ければ腕をちょいと振り上げた時に脇腹が切れるのじゃないかと考えた。でも擦れ違い様じゃないと、これは意味がない。胸や腹なんか浅く切る程度じゃ駄目で、こう、斬り下ろすためには、逆に身長が低い方がいいと考えた。で、もう少し小さめを狙った。それでもまだ駄目だったから、次はもっと小さめを狙った。女性二人と罐焚きの爺さんは小さいです。爺さんは、背筋伸ばせばそれなりなんだけども、背中が丸くなってますからね、伸びない。自分よりも上背は低い」

それもあるでしょうねと敦子は云った。

「いずれにしても、試し斬りを繰り返してると云う感じですよね」

「試し斬りかぁ。まあそうだねえ」

「実験を重ねて、学習して上手になっている。そんな感触があります。と云うことは――」

素人と云うことですなと賀川は云った。

「ま、今日日人《きょうび》を斬ったことがある人間なんざ然《そ》う然《そ》ういやしませんからな、そう云う意味じゃみんな素人なんでしょうがね。自分、軍隊で銃撃の訓練はさせられたけども、人を斬る稽古なんかしてないですわ。銃剣なんてもんは突くだけだし、軍刀だって、官憲のサーベルだって、ありゃ殆ど飾りじゃないですか。でも武道家なら俵だの何だの切るでしょ。自分達も剣道はやらされるんですがね、竹刀振るだけ。けども正月には師範が何か切って見せますわ。すぱっと。だから剣術やってる人なら、こんなへっぽこな斬り方ァしないでしょう。刀なんか持ったことのない奴が犯人だ」

「宇野さんはどうなんです？」

「宇野は——刀には馴れてます」

「それは片倉さんの実家で、と云うことですか」

「ああ、刀剣片倉でも一年程丁稚みたいなことしてたようですがね。給料もきちんと払ってた訳じゃなくって、ま、半分居候のようなものだったようで。就職していると云う意識はなかったみたいだなあ。片倉さんとこは女所帯だし、それこそ用心棒のようなものだったんだな。だとすればとんでもない用心棒だった訳ですが——問題はその前です」

「新聞発表だと、旋盤工と云うことになってましたが」

「そう、旋盤工なんだけども、そこも正式に雇ってた訳じゃなくて、見習いのようなものですよ」

「就職していた訳じゃないんですか？」

「正式雇用はされていない。勤め先を訊いた際に宇野は暫く考えてその工場の名前を出したんだけれど、要するにきちんと就労したと云うか、通って仕事をしたことがあるのはそこだけなんだ。宇野はね、刀の研師《とぎし》の内弟子だったんだ」

「研師――ですか？」

「そう。宇野は戦災孤児でしてね。ガード下かなんかで浮浪児みたいな生活をしてるところを研師に拾われて、十二の時に弟子入りした。住み込みの内弟子ですわ。十七までの五年間修業して、十七で破門された。破門の理由は判らないですな。素行が悪かったと云う訳ではないようだ。その証拠に、破門したって行く場所がないと云うことで、その研師の家には住んでいたんですわ。研師の知人とやらに工場を周旋して貰って、ずっとそこから工場に通っていた」

「破門――したのにですか？」

「そう。素行が悪いなら追い出すでしょう。その時点でもう十七だ。何処でも働けるでしょう。色色と世話してて、この上面倒見る義理はない。それなのに追い出さなかったと云うなら、そうねえ、腕が悪かったと云うか、見込みがなかったんじゃないですかなあ。そこは瞭然《はっきり》しない。でも、人間が駄目なら、普通は追い出しますよ、破門と同時に」

「血縁などはなかったんですね？」

「赤の他人ですよ」

「知人の子だったと云うようなこともない？」

「ないですな。宇野はそもそも地元が違う。だから思うに、宇野と云う男は、何ですか、実直なんだがどうも要領が悪いんだね、あれは。それで工場に勤めたはいいが、機械仕事も苦手で、仕事の呑み込みも悪かった。いつまで経ってもものにならない。旋盤ってのは、不器用な者には危険な仕事ですよ。それでまあ、足が遠退《とおの》いたんでしょう。徐徐に行かなくなっちゃったんだねえ。正式に雇われる前だから、解雇されたと云う意識もない訳ですよ、宇野本人にも」

美由紀は正式に辞めた訳じゃないかもしれないと云っていたが、正しくは正式に雇われていなかったようだ。

「片倉さんとこはその研師の客なんだそうでね。客と云うのは変なのかな。何ですか、取引がある訳だよ。刀剣屋と研師だから。だから顔見知りではあったんでしょう。で、ブラブラしてるなら店を手伝ってくれと、これは片倉勢子の方から云い出したことらしい」

剣術云々は関係ないとしても、日本刀と縁のある境遇ではあった、と云うことだろう。

「ま、それを機会に、宇野は研師の家を出て、下谷にアパートを借り、自活を始めたようですな。でも、殆どは刀剣屋にいたようですがね。ま、そういう訳で、要領が悪くて不器用ではあっても、刀の取り扱いには馴れていたんだろうと——」

「扱いには馴れていても、それと剣術は違うでしょう。楽器を作る職人さんは楽器の取り扱いには慣れているのでしょうが、でも演奏が上手とは限りませんよ。それに、剣道の心得があったとしても、所謂《いわゆる》据え物切りと生きた人間を斬るのとでは違うでしょうし。ですからそれはあまり——」

いや。

研ぐ。

刀を研ぐ。

どうかしましたかと賀川が云った。

——そう。

「刀って、人間を斬ったりしたら傷みますよね」

「そう——でしょうなあ。活動写真なんかだとバッタバッタと何人も斬り倒すけれど、そんなには斬れないですよ。刃毀《はこぼ》れもするし。銃剣なんかすぐ曲がります。ちゃんとした日本刀でも、そうねえ、二三人じゃないですか、現実には」

「それもそうなんですけど、斬った後に手入れをしなければ——傷みますよね」

「いや、そりゃ片倉は刀剣屋ですよ。手入れはお手のものじゃないですか。あの、耳掻きの房みたいなので、ぽんぽんやるのでしょうに」

そうじゃないんですよと敦子は云った。

「研いであった訳ですよね、凶器は。さっきそう仰いましたよね？　凶行は四箇月に亘《わた》って六回繰り返されているんです。その間に何もしなければ刀は切れなくなります。人の脂は鋼を腐蝕させるような話も聞きましたし。犯人が下手なら、刃毀れもした筈です。刀は必ず研がれている。それは——一体誰が研いだんでしょう。宇野さんなんですか？」

「ああ」

賀川は口を開けた。

「いや、どうだろう。宇野に研ぐ技術があるとして、研ぐには道具が要りますわな。砥石《といし》だの何だの要りますね。庖丁研ぐような家庭用の砥石じゃ間に合わんのでしょうからな。刀剣屋にそんなものあるのかなあ。ありそうですけどね。いや、片倉さんとこは研ぎ屋に出してたんだから、ないのかな？　いやいや、そもそも宇野は破門されてるから、研師としちゃへボなんでしょうし——え？」

「研ぎに出しているなら、研師の方はその刀が何を斬ったか判るんじゃないですか？　そうなら、研いだ研師はそれを黙っていた、と云うことになりますよね？　それ以前に、研師に依頼した人物こそが犯人、或いは犯人を知っている人物——と、云うことになるんじゃないんでしょうか」

「そうすると」

矢《や》っ張《ぱ》り宇野なのかと賀川は頭を抱えた。

「いや、宇野なんだけど。なんだけど——いや、あの研師」

賀川は手許の帳面を開いた。

「大垣喜一郎《おおがききいちろう》か。あの爺さん——宇野を庇って黙ってたのか？　そうなのか」

「その研師の方ですか。どちらにお住まいなんです？」

「この近くですよ。宇野の証言の裏取りに行っただけで、それ程詳しく話は聞いてないんだが——そうだなあ。研いでるよな、刀。そうか、そうだなあ」

賀川は帳面を捲《めく》る。

「いや、何もかも宇野の証言通りだったし、もう自白していたから——でも」

手が止まった。

「鬼の刀」

「何です？」

「人の血を欲しがる鬼の刀——鬼——か」

賀川は、そう云って黙った。

3

「迚《とて》も恐《こわ》い――です」

美由紀はそう云った。

子供屋の店先である。

既に午後なのだが、店先の老婆はまだお茶を啜《すす》り乍《なが》ら握り飯を食べている。昼食ではなくお茶請けなのかもしれない。

袋小路になった露地には小さな童《こども》が三人、小枝で地べたに絵を描いている。

空き地には学帽を被った子供二人が竹馬に乗っているのが見える。

月曜の午後だ。

竹馬に乗っているのは小学一年生だろうか。美由紀は試験期間も終って、新入生の受け入れ準備だのがあるため、今日は半ドンなのだそうだ。木机の上には毒毒しい黄色の液体が満たされた厚手の硝子コップが二つ置かれている。

注がれているのは蜜柑水《みかんすい》と云う名の飲み物だ。

だが当然原材料は蜜柑などではない。何だか判らない薬品で黄色く染められた液体と云うだけである。先程、老婆が握り飯を食べる手を止めて大きな瓶《かめ》から柄杓《ひしゃく》で酌んでくれたものである。一合で五円だった。

昔からあるものなのだが、敦子は飲んだことがなかった。不衛生だとか体に悪いとか成分が不明だとか、世間が云うような理由で飲まなかったのではない。敦子は幼い時期を京都で過ごしている。勿論京都にだってあったのだろうが、不幸にして敦子の身近にはこの手の店があまりなかったのである。それだけの理由だ。美由紀は能《よ》く飲むらしい。

美由紀はそのうえ、串に刺した酢烏賊《すいか》まで齧《かじ》っている。その姿で怖いと云われてもあまり切迫感は感じない。

敦子にはこう云う無邪気さが欠けている。

——較べて。

較べてばかりいる。そんな気がする。自分と似たところと違うところ。美由紀を見る度に、敦子は無意識の内に己《じぶん》との異同を探している。何故なのかは解らない。

「あんまり恐そうには見えないけど」

そう云うと美由紀は烏賊を咥《くわ》えたまま、狐に抓《つま》まれたような顔をした。

「いや、本気です」

本気は変でしたと云って美由紀は蜜柑水を一口飲んだ。

「その組み合わせって、平気なもの？」

「あまり合っているとは云えませんけど、馴れた味同士なので平気です」

「その平気と云うのは、能《よ》く合う組合わせと云う意味でも、美味《おい》しいと云う意味でもないわよね？」

「美味しい——と云うか、まあ、私は大丈夫だと云うだけです」

「大丈夫なんだ」

酢烏賊のことは気にしないで下さい、と美由紀は云った。

「この、駄目な感じの酸っぱさと、微《かす》かに残った海の感じが郷里を思い出させるんです。祖父は漁師でしたし。烏賊は獲ってなかったと思いますけど。いや獲ってたのかな」

「それよりも——」

何が判ったのだろう。

美由紀は昨日、刀剣片倉を訪ねている。店は閉まっており被害者の母とは会えなかったそうだが、美由紀の顔を覚えていた近隣の住民の話を聞いたのだそうだ。

「はい。お隣のお婆さん、保田《やすだ》さんって云うんですけど、能く玄関先のお掃除をされていて、ハル子さんと一緒にお伺いする時なんかも何度か顔を合わせてました。ご挨拶もしていたんで、私のことを覚えていてくれて」

美由紀を認めるなり、あれまあ、と云って保田さんは涙を浮かべたと云う。

「保田さん、ハル子さんのことが相当衝撃だったようです。事件以来、ずっと心配されていたようなんですけど、誰も帰ってないそうで」

「お母さんも――戻っていないの？」

「それが、どうやら一度は帰宅されたようなんですけど、掛ける言葉もなくて、まごまごしているうちに直《す》ぐ出掛けてしまったようだと保田さんは云ってました。見た目かなり憔悴されていたようで、今にも倒れそうだったから心配だったとか」

「それはそうなんだろうけど――」

自分の経営する店の使用人が実の娘を殺害したのであるから、普通に振る舞えている方がおかしい。

それにしても片倉勢子は何処に行ってしまったと云うのだろう。被害者の母とは云え、重要参考人であることは間違いない。警察は居所を承知しているのだろうか。

「保田さん、それで私を家に上げてくれて、色色と話をしてくれたんです。保田さん、独り暮らしなんですよ。生れた時から下谷に住んでて、だからもう八十五年」

「そんな――ご高齢なの」

「そうなんですよ。でもまだ矍鑠《かくしゃく》としていらっしゃいました。東京の大空襲で息子さん夫婦が亡くなって、お孫さんは戦死されたんだそうです。だから今は天涯孤独。戦前までは長唄のお師匠さんをしてらっしゃったそうですが、元元は芸者さんだったんですって」

「花柳界にいらした方なんですね」

美由紀はまたぽかんとした顔になった。

「そう云うんでしょうか。私、もの知らずなので判らないんですけど、で、お隣の片倉さんの——ハル子さんの大叔母《おおおば》さんと云う人もその、芸者さんだったんだそうです」

「大小母《おおおば》さんと云うと、お祖父《じい》さんかお祖母《ばあ》さんのご姉妹《きょうだい》、と云うことかしら」

「ええ、そうですね。お祖父さんの妹さんの、片倉柳子《りゅうこ》さん。日本橋《にほんばし》の芸者さんで、それは綺麗な人だったようです。そうだ、あの、敦子さんは浅草十二《あさくさじゅうに》階《かい》ってご存知ですか？」

「知ってはいるけれども」

勿論、見たことなどない。

その建物は敦子が生まれる前に倒壊している。

そう云うと、そうなのかあと、美由紀は不思議そうな顔をした。

「だって美由紀さん、浅草十二階——凌雲閣《りょううんかく》は、大正の大震災で倒壊したんだよ。それって、もう三十年以上前のことじゃない。私はこの世にいません」

私は十二階自体を知りませんでしたと云って美由紀は首を竦《すく》めた。

「どんなものか想像も出来ないんですけど、人気があったそうですね。そんな高い建物、今だって然《そ》う然《そ》うないです。昇ってみたいです。何が見えるんでしょうね」

何が——見えたのか。

凌雲閣は明治二十三年に竣工した――当時としては――本邦一高い展望塔である。明治半ばで十二階建てと云うだけでも驚くのだが、電動昇降機《エレヴエーター》まで備えていたと云うから、明治期の建築技術の粋を尽した、それは凄い望楼だったのだろう。

ただ、昇降機は八階までしか昇らず、その上頻繁に故障したため殆ど使われなかったようである。設計した外国人建築士は昇降機の設置は考えていなかったようで、昇降機はそもそもが後付けの、付け焼き刃だったのだ。

それでも、避雷針を含めれば地上二百尺を超すと云う高みからの眺めは、人心を摑んだようだ。

展望室からは関八州の山並みが見渡せたと云うから、東京の凡《すべ》てが見渡せたのだろう。

慥《たし》かに当時の絵や写真を見るに、周りには何もない。

いや建物は勿論あるのだが、それらはほぼ地べたを這うようにあるのだ。だから平地に突き立った剣か何かのように見える。

実際は思う程に高くないのだろうと敦子は思う。

遠くの山山まで見渡せたのは、何よりも見晴らしが良かったからだろう。凌雲閣が高かったのではなく、周囲が皆、低かったのだ。二百尺と雖《いえど》も、横にしたなら大した距離ではないではないか。竣工当時は目新しかったのだろうとは思うけれども、

六十年以上前のことだから、それはそうだったのだろう。

凌雲閣は東京新名所として一時は隆盛を極めた。しかし、明治も終り近くになると客足が鈍り始め、それに合わせるように地上の風紀が乱れ始めたのだそうだ。凌雲閣下の飲食店街は私娼窟となり果て、十二階下の女と云う言葉は娼婦を指す隠語となるまでに至ったと云う。依然として名所ではあったようだが、集う人人の質は変わり、量も減った。浅草と云う土地の持つ或る種猥雑な力に染まるようにして、凌雲閣は観光名所であり乍《なが》ら何処か遺跡のような異様さを帯び始めたのだ。

浅草界隈の娯楽の中心が浅草オペラに移ったこともその要因であったろう。

凌雲閣は昇降機を再設置するなどして再興を図るが奮わず、やがてその高い体軀を利用した巨大な壁面広告なども付けられるようになり、品のない電飾まで施されたそうだ。

明治が終って以降、竣工から三十年以上経った近代化の象徴は、既にして地べたに生えた無用なものに成り下がりつつあったようである。

そして大正の大震災が東京を襲った。無用の塔は倒壊した。しかし。

凌雲閣は崩れ去ることはなかったのである。

十階より上の木造部分は崩壊し、火災も発生した。でも煉瓦造りの塔本体は燃えず、八階以上は崩落したもののそれより下は未練がましくも残ったのだそうだ。

震災発生時、塔の中にいた客は僅かに十二人。一人を除いて全員が死亡した。

十万人を超す死傷者を出した大災害である。

もしも凌雲閣界隈が往時の賑わいを見せていたなら被害者の数はもっとずっと多かったに違いない。その数をどう捉えるべきなのかは判らない。

東京の殆どが壊滅的に壊れて、燃えた。

その瓦礫と燃え滓《かす》の荒野に、凌雲閣の残骸はまだ突っ立っていたのである。

鬼の角のように。

危険だと判断した東京市は、工兵隊を派遣して凌雲閣を爆破した。

しかし、それでも欠けて尖った爪のようになったそれは、まだ突っ立っていたと云う。

二度目の爆破で、明治の東京を象徴する高塔は完全に破壊された。だから、正確には凌雲閣は震災で倒壊したのではない。人の手で破壊されたのだ。

そうしたことを、敦子は取材で知った。

以前、本邦に於ける昇降機の進化と定着と云う記事を担当したことがあるのだ。

後付けであろうと何であろうと、どうであれ日本最初の電動昇降機は凌雲閣に設置されたものである。調べない訳には行かなかった。

でも、敦子は美由紀のように素直には受け取れなかった。

敦子にとって凌雲閣は前近代と近代の狭間に突っ立っている樓《たかどの》なのである。旧《ふる》い時代から新しい時代へと突き伸びた異形の塔は、新しい時代から眺めるならば中空から出でて地面へと突き刺さった旧い時代の楔《くさび》に過ぎないだろう。

記録の中に残るそれは、敦子にとっては決して愉しそうな場所ではない。それは最初から廃墟だ。印象としては中世の羅城門か、城主がいない廃城か、そうしたものである。当然最上階に巣くっているのは、人ではない。

それは下界を見下ろしている。否——煉瓦に穿たれた小窓から、展望室の望遠鏡から、覗いているのだ。まるで覗きからくりを観るかのように。

その、虚ろな塔の主は虚無である。

新旧どちらの時代からも爪弾《つまはじ》きにされた浅草十二階には、虚無が満ちている。

兄に依れば、鬼とはないものだと云う。

存在しないのではなく、ないという形であるものだと云う。

ならば虚無こそが鬼だ。

娯楽施設と云う装置は普《あまね》く、仄暗《ほのぐら》い部分を僅かでも抱え込んでいるものだと思う。この国の文化は、いつの頃からか遊興と云う行いそのものに背徳《うしろめた》さを背負わせてしまったからだ。

でもそれ以上に、凌雲閣の抱え込んでいる闇は深い気がする。不必要に高く、そしてそれ程高くもない塔の中には、近代からも前近代からも弾かれてしまった無用のものが密封されているような気がしてならないのだった。

凌雲閣は、明治大正と云う苛烈でいて暗愚な時代に聳《そび》える亡霊の塔だ。

敦子にとってそれは、もう建物ですらないかもしれない。

凌雲閣は、焦土に突き立てられた鬼の爪か、将《はた》また角か、そうしたものである。存在そのものが、到底この世のものではない。

既に存在しないのだから、それもまた当然なのだが――もしまだあったとしても、敦子は美由紀のように昇ってみたいと思うことはない。

美由紀は然《そ》う然《そ》うないと云うのだが、同じような高みは今なら其処此処《そここ》にある。建築物の高層化はこれから更に進むだろう。もっと、ずっと、遥かに高い処に人は昇れるようになる。

なら、それでいい。

存在しない鬼の住み処に昇りたいとは思わない。

――何が見えるんでしょうね、か。

その辺のものが普通に見えたようよと敦子は応えた。

「その辺のもの？」

「ええ、そうね。特別なものなんか見えはしないでしょう。遠くの山並みなんかはちょっと眺望のいい高台からなら見える。今だって、これだけ建物が高くなったのに、でも見えるでしょう。富士山なら平地からでも見える場所があるんだし。土地に依っては、その辺の坂の上の方が十二階建ての一番上よりも標高が高いんじゃないかしら。だから、見える遠景は一緒なんじゃない？　震災前は今より木造の平屋がずっと多かっただろうけれど――」

それなら見通しは良いですよねと美由紀は云う。

「そうだけど、それはつまり屋根ばかり見えると云うことでしょう。どこまでも屋根の連なり。その先の、遠景なんかはそんなに変わらない。だから何か凄いものが見える訳じゃないでしょう。近景に至っては、まあ、肉眼でもそれなりに判るくらいじゃないかな」

「そうですか。人なんか豆粒みたいになりません？　しかもぐるっとパノラマですよ」

「美由紀さんがどんな想像をしてるのか判らないけど、そんなに奇景とは思えない。慥《たし》かに三百六十度遠景を観られる場所って今でも殆どないけれど、人間の眼は正面しか見えないでしょう。自分が移動しない限り、三百六十度全部を眺めることは不可能なのね。パノラマって、多くの場合、要するに横に多少広いってだけの意味なんです。で、凌雲閣に昇った人は視野を広く取るのじゃなくて、大抵、望遠鏡を覗いたみたいね」

「それは、遠くを観るためですよね」

多分――違う。

「遠くは山と屋根ばかりなんだから、望遠鏡で観たって変わり映えはしないでしょう。だから、結局展望室のお客は――覗いたの。広い景色を観るのじゃなくて、普段よりずっと狭い穴から、その辺を覗いたの。肉眼でもそこそこ見えるくらいなんだから、望遠鏡を使って観たりしたら、知り合いだったら誰だか判っちゃう訳でしょう？」

ああ、と美由紀は空の方に視軸を向けた。

「そうですよね」

「だから、十二階に昇っても、昇った人は結局のところいつでも見えるものを観ていたんだと思う」

「そんなに高くても、ですか」

「高いから、じゃないかな。同じものでも見え方が違うと新鮮でしょう。でもそれ、要するに視点が上がってると云うだけのことよね。普段、平地で普通に目にしているものを斜め上から観下ろすことが出来る——だけ」

そうですね、と美由紀は少しつまらなそうに云った。

普段観ているようなものを。

ただ角度を変えて。

「ご免なさい。私、夢のない女なのね。美由紀さんくらいの時から、ずっとこうなの。厭になっちゃうくらい」

兄は、夢は寝ている時に見ろと云うのだが。

私も変わりませんよと云って美由紀は笑った。

「目標はあるけど、夢なんか見ません。ただ、私は三階——四階かな。それよりも高い処に昇ったことがなくて、十二階と云うのがどのくらいの高さなのか想像が出来なかっただけです。冷静になって考えれば、きっとそうなんでしょうね」

「ほら」

全然恐がってないと敦子は云って、蜜柑水を口にした。

美味しくもないが、不味《まず》くもない。

「いやァ、恐がってますよ」

美由紀は酢烏賊を弄《もてあそ》んだ。

「そもそも凌雲閣は何の関係があるの？」

「そうだ。ええと、あの、何でしたっけ、美人番付みたいなの。人気投票と云うんですか、その、美人の女性の——」

それも取材の時に聞いた。

「慥《たし》か、『東京百美人』だったかな」

それですそれと美由紀は烏賊の串を振る。

「何か、凄かったらしいですね。東京中の美人の写真をずらっと並べて貼って、お気に入りの美人の人に投票するんですよね。でもまあ、何か、どうかなとは思いますけど——そう云うものに順位をつけるのは」

一寸《ちょっと》下衆《げす》と敦子は云った。

「そう云うコンテストって、そのうち問題視されると思う」

ああ、と声を漏らしてから、美由紀は困ったような顔になった。

「そうですよねえ。魚河岸の競《せ》りと云うか、何かの品評会みたいです。でも、その景観自体は凄いと思いませんか？　だって百枚の美人写真がずらっと並べてあるなんて、それこそ想像出来ません」

　虚無の塔の内側に掲げられた女達——。

「それ、苦肉の策だったみたいよ」

　どうしても肯定的なことが云えない。どう云うことですと美由紀は乗り出す。

「昇降機が故障して、使えなかった訳。それなのに十二階もあるのよ。十二階まで、ずっと階段で昇るの。それって、愉しい？　七階までには外国の物産販売店なんかがあったようだし、休憩所もあったようだけど、何と云っても目玉はそれより上の眺望でしょう。わざわざ浅草まで出掛けて、お金払って凌雲閣に入って、途中階までしか行かないなんてことはないでしょう。だから、昇るんだろうけど」

　微昏《うすぐら》い螺旋を。

　蝸牛《かたつむり》の殻の中を進むかのように。

「窓はあるから外の景色は見えたようだけど、それだって面白いものじゃないし、基本は塔の中をただただ上まで昇る訳でしょう。冬場は陽が差さないから冷えるし、夏は蒸すでしょう。そこを昇るの。休み休み昇るにしたって、お年寄りなんかは結構きついでしょうし」

「ああ。大変そうです」

「大変だと思うよ。美由紀さんはまだ若いからいいかもしれないけど、私なんかもう、五階以上はそんなに昇りたくない」

若くたって別に昇りたくないですよ、と美由紀は云った。そうしてみると電動昇降機と云うのはかなりの売りだったのだろう。

「だから、お客さんを最上階まで誘導するために階段の壁面に写真を連ねて貼ると云う発想が生まれたみたい。一枚一枚品評しているうちに、展望室まで誘《いざな》われてしまうと云う仕組みね——」

慥《たし》か、その催しがあったのは明治二十四年、凌雲閣竣工の翌年だった筈だ。

電動昇降機は故障を繰り返し、結局何箇月も使われぬまま廃止されたのだ。

撮影したのは東京写真師組合初代組合長の小川一眞《おがわかずまさ》である。敦子は小川に関しても取材をしている。

小川は内務省からの要請で皆既日食のコロナ撮影を行った人物なのだ。哲学者九鬼周造《くきしゅうぞう》の父で、当時図書頭《ずしょのかみ》だった九鬼隆一《りゅういち》男爵が行った古美術文化財の調査に於ても写真撮影を行っている。また帝室技芸員として顕彰された只一人の写真家でもある。

この百美人撮影は、その経歴の中でも異質なものではあるだろう。

小川一眞は、撮影条件の差異で見え方が変わってしまってはいけないと考え、撮影場に和室を建て込み、被写体《モデル》達を凡て同じ条件で撮影したと云う。

「まあ、女性の写真なんだから、男性客を当て込んだ企画ではあったんでしょうけど、写真自体がそんなに一般的じゃあなかった時代に、額装された縦三尺もある大きな着彩写真だったと云うから、それは新奇なものではあったみたい。ご婦人方も拒否感を持たなかったようだし、お子様も珍しがって喜んだようだけど――」

写真は凡《およ》そ二箇月間展示され、三万数千の投票があったと云う。比較対象が定められないのでこの数字をどう受け取るかは難しいところだが、少ない数ではない。上位五名には高価な景品が進呈されたそうである。

この評判を受け、その後も凌雲閣は類似の企画を頻繁に開催した。

東京百美人も数回行われている筈である。

ただ、毎回毎回新しい美人が揃えられる訳もなく、回を重ねるうちにやがて飽きられてしまったようだが。

それでも第一回目はかなり人気をとったようよと敦子は云った。

「それに味を占めたんでしょうけど、何回目だかには一等から五等までの女性に金剛石《ダイヤモンド》の首飾りと丸帯なんかが授与されたそうだから――何とも豪華な話に聞こえますね。毎回そんなだったとは思えないけど、まあ、最初のうちは羽振りが良かったんでしょうね。でも、被写体は無尽蔵にいる訳じゃないから、回を重ねるうち同じ人が何度も登場することになったんじゃないかしら。そうなると――ねえ」

「綺麗な人って、まあいますけど、そんなにいます？　五人とか十人とかくらいまでなら想像出来ますけど——百人も二百人もいらっしゃるもんなんですね。東京って矢っ張り凄いところですよねえ。でも一体どうやって捜したんでしょう、その美人さん。東京中鵜《う》の目鷹《たか》の目で歩いたんですか」

「そうじゃないの。初めの東京百美人は、みんな東京の——芸者さん達の写真なの」

美由紀は口を開けた。

「芸者さんだけ——ですか」

「そう。多分、当時は一般の人が自分の写真を公衆に晒《さら》すって、かなり抵抗があったんだと思う。特にご婦人の場合。でも、芸者さんを抱えてる置屋さんとしては宣伝になる訳でしょう。だからこそそんな企画が成立したのじゃない？　世話人になって芸妓さん達と話をつけたのも花柳界の女性だったようだし。だから——」

「そうか」

美由紀は串を木机の上に置いて、ぽんと手を打った。

「いや、納得しました。あのですね、保田さんのお婆ちゃん、その——百美人の一人なんですよ」

「え？」

写真見せて貰いましたと美由紀は云った。

「着彩じゃないし、そんな大きな写真じゃなかったですけど。芸者さん辞める時に、置屋さんから貰ったんだそうです。保田さん、三味線持って、開け放った襖障子の前に立って、提《さ》がった提燈の横で澄ましてました。あ、勿論写ってるのはお婆ちゃんじゃなくて、若いですよ。その、六十年くらい前だとか」

「六十三年前ね」

「じゃあまだ二十一とか二ってことですよね」

敦子よりも若い。

「ええと、日本橋の多津ゑ《たつえ》だったかな。名前。保田達枝《たつえ》さんと云うんです。まあ、綺麗は綺麗なんですけど、失礼な話ですが、そんな吃驚《びっくり》する程の美人と云うこともなくて」

「本当に失礼よそれ」

「ご本人が自分で云ったんですよ。何で妾《あたし》なんかが入っちゃったかねえとか。で」

美由紀は地べたに置いてあった鞄から半巾《ハンケチ》に包んだ何かを取り出した。

「借りて来ちゃいました。これ」

木机の上に置いて、開く。

包まれていたのは紙片であった。

どうやら一葉の写真のようだった。

「これ、ハル子さんの大叔母さんです」

「矢《や》っ張《ぱ》り百美人の一人だったんですよ。片倉柳子さん。ほら——名前が焼き込んであるでしょう、日本橋りう子」

「そうなの?」

敦子は手に取ってみる。

古ぼけた、燻《くす》んだ写真だった。

楕円形にトリミングされている。

その楕円の中には、若い芸者が写っていた。

「それ、保田さんのと違ってて背景とかないですけど。何なんでしょう、保田さんは、もしかしたら投票の時に使ったものかねえと云ってましたけど、能《よ》く判りません」

綺麗な人だ。

「麗人ですよね。面差しはハル子さんに少し似てる気がします。その頃、柳子さんは十八歳だったそうです——」

ならば敦子より美由紀の方に齢が近い。

「随分大人びて見えますけど、実際に実年齢よりもずっと上に見えたんだそうです、柳子さん。と——云っても、老けているとかそう云うのじゃなくて、何と云うんですか、色香のある、とっても佳《い》い女だったたって、お婆ちゃんは云ってました」

「百美人——か」

虚無が満ちた隠宅の回廊に飾られた写真。

敦子は、旧家の長押《なげし》の上に並ぶ樟《くす》んだ遺影を思い起こす。

「その柳子さんは、もう一寸《ちょいと》で次点だったのよォと保田さんは云ってました。何でも、何処だかのお大尽が、ご贔屓《ひいき》の芸者さんに一等を取らせたくて、お金をばらまいて投票させたので、順位が変梃《へんてこ》になっちゃったのよ——とか」

そう云う話は聞いた。

組織票が投じられたのは事実だったようだ。

ただ、上位の者は二千票以上を獲得していたようだし、それなら個人の力で馴染みの女を五位以内に押し上げるのは難しいようにも思う。パトロンの財力で票数が決まったのだとしても、そんなに大量の票は買えはしまい。買収があったとしても、精精《せいぜい》順位を一つか二つ上げるだけの効果しかなかったのではないか。

要するに決して公正なものではなかったと云うことなのだが、所詮は花街色街のお遊びである。不正も公正もないだろう。

でも、慥《たし》か次点——六位になった芸妓は、後に大人気になって絵葉書などにもなったと云うから、その辺の鬩《せめ》ぎ合いはあったのかもしれない。七位八位を無理矢理五位以上に押し込むくらいのことは出来たのだろう。次点に迫る得票数があったと云うのなら、それなりに人気があったと云うことになるのかもしれない。

「四番五番の子よりも柳子ちゃんの方がずっと綺麗だったのにねえ、と保田さんは云ってました。ご自分は、ほぼビリだったとか。まあ、見るにそう云う感じです」

それ矢っ張り失礼だと思うと敦子は云った。美由紀は苦笑した。

「まあ、お会いしてるご本人は八十五歳なんですから、昔は美人だったと云われても想像するのが難しいです。でも、自己申告なので信じました。お世辞しか返せませんでしたけど」

「それはまあいいけど――」

「殺されているんです」

美由紀は突然そう云った。

「誰が？　この」

日本橋りう子。

「柳子さんが？」

「ええ。この百美人の一人になったばっかりに」

本当に遺影になった――と云うことか。

「何でも、秋口から春先にかけてずっと付け回されて、あまり執拗《しつこ》いので、袖にしたら殺されたんだとか。お婆ちゃん、柳子さんと同じ置屋さんにいたんだそうで、だから付け回してる犯人の顔も何度も見てるんだそうです。鬼みたいな顔だったたって。殺された日も一緒にいたんですって。寸暇《ちょっと》離れている間に、バッサリ」

「バッサリ？」

日本刀で斬り殺されたんですと美由紀は云った。

「片倉家の女ですから、柳子さんは。それはもう恐ろしかった、暫く夢に見たと保田さんのお婆ちゃんは云ってました。それは、怖いと思います」

第一回百美人の翌年なら明治二十五年。

勿論、一般人に佩刀《はいとう》は許されていなかった。しかし、現在よりもずっと刀は身近だった筈だ。明治維新から四半世紀経っているとは云うものの、凶器としては寧《むし》ろ一般的だったのではないか。その時代に生きたことはないから判らないけれど。

でも、少なくとも刀は今よりも手の届く処にあった筈だ。

刀が。

刀が――か。

「それが――怖いこと？」

「怖いことその一です」

美由紀は蜜柑水を飲み干した。

「その殺されちゃった柳子さんのお兄さん、つまりハル子さんのお祖父さんは、利蔵《としぞう》さんと云うんだそうです。利蔵さんは刀剣屋さんを嗣《つ》がれていて、お子さんが二人いた。一人はハル子さんのお父さんの欣造《きんぞう》さん。そしてその妹さんの、静子《しずこ》さんです。その」

「静子さんも殺されたと云うの？」

そうなんですよと美由紀はまた手を叩いた。

「ええと、帝都不祥事件の年だそうですから」

「昭和十一年ね。十八年前」

未《ま》だ美由紀は生まれていない。

敦子は六歳である。

帝都不祥事件とは、陸軍青年将校が首謀者となった反乱未遂事件のことである。最近では、発生した日付けを採って二二六事件と呼ばれることが多いようだ。

「先の大戦の前ですよね？　私、歴史は無知なんです」

歴史——と呼べる程に古い事件ではないように思う。ただ、昔の話だと云う感覚は敦子にもある。太平洋戦争を間に挿《はさ》んでいると云うこともあるのだろうか。

「その年の五月だったそうです。保田さんは、柳子さんのことがあってから何だか恐ろしくなって、それで芸者さんを辞めて、一度は植木屋さんと結婚したんだそうですが、その植木屋さんの女癖が悪くって——あ、ここは関係ないとこですね。二三年で離縁をされて、その後すぐに実家——これは今の家ですから、刀剣片倉のお隣ですね。あそこに戻られていたんだそうで」

「お一人で？」

「お子さん、引き取られたんです。長唄のお師匠さんをやって女手一つで子育てをしていたんだそうですよ。なので、明治三十年くらいからずっとあそこで暮らされている訳です。利蔵さんとは幼馴染みなんですね。だから片倉家にお嫁さんが来て、お子さんが生まれて、そう云うのを、全部隣で見てた訳です。再婚もせずに」

男は植木屋で懲《こ》り懲《ご》りだそうですと美由紀は云った。

「利蔵さんが結婚したのが明治三十九年、それで欣造さん――ハル子さんのお父さんが生まれて、でも欣造さんが八つくらいの時に利蔵さんは離縁しちゃって、後妻さんとの間に出来たのが静子さん。昭和十一年ですか？　その時、欣造さん二十六歳、静子さんは十六歳。ハル子さんくらいですね。静子さんは、柳子さんに似た可愛らしい娘さんだったそうです」

「何があったの」

強盗が入ったんですよと美由紀は素っ気なく云った。

「出刃庖丁を持った居直り強盗。その時、欣造さんはもう結婚していて、家を出て別に竈《かまど》を持っていたんだと云う話です。利蔵さんと云う人は、その頃はもう六十四五だったようなんですけど、柔術の達人で、強かったんです。で、お金より妻や子供達を護ろうとして闘ったんですよ。そして、強盗の出刃庖丁を叩き落として、隙を狙って玄関から家族を逃がそうとした。強盗は自棄糞《やけくそ》になって売り物の刀を手にとって闇雲に斬り掛かった」

見て来たように語るのねと云うと、聞いて来た通りですと美由紀は答えた。

「奥さんは命からがら外に出て、助けてェと大声を出したんですって。そこで近所の人達、勿論保田さんも慌てて飛び出た。そしたら」

血だらけの。

「静子さんが転げ出て来たんだそうです」

「娘さんだけが斬られた——の？」

「ええ。逃げ出す途中、お母さんを庇ったのか、ひと足遅かったんでしょうか。その後犯人に組み付いた利蔵さんが戸を破るようにして飛び出て来て、近所中で取り押さえたんだそうですが、静子さんは傷が深くて、警官が到着する前に亡くなったんだそうです。柳子さんと同じだったと——保田さんは泣き乍《なが》ら云ってました」

同じか。

片倉家の女は斬り殺される——。

鬼の因縁。それが判らない。

「そして、今度はハル子さんでしょう。もう保田さんのお婆ちゃんは、お隣のこととは云うものの、かなり参ってました。恐ろしい恐ろしいって——」

「それで」

貴女は何が怖いのと敦子は尋いた。

「え？」

「貴女――と云うよりもその保田さんは一体何を恐がっているの？　物騒だと云うこと？」

物騒ではあるのだ。

旧幕時代でもあるまいに、斬殺屍体を目にする機会など滅多にないだろう。その保田と云う人は、二度もそれを間近に見ており、のみならず三度目も身近で起きた、と云うことになる。これは珍しいことではあるだろうし、云うまでもなく物騒ではある。ただ。

「学校の生徒達と同じで、殺人自体が怖いと云うのかしら。それとも刀で斬られると云う亡くなられ方が怖いの？」

「それは、ですから、その」

美由紀の云いたいことは敦子にも能《よ》く解るのだが。

「三代続いて同じように殺害された――と云うところが怖いの？」

まあ、そうなりますよねと美由紀は云った。

「でも、それって、偶然よね？」

「偶然？」

「だって、最初の柳子さんは、懸想した男性に殺害されたのでしょう。犯人は捕まっているのよね？　で、次の静子さんは強盗に殺された。これも捕まっている訳でしょう。ハル子さんは、まだ真偽の程は不確かだけど、宇野さんに殺された。宇野さんも逮捕されているのよ。三人の犯人には、関連性も連続性もないでしょう。ないのよね？」

さあ、と美由紀は首を傾げる。

「その三つの事件の間に何かしら因果関係があったと云うのなら、また少し話は違うんだけど——どうやらそれはないように思えるし、犯人の動機も、犯行の形態も、何もかも、全く以て非連続的な出来ごとじゃないのかな。そうだとすると、同一性を保証しているのは、それが同じ片倉家で起きたと云うこと、被害者が全員女性であると云うこと、そして」

刀——か。

「凶器が日本刀だと云うことだけよね？」

それをして因縁と呼ぶのかもしれない。敦子はふとそう想ったのだが。

兄なら何と云うだろう。

「明治の中頃だと、まだ日本刀は凶器として珍しいものじゃなかったと思う。柳子さんの死に様は今でこそ猟奇染《じ》みた印象を受けるものだし、当時だって当たり前の死に方じゃなかったんだろうとは思うけど、明治中期と云う時代を考慮するなら取り分け不自然なものとは思えない。静子さんの場合、強盗が日本刀を手にしたのはそこにあったからだし、その凶刃は、もしかしたらお父さんとかお母さんに向けられていたのかもしれない。静子さんが亡くなったのは不幸な偶然でしょう。そして、ハル子さんの事件はそれら過去の事件とは全く関係ない。被害者同士に血縁があると云うだけ。そうじゃないかしら」

だから。

それこそを因縁とするのではないのか。それぞれ無関係に発生した事象を結び付けて意味付けし、そうした偶然の連鎖を必然であるかのように見せ掛ける――原因とはならぬものを原因とし、結果となり得ぬものを結果とする――因果とはそうして構築されるものではないのか。その因と果を結ぶ縁こそが、因縁ではないのか。

親の因果が子に報い。

先祖の悪行で子孫が不幸になる。

親の行状と子供の障碍は無関係だ。犯罪と血縁は無関係だ。

そこに超自然的で神秘的な理念を代入することで、人は架空の因果関係を造り出し、まるで違った構図を導き出すのだ。

縁――として。

その構図は安定しているだろう。

不幸な諸事は、多く理不尽で不条理なものである。しかし判り易い原因を用意し、安定した構図に放り込むなら、理不尽も不条理も解消してしまうのではないか。人は安定を求める。時に差別的な眼差しを抱え込んででも安定を求めるものである。

恐くなるのは――。

その用意された構図が、過去に留まらず未来にも当て嵌められるものだからであり、加えてその構図を支える縁――理念が超自然的で神秘的なものだからである。

その構図は、時に行く末の不幸を予測させることになる。理不尽で不条理な過去を解消するために選び取られた構図は、そのまま理不尽で不条理な未来を成立させるものとなり得るものだからである。しかし、超自然的で神秘的なものには抗えない。抗えないが故に、人は多くその超自然的で神秘的な理念を、今度は信じないと云う方法を取る。勿論、この先に待受けている不幸を回避したいが故に——である。だが。

何を信じようが信じまいが、人の想いとは無関係に起きることは起きる。それは、時に用意された構図に当て嵌まってしまうことがある。その時に人は、信じないようにしていた超自然的で神秘的なものを、信じざるを得なくなる。

だから恐くなる。

そんなものは気休めの嘘っぱちだと、人はどこかで思っている。その気休めの嘘っぱちがそうでなくなるから恐くなる。でも、そうでなくなるのに理由はない。

偶然だからだ。

元元、凡ては偶然の集積なのだ。理由があるとするなら、それはもっと卑俗なものだろうし、もっと即物的なものだ。或いは精神的なものだ。そして凡ては自然科学で説明し得るものだ。超自然の割り込む隙間などない。だから。

——いや。

今回は違う。

変だ。

いま美由紀が話したことは――。

凡て果ではないか。

因がない。

例えば最初の事件が次の事件を生じさせているのだと解釈したとしても、それが因となり果となって繰り返されているのだと理解したとしても。最初の事件だけは、因なくして起きたことになるのではないか。

――鬼の因縁か。

まだ。

その先があるのか。

「美由紀さん。その、柳子さんの先と云うのは、あるの？」

何か考え込んでいる様子だった美由紀は、顔を上げ、先ですか、と云った。

「その保田さんは何か云っていなかった？」

「ええと――柳子さんの先と云うのは、柳子さんの事件以前、ご先祖のことと云う意味ですよね？　片倉さんの家は江戸の頃から刀剣商を営んでいたんだそうですけど、そう、保田さん、はっきりは云わなかったんですけど、そうだ、鬼を呼び込んだのよねえ――とか」

「呼び込んだ？」

「そう云ってました。その、私、ハル子さんの云っていた鬼の因縁に就いてお尋ねしたんです。そしたら、ああそうよねえと」

「知っていたの？」

「知っていたと云うか、心当たりはあるようでした。それは元元片倉さんの家筋じゃなくて、お涼《りょう》さんの家筋だよ――と」

「それは――誰？」

利蔵さんと柳子さんのお母さんだそうですと美由紀は云った。

「お母さん？」

「はあ。保田さんも子供の頃可愛がって貰ったそうです。鉄火肌で気《き》っ風《ぷ》の好い、柳子さんに負けない綺麗な人だったそうですけど。その人の家もその昔は刀剣商で――と云っても、ご一新の二十年以上も前に廃業していたそうなんですけど――その廃業の時にお世話をしたのが、片倉さんのご先祖様なんだそうです」

「先祖と云うより、その柳子さんのお祖父さん、と云うことね？」

そうなるかしらと美由紀は云った。

「その廃業の理由と云うのが、何でも、ご主人が奥さんを斬り殺して首を吊ってしまったから――だと云う話なんです。柳子さんのお母さんから直接聞かされて、未《ま》だ子供だったから随分恐かったたって」

「それはつまり、その人――涼と云う人のお父さんが、お母さんを殺害して自殺――つまり無理心中になるのかな。無理心中をした、と云うことなのかしら」

「そう聞きました。無理心中とは云ってませんでしたけど」

「そう。で、その涼と云う人は」

「その時――お父さんがお母さんを殺した時ですね。その時、涼さんはまだ物心もつかない幼子だったんだそうです。それで、同業の片倉さんの、あれえ、名前は何と云ったかなあ」

名前はいいのと敦子は云った。そんなものは記号に過ぎない。

「はあ。その人がお店の後始末だのをしたそうなんですけど、その時お涼さんも引き取られたんだと云う話です。でも十二の時に、これ以上世話になる訳にはいかないと云って、親の形見の刀一本だけ持って、涼さんは片倉さんの処から出ちゃったんだそうですけど――奉公に出たのか身売りしたのか、それは判らないと保田さんは云ってました。まあ、尋《き》けないですよね、保田さんも子供だったんだし」

また刀だ。

「その後――まあ、これも保田さんが子供の頃に聞いた話なんだそうですから、どう云うことなのかは判りませんけど、お涼さんは、自分は鬼に惚れてしまったのよ――と云ってたようです」

「鬼？」

「何かの比喩なんでしょうけど。それで、その鬼が退治されてしまったから、地の果てのような地獄から東京に舞い戻ったんだ——そうです。そして身寄もなく行く当てもなくふらふらと昔過ごした下谷に流れ着いて、それで」

「片倉家に嫁いだと云うこと？」

「はあ。涼さんと云うのはどうも明るい人だったみたいで、そう云う身の上も隠すでもなく、あっけらかんと語っていたようです。保田さんは、銭湯で鉄砲で撃たれた傷だとか、刀で斬られた傷だとかも見せられたそうです。これ官軍に撃たれたんだわとか云って、涼さんは笑っていたそうです」

「官軍に？」

「はあ。官軍って云うのは町人のことも撃ったりしたんですかね。そこは能《よ》く尋きませんでした。で——涼さん自分は、女房を殺すような鬼の子だから、鬼に惚れて、添い遂げられずに逃げて来て、この家にまた拾われた、私は片倉に二回拾われたんだ、って」

「つまりその人が鬼の因、と云うことかしら」

「そうだと思います。保田さんは、そんな風に云ってました」

「で、その人はどうしたのかしら。柳子さんが殺された時、まだご存命だったの？」

「あ——そうですね。涼さんは柳子さん——娘の死に様を目にして、これは母さんと一、一緒だと云っていたそうですから」

なる程。その言葉が始まりなのだ。思うに、涼と云う人はただ驚いただけなのだ。幼い頃に見た母の死に様と、娘の死に様が迚《とて》も似ていたから、驚いたのだ。

それだけなのだろう。

その類似性が因果の構図――因縁を形成した。そしてその因縁は、次のケースにも――偶然――当て嵌まってしまったのだ。そして鬼の因縁は出来上ったと云うことだろう。類似は同一となり、反復となり、それが時を超えてハル子を脅かすに至ったのである。

そうなら、少なくともその鬼の因縁が出来上ったのは古いことではない。

静子が強盗に殺害されたその時に、忌まわしい過去は次次と接続したのだ。昭和十一年の強盗事件が、明治二十五年の刃傷沙汰と、江戸の無理心中とを、遡《さかのぼ》って同一のものにしてしまったのである。だから。

片倉家の女は日本刀で斬り殺される――。

いや。

「で――その、涼さんも斬り殺されたと云うの？」

「は？」

美由紀はぽかんと口を開けた。

「どうなのかしら。その因縁に当て嵌まるのは涼さんのお母さんと娘の柳子さん、柳子さんの姪の静子さん、そしてハル子さん――一見呪いの連鎖のようにも感じられるんだけど」

「いや、涼さんは」

美由紀は手帖を出して、捲った。

「えぇと、それは聞いて、書きました。慥《たし》か――ああ。明治三十五年に亡くなったと云うことです。享年六十くらいだったんじゃないかと云ってましたけど――あれ。いや、殺されたなら、こんな云い方しませんね」

「そうね。その悲劇は、涼さんのお母さんより昔には遡《さかのぼ》れないみたいだから、お母さんが始まりだとして――次は娘さんなんだよね。だから慥かに涼さんを中心にして起きているんだけど、その、肝心の涼さんが飛ばされてしまうと云うのはどうなのかな。それが超自然的な何かの作用なのだとしたら――そんな法則性のない展開になるかな？」

「そう云われればそうですけど」

「なら」

そんなものは呪いでも祟りでもない。

「だから恐がることはないと思うけど」

「そう――ですか」

「先《ま》ず、その悲劇の連鎖は片倉家の血筋に起きるのじゃなくて、その涼と云う人の血筋に起きると云うことになるわよね。涼さんのお母さん、そして涼さんの娘さん、これが四十数年の間を空けて同じような亡くなり方をした。これは、不幸な偶然」

「偶然ですか？」

「二度までなら偶然で済ませてもいい範囲じゃないかな。で、その涼さんはどうやら天寿を全《まっと》うされてて、その後、再び四十数年の間を空けて強盗殺人事件が起きた。三度《みたび》繰り返されたように感じられるけど、これは全部別の事件ね。片倉家に限れば二度しか起きていない」

「それも——偶然？」

「そう、先祖代代なんて話じゃないの。そして、大本になる涼さんは、その例に漏れてるのね」

　斬り殺されてはいない。

「ううん、だってハル子さんも」

「ハル子さんがそれまでの事件を誰からどのように聞いていたのかはもう知る術もないんだけれど、ハル子さん本人が過去の事件を一件も見ていないことは間違いないよね？」

「それはまあ、生まれてないです」

「お父さんはハル子さんが小さい時に亡くなっているようだし、お母さんにしてもその場にいなかったと云うのなら、話を聞いただけなんでしょう。四つの事件は百年以上に亘っていて、話として聞くだけなら先祖代代と云う感じがしちゃうんだけど、どうもそんなことはないのよ。保田さんと云う方は四件中二件に立ち合っているようだけれど、それだって考えて見れば凶器以外に類似性はない事件なんだし。話の中で繋がっているだけ」

不思議なことなんかないわと敦子は云った。

「凶器が同じようなものだったと云うだけの、これはただの奇遇じゃないの」

敦子は自らに云い聞かせるようにそう断言した。

美由紀は顎に指を当てて、そうですよね、と云った。

「つまらない？」

云った後、敦子は不謹慎だと思った。

美由紀は、親しい友人を失ったばかりなのだ。そんな、興味本位である訳もない。

ごめんなさいと云った。

美由紀は首を振る。

「いや、そうなんです。いいんです。私、何か、その祟りっぽい話だと頭から思い込んでしまったんです。保田さんの話を聞いて。でもこれは」

矢《や》っ張《ぱ》り殺人事件なんですよね——と、美由紀は云った。そう、いずれ血《ち》腥《なまぐさ》い殺人事件であることだけは間違いない。

「祟りだとか呪いだとか因縁だとか、そう云う話に掏《す》り替えちゃうと、迚《とて》も怖いんですけど、その一方で、現実からは目が遠退《とおの》いちゃう感じがします。それ、怖いけれども気持ちは楽になるから。結局、全部お話にしちゃう感じと云うか、その」

そう云うものなのよと敦子は解ったようなことを云う。

「言葉と云うのはそう云う効果を持ってるんだと思う。語ったり聞いたり、書き記したり読んだりすることで、現実はみんなお話になってしまうから」

「そう——ですよね」

「だから、言葉の上では、嘘と真《まこと》は等価になっちゃうんだと思う。それは、いいことだと思う。効果は絶大よ。でも、そこに落ち着くと見えなくなるものもある。事実も簡単に捩《ね》じ曲がる。記憶も改竄される。だからそれでは済まないこともある——とは思うけど」

そう、未《ま》だ判らない。何も判っていない。

「敦子さん」

美由紀は呼んだ。

「この、昔の事件は、今回の事件とは無関係と片付けてしまっていい、と云うことですよね？　この線を追うことは、今回の昭和の辻斬り事件やハル子さん殺害に関する気持ち悪さをなくすことには繋がらないと云うこと——ですよね？」

「断定は出来ないけど」

確認するわと云って、敦子は立ち上がった。

蜜柑水はまだ半分以上残っていた。

明日の再会時間を決めて——場所は結局子供屋にしたのだが——敦子は稀譚舎《きたんしゃ》へと向った。

しなければいけない仕事は午前中に済ませていたし、会議や打合せも入っていなかったから出社の必要は全くなかったのだが。

考えを纏めたかったのだ。

机の上を整理した後、敦子は赤井書房《あかいしょぼう》に電話をした。

赤井書房は、オーナーの他、社員二人と云う小さな出版社である。

戦後流行した粗悪な雑誌——それは品質も内容も粗悪と云うことなのであるが——所謂《いわゆる》カストリ雑誌の生き残りである『月刊實録犯罪《げっかんじつろくはんざい》』を、不定期に刊行している。金満家で趣味人のオーナーが道楽で営《や》っているような会社らしいので、売れようが売れまいが廃刊にはならない。

その『月刊實録犯罪』の編集記者である鳥口守彦《とりぐちもりひこ》の協力を仰ごうと云う算段である。

その名の通り鳥口が編集しているのは、古今東西の犯罪事件を取り扱う雑誌だ。実録とあるけれど、そこは元カストリなのであるから、虚実硬軟取り混ぜて取り上げる。ただ他のカストリがそうであったように、不謹慎で不真面目で、面白可笑しく書けば良い、と云う姿勢ではない。際どいネタも扱うし、公序良俗に反するような記事も多く載るが、それでも編集子は極めて真面目である。

電話をすると、鳥口はすぐに出た。

仕事がなくて全く暇であると云う。

調べものを頼むと二つ返事で引き受けてくれた。得意分野だそうである。

昼飯前に朝飯ですよ——と鳥口は云った。意味は能《よ》く解らなかったが、巫山戯《ふざけ》ている訳ではないのだ。鳥口と云うのは道と故事成語を徹底的に間違う男なのだ。

三時間後に稀譚舎まで来てくれると云うことだった。本当に暇なのだろう。

企画書を書いて時間を潰し、近くの定食屋で早めの夕食を摂って戻ると、丁度玄関ロビーに鳥口が到着していた。受付に話して応接室に通した。

鳥口は割と大柄で逞しく、鼻の尖った樺太《からふと》犬のような男だ。件《くだん》の武蔵野連続殺人事件の取材中に知り合い、それ以来何かと縁がある。一年前は箱根山の取材にカメラマンとして同行して貰い、二人揃って大失敗をした。

「いやあ、まあ暇です」

鳥口は座るなりにそう云った。

応接と云っても殺風景なもので、警察署の接見室と大差ない。堅い椅子がへたったソファに、机が低いテーブルに変わっている程度だ。

師匠や大将や関口《せきぐち》先生はどうしてるんですと鳥口は問うた。

師匠と云うのは兄のことで、大将と云うのは探偵のことだろう。関口と云うのは兄の友人の小説家である。

何の連絡もありませんと敦子は答えた。

「はあ、実際、何が起きてるんだかサッパリ判りませんな、あっちは。噂は流れて来るけど報道されませんしね。報道されたってどうせ真実じゃないんでしょうしね、過去の例を見るまでもないです。まあ、どうせ大将は暴れてるんでしょうし、関口先生は困ってるんでしょうし、師匠は腰が重いんだと思いますがねえ。僕も行こうかなあ、栃木《とちぎ》」

止《や》めた方がいいですと敦子は云う。

「鳥口さんが行ったって、傍若無人な探偵にこき使われて、人事不省の小説家の先生の世話をさせられて、結局は仏頂面の兄貴に叱られるだけですよ。兄貴は絶対怒ります」

鳥口はうへえと云った。

「大体いつもそうですな」

「いつもそうなんです。最後は叱られるんです。箱根の時も、伊豆《いず》の時も、私は随分叱られたんですから。この前の神無月《かんなづき》事件の時でさえ叱られたんですよ。私は取材に行っただけで何もしてないのに。それより」

敦子は腰を浮かせ、時間も時間なのでお茶とか出ないんですけど――と云った。用意出来ないこともないのだが、時間が勿体ない気がした。

鳥口は大袈裟に手を振る。

「そんなもなァ要りません。喰いものなら遠慮しませんが――敦子さん晩飯は」

さっき食べちゃいましたと云うとこりゃ残念と鳥口は云った。

「ご報告の内容次第では——お礼に、何かお腹に溜まるものをご馳走しますよ」

「あ、奢《おご》って貰おうなんて厚かましいこたァ金輪際云いません。正直な話、声掛けて貰って助かったですよ。あのまま何もなければ、僕ァ社長命令で浪越徳治郎《なみこしとくじろう》先生の処に行かされるところだったんですわ。ほれ、指圧の」

治療ですかと云うととんでもないと鳥口は眉根を寄せた。

「憂《う》き世の垢《あか》で凝《こ》り固まった僕の肩ァ、圧《お》しても轢《ひ》いても柔らかくなんかならんですよ。ほら、こないだマリリン・モンローが来日したでしょう。大騒ぎでしたが、その時に圧したんですな、浪越先生が。モンローを。胃弱かなんかだったそうですが、社長曰く、その時モンローが何を着ていたか尋いて来いと云うんですよ」

「その時って——治療した時ってことですか？」

「そうそう。果たして彼女はその日その時、何をば身に纏っていらしたのか。帝国ホテルの夜着《ガウン》だったのか、浴衣なのか、何つうんですか、この、あるでしょうに、ひらひらした舶来の。薄い、レースのアッパッパみたいなの。あれを纏っていらしたのか。一説にはスッポンポンだったと云う話もあるもんで。いや、モンローのスッポンポンってなあ、まあ気になるところではありますけどね、僕が行くのは徳治郎のとこなのであって、見せられるなあ親指ですよ、太い。そんなもの見たって、何処《どこ》圧したのか聞かされたってどうにもならんですよ。感触とか尋けと云うんですかねえ」

鳥口は両手の親指を立ててぐいと圧し出した。

何と答えて良いのか判らない。

敦子が無反応だった所為《せい》か、鳥口はいきなり握っていた両手を開き、ポン、と手を打った。無駄口に辟易していることを察したのだろう。

「で、そんな絵に描いた餅の出来不出来を尋きに行くような腹の膨れない仕事は止《や》めてですな、天下の稀譚舎さんから取材協力の要請がありましたてえんで、有無を云わさず社を飛び出しまして、調べましたな、僕は」

「はあ」

そんなに直ぐに調べられるものなのかと敦子が問うと、まあ以前兄上様からご教授戴いておりましてと鳥口は云った。

「ご存じないですか？　兄上様の古本のお師匠様とか云ぅ大層な御仁が遺した文庫てェのが、ほれ、そこの水道橋《すいどうばし》にあるんですわ。明治大正昭和初期の新聞やら瓦版やら雑誌やらが大抵揃ってる」

そこの話は何となくは聞いている。

でも、敦子は聞き流している。

便利なのかもしれないが、利用しようと思ったことはない。

どうも敦子は、無意識のうちに避けていたような気がする。

最近思うのだが、どうも敦子は明治大正あたりの時代が——苦手なのだ。夜が明けているのに昏《くら》い朝のような、夜明け前なのに薄明るい白夜のような、そんな不安を覚えるのだ。そう云う時代には敦子の立ち処はない気がする。

良い意味で鈍感な鳥口は、知りませんでしたかァなどと云っている。

「お婆さんが一人で営《や》ってるんすよ。営ってるたってただの民家で、知らなきゃ判らんですし知ってたって入り難いすよ。でも閲覧自由。料金は志《こころざ》しすからね。僕なんかにゃ重宝な処です」

そこまで云って、鳥口はぴたりと軽口を止めた。

「何すか？」

「何でもないです」

「何でもないですか。ええ、明治二十五年の一月六日ですな。ありました」

「記事がですか？」

「はい。ええと『職工美人藝妓に横戀慕《よこれんぼ》』つう記事を見付けました。横恋慕ってなあ、犯罪の香りがしない見出しですが、殺人事件でした」

事実だったか。

「犯人は依田儀助《よだぎすけ》三十二歳。大工さんです。浅草凌雲閣画美人の一人、日本橋杵屋《きねや》の芸妓りう子さん十八歳に邪恋、つう話です」

邪恋——なんだ。

「浅草の十二階に遊びに行って、写真を見るや一目惚れ、それで凌雲閣に通い詰めた。たぁだその写真の前に突っ立って、展望室にも行かずにぼォっと一日、観てる。で、展示が終わると——まあ、お茶屋に呼ぶとかお座敷を掛けるとか、そう云う発想はなかったんでしょうなあ、この大工さん。置屋に突撃した」

鳥口は拳骨を突き出した。

「宣伝ですから何処の置屋さんかは書いてあるですよ。とは云え、ただ来られたって困りますわ」

「ただ行ったんですか？」

ただ行ったんですと鳥口は答えた。

「しかも、まあ、執拗《しつこ》い。明治二十四年の秋——こりゃ美人写真の展示が終わった時期ですな。そこから凡そ三月《みつき》、ほぼ毎日のように現れて、隙あらば話し掛け、抱き付こうとしたりする。箱屋の兄さんなんかが間に入るんですが、どうも逆上《のぼ》せてて話にならない。官憲に勾引《しょっぴ》かれたことも何度かあったようですが、あれは俺の嫁にするンだと云って聞かない。年が明けても止《や》まらない。こりゃ話を付けないことには営業妨害だてえんで、りう子さん、強面の二三人連れて直談判ですな。ただ、袖にしたてェ訳じゃなかった」

「そうなんですか？　強くお断りしたとか」

「そんな感じじゃないです、記事ではね。ですから、ご贔屓有り難いけれども、今後は是非お座敷に喚《よ》んで頂戴ナ、ってことですよ。や、この娘は日本橋界隈でも評判の、佳《い》い娘だったようですな。性格も良かったんでしょう。無下に切り捨てた訳じゃあない」

その点に関しては、美由紀の話とはややニュアンスが違っている。敦子は、執拗に付き纏われ嫌がって袖にしたところ逆恨みされた——と云うような印象を抱いていたのだが。

「丁寧に云い含めた、と云うことですか」

「そうなんじゃないですかね。優しく拒否、ってことですかなあ。ところが、それが裏目に出たんですなあ。これが」

「どう云うことです」

「時と場合に依るんでしょうがな、こう云う族《やから》は」

ガツンと云わにゃイカンのですわと鳥口はテーブルを叩いた。

「経験上、勘違い野郎には瞭然《はっきり》云ってやった方が好いです。そう云う奴はですな、特殊な耳を持ってますからな。どんな苦言でも都合良く聞きますよ。お座敷に喚んでネ、っつうのは、あなたが好きよ、です。付け回しちゃイヤ、には聞こえません」

「でも」

その逆もあるんじゃないですかと問うと、

「だから時と場合、つうか人に依るんですわ」

と、鳥口は眉尻を下げて云った。

「あれですわ。可愛さ余って憎さ百倍――で、合ってますね？　百倍っすから、嫌いヨ、何をッてなことも、まあある。あるけども、この儀助は違ったんですな。お客になってくれは愛していますに聞こえて、でもお座敷遊びするような金はない――って、働かないでずっと付け回してンですから当たり前なんですが、だから――あの世で添うしかねえと啖呵《たんか》を切ってですな、この儀助、親戚の家から日本刀を持ち出し、置屋を出た処に待ち伏せて」

バサッと、と鳥口は斬る真似をした。

「一刀両断、袈裟懸けにズバッと。哀れなものですわ。まあ、当然すぐに取り押さえられてですな、お縄になってます。当時の刑法がどうなってるのか知りませんけど、刑期その他は不明です。これは新聞記事の写し」

鳥口はメモを卓上に置いた。

記事を書き写してくれたらしい。

件の文庫とやらは貸し出しもしてくれるそうなのだが、返すのが面倒だからと鳥口は説明した。大雑把に見えるのだが、文字は繊細だ。筆圧が弱いのか。いずれにしても鳥口と云う男は屈強な外見や軽い物腰とは裏腹に、迚《とて》も忠実《まめ》な性格なのだ。

それはそれとして――。

聞く限りその事件は独立したもので、前後の別件に繋がる要素は見受けられない。

「で、昭和十一年の強盗事件ですな」

鳥口はソファに座り直した。

「こっちはですね、それなりの大事件ではあるんでしょうが、丁度、あの阿部定《あべさだ》逮捕に被ってるんですわ。世間中が定定騒いでたんで、霞んでしまったようですな――」

阿部定とは、情夫を殺害し局部を切断して逐電《ちくでん》した犯人の名である。

定は犯行後姿を晦まし、逃避行の果てに逮捕されたのだが、その際定は切り取った局部を後生大事に持っていたと云う。

所謂《いわゆる》猟奇殺人事件ではあるのだが、定のどこか捌《さば》けた言動なども影響したのか、陰惨なイメージはない。戦後になってからも、それこそカストリ雑誌ならぬカストリ本に頻繁に取り上げられ、エログロ小説の題材にもなっている。定は逮捕から五年後、皇紀紀元二千六百年の恩赦で釈放されており、小説に対して名誉棄損の訴えを起こして勝訴したりもしている。今も市井で暮らしている筈である。

そう。

敦子は逮捕直後の定の写真を見たことがある。

定は笑っていた。

それはいい。しかし横にいる警察関係者も皆、微笑んでいた。迚《とて》も和やかな写真だったのだ。そう云うものなのかもしれないのだが、敦子は――。

何だか気持ちが悪かった。

多分、その辺が苦手なのだ。深刻な状況だからと云って別に怖い顔をすることはないとは思う。それはその通りだろう。でも、多分敦子はその場では笑えない。

笑えない自分を作ったのは、思うに明治以降の文化や教育なのだ。勿論、それを素直に受け入れてしまった敦子自身の問題だとも思うのだけれども、それも社会と切り離して成るものではない。それなのに戦前の記録は、どこかそう云うものを蔑《ないがし》ろにしているものが多いような気がしてならない。

何もかも敦子の思い込み、勝手な印象に過ぎないのだが。

「まあ、敦子さんの前で何ですが、ナニを切っちゃう女ァ持《も》て囃《はや》すよりも居直り強盗に斬られた幼気《いたいけ》な少女の方を悼《いた》むべきだと僕ァ思いますよ。ただ阿部定は中中捕まりませんでしたからね、盛り上がった。こっちはもう、ほぼ現行犯ですから」

鳥口は別のメモを読み上げた。

「ええ、『居直り強盗賣り物で娘に一太刀』——って、これもねえ、もう少しマシな見出しを付けろ昔の新聞、と僕ァ云いたい。他のだって似たり寄ったりですわ。巫山戯《ふざけ》ちゃあいないんでしょうが、どうも切迫感てえのがない気がしますわ」

そう——なのだ。

巫山戯てはいないのだろう。

でも、今の感覚では笑えてしまうこともある。しかしそれは決して笑っていいような内容ではなかったりするのだ。敦子はその辺に戸惑ってしまうのである。

「こちら、犯人は川西平作《かわにしへいさく》二十八歳。秋田《あきた》から上京して品川《しながわ》辺りで日雇い仕事してたようですな。この平作、秋田に将来を誓い合った娘さんがいたようなんですが、でも貧乏なんで祝言が挙げられない。そこで東京で金を貯めて結婚資金にするつもりだったらしい」

「出稼ぎ、ってことですね」

「はあ。まあ地元に仕事がなかったっつうことなんでしょうがね。東京に出て来りゃ金が稼げると云う短絡はどうですかなあ。なら江戸っ子はみんな大金持ちですよ。要は真面目にコツコツが大事ですわ」

「その人は、そうではなかったんですか」

「どうも違ったようですなあ。ま、コツコツやってても僕ァジリ貧ですけどね」

「結婚資金を貯めるために上京したと云う話なんですよね？」

「ところがこの平作は賭けごとが好きで好きで、もう些《ちっ》とも金が貯まらない。飯場でちんちろりんかなんかやって、日銭をみんな擦っちまう訳です。勝って貯まると大博奕《おおばくち》。公営競馬なんざ未《ま》だありませんから――丁度、日本競馬会が出来た時分ですわ。だから、こりゃ間違いなく非合法な賭場ですな。張った張ったの丁半博打ですよ。確実に、尻の毛まで毟《むし》られます」

博奕ってなあいけませんと鳥口は妙な口調で云った。

「人を駄目にします。少なくとも平作は駄目になったんですな。何でですかね、賭博好きと自堕落《じだらく》ってなぁ、かなりの割合でセットになってるもんでしてね。勤勉な博奕打ちってのはあんまりいません。平作もご他聞に漏《も》れずのだらしなさで、まあ一銭も貯まりませんね。借金が増えるだけ。郷里の婚約者はもうじれったい訳です。で、そこで平作、強盗を思い付き――この辺が短絡です。思い付いてやるようなもんですかね。で、炊事場から出刃庖丁を失敬して電車に乗りこんだ。知らない土地でやった方がバレないと思ったようなんですが、浅はかです。東京駅で降りて、それで丸二日、あっちこっち放浪し、踏ん切りを付けたのが偶偶《たまたま》下谷。時刻は子《ね》の刻。平作そこが刀剣屋とも知らずに忍び込んで――」

「知らなかったんですか？」

知らなかったようですなあと鳥口は云った。

「僕が強盗なら、そんなおっかないもの売ってる処にゃ絶対に入りませんよ。こっちの得物は出刃一本ですよ。敵いっこない。でも無知と云うな強いですな。金を出せと迫った。主は慌てず、金はやるがそんなにはないと答えた――ま、銀行じゃないですからそんなにはないですな。で、そんなら商売ものを出せ――って、何ですかね、この間抜け加減」

「刀剣屋だと知らなくても、商売をしてると云うことは知ってたんですか？　その人は、一般家庭だと思って忍び込んだんじゃなかったんですか」

「いや、ほら、店構えつうのはあるでしょう。住宅地の中にあったとしても、普通の家とは見た目が違うじゃないですか。看板が出ていたり、入り口だって、まあ硝子戸になってたりするでしょう。暗かったから何屋かは判らなかったものの、店舗とは思ったんでしょう。なら売り上げがあるだろうと。そこで野郎は考えなしに裏口から入ったんですな。でも商売ものったって、全部刀ですよ」

刀剣屋ですからねえと鳥口は云う。

「まあ出せと云うから主は出した訳ですわ。強盗の事情なんざ知りようがない訳で、商売ものが何なのか知りもせずに出せと云っているなんて、思わんですよ。と云ってもですな、刀しかないんですわ。だから刀を出しますわね。刀剣屋なんですから。そしたら、それ見た途端に平作は青くなった。出刃より長い。当たり前ですわ、日本刀ですから。ご主人は云われた通りにしただけなんですが、平作はそうは思わなかった。こいつは斬られる、と思った訳ですわ。普通なら、ここでご免なさいです。諦めて逃げるでしょ」

「逃げなかったんですね？」

「自暴自棄だったんでしょうかなあ。平作は錯乱しちゃって、出刃を振り回した。こりゃ危ないですからね、主は奥さんと子供を庇って、店の方に逃がしたんですな。こりゃあまあ当然です。ご主人に闘う意志なんざない訳で——」

「日本刀で応戦した訳じゃないんですか」

「しないですって。刀剣屋さんは刀を売ってるだけで、剣客じゃないでしょう」

「私もそうは思いますけど——でも、立ち向かわないまでも、追い払おうとはしたのかなと」

「しませんよ。まあ、強盗は刃物を持っているんだし、丸腰よりゃ心強いですが——いやいやこれが日本刀じゃなくて、棒かなんかだったら刃向かってたかもしれませんな」

「そう——ですか?」

「鈍《なま》ら庖丁と棒切れなら良い勝負で。でも、日本刀ってなァ、危ないもんすよ。下手したら持ってる本人が切れちゃいますよ。家の中ァ狭いし、近くには奥さんも子供もいるんですからね。危険極まりないですよ。刀剣屋さんだからこそ、その辺のこたァ承知してたと思いますけどね。あんなもん、下手っぴが振り回したって危険なだけすよ」

それはそうなのだ。

一般的にはそう考えるだろう。

だから、護身のために刀を持ち出すと云う発想は、矢張《やは》り変なのだ。

「で、まあ旦那は比較的冷静だった訳ですが、犯人はもう恐慌状態の大暴れ。鈍らでも庖丁持ってますし、こりゃ危なくって仕様がない。奥さんは娘さんを連れて土間に居り、表玄関の鍵を開けて逃げようとした訳ですがね、怖いわ慌てるわ娘さんは怯えるわで、鍵が中中開かなかった。そこで旦那は女房子だけでも逃がそうと、平作に——」

立ち向かったんじゃないですと鳥口は云った。

「時代劇写真なら後ろからバッサリですがな、やっつけよう、じゃないんです。強盗を喰い止めようとしたんですな。だから素手ですわ。この旦那さんってのは、刀剣屋ですがね、実は剣術じゃなくて柔術を嗜《たしな》んでいたんですな。だから出刃を持つ手をむんずと摑んで、えいやッと投げたんです。平作は、もう出刃を放り投げてしまって。どしん」

それで幕、なら良かったんですがなと鳥口は泣きそうな表情を作った。

「悪いことに、丁度投げられた処に刀が一本出ていた訳ですわ。ほら、商売ものを出せと云われて出したやつ。平作はそれをひっ摑んでスラリと抜き放ち、闇雲に振り回し乍《なが》ら逃走を図った訳ですな。これは危ないですな。旦那強しと思ったんでしょう。一方、玄関では奥さんが、がちゃがちゃとやっと戸を開けてですな、えーと、助けてと叫ぶ声を耳にした賊は矢《や》庭《にわ》に発奮し、声のする方に刀を振り下ろし――たんですな。そこに、娘さんが偶然いた、と云う恰好です」

もう事故に近いですよと鳥口は云った。

「殺意があったとか、そんなレヴェルの話じゃなくて、もうただのお粗末なドタバタなんですよ。でも娘さんは、そんな考えなしの馬鹿騒ぎの犠牲になったんですよ。これ」

娘さんが無事だったら間抜けな笑い話ですとカストリ編集者は云う。

でも、亡くなってしまったからもう笑えませんよと、鳥口は続けた。

「そこで騒ぎを聞き付けて近隣の人がみんな出て来まして、総勢十三人で取り押さえて、警官が駆け付けてお縄です。でも娘さんは亡くなってしまった訳ですよ。首から背中にかけて斬られて。ほぼ即死だったようです。馬鹿な話じゃないですか。こんな間抜けが引き起こした間抜けな騒動で命を落とすなんて、そんな切ない話はないですよ。悲劇じゃないですか」

飄飄としているのに、憤るべきところでは憤る。

敦子は鳥口のそう云うところに好感を持つ。

「この平作は、七年の実刑を喰らったようです。如何にも短いと云う気もしますが、そんなものなんでしょうな。で——敦子さん」

鳥口は顔を上げた。

「この店ですがね、こないだ昭和の辻斬りに娘さんが殺された、刀剣片倉じゃあないですか？」

そうですと敦子は答えた。

「うへえ、すぐに認めますねえ。じゃあもっと尋きます。何を調べてます？　もしかしたらこの強盗事件——いや、芸者さん殺しも一連の事件だとか？」

「違います」

鳥口はもう一度うへえと云った。

「即刻却下ですねえ。でも関係あるでしょう」

「関係ないと云うことを確認したくて調べて貰ったんです。横恋慕じゃなかったとか、強盗じゃなかったと云うようなことがあると、また様相が違って来るかなと思って。でも安心しました。その二件は全くの別件で、勿論、今回の事件とはまるで関係ない訳ですよね」

そうすかねえ、と鳥口は肉厚な肩を窄《すぼ》めた。

元から撫で肩なので、妙な形になった。

「どうも、そうでもないように僕にゃあ思えるんですけどなあ」

「どう云うことですか？」

「はあ。このですね、横恋慕の依田儀助。出身は横浜《よこはま》ですわ。で——持ち出した刀を所持していた親戚つうのが、元元横浜村で質屋をやっていた人で、事件当時は上野《うえの》で古着屋をしてた。で、質屋時代に質入れされた刀と云うのを、後生大事にずっと持ってた訳ですわ。古着屋なのに。儀助は柳子さん殺害のために、そいつを持ち出したんです。こりゃ大《おお》新聞には出てません。小《こ》新聞と云うか、絵入りの奴ですから、瓦版ですかなあ」

大新聞小新聞と云うのは明治初期の新聞を大別する呼び名である。

大新聞と云うのはブランケット判で、主に政論や国際情勢などを載せる高級紙を指す。

小新聞は半分のタブロイド判で、巷間の出来ごとや読物などを載せる。

大新聞は文語体、小新聞は口語体の総ルビで、多くは挿絵付きだった。

小新聞は最初発行部数も少なく、地方紙に近いスタイルのものも多かったようだ。

しかし、結局は安価で通俗的な小新聞の方が沢山売れて、部数も大新聞を抜いた。大新聞は大衆化を図った。一方、小新聞の方も論説を載せるなど大新聞のスタイルに近付いて行った。しかし大新聞は政党の広報的な役割も担っていたこともあり、中中《なかなか》旧弊からの脱却が出来ず、最終的には廃《すた》れた。生き残ったのは逸早く小新聞の真似をして格調の高さを捨てたものだけである。つまり、今の新聞は殆どが下世話な小新聞の裔《すえ》なのである。

明治の中頃と云えば丁度その過渡期になるのだろうか。

「まあ、一応後追い記事の体裁ですが、報道じゃなく、娯楽読物に近い扱いです。だから信用度はグンと低いですな。当時は色色と信用度低いですが。しかも処処《ところどころ》読めないです。虫喰ったみたいになってますし。字がもう、どうにも難しいですし。で、そこにゃあ、儀助が持ち出したその刀は、由緒ある妖刀だった――と、書いてあるですわ」

「妖刀？」

「妖しい刀――ですわ。嘘臭いですけどね。何でも鬼の刀、だそうですな。鬼ってのは鉄棒《かなぼう》持ってると思ったんですが刀も持ってますかね？　それで、事件後、持主の古着屋さん、警察から刀を返されてですな、もう始末に窮してしまった。犯行に使われたもんなんだし、気味が悪いですわな。あまりにも忌まわしい。それに古着屋が刀なんか持ってても仕様がないと、やっと気付いたんです。これは手許に置いちゃおけねえてえんでね、どっかのお寺で供養して貰った後、売ったと云うんですわ」

「え？　それが真逆《まさか》――」

刀――。

矢張り、刀なのだろうか。

凶器はどれも同じ刀だとでも云うのか。

「その刀が昭和の強盗事件の凶器だと？」

「いや」

そう簡単な話じゃないですよと鳥口は云った。

「その、鬼の刀てえのは、何でも二本あったらしいんですな。二振《ふたふり》と云うんですか。で、譲り受けた人てえのは、能《よ》く判らんのですが、研師《とぎし》だったらしいです。どうもその人は、その刀を捜していたんだそうで。ええと、大垣某なる研師、求めたる鬼の刀に巡り合ひ――」

「大垣ですって？」

それは――何処かで聞いた名だ。

「いやあ、先ず鬼の刀を求めてた、ってのが判らんですよ。それに二振ってのも据わりが悪いでしょ。ですからね、そもそも話半分です。半分なんですが、気になるのはですな、昭和の強盗事件の方。これ、起きた当時はあまり騒がれなかったですが、戦後になってカストリ記事になってるんですな。ま、うちの雑誌の同類です。多分、戦後に阿部定人気が再燃した時期に、資料漁《あさ》ってて偶然見付けたんでしょうけどね」

鳥口は鞄から雑誌を出した。

「これ、カストリですから、勿論全く信憑性ないですわ。ないんですけどね」

表紙を見せる。割とあっさりしたデザインである。

「こりゃ、買取りました。売ってもくれるんですわ。これなら経費で落ちますしね。昭和二十二年発行の『獵人《りようじん》の友《とも》』てえ雑誌です」

鳥口は頁を捲《めく》り、開いて見せた。

「ここ。『鬼の刀の因縁か／手にした者を狂はせる魔劍／誤つて刀劍商に押し入つた腰抜け男、少女を眞つ二ツ』ですよ。間違いなく下谷の事件です。でも、鬼の刀って——何なんですかね。だから鬼は鉄棒じゃないのかと。そこは師匠の意見を聞いてみたいところですがね。図らずも、どっちも鬼——なんですわ」

「鬼」

敦子は雑誌を手許に引き寄せる。

この雑誌こそが因縁話の大本なのかもしれない。

可能性はあるだろう。ならば元は、鬼の因縁ではなく、鬼の刀の因縁——なのか。

と、云うことは。

4

「迚《とて》も恐《こえ》え——よ」

関わるんじゃねえよと大垣喜一郎は云った。

「お嬢さん達、何が知りてえのか知らねえがな、関係ねえことに首ィ突っ込むもんじゃあねえよ。触らぬ神に祟りなしてえだろ」

訪ねてから一度もこちらを見ない。

「警察の方、いらっしゃいましたか」

敦子は問う。来たよと投げ遣《なや》りに研師《とぎし》は答える。

「警察と同じことをお伺いしていいですか。昨年の秋から、同じ刀を何度も研がれたと云うことはないですか」

「研いだよ」

「刀剣片倉からの依頼ですか」

「そうだ。だからそう答えた」

あのちんちくりんの刑事になと大垣は云った。

「別に隠すこたあねえ。帳面にも付けてある。同じ刀を何回も研いだ。代金も貰ってる」

「人を斬ったものと承知で研がれたのですか」

「あのな」

老人――七十は超えている筈だ――は、そこで漸く敦子と美由紀に顔を向けた。

薄くなった白髪を短く刈り込み、黒縁の古臭い眼鏡を掛けている。浅黒い肌には張りがあり、開襟から覗く胸も筋肉質で、全く年齢を感じさせない。但し、姿勢だけは悪い。

大垣老人は眼鏡の奥の金壺眼《かなつぼまなこ》に力を籠めて、敦子と美由紀を睨んだ。

「お嬢さん達よ。俺は老い耄《おぼ》れだが百年も生きちゃねえ」

「どう云うことですか」

「だからよ。刀が傷んでるなァ判るさ。それが商売だからな。どんなに達人だって、何か切りゃ刃は傷むよ。生き物斬りゃ脂が付いてる。だから何かは斬ったんだろ。だが、豚斬ったんだか犬斬ったんだかまで判るもんかよ。何故判らねえかと云えば、誰もそんなもの斬らねえからだよ。ご一新前ならそりゃあ判ったんだろうよ。だって、その頃ァ人しか斬らねえものよ。でもな、この昭和の御世《みよ》で人斬る奴なんかいるかよ。俺がこの道に入ったな六十年ばかり前だが、もう誰も刀なんか差してなかったわ。見たことがねえなら較べられねえし、判らねえよ」

それだけ云うと老人はまた顔を背けた。

それはそうなのかもしれない。敦子は研師なら判るものだと思っていたのだが、何か切ったことまでは判っても、何を切ったかまでは判らないのだ。老人の云う通り、誰も人など斬らないからだ。

でも。

「でも、事件があったことはご存じだったんじゃないんですか」

「知らねえよ。俺はこの家から出ねえ。ラジオも何も聴かねえよ。知ってたって関係はねえ。俺は頼まれれば引き受ける。傷んでれば直す。研いで切れるようにして戻す。それが仕事じゃねえか。そうやって六十年喰ってんだ。何に使ったかなんてどうでもいい」

老人は砥石に水を掛けた。

研ぐべき刀は見当たらない。

敦子の位置から見えないだけか。

「近頃ァ仕事が減ってんだよ。研ぐたって庖丁だの軍刀だの鈍刀《なまくら》ばかりだ。同業は次次に廃業するわい。店畳んで、御用聞きみてぇに家家廻って菜っ切り庖丁研いでる奴もいるよ。刀研ぎの看板下ろしてな、庖丁研ぎだ。昭和ってな、そう云うご時世よ」

そう云えば――昨年の伊豆の事件に関わった巡回研師も元は日本刀の研師だったのではなかったか。

「俺はな、こんな老い耄れだが、くたばり損ないの親父がまだ生きてる。面倒みなくちゃいけねえんだよ。年寄り所帯でも飯は喰う。喰うためには働かなくちゃならねえ。戴いた仕事は何でもやるよ。刀が傷んだ理由なんざ、俺の知ったことじゃねえ」

「その仕事を持って来たのは宇野さんですか」

老人は再び顔を向けた。

「憲一は此処には来ねえよ」

「破門されたからですか」

「破門だぁ？」

大垣は顔を歪《ゆが》めた。

「何だよ、破門てなあ。俺は門なんざ構えてねえ。ただの職人だ。一人働きだから親方でもねえ。師範でも家元でもねえよ。梲《うだつ》も上がらねえのに門なんざあるか」

「でも」

「憲一を拾って来たなあ親父だ。俺じゃあねえ」

「お父さん――ですか」

「今ァ寝たきりだがな、敗戦の頃はまだうろうろ徘徊してたんだ。どっかの軒下から拾って来たんだよ。ガリガリに痩せた、欠食児童だったよ」

大垣は奥の間を気にした。その、寝たきりの父親と云う人が寝ているのだろうか。

「親父は九十六だ」

へえ、と美由紀が声を上げた。

「敗戦の頃は九十くらいだろ。もう耄《ぼ》けてたんだよ。孫と間違えたんだ」

「お孫さんは――」

「孫ったって俺の子だよ。もう三十は過ぎてる。子供もいるさ。だから最初は曾孫《ひまご》と思い込んだのかと思ったよ。でもな、俺の孫も、今は十ばかりにはなるだろうが、敗戦の頃はまだ二つか三つだ。憲一はその頃もう十二だと云ってた。齢《とし》が合わねえ。それ以前に、考えてみれば親父は曾孫の顔を知らねえんだ。いや、自分に曾孫がいるってことさえも判ってねえかもしれねえよ」

会ってねえからなと云って、老研師は手拭いで手を拭いた。

「俺の息子はな、爺様と反《そ》りが合わなくて、十年から前に此処をおん出たんだ。俺の女房は昭和になってすぐ死んだから、男ばかりの三世代だ。親爺は旧幕時代に生まれてて、俺は明治生まれだぞ。巧《うま》く行く訳がねえよ。今は松戸《まつど》かどっかにいて、そっちで嫁貰ったんだ。出征する前に一度顔を出したが、復員してからは会ってねえ。偶《たま》に便りは来るが、俺も嫁や孫の顔は見てねえ。親父は、だから曾孫の徳次郎《とくじろう》じゃなく、孫の、俺の子の喜助《きすけ》と憲一を間違えたんだろ」

くだらねえと大垣は吐き捨てるように云った。

「ただでさえ暮らし向きが苦しいのに、あんなもん拾って来やがって」

「でも、ずっとこちらにいらしたんですよね」

世話させてたんだよ親父の——と、大垣は憎憎しげに云った。

「俺は働かなくちゃいけねえだろ。付きっきりで耄けた親父の面倒なんざみられねえ。だから、置いてやったんだ。放《ほ》っといたら何処《どこ》うろつくか判ったもんじゃねえからな。人様にご迷惑が掛かる。親父の足が萎えて歩けなくなってからぁ、少しは稼げるかと思って仕込んでもみたが、駄目だった。使えねえ餓鬼だった。だから工場に働きに出したが、どうも勤まらねえ。仕方がねえから追い出したんだよ。もういい齢《とし》だろうが」

入門も破門もねえよと研師は背を向ける。

「じゃあ、合わせる顔がないから来ない——と云うことですか」

研師の背中は動かなかった。

「いずれにしても刀をこちらに持って来たのは宇野さんではなかった——と云うことですよね。それではいったい」

「警察には話した。あんた方に話す謂《い》われはねえ」

帰んな、と大垣は小声で言った。

今朝——敦子は賀川刑事と連絡を取った。

敦子が子供屋で美由紀から報告を受けているその時、賀川はこの家を訪れている。

敦子は、鳥口の報告にあった研師の名が同じ大垣だったことがどうにも気になったので事情を聞いてみようと思ったのである。勿論、賀川が敦子に情報を提供することは、或る意味で服務規程に違反することなのだろう。しかし、どうも賀川は敦子を捜査協力者として信用してしまったようで、多くの情報をくれた。

片倉勢子とハル子は、宇野が連続殺人の犯人であると予め知っていた可能性があると賀川は電話口で云った。一昨昨日《さきおととい》の接見の段階では、敦子も賀川も、予め知っていた訳はないと云う見解を共有していた訳だから、大きな変節である。

変節の理由は、刀を研師の処《ところ》に持って行ったのが宇野ではなく、勢子かハル子かのいずれかだったと云う証言が得られたからだと云う。

短期間に同じ刀を何度も研ぎに出すと云うのは明らかに怪訝《おか》しい訳で、手入れを頼んでいる以上は傷んだ理由も知っている筈だと云うのが、賀川の考えである。

もう一つ。

ハル子の母、勢子の行方が知れないと云う。

勢子は病院から警察に身柄を移され、事情聴取を受けた後、一度着替えに自宅に戻っていると云うことだった。隣家の保田達枝が目撃したのはその時だろう。勢子はその後数度警察に出頭し、再三事情聴取を受けてはいるようなのだが、現在は連絡がつかなくなっているのだそうだ。

勢子は現状容疑者でこそないものの、重要参考人ではある訳だし、また唯一の被害者遺族でもある訳で、手続きその他が滞ってしまい難儀していると云うことだった。

検案が済んだハル子の遺体は、だからまだ警察の遺体安置所にあるのだと云う。

そんな中、賀川は宇野を疑い始めている。

勿論、犯人ではないという疑い方である。

上層部は早早に送検して決着を付けたがっているようだが、小柄な刑事は一人でそれを食い止めているようだ。正義漢の中に燻《くすぶ》っていた疑問は、いや増しているのである。賀川は正に孤軍奮闘らしく、味方してくれるのはあなたくらいですよと賀川は何の役にも立たない敦子に向けてそう云った。

敦子はその後、約束通り子供屋で美由紀と落ち合い、合議の上でこの研師の家を訪れたのである。美由紀は実家に用があると虚偽の申告をして早退したらしい。エスケイプは褒められたことではないのだけれど、そもそも授業がないのだそうだ。

賀川は危険だから研師の家には絶対に行くなと忠告した。

賀川はどうやら、この老人こそを疑っているようだった。刑事は、宇野が大恩ある大垣を庇っているのではないかと考え始めているのである。

しかし、そうだとしても、敦子は昨夜の鳥口からの報告が気になっている。

だからどうしても確認したかったのだ。

片倉柳子の命を奪った刀を買取ったのは、その刀を探し求めていた大垣と云う研師だったと云う。その刀と同じ呼ばれ方をする刀が、後に片倉静子の命を奪っている。

それは——。

「鬼の刀って何ですか」

突然、美由紀が云った。

大垣は痙攣するように振り返った。

「教えて下さい。鬼の刀って、何なんですか。ハル子さんを殺した刀もその鬼の刀なんですか？　知ってるなら教えて下さい。そしたら帰ります」

「あんた——」

大垣は暫く硬直していて、やがて眼鏡を外した。

「何を口走っとるんだ」

研師は手拭いで顔を拭った。

「知ってます。ハル子さんの叔母さんの静子さんと云う人は、十八年前に鬼の刀で斬られて亡くなったんですよね？　そして六十二年前、大叔母さんの柳子さんも、やっぱり鬼の刀で斬られたんじゃないんですか？　その刀を買取ったのは——」

「それは」

大垣は一層に顔を強張らせた。

暫くの沈黙の後、それは俺じゃないと大垣は云った。

「考えても見ろ。六十二年前なら、俺は八歳かそこらだ。小童《こわっぱ》じゃねえかよ」

「でも」

美由紀は喰い下る。

その顔を真正面から見詰め、やがて老人はまあ座れと云った。

敦子と美由紀は土間に突っ立っていたのだ。

並んで框《かまち》に腰を下ろした。上がれと云われた訳ではない。

老人は無表情のまま美由紀を、そして敦子を睨《ね》め廻《まわ》した。

「まだ子供じゃあねえか」

私はきっと子供ですと美由紀は云った。

「中身が子供です。でも、敦子さんは――」

「あのな――」

老人は美由紀の言葉を止めた。

「人が人を殺すな、どうしてだと思う」

視軸は土間に向けられている。

美由紀は突然の難問に面喰らったようだった。敦子は答えなかった。自分はそれに答えられないことを、万人が納得出来る答えがないことを識《し》っているからだ。

「簡単なことだ。殺せるからよ」

低い、嗄《しわが》れた声だ。

「どんなに憎ったらしい殺してやりてえと思ったって、殺せなきゃ殺せやしねえ。反対に何も思ってなくたって、殺しゃ死ぬんだ、人は」

「何も思わなきゃ殺さないんじゃないですか」

美由紀が云う。

少し声が震えている。

「そんなことはねえよ。例えば鉄砲ってな、ありゃ何だ、こう引鉄《ひきがね》引きゃあ弾が出るんだろ。誰かを殺そうと思ってなくたって、引きゃあ出る。その先に人がいりゃ中《あ》たるし、中たりどこが悪きゃ死ぬじゃねえか」

「それは事故です」

「事故じゃあねえよ。勝手に暴発したなら事故だろうがな。でもな、人が引鉄を引いたんなら、そりゃあ別よ。山が崩れた屋根から落ちたってのとは違うじゃねえか」

「でも――」

敦子は美由紀を手で抑えた。

「まあ、鉄砲ってなあな、飛び道具よ。だから飛んでく先に思わぬものがあることも、ねえ訳じゃあねえ。でもな、お嬢ちゃん」

老人は自分が乗っている四角い木枠のようなものの内側から何かを取り出した。

柄《つか》のない刀身だった。短い。脇差だろうか。

研師は刃を両手に乗せるようにし、馴れた手付きで半回転させると、切っ先を向けた。

敦子は身を固くする。

「怖《こえ》えか」

答えられない。

「怖えさ。これはな、切れるし刺さる。切れても刺さっても痛えぞ。血が出る。そして場合に依っちゃ死ぬ。いいか、刀ってのはな、人殺しの道具だ。人殺す以外に使い道なんかねえ。刀持ってるってことはな、人を殺せるってことだ」

研師は刀身を置いた。

「飛び道具とは違う。偶偶《たまたま》殺しちまうなんてこたァねえ」

そう云って、老いた職人は虚空を睨んだ。

「俺はな、綺麗に研ぐ。職人だからな。それ見て喜ぶ奴も多い。でもな、いいかい。刀は美術品じゃあねえのさ。切れるように鋼と鉄とを打ち合わせて何度も何度も打ってよ、切れるように切れるように研ぐんだよ。その結果、綺麗に見えるってだけのことで、綺麗にするために打つ訳でも研ぐ訳でもねえや。何もかも切るためだ。じゃあ何を切るのか。大根でも人参でもねえ。俵でもねえ。刀は」

人を斬るだけのものだ。

「道がどうの精神がどうのと剣術使いは云うが、それとこれは別だ。道だの精神だの云う能書きだってな、それは殺せる道具を持ってるのに殺さねえと云う、そう云う強い心がねえと殺しちまうからあるんだろ。だから道も出来たんだろうよ。でもな、どんな崇高な心ォ備えてたって、どんなに立派なお方が持ってたって――だ。この刀は、刀自体は人殺しの道具なんだ。人殺すために作り出されて、人殺すために使われる、刀ってのは人殺しの道具なんだよ」

抑えられた口調だったが、老人の言葉は意味の上で十分に荒《あら》らいだものだった。

「だからな、俺のこの仕事は常に人殺しの手伝いだ。切れるように切れるように研ぐ。もっと切れるように研ぐ。もっともっと切れるように研ぐ。切るのは人よ。いや、持主が抜かなくたって、それでも刀は人を斬るために研がれるもんなんだ。飾っとこうが俵切ろうが犬っころ斬ろうがそれは持主の勝手だ。だが――」

どうしたって刀は人を斬るために研がれるもんなんだよと大垣は云った。

「いいか、護身用だのって寝言を語る奴もいるようだがな、護身つったって、そりゃ反撃するって意味だろ。相手を傷付けることに変わりはねえ。武具ってのは、身を護るもんじゃねえのよ。護るのはそりゃ防具だ。防具で人は殺せねえだろ。闘いたくねえのなら武器は持つもんじゃねえ。武器を手にするってのは、闘うってことよ。刀持つってことは」

殺すってことだ。

「だから、武器持ってる奴はな、持ってるだけで、もう攻撃されても仕方がねえってことなんだ。攻撃は最大の防御とか云うがよ、攻撃は攻撃だよ。先も後もねえ。武器ってのはそう云うもんで、そのためにあるんだ」

他の使い道はねえと老人は云った。

「他に使い道がねえから、使わねえようにするしかねえんだ。そのな、道だの何だの極めた御仁とやらはな、殺せるのに殺さねえのだ。だから偉《えれ》えのだろうさ。簡単に人を殺せる道具を持っててよ、それを使い熟《こな》すだけの腕もある。でも使わねえのだろ。そう云う偉え人は道具より強《つえ》えんだ。使えるのに使わねえってのは難しいことだ。それが出来るから偉えんだろうよ。でもな、人なんてもんは、そんなに偉かねえし、そんなに強えもんでもねえよ。大抵の連中は、持ち道具に負けちまうんだよ」

殺したくなるんだ。

「何でかって、そりゃ出来るからだよ。殺せるからさ。鋏《はさみ》ィ持ってりゃ紙切りたくなるし、玄翁《げんのう》持ってりゃ叩きたくなるだろ。道具は使いたくなるもんなんだ。そう云うもんだろ。何度も云うが、刀の使い道は一つだ。だから、刀使うってこたァ人を斬るってことなんだ。斬りゃ人は死ぬ。だから刀は――怖いんだよ」

「だからって――」

だからって刀の所為《せい》には出来ませんよねと美由紀は云った。

「出来ないでしょう。ね、敦子さん。だって、それは――」

そんな話じゃねえんだよと老人は云う。

「人を傷付けたり殺《あや》めたりしたなら、そりゃそいつの罪だ」

「なら」

「この世に刀がなかったら、そいつは人を傷付けたり殺めたりしていたかって話だ」

美由紀は黙った。

「そりゃあな、素手でも丸腰でも、乱暴は働けるだろうよ。でもな、この世の中に武器になるものがなかったら、それだけで傷付ける奴も傷付く奴も減ってるだろうよ。刀がなけりゃ人斬りは出来ねえんだよ。俺が研いでるのは、これは殺意だ」

老人は眉間に深い皺を刻んだ。

「だからな、お嬢さんよ。刀ってのは、どれも魔剣だ。全部が妖剣だ。手にしたもんは必ず斬りたくなる。その刀より持主の方が強いか、逆にその刀を使えねえ程弱いか、それ以外の者にとっては、どんな刀も魔性の道具なんだ。刀がなまくらならまだいい。斬ったって巧くは斬れねえ。でも、切れる刀はな、能《よ》く研いで切れる刀は」

人を殺しちまうんだよゥと云って、老人は刃を台の下に戻し、黙った。

そして、盥《たらい》から手で水を掬《すく》い、砥石に掛けた。それから研師は、深く項垂《うなだ》れた。

何かを悔いているのか。それとも諦観か。どちらでもないと敦子は思った。畏れか祈りか、それはそうしたものに近い沈黙だった。

「鬼の刀——か」

呟くような老人の声に美由紀が反応した。

「刀ァ時に人を鬼にするがな、鬼が刀持ったらどうなると思う」

「え？」

「鬼ってのはなあ、人には出来ねえことをするモノだ。人を、どっかで超えてるモノなんだよ。刀はな、時に人を、人でねえものにする。人でなしでなきゃ、人なんか斬れねえからな。でもな、元元人を超えている鬼が刀を持ったら——」

そこで老人は大きな溜め息を吐《つ》いた。

それから奥の間の方に顔を向け、研師は暫く動かなかった。

「その刀買ったなあ、俺の親父だ。大垣弥助《やすけ》だよ」

老人はそう云った。

「その時、俺はまだ餓鬼だった。親父もまだ三十半ばだ。それは」

明治二十五年ですと敦子は云った。

「じゃあそうだな。親父が生まれたなあ安政《あんせい》の頃だそうだ。ご一新の時は十か十一か、そこいらだったそうだ」

九十六年前と云うのは江戸時代なのかと敦子は当たり前のことに感慨を覚える。

「出は武州《ぶしゅう》の日野《ひの》だ。俺の祖父様《じい》てえのは、研師もしてたが、武具屋でな。あの辺りは八王子《はちおうじ》千人同心《せんにんどうしん》なんかもいたし、百姓どもも郷士と云って侍気取りだったから、田舎のわりに仕事はそこそこあったようだ」

ところであんた方ァ新選組《しんせんぐみ》って知ってるかと大垣は問うた。

鞍馬天狗の敵ですねと美由紀が云った。大垣は鼻で嗤《わら》った。

「あんな古臭い小説を読むか」

「映画で見ました」

「俺はそんなものは見ねえ。新選組ってなあ、幕府方の、人殺しだろ」

歴史的な位置付けは敦子には判らない。

ただ、京都で育った敦子にとって、新選組は大垣の云う通り、ただの人殺しの無頼集団である。壬生《みぶ》に屯所があった所為か、今でも壬生狼《みぼろ》と蔑み、忌み嫌っている。

「でもな、武州辺りじゃそうは思ってねえ。局長の近藤勇《こんどういさみ》も、副長の土方歳三《ひじかたとしぞう》も武州の出だからな。百姓で御目見《おめみえ》以上になった奴ァ、そうはいねえ。近藤勇くらいじゃねえのか。だから地元じゃあ好かれとる。出世頭の剣豪だ。それに加えて、土方の家は豪農で、親戚は日野宿の名主だ。その名主ァ剣術好みでな、人望もあったんだろうよ。春日隊《かすがたい》とか云う百姓の軍隊作ったりしてたようでな、俺の祖父様も随分と世話になったんだと聞いてるよ」

大垣はまた奥の間に視軸を投じた。

「まあ、新選組は戊辰《ぼしん》の戦で大負けして、近藤勇も首刎《は》ねられた。何をしたのか何をしたのか知らねえが、剣豪だろうが出世頭だろうが天下の大悪党だ。それでも身贔屓《みびいき》があったんだろ。俺の祖父《じい》様ァ、わざわざ板橋《いたばし》まで見物に行ったそうだ」

「斬首をですか？」

「そうさ。その頃ァ、打ち首ってなァ見せ物だ。今で云うなら公開処刑だ。童《こども》だった俺の親父も連れて行かれたそうだ。まだ十かそこらだぞ。豪え《えれ》人垣で何も見えなかったそうだがな。その日は、かっぱらいか何かの獄門もあったようで、人が沢山出てたんだそうだ。どんだけ豪傑だ、英雄だと持ち上げたって、かっぱらいと一緒に首刎ねられたんだから、まあ罪人だ。屑のうちだろ。天下の極悪人に違《ちげ》えはねえさ。勝てば官軍たァ謂《い》ったものよな。負けりゃ賊軍だ」

首刎ねるのも刀だぜと老人は云う。

「落っこちた首を晒すのかと思っていたら、さっさとどっかに持って行っちまったそうでな、親父は近藤勇の面ァ拝んじゃねえそうだ」

近藤勇の首は京都に運ばれ、三条河原《さんじようがわら》に晒されたのだと敦子は聞いている。

「新選組が――何か関係あるんですか」

大垣は何も答えず、局長が死んだら普通は終りだよ、と云った。

「でもな、新選組は終わらなかったんだ。大敗して大将首まで取られて、それでも未練がましく解散しなかったんだと聞いてる。残党とか、新生とか、そう云うのじゃねえ。離合集散はあったようだが、結局幕府方の軍勢に混じって北へ行ったんだ。そうだろ？」

「結成時からの構成員は殆ど残っていなかったようですが——旧幕府軍は日光から会津へと戦場を移しつつ北上し、最終的には榎本武揚《えのもとぶよう》の奪取した軍艦で北海道《ほっかいどう》に渡ったのではなかったですか。箱館《はこだて》戦争ですよね」

蝦夷《えぞ》だよなと大垣は云う。

「蝦夷地に渡ったんだ。新選組の副長は」

「土方歳三——でしたか」

「そう。鬼の副長、土方歳三だ」

「鬼？」

鬼だよと研師は繰り返した。

「何で鬼なのか、どの辺が鬼なのか、俺にはさっぱり判らねえけどな。何たって明治維新前に死んでる男だ。だから土方ってのがどんな野郎だったのか俺は何ひとつ知らねえのよ。知ろうと思ったこともねえ。ただ聞こえては来る。持ち上げる奴もいれば貶す奴もいるようだがな、でも、そのいずれもが謂うんだ。あれは」

鬼だと。

「で、その鬼は蝦夷に渡って蝦夷で死んだんだろ」

そのようですと答えた。

「俺の親父が買ったのは、その土方歳三の刀だ」

「それで——」

それで鬼の刀なんですかと美由紀が呆れたように小さく叫んだ。

「そんな」

老人は微《かす》かに笑った。

「まあ聞け。少し長えぞ」

昔の話だと老人は云う。この老人が生れるずっと前のことだ。

「聞いた話だぞ。幕府が瓦解した頃、俺の祖父様はまだ日野にいた。箱館の戦が終わって暫くしてからな、もう夏だったそうだが、日野宿の名主——これは、土方の義兄だとか聞いたよ。この男は新選組にも金送ったり、武器送ったりしてたそうだよ。武具扱ってた祖父様もあれこれ協力してたんだそうだ。ある時、その名主の家に、汚え身態《みなり》の物乞いが訪ねて来たんだそうだ。見りゃまだ若《わけ》え。そいつは、亀太郎《かめたろう》とか云う名の小僧でな、そいつは箱館から落ち延びて来た、敗残兵だったそうだ」

年齢も身分も低い歩卒であれば、投降後も囚われることなく放免されたと云う可能性はあるだろう。そう云った。

「難しいことは知らねえよ。俺は聞いた話をしてるんだ。真実《ほんとう》かどうかも知りゃあしねえよ。その、亀太郎って小僧はな、土方の書き残した何やらと、遺髪か何かを持ってたと聞いた。小僧はそれを届けに来たんだな。異国みてえな土地でおっ死《ち》んだ身内の遺品を遠路遥遥《はるばる》持って来てくれたんだからな、有り難《がて》え話だろ。だから名主は亀太郎を暫く家に置いて、面倒みてやったんだそうだ。祖父《じい》様も何度か会ったそうだがな。で、その亀太郎が云うにはな」

大垣は体ごとこちらに向き直った。

「死ぬ少し前、土方歳三は市村《いちむら》とか云う小姓を一人箱館から逃がしてるんだそうだ。その際に二振《ふたふり》の刀と、箱館で撮った己《じぶん》の写真を渡していると云う。土方は市村に、落ち延びて日野の義兄の処へ行け、ときつく命じたと云うんだ。亀太郎は丁度その時、五稜《ごりょうかく》郭の廊下か何かで立ち聞きしてたんだそうでな。土方ァそりゃ大層な剣幕で怒鳴り付けてたそうだ。日野に行けと」

「その市村と云う人は」

「船には乗ったんだそうだ。だから遅くとも二月《ふたつき》前には横浜に到着してる筈だと云う。亀太郎が箱館から落ち延びたのは負けた後のことで、日野に着いたなァもう盛夏のことだったそうだから、これは怪訝《おか》しいのさ。迷ったか、事故に遭ったか、何かあったかとな。そこで俺の祖父様が東京まで出て、捜したんだとよ」

物好きな話だと老人は投げ遣りに云った。

「祖父様ァ商売柄東京へは頻繁に行き来してたようだが、その時ゃわざわざ横浜村まで足を延ばして調べたそうよ。亀太郎の話ではな、市村が五稜郭を出たのは卯月《うづき》の半ばだったそうだ。官軍の総攻撃の前だな。その頃の戦争なんてな、先の戦争に較べりゃ暢気《のんき》なものだったんだろうがな、それだって総攻撃の最中に商船の出入りは出来ねえ。だから、どっかの船に乗っかって逃げたンなら、時期はその辺になるだろう」

「総攻撃は四月の終わりから五月だった筈です」

「だろ。卯月の中頃に箱館を出たなら、皐月《さつき》になる前には横浜に着いてる筈だ。そう見当付けて調べたら、卯月の末に隠密裡に小姓を乗せて入港した外国の蒸気船があったことが判ったそうだ」

執念だなと老人は嘲《あざけ》るように云った。

「親父の話だと、その頃の祖父様ァどこか恐かったそうだぜ。祖父様ァ、その外国船と取引があった東京の大東屋《だいとうや》とか云う店を突き止めて、東京にとって返して問い詰めた。そうしたらな、慥《たし》かに皐月の初め、市村某と云う小僧が来たと云う。そして、土方歳三の遺品だとか云って、紙切れやら書き付けやらを出して売り付けたそうだ。だがな、その時まだ土方歳三は――死んでねえ」

「それなのに遺品だ――と云ったんですか」

「箱館総攻撃は皐月十一日、土方が死んだのもその日で、戦死の知らせが届いたのはもっと後のことだそうよ。だからな、大東屋は小姓を詐欺と疑った」

大垣は口角を下げた。

笑ったのだ。

「でもな、その市村が箱館から蒸気船に乗っかってやって来たことだけは間違いねえ。それに、書き付けには土方らしき署名もあったらしい。だから、もしかしたら本当かもしれねえ。そこで、本物かどうか判らねえまま、取り敢えず何もかも引き取って、銭を渡したんだとよ。市村は少ねえとごねたらしいがな」

何か感じ悪いですねと美由紀が云った。

「そう、胡散臭《うさんくせ》えや。そのすぐ後、大東屋には土方本人からの手紙が届いたようでな、市村某に預けたものは総《すべ》て金に替えろと書いてあったようだから丸きり嘘じゃあなかったようだが、金目のものなんかねえのだ。大東屋に現れた市村は、刀なんざ持ってなかった。ま、俺の祖父《じい》様が大東屋に行った時点では土方戦死の報は入っていたからな。本物かどうかご実家に持って行くと云って、その紙屑やら何やらは全部、祖父様が買取ったそうだがな。でも亀太郎の云っていた二振の刀も、写真もなかった」

横浜で質屋にでも入れたのだろうと云われたんだそうだと、老人は自嘲するかのように続けた。

「市村はよ、落ち武者のわりにはこざっぱりした恰好だったそうだ。軍装も解いてて汚れてもいなかったそうだ。日野に来た亀太郎とは大違いだ。横浜で装束一式揃えてるってことだろうな。でも、賊軍の小姓が金なんか持ってる訳がねえ。なら」

「では、その質屋が、ええと」

そう――片倉柳子を殺害した凶器を所持していた犯人の親類と云う人物は、元は横浜で質屋《や》を営っていたと云う話ではなかったか。

敦子は手帖を繰ったが、依田と云う犯人の名前しか記してはいなかった。

「祖父様《じい》は勿論、またぞろ横浜村に出張って質屋を訪ね歩いた。大東屋は何とか云う質屋の名を挙げたそうだが、そこじゃなかったようでな。結局判らなかった。市村の行方も知れねえ。祖父様はずっと諦めなかったようだが、故郷に戻ったんだとか西南《せいなん》の役《えき》に参加したとか、噂だけは流れて来るものの流石《さすが》にそんなものを確かめに行ける程暇じゃあねえだろうからな。刀や写真は見付からなかった」

依田の親類は、質屋を廃業し上野で古着屋を開業している。転職した時期は不明だが、市村某の刀を引き取ったすぐ後に横浜を出ていたとするなら、これは判らないだろう。

「で――俺の祖父様はな、死ぬ間際までそのことを悔やんでた。あのな、俺の苗字が大垣ってのは何故か、判るか」

老人は何故か戯《おど》けたような表情になった。

「明治になって——まあ平民も苗字を名乗って良くなった訳だがな、そりゃ新しく付けろってことじゃねえやな。百姓にだって姓はあったのさ。ただ名乗れなかっただけだ。土方の家だって士分じゃねえ。近藤だって元は宮川《みやがわ》だったたって話だ。勿論、苗字のない者は新しく付けたようだが、俺のとこは何とかって姓があった。それをな、大垣と届け出たんだ」

「何故——です？」

「市村——鉄之助《てつのすけ》だったかな。その小姓は、元は美濃《みの》の大垣藩の藩士の倅《せがれ》なんだよ」

「大垣って——それで？」

「そうよ。市村が郷里に帰ったてえのなら、そこにいるってことだろう、そのうちに訪れて必ず確かめる、刀は売り払っちまったのかもしれねえが、写真はまだ持ってるかもしれねえ、と——ま、そう云うことだ。自分が死んでもお前が引き継げと、そこに寝ている親父は祖父様から命じられたそうだ。子子孫孫、決して忘れねえように、大垣を姓とすると吐《ぬ》かしたそうだ」

執念だと老人は云う。

「狂ってたのかもしれねえなあ。そんななア、どうでもいいことだろうよ。土方の家だって、そこまで思っちゃいなかっただろ。現に写真は他からも出て来て、実家に渡ってると聞いたよ。それをよ、姓まで変えてすることかよ」

慥《たし》かに、常軌を逸していることは間違いないだろう。

「だから、俺の祖父様《じい》ァ、どっかで神経を病んじまったんだろうと、後になって親父は云ってたよ。だが、餓鬼の俺にしてみりゃそんなこたァ判らねえ。そう云うもんだと思って育ったんだ」

老人の奥まった瞳が暗く沈んだ。

「俺がこんなくだらねえ、どうでもいいことをこんなに詳しく知ってるのもな、祖父様と親父に、こんな小せえ頃から散散聞かされて育ったからだよ。そんな祖父様が死んだのは明治二十五年の春――」

俺が七つか八つの頃だと、老人は云った。

それは、片倉柳子が殺害された年である。

「執念ってのはな、矢ッ張り《やっぱ》人を鬼にすんだな。行き過ぎりゃあ、人には出来ねえことを呼び込む。そうとしか思えねえよ。祖父様は年明けに卒中でおっ死《ち》んだが、日を開けずして日本橋の芸者が殺された。その時凶器に使われた刀が寺に供養に出されたんだが――これは間抜けな話よ」

「そうなのですか?」

「当たり前だ。刀は本来、邪気を断つもんだ。どんだけ人を斬ったって、刀自体は穢《けが》れるものじゃあねえ」

老人は語気を荒《あら》らげた。

「魔剣だろうが妖剣だろうが同じことだ。刀は持つ者を鬼に変えるが、返す刀は鬼を斬るんだよ。鍛えられた鋼は穢れるもんじゃねえ。刀はな、脂は付くが血は弾く。決して染みるものじゃあねえさ。生血なんかで穢れるようなものじゃあねえ。折れねえ限り、汚れは研げば落ちる。刀はな、寺社に奉納されるもんではある。でも寺社が刀を供養するなんて話は聞いたことがねえ。寺はな、刀の供養なんかしねえのさ。だから頼まれた寺は困って、先《ま》ずは血脂で汚れた刀を研げと云った。その仕事が——親父の処に回って来たのよ」

「偶然に、ですか」

知らねえと老人は云った。

「その頃、もう俺達はこの辺に住んでいた。祖父《じい》様が寝付いたんで武具屋は閉めて、親父は研師を専業にしていた。どう云う経緯《いきさつ》で引き受けたのかは知らねえ」

偶然なんだろと老人は云った。

「そんなもの、どうなるものでもねえわさ。幾ら欲したって叶うものでもねえ。巡り合わせとしか云い様がねえだろう。いいや、これは正に巡り合わせ以外の何ものでもねえのさ。芸者を斬った刀は一振だったが、坊主が持って来た刀は二振だった。しかも——写真が添えられていた。洋装の男が写ってて、裏にはな、使者身上頼上候、義豊《よしとよ》と記してあった。義豊ってのは——土方歳三の諱《いみな》だよ」

慥《たし》かに巡り合わせなのだろう。

他に考えようもない。因縁と云うなら、それこそが因縁ではないのか。

「その時の親父の面《つら》を、俺は今でも瞭然《はっきり》と覚えてるぜ。眼を剝《む》いて、鼻ァ膨らませてよ、顔なんか真っ赤だった。ぜいぜいと鼻息を荒くして、暫くは訳の判らねえことを喚き散らしてたが、そのうち仏壇に駆け寄って鈴《りん》をカンカン鳴らしてよ。遂に気が狂《ふ》れたかと、お袋と二人で口開けて見てたよ」

「土方歳三の刀だった――訳ですね、本当に」

「本当にだよ。一振は十一代和泉守兼定《いずみのかみかねさだ》だった。もう一振は無銘だ。芸者斬ったのは無銘の方よ。それで親父はな、研ぎ代取るどころか大枚叩《はた》いて買取ったんだ。供養も何もねえ。先方にしてみりゃ異存はねえわさ。厄介払いが出来て、その上に金が貰えるんだから」

鬼の刀――。

「親父は買取ったそれを暫く仏壇に供えて朝晩拝んでたが、その年の秋には、兼定と写真を日野の名主だか土方の家だかに届けに行った。土方歳三は兼定を佩刀《はいとう》していたと云う話は日野でも耳にしてたらしいしな。ただ、無銘の刀の方は本当に土方の遺品なのかどうか確証がねえ。市村が刀を二振持たされたってのは亀太郎の話でしかねえし、そうだったとしてもそれがその刀かどうか判らねえだろう。だから暫くは――家にあった」

でな――と大垣喜一郎はそこで座り直し、もう一度美由紀と敦子を値踏みするように見回した。

「ここまでは、まあ、そんなこともあるかってぇ話よ。これから先が」

因縁だ――。

ここまでも充分に因縁だと思いますと美由紀が云う。

「そうじゃねえ。それで終りなら、そりゃ俺の祖父様の、神経のいかれた年寄りの執念の為せる業ってことだろう。巡り合わせだろうが偶然だろうが、そう云うこたぁあるのさ。それだけだ。でもな、そうじゃ――なかったんだ」

陽差しの具合だろうか。

研師の貌《かお》は、本当に、みるみる暗く翳《かげ》った。

「俺が十五の時だった。研師として親父に弟子入りして五年だ。お袋はその前の年に死んで、俺は親父と二人暮らしだった。そこに、女が訪ねて来た。五十絡みの、それでも婀娜《あだ》っぽい女で、芸者か何かと思ったが、違った。それはな、殺された芸者の母親の、涼と云う女だった」

「あっ」

美由紀が声を上げた。何かに思い至ったのだろう。

「もしかして――」

涼さんは土方さんと――と、美由紀が云いかけると、老人は色恋沙汰じゃねえよと云ってそれを遮った。

「でも、私が聞いた話では、涼と云う人は鬼に惚れたんだ、とか。鬼って、その土方と云う人のことですよね？　それで地の果てで官軍に撃たれて、それで命からがら――地の果てって、北海道のことじゃないんですか」

だからそんなぬるい話じゃあねえんだと、研師は云う。

「お涼さんは、まあ土方てえ野郎に惚れてはいたのかもしれねえさ。今も未練はあると云ってたからな。俺は本人の口から聞いてる。これは祖父様や親爺に聞かされた話じゃねえ」

俺の記憶だ。

「お涼さんの親ってな片倉と同じ刀剣商いだったそうだが、そりゃあもう酷《ひで》ェ親だったようだ。癇癪《かんしゃくも》持ちで、悋気《りんき》持ちで、何かと云えば殴る蹴る、終《しま》いには商売もので女房を斬り殺し、殺しちまった後で急に恐ろしくなって、そんで鴨居にぶら下がったんだそうだ。お涼さんはその時まだ物心も付かねえ童《わらし》だったそうよ。目の前で母親斬り殺されて、殺した親父は首吊ったんだ。何が何だか判らずに、お涼さんは何日か骸を眺《なが》めてたそうだよ」

慥《たし》かに酷《ひど》い。それは無理心中ではない。

「それでな、小さかったお涼さんはこう思ったと云うんだ。首吊りは汚え。どうせ死ぬなら斬られて死にてえ――と」

「斬られて？」

「そんな気持ちは俺には解らねえ。俺は先ず、死にたいと思わねえ。いつかは」

死ぬんだろうがな、と云って老人は自《おの》が頸に手を当てた。

「でも、まあ、そんな餓鬼の時分に、二親《ふたおや》の無慚な死骸と何日も暮らしたりしたならな、そりゃそう云う心持ちにもなるかもしれねえと——そうは思ったよ。でも、此処に来たお涼さんはそんな妙な女には見えなかったけどもな。あの人は、それで、同じ渡世の片倉屋——今の刀剣片倉の世話になって、十二だか十三だか、そのくらいまでは育てて貰って、その後置屋に身売りした。自分で自分を売ったんだそうだ。売った金子《きんす》は全部片倉屋に渡して、刀一本だけ貰って、おん出たそうだよ」

「それって——」

「違うよ」

大垣は間髪を容《い》れずに否定した。

「お涼さんが持って出た刀は、二代和泉守兼定、俗に云う之定《のさだ》ってえ銘刀だった」

「同じじゃないですか。その、土方さんの刀もそれですよね？」

美由紀が云う。いや、銘は同じでも、代が違う。

「市村が持って来たのは十一代だよ。これは会津兼定だ。十一代だっていい刀だが、会津兼定ってのは江戸も終り頃の刀工だからな。お涼さんが持ち出した之定は関《せきの》兼定、室町《むろまち》の刀匠だ。中でも之定は別格だ。美濃一の名匠だよ。江戸の昔には、千両兼定とまで呼ばれたようだ。今でもな、目が飛び出る程高価《たけ》え。そして、切れる」

研いでみてえなと研師は云った。

「その涼と云う人は、何故その刀を持ち出したのですか。矢張《やは》り、いざと云う時にお金に替えるためですか？」

千両と云うなら、そうなのか。老人は敦子の顔を見る。

「そりゃ違う。その刀は」

お涼さんのおっ母さんを斬った刀だ——。

「え？」

「お涼さんは、出来るならその刀で自分も斬って貰いたかったんだと——云っていた」

「そんな——」

「だから俺には解らねえよ。解らねえがな。そう云うこたァあるんだろ。人の闇は」

思ったよりも深えぞ。

敦子はうっすらと寒気を覚えた。

「お父っつあんの死に様は、反吐《へど》が出る程汚かったんだとよ。でも、おっ母さんの死に様は見蕩《みと》れる程に綺麗だったんだそうだ。まあ、首吊りは無様《ぶざま》だと聞くからな、そうだったんだろ」

「それで、どうせ死ぬなら刀で斬られて死にたいと思うようになった——と、そう云うんですか」

「そうなんだろ。で——お涼さんはな、その母親を斬った刀で自分を斬り殺してくれる相手を、ずっと捜してたんだとよ。そして、巡り合ったのよ」

土方歳三と。

「人じゃあなかったと、お涼さんは云ってたぜ」

「鬼——ですか」

知らねえよと老人は云う。

「何度も云わせんな。俺はその土方とか云う野郎を知らねえんだよ。会ったこたあねえんだよ。でも、世評は鬼だ鬼だ云うからな。鬼だったんだろ。でもな、土方はお涼さんを斬らなかった」

普通斬りませんよと美由紀は云う。

「頼まれたからって殺してくれる人なんかいないと思います。昔はいたんですか？」

昔も今も変わりはねえさと老人は答える。

「ま——鬼なんだから、普通じゃなかったんだろ。でも斬らなかったんだとよ。何故斬らなかったのか、そいつぁそれこそ解らねえよ。お涼さんは之定を土方に譲ったそうだが、その後、鬼は京都に上って新選組の副長になっちまった。お涼さんも追いかけたようだが、何処まで行っても望みは果たせず、北へ北へと跡を追って、到頭箱館まで辿り着いちまった。そうしたら、土方は死んじまった」

二人の間に何があったのかは知らねえよと大垣は繰り返す。

「でもな、多分、お嬢ちゃんたちの思ってるような好いた惚れたたァ、少しばっかり違ってるのよ。いいや、同じなのかもしれねえが、相手は鬼だ。そして間には刀がある。同じだったとしても、同じようには行くめえよ」

魔性の情よと老人は掠《かす》れた声で云った。

「鬼に情があるもんかどうか、そりゃあ解らねえがな。譲った之定は、会津に向う途中で折れたんだそうだ。十一代兼定は、どっかで拝領されたもんだろうとお涼さんは云っていた」

「待って下さい」

敦子は止めた。

「その、涼と云う人は、大垣さんの処に何をしにいらしたんですか」

大垣は酷《ひど》く悲しそうな眼をした。

「刀を譲ってくれと」

「譲る？」

「だから、自分の娘を斬った刀を譲ってくれと、あの人は云った。そう云ったんだ。母親を斬った刀と共に生きて、その刀を鬼に譲ってよ、今度は娘を斬った鬼の刀が欲しいと、あの人は云ったんだ。あの人は、きっと」

そうでもしないと駄目だったのかもしれねえ。

刀は怖い。

迚《とて》も、怖い。

そうなのかもしれない。

「だから因縁だと云うのよ。こりゃあもう、俺の祖父様の執念なんかじゃあねえ。気の狂《ふ》れた老《お》い耄《ぼ》れの妄想なんかじゃ済まされねえ、もっとうんと深え因だろうし、ずっと広え縁だろよ。因縁も因縁、鬼の因縁だろう。そうじゃねえかい？」

それは、矢張り偶然なのだ。

だがそうした偶然こそを因縁と呼ぶのだ。それは間違いないだろう。

「親父は、刀を渡したよ。親父がどう思ってたのかは解らねえ。でも、祖父《じい》様もおっ死んで、もう一振の刀も里帰りして、その刀だけ此処にあったたって仕様がねえだろ。持ってる意味なんかねえ。お涼さんは代金を支払うと云ったが、親父は拒《こば》んだよ。お涼さんは土方に之定を譲ってる。回り回って戻って来たのは無銘の刀よ。差額を考えりゃこっちが金出すことにならあ。お涼さんはな、刀を渡した直ぐ後に逝っちまった。刀だけが――片倉に残った」

それが。

「刀剣片倉は、涼さんの息子の利蔵さんが嗣《つ》いでたんだ。利蔵って名前は、字こそ違うが土方に肖《あやか》ったものか、それともそれこそ偶然なのか、俺は聞いてねえ」

偶然でもそうでなくとも――因縁とされてしまう事柄だろう。

「利蔵さんてな気さくな人で、俺より一回りは齢上だったが、縁があると云って親しくしてくれたし、仕事もくれた。でもな、利蔵さんは、妹を斬り殺したその刀をずっと持ってたんだ。無銘だから売れなかったのか、売らなかったのか――」

俺は忘れていたよと老人は呟く。本当に忘れていたんだと繰り返す。

「親父だって忘れていたろうさ。そんな、人の妄念なんてな、死んじまえば幾年と経たずに消えるもんだと俺は思う。どれだけ強くたって、薄れるもんだ。でもな」

刀は何百年でも保《も》つのだと、研師は厳しい口調で云った。

「大昔の刀だって、きちんと保管して、手入れしてりゃあ切れる。いつまでだって切れるんだ。切れなくなったら研げばいいのよ。いつまでだって、何人だって」

斬れるさ。

「あんた達の思った通りだ。利蔵さんと後妻の娘さん――静子さんを殺した刀はな、俺の祖父様が捜して、俺の親父が見付けて、そしてお涼さんに譲った土方歳三が使ったかもしれねえ刀だよ。売り物じゃねえから床の間かどっかに置いてあったんだろ」

刀は出したのではなく、出ていたのか。

「泥棒はそれで静子さんを殺した。これだって偶然だろ。別に、その刀使いたいと思った訳でもねえだろし、その刀で殺してくれと頼んだ訳でもねえのさ。だから因縁だって云ってる。刀は」

迚《とて》も怖えんだよ。

「それが刀でなかったら、こんな因縁は生まれねえだろ」

老人は盥の縁を叩いた。

水が跳ねた。

「母親と同じように殺してくれ斬ってくれと願ったお涼さんは結局誰にも斬られなかった。それなのに娘と孫娘が斬り殺された。こんな因縁はねえさ。いいか、何年か前、何かの雑誌によ、手にした者を狂わせる妖剣、とかそう云う記事が載ったんだろ。俺は読まねえがな、教えてくれた人がいる」

載ったようですねと敦子は答えた。

そんなじゃねえんだよと大垣はもう一度盥を叩いた。

「そんなじゃねえのさ。手にして狂うてぇんなら、どんな刀だって一緒なんだよ。さっきも云ったが刀てえのはそう云うもんなんだ。でもな、違うんだよ。お嬢ちゃんが云う通り、それだって殺したのは刀じゃなくて人間だ。だから罰せられるのは人間だ。当たり前だよ。でもな、犯人を捕まえても、罰しても、因縁は残るじゃねえか。刀がある限り、残るじゃねえか。こう云う因縁は——断ち切らなくちゃ駄目だ。駄目だよ」

「今回の辻斬り事件もそうだと仰るんですか」

老人は黙った。

「なら何故研いだんです。大垣さんが研いで、切れるようにしたから犯行は繰り返されたんじゃないんですか？　結果的にハル子さんも殺害された。因縁は続いてしまっているじゃないですか。今度は大垣さんが、その悪い因縁を呼び込んだのじゃないんですか」

大垣は再び顔を背け、そしていいや、と云った。

「違うよ」

「何が違うんです」

「因縁は絶たれた」

「それは——」

慥《たし》かに、涼の血縁者はもういない。ハル子で最後である。

「血縁は関係ないでしょう。大垣さんは仰ったじゃないですか。刀だ——って。刀はまだあるのでしょう。警察から戻されたら、また研がれるんですか」

あんたらには関係ないと老人は云った。

「話すことは全部話したよ。話し過ぎた。俺は、普段こんなに喋ることはねぇんだ。だからもう帰ってくれ。解っただろう」

　解りませんと敦子は云った。

「お話は能《よ》く理解しました。数奇と云っていいお話だと思います。でも、問題なのは今の事件です。何が起きているのか、何が起こったのか、何故ハル子さんは殺されたのか」

それが知りたいだけですと敦子は云った。

「そんなこと俺に判るか」

「大垣さん。この呉さんはハル子さんの仲の良いお友達だったんです。彼女の死に心を悼《いた》めている。大垣さんは、まだ何かご存じですよね」

「知らん。俺は刀を研いだだけだ。何故研いだかと云えば頼まれたからだ。それ以外に答えはねえよ」

「それ、静子さんを殺した刀だったんですよね？」

「そうだよ。拵《こしら》えや何かはすっかり取り換えてあったがな。あの刀だよ。忘れやしねえよ。だから、何だ。刀は――刀だ」

忘れやしない――か。

涼に刀を渡した時、この老人はまだ十五六歳だったと云う。

まだ見習いのようなものだろう。そんな曰《いわく》のある刀を研がせる訳がない。その時は、父である弥助が研いだのだ。

そうすると――。

「覚えていたと云うことは――十八年前の事件の後も、大垣さんご本人がその刀を研いだと云うことですね。静子さんを殺した刀を」

研いだがどうしたと研師は短く答えた。

「何度も云わせるな。俺は研師だ。頼まれれば何でも研ぐ。いいか、もう一度云う。刀身は、汚れることも傷むこともあるが、穢れるものじゃねえ。刀ってのはな、穢れを祓い、切り裂くものだ。あの時利蔵さんは、娘の血の汚れを落としてくれと云って俺ん処《とこ》に来たんだ。だから、誠心誠意研いでやったのさ。あの刀はな、お涼さんの形見みたいなもんでもあるんだよ」

「そうやって──鬼の因縁を温存しているじゃないですか」

「因縁ってのはな、俺なんかにどうこう出来るようなもんじゃねえ。人が手出し出来るようなものじゃねえんだよ。断ち切ったり永らえさせたり出来るもんかよ。慥《たし》かに、刀を研ぐってのは人殺しの手伝いしてるようなものさ。それも云っただろうよ。俺の仕事はそう云うもんなんだよ。傷めば手入れをする。何度でもな」

何度でも。何度も。

──そうか。

犯人が宇野だとして。宇野は何故同じ刀を使い続けたのか。

片倉は刀剣屋だ。刀なら何本でもあった筈である。人を斬って放っておけば、それは刀は傷むのだろうが、研がずとも血糊を拭って手入れさえしておけば誤魔化《ごまか》すことくらいは出来るのではないか。切れ味は落ちるかもしれないが──いや、違う刀だったら短いスパンで研ぎに出しても怪しまれる可能性はうんと低くなるのではないか。

四箇月と云う短い間に何度も犯行を繰り返すのであれば、次次に別の刀を使った方がいいだろう。その刀に固執する理由があったのか。敦子は考える。そもそも——。

犯行は何故こんな場所で行われたのか。宇野は下谷のアパートか、刀剣片倉で生活している。自らの生活圏で犯行を繰り返すと云うのはリスクが高いのだろうが、そうだとして何故に世田谷なのだ。それは、この研師の家が近いからではないか。

いや、それだけではない。それは——。

そうか。

刀は刀剣片倉に戻されていないのだ。研ぎ終わったら受け取って殺し、また直ぐに研ぎに出している——のではないか。ならば。賀川が疑問視していたように、日本刀を持って電車に乗るような危険な真似はしなくて済むことになる。そうだとして。

——憲一は此処には来ねえよ。

宇野ではない。

敦子は老人を見る。

「誰を——庇っているのですか」

「庇う？　俺がか。何でだよ。俺はそんなに情け深くはねえ。誰かに恩を受けた覚えもねえ。人を庇うような真似をするかよ」

「宇野さんは自供しています。凡《すべ》て自分がしたことだと」

「ならそうなんだろ」

「ずっと、一緒に暮らしていたんですよね。宇野さんはそんな、無差別に人を殺すような人だったんですか？」

「さあな。俺は刀の具合は判るが、人を見る目はねえ。親父もそうだ。息子だって出て行ったくらいだからな。親子揃って余程の人でなしなんだろう。一緒に暮してたからって何が解るもんでもねえよ。あれがそう云うのなら、そうなんだろ」

敦子は家の中を見回す。宇野が暮していた頃の名残を捜す。

大垣喜一郎は多分善人なのだ。敦子はそう感じている。宇野にもそれなりの情をかけているのだろう。今でも、である。だが宇野を庇っていると云うなら兎《と》も角《かく》、この老人はまるで逆のことを云っている。何を隠しているのか。

大垣さん、と敦子は呼んだ。

「宇野さんは精神や神経に疾患があると判断されない限りは、極刑に処される可能性が高いです。何しろ、罪のない人三人を傷付け、四人を殺害していますから」

死刑かいと云って、老人は酷《ひど》く大きな溜め息を吐《つ》いた。

「近藤勇とおんなじだな。天下の極悪人だ」

「いいんですか」

「何がだ。憲一が死刑になりてえと云ってるんならそれで」

「喜一郎さん」

突然——。

奥の間が開いた。幽霊のように窶《やつ》れた、和服の婦人が立っていた。

「あ——」

美由紀が跳ねるように立ち上がった。

「美由紀さんね」

「お、小母《おば》さん——」

片倉——勢子か。

敦子も立ち上がった。

「喜一郎さん、もういいんです。私は憲一さんが死刑になるのは厭です」

「お勢さん、しかし——」

「どちらにしたって、これで終りなんですから。いいじゃありませんか」

「良くはねえ。それじゃあ憲一の——」

「私がハル子を殺したんです。私が、昭和の辻斬りです」

片倉勢子はそう云った。

「警察に——出頭します」

敦子は大いに戸惑った。

5

「迚《とて》も恐《こわ》かったんです」

片倉勢子はそう云って下を向いた。

玉川署の一室である。最初に訪れた時に通されたのと同じ部屋だった。

大垣の家の奥の間からいきなり現れた片倉勢子に敦子は少なからず面喰らったのだけれども、それはただ場所とタイミングが意外なものだったからに過ぎない。

彼女の告白そのものは敦子の予想した幾つかの真相から大きく外れるものではなかった。未《ま》だ全貌は見通せていないけれど、舞台に載る役者の数は限られているのだし、選択肢は多くはない。

本当か否かは別として——であるが。

警察に出頭すると云う勢子を宥《なだ》め、敦子は先《ま》ず賀川に連絡を取ることにした。

逃走の虞《おそれ》などはないと思われたが、念のため敦子が残り、美由紀に交番から電話を掛けて貰うことにした。

その方が話は早い。

賀川は研師《とぎし》を疑っている。軽はずみに大垣の家を訪問したりせぬよう、敦子は予《あらかじ》めきつく止《と》められていたのだ。大垣の処《ところ》にいるなどとうっかり喋ってしまったりしたらお目玉を喰らうことは間違いない。だが電話口でお説教を聞いている気分ではなかった。美由紀なら、もし何か漏らしてしまっても賀川もごちゃごちゃ云いはしないと考えた。

賀川が署にいたなら――。

行方が摑めなかったハル子の母が見付かって、大変重要な証言をすると云っているのでこれからそちらに連れて行くと中禅寺敦子が云っていると――。

それだけ伝えれば良いからと頼んだ。

突然勢子が自首したとしても、現場は混乱するだけだ。

それに敦子は、この切実極まりない告白を鵜呑みにして良いとは考えていない。

いずれきちんと吟味はされるのだろうし、警察の能力を過小評価している訳でもないのだけれど、先ずは賀川に報《しら》せるべきではないかと思ったのだ。小柄な刑事は、真実を見極めようとそれなりに懸命になっていたのだし。

美由紀が戻るまでの沈黙の時間は、実に張り詰めたものだった。大垣喜一郎はただ片倉勢子を見詰め、勢子は下を向いて何かに堪えていた。

今も、勢子は同じく下を向いている。

その横顔を美由紀が悩ましげに見ている。

「いやいやいや」

賀川は両手で幾度も自分の額を擦《こす》った。

「それはなあ。いやいや、参ったなあ。今頃それはないでしょう。と、云うか」

ないよ、と賀川は情けない声で云った。

「中禅寺さん、あなたね、自分はあれだけきつく注意しましたよね。大垣さんのとこへは行くなって。何ですか、行った訳ですね？」

はいと素直に答える。

「どうして行くかなあ」

「捜査妨害になってしまいましたか」

「いやいや、結果的にはこの人を見付けて連れて来てくれた訳だから多くは云いませんけどもね、もしですよ。もし、大垣さんが辻斬りだったらどうすんですか。あなたも、この娘さんも、バッサリですよバッサリ。でしょ？　その場合、自分はどうなりますか。いや、立場だの面目だのそう云う話してるんじゃないですよ。警察官だろうが何だろうがそんなこと関係ないですよ。だってあなた、自分が教えたから死んじゃった――ってことになるでしょうに。自分は一生引き摺りますよ悪いけど。生涯悔やみますよ。無事だからいいけどさ」

すいませんでしたと敦子は頭を下げた。

賀川は少し頬を膨らませ、いいけどさあともう一度云った。

「まあ、そっちはいいですよ。無事だから。それよりもね、片倉さん。あなた、自分はあなたに何度も訊いたけどね、ご自身でやったなんて一言も云いませんでしたよね？」

勢子は答えなかった。

「だってあなた、事情聴取はね、都合四度してますよ四度。病院から戻って一度、帰宅後に三度。あなた、一度帰宅した後に大垣さんの家に移って、後はそこに隠れとったと云うことなんですな。じゃあ大垣さんとこから此処に通ってた訳ですか？　最後の二回はそうなるでしょ。まあ、家には雑誌だの新聞だの来るだろうからさ、身を隠したくなるのも解らんでもないが、警察に居所教えてくれないと云うのはさ、反則ですよ。あなた、その――」

うーん、と賀川は顔を歪めて反《そ》っ繰《く》り返った。

「そうかあ。まあなあ。あんた、最初のうち犯人は宇野じゃないと云ってたよなあ。宇野が自白してると教えたら――何だか妙な顔をしてたしなあ。その後、まあ、こっちもあんたにお前が殺《や》ったんだろとは云わなかったし、訊きませんでしたよ。だから嘘は云ってない――と、云うかさ、本当なら隠していたと云うことじゃないか。そのね、黙秘は権利ですよ。いいですよ自分に不利なことは云わなくったって。でもさ、宇野が罪を被ってる訳でしょ、この場合。なら宇野はあんたを庇ってたってことになる訳でしょうに。何ですか、庇われたから逃げ遂《おお》せると思ったの？　いや、思わなかったから此処に来た訳か。だから、うーん」

賀川は上目遣いで敦子を見た。

「どう思いますか中禅寺さん。いや、もう諸諸《もろもろ》不問に付すから、その、科学雑誌の編集者としての意見を伺いたいですよ」

そこで刑事は周囲を気にするように見回した。

「ま、直接駆け込みさせないで一旦自分を通してくれたのは大いに助かりました。これ、直接だったら自分は叱責されますよ。一体何を訊いてたんだ、お前の目は節穴かぁって」

何を訊いてたのかなあ自分はと賀川は萎《しお》れた。

「賀川さん、私が考えてることをお話ししてもいいですか」

云って云ってと賀川は云う。

「仮に、こちらの——片倉勢子さんの自供を信用するなら、賀川さんが疑問に思われていた身長の問題と云うのは、或る程度解決してしまうことになりますよね。こちらは宇野さんのように背が高くありません」

「まあ——そうかな」

「それから、凶器の問題。凶器は犯行の後に、大垣さんの処に手入れに出されていたんですよね。大垣さんも研いだと証言していますね？」

「した」

「しかし、研ぎに出したのは宇野さんではないと大垣さんは証言している」

「云ってたな。持って来たのは片倉さんだと」

「取りに来たのも片倉さんだと、仰ってましたよね？」

「ん？　あ、それは訊いたかな？　まあ、宇野は来ていないと云ってたんだから、そうなんじゃないか」

「そうなんです」

――憲一は此処には来ねえよ。

「宇野さんは、大垣さんの処へは行っていないようです」

「だからってこの人が犯人と云うことにはならんでしょう。慥《たし》かに背は低いけども、それだけでしょうに。まあこの人が研ぎに出していたと云うなら、この人が犯人か――そうでなくてもこの人は犯人が誰か知っていたか――少なくとも自分家《ち》の刀が凶器だと云うことを知っていた――と云うことにはなるだろうけども」

「そうじゃないんですよ。これ、凶器の運搬の問題なんです」

「運搬？」

「犯行は全てこの玉川署の管轄内――駒澤野球場周辺で起きています。しかし刀剣片倉があるのは下谷です。そんなに近くはない。徒歩で行き来したとは考え難《にく》いですし、刀を提げて長距離を歩くのは危険です。だからと云って刀を提げて電車に乗ったりするのはもっと危ない。刀は剝き出しだった訳ですよね？」

「そう、非常識にもね。木刀だってそのまんま持ち歩いてたら呼び止めますよ、警察は。棒だろうが薪だろうが、凶器になるようなもんは持って歩いちゃあいかんのだ。況《ま》してや日本刀だからさ。そんなもん、発見されれば当然職務質問を——あ、そうか。宇野には難しくてもこの人なら可能なのか？」

可能じゃありませんと敦子は云った。

「可能だろう？　だって、この人は刀剣商じゃないか」

「ええ。こちらの片倉勢子さんは刀剣商です。刀の売り買いを生業《なりわい》にされています。ですから、日本刀を持ち歩いても問題はないように考えがちなんですが、でも、そうなのでしょうか。それだって剝き出しの日本刀を持ち歩いたりすれば目立つし、警察だって見過ごしはしないでしょう？」

「ま、当然職務質問はするね。刀剣商だと顔に書いてある訳じゃないから。でも、届け出はされてるから、平気なんだろうが」

「平気じゃないですよ」

敦子がそう云うと賀川は眉を八の字にした。

「何で？　登録証とかあるでしょ？」

「ないんです」

「は？」

「銃器と違って、刀剣類は販売することそれ自体に許可が必要な訳ではないですよね。刀の一本一本に教育委員会が審査の上で発行した登録証が付いている——のではなかったですか？」

「そうだね」

「片倉さんが刀を所持していいという免状を持っているのではなく、刀の方に、これは登録されている刀だと云う証明書が交付されている、と云うことですよね？」

「そうだけど」

「そうなんです。凶器はそのまま持ち出されているんですから、勿論登録証なんか付いてなかった筈です。刀剣類と登録証が一緒になっていないと云う段階で、それはもう、不法所持と云うことになっちゃうんじゃなかったですか？」

「そう——だっけ」

「その筈です。仮令《たとえ》誰が持っていようと、登録証がセットになっていない限り、それはただの凶器なんです。こちらの身元確認が出来て、刀剣商だと云うことが判明したとして、その上での情状酌量があったのだとしても、その刀の登録証を実際に確認するまで警察は納得しないのではないでしょうか」

それはそうだなと賀川は云った。

それ以前に——。

「職務質問された段階で刀が血で汚れていたりしたなら、云い逃れは出来ませんよね？」

「それは勿論そうでしょう」

「箱なりに収めて登録証も一緒に持ち歩いていたのだとしても、血痕が確認されれば調べられるんじゃないでしょうか。だったら、犯罪に使ったのだとするなら、その辺は一層慎重にするものではないですか？　最低でも登録証は携行するでしょうし、布で厳重に包むとか桐箱に入れるとか、何かしら疑われないような細工をしていたと云うのならまだ判るんですけど――この人がそうしたことを知らないとは思えません」

敦子は片倉勢子を見た。

その刀は――売り物ではない。

勿論、売り物でなくとも所持している以上は登録が必要になる。

銃砲刀剣類登録が義務付けられたのは戦後のことだった筈だ。

敦子は少しだけ調べたのだ。

それは、占領軍に依る武装解除政策へのひとつの対抗策として作られた制度だったようである。

ＧＨＱは武器となるものは何もかも接収廃棄しようとしたようだが、そうしたものの中には文化的歴史的に残すべきものも多く含まれていた訳であり、ご神体だの家宝だのまで取り上げられたのでは堪らないと云う声は多く上がったようである。

要するにそれは、美術品や骨董品として価値があると考えられる日本刀等を保護、保存するために作られた制度なのである。

つまり、公安委員会が認定する銃砲刀剣類許認可とは性質の違うものなのだ。

銃砲刀剣類許認可は、武器の所持、携帯、使用を厳しく規制する、銃砲刀剣類等所持取締令――所謂《いわゆる》銃刀令に則して設けられているもので、当然所持者そのものに対する精査が行われる。

一方、日本刀の一部や火縄銃などの古式鉄砲などは、武器ではなく美術品、骨董品として扱われるために、所持者自身の資質は問われない。その代わり一品一品に教育委員会による審査が行われ、登録証が発行される。詳しいことは判らなかったのだが、刀剣商の扱う刀は基本的には美術刀となるのではないだろうか。

武器ではないのだ。

大垣は刀は美術品なんかではないと云っていたのだけれど、今のこの国では、刀は美術品でなければ所持することも売買することも出来ないのである。

片倉の家は江戸の頃から刀剣商いを続けていると云う。戦後、刀剣片倉の営業を再開したのはこの片倉勢子その人である。法的整備がなされた時期の店主は既に片倉勢子だった筈だ。ならばそうした諸事情は熟知していることになる。刀の登録をしたのも勢子その人なのだろう。

ただ。

「もしかしたら宇野さんは知らなかったのかもしれません。ただの店番だったようですから。でも、この人がそれを知らなかった筈はないんです。手続きは凡《すべ》てこの勢子さんがされた筈ですから――」

でも。

売り物の登録は全て済ませていることだろう。

ただ。

敦子は疑っている。

その刀だけは登録していなかったのではないか。

敦子はもう一度勢子を見た。賀川は険しい顔をした。

「いや、待ってよ中禅寺さん。そうすると、刀持ち出したのは矢《や》ッ張《ぱ》り宇野？　慥《たし》かにこの人がそんなことする筈ないもんな。宇野が考えなしに持ち出して――でも、研屋に出したのはこの人だと？　でもさ、いや、じゃあどっちなの？」

賀川は敦子と勢子、そして美由紀の顔を見比べるようにした。

「共犯か？　あんた、宇野の後始末したのか」

勢子は僅かに首を振った。

「私が――一人でやりました」

「あのさあ」

賀川は自分の額を叩いた。

「宇野が勝手に持ち出して、その刀であんたが殺した？　そんな馬鹿な話はないでしょうよ。あんたが犯人だと云い張るんなら、あんたが持ち出したんでしょうに。どうして登録証置いて持ち出したりしたの？　納得出来ないなあ。だって」

「登録証は――」

ないんですと勢子はか細い声で云った。

敦子の予想は中《あ》たったようだ。

「ない？　ないって、何ですか。あなた、ご商売でしょう。何でそんな違法なことをしますか。何ですか、蔵から出て来たばっかりで未登録だとか、そう云うことですか」

勢子は、今度は大きく首を振った。

「あの刀は、人を殺した過去を持つ刀なんです。明治の頃から片倉の家のものです。でも私のものじゃないです」

「あんた片倉さんじゃないか」

「私は、片倉欣造と結婚しただけです。片倉の家に嫁いだつもりは――ないです」

同じことじゃないのと賀川は云った。

それは同じではないと敦子は思う。

結婚は個人と個人の契約だ。役割分担などは派生するとしても、立場はあくまで対等である。婚姻は謂わば生活のパートナー契約であって、所有したりされたりするものではない。

一方、嫁入りと云う言葉があるように、嫁と云うのは家に入ると云うことなのだ。家と云う厳然としたシステムがあり、そこに構成員として組み込まれると云う意味なのである。家には代代受け継がれたヒエラルキーがある。配偶者同士は対等であっても家の中には暗黙の序列や階層があるだろう。

だから、それはまるで違うことだと思う。

片倉柳子に付き纏った依田儀助は、柳子を俺の嫁にすると云ったそうだ。

だが、俺の嫁、と云うもの謂《い》いは間違いだと敦子は思う。嫁とするならうちの嫁とすべきだし、俺の、と云うなら俺の妻とすべきだろう。

大した違いはないと云ってしまえばそれまでなのだが、旧弊を指弾したいなら言葉には充分に注意した方がいいと、敦子は思うのだ。言葉に無頓着な者の多くは根本的な部分で何かに気付いていない。

そもそも妻は夫の所有物ではないから、俺の、と云うもの謂いも何処かしら間違っているとは思うのだけれども。いずれにしても俺の、と云うのであれば、矢張り配偶者とすべきだとは思う。兎《と》に角《かく》——家に嫁ぐことと、婚姻することは微妙に、時に大きく違うニュアンスを持っているのだ。この人にとって、片倉の家などと云うものは——。

どうでも良かったのだろう。

勢子は続けた。

「一緒になった時、欣造は役場勤めをしていたんです。竈《かまど》も片倉の家とは別でした。その頃、私は幸せだった。でも、刀剣片倉に強盗が入って——強盗に欣造の妹さんが殺されてしまったんです」

「強盗？　そうなのか。いつのことです」

賀川が問うと、随分昔ですと勢子は答えた。

「それで、それで凡てが変わってしまった。あの事件で——心を悼《いた》めた義母が病み付き、義父も、怪我こそしていませんでしたが気落ちして、体調を崩してしまった。仕方なく欣造は役場を辞めて片倉に戻り刀剣屋を嗣《つ》ぎました。それから何年も経たないうちに戦争が始まって、先ず義母が亡くなり、そして義父と、欣造までもが相次いで亡くなってしまった。みんな——」

死んでしまったんですと勢子は無感動に云う。

「私は、生まれたばかりのハル子と、あの家に取り残されてしまったんです。あの忌まわしい刀のある家に。」

鬼の刀か。

「忌まわしいってさァ。何ですか、その」

人を斬った刀でしたかと賀川は顔を歪《ゆが》める。

「あのさ、あなた刀剣商でしょう。何ですか、古い刀売ってる訳でしょう。昔の刀なんかはどれもそんなものじゃないの？　人斬った刀だって、いっぱいあったんじゃないの？　大体、判らんでしょう斬ったか斬ってないか。斬って印が付く訳じゃないんだから。あった筈だよ、沢山さ。何だってその刀だけ嫌うのかそこが解らんよ」

「売り物なら構いません。でも、あれは売り物ではないんです」

「違うのか？」

「あれは片倉の家の刀なんです。あれは、片倉の家のものなんです。そんなもの、私が登録してしまったら」

私のものになってしまいます――。

「私は――そんなものの所有者になりたくない。私とハル子はただあの家に取り遺されただけで、あの家は私達の家じゃない。あの刀も、私のものじゃない。大体、人を斬り殺した刀なんか、それを後生大事に所持している家なんか――」

私には重た過ぎますと勢子は云った。

そうか。どうでも良いのではなく、強く拒絶していたのか。この人は。

刑事は不可解そうな表情で勢子を凝視している。

賀川は善人なのだろうし、正義漢でもあるのだろう。

でも、思いの至らぬ処と云うのは、ある。

「戦争中に——」

金属類回収令ってありましたでしょう、と、勢子は思い出したように云った。

「何に使うのか存じませんけれど、鍋やら薬罐《やかん》なんかも供出させられましたでしょう。私も鉄瓶《てつびん》や金盥《かなだらい》を出しましたけど——普通は刀も出すものじゃないでしょうか」

「出すな。軍刀なんかにするから」

「私、全く思い至らなかったんです。夫が死んで店を閉めたので、店頭からは片付けましたけど、奥には沢山あったんですよ、刀。でも気付かなかったんです」

「刀剣屋でしょ？　警察が行ったりしなかった？　回収に」

来ませんでしたと勢子は云った。

「店を閉めていたからか、どうしてなのか、私は知りません。看板も下ろしてしまいましたし、幸い義父の蓄えがあったので当座の暮らしには困らないと思ったので——あの頃はお金なんか何の役にも立ちませんでしたけど——でも本当に戦争中は何もしていなかったんです。未《ま》だ小さいハル子を抱いて、殆《ほとん》ど外にも出ないで、隠れるようにして暮らしていましたから」

死んだ家族と。

忌まわしい刀と。

「普通は刀があれば供出するんでしょうけど、本当に思い至らなかった。見付かったら非国民と謂われていたかもしれないですが、でも、あの時に、あの刀だけでも出してしまえば良かったんです。そうすれば、溶かされて弾丸になるとか、そうなっていたのでしょう。でも、本当に気が付かなかった。ちゃんとそこにあるのに」

勢子は手を伸ばす。

そこにそれがあるかのように。

「忌まわしくって、重たくて、四六時中心に伸し掛かっている厭なものだと云うのに、それが目に見えていなかったんです。いいえ、戦争中、あの家の主は私なんかではなくて――あの刀だったのかもしれない」

そんな大袈裟なと賀川は云う。

でも、そうしたことはあるのかもしれない。欣造と結婚した勢子は、静子の死を因として片倉の家に入った。その時、勢子は初めて片倉の家の嫁になったのだろう。だがその途端にばたばたと矢継ぎ早に家族が亡くなって、一番新参者である嫁だけが家に残ったのだ。

死を契機とした嫁入りと云う因は、死の連鎖を経て家に嫁だけを取り残すと云う、捩《ねじ》れた果を生んだのだ。その因果の縁となるのは、矢張り刀だ。

そこは隠宅だ。隠宅に棲むのは鬼だ。

鬼は――見えないものなのだ。

「戦後の武装解除の時はどうしたんですよ」

賀川が問う。

「GHQは日本中から武器を集めたんだよ。刀だってそうだ。関東東海だけでも二十万本からの刀剣類が浚《さら》われたんだよ。赤羽《あかばね》の米軍兵器補給廠《しょう》が一杯になったって話だ。想像もつかん数だよ」

「海に棄てられたんだそうですね」

勢子は視軸を何処か遠くに投じて、そう云った。

「そうさ。亜米利加《アメリカ》さんは集めた刀をみんな捨てると云うから、それに抵抗して価値のある刀だけは残せと云うことになったんだ慥《たし》か。刀剣類の審査登録が義務付けられたのも、謂わば苦肉の策だよ。何とか残そうとしたのでしょうや、その、銘のある刀なんかをさ。と云うか、あった訳でしょう、あなたの処には。色色な刀が沢山。お店なんだから。何か来なかったの？　その、接収に」

勢子は力なく首を振った。

「誰も来ませんでした。下谷も空襲で随分やられましたけど、うちは残った。あの辺はそんなに焼けませんでしたから。それでも大勢人は死んだし、疎開した人もいたし、一時はがらんとしていました。人はすぐに戻って来ましたけども、片倉の家は死に絶えたか、夜逃げでもしたのだろうと思われていたんじゃないでしょうか。誰も――来ませんでした」

隠宅は簡単には失《な》くならないのだ。

あの——凌雲閣がそうだったように。

「ですから、店にあった刀は、あの刀も含めてそっくり残ってしまったんです。あの時、全部供出してしまえば良かったと本当にそう思います。そうでなくても、亜米利加に接収されてしまえば、無銘の刀はみんな海に棄てられたのでしょう。あの刀は無銘ですから、きっと海に沈んでいた。そうなっていれば——」

そうは行かなかったのである。

「戦後暫くして、生活のために刀を売ることにしたんです。暮らしが成り立たなくなってしまったからです。何ひとつ贅沢なんかしませんでしたが、いいえ、出来る訳もなかったんですが、蓄えはすっかりなくなっていたんですよ。きっと日本中が貧しかったんでしょうけど、それでもハル子にひもじい思いをさせるのは厭だったので——でも、私は手に職がある訳でもなくって、その段に至って、漸く家には売るものがあるんだと気が付きました」

刀である。

「刀剣商を再開したと云うよりも、ですから家にある刀を全部売り払ってしまおうと考えただけなんです。買取ったことはありません。目利きも何も出来ないのですから値も付けられません。私は、ただ刀を売ろうと思っただけなんです」

「売ると云ってもだな」

「ええ。売るためには登録しなくちゃいけないんだと人に聞いたので、何も解りませんでしたから、同業の人に色色教えて戴いたりして、それで、家に残っていた刀をどこやらに持って行って、検査して貰って、みんな登録しました。あの——刀を除いて」

「何で除くのさ」

売り物じゃないからですと勢子は云う。

賀川には解らないだろう。それは慥《たし》かに売り物ではないのだ。

それは、片倉家と云う隠宅に満ちる、虚無なのではないか。ならばそれは。

矢張り鬼なのだろう。

「ですからあの刀だけは不法所持なんです。持っていてはいけない刀なんです。本当は持っていたくなかったのですが、でも処分のしようもなかったんです。未登録ですから売ることは勿論、譲ることも出来ませんでしたし——」

「そんなもんあんた」

賀川は泣きそうな顔をした。

「厭ならさ、そんなに厭なら、それこそ売っちゃえば良かったじゃないか。そうでしょうに。売りなさいよ、商売なんだし」

「売りたかったです」

「なら」

勢子は顔を上げた。

「売るためには一旦自分のものにしなければならないじゃないですか。登録しなければ売れないんですよ」

賀川は口を開けた。

「一旦、だろ？」

「一旦でも厭でした。厭だったんです」

勢子は激昂した。

「私のものにして、売れなかったらどうなるんですか。と云うか、あんな刀は売れないです。そうなれば、あれはずっと私のものとして残ることになるんです。そんな恐ろしいことがありますか？　そんなのは厭です。大体、銘もない古い刀なんか、売れやしないんです。売れる刀は皆売ってしまいましたから、もう家《うち》に売れる刀なんかない。人伝手《づて》を頼って売っていましたが、愈々《いよいよ》売れなくなったので三年前に看板を出しました。ハル子のため、暮らして行くために店舗を再開したんです。でも刀剣屋なんか儲かる商売じゃないです。いいえ、私は続ける気なんかなかった。ハル子が学校を出たら廃業するつもりでした。何もかも放り出して、本気で夜逃げでもするぐらいのつもりだった。そんな心持ちでいるのに登録なんか出来る訳ないじゃないですか。したくないです。あの刀は――鬼の刀なんですから」

鬼かよォと賀川は落胆した。

「あのさ、それは解ったけども、あんたはその大嫌いな刀で自分の娘を殺したと、そう云っている訳だよね。それは変じゃないの？　その、鬼だか何だかの刀が悪いとでも云う訳なのかな。でも、それは心得違いだからね。そう云う理由で罪は軽くならんのよ。鬼とか、祟りとか。そうでしょ。刀の所為《せい》だとか云わないでくださいよ。ねえ」

賀川が不釣り合いに大きな眼を敦子に向けた。

「そう云うことではないんですよ賀川さん」

敦子は云う。

「いずれにしても、登録証がない以上、凶器を持って下谷から現場まで何度も往復すると云うのはこの上なく危険なことなんです。もしそうしていたのであれば、犯人は十三回から危険を冒していることになりますよね。これ、最初の一回で見咎められていれば、凶行は一度も起こっていなかった可能性さえありますよね？」

ああ、あるねと賀川は云った。

「まあ、捕まりますよ。自分は最初ッからそう云ってる」

「つまり、凶器は最初に刀剣片倉からこっそり持ち出された後、ずっとこの近辺に——例えば大垣さんの処にあった、と云うことなんじゃないのですか」

ああ、と賀川は口を開けた。

「そう云うことか」

「その場合、大垣さんの言葉を信じるなら、宇野さん単独での犯行は無理だ、と云うことになりませんか」

「信じりゃなるけど、信じなきゃそうはならないでしょう」

賀川は口を横に拡げる。

「そもそもあの大垣だって、十二分に怪しいじゃないか。この人から刀を預ったのをいいことに、研いじゃ斬り、斬っちゃ研ぎしてたかもしれないでしょうよ」

その方がずっと納得の行く話でしょうにと賀川は云った。

「まあ大垣の云うことを信じて、宇野を外して考えましょうか。そうするとこの片倉勢子さんが刀を研ぎに出したってことになるわな。研師も最近は不景気らしいからね、日本刀研ぎに出す人間なんかザラにはいないですよ。で、久し振りに日本刀を手にしてですよ、研いでみて、それで切れ味を試してみたくなった——とか。まだその方が理解出来るけどもなあ」

「でも」

大垣さんはそんなに身長低くないでしょうと敦子が云うと、それなら今の被疑者の宇野はもっとでっかいと賀川は云った。

「いいですか、あんな大きな男でも被疑者になり得る訳ですよ。自分が身長のことを云っても相手にされんのです。ならね。宇野よりは大垣の方がまだ小柄ですよ。自分程じゃないが」

「しかし、そうだと仮定すると、先《ま》ず刀が研ぎに出されなければ始まらない——と云うことになりますよね？　大垣さんが片倉家から勝手に刀を持ち出すと云うのは、考え難《にく》いように思いますけど」

「出したんじゃないの、研ぎに」

「では最初、こちらはどうしてその刀を研ぎに出したんですか？　何かを切った訳でもないのでしょうし、登録証を取得したくない程嫌っている刀を、傷んでもいないのに、危険を冒してまでこっそり持ち出して研ぎに出したりしますか？」

「そう云うけどもさ。何かあったんじゃないんですか。ほら、錆びちゃったとか。そんなに嫌いだったら手入れもしてなかったんでしょ」

「錆びるまで放っておいたと云うなら、それこそ全く手入れしていないと云うことですよね。ならどうして錆びてると知れたんですか。知れたところで手入れなんかしますか？　錆びてたって放っておきませんか？」

「だってさあ、それはこの人の今の話を丸呑みで信じたらと云う話でしょうに。みんな嘘なのかもしれんでしょうに。罪を軽くするための。罪があるのかどうか知らんけども。奥さん、あんた、実際はあの刀、そんなに嫌いじゃなかったんじゃないの？　実際は普通に手入れしていて、それでうっかり手入れを忘れていたら錆びちゃったとか。あるでしょうそう云うことは」

何もかも信じないのでは真相は判りませんよと敦子は云った。

「刀剣の未登録所持と云うのは違法です。こちらはそれを承知で、法を犯してまで登録をしていなかった訳です。商売柄知りませんでしたは通じないのですから、発覚したら罰せられますよね。それなのに登録していない。そうなら、言葉通り本当に厭だったんじゃないんでしょうか？」

そう云うけどさ中禅寺さん、と賀川は口を尖らせた。

「繰り返すけどもさ、その、厭で、嫌いな刀でもって、こちらは実の娘さんを殺したと、こう仰っている訳よ、さっきから。のみならず、赤の他人を六人も斬ったと云ってる訳。それは何ですか、その、鬼だからですか。鬼の刀の所為なんですか。そりゃだから」

「そんなのは通用しませんよ。それは。賀川さんの云う通りです」

「ならさ」

「祟りとか呪いとか、そう云うことは仰ってないんです。こちらも」

云ってるじゃないずっとさあと大声で云って、賀川は拳を振り上げた。

「鬼、鬼、鬼。何だよ鬼って。節分じゃないんだよ。豆撒きは終わったよ。忌まわしいのはさ、殺人事件だろうよ。鬼と云うなら犯人だよ。罪もない人を次次殺すような奴こそ鬼じゃないのかな。そうだろ？　違うのかな」

刑事は上げた拳を幾度か振った。

違いませんよ、と敦子は云った。

「え？　いやその、だって、鬼だって」

「鬼ですよ。鬼なんですが、それは人なんです。この勢子さんが忌み嫌っている刀と云うのは――新選組の鬼の副長、土方歳三に由来する刀なんです」

「はァ？」

賀川は拳を下ろし、如何《いか》にも理解し難《がた》いと云う顔になった。

敦子は勢子に向けて云う。

「刀の来歴は――お聞きになっていますよね」

はいと勢子は答えた。

「義父からも、そして大垣さんからも聞かされています」

「そうですか。その刀は、片倉家に嫁がれた土方歳三と縁故のある方が、ある事件を契機《きっかけ》に、明治の半ば過ぎに譲り受けたものなんだそうです。だから鬼の刀だ――と云うだけのことのようです」

「し」

新選組かいと賀川は呆れたように云った。

「本気で鞍馬天狗じゃないか。いや――まあ、新選組なら沢山人斬ってるかもしれないけどもね。それでもなあ。だからってさ」

「賀川さんの仰る通り、古い刀は多かれ少なかれそうした過去を持つものなのだと思います。でもその刀に関しては少し事情が違っているんです。その鬼の刀は」

──静子さんを斬った刀です。

「静子って云うのは──あ、亡くなったと云うご主人の妹さんか。え？　じゃあ、その、何ですか。それはさっき話してた強盗殺人事件の時に使用された凶器なのか？」

「そうです。いいえ、それだけじゃないんです。その鬼の刀は、片倉家の人間をもう一人、斬り殺しています」

「は？」

「亡くなったご主人の叔母さんも、その刀で斬り殺されてしまっているのです」

「そ、それは？　何ですか。聞いてませんよ。それはどんな事件ですか」

「勿論凶器が同じと云うだけで、全く無関係な事件です。最初の事件は、明治二十五年に発生しています。正確には最初の事件があった後に片倉家が譲り受けた刀、と云うことになるようですが──いずれにしても、それは片倉家の者を二人も殺した過去を持つ刀、と云うことです」

「明治って、そんな昔かあ。それなら江戸時代の話なんかと変わりがないじゃないか。いや待ってよ中禅寺さん。ええと──でも二度目の、何だ、強盗事件が起きた時、あなた、勢子さん。あなたはもう、片倉欣造さんとご結婚されていたと云ってたっけな」

「十八年前です」

勢子は力なく答えた。

「忘れられません。亡くなった静子さんのことも能《よ》く知っています。明るくて佳《よ》い娘さんでした。あの刀は、その静子さんを斬り殺した刀なんです」

「そうなのか」

うーん、と賀川は唸った。

「いや、まあ、それは一寸《ちょっと》なあ。まあ、忌まわしいかもなあ」

「恐ろしいです。迚《とて》も怖いです。私、おかしいですか？　おかしいのは、夫の方じゃないですか。そんなものを後生大事にずっと持っている夫の気持ちが、私には理解出来ませんでした」

自分にはあんたが理解出来ないよ奥さんと賀川は云った。

「そこまではいいさ。そう云う理由なら、まあ自分だってそんなもんは持ってるのも、見るのだって厭だろうから。そこまでは理解出来る。それは慥《たし》かに忌まわしい。鬼の刀だ。そこまでは呑み込んだ。でもね、あんた、その刀で七人斬った、と云ってる訳さ。しかも最後の一人は実の娘さんでしょ？」

勢子は俯《うつむ》く。

無理があるよねえと賀川は云う。

「これさあ、信じろと云う方が無理。無理だって。だって——怪訝《おか》しいでしょうに。そんなさあ、悍《おぞま》しい刀なんだったら、持つのも厭じゃないのかい。自分は厭ですよ。なら辻斬りなんか出来る訳がない。自分が犯人だって云い張るんなら、そこまで嫌ってたとは思えないでしょ。それとも何ですか、その」

矢《や》っ張《ぱ》り刀の所為ですかと賀川は云った。

「何ですか。魔力とかありますか。大嫌いなのにいつの間にか持っちゃって、持ったら取り敢えず斬りますか、人。は？　そんな動機はそれこそ通らんですよ。誰一人として納得させられないですから。恨みもない、損得勘定もない、偶偶《たまたま》その刀が忌まわしい鬼の刀だったから斬っちゃった？　そんな」

「い、いや、それはあるかもしれませんよ」

敦子はそう云った。

賀川は踏ん付けられた猫のような顔で、矢張り踏まれた猫のような声を発した。

「な、何を云い出すんですかちょっと。あなた、お嬢さん、中禅寺さん。あんた信じないいって云ってたでしょ、祟りだの呪いだの。宗旨替えですか？　この時点で？　それは困るよ」

別に変節はしていませんと敦子は答える。

「私も、こちらの片倉勢子さんは虚偽の証言をされていると考えています。だからこそ、こうやって賀川さんにだけ立ち合って貰ってるんです」

「私は」

嘘など云っていませんと勢子は消え入るような声で云った。

「憲一さんは犯人ではないです」

「だから、そうだとしてもあなたの証言は信用ならんと自分はそう云ってるんですよ。だって、あなた凶器が怖い、嫌いだと云ってるじゃないか。それに動機がない。辻斬りは無差別だったとして、実の娘も殺したと云ってる訳さ、あなた。それはおかしいでしょと。鬼の因縁だの云うのは――」

そこで刑事は敦子をちらりと見た。

「あるかも――って？　あるかもって何ですか。そんなものはないと云いましたよね？　あなた。ないの、あるの。どっちにしたって警察じゃ扱えないんだよその手のものはさ」

「存じています」

賀川は大きな口を横に精一杯拡げて、歯軋《はぎし》りするように歯を嚙み合わせた。

「あのさあ、中禅寺さんまでそんなこと云うんじゃなあ。埒《らち》が明かんよ。あなたは何ですか、科学の雑誌作ってるんでしょうに。なら科学的に説明してくださいよ。その、そっちのお嬢さん。君みたいな未成年をこんな場に立ち合わせることは、大変に不適切だとは思うけどもさ、どうですか。君は解りますか？　自分はサッパリだよ」

端に座っていた美由紀は小首を傾げた。

「はあ、私は――その、先《ま》ず、ええと」

美由紀は人差指を顎に当てた。

「宇野さんは――辻斬りの犯人じゃない、これは私もそう思います。それは刑事さんもそうお考えだったんじゃないんですか？　だからこそ、悩んでらっしゃったんですよね？」

「そりゃそうだけど、でもさ、それは状況証拠や目撃証言と合わないからなのであって、何と云うか、積極的に特定する材料がないからさ。だって確証がないだろうよ。確証が何にもなくって証言だけがあるから困ってるんだよね。尤《もっと》も、この人が犯人だと云うなら話は別だよ。でも、それがもう怪しいと云うんだから――だから大垣をさあ」

「私も」

敦子は云った。

「呉さんと同意見です。宇野さんには無理だと思います」

「ならこの人だと云うの？　宇野でもない、大垣でもない、ならこの人じゃないか」

賀川は勢子を指差した。

「そうなっちゃうでしょう。他に人がいないんだから。でしょ？　自分はね、宇野の犯行をずっと疑っていたんだけどもさ、でも少なくともこの人よりは宇野の方が犯人に相応《ふさわ》しいと思いますよ。あのね、あなた、奥さん、片倉さん。あなた慥《たし》か三十八歳ですよね」

自分デリカシーなくていいですよと賀川は云った。

「三十八でしょ。失礼ですが、そんなに若くない。身体《からだ》鍛えてるようにも見えないよ。日本刀で人を斬ってそのまま走り去る——と云うのは、難しいんじゃないですか？　刀剣屋さんにこんなことを云うのは釈迦《しゃか》に説法だがね、日本刀ってのは、重たいですよ？　据え物切りだって力要るんだよ？　持ったまま走り去ったり、飛び出したり出来ますか。それに、あなたはほぼ和服で過しているようじゃないか。あなた、その恰好で尻《しり》ッ端《ぱし》折《しょ》りして走るんですか。あのね、辻斬りってのは、和服だとしたって、お侍みたいなのでしょうよ。あなたはどこからどう見たって和装のご婦人ですわ。そんな証言はないッ」

着替えたのですと震え声で勢子は云った。

「よ、洋装に着替えたのです」

刑事は腕を組んだ。

「どこで着替えられたのですかなあ。ご婦人の場合は、和装を解くのも、着るのも、それなりに大変だと思うんだが、そりゃ自分の見識が浅いのかな。出来ないことはないだろうけども、そもそもご婦人が屋外で着替えをすると云うのもなあ。これは偏見ですか。ご婦人に対して自分が偏見持ってますか。今時のご婦人は堂堂と屋外で服着替えますか。自分は男だけど、着替えませんよ外ではね。年齢性別、関係ないと思うけどもな。おかしいのは自分なのか？」

違うよねと賀川は吠えた。

「いや、最初から洋装で出掛けたと云うのなら兎《と》も角《かく》――いや、そうなら着替えたとは云いませんわなあ。それなら、例えば、そうだ。大垣さんの処で着替えられたと云うことなんですかな？」

「大垣さんは――関係ありません」

関係ないことないでしょうにと云って賀川は机を叩いた。

「身を寄せてたんでしょ？　自分が訪ねて行った時だってあんた実は奥にいたってことだよね？　本当に犯人なら匿《かくま》われてたことになる。大垣がそれを知っていたなら犯人蔵匿だ」

「ですから大垣さんは――」

「あんた庇ってるんだろ？　大垣を。宇野もそうなんじゃないの？　二人してあの爺さんを庇ってるように思えるけどな」

大垣さんは関係ないんですと勢子は繰り返した。

「いや、そうやってただ主張されたってさ。あなたの証言はさ、支離滅裂ですよ。宇野の証言の方がまだ筋が通ってますよ、実際。動機がないと云う意味じゃどっちも大差ないんだし、宇野の場合は身長だけですよ。凶器運搬の問題だってさ、大垣なら問題ないんだし、宇野だって」

「ですから憲一さんじゃありません」

「いやいや、宇野が大垣の家に入り浸ってたんだとしたら」

「大垣さんは、憲一は此処には来ない、と云っていました」

敦子は不毛な掛け合いを止めた。

「ですから宇野さんは大垣さんの処へは本当に行かないんだと思いますよ」

「何でそんなこと判るんですよ。大垣が云ってるだけでしょ。信じますか、それ。破門されたから？　でもその後も住んでいたんだよ？　育てて貰った恩もあるでしょう。頼りもするでしょう。あの爺さんは冷たげに振る舞ってるが、あれは演技じゃないのか。十二の時から六年近く育ててですよ、今だってお得意様の処にいるんだからさ、情が移らん訳もないと思うよ。それとも宇野ってのはそう云う感情がないのか。破門されたの根に持って、臍《へそ》でも曲げてると云うんですか」

「破門は」

されてないんですと敦子は云った。

「してないの？」

「研師に向いていなかったから仕込むのを止《や》めたと云うだけだったようです。ですから、その事実が大垣さんを恨む理由になるとは思えません。戦災孤児だった宇野さんに衣食住を与え、育ててくれたのは大垣さんなんです。感謝したとしても、宇野さんの方に遺恨なんかはないでしょう。研師の道を諦めてからもずっと住んでいたのは、別にあの家を出る理由がなかったからだと思いますけど」

「なら庇う理由は山程あるじゃないか。大垣は宇野の恩人なんでしょ。恩人は庇うよ。この人だって何や彼《か》やと恩がある訳でしょう、大垣にはさ。それで身代りになろうとしてんじゃないのか？」

「大垣さんは」

だから関係あるんだよと賀川は勢子を止めた。

「そうやって、ただ大垣は関係ないとか主張されてもさあ。宇野もこの人も、二人ともぺらぺら証言するけどさ、どっちもまるで信用出来ないよ。特にこの人の話は信じられんよ。目茶苦茶でしょうに」

賀川は蝦蟇《がま》のように閉じた口を横に広げると、思い切り渋面《じゅうめん》を作った。

「自分、空回りしてましたかね。いや中禅寺さんもお嬢さんも違うと云うしね、自分もさっきまでそう思ってたけどさ。こうなると矢ッ張《やぱ》り、宇野の線と云うことになるなあ」

「賀川さん。宇野さんを——此処に喚《よ》んで戴くことは出来ませんよね？」

「あ？　被疑者を？　留置場から？　此処に？　あなたねえ、そんなこと出来る訳がないでしょうに。あなたも何を云い出しますか、中禅寺さん」

そうか。そうだろう。なら仕方がない。

「あの、これは私の想像なんですが——」

兄なら絶対に口にしないことだと思う。

それ以前に、何らかの方法で既に確認を取っていることだろう。用意周到こそが兄の身上なのだ。しかし、そんな余裕は敦子にはない。

「宇野さんは——刃物に対する限局性の恐怖症だったのではないでしょうか」

敦子が云うと、そりゃ何と賀川は泣きそうな顔をした。

「ですから宇野さんは刃物が怖かった、いいえ、刃物に触れなかったんじゃないかと思うんです」

賀川は表情を強張らせて一瞬止まった後、

「悪い。解らない。あなたの云ってることが解らない」

と云った。

「だってそんな馬鹿なことないでしょう。まあ、刃物は危ないし怖いと思う。自分もそうだから。でもそれは普通の感覚なんじゃないの？　自分、ほんとに刃物は苦手なんですわ。出来れば触りたくないですよ。でもそんな自分だって、髭も剃るし鉛筆は削れるから。普通でしょ？」

「いいえ。普通に怖がるのじゃなくって、病的に恐がる——と云うことですね」

「それって、高所恐怖症とか、先端恐怖症とか、そう云うものと一緒ってこと？　刃物恐怖症？　そんなのあるのか？　いや、もしあったとしてさ。宇野は研師の家でずっと暮らしてて、その後は刀剣屋の半居候だよ？　刃物だらけだ。変でしょうに」

「ええ。ですから、ただ恐がるのじゃなく、直接刃物に触れることが出来なかった、ということなんじゃないかと思うんです。そうなら研師は務まりません。刃の部分を直接手にする仕事なんですから。上達する以前に、出来ないんですよ。ですから、破門された——と云うか、大垣さんが彼を仕込むのを止《や》めたのも、向いていなかったと云う以前に、どうしても出来なかったから——なのじゃないでしょうか」

考え難《にく》いなあと刑事は何度も首を捻《ひね》った。

「だって、住み込みで何年もやってるんでしょうに。一日二日じゃなくってさ、何年か修業してる訳じゃない？　馴れませんか」

馴れない。

「馴れるものではないんです。多分、本人も明確な自覚はなかったんでしょうけど、一種の神経症ですから、これは治療が必要です。しかし治療したところで簡単には治らない。一番良い方法は、対象を遠ざけることです」

「遠ざけるって——」

「要するに触らなければいいんです。でも、遠ざけられなかったんですよ。旋盤の機械にも刃物は付いています。旋盤の主軸は一種の刃物です。機械自体は動かせても、病的に刃物を恐がる人なら、上手に扱うことも難しいように思います」

「いやあ」

賀川はまた額を擦った。

「そりゃどうかなあ。だって、結局刀剣屋にいるんじゃないか」

「刀剣屋さんは刃物に触らなくても出来ますよ。剝き出しの本身《ほんみ》が常時出し放しになっている訳ではないでしょう。そうですね、片倉さん」

はあ、と勢子は云う。戸惑っている。

「刀はみんな箱に入っています。以前は、飾り棚に抜き身を飾ったりしていましたが、そう云う立派な刀はみんな売れてしまって――今、店にあるのは飾るような刀ではありません。ですから、ショウケエスと云うんですか、あそこも空です。鍔《つば》とか、拵《こしら》えの飾りなんかが置いてあるだけです」

そうでした、と美由紀が云った。

「その、すかすかの硝子《ガラス》ケースの後ろに宇野さんは座ってました。刀剣屋さんと云っても刀はないんだなあと思いましたもの」

賀川は疑わしそうに敦子を見る。

「いやいやいや。そうだとしてもそりゃ飛躍じゃないですか。だってさ、何ですか、何と云うか、いや、考えづらいなあ」

でもそうかもしれません、と勢子が一人言のように云った。

「はあ？」

「私、そんなこと思ってもみませんでしたし、憲一さんもそんなことは云っていませんでしたが――以前、ハル子と三人で外食しようと云う話になったことがあったんです。去年だったか、珍しく刀が高値で売れたので、偶《たま》には贅沢をして上野の精養軒《せいようけん》にでも行こうかと云ったら――その時、憲一さんはどうしても洋食は厭だと云って、珍しく我を張ったので、結局止《や》めたんです。あの人、ナイフとフォークは持てませんからと」

おいおいおいと賀川は落ち着きなく人差指で机を叩いた。

「口裏合わせてるんじゃないのかなあ。あなた、今の話に乗っかっただけじゃないの？　そう云うのはさ、先に云わないとフェアじゃないんじゃないですか？」

「先にって、それはどのタイミングで云うことなんです？」

敦子は問う。

そんなことは訊問されないだろうし、わざわざ云うことでもない。

「いや――その、中禅寺さんの思い付きに便乗してさ、急拵《きゅうごしら》えで思い付いたんじゃないかとか、そう云うことですよ。だって、幾ら売れない、品枯れだと云ったたって刀はお店にある訳でしょ。触るでしょあれば」

「私も殆ど刀身には触りません。憲一さんは見てもいないと思います」

「信じ難《がた》いなあ。そうだ、それに日本刀には柄《つか》があるじゃないよ。あの、ぐるぐる巻きのさ。彼処《あそこ》を持つんでしょ。直接刃を持つ訳じゃないでしょう」

賀川は刀を持つように鉛筆を握った。

「あのさ、庖丁だって彫刻刀だって柄《え》はあるさ。その、洋食喰うナイフなんかは、まあ全部金物《かなもの》だろうけどさ。普通はあるでしょ、持ち手が。日本刀だってあるじゃない。そこを持つでしょう。刃物自体には触らないよ」

「ええ。ですから持てないことはないんだと思います。どんな気持ちになるのか、どんな状態になるのかは判りませんけど、直接刃物に触らないのであれば持てるのじゃないでしょうか。現に、持っていたんでしょう？」

そうだよ持ってたんだよと云って賀川はぽんと手を叩いた。

「持てるなら斬れるでしょうに。別に刃に触らなくたっていいんだよ。刃物なんてものは使う時はみんな柄を持つもんなんだから。宇野はさ、こう、血の付いた刀を持ってね、震えて突っ立っていたんだ、ぼうっと」

「震えて――いたんですか？」

「震えてたけどもさ。震えてたのは何の証しにもならんですよ。人殺したんだったら震えるくらいはするでしょうに」

「何人も斬った人がですか？」

「それは、だって、いや、自分の交際相手を殺したんだとしたら、それまでとは――」

違いますッと勢子が声を上げた。

「憲一さんは——殺していません。あの人は何もしてないんです。ただあそこにいただけなんです。それに、憲一さんはハル子の恋人なんかじゃない。あの人は無実です。あの人は虫も殺さないような優しい人なんです」

「落ち着いて。落ち着いて下さい、死刑にしないで下さいと、勢子は興奮し、立ち上がった。
「落ち着いて下さいよ。あのさ、此処はね、陳情なんかを聞く部屋なの。本当はこう云う話をする処じゃないの。それにさ、あなた、さっきから云いたい放題だけどさ、筋通ってないから。だからさ、ただそうやって宇野は無実だと叫んだってだね——」

「それは事実だと思います」

敦子は賀川の言葉を遮る。

「宇野さんが犯人だとは、どうしても思えません」

でも。

「でも、貴女も犯人ではないですよね？」

勢子は敦子に顔を向けた。

充血した眼が見開かれている。

訴えるような、恨むような、驚いたような——。

違う。

とてもこわいのだ。

「どうして信じてくれないのですか」

私が殺したんですよ犯人は私です私が全部悪いのです。

「私が」

犯人です、私がハルちゃんを殺したんですと泣き叫び——勢子は更に乱れた。

「わ、私が——」

「そこは——そうなのかもしれません」

敦子はそう云った。

「解らん」

意味が解らんよと賀川は首を捻った。

「まるで解らん。娘さん、あんた解るか？　この人達は何を云ってるんだ？」

賀川は美由紀に助けを求めた。

「ですから——宇野さんは何もしていなくって、そして小母《おば》さんも辻斬りなんかしていない、そう云うことですよね？　ただ、ハル子先輩を手に掛けたのは——」

美由紀は悲しそうな顔をした。

そして勢子を見詰めた。

「ハルちゃんは、ハル子は私がこの手で殺したんです。憲一さんじゃない。あの子を殺したのは私なんですッ。早く捕まえて、捕まえてくださいッ」

「待て。待って」

賀川は両手を拡げて何かを収めるようにした。

「待ってくれ。落ち着いて。落ち着こう。いいでしょ。いいですよ。ハル子さんはあなたが殺害した。で、宇野は何もしていない。大垣は関係ない。あのさ、じゃあ辻斬りの犯人いないじゃないか」

「います」

敦子は云う。

敦子は勢子に顔を向けた。

今の今まで頭を振り、賀川に摑み掛からんとする程に興奮していたと云うのに——勢子は突如硬直してしまった。

元元血の気は抜けていて、まるで蟬の抜け殻のような顔色だったのだけれど、今や幽霊画のような鬼気迫る形相である。

賀川は小鼻を膨らませ、誰、と云った。

「誰さ。知らない人？　容疑者圏外の誰か？　それは反則だよ中禅寺さん。反則って云うか、納得出来ないですよ。捜査線上には他に誰も上がってないんだから。もし全く別の犯人がいるんだとしたら、警察が無能ってことになるでしょう。上から見ても横から見ても、何処探したって、この人と宇野と大垣の三人以外に犯人はいないでしょうに」

「一人だけいます。鬼の刀を密かに持ち出して、夜な夜な人を斬っていたのは――」

ハル子さんですよね。

「えッ」

美由紀が座ったまま椅子から少し跳び上がった。

「あ、敦子さん、寸暇《ちょつと》待って下さい。いや、そんな馬鹿な――」

賀川は気が抜けたように敦子の方に向き直った。

「何を云うんですかあなた。あの子はまだ十六歳ですよ。そんな」

年齢は関係ないでしょうと敦子は云った。

「大垣さんは、刀を研ぎに出したのは誰だと云っていましたか？」

「え？　ええと、片倉さんだ、と云ったかな」

「ハル子さんは片倉さんですよ」

「いやいやいや、そのだね」

「最初の事件が起きたのは昨年の九月ですよね。何曜日ですか」

賀川は手帖を捲る。

「ええと、土曜日だが」

「次は十一月ですよね。何日ですか」

「は？　次は――明治節、いや文化の日か。その前日、だな。次は」

「勤労感謝の日の前日じゃないですか」

「ならどうだって云うんですか？」

「ハル子さんが夜遅くに外出するとするなら、実家に帰ると云って寄宿舎を出るしかないですよね。つまり、休日の前日——と云うことになります」

「え？　実家に帰ると云って宿舎を出て、それで、大垣の処から研ぎ終わった刀を持ち出して、それで人を斬って、また刀を研ぎに出してから夜遅くに下谷に向った——とでも云うのかい？　いやいやいや」

賀川は手帖を繰る。

「四度目は今年の一月三十——土曜日だな。でも次は何でもない日だぞ」

「二月十日ですよね」

「そうだが、水曜日じゃないか。平日だ。翌日の二月十一日ってのは——ああ、紀元節か。でも紀元節は廃止されたじゃないか」

うちの学校は休みですと美由紀が云った。

「何故か休みなんです。それに就いては先生方の間でも揉めてるみたいですけど」

「そうなの？　私立だからなあ。で、その後が二月の二十日——こりゃ土曜日だな。そんな、そうだとしたって、いや」

賀川は顔を上げた。

「ハル子さんの身長は私くらいだそうです」

敦子は立ち上がった。

「和装と違って、制服のスカートを体操着か何かに穿き替えるのはそんなに難しいことじゃないと思います。あの学校の制服は——」

美由紀は自分の制服を見る。

「ご覧の通り、地味な黒っぽい色のものですし、顔を隠していたなら——小柄な男性に見えないことはないですよね」

「違いますッ」

それも違いますと勢子が云う。

もう、声が出ていない。

「何故、何故あの子がそんなこと。あの子はまだ十六ですよ。しかも女の子です。それがそんな、人殺しなんか」

「貴女も女性ですよ片倉さん。貴女に出来ると云うのなら、それはハル子さんにも出来ると云うことではないですか。いいえ、貴女よりもハル子さんの方が体力はあるし、運動能力も優れていると思いますけど。それに、何故そんなことをしたのかと云うのなら、それは貴女だって、宇野さんだって同じことじゃないですか」

そんなことをする理由なんかない。誰にもない。

賀川は暫し放心していた。

「あの、そんなことはあり得ますか中禅寺さん。同じことって――それ、どう云う意味なんですか。理由ないんですか。何ですか。幼子抱えた寡婦も、お針子さんも、鑵焚《かまた》きの爺さんも、理由なく殺されましたか。じょ――女学生にですか」

「理由と云うなら――」

鬼の刀か。

「いいですか。この世には、祟りも呪いもないのでしょう。縦《よし》んばあったのだとしても、賀川さんの仰る通り、そんなものは何の免罪符にもならないでしょう。減刑の事由にも一切なりません」

当然だと賀川は云う。

「どんな因縁があろうとも、呪われてても祟られてても殺人は許されやしないよ」

「それはその通りなんですが、そうした迷妄が犯罪を引き起こす動機の一端となる可能性は捨て切れません。現代に於ては非科学的と一蹴されてしまうものごとも、信じられている時代には迷信とは呼ばれなかったんです。その逆もあります。ですから、どんな言説も、それは受け取る者次第なんです。嘘でもまやかしでも茶番でも、信じてしまえば」

信じた者の中では。

真実になる。

「片倉家には忌まわしい呪物があったんです。ハル子さんがどこまでその刀のことを知っていて、どのように理解していたのかは知りません。でも、呉さんの話に依れば、ある程度は知っていた筈です。片倉家の女は斬り殺される——そう云って、恐れていたのだそうですから」

「あのさ、そうかもしれないけどね、そりゃ殺される、じゃないか。殺す、じゃないでしょうに。しかも恐がっているじゃないか」

「ええ。ですから、そこのところは私には解りません。しかし、何であれ忌まわしい呪物があって、それが今回の凶器になっていることは間違いない。そして、その凶器である呪物を伝える片倉家の血を引く者は——ハル子さんだけなんです」

そう。

宇野は他人である。勢子もまた、片倉の嫁であって一族ではない。鬼の刀を呼び込んだ片倉涼の子孫は、ハル子ただ一人なのである。

勿論、血筋など関係ない。祟りと同じ、否、それ以上に無関係だと思うし、実際そうだろう。人殺しの血筋などと云うものはないし、そんな言説はそれ自体で差別的である。

でも、仮令《たとえ》外部の凡《すべ》てがそうした差別的虚妄を抱くことをしていなかったとしても、当人がそうした迷妄に取り憑かれてしまうことは、ままあることなのだ。

思い込めるだけの材料が揃っていれば、人は簡単に思い込むものだ。

「無関係な人を次次に斬り殺す理由なんか誰にもないし、あったとしたって、そんなものは妄想や邪念に違いないでしょう。仮令、どんな理由があろうとも、縦んばそれが理に適った理由であったのだとしても、それで許されるものではないです。それだけは決してない」

そうですよと賀川は云う。

「そうですがね」

「ええ。それはそうなんです。その上で、今回、その妄念の種となり得るような事項物品は、その鬼の刀しかないじゃありませんか。そして、その刀が良くない妄想を抱かせ得る人物は——ハル子さんだけじゃないですか」

敦子はそう云った。

「そう考えた時、犯人の身長の問題も凶器の運搬の問題も、今問題になっている殆《ほとん》どの齟齬《そご》は解消してしまいますよね」

「するけども、だって十六歳だよ」

賀川は頭を掻《か》き毟《むし》った。

「十六歳だからね。慥《たし》かに、刀を大垣に預けるかして、スカート穿いちゃえば、多少汚れてたって誰も怪しみませんよ。女学生ですからね。そんなもん、誰も辻斬りだとは思いませんわ。でも十六歳の女学生ですよ。まだ子供じゃないですか。夢見がちな年頃の女の子ですよ。それが辻斬りですよ。人殺しですよ。しますか？」

夢見がちでない女学生だっている。現に此処にいる。いいや――寧《むし》ろ、夢見がちだったから、と云うことだってあるだろう。夢見がちだから思い込み、囚われたのではないか。

虚妄に。

「いや、自分は納得出来ない。女学生が刀持ちますか。刀剣屋の娘さんだって、そんなもの持ったことはないでしょうに。当然斬ったこともないでしょうよ」

「こちらの勢子さんだって人を斬ったことなどないでしょう。宇野さんに至っては、手にすることすら出来なかった可能性があるんですよ」

「いや――自分はその人が犯人だとも思ってないですよ。だってさ、斬ろうとしたって斬れないでしょう。その人も、ハル子さんも、非力ですよ」

「斬れないかい」

「斬れなかったじゃないですか」

斬れなかったのだ。

「辻斬りの犯人は試し斬りを繰り返して上達しているんです。最初の何人かを殺せなかったのは、経験もなく、かつ非力だったからじゃないですか」

賀川も立ち上った。そして意味なく右を向いたり左を向いたりした。それから足踏みのような動作で床を踏み鳴らした。

「あのね、それはね、中禅寺さん。科学ですか、何ですか、そう云う見地からはあり得る話なんですか。常識だの人情だの、そう云うもんでは量れませんか」

どうなんです中禅寺さんと賀川は問うた。

「だって自分には信じられんですよ。受け入れ難いよ。受け入れたくないよ」

君はどうなんだ——と、賀川は美由紀に顔を向けて云った。

「君のさ、君の友達が人殺しだとこの中禅寺さんは云ってるんだ。どうだ？　あり得ないでしょう。どう思う」

賀川は何故か激高し、美由紀が何か答える前にいやすまないと云って美由紀に詫びた。

「こ、こんなことは君に訊くことじゃないな。悪い。これはいかん。そんなこと訊いちゃいかん。色色な意味でいかん。すまん。忘れてくれ。申し訳ない」

そう云った後、賀川は唇を咬んで下を向いていたが、振り切るように顔を上げた。

「そうだよ。何云ってるんだよ中禅寺さん。あのね、彼女は、被害者ですよ。殺されてるんじゃないですか。加害者じゃなくて被害者——」

「亡くなるまでの犯行は可能ですよ」

「そ、それはそうだけどさ。過失致死や事故じゃないんだよ。ただの殺人でもない、辻斬りですよ、あなた。大体ね、そんな恐ろしいことを繰り返していたなら、周りの者が気付きやしないですか。殺した後に家に戻ってるんでしょうに。返り血だって浴びてるんじゃないんですか。気付くでしょうに」

「気付いたんですよ」

気付いたのだろう。

「気付いたから止めに行ったのじゃないんですか」

そうだと思う。

「ハル子さんは亡くなったその日、実家に戻ってないんじゃないでしょうか。大垣さんの処から刀を請け出して、そのまま犯行に及ぼうとしたのじゃないかと思うんです。娘の挙動に疑いを持っていた勢子さんは、土曜の夜になっても戻って来ない娘の行動を確認し、更には阻止するために、宇野さんと一緒に出掛けたのじゃないんでしょうか。大垣さんの処から鬼の刀を持って出て来たハル子さんを認め、そして犯行を止めようとして、それで」

わあと勢子は大声を上げた。

扉の窓から幾人かの警察職員が覗き込む。

「おい、あんた。あんた。そうなのか」

勢子は机に突っ伏し、声を上げて泣いた。

賀川は実に悲しそうな顔になって美由紀を眺め、敦子を見て、それから勢子の項《うなじ》を見詰めた。

暫くの沈黙の後、賀川はその大きな口を開いた。

「宇野を連れて来る」

勢子がゆっくりと顔を上げ、賀川に目を向けた。

「課長に云う。いや、署長に掛け合う。何が何でも自分が此処に連れて来るから、寸暇《ちょっと》待っていて下さいッ。中禅寺さん、暫し頼みますッ」

賀川は云うなり大股で部屋を出て行った。

敦子は美由紀を見る。

美由紀は放心したように勢子を見ていた。

焦燥を呑み込んだような静寂は、凡《およ》そ十分くらい続いただろう。

やがて喧騒が迫り、ドアが開いた。

鼻息を荒くした賀川が立っていた。

賀川は矢張り大股で入室し、その後ろから二人の警官に付き添われた大柄な青年が入って来た。両手を縛られ、腰縄を打たれている。

賀川より頭二つばかり大きい。宇野憲一だろう。

背は高いが、ひ弱な感じを受ける。頬は痩《こ》けており、眼も落ち窪んでいる。憔悴していることは間違いなかった。

宇野は、美由紀を認めると一瞬驚き、それから勢子を見た。

「奥様――」

勢子は顔を背けた。

「宇野君。こちらの片倉勢子さんは――自首して来たのだよ」

賀川はそう云った。

「そんな。犯人は僕ですよ。この人は関係ない。ハル子さんのお母さんですよ。どうしてそんな、実の子を——」

判ってるよと賀川は云った。

「君を——庇っているんだろうな」

「判っているなら何故。こんなことをしている時間があったら、早く僕を死刑にしてください。そうすれば凡《すべ》て終わるじゃないですか。何を迷ってるんです。僕は自白を」

「君も庇ってるんだろ」

「僕が誰を」

本当のことを云えッと賀川が怒鳴った。

「あんたらな、変なんだよ。変だろ。自白すりゃいいってもんじゃないんだよ。いいか、ハル子さんはもう亡くなってるんだ。亡くなってるんだよ。死んだ者庇ってどうするか」

「違いますよ賀川さん」

敦子はそこで思い至った。

「宇野さんは——ハル子さんを庇ってるのじゃないんです」

「また解らないことを云う。ハル子さんが辻斬りだと指摘したのはあんただッ」

宇野は眼を見開いた。

「ええそうです。辻斬りを繰り返していたのはハル子さんだったのでしょう。でも、宇野さんはハル子さんを庇っている訳じゃない。この——勢子さんのことを想って、そして勢子さんを庇っているのだと思います」

「あ？」

「宇野さん、貴方が交際されているのは、ハル子さんではありませんよね。そう主張しているのは貴方だけなんです。ハル子さんと親しかったこちらの呉さんも、それに就いては判らないと証言していますし、先程勢子さんも違うと仰っていました」

「それは——」

「貴方の恋人は、この勢子さんなのではありませんか？」

賀川は大きな口を大きく開けた。

美由紀も驚いているようだった。

「あ？　何云ってんだ？　この男は十九で、この人は」

「年齢は関係ないでしょう」

「いやいやいや、あのさ、中禅寺さんさ、関係ないつったって、この二人は二十歳近くも齢が離れてるじゃないか。そのだな」

賀川は宇野を見上げた。宇野は口をきつく噤《つぐ》んでいる。

「そうなの？」

　この人は迚《とて》も優しいんですと勢子が云った。

「え？　本当にそうなの？」

　賀川は前屈みになって勢子の面《おもて》を覗き込んだ。そして首を捻って宇野を見上げた。口が少し開いている。少し前まで鼻息を荒くしていた小柄な刑事は、一瞬にして腰が砕けてしまったようだった。

「ほ、本当に本当なのかね？」

　宇野は勢子を気にし、それから小さく首肯《うなず》いた。

「僕は」

　憲一さんは悪くないんですと勢子は云った。

「刑事さんの仰る通り、齢が離れ過ぎています。こちらのお嬢さんは齢は関係ないと仰いますが、それでも私はこの人の倍も生きています。我乍《なが》ら破廉恥《はれんち》だと思います」

　でも好きなのですと勢子は云った。

「奥様――いや」

「私が欣造と一緒になったのは十八の時でした。欣造は慥《たし》か、二十五だった。見合い結婚でした。欣造は憲一さんと同じように、優しかったです。義父も義母も温厚な人で、欣造とは齢の離れた義妹の静子も素直な良い子でした。私は七つの時に震災で両親を亡くして伯母に育てられたので、新しい家族が出来て嬉しかった。何年かは幸せでした。あの」

強盗が来るまでは。

「報せを聞いたのはもう明け方で、私と欣造は片倉の家に飛んで行きました。警官がいて弥次馬がいて、奥座敷には静子ちゃんが寝かされていた」

死んでいたんです。

「それからと云うもの、義父も義母も人が変わったようになってしまいました。静子ちゃんのお葬式を済ませると、義母は寝込んでしまい、義父も塞ぎ込んで、口を利かなくなってしまった。私が世話をしましたが、義母は一向に回復せず、やがて義父も倒れてしまいました。その時、私のお腹には」

ハル子が宿っていたんです。

「仕方なく欣造は役場を辞めて、私達夫婦は刀剣屋になった」

ハル子はあの家で生まれたんですと、勢子はやや強い口調で云った。

「そう、あれは慥《たし》か――静子ちゃんのお葬式の次の日だったでしょうか。警察から、あの刀が戻って来て、そして私達は、義父からあの刀のことを聞かされたんです」

あれは、お前の妹を斬った刀はな、儂《わし》の妹も斬っているのだ――。

しかし、あれは儂の母、お前の祖母の形見の刀でもある――。

母さんが、捜し求めて手に入れた――。

鬼の――。

刀だ。

「恐ろしい。迚《とて》も恐ろしいと思いました。でも、その刀を目にした途端、夫の、欣造の目付きが変わった。何か得体の知れないものが、欣造に宿った」

勢子は自《おの》が記憶に怯えたのか顔を強張らせた。

「欣造は、刀の来歴を詳しく義父に問うと、大垣さんの処に——研ぎに出したんです」

自分の妹を斬った刀ですよと勢子は云った。

「処分すればいいのに。その時期なら何とでもなった筈です。何故にそんなものを持っていなくてはならないんです？　しかも手入れまでして。私には気が違っているとしか思えませんでした。いいえ、夫は気が違ってしまったんです。何処かが変わってしまった。やがて義母が逝き、戦争が始まると義父も亡くなった。欣造も、徴兵される前に風邪を拗《こじ》らせて、突然に死んでしまいました。私はもう、どうしたら良いのか判らなかった。欣造が死んでから戦争が終わるまでの五年ばかり、私とハル子はただあの家に籠って雨露を凌いでいただけです。疎開もしませんでした。空襲の時もただ家の中で震えていました。その間もずっと、あの刀は、研ぎ澄まされて家の真ン中にあったんです」

厭で厭で厭でしたッと臓躁的《ヒステリック》に云って、勢子は机を叩いた。

「在庫の刀を売ろうと決めた時——」

勢子は遠くに目を遣る。

「頼る人が誰もいなかったので、私は考えあぐねて大垣さんを訪ねたんです。他意はなくて、本当にこの業界の知り合いが他に一人もいなかったんです。別の刀剣屋さんを紹介してくれたり、商売のことをあれこれ教えてくれたのは、大垣さんなんです。登録の時も世話を焼いてくれました。殆どやってくださったようなものです」

そう云う関係なのかと賀川が云った。

「ええ、大垣さんなしでは今の私はありません。私にとっても恩人なんです。だって大垣さんは、あの刀——」

「凶器のことか？」

「あの鬼の刀を、預ってくれると云ってくださったんですから。私はもう、直ぐに——」

「じゃあ」

凶器は最初から大垣の処にあったのか——と云って、賀川は頭を抱えた。

「一度も持ち歩かれてなかったんだ。それじゃあ目撃者なんかいる訳ないよなあ。あそこはどの現場からも目と鼻の先みたいなもんだもんな。移動の必要は殆どないじゃないか。あんた、それで——その刀を持って行った訳だ。いつ？」

「刀をお金に替えようと決めたのが敗戦の年の終り頃ですから、その翌年——昭和二十一年の春だったと思います。あの刀を持って行った時——」

勢子が宇野を見上げた。

「憲一さんがいた」

「子供だろう？　その頃は」

「ええ」

「今十九なんだから、十一か十二歳だろうよ。その頃、あんたの娘は」

「八歳でした」

あんまり変わらないだろうと賀川は泣き声を出した。

「ええ。勿論──その頃はそんな気持ちは持っていませんでした。ハル子と同年代くらいに思っていたんです。だから寧ろ息子のように接していたんじゃないかと思います。大垣さんのお父さんはご高齢でしたし、男所帯で──息子さんも家を出ていたようなので、何かとご不便もあったようですから、家のことなんかはお手伝いをしに行っていて」

母親のようでしたと宇野が云った。

「でも、母親じゃなかった。僕は」

いい、あまり聞きたくないと賀川は云った。

「そう云うことはあるのかもしらん。男と女のことは、正直苦手だ。殺人事件には関係ない。民事不介入だ」

賀川はそう云った後、いや関係はあるのかと呟《つぶや》いて敦子を見た。

「あるんだ──ね」

「僕は、腹を空かせて道端で蹲《うずくま》っていたところを大垣の先代に拾われたんです。ただ飯が喰いたくてくっ付いて行っただけでしたが、ずっと面倒をみてくれた。大垣の親爺《おやじ》さんは仕事には厳しい人ですが、いつまで経っても何も出来ない僕を、追い出すでもなく育ててくれました。僕にとっても恩人です」

あんた刃物が苦手なのかと賀川が訊いた。

「判りません。でも、刃物を持つと手が震えて、気が遠くなります」

賀川は敦子を見て、渋い顔で何度か首肯いた。

「親爺さんは根気よく仕込んでくれたし、僕も期待に応えようとしましたが、全く使いものになりませんでした。上達するとか、失敗するとか、それ以前の話で、まともに刀が持てないんですよ。僕は悔しくて悔しくて、家の裏で泣いてばかりいた。いつも奥さん――勢子さんが慰めてくれて」

叱られたのかいと賀川が問うと叱らないんですよと宇野は云った。

「親爺さんは愛想はないけど、叱らないですよ。怒鳴りもしない。出来なければ駄目だと云うだけです。仕事なんですから、それは当たり前のことです。出来なくてもいいなんてことはない。出来れば褒めてくれたのかもしれないですけど、出来たことがなかったですから。十七の時に、もう諦めろと云われた。ああ、追い出されるなと思ったんですが、そんなことはなくて」

「工場に行かされたのか」

「行かされたのじゃなくて、僕が働きたいと云ったんです。それで親爺さんにお願いして働き先を捜して貰ったんです。でもそっちも勤まらなかった。僕は学問もないし、何も出来ない、駄目な人間なんです。社会の役には立たない、屑ですよ」

そんなことはないわと勢子が云った。

「あなたは――」

「いや、解ってますよ」

賀川は勢子を止めた。

「世の中には不器用な奴もいますよ。何やらせたって出来ないのもいます。でもね、その多くは環境が合ってないのさ。そのね、何ですか、適材適所と云うけれど、そう巧《うま》くはいかんですよ。運もある。自分だってね、軍隊時代は全く役に立たん兵隊で、朝から晩までビンタですよ。もう顔が変形するくらい殴られたから。鉄砲も当たらんし喇叭《らっぱ》も吹けない。兵隊としちゃ屑だ。付いた綽名《あだな》が子供です、子供。チビだから。だからね、あんたのことだって殊《こと》更《さら》無能とは思わんよ。それよりも――」

宇野は云い難《にく》そうにしていたが、やがて口を開いた。

「ハルちゃんが学校の寄宿舎に入って、家にいなくなって、そして僕の方は工場にあまり行かなくなって、それで勢子さんが片倉の家に呼んでくれたりして――そのうち、その」

未成年もいるんだから言葉は慎みなさいよと賀川が云った。

立ったままの宇野は美由紀に視軸を投じた。美由紀は臆することなく、宇野を見返した。

宇野は俯《うつむ》いて、美由紀ちゃんごめん——と小声で云った。

いいよいいよもういいよと賀川が云った。

「それで？」

「ええ、それで——迷った揚《あ》げ句《く》、去年の夏に、大垣の親爺さんに相談しました。勢子さんと——一緒になりたいと。親爺さんは」

「驚いたろ？」

「ええ、最初は驚いたようでしたが、咎《とが》められはしなかったです。親爺さんは、そう云うことは相手のあることだし、お前は未《ま》だ半人前で職もないんだから、先方の都合や気持ちを考えて、能《よ》く相談してから決めろと。ただ、ハルちゃんが学校を卒業するくらいまでは待ってもいいのじゃないかって。齢も若いんだから先は長いぞと」

はあ、と賀川は声を上げる。

「善い人だなあ。あの爺さん。理解があるよ。見損ねていた自分は」

「それで——」

若過ぎると云ってたんですねと美由紀が云った。

「どう云うこと？」

「ハル子先輩は、宇野さんは——善い人だけど善人過ぎてつまらない、それに若過ぎるって云ってたんです。私はそれがどう云う意味なのか今ひとつピンと来なかったんですけど、慥《たし》かに、お父さんとしては——若過ぎますよね」

「ハルちゃん——」

あの子は、とだけ云って、勢子は両手で顔を押さえた。

「ハル子先輩」

お二人のことを知ってたんですねと美由紀が小声で云うと、勢子はハル子、ハルちゃんと呟《つぶや》き乍《なが》ら何かを探すかのように視線を漂わせた。

「ハルちゃん——」

「そうだよ」

そのハル子さんだよと賀川が仕切り直した。

「そのハル子さんはだな、ええ——」

「ハル子さんはいつ、誰から聞いて、鬼の刀の話を知ったのですか」

敦子が尋《き》くと、勢子はふっと真顔に戻って、私は話していませんと答えた。

「あの子は、親の私から見ても元気で賢い子でしたが、少しだけ底の知れないところがあって、今の学校に上がったくらいからでしょうか、何か、どうしても越えられない、溝のようなものを感じていました。時時、ふっと亡くなる前の欣造のような目をする時があって」

多分雑誌を見たんだと思いますと宇野が云った。

「ハルちゃんが古い雑誌を読んでいるところを見掛けたんです。一昨年だったと思います。何を読んでいるのか尋いたら、教育に宜しくないものだから教えないと云って――」

鳥口が買取ったあの雑誌だろうか。他にも記事にした雑誌はあったのかもしれないが、いずれ俗悪で扇情的な扱い方ではあったろう。

「だから僕は見てないんですが、でも、間違いないと思います。多分その少し後のことだと思うんですが、大垣の親爺の処にハルちゃんが行って――大垣の家は寄宿舎の近くなので、行き易いと云えば行き易いんですよ。それで、あの因縁の刀のことを根掘り葉掘り尋いたと云うんです。何度も来たと云っていました」

「その話を憲一さんから聞いて、私は厭な気持ちにはなったんですけど――でもどうしようもないかなとは思いました。隠していた訳ではないけれど、云わないでいたことは事実ですし――直接母の私に尋いてくれればまだ良かったんですが尋き難《にく》いのかなとも思って、黙っていました。毎日顔を合わせる訳でもないですし。でも、何だか不安でした。そのうち」

勢子は美由紀に顔を向けた。

「お休みの前の日なんかに美由紀ちゃんを連れて来るようになって――私、随分安心したんですよ。美由紀ちゃんのようなお友達がいるなら、ハルちゃんも安心だと思えて」

ご免なさいね美由紀ちゃんと勢子は頭を下げた。

何故謝るのか、美由紀には解らないようだった。

解らない方がいいのかもしれない。ハル子は——亡くなってしまった以上、真実《ほんとう》のことは判らないのだけれど——反社会的精神病質だった可能性が捨て切れないと、敦子は思っている。勿論、それは軽はずみに断定出来るようなことではないし、してはならないことだろうから、一切口には出すべきではないと思うのだが。

美由紀に近付いたのも、連続猟奇殺人事件の関係者だったからなのかもしれないし、頻繁に家に連れて行ったのもカムフラージュのためだったのかもしれない。勢子もそんな不安を持っていたのだろう。そうでないのかもしれないし、そうでなければ良いとも思う。

親爺に聞いたんですがと宇野が続けた。

「美由紀ちゃんが片倉に来るようになった頃だと思うんですが、ハルちゃんは親爺に、刀を見せろと云い出したようです。親爺は断ったと云っていましたが。でも、ある時——親爺が寸暇《ちょっと》家を空けた隙に刀はなくなっていたのだそうで」

「なくなったって君ね。不用心じゃないかね。危険物ですよ。何だってそんな——さあ。鍵くらいかけるだろう。杜撰だよ。出し放しだったとか？」

「違います。刀は奥の間の、押し入れの天袋の奥に隠してあったんです。家捜しでもしなけりゃ見付かりませんよ。そんな様子はまるでなかったから、気付かなかったんです」

「じゃあどうして」

「多分——先代が隠し場所を教えたようです」

「あ、もう一人いたんだっけな。その——」

賀川は大きな口を開けた。

「あの、ご老人でしょ。でも、寝たっきりだったんじゃないのか？」

「先代はお涼さんが来たよ、と云っていたそうですが」

「は？　そうか。耄《ぼ》けてるん——だったか？」

「ええ。だから親爺は相手にしなかったんです。お涼さんと云うのは、ハル子さんの曾祖母《ひいおばあ》さんでしょう。もう五十年以上前に亡くなってる人です。だから親爺は、夢でも見たんだろうと軽く流していたようです。今思えば、その時来たのはハルちゃんだったんでしょう。面差しか声か、何かが似ていたんでしょうね。だから親爺は、刀がなくなっていることにも、ずっと気付いていなかったんです」

「ずっと？　どう云うことだ？　そうか。盗み出して直ぐに犯行に及んだ訳じゃないのか」

「ハル子さんは刀を持ち出して——何処かに隠していた、と云うことですか」

敦子が問うと、そうなんでしょうね、と宇野は答えた。

「その後——ハルちゃんは親爺のところに度度《たびたび》顔を出して、刀の手入れのことなんかを詳しく尋いたんだそうです。あんまり熱心なので親爺は、ハルちゃんは片倉を嗣ぐ気なのかと尋いたんだそうです。そうするとハルちゃんは」

生き残ったらね——。

「そう答えたと云う。どう云う意味かと親爺が問うと、片倉の女は斬り殺されるんでしょうと云ったそうです。親爺は莫迦《ばか》なことは云うなと強く窘《たしな》めたようですが——」

それはいつ頃の話だと賀川が訊いた。

「去年の秋から、暮れにかけてのことです」

「じゃあ、じゃあもう、辻斬りが起きてるじゃないかッ」

賀川は机を叩いた。宇野は下を向いた。

「年末になって、親爺の処にハルちゃんが刀を持って現れたんだそうです。親爺は吃驚《びっくり》した。それまでずっと、天袋に仕舞ってあると思っていたんですから驚いたでしょう。それで、先代の云っていたお涼さんと云うのがハルちゃんのことだったんだと、親爺は漸く察したようです」

「そ、それで」

「背筋が冷たくなったと親爺は云ってました。何故こんなものを持っていると問い詰めると、因縁を断ち切るためだとハルちゃんは答えたそうです。意味が解らないですよ。ただ、刀は傷んでいた。拭い去るだけじゃ血の曇りは取れませんし、細かい刃毀《はこぼ》れもあったようです。何か斬ったのかと尋ねたら、犬を斬ったと」

「イヌ？」

「その刀は血を欲しがっている。血を吸わせないと自分が斬られてしまうから、自分は片倉の女だからと——」

「な、何だよそれは。イヌなんかじゃないよ。芋屋さんと元鳶職と工員だよ斬られたのは。人間ですよ人間。そ、そ、そこで気が付けよッ」

賀川は大声で吠えた。

「親爺は」

「研いだのかッ」

刑事は青筋を立て、大変な剣幕で問うた。

「どうなんだッ。それで大垣は研いだのか、刀ッ」

宇野は顔を強張らせ。ただ大きく息を吐《つ》いた。

「何だって研ぐかなあ」

賀川は泣き顔になった。

「親爺は辻斬りのことなんか能《よ》く知らなかったんですよ。あの人は新聞も読まないし人付き合いだってない。でも、悪い予感がしたんでしょう。心配になったのか——報せてくれました」

その時点ではまだ辻斬りと云う名前は付けられていなかった筈だ。連続通り魔と云うことになっていたと思う。死亡者も出ていない。

「大垣さんの話を聞いて、私は――直ぐに通り魔はハル子じゃないか、と思ったんです。でも半信半疑で、本人には尋けませんでした。美由紀さんが一緒のことも多かったし、ハル子の様子もそれまでと変わったところはなくて。だから、そうじゃないだろうと云う気持ちと、そうかもしれないと云う気持ちが、いつも半半で――」

「ま。まあなあ。普通は考えないけども」

「親爺は、刀は元通りに研いだけれども、用心もしていたんです。年が明けて、暫くしてからハルちゃんがやって来た。刀はどうなったと尋くから、研いだと答えた。そしたら見せてくれと云う。どんなに綺麗になったのか見たいと」

「み、見せたのか」

「一度は断ったそうです。でも、本当の持ち主は自分だと、片倉の血を引いているのは自分だけなんだから、鬼の刀は自分のものだと、ハルちゃんは物凄い剣幕で――」

「だ」

賀川が引っ繰り返った声を出した。

「だからって見せるなよ。渡したのかよ刀。女学生に日本刀の使い道なんかないだろ。幾ら怒鳴ったたって喚いたって、相手は十六歳の小娘じゃないかよ。叱り付けろよ。そこで止めろよ。そうすれば」

人は死ななかったじゃないかと云って、賀川は唇を咬んだ。

「ええ。その通りです。でも親爺は逆らえなかったんだそうです。迚《とて》も――怖かったんだと云っていました」

「怖い？　女学生だろ？」

「そうです。それなのに、この世のものとは思えなかったと。ただ、ただ、只管《ひたすら》に――」

迚も怖かった――と。

迚も怖えよ。

関わるんじゃねえよ。

大垣喜一郎はそう云っていたのだ。

刀を持つってことは。

殺すってことだ。

殺したくなるんだ。

大垣は悔いていたのだ。

そして恐れていたのだ。

刀がなければ――。

「親爺は直ぐに報せに来ました。真っ青な顔で。でも」

「もうあの未亡人は殺されていたんだな」

賀川は涙ぐんでいる。

「どうして警察に、何故その時に報せなかった。どうしてだ。それでもまだ信じてもいたんですと勢子は云った。

「そんな訳はないと――そう思いませんか」

「それはさ、その」

「自分の娘ですよ。まだ十六ですよ。それが」

だって刀持ってるんだろうよと賀川は三度机を叩いた。

「それだけは事実じゃないか。危ないでしょうよ何もしてなくたって。だって、日本刀ですよ。しかも能《よ》く研がれた日本刀ですよ。そんなもの、その、十六歳の女学生が持っていますか。持ってないよ持ってないッ。持っていたならそれだけで犯罪なんだから。通報しなさいよ。そしたら即、補導しますよ。そしたら、そしたらさあ」

もう遅いんだよと云って賀川は萎れた。

「それで？　まッ、また研いだのか。あんたの師匠は」

そうじゃありませんと宇野は涙声で云った。

「その時、ハルちゃんは来なかったそうです。次にハルちゃんが親爺さんの処に現われたのは、一月《ひとつき》くらい後――慥《たし》か、そう、二月の二十日の、夜半だったようです」

「六度目の犯行の日か。罐焚きの爺さんを殺した直後――だ。つまり」

「凶器は」

敦子は考える。

「寄宿舎に持ち帰っていたか——いや、そんな遅くに寄宿舎に戻るのは怪しいですし、その後ハル子さんは下谷まで戻っている訳ですから、何処か近くに隠しておいて翌日に学校に戻る際に回収して——違いますね。剝き出しの日本刀を昼日中寄宿舎に持ち帰ることは出来ないでしょうから、矢張り隠し場所を決めて、ずっとそこに保管していた、と考えた方がいいでしょうか」

敦子がそう云うと、賀川は本当に苦虫を嚙み潰したような顔になった。

「そう云われてみれば、あの学校の周辺には隠せる場所なんか幾らでもあるよ。野球場までだって森みたいなもんだ。街燈もないしな、暗いんだ。そうか、現場がこの一帯に集中してるのは寄宿舎の側《そば》、隠し場所の周辺だったから、と云うことになるか。しかも大垣の家も近いし——」

そうすると。

「一度研いだ後、三人は斬っていると云うことになりますね」

「まあ、ちゃんと手入れをすればそれくらいは斬れるものかもしれないが——」

「もう斬れないから研いで」

「え?」

宇野が云う。

「ハルちゃんはそう云ったんだそうです。その時、ハルちゃんは、人の目をしてなかったって、云ってました。鬼にしか見えなかったって。恐ろしくて、震えて声も出なかったと親爺は云っていた。刀があの娘を鬼にしたけれど、今は鬼が刀を使ってると――」

多分――と勢子が継いだ。

「その後、ハル子は家に戻って来ました。もう日付が変わろうかと云う時間だったと思います。私はもう、限界だった。辻斬りは、その時もう二人殺していて、またやったのかと思って――それで厳しく問い詰めたんです。そしたらあの娘は笑って」

もうすぐ、ちゃんと出来るから。

そしたら因縁は断ち切れるから。

良かったね、お母さん。

「そう云ったんです。笑って云ったんですよ」

敦子はぞっとした。

敦子はハル子と会ったことがない。

だから頭の中で笑っている女学生は、美由紀であり、かつ敦子自身の顔をしていた。美由紀のような敦子のようなハル子は、血に濡れた刀を手にして笑っている。それは。

「それは、鬼の刀でちゃんと人を斬り殺せれば、鬼の因縁が断ち切れると、そうハル子さんが考えていたと云うことでしょうか」

判りませんと勢子は云った。

「人数ではなく、ちゃんと斬れるかどうか――だったんでしょうか」

「ちゃんと斬るって何だよ」

賀川は苛付いているようだった。

「ちゃんと斬れてなくたって芋屋はもう左手ないんだよ。屋台は曳《ひ》けないよッ」

賀川は声を抑えて吠えた。

勢子は瞳だけを震わせた。

「私は――私はそれで半《なか》ば確信したんです。ハル子が途轍もなく悪いことをしている、人を殺しているんだと。でも、その時は竦《すく》んでしまって何も云えなかった。それでその翌日、ハル子が学校に戻るのを待って、大垣さんの処に行ったんです。大垣さんは恐ろしく窶《やつ》れていて――思うに、ハル子が現れてからずっと、丸一日動けなかったんだと思います。あの刀を持ったまま――」

「飲まず喰わずで？　寝ないでかい。そんなに」

怖かったのか。

「私は――研いでくれと云いました」

「何でさ」

「それは」

それはじゃないよと賀川は怒鳴った。

「おかしいだろそれはッ」

「おかしいのかもしれません。でも、あの子が本当に人殺しだったなら――研げばあの子はまた人を殺そうとするでしょう。ならその現場を押さえて」

だから警察に云いなさいよと賀川は云う。

「自分等《ら》はそういう時のためにいるんだよ」

「どうしても信じたくなかったんです。でも、もう何人も亡くなっているんだから、あの子が犯人ならそんなことを続けさせる訳には行かない。それでも、嘘であって欲しかったんです。だから」

「あんた」

賀川は漸く得心が行ったと云う顔をした。

「宇野と一緒に待ち伏せていた――のか。あんた達は、ハル子を送って来たのじゃなくて、ハル子が大垣の家に行って刀を受け取るのを確かめに行ったのか。それで跡を付けて、犯行を止めようとしたってのか。そうか。そうなんだな」

勢子は首肯《うなず》き、顔を伏せた。

「そうなのか、宇野ッ」

宇野も項垂《うなだ》れ、小さくはいと答えた。

「もう、見ていられませんでした。勢子さんは、ハルちゃんを殺して自分も死ぬと云った。でも、何処かでまだ疑っていた。僕だって信じられなかったんです。でも、ハルちゃんが親爺から刀を受け取って出て来たら——もう決定的じゃないですか。そこを自分の目で見れば、勢子さんも僕も納得せざるを得ない。だから二人で出掛けて、大垣の家の横の藪に隠れていました。暫くしたらハルちゃんがやって来た。そして刀を持って出て来たんです。だから捕まえて、警察に連れて行こうとしました。でも」

「あの子が私に気付いて」

斬り掛かって来たんです。

「恐ろしかった。迚《とて》も怖かった。僕はハルちゃんを止めようとしました。もう、見境がなくなってる。いいや、狂っている。実の親を殺そうとしてるんですから——慥《たし》かに親爺が云った通り、あれは何か別のものだった」

それは違うと敦子は思う。

そうやって、何か人でないものに擬《なぞら》えることは一種の逃げなのだ。

どんなに異常に見えたとしても、それが片倉ハル子と云う人なのだろう。

人は皆、狂気と背中合わせだ。異常ならざる者などはいない。否、それを狂気と呼ぶことも一種の差別となるだろう。そう云う人間はいるのだ。ただ法律に照すなら、そうした人間の行いは時に罰せられるべきものとなるだろう。

それだけ——なのである。

勿論、被害者がいる場合はそれだけで済む話ではない。理由なく生命を奪われて、そう云うものだで納得出来ることなどないだろう。

でも、理由は多分、ない。理不尽でも不条理でも、そう云うものなのだ。

だから人は人でないものを招請し、その埋まらない穴を埋めようとするのだろう。

埋まらない穴に満ちているものは、虚無だ。

鬼である。

「揉み合っているうちに——」

「必死でした。兎に角、刀を奪い取らなければと思ったんです。だって」

刀が。

刀が悪いんですと勢子は云った。

「刀さえなければ、そうすれば——あの子は。ハル子は——私は死に物狂いで刀を奪おうとしたのです。そうしたら」

血が噴き出た。

「私が、私があの子を」

刀が。

刀が。

娘が。

娘が死んでしまう。

「私があの子を殺したんです」

勢子は涙も涸れたのか、ただ放心した。

「何が何だか判らなかった。ただ刀さえ奪えばいいんだと思い込んでいました。気が付くと私はあの忌まわしい刀を手に持っていて——私は、思わず刀を放り出しました。触るのが嫌だったんです。そしたらあの子が倒れていて、それで、あの子、動かないんです。だから私は警察の人を呼びに行った」

先に呼べと賀川は小声で云った。

「じゃあ、あんた返り血くらい浴びてただろう。何で警官は気付かなかったんだ。暗かったからか。あの辺は暗いからなあ。そうなんだろうけど——そうか。あんた、警官と一緒に現場に戻って、倒れてる娘さんを抱き上げたんだ。そうだろ。だから警官は救急を呼んだんだ。あんた同乗したろ。血はその時に付いたと思ったか。それで凶器は——」

「僕ですよ」

宇野が呟いた。

「僕なんですよ。みんな、何云ってるんですか、僕ですよ犯人はッ」

僕だ僕なんだと云いつつ宇野は徐徐に興奮し、縛られた両手を何度も振った。

「僕が殺したんですよ。何度も云ってるじゃないですか。自白してるでしょう。母親が娘を殺すなんてそんなことはない。あってはならないです。辻斬りだって僕ですよ。みんな僕が殺したんです。それでいいでしょう。ハルちゃんは、佳い娘だったんですよ。それにもう亡くなってるんだし、なら裁けないでしょう。被害者のご遺族だって、ちゃんと犯人がいて、そいつが死刑にならなくちゃ納得出来ないでしょう。だから、僕でいいじゃないですか。何か不都合があるんですか。僕ですよ」

「そんなこと云ってもさ。それはさ」

「いいでしょう。他の刑事さんは何も云いませんよ。僕が犯人だと思ってる。だから、もうそれでいいんじゃないんですか。僕はこれ以上この人を哀しませたくないんです。実の娘が連続殺人鬼で、しかもその娘を自らの手で殺したなんて、そんな哀しいことは──」

ばん、と大きな音がした。

美由紀が立ち上がっていた。

「いい加減にしてッ」

美由紀は足を開いて仁王立ちになり、前に屈んで両手で机を叩いた。

「何なんです。私、そう云うべちゃべちゃしたのは嫌いなんです。犯人はハル子先輩ですよ。そうなんでしょうに。ハル子先輩が人殺しの辻斬りだったんでしょ！」

「いや」

「いやじゃないです。今のお話からは他に答えが見えませんよ。と、云うか、全部認めてるじゃないですかお二人とも。それで、まだそんなこと云うんですか？　あってはならないとか、そう云う問題じゃないでしょう。だってあってはならないことがあったんじゃないんですか。目隠ししたって耳塞《ふさ》いだって、あったことはあったんです！」

美由紀は大きく息を吸う。

「死んだ人庇ったってどうにもなりませんよ。宇野さんが何をしようが云おうが、罪は罪ですよ。それとも何です？　宇野さんが代わりに死刑になれば、ハル子先輩の罪が消えると云うんですか？　小母さんも何もかも忘れてしまうと云うんですか？　娘の犯罪も、自分の罪も、綺麗サッパリ忘れられるとでも云うんですか？　それとも、怪我した人もすっかり治って、亡くなった人も生き返って来るとでも云うんですかッ！　そんな魔法みたいなこと出来る訳ないでしょう。判らないんですかいい齢してッ」

宇野は啞然としている。

いや、敦子だって相当驚いたのだが。

「誰が何をしようと罪は罪。事実は事実でしょ。それは変えられない。況《まし》て自分が罪被って死刑になれば丸く収まるだろうなんて、そんな考えは莫迦莫迦しくて幼稚ですッ。自分一人が犠牲になって何もかも済まそうなんて、宇野さん、あなた、そういう自分に酔ってるだけじゃないんですか」

巫山戯《ふざけ》ないでくださいと云って美由紀は拳を握り締めた。

「この人を哀しませたくない？　宇野さん、あなたが死刑になれば哀しむでしょうに。違いますか。小母さん――勢子さんは、あなたが死刑になるだろうと聞いたから、それが厭で、だから自首して来たんじゃないですかッ。そのくらいのことも判らないなんて、鈍感ですか。それとも自分に酔っぱらってんですかッ」

美由紀は宇野を指差した。

「私、賢くないし、子供ですけど、そのくらいのことは判ります。ハル子先輩は私にとっても良くしてくれたし、素敵なお友達でしたけど、それと犯罪は別ですッ。どんな佳い子でも罪を犯すことはあるんです。哀しくて辛くて遣り切れないけど、あの人はそう云う人だったんです、きっと。殺された方やそのご家族のことを思うと胸が痛むけど、それでもそれはハル子先輩がしたことなんです」

宇野は美由紀から顔を背ける。

「そこんとこ、きちんと受け止めないと駄目じゃないんですか。私だって、吃驚《びっくり》して悲しくなって何が何だか判らなくなったけど、それでも受け入れましたよ。宇野さんも向きあってくださいよ。大体、宇野さんが身代りになれば、何かがチャラになるんですか。ならないでしょうに。死んだ人はもう帰って来ないんです！　大体宇野さん何もしてないでしょう。寧《むし》ろ無関係じゃないですかッ」

小母さん、と美由紀は勢子に向き直る。

「小母さんも小母さんです。あなたはハル子先輩を殺したのじゃなく、ハル子先輩があなたを殺そうとしたんじゃないですか。その、そう云うのは正当防衛とか云うんじゃないんですか？　違うんですか刑事さん」

「は？　ああ、まあ、自分が判断することじゃないけども」

頼りないッと美由紀は怒鳴った。

「小母さんに殺意がなかったことは明白じゃないですか。過失でもないですよ。揉み合ってたんだから事故みたいなものじゃないですか。違うな──そう、ハル子先輩の方が襲って来たって宇野さんも証言してるんだから、なら正当防衛ですッ。だって日本刀で襲われてるんですよ？　それで、何だっけ、過剰防衛とかにはならないでしょう。私、人殺しには馴れてるんですッ」

美由紀はもう一度机を叩いた。

「宇野さんは無罪、小母さんは正当防衛。連続殺人犯はハル子先輩で、その先輩はもう死んでます。それが現実で、その現実はどうやったって変えようがないんです。なら、迷ったり考えたりする必要なんか全くないじゃないですか。変な小細工したって、誰が何を云い張ったって、そこんとこは変わらないんですッ」

美由紀は手の甲で眼を拭った。

涙が出ていたのか。

小母さん、と美由紀はもう一度勢子を呼んだ。

「起きてしまった事実は変えられないですよ。だからと云って忘れちゃいけないし、況《まし》て過去捏造《ねつぞう》したりしちゃ絶対にいけないんだと思います。けど、自分にとっての昔は変えられますと美由紀は云った。

「生きてさえいれば。これは私の体験です。事実を自分なりに受け止めて、何て云うのかな、考え続けるんです。私、前の学校で仲良しな友達が殺されたんです。哀しくて、悔しくて、肚《はら》も立ったし、止められなかった自分に絶望したりもしましたけど、それは今でも変わらないけど、でも良い想い出だっていっぱいあるんです。幾ら悪い想い出があるからと云って、良い想い出まで消しちゃうことはないでしょう。ちゃんと受け止めて考え続ければ、どんなに酷《ひど》い過去だって、それなりのものになります。必ずなります」

勢子は悩ましげに眉を顰《ひそ》めた。

「恐ろしい、鬼みたいなハル子先輩も、可愛くて愛おしいハル子先輩も、どっちもハル子先輩ですよ。そうでしょう。親として何か責任を感じてるなら、ハル子先輩が傷付けた人や殺してしまった人のご家族にきちんと向き合うべきじゃないんですか。そんな、自分が罪を被ったり、宇野さんが罪を引き受けたり、そんなの何の意味もないですよ」

違うんですか宇野さん——と、美由紀は声を荒らげる。

「被害者には何の罪もないんです。いきなり殺されたんです。みんな、殺される理由なんて何一つないんですから、誰が何と云おうと悪いのはハル子先輩ですよ。ハル子先輩が何の理由もなく殺したんですよ。絶対に許されない罪を犯したのは、宇野さんでも小母さんでもなくて、片倉ハル子――」

あなたの娘さんですよと美由紀は云った。

「ハル子先輩が加害者なんですよ。その加害者は罪を償わずに死んじゃった。小母さんは加害者じゃなくて、その加害者の肉親なんです。お母さんなんですよ。なら親として受け取ってくださいよ。ハル子先輩はまだ未成年だったんだから、保護者としての責任とかはあるのかもしれないけど――でもそうなら」

美由紀は拳を額に当てた。

言葉を選んでいる。

「そうなら、罪を被るような子供染みたことするんじゃなくって、被害者やそのご家族に何か云うべきなんじゃないんですか？　小母さんがどんなに謝ったって簡単に許してはくれないでしょうけど、でも生き残った身内がちゃんとしてなきゃ被害者だって報われないです。ハル子先輩を庇うって、そんなの被害者を蔑《ないがし》ろにしてる感しかないんですけど。違いますか？」

美由紀は涙声になっていた。

「小母さんが犯人なら到底謝って済むことじゃないですけど、小母さんは犯人じゃないんです。或る意味、被害者ではあるんだから、必ずいつかは通じると思う。通じないかもしれないけど。いえ、多分通じませんね。でも、だからって逃げてていいってものじゃないでしょうに。辛いかもしれないけど、自分のためにもハル子さんのためにも、被害者やそのご家族に向き合わなきゃ駄目ですよッ。わ——」

私偉そうですかと美由紀は敦子に尋いた。

敦子はただ首を横に振った。

「そ、それってしんどいですよね？　罪被った方が楽ですよね。でも、楽ならいいってもんじゃないです。それ結局、辛さを薄く長く引き伸ばすだけですよ、きっと。どっちかが死刑になったって、どっちかは生き残るんですよ。いいんですか。残った方は幸せになれますか？　無理ですよね」

宇野さんッと美由紀は怒鳴る。

「小母さん支えられるのは宇野さんだけじゃないですか。違うんですか？　恋人なんでしょう。なら二人で力を合わせて乗り越えて下さいよ。これ、綺麗ごとですか？　私、子供だから綺麗ごと云いますよ。何か、無理なのかもしれないけど、努力くらいして下さいよ。そう云うことはやれば出来るんだって、出来なくってもやるんだって、そう云う素敵な夢を示して下さいよ。私は、夢見がちな女学生なんですッ」

美由紀は捲《まく》し立てた後、一度足を踏み鳴らして勢い良く椅子に座った。

勢子は瞬きもせず、宇野を見上げた。

宇野は言葉を失くしているようだった。

宇野の両脇に突っ立っていた警官も呆然としている。

敦子もまた、何も云うことはなかった。賀川は目を泳がせ、暫く口を半開きにしていたが、やがて瞼を閉じて、ううんと唸った。

「全く以てその通りだよ。あのね、宇野君。君、間違ってるわ。片倉さん、あんたもだ。このお嬢さんの云うのが、まあ何より正論ですわ。ぐうの音も出ないよ。片倉さんは、正当防衛とは云え娘さん殺害してしまった訳だし、宇野君も偽証をしてる訳だから、無罪放免と云う訳にはいかんがね。連続殺傷事件の犯人は、ハル子さんだ。自分、これから上を説得しますよ。二人とも改めて証言して貰うからそのつもりでいて。いや——」

世間が騒ぐなあと、賀川は顔をくしゃくしゃにした。

6

迚《とて》も——怖かった。

その感情は、明確な対象に向けられたものではない。

それは残忍且つ非道な行いではあったのだが、動機は蒙昧から来る妄信であり、邪悪とは云い難《がた》いものである。

犯行自体も巧緻どころか幼稚なもので、幾つかの意外性が思い込みによって糊塗されただけの、極めて単純な犯罪だった。

正に中心を欠いた事件だった。

敦子自体危険に晒された訳でもない。

それでも。

敦子は怖いと思った。

残酷なことを平気でしてしまう人間が怖いとか謂う、紋切り型のもの云いは好まない。

そんな言説はまるで意味がない感想だと思う。

勿論、祟りや呪いが怖いと思うこともない。

そんなものはないからだ。

それは受け入れ難い現状を認識する形式の一パターンに過ぎない。

殺人と云う行為自体も、勿論反社会的で暴力的な行為ではあるのだけれど、それは怖いと云うよりも忌避すべきものであり、禁忌とされるべきものでしかないだろう。それは絶対にしてはいけないこととしてルール化されている。

慥《たし》かに平気でルールを破る者がいる社会は怖い。

だが取り敢えず法治国家で暮す敦子にとって、それは怖いものではなく、憎むべき所業であり、取り締まり、なくすべき違法行為でしかないと云う気がする。

敦子はこの中身が虚ろな悲劇の、その空疎さこそに、恐怖を覚えたのかもしれない。

暫《しばら》くはそんなことを考えていた。

十日程して、敦子は子供屋に行ってみた。

それは本当に行ってみただけのことだった。何か用向きがあった訳ではない。

敦子の日常に於ける行動パターンからは明らかに逸脱した振るまいだ。

正に異常行動である。

露地裏は子供達で一杯だった。

学校も春休みなのだろう。

敦子は子供が嫌いではないのだが、苦手ではある。

そもそも無心になることが不得意なのだ。童心に帰ると人は謂うが、何処に帰っても自分の中に童心が見当たらない。理屈が通じない分、考えることが多過ぎて対応に苦慮することが多いのである。

これは入り難《にく》いなと即座に思い、引き返そうとしたところ、ひと際大きな笑い声が聞こえて、ふと見るとそれは美由紀だった。

一人だけ大きいので矢鱈《やたら》と目立っている。

美由紀は千葉に帰省しているかと思ったのだが、居残っていたのだろうか。

敦子が狭い露地に足を踏み入れると、美由紀は目敏く気付き、長い手を上げて敦子さんと大きな声を上げた。

酢烏賊《すいか》を咥《くわ》えている。

「敦子さん、どうしたんですか」

「美由紀ちゃんこそどうしたのよ。進学前のお休みでしょ」

「ただ学年が持ち上がるだけで別に何が変わる訳でもないですし。お部屋の引っ越しも済んでますから暇です。蜜柑水《みかんすい》飲みますか？」

「飲まない」

即答した。

何も買わずに場所を取るのも気が引けたので、敦子は迷った揚げ句に梅ジャムと云うものを買ってみた。煎餅に付けて食べるものと云うことなので、煎餅も買った。そんなに好みではないが、まあ酢烏賊よりはいい。

あの後。

世間は、賀川の懸念通りに沸いた。

辻斬りの真犯人は未成年と報道されただけだったのだが、それでも充分センセーショナルではあった。元旋盤工は犯行を防いだだけで、犯人の母親は犯行を止めようとしたが襲い掛かられ、揉み合った末に誤って犯人を殺害してしまった、と書かれていた。

概《おおむ》ね事実の通りである。

隠蔽や改竄《かいざん》はしなかったのだろう。

名前は伏せられていたが、事前の報道で色色と明かされているから、意味はない。

大丈夫なのと敦子は問うた。

「何がです？」

「学校。騒ぎになっているんじゃない？」

そうでもないですと美由紀は答えた。

「勿論、深刻な話ですから、まあ先生達は深刻な感じになってますし、保護者からの問い合わせも多いみたいですけど、生徒は同じです」

「怖いわ怖いわって——まあ怖がってても他人ごとです。片倉さんは祟りで鬼女になったんだって」

そんなところか。

「貴女《あなた》、仲良かったんだから何か謂われたりしないの？」

「馴れてますって。別に平気ですよ。私が悪いことした訳ではないですから。何謂われたって気にしません。と、云うか、反対に美由紀さん殺されなくって良かったわねえとか同情されましたから。そうですわって、話合わせました」

強い娘である。

宇野は、釈放された。

勢子は、送検された。

この先何もなければ、美由紀の予想通り正当防衛になるものと思われた。

大垣も取り調べを受けたようだが、罪に問われることはなかったようだ。

大垣自身は何もかも自分が悪いのだと主張したようだが、ハル子が犯人と確実に知っていた訳ではなく、犯行に手を貸したとか匿《かくま》ったと云う事実もないため、立件は出来なかったようだ。

しかし大垣喜一郎は、研師を廃業した。

「同じって？」

父の大垣弥助が亡くなったのである。

老衰だったと云う。

大垣は家を処分し、息子の喜助を頼って松戸に移るのだと云うことである。縁の薄かった息子一家と暮らす決心をしたのだろう。今更孫に合わせる顔なんかないがなと、大垣は賀川に漏らしたそうである。

宇野憲一は勢子の処分が決まり次第入籍し、いずれは何処か他の街で暮らすつもりでいるらしい。その前に遣ることは山程あると云っているようだが。

美由紀の演説が効いている。

あの刀はどうなるんでしょうと美由紀が尋いた。

「警察に処分して貰うことも検討したようだけど、結局大垣さんが引き取ることにしたみたい。あの刀は、大垣さんにとっても因縁のある刀なんだし」

先先代が生涯探し求めた差料《さしりょう》なのだ。

「じゃあ松戸に持ってくんですね」

そうなるのだろう。

敦子は煎餅をやや持て余してしまった。

敦子さん、矢っ張りお兄さんに似ていますよと美由紀は云った。

「何処が？　似てないよ」

「いいえ。私、同じだけ情報を持ってたのに、あの場に至ってもハル子先輩が辻斬り犯人だなんて思ってませんでしたから。何にも判ってなかったですもん」

「それを云うなら、あの場は美由紀ちゃんが収めたようなものじゃない。私は真相を見抜こう見抜こうとだけしてたけど、それでどうなるかまでは考えてなかった」

だから、兄には及ばない。

「私、ただ何か我慢出来なくて口走っちゃっただけです。恥ずかしいです」

「ちゃんと通じたから。賀川さんも――」

「あの子供刑事ですか？」

敦子は噴き出してしまった。

「美由紀ちゃん、失礼だって。まあ――その子供刑事も、宇野さんも勢子さんも、あなたのあの大演説でそれぞれ身の振り方を決めたんだから、通じたんじゃないの、ちゃんと」

「論理的でした？　言葉足りてました？」

「どっちかと云うと――」

探偵さんの影響が濃い気がしたけどと云うと、それは大変と美由紀は答えた。

「私、あんなですかあ」

「まあ、それはそれとして」

酢烏賊と蜜柑水は合わないと思うと、敦子は云った。

不服そうな美由紀の横を笑顔の子供達が駆けて行った。
わあわあと云う楽しそうな喧騒が露地裏に満ちた。
この場所は虚ろではないんだと——何故か敦子は思った。

（了）

今昔百鬼拾遺◎月

河童

◎河童

◎河童《かっぱ》——

川太郎ともいふ

——畫圖百鬼夜行／陰

鳥山石燕／安永五年

1

「何て品のないお話なの——」

そうとも思わない。

呉美由紀は、別に何とも思わなかったのだけれど、橋本佳奈《はしもとかな》は顔を顰《しか》めた。そう云う謂《い》い伝えなんですもの仕方がないですわと市成裕美《いちなりひろみ》は云う。

「私が創ったお話じゃなくってよ、佳奈さん」

「だってその、お、お」

お尻、と云う言葉が云えないのだと、美由紀は暫《しばら》くしてから気付いた。お尻だって手や足と変わらない身体の部位なのだから、口にも出来ないと云うのはどうか。

紫色のお尻が好《い》いんですってと裕美は云う。

「紫色？　そんなその、お」

橋本さんはオシリと口に出せないんですよ——と美由紀が云うと、裕美はあらイヤだと云い、佳奈はきゃあと云って顔を手で覆った。

「でもさ、じゃあお尻を怪我したりした時、橋本さんはどうやって説明するの?」

そんな処《ところ》は怪我しないわ美由紀さん、と佳奈は云う。

「だって、そうだ。虫に刺されたりするかもしれないでしょ?」

「嫌だ、美由紀さん。そんな恥ずかしい処は虫なんかに刺されないでしょうに。だって、その、剝《む》き出しにしている訳でもないのに」

「剝き出しって——」

佳奈さんの方が品がなくってよと云って、裕美は笑った。

「剝き出しと云うのはお仕置きされてる小さい子みたいな格好なの? そこを蚊が狙っているのね。それは可笑《おか》しいわ」

それは慥《たし》かに可笑しいと思ったから、美由紀は声を出して笑った。それを見た裕美《ひと》は、美由紀さんうちのお祖母《ばあ》様みたいな笑い方よと云った。

「お祖母様と云うか——婆《ばあ》っちゃんね」

「ば?」

「私の祖母は岩手《いわて》の人よ。とても訛《なま》っていらっしゃるわ。お父様も、婆っちゃんと話す時はお訛りになるの」

「お訛りって」

その云い方も可笑しい。

どうもこの人達は特殊な言葉を使う。みんなそうだ。この環境下では尻を尻と言えないのも解らないでもない。

美由紀はそう云う同調圧力には屈しない。いいや、屈しないのではなく上手に出来ないのだ。何にでも御を付けたり、語尾を不必要に丁寧にしてみたり、一応やってみるのだが、どうにもいけない。すぐに馬脚を露《あらわ》す。

それこそ尻の据わりが悪いのだ。

美由紀がそんなに言葉が違うのと尋《たず》ねると、時時意味が通じませんのと裕美は云った。

「べえとか云いますの」

「それはうちのお祖父《じい》ちゃんも云う」

「そうですの？　慥か、美由紀さんは千葉《ちば》ですわよね？」

「房総《ぼうそう》の漁師の孫。もう漁は止《や》めちゃったけど」

「千葉にはいませんの？」

――河童《かっぱ》。

河童なんか何処《どこ》にもいないだろう。

いや、それを云ってしまったのでは身も蓋もないのか。しかし美由紀は、幼い頃からあまり河童の話を聞いた記憶がない。海入道の話なら聞いた気がするのだが、それは河童じゃないだろう。

「海に河童っているの？」

「さあ。川魚は海では獲れないのですから、河童もいないのじゃなくて？」

「でも、佳奈さん。鮭《さけ》なんかは、海から川を遡《さかのぼ》って来るのじゃなくって？　なら判りませんわ」

「それは逆じゃないかしら。遡るのじゃなくて海まで流れて行くことならあるかもしれませんわよ。河童の川流れとか云うのじゃなくって？」

級友二人はころころと笑った。

木漏れ陽が時に眩《まぶ》しい。

夏が近いからだろう。

土曜の午後。

美由紀達は校庭のベンチに腰を下ろして、他愛もない会話を交わしている。

能《よ》くある光景ではあるのだろうが、話題にしているのは凡《およ》そ世間の人が考えるだろう女学生らしいそれではない。

どうやら世の人人は、女学生と云う生き物は寄ると触るとお菓子の話だの恋の話だの、そう云う甘ったるい話ばかりしているものと考えているような節があるのだが――実際そう云う話も多く耳にするのだけれど――でも、そんな訳はないのだ。

極めて普通だと美由紀は思う。

何をして普通と云うのか美由紀は知らないし、普通なんてないようにも思うのだけれども、でも学内が取り分け特殊だとは思わない。

勿論、全寮制で半分隔離されたような状況で暮らしているのだから、口の端《は》に上るものごとだって限定されているだろうし、年代も近いから自《おの》ずと傾向が偏るのは事実である。だから偏ったものではあるのだけれど、それだって流行のようなもので、常に一定している訳ではない。

女学生で一括《ひとくく》りにされては敵《かな》わない。

現に今も、お菓子の話も恋の話もしていない。

美由紀達は選《よ》りに選《よ》って河童の話をしている。

幾ら何でも女学生の話題の中心が河童と云うのはどうかと思うが。

もしかしたら呼び方が違っているのじゃなくってと裕美は真顔になって云った。

「呼び方って——河童はカッパじゃないの？」

「お祖母様は、河童のことをメドツとかメドチと呼ぶの。ツとチの間くらいの発音。何のことだか判らなかったからそう云う動物がいるのかしらと思っていたわ」

「それ、能く解らない名前。と云うか、それ日本語なの？」

「失礼ですわ。岩手は日本だもの、日本語よ。でも牛もべココとか云いますから、言葉は少し違うのですわ。雌牛はメッカ」

「べこは何となく判る。雌牛はほぼ外国語」

「ですから、私もそのメドチって何ですのと、婆っちゃんにお尋きしたんですわ。そしたら、フッザルだぁって」

「より不明」

「フチ、サル。淵、猿だったのですわ」

「淵って、あの、水の溜《た》まった淵のこと？　溜まったと云うか、あの川の深くなってるとこ？」

そんな処に猿がいるのか。

「猿がいるのは山じゃないの？」

「猿じゃないんですわ。だって川の中にいるんですもの。猿と同じような姿だから、そう呼ぶのじゃなくって？」

それはどうかしらと佳奈が云う。

「河童と猿は似ていないわ」

「似ていますでしょう。小さい人のような形で、お顔が赤いんですもの」

「はあ？」

佳奈は今まで見せたことのない表情になった。

「赤いお顔ですの？　そんなお話は聞いたことがないですわ」

美由紀も河童が赤いと思ったことはない。

「佳奈さんは南の方のご出身でしょ？」

宮崎《みやざき》ですわと佳奈は答えた。

「六つの時まで宮崎におりました」

九州は河童が多いんですと佳奈は云った。

「多いって——」

「呼び方も色色ですわよ。ヒョウズンボとか。セコンボとか。カリコンボとか」

全く以《もっ》て意味不明である。

それはみんな別のものなんじゃないのと美由紀は尋いた。

「少しずつ違うようですけど、みんな似たようなもの、河童ですわ。地域で違っていたのでしょうけれど、もう混ざってしまったのではっきり区別は出来ませんの。ひょうひょうと鳴いて冬の間は山で暮らしますの」

今度は裕美がえー、と柄にもない声を上げた。

美由紀は少し楽しい気持ちになる。平素《いつも》取り澄ました言動を心掛けている級友達が高が河童の話でこんなに取り乱している。これが地なのだとまでは云わないが、こう云う一面もあるのだろう。

美由紀の場合は常にこんな感じなのだが。

「山で暮らしていたら河童じゃないですわ」

「ですから河童じゃなくって、ヒョウズンボですもの。だって名前の中に川の要素はなくってよ」

「ならそれは河童じゃないのじゃなくって？　河童なら川に関係したお名前になるのじゃない？」

「いいえ、河童ですわ。そんなことを云うのでしたら、そのメ――」

メドチと裕美は云う。

「メドチとかだって、河童じゃないのじゃありません？　それは猿なのでしょう？　だってうちの地方では、猿は河童除けになるのですもの」

「河童除けにお猿を飼うの？」

そう美由紀が問うと、飼いませんわと佳奈は答えた。

「聞いたところに依れば、猿は河童と仲が悪いのですわ。猿は、陸《おか》で河童を見付けると、必ず喧嘩《けんか》を仕掛けるのですって。しかも水の中でも河童より長く息が持つので、猿の方が強いんだそうですの」

それは承服し兼ねますわと裕美は云う。

「猿の方が水中に長く居られると、佳奈さんは仰《おつしや》るの？　猿はお魚じゃなくってよ。無理ですわ」

「わたくしじゃなくって、わたくしの住んでいた地域ではそう謂い伝えていると云うだけですわ。それ、信じるも何もありませんでしょう。そもそもわたくし猿は見たことがありますけど、ヒョウズンボを見たことがなくってよ」

「私だってメドチは見たことありませんわ」

そもそも両方いないだろうと美由紀は思ったのだが、黙っていた。

子供の頃はそんな風に思っていなかった——かもしれない。いや、美由紀は生まれてこの方、河童がいるとかいないとか云うことを——否、河童そのものを意識したことがなかったように思う。

馬を引きますでしょと佳奈は云う。

「引く？　どういうこと？」

馬を引っ張るのですわと佳奈は云った。

そんなもの引っ張ってどうすると云うのだ。馬は大きいだろうに。美由紀の認識だと河童は子供くらいの大きさなのだが、力があるのか。

「岩手では引きません？　宮崎では引きますの」

「それは引きますわ。引くって、馬を水に引き込むと云うことですわよね？　河童はそうするものですわ」

そこは一緒なんだと美由紀は思った。

「ですから、猿の手を馬小屋の軒に提げておく村もありますのよ。そうすると、河童は近寄らないんですって」

「サルの手？」

まあ残酷と裕美は云う。

「変ですわ、それ。だって岩手の婆っちゃんの話では、メドチと猿は仲は悪いけど同類ですのよ。猿は育つと猿のフッタチというお化けになって、そのうちメドチになるんですって」

それは――ないと思う。そもそもフッタチって意味が判らない。

「経立《ふったち》は、長生きした動物が化けるのですわ。鶏《にわとり》や狼、それにお魚なんかも長く生きると経立になりますのよ。で、猿の経立はメドチになることがあって、そのメドチが家に住み付くと、ザシキワラシになりますの」

「それ何？」

何ひとつ判らない。

「座敷にいる、童衆《わらし》」

「ワラシって何？　童《わらべ》ってこと？　子供なの？」

「子供ですわ」

「人間の？」

それではただの子供よと云って裕美は笑う。

「座敷にいる童だからザシキワラシなのですわ。河童って、川にいる童なのでしょう。同じですわ。子供の姿をしてるってだけで、人ではないの」

「え？　人間じゃないなら、じゃあ何ですの？　それはお化けか何かなの？　そんなものが家の中にいる訳ないでしょ」

知りませんわと裕美は云う。

「私は見たことがありませんもの。人の目には見えないのかもしれませんわ。だって人じゃないんですもの」

「河童が家に上がり込むと見えなくなるの？」

それは変な気がする。

河童は姿が消せると云うお話は耳にしましたわと佳奈が云う。

「見えなくなるのですわ。お化けですもの」

「動物じゃないの？」

「動物は口を利かないのじゃなくて？　それにお相撲もしないと思いますわ」

「お相撲するのか」

美由紀は知らなかった。

とは云え、想像も難しい。実在しようがしまいが、いずれ河童は小動物のようなものなのだろうに。そんなものが相撲を取るだろうか。猿だって相撲なんか取らないだろう。

「犬がじゃれ合っているみたいな感じなの？」

「人間に挑むのですわ。九州ではそうですわ」

「東北でもそうよ。お相撲を取りましょうと云って来るようですわ」

「って、じゃあ矢《や》っ張《ぱ》り喋るんだ河童――」

何だか、美由紀の認識とはかなりの隔たりがあるようだ。

美由紀は河童に関してはかなり特殊な思い込みを持っているのかもしれない。

「動物でもお化けでも、喋ったら気味が悪いでしょうに。そんなものに話し掛けられても困るんじゃやない？　誘われるがままにお相撲取ったりするものなの？」

お話ですものと二人は声を揃えて云った。

「東北の方はどうか知りませんけれど、九州では昔昔のお話ですわ。わたくしの小さい頃はまだ見たと云う人がいたようですけれども、お相撲を取ったと云う話は昔話でしたわ」

「あら嫌だ。先程から東北が未開の土地のような仰り様ばかり。それって失礼ですわよ佳奈さん。東京から離れていると云うのでしたら、九州だって同じようなものよ。岩手でも、お相撲を取ったと云うお話は謂い伝えでしかありませんのよ。その謂い伝えでは、河童は齢経《としふ》りし猿で、家に入ると座敷童衆になるんですの。座敷童衆が住み付いている家は栄えるとも聞きますわ。出て行くと、その家が滅ぶんですわ」

困りましたわねと佳奈は云う。

「何がお困りですの？　座敷童衆が出て行ったのかしら？」

「そんなもの聞いたことがなくってよ。そもそも目に見えないのでしたら出て行っても判らないのじゃなくって？　そんな変梃《へんてこ》なものではなくってよ。河童は河童。わたくしの故郷では、河童はお人形の化けたもののようよ」

「はあ？」

次から次へと何を云い出すのだと美由紀は思う。

全く以て――。

それはあり得ないですわと裕美は笑う。

「お人形って、お人形さんのこと？　まったく何を仰るのかしら。お人形って、それはお雛《ひな》様とか、市松人形とか、着せ替え人形とかの人形のことなの？　それって、生きものでさえないわ」

どうせお化けなんでしょと美由紀は云った。

「なら何でも有りなんじゃないの？」

猿だって人形だって河童にはなるまい。いいやなるんだと云うのであれば、南瓜《かぼちゃ》だって蜥蜴《とかげ》だっていいような気がする。枕だって踏み台だって、何だって構うまい。

「何でも有りなどと云ってしまったのではお話がそこで終わってしまいますでしょう。このままでは何だか――口惜《くちお》しい気がしてしまいますわ」

こんなことで張り合ってどうする——と、美由紀は思ったのだが、矢張り面白いから黙っていた。

そもそも、平素この級友達はきらきらとした夢のような話ばかり好んでしているのだ。お尻と云う単語すら口に出来ないような娘が、こともあろうに河童なんぞの話を真剣にしているのであるから、これはさせておいた方が面白いに決まっている。

佳奈は云う。

「このお人形のお話はわたくしの地元のお話ではなくって、近隣の他県から転入して来た方にお聞きしたお話なの。人形と云うのは、何か案山子《かかし》のようなものだと思いますわ。何でもその昔、有名な大工の棟梁《とうりよう》の方が大きな工事をする際に、どうしても人手が足りなくなって、人形に生命を吹き込んで人足としてお使いになったんだそうですわ」

「それは——魔法?」

「存じませんわ。昔昔のお話なんですもの。工事がすっかり終わった後、その大工さんは使い終わった人形達の始末に困って、みんな川に棄てちゃったのですわ。それで——」

それが河童になったと云うの——と、裕美は不服そうに云った。

「そんなの変ですわ。だって、案山子なんか河童には似ても似つかないのじゃなくって?」

「そうかしら。河童って手が長いのじゃない?」

「お猿も長くってよ」

「河童の手は左右繋《つな》がっているの。右手を引っ張ると伸びるけれど、その分左手が縮むのですわ。ほら、案山子って、両手が一本の棒だったりしません？　あれと一緒よ。でも、お猿はそんな風になっていないのじゃなくって？」

「それを云うなら、案山子には毛も生えていませんわ。動きもしませんわよ。いいえ、案山子じゃなくたって、人形には毛はなくってよ」

「あら。そんなことはありませんわ。市松人形にはちゃんとお髪《ぐし》が生えていてよ」

あれは──植えてあるのではないのかと美由紀は思ったが、でも黙っていた。

「しかもおかっぱに切り揃えてありましてよ」

だからカッパって可笑しいわと云って、裕美は笑う。

「だっておかっぱじゃないの。そんな、なんとか童とかいうお化けなんて、聞いたことがありませんもの。大体ヒョウズンボは夏は川にいるけれど、秋口になると山に入るのですわ」

「それじゃあ河童ではなくって、山の童になってしまうのじゃなくって。それは一体、何と呼ぶんですの？　ヤマワラシ？　ヤマッパですの？」

そうですわと佳奈は答える。

「ヒョウズンボとかセコンボと云うのは山にいる時の呼び名なのかもしれなくってよ。どっちにしても河童は渡り鳥のように渡ると聞いていますわ」

「渡り鳥？　メドチが？」

「ヒョウズンボですわ。だってヒョウズンボは飛ぶんですもの」

裕美は眼をまん円《まる》にした。

「余計に有り得ないですわ。河童に羽はありませんわ。それが河童なら、羽もないのにどうやって飛ぶのかしら。水掻きをばたばたさせますの？　弓矢のようにびゅんと跳ぶの？　それとも雲のようにふわふわ飛ぶのかしら？　案山子は飛びませんでしょう。そんな奇天烈《きてれつ》なお話は、謂い伝えだとしても考えられませんわ。山にいる猿が劫《こう》を経て淵の猿になり、川に住んで悪さをして、やがて家に入って守り神のようになるの。その方がお話としてもずっと良く出来たお話だと思わない？」

でも幾ら齢《とし》を取ったってお猿は水の中で暮らしたりしませんでしょうと佳奈は云う。

それは美由紀もそう思う。

まあ飛ぶのもどうかとは思うが。

「お魚は陸に上がったりしませんわよね？」

「案山子も空は飛びませんわ」

「案山子じゃないの。何か、魔法の掛かったお人形が化けたものなんですもの。どっちにしたって、そんな、齢取ったお猿さんじゃなくってよ」

「そうかしら」

意地になっている——と云うよりも、二人とも面白がってやっているのだ。

「矢《や》っ張《ぱ》り猿よ。それが証拠に、猿も、河童も、座敷童衆も、みんな顔が赤いのですわ。猿の顔は赤いじゃない。座敷童衆も赤いのですもの」

そのワラシを存じませんわと佳奈は云う。

「それにヒョウズンボは赤くなんかないわ。何と云うのかしら、茶色と云うか、褐色ですのよ。能《よ》くある動物の色。河童ってそう云う色ですわ」

「能くある動物の色って、それこそ能く判りませんことよ。それはどんな色ですの？」

まあ、判らないでもないけれど。世界には色んな動物がいるのだろうし、色も様様なんだろうとは思うけれども、身近な獣を思い浮かべるに、体色は白だの黒だの茶色だの精精その程度なのであって、鳥と違って赤だの青だの黄色だのと云う原色っぽい色の獣はそんなに思い付かない。

云うならば褐色よ、と佳奈は答えた。

「犬とか鼬《いたち》とかそう云う色なのよ。川獺《かわうそ》だとか。そう云うものと同じですわよ。そう云う動物って、派手な色ではないものでしょう。多少赤っぽかったとしても、それは褐色の内ですもの」

「お猿の顔は赤くってよ」

「ですからお猿くらいじゃありません？　河童の顔が猿みたいに赤いなんて、考えられないですわ。ねえ、美由紀さん」

「河童って——青くない？」

美由紀がそう云うと、級友二人はぽかんとした顔になって一瞬黙った。

面白い。

「青いって云うか、緑っぽくない？　ほら、あの蛙とかみたいな」

ずっと引っ掛かっていたのだ。

美由紀の知っている河童はけものではないのだ。両生類とか爬虫類とか、そっち方面に近いものではないのか。

それはどうかしら——と、対立していた筈《はず》の二人は突然共闘した。

「そんな色の訳はなくってよ。それこそ考えられませんわ。緑なら赤の方がまだ近いと思いますわ。赤と云うか、赤黒い感じなら——ですから、亀のような色ならまあ判りますわ」

「そうねえ。蛙は違いますでしょう。でも色は赤いの。顔なんかは真っ赤ですわ。大体、鸚《おう》鵡《む》や鸚哥《いんこ》でもあるまいし、そんな、全身に緑色の毛を生やした動物なんかおりませんわよ、美由紀さん」

「毛？」

体毛があるのか。褐色と云うのは肌の色ではなくて毛の色、と云うことなのか。鼬や川獺と云うのだし、ならば佳奈は体毛があると考えているのだろう。いや、裕美に与《くみ》したとしてもそこは変わらないのか。考えてみれば猿だって顔以外は毛だらけだ。

いや——体に毛が生えているのか、河童。

毛はなくないか。

「なんか、ぬるぬるしてるんじゃなくて？　ぬるぬるって云うか、だからその、家守《やもり》とかそう云うのみたいに」

そう云う絵しか見た覚えはないのだが。

と——云うか美由紀の河童の姿の記憶は、描かれた河童に限られているようだ。

いつ、何処《どこ》で目にしたのかは判らないけれど、河童の絵姿は至る処に描かれている。

それは漫画ですわと裕美が云う。

「のらくろだって犬ですけど、あんな犬は見たことがありませんわ。体は真っ黒ですけれど、あれは黒い毛の犬のおつもりなんでしょう？　狸だって、絵や置物だとあんな形ですけど、本当は犬みたいな動物なのではなくて？」

まあ、精密画ではなくて略画なんだし、毛の一本一本まで描くことはないと思うが。写生じゃないなら形だって違うだろう。置物も然りである。

しかし色はどうなのか。

「色だってまるで違いますわ。実際の黒犬はあんなにベッタリ黒くなんかありませんし、本物の狸だって、置物や漫画と違って全体に黒っぽいもの。作り物と云うのは省略されたり誇張されたりしているのじゃなくって？」

「そうですわ。わたくし、お家《うち》に戻った時に、お兄様が読んでいた漫画本を偶《たま》に覧《み》ることがあるのですわ。それには変なものが沢山出て参りますの。蛸《たこ》だって茹《ゆ》でてもいないのに赤いし、熊なんかも真っ黒ですわよ」

まあ、実物と絵は違う。形も違うし色も違う。

でもみんなそれっぽい色ではある。

実物の蛸はどちらかと云えば灰色だ。でも茹《ゆ》でれば赤っぽくなる。漁師の孫である美由紀はそれを能《よ》く知っている。でも、一般の人は多く茹でた蛸ばかりを見ているから、漫画になれば赤くされるのだろう。大勢が見馴れていて、大勢が蛸は赤いと勘違いしているからその色に塗られるのだろう。

でも、蛸を緑色に描く者はいないと思う。揚げようが冷やそうが、どんな風にしたって日本の蛸は緑色にはならないからだ。ならば河童もそうだろう。緑色に描くなら描くだけの理由があるのだ。大勢が緑色だと考えているから、その色に塗るのではないか。

でも河童は緑だと思うと美由紀は云った。

それはないわと二人は応えた。

「メドチも淵猿も、顔は赤いのですわ」

「ヒョウズンボもセコンボも、カリコンボも、緑色なんかじゃないですわ」

寸暇《ちょっと》待ってと美由紀は止める。

「あのね、基本的なこと尋くけども、それって、本当に同じものなの？　それ、みんなカッパ？」

河童だと思いますわと二人は異口同音に云った。

「メ――何だっけ。あ、メダチ？　メドツ？　それと、淵猿は同じなの？」

同じような違うようなと裕美は云った。

「九州はどうなの？　そのヒョとかセとか、色色あるんでしょう？　それは全部同じもの？」

「わたくしは存じませんわ。でも、大体同じようなことをしますの。呼び方が違うだけのようにも思えますわ」

「それって、犬をわんわんとかわんちゃんとか呼ぶようなもの？　それとも地域ごとの方言と云うことなの？」

何だか、そうではない気がする。

「カッパのカの字もないでしょ？　そんなに違っていて、どうしてそれが河童だとお二人は云い切れるのかな。そこ、少し疑問」

二人は顔を見合わせた。

「きっと緑色の河童もいるのですわ」

突然、声がした。

ベンチの後ろに生えている大きな楡《にれ》の木の背後から、小泉《こいずみ》清花《さやか》が顔を覗かせた。

「――小泉さん」

矢張り美由紀と同じクラスの娘である。

「あら嫌だ。清花さん、立ち聞きですの？　お行儀が悪いですわ。盗み聞きは良くなくってよ」

「座っていたので立ち聞きではありませんわ。それに聞こうとも思っていないので盗み聞きでもなくってよ。私はこの樹の後ろに座って貴女達《あなた》が来るずっと前からご本を読んでいましたの。厭《いや》でも聞こえてしまいます」

まあ、と云って裕美と佳奈はまた目を合わせた。

囂《かしま》しくって気が散ってしまって読書なんか出来ませんわと云い乍《なが》ら、清花はベンチの横に立った。スカートに草がくっ付いているから、本当に座っていたのだろう。半巾《ハンケチ》くらい敷けばいいのにと美由紀は思った。

「私は東京の生まれですの。代代東京。江戸っ子なんですわ。東京にだって河童は沢山います」

「いるんだ――」

美由紀は立ち上がって、席を譲った。清花は不思議そうな顔で有り難うと云ってから、スカートに付いた草を念入りに払ってから座った。

「皆さん、能《よ》くって。狆《ちん》と柴犬《しばいぬ》は全く見た目が似ていませんでしょう？　柴犬はあんなギョロ目じゃないですし、狆はあんな短い毛じゃなくってよ。同じ犬でも土佐犬《とさいぬ》なんか、迚《とて》も恐ろしい顔しているじゃない？」

でも全部、犬——と清花は云った。

「そうでしょ？」

「まあ、犬ですわ」

「でも、犬と云えば土佐犬しか知らないと云う人がいらしたとして、その方が狆を見て犬だと思うかしら。あら、白と黒の長い毛が生えていて、眼が異様に大きくて、温順《おとな》しくて可愛らしい声で鳴く、身体が物凄く小さい土佐犬ですわと、思うと——思います？」

思わないかしらと佳奈は云う。私は土佐犬を能く存じませんと裕美が云う。美由紀は、狆がどんな犬だか思い出せない。

そもそも見たことがあるかどうかも怪しい。

私の実家で狆を飼っておりますの、と清花は云った。

「カクと云う名前ですわ。カクちゃん。野良猫よりも小さいんですの。でも、あれ、犬だと知っているから犬と思うのではなくって？　別の動物だと説明されたらそうかしらと思うことでしょうね。狸や狐や狼なんかの方がまだ犬っぽいですわ。でも、それは犬じゃないと皆さん知っているから、みんな犬とは思わないのよ」

「狼と犬の違いも判らないけど」

美由紀は狼も見たことがない。

でも狼は狼なのと清花は云った。

「だって犬じゃないからよ。いい、犬は、わんわんと鳴くの」

「狆も？」

「きゃんきゃん聞こえる時もあるけど、あれは小さいからそう聞こえるだけだわ。人間だって声の高い人と低い人がいるじゃない」

美由紀は聞いたことはないのだが、狐はこんこん鳴くそうだ。狸と狼の鳴き声は——知らない。でもまあ、犬はわんわん鳴くのだ。

わんわん、わんちゃんと云う呼び名もあるくらいだから、まあ大概の人の耳にはわんわんと聞こえているのだろう。

外国の人はまた違うのかもしれないが。

「見た目も性質も全然違うのに、全部犬なのよ。猫だってそうじゃなくって？　三毛もいるし白いのもいる。虎猫も黒猫もみんな猫でしょう。猫の色は何色と尋ねられたって、色色と答えるしかないのじゃなくって？」

洋猫はもっと種類が多いですものね、と佳奈は云う。

「慥《たし》かに、暹羅《シャム》猫も波斯《ペルシャ》猫も、色も毛並みもお顔も全然違ってますわね」

「でも全部猫。尻尾が短《みじか》な猫はおりますけど、角がある猫はおりませんしわんわん鳴く猫もおりませんわ。みんなにゃあと鳴きますわよね。全然違うのに、猫には猫、犬には犬の、最低限の決まりごとがあるのではなくって？」

「色は様様と云うことかしら」

「そうなんじゃなくて？」

「なら——河童は、そう、先《ま》ずお皿じゃない？」

美由紀はそう云った。皿はあるだろう。

絵に描かれた河童の頭には、大抵皿が描かれている。色の付いていない絵でも、皿があればそれと知れる。

と——云うか絵に描かれた河童の頭は、単に禿《は》げているだけのようにも見えるのだが。それが皿だと謂われても、どう云う仕組みになっているのか美由紀には判らない。

判らないけれど、頭の皿は河童のトレードマークなのではあるまいか。

ヒョウズンボにはお皿があると聞きますわと佳奈は云う。

「そのお皿には水が溜まっておりますの。お皿の水が乾くと河童は弱ってしまうそうですわ。人間とお相撲をした時も、お皿の水が溢《こぼ》れると弱くなってしまう、と云うようなお話を聞きましたもの」

「それ、難しくない？」

頭に水を湛《たた》えた皿を載せたまま水を溢さずに相撲を取ることなど――凡《およ》そ不可能だと美由紀は思うのだが。もし皿が頭に固定されていたとしても、普通に歩くのだって難しいのではないか。平均台の上を歩くように上体を保たなければ、一歩踏み出しただけで水は溢れるだろう。まあそれはそれとして――。

皿はあるのだ。色は兎《と》も角《かく》、皿がない河童など美由紀は想像出来ない。

「なら、皿が決め手なんじゃない？」

そう云うと裕美はお皿って何ですのと尋いた。

「いや、だから皿」

美由紀は掌《てのひら》を頭に載せるようにした。

「あるでしょ、お皿。河童には」

「え？　食器のお皿をおつむの上に載せてるってこと？　それとも頭の上が凹《へこ》んでいるのかしら？　想像出来ないですわ」

「え？　市成さん、絵、見たことないの？」

裕美は人差指を唇に当てた。

「絵は存じてますけど、あれは、髪の毛がないだけなのではなくって？　頭の真ん中の処が禿げているのだと思っていましたわ。ほら、大昔の基督《キリスト》教の宣教師の方みたいに。何て云うのかしら、トーンスラでしたっけ？」

　まあ、そう見えなくもない。絵だし。

「あれなら解りますけど、そもそも、お皿と云うのは——能《よ》く解りませんわ。メドチにそんなものあったかしら。私はあんまり聞いたことがないわ」

「じゃあ」

　それは河童じゃないのじゃないか。

「それ、別物なんじゃない？　流石《さすが》にお皿はあるんじゃないの、河童なら」

「そうですわ。河童と云うのならお皿はある筈ですわ。裕美さん、それでもそのナントカが河童だと仰《おっしゃ》るの？」

「うーん」

　裕美は考え込む。

「それならあるのかもしれないけれど。お皿。私が知らないだけなのかも。でも、それってそんなに重要？」

「お猿さんにはお皿がありませんものねえ」

　佳奈はわざと意地悪そうに云う。

「お皿があるのだとして、ですわ。齢を取るとお猿の頭が段段に凹んで来ると云うことなのかしら？　そんなことってあるのかしら。岩手に伝わっているのはお猿のお化けで、河童ではないのではなくって？　河童ならお皿がある筈ですもの」

そんなこともなくってよと清花は云う。

「私の生家には、古い絵がありますの。それに、ほら、利根川《とねがわ》ってあるでしょう。あそこに出たと云う河童の姿が描かれていますのよ。漫画なんかじゃなくってよ。その絵にはお皿なんかなかったわ」

清花は頭を示した。

「普通にざんばら髪。毛むくじゃらで、それこそ猿みたいだった」

「ほら」

やっぱり猿なのよと裕美が云う。

「顔は赤いの」

待って待ってと清花が止めた。

「だから色は関係ないの。猿には似ているんでしょうけど。考えてみれば人間と同じような形をしていて小形の動物って、猿くらいしかいないじゃない？　なら似ていて当然だと思うけど、私は」

でも猿に甲羅はないよね、と美由紀は云う。

三人は順番に美由紀を見上げる。

「甲羅って——あるよね？　河童」

絵の河童には概《おおむ》ね甲羅が描いてある。

描いてあった、と思う。うろ覚えなのだが。

「ええ。九州の河童にも――多分、あると思いますわ。漫画の河童と同じような甲羅だと思いますわ」

「亀みたいな甲羅でしょ？」

「そうなんですけど――でも、そうしてみると甲羅のお話と云うのは殆ど口の端に上りませんわね。もしかしたらヒョウズンボにはないのかもしれないですわ。そうなら甲羅があるのは、似た別のものなのかもしれませんわねえ」

飛ぶんだもんなあと美由紀は思う。甲羅付きで空を飛ぶものなんて、まあ考え難《にく》い。

「岩手はどう？」

清花がそう問うと、裕美は首を傾げた。

「どうでしょう。あるのかしら。そう云えば、考えたことはなかったけれども、ある気もする。でもそんなに聞いた覚えはないですわ」

「私の見た絵にも、甲羅はなかったわ。古い絵なのよ。古文書とか云うのかしら。あれは江戸時代とかの絵なのですわ。曾祖父様《ひいおじいさま》が描き写されたものらしいですから、明治以前。江戸ね」

「じゃあ」

甲羅もないの――と美由紀は云った。

最初のうちは適当に話を合わせていただけだったのだが、美由紀は段段不満に思い始めている。さっきから、美由紀が知っている河童は全否定され続けているのだ。皿も甲羅もなくて緑色でもないと云うなら、それはもう何だか判らない。

何か根本的に間違ってでもいるのだろうか。

「じゃあ私が知ってる河童って何なの？　あの、お皿があって甲羅があって、ぬるぬるしていて、緑色で——それが普通の河童なんじゃないの？」

千葉にはそう云う謂い伝えがあるのかしらと清花が尋いた。

「千葉の河童はそう云うものなの？」

「そうじゃないの。私はあんまり河童の話を聞いたことがないの。小さい頃、お祖父《じい》ちゃんから海のお化けの話なんかは聞かされたけど、それは河童じゃないもの」

と云うか、河童って何なのだ。

何だか敗北感があると美由紀は云った。

「敗北って、美由紀さん何に負けたと仰るの？」

「河童」

そう云うと三人は弾けたように笑った。

「だってみんな違うって云われるんだもの。騙されてたみたいに思うじゃない。皿もないし甲羅もないんでしょ。河童って、胡瓜《きゆうり》みたいな色だと思ってたのに——」

それは色ではなく好物ですわと裕美が云う。

「河童は胡瓜が好きなのではなくって？」

佳奈も同調する。

「そうそう。胡瓜や、茄子《なす》が好きなの」

「あ？　そこが共通項なの？」

好物で規定されると云うのはどうか。

好物――。

「そうだ」

美由紀は思い出した。

「河童って、餡《あん》ころ餅《もち》好きじゃない？」

えーッと声を上げ、三人は揃って突っ立っている美由紀を見上げた。

「嫌だ。そんなものは食べないでしょう。だって河童よ？」

「そう？　何かそんな気がしたんだけど。気の所為《せい》かな」

はっきり思い出せない。

河童と云えば胡瓜とか茄子ですわと佳奈は云う。

「東北も九州も同じなんなら、全国共通なのじゃありません？　後は、そう、人間の臓物だと聞きましたけど――」

「臓物って」

そこですわと清花が云った。

「そこって、臓物？」

「そうよ、美由紀さん。だって臓物って、内臓のことですわよね？　そうね？　佳奈さん」

「そうですわ。肝って——肝臓なのでしょう」

「ではお尋きしますわ。佳奈さん、呼び方は知りませんけども、九州の河童は、それをどうやって食べますの？」

佳奈は当惑する。

「どうやってって」

「臓物って、お腹の中にあるものですわ」

清花は自分のお腹に手を当てた。

「どうやって食べます？」

謐ると美由紀は云った。

「獅子とか虎とか、そうでしょ」

「肉食動物はお肉を食べるのです。お肉と一緒に食べちゃうのじゃなくって。臓物だけ食べるなら外に出さなくてはいけないでしょう。河童は、お腹を割いて臓物を抜いたりするのかしら？　九州では」

「そんなお話は聞きませんけど」

「なら、お尻——ですわよね？」

「またそんな——」

佳奈はどうしてもお尻が苦手なようである。恥ずかしいのか嫌いなのか、口にするのも耳にするのも厭なのだろう。

「肉も食べるなら、それは人を取って食べると謂われるのじゃないかしら。鬼なら解りますけど、人喰い河童なんて、あまり耳にはしませんわ。肉ではなくて臓物を食べると謂うのですから、何処からか抜き取るのじゃなくって？」

だからお尻からだって云っているじゃないの——と、裕美はどこか勝ち誇ったような口調で云った。

「最初に云ったじゃありません？　お尻から抜くんですわ」

「お尻から内臓を抜くの？」

美由紀はお尻は平気だ。

誰にだって尻はある。

「だって、口からは抜けませんわよ」

「お尻の穴から？　ホント？」

きゃあ嫌だわ美由紀さんと佳奈は顔を覆った。顔を赤らめている。

「だって、お腹を割いたりしないのなら、それ以外に抜きようがないですもの。水死体って、開いているものだそうよ」

「肛門が？」

肛門が開いているのと云うと、止《や》めて美由紀さんと佳奈は益々赤くなる。

「橋本さん、そんな赤くなったら岩手の河童になっちゃうでしょう。お尻も肛門も嫌なら云い方がないわ。おケツとか云う？」

止めて止めてと佳奈は云った。

面白い。

清花は云う。

「ですから。その、佳奈さんの云えない身体の場所を狙うのですわ、河童は」

ならば共通項は皿でも甲羅でも色でもなくて、お尻を狙うこと——と云うことになるのか。

まあ、それは慥《たし》かに品のない話ではある。

そうなのよ河童はお尻が大好きなのよ、と裕美は云った。

「でも市成さん。そうだとしたら色は関係なくない？」

美由紀は尋く。

慥か、さっき紫色のお尻が好《い》いんだとか云っていた。

「お尻を食べると云うんだったら、まあお尻の色も関係あるのかもしれないけど——内臓が好きで、それを食べると云うんなら、お尻自体はどうでもいいよね？　お尻が赤かろうが黒かろうが関係ないように思うけど」

「そうよ裕美さん。あなた、その、そこが——紫なんだとか仰ってたじゃない」

佳奈は顔を赤らめてそう云った。

「そうねえ。橋本さんや市成さんが河童を緑色じゃないと思うのと同じくらいに、私は人間のお尻が紫色と云うのが判らないんだけど。青痣《あおたん》かなんか出来てる訳？」

ぶつけて内出血でもしない限り、皮膚の色は青くなどならない。

「お尻って肌の色でしょ？　青いって何？」

「青より紫の方が良いんですって。紫尻《けつ》の上上尻《じょうじょうけつ》と謂うらしいですわ」

「うーん」

それは——まあ、あまり女学生が口走って好いような言葉ではない気がする。

でも、呪文か何かと勘違いしたものか、尻嫌いの佳奈はぽかんとして、それは一体何、と尋いた。

「ですから、紫色のお尻は上上だ、美味《おい》しいと云うことですわ」

「まあ嫌だ」

佳奈は耳を塞《ふさ》いだ。裕美と清花と美由紀は、大いに笑った。

「でも市成さん。だからお尻の色が何色だろうと中身とは関係ないのじゃない？　私が尋いているのはそこなの。お尻の色がどんなだろうと、内臓なんでしょ、食べるのは。お尻の色次第で内臓の味が違って来るとでも云うの？　それとも内臓の具合次第でお尻の色が変わるのかな。どっちにしても、中身の味が外側の肌の色なんかで判るもんなの？　大体お尻が紫色って――」

「ほら、美由紀さん。赤ちゃんのお尻」

「ああ」

蒙古斑《もうこはん》のことか。慥《たし》かに、赤ん坊のお尻には青い痣《あざ》のようなものがある。何故蒙古斑と謂うのかも、みんなにあるものなのかも、自分にあったのかどうかも、美由紀は知らない。

あれって育つと消えますすでしょうと裕美は云う。

「そうなの？」

「そうですわ。四歳になる甥は、もうすっかり消えてしまいましたわ。襁褓《おむつ》をしていた頃なんか、本当に紫色でしたもの。中には、大人になってからも消えないと云う方もいらっしゃるようですけど――真逆《まさか》、美由紀さんはまだおありになるの？　そんなに大きいのに」

裕美は立っている美由紀を見上げた。他の二人も同じように見上げる。

美由紀は同級生で多分一番身長が高い。梅雨《つゆ》時の筍《たけのこ》みたいに、ぐんぐん伸びる。幼い頃は嬉しかったが最近はあまり嬉しくない。

だから、まあ大きいことは確実なのだけれど。いや、でもそこは身長の問題ではなく加齢の問題だと思うのだが——。

まるで美由紀が齢上であるかのような云い方である。

否、口調自体は、幼子相手に喋っているような感じなのだが。

知らないと答えた。

「そもそも自分のお尻なんか見ないし。見ようとしたって見えないじゃない。見たいんだったら、鏡に映すしかないでしょうに。そんなことしないし。どう？　市成さんは見たりする？　いやあ、しないでしょう。小泉さんは見るの？　ねえ、橋本さん。見ないでしょう自分のお尻——」

佳奈はまだ耳を塞いでいた。

裕美が云う。

「だから、それは小さいお子さんの方が美味しいと云う意味なのじゃなくって？　まだお尻にその蒙古斑？　痣が残っているような年齢のお子さんの内臓の方がきっと好物なのよ、河童は。私はそう思っていましたわ」

なる程。

「まあ——そう云われてみれば、お年寄りよりは赤ちゃんの方が新鮮そうだし、柔らかくって美味しそうだけど——」

美由紀さんご自分でお食べになるみたいよと云って裕美は笑う。

「私が河童なの?」

「河童はもっと小さいのですわ。メドチだって子供くらいの大きさですもの。九州のなんとかは、こんなに大きいのかしら」

佳奈は子供くらいの大きさよと小声で言った。

「色色種類があるのでしょ」

「種類が沢山あると云うよりも、呼び方が違っているだけなのかもしれないって、先程から云っていますでしょ。名前が違うから別のものと云うこともありませんでしょうし、逆もあります。わたくしが存じ上げない呼び方もいっぱいございますもの」

「大きいのはいないの?」

「普通は小さいです」

「あのね」

大きい大きい失礼ねと美由紀が云うと、三人はそれぞれに苦笑した。

「気を悪くされたなら謝りますわ。別に悪口を云っているつもりはないの」

「丈《たけ》があるのは本当だから、悪口だとは思わないけど、河童扱いはご免よね」

許して頂戴美由紀さんと佳奈は云う。

「身長なら、わたくしが一番河童ですわ」

「河童ですわって――」

美由紀は噴き出した。

三人も笑った。

笑っている途中で、美由紀は突如思い出した。

「あ、そうだ、千葉にも河童いるよ」

「み、美由紀さん、それは自分だ、とか仰らないでよ。私、笑い死んでしまいますわ」

「そうじゃないの。そう云えば少し離れた村に神社があった。親戚が住んでるの。あれは慥《たし》か、河童神社――違ったかな」

「カッパの神社？　神様でもないのに、河童なんかお祀《まつ》りするものなのかしら？」

「あら、佳奈さん。東北の方ではお祀りしている処《ところ》もあると聞きましたわ。思うに水の神様なのじゃなくって」

神様と云う感じは――しない。

だから美由紀は思い出せなかったのだ。

「そうなのかな。水神様って、どう云う処に祀られてるのかな。海はなくって、どちらかと云うと山の方だけど――川もあったし、いいのか。いや、違ったのかもしれないけど。記憶が曖昧《あいまい》。字が違ってたかなあ」

何だったか。

「カッパじゃないかも。多分、河は付いてたと思うけど、童は微妙。あれ——でも戦争で焼けちゃったんだったかな？　祠《ほこら》はまだあるのかな。能《よ》く覚えてないなあ。そうそう、でもお祭りがあったのね。お祭りと云うか地域の行事と云うか——今はもうやってないのかも」

河童祭りなのと清花が問う。

「うーん、実際に見たことあったかな。あったような気もするけど、話に聞いただけだったかなあ。子供がお神輿《みこし》を担いだり、お相撲を取ったりするんだって聞いたような気がするけど、見た記憶は曖昧。山の方の村だったから、何度も行ってるんだけど、遠くて、能くは知らないのよね。何で急に思い出したんだろう——」

総元村《ふさもと》——だったと思う。

隣村と云えば隣村なのだろうが、前の実家からはかなり遠かった。慥《たし》か大きな川もあったから、河童もいたのかもしれない。否、河童の謂い伝えがあった、とするべきか。

謂い伝えと云うなら——。

そうだ。

あれは。

「何か聞いたなあ、河童の話。そう、銚子《ちょうし》の人に聞いたんだ」

「チョーシって何ですの？」

「地名。外房《そとぼう》の端っこ」

利根川が終わるところねと清花が云った。

「終わるって？」

「利根川は関東を横断して、銚子を抜けて海に流れ込んでいた筈よ。皆さん地理をお勉強された方が良くってよ。その銚子の人が何か仰ったの？」

「そう、そうそう。思い出した」

お尻だ。

美由紀の日常に河童が紛れる隙はない。この十五年ずっと河童なんかとは無縁に生きて来た。河童は身近なものではなかったし、美由紀自身が河童に興味を持ったこともない。だからと云って、河童を知らなかった訳ではない。何故なら広告や漫画に河童が描かれていても、何の疑問も持たずにああカッパだと思えたからだ。つまりは予備知識が少なからずあった——と云うことだろう。では、いつ、何処で知ったのか。

そんなこと普通は判らないだろう。

裕美や佳奈は、幼い頃からそのナントカ云う河童の話を聞かされて育ったのだろうし、話し振りから推し量るに清花もまた一定の興味を持って河童と接して来たのだろうと思う。でも美由紀は違う。河童のことなど考えたことはただの一度もない。カッパと云う単語も思い浮かべない。河童の絵を見た時も、カッパと云う音が脳内で鳴った訳でも河童と云う字面が浮かんだ訳でもない。

まあ、これは何だろうとは思わなかった——と云う程度なのだ。実際には知らないのだが、取り敢えず知識はあったと云うことだろう。その程度のものごとなら沢山ある。象《ぞう》も麒《き》麟《りん》も、実は見たことがない。狼だって土佐犬だって見たことはないのだ。狐の鳴き声だって聞いたことはないが、まあ知っている。河童と大差ない。

でも、考えてみればそれらの謂い伝え——お話を聞かされたことはないと思う。

だからこそ、河童の話を聞いたと云う体験自体が特殊なこととして記憶の隅に残っていたのだと思う。

「あのね、銚子って元いたうちからはだいぶ離れているし、うちの方にそう云うお話も習慣もないんだけど、その人——漁師さんだったと思うけど、その人のいた処ではね、鼻の頭に餡こを付けて、こっそり川に行って、それでお尻を水に浸ける——と云う習わしがあるんだとか」

佳奈は頬を赤らめ、残りの二人は嘘だあと云って笑った。

「何それ。それ、相当変梃《へんてこ》じゃありません？　川でお尻捲《まく》って水に浸けるの？　それってかなり笑えるお話だと思いますけど？」

「うん——そうすると健康になって河童にも襲われないとか云ってたかなあ。他の地域でもやるような話もしてたかも」

おやりになったのと清花が問うた。

「誰が？　私が？　あのねえ。だから私は話を聞いたと云ってるの。うちの方の習わしじゃないって云ったでしょう。ちゃんと」

お聞きになって、と美由紀は誰かの口調を真似て云った。

三人は本当にお腹を抱えて笑った。

そう、お尻で思い出したのだ。

記憶は連鎖している。

「そうそう。何と云ったかなあ、か、かわ――かぶと――かば」

「何ですの？」

「そう、かいいぶたれ餅とか云うお餅をお供えしたりするんだって云ってた、銚子の方では。それは餡こをまぶしたお餅なんだって。だから餡ころ餅が好きだと思ったのね、私」

「美由紀さん、担がれたのじゃなくって？」

「私なんか騙して何の得があると云うの？」

そうですわねえと清花が云う。

「どうせ出鱈目《でたらめ》を云うのならもう少しまともなことを云うと思いますわ。それにしても妙な習わしがあるものですわねえ。それは何だか変ですわよ」

美由紀にしてみれば他の地域の謂い伝えだって全部妙ちきりんなものに思えるのだけれど、どうなのだろう。

「それにしても美由紀さん、随分と記憶力が良くってよ。そんな聞いたこともないお餅の名前まで覚えてるんですもの」

いや、ずっと忘れていたのだが。

「突然思い出したんだよ。序《つい》でに、たった今思い出したんだけど、隣村の神社の名前は、慥《たし》か河伯《かはく》神社だったと思う」

「カハク？」

知らないけど慥《たし》か伯爵の伯と美由紀は云った。

「あら、偉い河童なのかしら」

「さあ。わざわざ祀られてるんだから、偉いのじゃない」

「そこもお尻を浸けるの？」

「だから場所が違うから。お尻浸けないから。そこは、何か子供祭りみたいなことをしていたの。兎《と》に角《かく》、千葉にもいるのよ河童」

それはそうよと清花が云う。

「川はみんな繋がってますもの。利根川とか夷隅川《いすみがわ》とかありますでしょう。河童には、藩も県も関係なくってよ」

まあ、それはそうなのだろうけれど。

それにしてもですわ——と清花が云う。

「お尻を川に浸けると云うのは、矢《や》っ張《ぱ》り少少納得出来ません」

「私、嘘は云ってないよ」

「美由紀さんを疑っている訳ではないの。そう云う謂い伝えがあることが、少し変だと云うことね。美由紀さんが担がれたのでないのなら、かなり変」

まあ、変だとは思うけれど。絵面がもう変だと思う。

「そんなことをしたら余計に危ないと思うの。だって、河童は」

お尻が好きなのよと清花は云った。

「ねえ、何で——品のないことばかり仰るの」

佳奈が顔を顰《しか》める。

「河童が好きなのは胡瓜と茄子と、そして内臓なのではないの？　その、内臓は——そこから抜くのだとしても」

「違うの。多分、お尻そのもの、い、い、が好きなのよ」

清花はそう云った。

清花さんどうかしているわと、裕美も佳奈に同調した。

「あくまで食べるのは内臓なのじゃなくて？」

「そうじゃないわよ。尻子《しりこ》玉《だま》よ」

それは何、と——美由紀以下三名が声を揃えて問うた。

「何玉ですって？」

「だから尻子玉」

「って——何？　何か内臓？」

「うーん」

清花は大人のように腕を組んで唸《うな》った。

「判らない」

「判らないって——」

「何か、お尻の栓のようなもの」

「は？　栓って何？　玉が？　それ、ラムネみたいになってるの？」

美由紀の言葉で、美由紀を含む全員がほぼ同時に噴き出した。

「止《よ》して美由紀さん。ラムネって、お腹が捩《よじ》れてしまいますわ」

「だって、小泉さん、お尻の栓って」

「でもそうなんですもの。河童は、尻子玉を抜くものなのよ」

「栓が抜けたらどうなるの」

「だからその、佳奈さんが云えない処が開くんですわ、きっと」

「まあ、嫌嫌。お下劣ですわ」

佳奈も赤くなりつつ笑った。

「尻子玉を抜かれると、人間は腑抜《ふぬ》けになってしまうのだそうですわ」

「そりゃあねえ。栓が抜けて」

肛門が開いてしまえばねえと美由紀は云う。全員、もう笑いが止まらなくなっている。

「臓物だって抜き放題だし。摑み取りね」

止《や》めてえと裕美が云う。

校庭にいた他の生徒も、こちらに視線を向けている。何ごとかと思っているのだろう。

まあ、平素はこんなにゲラゲラ笑わない。全寮制の宿舎で暮らす女学生は、一応上品なのだ。こちらを見ている学友達も、よもやこんな下品な話題で笑っているとは思っていないだろう。

「駄目。美由紀さん、可笑し過ぎますわ。でも、その、そうよ、臓物ではなくて、尻子玉そのものを食べると云うお話も何かで読みましたわ」

「食べる？　そんな、あるのだかないのだか判らないものを？」

「きっと何かあるのじゃなくって。食べるだけじゃなくて、沢山集めて年貢にすると云うお話もあるのね」

「年貢って何？　それ、昔のお百姓さんみたいじゃない。河童にお代官様とかがいるの？」

また笑う。

普通の疑問だと思うのだが、何かツボに嵌《は》まってしまったようだ。

「お、お代官様じゃなくって、龍王《りゅうおう》様だそうよ」

「龍王様って、龍の王様のこと？　河童って、龍の仲間なの？」

「水の神様と云うことじゃないかしら」

「ああそうか。まあ、神社もあるくらいだから、何かそう云う水神様みたいなものの仲間なのね？　河童も。待って。と、云うことは、その神様が食べる訳？　その」

尻子玉――。

「それ、お尻の栓なんでしょう？」

「判りませんわ。何か、それに相当する内臓があるのかもしれなくってよ。でも、そう云う謂い伝えがあるんですもの、それこそ仕方がないことですわ。だって川にお尻を浸すのだって十分に可笑しいのじゃない？」

「まあねえ。それじゃあ浸したら栓を抜かれてしまうかもしれないし――あ、だから小泉さん、変だと云ったのね？」

「変でしょう」

河童はお尻が好きなんですものと清花は云う。

佳奈は顔を隠す。裕美はそうだわ、と云った。

「そうよ。私が云いたかったのは、そこなの」

「そこって何処ですの？」

「お尻が好きってところ」

「まあ――」

品のないのは承知ですわと裕美は云った。

「そもそも佳奈さんがそんな極端にお尻を嫌がるから、お話がどんどん逸《そ》れて行ったのですわ。いいこと？　河童は、御不浄に隠れていて、ご婦人のお尻を触るんですって」

「ええっ？」

佳奈は泣きそうな顔をした。

「それ――怖くない？　ただの破廉恥漢《はれんちかん》？　それとも尻子玉？」

「破廉恥漢ですわ。所謂《いわゆる》、エッチなの」

きゃあと佳奈が悲鳴を上げた。

「お、お下劣な上に、エッチなの」

まあ、そう云うものだろうと美由紀は思う。

エッチと云う言葉は、最近能《よ》く耳にするのだけれど、美由紀なんかは何となく諒解《りようかい》しているだけである。まあ、あんまり良い意味で使われない言葉であることは間違いない。しかも、性的な意味合いが強い――と云うか、そのものっぽい。元は変態の頭文字から来ているのだそうだ。変態と云うのがどう云うものなのか美由紀はあんまり能く知らないのだが、思うに破廉恥なことをする人なのだろう。ならば、まあお下劣ではある。

「昔の御不浄って、思うに結構隙間があったのじゃない？　だから忍び込んで、こう」

裕美は手を伸ばした。佳奈は逃げる。

そのお話は私も聞きましたわと清花が云った。

「慥《たし》か、気丈なご婦人に腕を斬られてしまうのではなかったかしら」

その方は御不浄に刃物を持って入られたのかしらと佳奈が問う。

「昔の方ですもの。きっと武家のご妻女とかではないかしら。ですから、懐剣か何かを懐中に忍ばせていらしたのですわ。護身用に」

それは用心深いと美由紀は思う。まあ、今でも用心するに越したことはないのだが。

それにしたって用足しにまで刃物を携行すると云うのは、行き過ぎな気もする。昔は家の中までそんなに危険だったのか。お侍だって便所には刀を差して行かないと思うのだが。

「それで、そのエッチな河童は、斬り付けられて遁《に》げちゃったってこと？」

「斬り付けたと云うか、伸ばした腕がすぱっと斬り落とされてしまうのね」

「まあ残酷」

「当然河童は這《ほ》う這《ほ》うの体で退散するのですわ。でもその後、河童は斬られた腕を返してくれと云って謝罪に来るのですわ」

「あら。返せって、斬り落とした腕なんか取っておくものかしら。気味が悪いわ。大体エッチな河童の腕なんか取っておかないでしょう。普通は捨てるのじゃなくって？」

「ただの破廉恥漢なら兎も角、河童ですもの。珍しいから取っておいたのじゃなくって？」

「そうだとして」

返して貰ってどうなるのと美由紀は尋いた。

「そんな変梃な腕、取っておくこと自体が先《ま》ず変だと思うけど、返せと云うのも大分怪訝《おか》しくない？　返して貰ったとして、それでどうしようと云うの？　腕のお墓でも作ると云うのかな」

くっ付けるのですわと清花は云った。

「へ？」

「河童は、斬られた腕を元通りに繋げるお薬を作れるのだそうですわ。でも、放っておいたら干涸《ひから》びたり、腐ったりしてしまうでしょう。ですから返してくれと云うの」

都合のいい話である。

「そんな薬があるなら欲しいのじゃない？」

「ええ。腕と引き換えに薬の製法を教えて貰ったと云う結末なのですわ」

「河童の薬って」

効くのだろうか。大いに怪しい。

そう云うと、まあ、河童のお薬なら九州にもありましてよと佳奈が返した。東北にもありますわと裕美が云う。

「千葉にもあるんじゃなくって？」

「いや――私は知らないけど。どっかにはあるのかも。でも、そうすると、そう云うエッチな河童がいる訳だよね。全国に」

「お尻が好きなのよ」

清花がまた繰り返した。

しかし、河童を河童たらしめる要素が、皿でも甲羅でも色でもなくて、胡瓜好きとお尻好きと云うのは――どうなのだろう。まあ、美由紀自体、お尻お尻耳にしたからこそあれこれ思い出した訳で、ならばそうなのかもしれないのだが。美由紀は尻と聞いて顔を赤らめるようなことはないけれど、尻が好ましいとも思わない。

そこで最初に戻るのねと裕美は云う。

「最初って？」

「あら嫌だ。美由紀さん、私達は河童のお話をしていたのではなくってよ」

「そうだっけ？」

「そうですわ。わたくし達は、最近頻繁に現れると云う、あの破廉恥漢のお話をしていたのじゃなくって？　元元は」

「ああ」

そうだった。

ここひと月半程、浅草を中心にして覗《のぞ》き魔が横行しているのである。覗き魔と云うのだから、まあ風呂や御不浄を覗くのだけれど、どう云う訳か被害者は皆、男性ばかりなのだった。風呂場や脱衣場を覗かれたのも、厠《かわや》を覗かれたのも、凡てが成年男子──否、中年男性だったのである。

いや、若くないから、男だから覗いて良しなどと云うことはないだろう。誰を覗き見ようと、覗きは軽犯罪ではある。それでも最初のうちは女性と間違えたのだろうとか、ずっと覗いていてご婦人が来る前に見付かったのだろうと謂われていたと思う。しかし、どうもそうではないようだった。ご婦人からの被害届は一向に出ない。男ばかりを狙っているとしか思えない。

だからどうだ、と云う話ではある。

覗き魔は男、と決め付けるのはおかしい。男が女を覗くなら、男を覗く女がいたっておかしくなかろうと美由紀は思う。更に男が男を覗くことだってあるのではないかとも思う。

勿論、覗き見は犯罪なのだから、してはいけないことではある。男女を問わず犯罪行為ではあるのだ。

しかし窃視嗜好は男に限ったものと規定してしまうのは、どうにも思考が硬直しているように思う。また、男が男を覗くと云う行為をして変態的と規定してしまうのもどうかと美由紀は思うのだ。

まあ、変態なるものを能く理解してはいない美由紀であっても、それが良い喩《よ》えにならないものだくらいのことは解る。当然、自慢するようなことではないのだろう。覗き行為全般を変態的と捉える――と云うのであれば、それ自体が犯罪を構成する要件でもある訳だから、これは或る意味仕方がなかろう。

そうだとしても、例えば殿方が殿方に性的興味を抱くこと自体を変態的としてしまうのは、なんだか間違っていると思う。美由紀は変態の定義を全く知らないのだけれど、そう思う。男が男を好きになっても、それ自体は犯罪ではない。同性同士の恋愛だってあるのだろうし。

他人や社会に迷惑を掛けない限り、そんなことは個人の勝手だ。赤の他人があれこれ云うことではないだろう。いや、他人や社会に迷惑を掛けるのであれば男女間の恋愛だって同じく問題視すべきなのである。それに、そう云う愛だの性だのが関係ない覗きもあるのじゃないかと、美由紀は想像する。

世の中には純粋に覗きが好きだと云う人もいるのではないだろうか。覗く対象やその対象に関する興味の質は問題にならず、覗くと云う行為そのものが止《や》められないと云う人だって、中にはいるような気もする。人は大勢いるのだし。

まあ。そうだとしても、覗いてしまったらそれは犯罪なのだろうが。

でも、世間はそうは思わないようだった。

だから、妙に騒いだ。

ただ——。

押し付けがましい偏った道徳観と下世話な推測に満ち満ちた興味本位の報道ばかりが目に付いた。そうした偏見に満ちたもの謂いは、やけに性根が汚らしいものに思えたから、美由紀は殆ど興味を失ってしまった。

でも噂は嫌でも耳に入って来る。

曰《いわ》く変質性痴漢、覗き陰間《かげま》、昭和の出歯亀《でばかめ》——。

何だかもう、意味が判らない。陰間の意味を知らない。出歯亀に至っては、もう何処の言葉なのかも判らない。知らないことは他人に尋けと教えられたが、多分知らない方がいい言葉のように思うし、尋ける相手だっていない。新聞の見出しなのだが。

破廉恥なのはそう云う記事を書く方だと思う。そう云う扇情的な見出しに煽られたのか、多分、ここ数日のうちに覗き魔事件は確実に増えている。

一人が毎晩あちこちで覗けるとも思えないし、一晩のうちに東と西に現れる訳もない。

ご婦人の被害もちらほら出始めている。明らかに便乗犯である。

駒沢《こまざわ》近辺にもそれは現れている。

どうやら銭湯が覗かれたらしい。

そして。

その、覗き魔の噂はこの学園の中にまで到達したのだった。

浴場や洗面所の窓に人影が見えた、何となく気配がする、四六時中誰かに見られているような気がする——そんな声が囁《ささや》かれ出したのである。全寮制の女学校であるから、真実ならこれは由由しき問題であろう。

ただ、春先に起きた昭和の辻斬り事件以降、人の出入りに対する警戒警備はかなり厳重になっているから、敷地内に不審者が侵入する可能性はかなり低いものと思われた。

でも、生徒達にそんなことは関係ない。私も視線を感じた何組の誰誰が覗かれた校舎の裏に男がいたと、流言　囂《かまびす》しい。

この河童話も、そもそもは上級生の何とか云う人が御不浄を覗かれたのだと云うような話が契機《きっかけ》だったと思う。転入して一年半しか経っていない美由紀は能《よ》く知らないのだが、何でも覗かれたのは下級生の憧れの的——なのだそうだ。

ひとみ先輩なら河童でも焦がれますわ、と佳奈が云った。

「凜《りん》としてらして素敵ですもの。お優しいし、成績も優秀でいらっしゃるし、その上、あんなにお綺麗ですもの」

「だから」

裕美が止める。

「河童なら性格も知性も美貌も関係なくってよ。河童が好きなのは、おし」

止《や》めてと佳奈は耳を塞ぐ。御不浄を覗かれたと云うことは即ち御不浄を使っていたと云うことになるのだろうから、どんなに耳を塞いだところでお尻がないと云うことにはならないだろうと美由紀は思うのだが。美人だろうが才人だろうが、尻はある。

「ひとみ先輩は、きっと武道も嗜《たしな》まれている筈ですわ。なら懐剣をお持ちでなかったことが悔やまれますわ」

清花が云う。しかし覗き魔に斬り掛かると云うのは難しいのではなかろうか。覗くと云う以上、的は壁の外にいるのだ。どんな達人でも短い刀で壁越しに斬り付けるなんて芸当は出来ないだろう。河童は、お尻を触ろうとして手を伸ばしたからこそ、腕を斬られてしまったのだろうし。覗いただけだったなら河童も無事だったのではないか。

と云うか。

「河童じゃないでしょ」

美由紀はそう云った。

「河童、いないでしょ？　謂い伝えなんかはあるかもしれないけど」

まあ夢がないのねえと清花が云う。

「いやいや、お尻触るだの臓物食べるだの、それは夢と呼ぶのに相応しくないものなんじゃないの？　それ夢？」

橋本さん耳塞いでるし――と云うと、二人はまたけらけら笑った。

「美由紀さんの仰る通りよ。慥《たし》かに、乙女が口にするようなことではなくってよ」

「でも」

清花が突然真顔になった。

「河童は、人間に化けることが出来ましてよ」

「え？」

「しかも、美男子に化けて婦女子を誘惑するそうですわ」

そうそうと裕美も相槌を打った。

「メドチも変幻自在だと聞きますわ。祖母の住む町の近在の村には、メドチの子を産んだ人もいると聞いてますもの」

「河童の子？」

いや、それはどうだろう。

「だって河童でしょ？　それ、お話でしょ？」

いいえ、本当のことだと聞いていますわと裕美は云った。

「一説に、メドチには雌がいないのですって。だから人間の女性と契《ちぎ》って——」

嫌だ裕美さんと清花が顔を赤らめる。佳奈とは弱点が違うようである。

「どこそこ村の某氏《なにがし》さんの娘さんが河童に誑《たぶら》かされて孕《はら》んだそうだ、某氏さんが夜中にこっそり産んだそうだ、って——そう云うお話は実際にあるみたいですわよ」

「実際に？　作り話とかじゃなく？」

「そうですわ。だって、実名ですもの。勿論、祖母から聞いたのですけど。真実かどうかは判りませんけれど、それは謂い伝えではなくって、そうね、世間話ですわ」

「いやあ、でも、相手、河童よ？」

「誑かされている女性には美男子に見えているのですわ」

「でもねえ」

美由紀には信じられない。

頬を赤らめていた清花も、でもそう云うことはあるそうですわと云った。

「関東にも伝わっているようですもの、千葉にだってあるのじゃなくって？」

「私、河童に全く詳しくないから。でも、河童って、川にいる訳でしょう。九州だと冬場は山にいるみたいだし、東北だと家に住んじゃうのかもしれないけど、この辺ではそう云うことはないんでしょ？　どうなの、小泉さん」

「この辺の河童は川にいるみたいですけど」

「じゃあこんなとこまで来ないんじゃない？　多摩川《たまがわ》からのこのこ歩いて此処まで来るかなあ。来る途中にお皿が乾いちゃうんじゃない？　あ、お皿ないんだっけ？」

「でもヒョウズンボは」

あ、飛ぶのかと美由紀が云うと、佳奈はそれだけじゃないですわと応えた。

「馬の蹄《ひづめ》の跡に溜まった水に、千匹隠れられるんです」

「はあ？」

どれだけ小さいか。

孑孑《ぼうふら》より微塵子《みじんこ》より小さいだろう。それはもう顕微鏡で見るレヴェルだ。

「ですから、きっと大丈夫です」

「いや、大丈夫って」

そこは逆だから。

「ですから、多摩川の河童が、ひとみ先輩の美貌の噂を聞き付けて、この学舎までやって来たのかもしれませんわよ——」

「誑かすために？」

と云うか。

「契るため？」

お止《よ》しになって美由紀さんと清花が云う。

どうしても普通に会話が出来ない。多少面白いのだけれども、話が先に進まない。

「だって、子供が出来ちゃったりしたら、また大騒ぎじゃない」

ひとみ先輩に限ってそんなふしだらなことは有り得ませんわと佳奈が云う。

「でも、それって魔法に掛かっちゃうようなものなんじゃないの？」

「一度魅入られると、もういけないそうですわ」

裕美さんまで止《よ》してと二人が云う。

「東北の河童とはきっと違うのよ」

「そうかしら。でも」

「お尻が好きと云うだけならいいけどねえ」

美由紀は多少莫迦らしくなって来た。

「まあ、もうすぐ夏休みで、みんな帰省するんだから、平気じゃない？　と云うか」

河童いないしと美由紀は云った。

2

「品性に欠ける話ですねえ」

敦子がそう云うと、益田龍一《ますだりゅういち》は全く以《もっ》て仰《おっしゃ》る通りと調子の好《い》い言葉を返して来た。

「はい。お蔭様《かげさま》で実に下品です。お下劣です。下等です。仕事でなけりゃ凡《およ》そ敦子さんの前で語れるような話じゃないですね。誤解のないように云っときますけど、僕が下品なんじゃないですよ。卑怯《ひきょう》でひ弱で貧相ですけど、辛うじて品性だけは維持してるつもりで——」

益田は神保町《じんぼうちょう》にある薔薇十字探偵社《ばらじゅうじたんていしゃ》の探偵である。正式には探偵助手なのだろうが、世間一般で云うところの探偵業務は主にこの益田が独《ひと》りで熟《こな》している。

基本的には生真面目《きまじめ》な男なのだと敦子は判じているが、その真摯さを韜晦《とうかい》するかのように戯《おど》ける癖《へき》がある。シャイなのだと思う。多少は露悪志向を持っているのかもしれないが、どうにも余計なことを能《よ》く喋《しゃべ》る。嘘は言わないが演出は過剰だ。本人は座持ちをするために軽口を叩き続けているつもりなのだろうが、脱線することも多いから結局時間が掛かる。

「とは云え」

ネタ自体が下品なんですから上品には語れませんよと益田は云った。

「お尻を臀部《でんぶ》と云い替えても、陰部を下半身と云い替えても、モノに変わりはない訳で、ケツメドはケツメド、オイドはオイドですからね。まあ、おケツですわ」

この辺が一言多いところである。一言どころか何言も多い。その上、どれを取っても団子屋で連発していい語彙《ごい》ではない。益田は近くの席の客が己《じぶん》に視軸を向けていることに気付いたらしく、右手で口を押さえた。

「失礼」

「いいですけどね。それより本題の方を進めて下さい。私は気にしない方ですけど、それでも、そこまでお尻お尻連呼されると――お店に迷惑じゃないですか」

「はあ。でも」

尻が問題ですからねえと益田は云った。

「私が協力出来るのは、お尻に関係ない方じゃないかと思うんですけど。どうなんですか？」

まあ探すのは僕なんですけどと益田は云った。

「探し難《にく》いんです。お尻出して歩いてる人はいないですからね。褌《ふんどし》一丁でお神輿《みこし》でも担いでくれてるか、お相撲でもしてくれりゃいいんですけどね。そこでまあ、品物の方から探してみようと考えたんですが、てんで五里霧中。そこでお知恵を拝借しようかと――」

そう云うのは兄貴の方が役に立つんじゃないですかと敦子は云った。

敦子の兄は、人が知らない——というか知る必要のないことを能《よ》く識っている。

益田は伸ばした前髪を揺らして、苦笑いした。

「師匠は怖いでしょうに。それにほら、今、何でしたっけ、東北の方の事件がこじれてるでしょう。あれ、どうせ遠からず担ぎ出されるのじゃないかと思うんですな。あの人、嫌だ嫌だと云う程に引っ張り出されるじゃないですか。どうせ出馬するんなら、あの腰の重いのを改めて、最初ッから関わればいいと思うんですが、どうです？　その方が事件はとっとと終わるでしょ。あの人が行けば概ね解決するじゃないですか」

「それはどうかしら」

兄は慎重過ぎる程に慎重な男だ。兄が出張るから解決するのではなく、解決の目処が立ったからこそ兄は出張るのである。それに。

「栃木の事件は、兄貴も最初からいたでしょう」

「ありゃ事件なのかどうなのか、最後まで能く判らなかったんですよ。何がどうなってんだか、何回聞いたって今でも解りません。正体不明」

「榎木津《えのきづ》さんの説明だからでしょう？」

榎木津は益田の勤める薔薇十字探偵社の探偵である。優秀なのだろうが奇矯な人物でもあり、物ごとを他人に順序立てて説明することなど金輪際ない。と——云うより。

「兄貴は本屋ですよ」

端《はな》から事件を解決する謂《い》われはない。これは失敬と益田は戯《おど》ける。

「まあ、いずれにしても兄上様にご出馬戴くような物騒な案件ではない訳で。お化けも涌《わ》いてませんし憑《つ》き物も憑いてません。勿論弊社《うち》の大先生だって歯牙にも掛けませんね。不肖この益田が平素《いつも》の如くこそこそ嗅ぎ回り姑息に収める類いの話なんです。ただまあ、手詰まりでして。そこでお知恵を拝借と」

「私程度の浅知恵でしたら幾らでもお貸ししますけど、幾ら聞いても何を貸せばいいのかが解らないんですよ」

「うーむ」

益田は髪を掻き上げた。

「そこですなあ。ま、ですから最初から順を追ってご説明している訳でして。この場合、尻は避けて通れないんですよ。その、尻に宝珠の刺青《いれずみ》のある男がですね、主犯であることは間違いない訳で」

「宝石泥棒の、ですか」

「泥棒――なんですかね？」

「知りませんよ」

まるで要領を得ない。

敦子は皿の上の団子を弄《もてあそ》んで、それから口に運んだ。平日だと云うのに人通りは多い。参詣者なのか物見遊山なのか、そのどちらでもないのか、区別がつかない。

浅草である。

所謂《いわゆる》、仲見《なかみ》世《せ》通りからは少し外れた、でも六区《ろっく》と呼ばれる地域にも入らない——要するに余り流行っていない、地味な団子屋である。それでも客は何組かいる。

浅草は俗に謂《い》う下町である。昨今都市化が著しい東京に於《お》いて、江戸の情緒が残存していると謂う者も多い。

しかし敦子はそうは思わない。

浅草に、江戸はない。

浅草は、ずっと浅草なのだ。千代田《ちよだ》の城を中心に城下町としての江戸が形成され始めた頃、浅草は既に浅草としてあった筈である。

浅草は、江戸とは別の町だったのだ。やがて江戸はその枠組みを拡げ、浅草もその枠の中に呑み込まれてしまう訳だが、それでも浅草は浅草なのだ。

そんな浅草は、能《よ》く町人の町などと謂われることがあるのだけれど、それも違うのではないかと敦子は思っている。徳川《とくせん》は江戸を整備する際、先《ま》ず高台に武家屋敷を作り、その後低地に町家を配して行ったと聞く。だからこそ下町などと云う呼称がある訳だけれども、浅草はその時、既に浅草としてあったのだ。

ならば、浅草は町人の町と云うよりも、武士と無関係に出来上がった町とすべきなのだと思う。

江戸と云う、為政者によってシステマティックに作られた都市の文化とは系統を異にする、芸人や職人、身分の定められない者までもを含めた雑多な人人が形成した文化が、この浅草と云う町の根っこにあるのではないか。それはやがて江戸文化と呼ばれるものと融合し、江戸と云う都市そのものに干渉して行く訳であり、だからこそひと括りにされがちなのであるが――それでも矢張りどこかで江戸と浅草は乖離《かいり》しているように思えてならない。

そうした町の出自は徳川時代を過ぎ明治大正と云う仄暗《ほのぐら》い時代を経てもまだ、残っているように敦子は感じる。

だから、敦子は浅草を訪れる度、江戸情緒と云うよりも、何処か異国情緒めいた感触を覚えるのだ。

夏は特にそう感じる。

往来を眺めつつ、そんなことを考える。

敦子が麦茶を口に含むと、益田は大きな溜め息を吐いた。

「どうしたんです？」

「依頼人がねえ。何ともその、心許なくて」

「その、依頼人と云う人は」

「ええ。その、何処からお話ししたもんかなあ。そうだ敦子さん、その、食品模型ってご存じありませんか。あの、デパートの食堂なんかの店先で最近見掛ける、食いものの偽物なんですが」

「知ってます」

去年、取材したのだ。

料理見本模型は大正の頃からあったようだが、事業として成立したのはそう古いことではない。敦子が調べたところ、蠟《ろう》細工で作る食品模型の嚆矢《こうし》は、標本や蓄電池の製作で知られる島津《しまづ》製作所《せいさくしょ》に求められるようである。

初めは食堂の料理見本と云うよりも、謂わば標本のようなものだったようだ。詳しくは判らなかったが、病理標本などを作っていた名人が依頼されて作ったと云うのがそもそもであるらしい。それが食堂の店頭を飾ったのかどうかまでは判らなかったのだが、出来も良かったようだし、商用に使われた可能性は高い。大正の中頃のことである。

その後、大正の大震災で全焼した百貨店の白木屋《しろきや》が、事業再建の端緒として開設した食堂のショウウインドウに、提供する飲食物の見本を飾り始めたらしい。昨今其処此処で見掛ける食品模型の先駆と考えていいだろう。

店先に料理の見本を陳列し入店時に食券を購入させると云う販売方式は現在では定番のスタイルと云えるものだが、当時は斬新だったようだ。

後払いの場合、災害時等には料金が回収出来ないケースが予想される。その方式はそうした緊急事態に対応するための施策として考案されたようなのだが、同時に業務の簡易化、効率化を図るという意図もあっただろう。入店してから品書きを覧《み》て決めて貰《もら》うより、並んでいる最中に注文品を決めて貰った方がスムーズで、客の回転率も高くなる。

事実、震災復興時の食堂は長蛇の列となっていたようだし、かなりの混乱があったのだろう。

この成功を受けて、それ以降徐徐に真似をする店舗が出て来たのだそうである。

白木屋から依頼されて食品見本を作ったのは人体模型の技師だったそうで、これも確認は出来なかったが、後追いで模倣した店の料理見本もその人物が作ったものと思われる。

食品模型をひとつの事業として成立させたのは岩崎瀧三《いわさきたきぞう》と云う人である。

岩崎が大阪に食品模型岩崎製作所を立ち上げたのは昭和七年のことだ。いつまでも色褪せない精巧な食品模型は大評判となった。高額ではあったが、売るのではなく貸し付けると云う業態にしたことで関西中心に業績を伸ばした。

しかし開戦を迎えて状況は一変する。蠟の原料には欠かせない石蠟《パラフイン》が、統制品目となってしまったのだった。大阪では料理の模型を店頭に陳列すること自体が全面的に禁止されてしまったらしい。

食品模型事業は大戦を境にして完全に座礁してしまったのである。

しかし岩崎は諦めなかった。

郷里の岐阜《ぎふ》に戻った岩崎は、珪藻土《けいそうど》などを使って石蠟の含有量を極限まで減らした模型の製造法を考案すると、戦争犠牲者の葬儀供物の模型などを作ることで難局を凌いだのだと云う。

そして敗戦後、故郷に岩崎食品模型製造株式会社を設立して製作を再開、やがて大阪に拠点を戻して順調に事業を拡大、一昨年《いっさくねん》東京に進出したのである。敦子はその東京進出を機会に、岩崎に石蠟の比率削減成功に至るまでの工程の聞き取り取材をしたのだった。

だから。

能《よ》く知ってますと敦子は云った。

「はあ、何でも知ってるとこはご兄妹で能く似てますね」

「取材したんですよ」

「仕事ですかあ」

「勿論《もちろん》仕事ですよ。一昨年《おととし》、本店のある岐阜まで出向いて社長さんにお会いし、お話を伺ったんです」

東京支店は、支店とは云うものの一間しかない作業場のような処だった。東京進出と云うと華華しい感じに聞こえるが、商売を軌道に乗せるのは簡単ではないのだ。

「社長さんにですか。そりゃ僕よりも詳しいですなあ」

「でも、石蠟の比率を減らす工夫に就いての苦労話をお尋きしただけですから。かなり試行錯誤を繰り返されたようですし。後は——子供の頃、融《と》けた蠟を水に垂らして遊んでいたのが蠟細工に興味を持ったそもそもだとか、最初に作った食品模型は奥さんが作ったオムレツだったとか、そう云うことを聞いただけですよ」

なる程ねえと益田は腕を組んだ。

「苦労してるんだ社長もねえ」

「それが何か関係あるんですか?」

「関係——ないかな。あるかな。いや、実は、そこの製作所で働いてる職人さんってのが依頼人なんですよね。お住まいは、ほれ、すぐそこの合羽橋《かっぱばし》で。三芳彰《みよしあきら》さんと云う人なんですが——」

「名前とか云っちゃっていいんですか? 守秘義務は——」

敦子さんは特別ですよと益田は云った。どの辺がどう特別なのか解らない。

益田は頬《ほほ》を攣《つ》らせた。

「その人、元元映画や舞台で使う小道具や何か作ってた人なんですよ。小さい時分から細かい細工ものが好きで、まあ手先が器用なんでしょうね。で、彫金やら木工やら硝子《ガラス》細工やら、あれこれと試して来たけれども、蠟細工が一番性に合っていたつう訳です。まあ食品模型作りは天職だと喜んでるような人なんですけども」

「そう云う個人情報も依頼内容に関係あるんですか?」

「まあ、あると云えばありますね。その性向こそが今回の発端でして。要するに三芳さんは、その腕を見込まれた訳ですよ」

「何か作らされたんですか?」

「ですから、宝石ですね」

「模造宝石——と云うことですか?」

「模造——と云いますかね、まあ食品見本と同じ見本と云いますかね」

「は? 蠟細工でですか?」

いやいやと益田は団子の串を振った。

「天麩羅《てんぷら》や刺し身じゃないですから、宝石は蠟じゃ作れんでしょう。先《ま》ず透き通らんでしょうに。作ったってバレバレで。そこはそれ、元小道具屋ですから、硝子玉削るかなんかして作ったんでしょうな」

「それ、犯罪性はないんですね?」

模造宝石を作ること自体は犯罪ではないのだろうし、模造品を模造品として売買するのであれば、それも犯罪ではあるまい。

しかし益田は悩ましげに顔を歪《ゆが》めた。

「あるんですか?」

「いやあ、その三芳さんは善良そうな人でしたから犯罪に加担するなんてことはないですよ。と云うか三芳さんは自分が犯罪に加担するようなことになってはいけないと、その、依頼して来た訳でして」

何だか益々話が見えない。

「じゃあ、模造宝石の作製をその三芳さんに依頼した人物が、その刺青の男——なんですか？」

「違います」

「解りません」

より一層解らない。

まあ聞いて下さいと益田は云う。

「僕自身があまり整理出来てないもんで、結論を急《せ》かさないでください。考え考え乍《なが》ら話してます僕は。ええ、その尻に刺青のある男と云うのは、その宝石——金剛石《ダイヤ》らしいですけども、それを着服した男らしいんですね」

「着服？」

「そう云っていたんだそうです。まあ、着服と謂えばネコババみたいな意味なんでしょうから、何らかの手段で不正に入手した、と云うことなんでしょうけどね」

少なくとも正当な手段の場合はそう云わない。

「で、その宝石の所為《せい》で色色大変なことになっている、人死にも出ている——と、その依頼人は云ったそうです」

物騒な話ですねと云うとまあねえと益田は一層悩ましげな顔になった。

「で、まあその依頼人の言い分ではですね、そっくりの偽物を作って、こっそり本物と掏《す》り替えて、宝石を本来の持ち主に返したいと、まあこう云うんだそうです。そのために手を貸して貰いたいと、そう云う——」

「それ、かなり胡散臭《うさんくさ》くないですか？」

現実的な話だとは到底思えない。

「僕もそう思いましたがね。話半分としてもかなり怪しい話ですわな。でも、なんか善い人なんですよ合羽橋の三芳さん。まあ、その話が本当なんだとすれば、ただ警察に届ければ済むだろうって話なんでしょうけど」

「そうじゃないんですか？」

「はあ、どうもそうはいかない理由があったようなんですね。そこら辺がどうにもまた、怪しいんですけど」

「そうもいかない理由と云うのは、その依頼人の方にあるんですか？　それとも持ち主の方ですか？」

「両方でしょうなあ」

益田は帳面を出した。

「まあ、依頼人と云うのは、その不正に加担した過去があるようなんです。だから表沙汰にはしたくない。で」

「で？」

「本当の持ち主と云うのはですね、高貴なお方なんだ、と」

「高貴？」

豪《えら》く時代掛かったもの云いである。

「今の世の中で高貴と云われても——華族制度も廃止されてますし、日本には貴族もいません。旧幕時代に身分が高かったと云うことですか」

「そりゃ知りません。僕はまああまり深く考えずに偉い人なんだろうなあくらいに思ってましたが、考えてみれば社長さんやら政治家やらを高貴とは謂いませんね。政治家なんて、寧《むし》ろ俗物の見本みたいなもんですからね」

想像が難しい。

「そうしてみると微妙に判り難い表現ですけど、敦子さんの云うように、先祖がお殿様だったとか位の高い坊さんや公家だったとか、そう云うことなんですかね？」

「いや、私は判りませんよ。そのくらいしか思い付かなかっただけです」

思い付くだけ立派ですと益田は云った。

「合羽橋の三芳さんは全く疑問に思わなかったそうで、なので僕も何にも考えませんでしたけど。まあ高貴なお方なので、こちらも警察はご遠慮したいと。何ごとも波風立てずに隠密に行いたいと云う――」

「波風立ちませんか？」

「まあ、その不正に所持していると云う宝石をですな、こっそり偽物と掏り替えて――つまり本物を持ち主に返しちゃえば、立たんのではないですか、波も、風も」

「どうしてです？」

「だって正当な持ち主に戻る訳だし、悪漢の方だって、気付いたとしてもどうしようもないですよ。元元不正に入手したもんなんだろうし、警察にも届けられんでしょ。で、気付かずに売っ払おうとしたとしても売れやしませんよ。偽物だ、こりゃあ一本取られた――で終わらせるしかないでしょう」

「そうですかねえ」

そう巧く行くものだろうか。

「状況が判らないので素直にそうですねと首肯《うなず》けないですよ。その、模造宝石の製作を依頼したと云う人は信頼出来る人なんですか？　不正略取に協力したと云うのなら、あまり真っ当なお仕事をしている人とも思えませんけど、その合羽橋の」

「三芳さん」

「三芳さんとは旧知の仲だった、と云うことなんですか」

能《よ》く判りますねと益田は前髪を揺らした。

「だって、腕を見込んだと云うのなら、そうなりませんか？　幾ら食品模型の腕が良くても、普通は模造宝石を作らせようと考えたりしませんよ。益田さんの云う通り、蠟で宝石を作らせようとは思わないです。どれだけ腕が良くて、奇跡的に見た目そっくりに出来たとしてもバレます。なら、前職あってこその依頼じゃないんですか？」

「正にその通り。ご明察です。三芳さんに仕事依頼したのは久保田《くぼた》悠介《ゆうすけ》さんと云う人なんですがね。ええと、その、何て名前でしたっけね。合羽橋に河童のお寺があるでしょう。ええと、曹源寺《そうげんじ》でしたっけ。あそこのお寺の、脇だか裏だかに住んでいた人らしい。まあ、三芳さんの幼《おさなな》馴染《じみ》みですかね」

「はあ」

固有名詞や個人情報ばかり出されても、出来ごとの輪郭自体が曖昧なのでまるで正体が摑めない。

「久保田さんと云う人は、戦争前に千葉の方に宿替えしていて、どうやら漁業関係の仕事をしてたようなんですが、向こうで徴兵されて、南方戦線で右腕やられちゃったようで、隻手なんだそうで」

「傷《しょうい》痍軍人なんですか」

「ええ——まあ。で、復員して暫くは東京で管巻いてたようなんですわ。ま、やさぐれますよ。戦争ってのは色色奪いますからね。五体満足で生還したって、本土は焼け野原、元通りの暮らしは出来やしませんしね。況《ま》してや——」

あ、また脱線しましたねと云って益田は自《おの》が額を叩いた。

「まあ、そこで久保田さんは、やさぐれてるとこ同じ部隊にいた戦友に唆《そそのか》されて、良からぬことに手を染めた訳ですね」

「それが宝石の略取、と云うことですか？」

「そうなんでしょうな。しかし、所詮は無頼の集まりですからね、団結力なんかありやしない。仲間割れか何かしたんでしょう。その宝石は悪い仲間の一人が何処かに隠して独り占めしてしまったようなんで。それで紛乱《ごたごた》と揉めたようですが、久保田さんは元より悪事に加担することには消極的だったようで、すぐに諦めましてね、そいつらとは縁を切ったらしい」

ところが、と云った後、益田は手を挙げて団子をもう一皿注文した。

「敦子さんもどうです？　暑いですから欠き氷とかの方が良いですかね？」

「結構です。まだ食べ終わってませんし、それよりも先を話してくださいよ。まあ、書かなきゃいけない記事はもう書いちゃったから、時間はあるんですけど——」

敦子は、予定通りなら今頃は房総半島の真ん中にいる筈だったのだ。連載記事の取材同行である。

しかし。

俗に謂《い》うところの第五福竜《だいごふくりゅうまる》丸事件に進展が見られたため、敦子は千葉の取材を同僚に代わって貰うことにしたのだった。

取材と云っても付き添いに過ぎなかったし、緊急性のあるものではなかったからだ。

第五福竜丸事件とは今年の三月、遠洋鮪《まぐろ》漁船である第五福竜丸が、マーシャル諸島近海で操業中に、同海域にあるビキニ環礁で行われた米国の水爆実験——キャッスル作戦——に因る降灰——所謂死の灰——を浴び、被曝《ひばく》してしまったと云う事件である。

一昨昨日《さきおととい》。

被曝に依る健康被害のため入院加療していた乗組員達の面会謝絶が解除され、記者会見を開く運びになったのだ。

事件発生以来、敦子はずっと第五福竜丸関係の記事を担当し、取材を続けていたのだ。

外す訳にはいかなかった。

敦子はすぐに記事を書いた。

敦子の編集する『稀譚月報』は科学雑誌である。

だから政治的、思想的には常に中立であるべきだし、予断や偏向は許されない。それでも記事は反核、反原子力の論調とせざるを得なかった。この事件は本邦が被った第三の原子力災害と捉えるよりなく、ならば他に書きようもない。

新聞を始めとする総《すべ》ての報道が足並を揃えていたようだ。

今日は原水爆禁止署名運動の全国協議会結成大会が開かれた。敦子は事前に事務局への取材をしている。原水爆禁止運動はこの後も広がるものと思われた。ただ、そうした民間の動きに較べ、政府の反応は鈍い。

少なくとも敦子の目にはそう見える。

米国との間で調整がなされているからだろう。

米国側は、高額の賠償金を提示しはしたものの、船員の体調不良を放射線症と断定することは出来ないと云う見解を早早に示しているようだった。反核と云うより、反米感情が高まることを畏れているのだろう。

一方で、日本側の思惑はまた別のところにあると云うのが敦子の感触である。講和が成って、国内での原子力研究が解禁された。第五福竜丸が被曝したのと同じ月、原子力研究開発予算が国会に提出されている。この国は、原子力の平和利用——産業化に舵を切ろうとしているのだろう。

ならば。

敦子は複雑な想いに駆られる。仮令《たとえ》大量殺戮兵器のために開発された技術であっても、技術は技術として評価すべきだ——とは思う。その技術をして社会に役立てることが出来るのならば、それも結構なことだろう。でも——。

使い熟《こな》せるのか。

キャッスル作戦にしても、実験用の水素爆弾が予想を遥かに上廻る威力だったからこそ斯様な惨状を招いてしまったことは疑いようがないことなのである。爆弾は破壊力が大きい程良いのかもしれないが、兵器でなかった場合、そうした不測の事態に対処出来るのか。

まだ能《よ》く解らないものが使えるのだろうか。

例えば、幼児でも自動車の運転は出来るだろう。

だからと云って、幼児が自動車を運転したりしたならば、事故を起こす確率はかなり高くなる筈である。簡単に大惨事を招き兼ねない。事故が起きてから手を講じても遅いのだ。取り返しはつかない。

自動車の運転が法律で厳しく規制されているのはその所為だろう。

それでも現状、免許を取得した者だけが運転していると云うにも拘《かかわ》らず、交通事故は幾らでも起きているのだ。ガソリンを燃やして車輪を回すだけの単純な機関すら人はコントロール出来ていないのである。

これは敦子の私見に過ぎないのだが――原子力と云う自動車に乗るのに、人類は未《ま》だ未だ幼過ぎるのではないだろうか。免許を取得する資格が手に入るのは、もっとずっと未来のことなのだろう。更に資格が手に入ったところで、免許を得るための試験はかなり難易度の高いものとなるだろうと――敦子は考える。

ただ爆発させるだけでも制御不能なのだから。

でも、この国はそうは考えていないのだろう。

ならば、国は原水爆禁止までは是としても、反核となると好ましくない——と云う立場なのかもしれない。

慥《たし》かに原子力技術自体が悪い訳ではない。

使えもしないものを使えると過信すること、根拠もなく使ってしまう軽率さこそが大きな問題となるのだ。

その方針の是非は兎《と》も角《かく》、いずれ民意世論とは確実にズレている。

世間は真理では動かない。それは概《おおむ》ね雰囲気で動く。

だが、その無責任な世間こそが正論を吐《は》くことも多い。だがそうした世論は、どれだけ正しくとも正しいだけだ。

世間は社会を動かせない。

敦子は暗澹《あんたん》たる気持ちになる。

何かに不満がある訳でも不安がある訳でもない。

自分の立ち位置が定まらないことが、牴牾《もどか》しいのである。

ここ数日、そんなことばかり考えている。

上の空ですなあと益田は云う。

「あれですか、その――最近はあれ、原水爆禁止的なもんを取材してる訳ですか、敦子さんは」

ええまあ、と曖昧に答えた。

話がでかいなあと云って、益田は手にした新しい団子を弄《もてあそ》ぶ。

「深刻な問題ですしねえ。爆弾なんざないにこしたことはないんでしょうが、あの原子マグロってなあどうなんです？　放射線症が感染すると云うのはデマだと知ってますけども、魚なんかはいかんのですか」

第五福竜丸の被曝を受けて、築地《つきじ》を始めとする市場では当該海域で獲れた鮪《まぐろ》を汚染されていると判断し、廃棄すると云う処置が取られた。それらは原子マグロ、原爆マグロなどと呼称された。それは、やがて水産物全体の相場にも影響を及ぼし、騒動は全国に広がっている。

「本当に放射線を浴びた魚であるなら食用にするのは危険だと思いますけど――程度にも依るんじゃないですか。鮪に関しては風評被害も多いと聞きますし。きちんと検査することが肝心だと思います」

つまらない回答だと思うが、本当だ。世間は一時期、鮪自体が毒だとでも謂うかのような論調だったのだ。

世間の吐《は》く正論は、時に行き過ぎて暴走する。

マグロは旨《うま》いですからねえと益田は上滑りした感想を云う。

多分、益田もそうした社会問題に就いて深刻に考えてはいるのだろうし、一家言持っているのだと思う。しかしそれを敦子なんかに開陳することに意義を感じていないのだろう。この探偵助手は敦子の前でそうした話をしない。

「まあ、それに較べれば僕の話は、その、何だ、小さいですよ。小さ過ぎですね。原水爆問題に比するに、屁《へ》みたいなもんです。でもですね、僕にしてみりゃ、屁は屁でも、ただの屁じゃなく、河童の屁ですよ」

「意味が解りませんよ」

殺人的に臭い訳ですと益田は云った。

「また——そんな」

「とことん下品ですよ。屁だの屁だの。でもそう云う感じの話なんですからこらァ仕方ないです。で、まあそのマグロも無関係じゃないんです」

「え?」

「合羽橋の三芳さんに模造金剛石の製作を依頼した河童寺の裏に住んでた久保田さんはですね、何を隠そうその、今回の原子マグロ騒動で職を失った人でもあるんです」

「そうなんですか?」

そう云えば、千葉で漁業をしていたと云っていたか。

「隻手ですし、遠洋漁業船に乗ってたってこたあないんでしょうが——いや、どんな仕事をしてたのかまでは知りませんけども、ほら、マッカーサーラインが廃止されたんで、遠洋漁業の業績は伸びてる訳でしょう。将《まさ》にこれからって業種ではあるでしょうよ。それに、まあ、マグロは高価ですからね。儲かる。実際儲かってたんですわ。それが今回の騒動でもって、どかどか廃棄してるでしょう。これ、影響はあちこちに出ますよ。魚河岸だって小売り業だって、大迷惑ですわ」

実際打撃は大きいようだ。

「敦子さんの云う通り、ちゃんと調べて各各《おのおの》が判断すればいいことなんでしょうけど調べたって信用しやしませんやねえと益田は云った。

「怖いったら怖いんですから。相手は目に見えないし、庶民は疑心暗鬼です。でも、ソ連やらアメリカやらをどうにかしようったって、その辺の一般人には何も出来ない訳で、だからマグロ辺りに照準を合わせるんでしょうなあ。爆発すると勘違いしてる婆様もいます。まあ、放射能の雨も降ろうかってご時世ですから風評も誤解も広がっちゃう訳で、一概にいい加減にしろとは云えませんがね。でも、それで生活が変わっちゃう人もいるんですわ」

変わっちゃったんですよ久保田さんはと云うと益田は一瞬陰鬱《いんうつ》な表情を見せた。

「それで失業しちゃって、路頭に迷ったんです久保田さんは。そこで、進退窮《きわ》まって思い付いたのが——模造宝石の一件で」

「判らないではないですけど、模造宝石を作ってもどうにもならないんじゃないですか？　本物と偽って売ると云う訳じゃないんでしょう？」

そんなこたぁしませんと益田は云った。

「いくら何だって、そんなもの売ったらすぐに足が付きますって。食品模型のマグロは能《よ》く出来てますけどね、でも間違っても喰わんでしょう。どんなに精巧に出来てても、触った途端に判るでしょ。喰ったところで口に入れればすぐ判りますわ」

蠟ですからねえと益田は云った。

「宝石だって変わらんですよ。硝子は硝子で。硝子削って見分けが付かないもんが出来るなら、宝石は要らんでしょう。敦子さんの仰る通り、奇跡的に出来が良くてもバレます。見た目で違いの判らんような素人に売り付けたんだとしたって、まあ手にした段階ですぐバレるでしょうしね。それ以前に、三芳さん曰《いわ》く、久保田さんは根が善人なんだそうですわ。ですから」

「その、悪い仲間が持っていると云う本物と掏り替える——って話なんですよね。そこまでは判るんですけど、掏り替えた後、どうするんです？　本物の方を売ると云う話じゃない訳ですよね」

「ですから」

持ち主に返すと云う話なんですよと益田は云う。

「何だか判りませんけど警察沙汰にしたくない身分の高い人に、返還すると云うんですね」

「それ、親切ですよね？」

「親切ですねえ」

「親切は生活の足しにはならないですよね？　その久保田さんは、失業して暮らしに窮した揚げ句その模造品の工作を思い付いたんですよね？　なら、その親切は生活のためにしたことになるんだ、と思いますけど、それ、例えばお礼が貰えるとか云うことですか？　どの程度の見返りを予想していたのか判りませんが、製作費持ち出しで終わるようなことにもなり兼ねませんよね？」

「お礼は当てにならないですよ。感謝状や花束じゃあ腹は膨れませんから。気持ちだけかもしれませんし。と、云いますかその気持ちなんでしょうな、欲しかったのは」

「解りません」

「ですから、目先の金よりも恩を売りたいと云うことですよ。なんせ元の持ち主は」

高貴なお方——か。

高貴なんですなあと益田は云った。

「つまり恩を売ればその元の持ち主が何かと便宜を計らってくれる筈だと、そう云う算段ですか？　礼金は貰えなかったとしても——例えば就職の世話をしてくれるとか、住居の斡旋をしてくれるとか、そう云う援助を期待したと云うんですか？　その久保田と云う人は」

そうだったんでしょうねえと、益田は団子の串を咥《くわ》えたまま往来の方を見た。

「違うんですか？」

「違うかどうか判らんのです。いや、多分違わんのしょうけど——他に考えようがないですからね。まあ感謝の気持ちを、気持ちだけじゃなく形にして欲しかったんだろうなあ、と想像しますが」

煮え切らない。

「ですから、違うんですか？」

「違わんのですが、目論みはそう巧くはいかなかった訳ですよ」

「失敗したんですか？」

「いや、作戦は、どうやら遂行出来なかった模様なんです。それも想像なんですけどね。順に話しますと、三芳さんが依頼を受けたのが一月《ひとつき》前。でもって何とかかんとか拵《こしら》えて、久保田さんに渡したのが半月前。代金は出世払いと云うことでして、礼金として五十円貰ったそうですな。こりゃ、もう原価割れです。で、まあそれから一週間くらい後ですか、久保田さんが——」

死体で発見されたんですと益田は云った。

「発見と云う以上は、変死——なんですね？」

「殺人事件ですよ」

益田は鞄から折り畳んだ新聞を出した。

「千葉の、大多喜町《おおたきまち》と云う処らしいですね」

「大多喜？」

取材に行く筈だった場所の近くである。

「まあ、扱いは小さいです。この段階ではただの水死でしたからね。余りにも暑いので川で泳いで溺れたんだろうってなことが書いてある。でも、まあ三芳さんにしてみりゃあ吃驚《びっくり》仰天ですよ。三芳さんはそもそも、模造金剛石なんて不埒なものを作ってる訳で、そりゃ戦戦《せんせん》兢兢《きょうきょう》ですよ。何せ三芳さんも善人ですからね」

どんな依頼で製作したにしろ、模造品は模造品なのである。食品模型や病理模型と違って、模造宝石となれば犯罪に利用される可能性も低くはないだろう。製作者としては品物の行方は気になるところだろうと思う。

「で、まあ三芳さんは煩悶《はんもん》して、警察に行ったんですわ」

「行ったんですか。じゃあ」

「はあ、で、行った途端に身柄拘束されちゃったそうなんですよ」

「逮捕された——と云うことですか？」

「逮捕じゃなくって重要参考人ですわ。いつの間にか殺人事件になってた訳ですよ」

「事故死ではない、と？」

「いやいや、これは冗談じゃないですから。何度も云ってるじゃないですか。この度《たび》、尻は避けて通れないんです。品のない事件なんですって。いいですか敦子さん、被害者の久保田さんは川で発見された訳ですが、下半身が露出していた訳ですな」

「益田さん――」

尻が出ていた訳でと益田は云った。

「ええ」

益田は自分の尻を叩いた。

「かなり流されたようだったので、どっかに引っ掛かって脱げちゃったんだろうと、まあ普通はそう思います」

「違うんですか？」

「違うみたいですね。久保田さん、ズボンの方は完全に脱げちゃってたんですが、下穿《したば》きは引っ掛かって残ってたようでして」

「それが？　そう云うことだってあるんじゃないですか？」

「はあ。しかしですな、ズボンは死体発見現場のやや上流で発見されてましてね。久保田さんは片腕でしたから、バンドだの紐だのだと着脱が不自由なんですな。それで、ゴム紐のズボンを穿いてたようなんですが」

益田は腰を浮かせ、体を捻った。

「この、背中の下の、ここ、腰の辺り――真後ろですな。ここでゴムが切断されてた」

「切断？」

「引っ掛かって千切れちゃったとかじゃなく、刃物でスッパリ切られていたらしい。こりゃ久保田さん本人には到底出来ないことで。いや、出来るかもしれないですけど、する意味がないですね。警察の見方では、こう、水死体のズボンを脱がせて尻を出そうと――子供にお仕置きするみたいにですよ。まあそうしようとしたんだけども、ズボンもゴムも濡《ぬ》れちゃってて、どうも巧く出来ない、そこでゴムを切断してですね、何とかこう、尻を出したんではないかと。で、猿股《さるまた》も半分くらい脱がして、その状態で川に流したんだろうと」

「何でです」

知りませんと益田は即答した。

「ズボンの方は水を吸えば重くなりますし、ゴムも切れてますからね、流されてる途中で脱げちゃったんでしょう。猿股はちょい下ろしされてただけだったから、まあ腿《もも》の辺りまでズレて残った――そう云うことじゃあないのかと」

「ですから、どうして」

「知りませんて。洒落《しゃれ》じゃないですよ。お尻が観たかったとしか思えませんがね。お尻が好きだったんじゃないですかね？　犯人は」

そうだったとしても、殺人と断定することは難しいのではないか。

「水死体と云うことは、溺死なんですか？　撲殺や絞殺じゃないのなら事故と云う可能性もあるんじゃないですか？　その場合、死んだ人の衣服を切ったり脱がせたりするのは犯罪なんですか？　脱がせて持って行ったなら窃盗になるんでしょうけど、切っただけなら——器物損壊ですか？」

「知りません」

「単なる事故死でなかったとしても、自殺かもしれないじゃないですか。死体遺棄や保護責任者遺棄致死と云う可能性もあるでしょうし、そんなことだけでは殺人事件と断定することは出来ないと思いますけど」

もうひとつ出たんですよと益田は云った。

「何がですか？」

「お尻です」

「お——」

「同じ川でしたっけね。どうだっけな。ええと、丁度、三芳さんが警察に出頭した、その日のことですよ。今度はもっと上流——って書いてあるけどこれは別な川じゃないですかね？　川の途中で名前が変わってるのかな」

何と云う川か尋くと、こっちは平沢川《ひらさわがわ》ですと云う答えが返って来た。

「じゃあ、久保田さんのご遺体が見つかったのは夷隅川ですか」

「そうです。能《よ》く判りますなあ」

「夷隅川の水系は複雑なんです。蛇行しているし合流したり支流を作ったり」

それも敦子が取材に行く筈だった辺りだ。取材に先駆けて地図を確認していたのである。

「その川のですな、何か洲みたいになってるとこに打ち上がったんですよ、遺体が。被害者は——被害者と云うのかな。ご遺体は廣田豊《ひろたゆたか》さん。五十歳。金属加工業と書いてますが、何でしょうな。この人も尻出して、溺死です」

「ズボンが脱がされていたんですか？」

「半分ね。廣田さんの場合は脱げてなくて、膝の辺りまで摺《ず》り下がってるだけだったようです。ま、猿股も同様に脱げかけで」

おケツ丸出しには違いないですねと益田は余計なことを云った。

云わずとも判る。

「そう云う情報は報道されてるんですか？　新聞には書いてないですよね？」

「まあケツ丸出し連続水死事件じゃ見出しとしちゃ品性に欠けますしね。さっきも云いましたが、瞖部と云い替えても大差はないです」

そう云う意味ではない。

「連続殺人事件と云う報道がなされてない、と云ってるんですけど」

されていたなら記憶に残る。

「あ、それは三芳さんに聞きました」

「え？」

「そう云う報道はされてませんが、警察はそう睨《にら》んでいるようだ、と云う話ですね。一般公開しちゃうと捜査上支障を来しちゃうような情報は、意図的に伏せとくことがある訳で。犯人しか知り得ない事実を隠しとくとか、後は模倣犯を防ぐとか——」

それは承知している。

「そうだとして、そんな情報を何故その三芳さんが知ってるんですか？」

「いや、三芳さんは出頭した際に、警察からそう聞かされてたんですよ」

「それ——怪訝《おか》しくないですか？ 警察が被疑者にそんな内部情報を与えますか？」

被疑者じゃなくて参考人ですと益田は云う。

「丁度、三芳さんが出頭した時に、廣田さんの事件の連絡が入ったらしいんですね。二番目のケツ出し事件」

「ですから——」

「いやいや、警察も、最初は単なる情報提供者として話を聞いていたようです。でも、三芳さんは先《ま》ず状況がてんで判らない訳ですから。情報提供と云うよりも、寧ろどうなってるか尋ねに行ってる訳ですよ。質問してたのは三芳さんの方で。これが模造宝石の一件だけなら、変な親爺が来たぞってな具合でしょうけど、でも人が一人死んでますからね。つうか」

死んだから出頭した訳ですからと益田は付け加える。

「そうなると、相手してる捜査官だって担当の署に連絡も取るじゃないですか。で、まあケツの話はしますでしょ。そうこうしているうちに、ケツ出しはもう一件あるぞ、と云う話になる訳で、こりゃ殺人、しかも連続じゃないのかよ——と云う運びになったようですな。その、廣田さんも」

益田は背中の腰の辺りに再び手を遣った。

「バンドがですね、この、久保田さんと同じ、腰のとこでスパっと切られてたようなんですよ。理由はどうであれ誰かが尻を出したってことですから、こりゃもう、無関係とは思えないですね。そうしてみると、怪しいですよ、三芳さん。挙動不審な食品模型職人ですよ」

「つまり、最初は三芳さんの方が経緯《いきさつ》を尋いていて、それが段階的に事情聴取、身柄拘束、取り調べに移行したと云うことですか？」

まあそうですねと益田は答えた。

「拘束と云うのは三芳さんの表現ですが。別に縛られたり牢屋《ろうや》に入れられた訳じゃあないです。本当のところは違ったんじゃないかと、経験上そう思ってますけどね。まあ、警察署に行ってですよ、帰るなと云われればそう思うでしょう。微妙に疚《やま》しさも抱えてる訳だし」

「そうだとしても——です。益田さん、詳し過ぎる気がするんですけど」

「そこはそれ。蛇《じゃ》の道は——ってやつです」

益田は去年の春まで旧国家地方警察神奈川本部に勤めていた。刑事だったのだ。

先月、改正警察法が施行され、警察組織が全面的に再編された。国家行政組織としての警察庁が発足し、国家地方警察と自治体警察は廃止、代わりに都道府県警察——東京のみ名称は警視庁——が地方組織として置かれた。都道府県警の上層部は国家公務員となり、国家公安委員会の下《もと》に取《と》り敢《あ》えずの一元化がなされたのである。

人事も刷新されたのだろうが、現場の職員まで入れ替わるようなことはなかった筈だ。

それなりにコネクションがあるのだろう。

「まあ、犯人なら、のこのこ出頭して来る筈もないんですよ。自首したと云うなら話は別ですが。でもまあ、時機《タイミング》が良過ぎたんですね。当然、コイツ何か知っているかもしらんと云うことになって、執拗《しつこ》く訊《き》いただけだと思いますけどね」

僕が担当でもそうしますと益田は云った。

「とは云うものの、三芳さんには動機もないし、確実な不在証明《アリバイ》もあった訳で——作業場で中華蕎麦《そば》の模型かなんかコツコツ作ってたんでしょう、朝から晩まで。ですから、勾留されるようなことはなかった。でもそれだって三芳さんにしてみりゃ大ごとですよ大ごと。知ってることは洗い浚《ざら》い喋って、それで恙《つつが》なく解放はされたとは云うものの、釈然とはしないでしょうに」

それは——そうだろう。

三芳と云う人にしてみれば、自分が関わっていることだけは間違いないようなのに、何が何だか判らない――と云うことになるのだろうし。

慥《たし》かに聞いている限り事件の総体も、様相も、皆目見当が付かない。個個の事象の関連性が見えないから、支離滅裂としか云い様がない。

それなのに、人だけは二人も亡くなっていると云うのである。

「何とも見え難《にく》い話ですねえ」

「でしょう？　雪の白鷺《しらさぎ》、闇夜の鴉《からす》って奴です。説明し難いってことも解っていただけましたかね。暗中模索って感じで。そこで、我が薔薇十字探偵社の出番――と云うことになった訳ですよ」

益田は何故か胸を張った。そうだとして。

「それで探偵の出番、と云うのも少少不自然ですよね。一体何を探るんです？　犯人ですか？　そうだとしても、それは何の犯人なんです？　殺人の？」

「うーむ」

益田は前髪を掻き上げた。上げても直《す》ぐに垂れる。

暫《しば》し考えて、模造宝石の行方――ですかねと益田は云った。

「探すのは。つまり尻宝珠の男の所在と云うことになるですよ。それ即ち、犯人と云う
それは短絡ではないのか。

「それ、久保田さんが三芳さんにしたと云う話を鵜呑《うの》みにしているだけですよね？　模造宝石の使い道だってかなり嘘っぽいし、刺青の男が実在するのかどうかも怪しいし。二人目の水死者――廣田さんですか？　その人との関連に至ってはまるで判らないんですよ。そんな、元元不確かな話ばかりを更に不確かな空想だけで結んでも意味がないですし、それこそ何も見えては来ないですよね？」

視界は無ですよと益田は云った。

「濃霧です。いや、頭から袋被せられてるようなものですね。だからこそこうして敦子さんに相談してる訳で、その辺りの事情は是非ともご理解戴きたいとこですよ。お蔭様で、僕の身の周りにはこんな訳の判らん話を読み解ける程に聡明な人物は、ただの一人もいないんですよ」

「じゃあどうして引き受けたんです？」

「いや、断り難《にく》いですよ」

「何か断れない理由があったんですか」

「そんなものはないですね。ただ僕ァ小心者《ぼか》ですからね。三芳さんってのは武蔵野《むさしの》の事件で関わった人形師の紹介だったんです。食品模型と雛人形は関係なさそうですけど、細工物ってことで細ォい繫がりがあったんでしょうかね。あ、ほら、絞殺魔事件の時の杉浦《すぎうら》さんとおんなじですよ――」

どうも、ここ数年のややこしい事件の数数が、ややこしい人脈を築きつつあるようである。その点に関しては敦子も感じるところであった。敦子が最近親しくしている呉美由紀は、女子高校生なのだ。考えてみれば普通に暮らしていて突然そんな齢《とし》の離れた友達は出来ない気がする。

「まあ、その、依頼人であるところの三芳さん自身が五里霧中な訳ですから、依頼の内容も曖昧でですね、僕も同じく五里霧中です。合わせて十里霧中です」

「それは充分に解りましたけど」

私の出番はないですよと敦子は云った。

「いや、霧を晴らして貰おうと」

「無理ですよ。そもそも、その二つの水死体と模造宝石の間に因果関係があるかどうかさえ判らないんですよ？　久保田さんと三芳さんは幼馴染みなんでしょうけど、その廣田さんはどこから出て来たんですか？　本当に殺人事件だったとしても、模造宝石との関わりはないかもしれませんし、あったとしても警察が――」

「ちょいと」

突然背後から声がしたので敦子は肩を竦《すく》めた。振り向くより先に益田が立ち上がった。

「すいません。申し訳ない。ご免なさい。声が大きかったですか。尻とか云い過ぎましたか。もう一度謝ります。ご免なさい」

益田は前髪を揺らし乍《なが》らぺこぺこと頭を下げた。

「あ？　そうじゃないよ。何だか卑屈な男だねえこの人」

声の主は背後から移動し、敦子の横に立った。

前掛けが見えた。

益田はそれを上目遣いに追い、それはまた申し訳ないと意味の判らない謝罪をした。

「あのね、あたしは元来、客の話を盗み聞きするような下衆《げす》な真似は、好かないんだけどもさ」

「き──聞こえましたね。尻だのケツだの連呼しました僕は。営業妨害しました。甚《はなは》だ申し訳ない」

「あのね、縦《よし》んば聞こえたって聞こえない振りするしさ、聞こえたもんは右から左で忘れるよ。それが客商売の心得だろ」

実に見上げたお心得ですと、益田は一層畏まって云った。

「だ、団子屋さんの鑑《かがみ》です」

「ちょいとお嬢さん。あんたの連れはどっかの螺子《ねじ》が緩んでるのかい？」

そろりと見上げると、悩ましげな表情の婦人が敦子に視線を落としていた。

この店の女将《おかみ》なのだろう。だが、予想していたよりもかなり若い。

敦子のことをお嬢さんなどと呼んでいるが、齢は然《そ》う変わらないのではないか。

「あのね、そうじゃないのさ。聞き捨てようと思っても聞き捨てられないって話だったんだよ」

「はあ。許しては戴けないですか？　その、矢張り尻は」

「執《しつ》ッ拗《こ》いねえ、この表《ひょうろく》六玉《だま》は」

女傑が何か云う前に、サチエ、サチエと呼ぶ声がした。

声のした方に顔を向けると、調理場――団子屋でもそう呼ぶのかどうか敦子は知らないのだが――の玉暖簾を持ち上げて、不安そうな顔の男がこちらを見ていた。

「おい幸江《さちえ》、お客さんに因縁なんか付けるもんじゃないよ」

「誰が因縁付けてるのさ」

「だって幸江」

「だって幸江ェじゃないだろ。あたしを誰だと思ってるんだね。こう見えてもあたしはこの仲村《なかむら》屋の三代目だよ」

「でも」

「でもじゃないよ。婿養子のお前さんなんかに何が判るんだい。この仲村屋はこの仲村幸江さんで保《も》ってるんだ。客あしらいは任せときな。お前さんは裏で美味《おい》しい団子作ってりゃいいんだよ」

益田は最敬礼し、団子美味しいですと云った。

「あのねえ、何なんだいあんた。大体あんたの態度が悪いのさね。あんたが怯えた声ばっかり出すからうちの宿六が勘違いしちゃったじゃないか。違うから。ほら、お前さんはすっ込んでな」

養子の主人が暖簾の奥に消えると、三代目は空いている椅子に座った。尤《もっと》も、いつの間にか客は敦子達しかいなくなっていた訳だが。

「あたしはね、尻だのケツだのに怒ってる訳じゃないんだから」

「でも、お客が」

「尻ぐらいで来なくなるような客は要らないよ。うちの客は団子の味が好《い》いから来てくれるのさ。尻なんかに負けて堪《たま》るもんかい。うちの団子は美味《うま》いんだよ。あの宿六は、客あしらいは下手だけど団子作らせりゃ東京一だからね。いや、そんなことはどうでもいいのさ。あのね、あんた。その久保田ってのは、そこの」

「ええ。合羽橋の、河童寺の裏に昔住んでた久保田さんですよ――」

合羽橋ってのは河童と関係あるんですかねと、益田は余計なことを敦子に向けて尋いた。

「関係ないです」

「関係ないんですか？」

「雨具の方の合羽だと思いますよ」

「でも河童寺の方はどうなんですか？」

「そりゃあんた」

幸江が割って入った。

「私財を抛《なげう》って此処いら一帯のために灌漑工事したと云う、合羽屋喜八《かっぱやきはち》さんに因《ちな》んでるんだよ。地名も。お寺も。曹源寺さんには喜八さんの墓もあるんだよ」

「じゃあ河童は？」

「だから合羽さ」

話が咬んでいない。敦子は知っていたのだが教えたくなかったので再度関係ないでしょうと云った。

「え？　だって河童の」

「それはこの事件とは関係ないでしょう、と云ってるんですけど」

こりゃまた失敬と益田は戯《おど》けた。

このお嬢さんの云う通りだよと幸江は云って、益田を睨み付けた。

「あんたね、なってないよ。いいかい、他人の話の腰を折る奴ってのはいるけど、自分の話の腰を折り続ける奴なんていやしないからね。あんたの話の腰は折れっ放しだよ。聞いちゃいらんないよ。いいかい、彰ちゃんも、悠ちゃんも、子供の頃からうちには能《よ》く来てたんだから」

「あ、彰ちゃんてのは三芳さんですね？」

「悠ちゃんは久保田だよ。だからさ、そう云う話はあたしに尋くがいいのさ。余程霧は晴れるんだ」

「お」

恐れ入りましたと益田は頭を下げた。

「恐れ入谷《いりや》の鬼子母《きしも》――いや浅草だから観音様ですかね。お礼にお団子をもうひと串――」

それが腰折りだよと女将は云った。

「あのね、あんたの話ってのはいちいち出鱈目《でたらめ》な進みだけどもさ、ただ一つ、彰ちゃんも悠ちゃんも善い人だってとこだけは中《あ》たってるね。二人とも根は真面目だし、お人好しだ。子供の頃っから騙され易かったしね」

「幸江さんも幼い二人を騙したりしましたか」

「巫山戯《ふざけ》るんじゃないよ。あたしはね、あの二人より齢下《とし》だって。見て判らないかねこのおたんこなすは。二人とも三十越してるだろうが。あたしは未《ま》だ二十九だよ」

「ひゃあ」

幸江は先程の敦子同様、肩を竦めた。

「お嬢ちゃん、あんたらどう云う間柄か知らないけど、これだけは彼氏にしちゃあ駄目さね。一生を棒に振るよ。それはあたしが請け合う」

「さ、幸江さんが請け合いますか」

「あんたは黙んな。まあ、兎《と》に角《かく》聞きな。あのね、彰さんってのはね、仕事は転転としたけども、今はその、天職見付けてコツコツやってんだよ。でもね、悠介さんの方はさ、一時期グレちゃってね。千葉の方に行ったのだって、ありゃ家出だものさ」

「い、家出で」

「そうだよ。ご両親はずっとこの辺に住んでて、空襲で亡くなったんだから。B29がさ、もうドカドカ焼夷《しょうい》弾《だん》だの落として、丸焼けだよ。うちだって焼けたんだ。うちは命は助かったけど、久保田さんとこはやられたんだよ。悠ちゃんはそんなこと知らないからさ、復員して来て吃驚《びっくり》さ。後悔先に立たずだ。そうそう、あんた、さっき傷痍軍人とか云ってただろう?」

「はあ。腕が」

腕はあった、と幸江は云った。

「復員して来た時、腕は両方付いてたね」

「つ、繋がった?」

「何がさ。腕がかい? あんたね、柿の木じゃあるまいし接《つ》いだって繋がるもんかね。腕だよ腕。だから傷痍軍人ってのは嘘だね。だってうちに来たものさ、復員後。あったから、腕。その、何だか悪そうなの連れて来たんだよ。まだバラックで営業してた時だったけどねえ。あれは――そう、同じ部隊にいた、何とかって云う男だったけども」

「そ、それですよ」

益田は腰を浮かした。

「し、尻に」

「また尻かね」

「尻に宝珠の刺青ありませんでした？　その人」

幸江は一瞬黙った。益田も黙って見返した。

「あのね、あんた底抜けに馬鹿だね。どうやったら客の尻なんか見られるのさ。三社祭《さんじゃまつり》の連中だって猿股くらい穿いてるよ。そいつらはみんな、復員服だったよ。それで——」

幸江は反っくり返ってメイちゃあん、と呼んだ。

奥から店員らしき女性が現れた。

「あ、これは姪」

「あ、姪御さんで。姪御さんをメイと呼ばれる。新鮮ですなあ」

「あのさ、お嬢ちゃんのこの連れは、いちいち馬鹿だね。これはうちの宿六の兄の娘。名前が芽生《めい》なのよ」

入川《いりかわ》芽生ですと云って店員は頭を下げた。

「あんたさ、覚えてないかね。此処建て直す前だから七年くらい前。ほら、復員して来た悠ちゃんがさ」

「亡くなった久保田さんですか？」

いいから座んなよと幸江は椅子の座面を叩いた。

「あんた、あの頃は、未《ま》だ十五六だったかねえ。ほら、悠ちゃん、悪そうな友達連れて来てたよね」

「ええと——」

芽生は人差指を唇に当てて、小首を傾げた。

「まだ怪我される前ですよね」

「怪我？」

「ほら、腕を吊ってましたよね？」

「え？　すると、その久保田さんが右腕を失われたのは——」

「いやいや、あれは仮病——病気じゃないか。なら嘘の怪我だよ。偽物の傷痍軍人演《や》ってたんじゃないかね。ホントに怪我してたんだとしたって戦争でやったんじゃないさ。その連中と悪巧みして、それで何かやらかしたんだと——あたしはそう思ってたけどね。ねえ、芽生ちゃん」

「私、働き始めでしたから、能《よ》く覚えてます。久保田さんは——そう、最初は三人で何か相談されていて、それからあの、カッパの」

「河童？　合羽ですか？」

だからカッパだよと幸江は答えた。どっちでしょうねと益田は小声で敦子に尋いたが、無視をした。どっちでもいいだろう。

「慥《たし》か、水泳が上手だった——その」

「カッパのヒロさんでっしょう。あの、お調子者の鑢《やすり》職人の」

幸江がそう云うと、芽生はそうそうと云って手を叩いた。

「あの、下谷のカッパさん。お祭りの度に三度笠《さんどがさ》に道中合羽で繰り出して来て、酔っ払うと裸になって騒いで、頭から水被って、下手な踊りばっかりする、あの、恵比寿《えびす》様みたいな顔した、ええと——子供等はカッパさんとか、三度笠のサンドさんとか呼んでたけど」

「廣田さんだわよ。それが」

幸江がそう云った。

「え？な、亡くなられた廣田豊さんですか？」

益田は飛び上がった。

廣田さん死んじゃったんですかと、芽生も声を上げた。

「そうそう。そうなんだってさ。だから聞き捨てられんて云ったのよ。だって、久保田の悠ちゃんとカッパのヒロさんが相次いで亡くなったって云う話な訳でしょうに」

「ええ。お尻出して」

尻はいいのよと幸江は云った。

「あんたね、こんな若いお嬢ちゃん前に、尻尻ってさあ。わざとやってるのかい。うちの芽生だってまだ二十二だよ」

　お蔭様で品がないですと益田は項垂《うなだ》れた。

「お嬢ちゃん、諄《くど》いようだけど絶対こんなのと付き合ったりしちゃいけないよ。芽生も能《よ》っく覚えておきな。前髪が長くて目付きが卑怯そうな口数の多い男は、駄目だ」

「いや、その、まあ駄目なんですが、ええと」

「ヒロさんってのは、あれ鑢の目立て職人さ。あれで結構いい仕事すんだよ。元は広島の人で、地元で修業したんだそうだけど、ほら、原爆でやられちゃったろ。家族も家も、何もかんもなくして、こっちに出て来て、独り働きしてたんだ」

　金属加工業と云う表現は、間違ってこそいないのだろうが、語感から思い描くそれとは随分と印象が違う。工場に勤めていると云う訳ではなかったようだ。

「そうだねえ。見掛けるようになったのは終戦の翌年くらいからかね。自分はカッパだから合羽橋にゃあ能《よ》く馴染むんだ、なんて云ってたけどねえ。カッパったって、広島じゃあ水練でならしたかもしらんけど、こっちじゃねえ。浅草川で泳ぐ訳にもいかないでしょう」

「浅草川？」

「隅田川《すみだがわ》のこと」

　幸江は川の方向に指を向けた。

「いくら泳ぐの好きだからって、泳がんでしょうに隅田川で。泳いだっていいけどさ、それ、ただのお調子者だろ。でも水に入らないんじゃ、あんなのただの親爺だからね。泳ぎもしないのにカッパの二つ名はないだろ。だからカッパの渾名《あだな》に掛けてね、昔のやくざ者みたいな縞《しま》の合羽羽織ってさぁ。三度笠さ。お祭りが好きなんだアレは。見た目気難しそうなんだけどねえ、まあ」

お調子者さと幸江は云った。

「あの人は、そんなに若くなかったし、臨時召集されたのが遅かったから──内地から出てないんじゃなかったかねえ。どっか送られる途中で原爆が落ちて終戦になって、そのまんま兵役解除になったんだと思うわ。でも故郷には戻れなかったのさ、家は爆心地らしかったから。下谷に越して来たのも、だから戦後すぐだったと思うね。そんなだから悠ちゃんが復員して来た頃は──此処いらに来て、一年か二年ってとこだったよね」

益田は敦子に顔を向け、興奮気味に繋がりましたよと云った。

「その、カッパさんが、悪巧みに参加してた訳ですか」

「何の悪巧みか知らないけどさ。ここそやってたよねえ？」

そうですねえと芽生は答えた。

「悪巧みかどうかまでは判りませんけど──何かの寄合みたいではありましたよね」

悪巧みに決まってるよと幸江は云った。

「慥《たし》かに何かを熱心に相談してましたよね。穢苦《むさくる》しい男の人ばっかりで頭突き合わせて。眉《み》間《けん》に皺《しわ》寄せて、小声でごにょごにょと。お団子なんか食べやしないのに」

うちは酒出さないからねえと幸江は云った。

「でも相談が済んでから外で飲んでましたよ。何か、得体の知れないお酒を――」

芽生は外を見る。

「その辺で。今でこそ多少減りましたけど、その頃はこの辺の路上なんか全部酒場みたいなものだったし。歩くのに邪魔になるくらい」

「何云ってんだい。今だって六区の辺りなんかはおんなじようなもんじゃないさ。行ってみな。真っ昼間ッからゴッロゴロしてるわよ酔っ払い。大体外で飲むなら団子屋なんかに来んなって話だよ」

つまり。

それは往来などでは軽軽しく口にすることが出来ない類いの相談ごとだった――と云うことか。

「相談していたのは久保田さんと」

「柄の悪い男どもだったね。名前はねえ。何ってッたかねえ」

「一人は――亀――何とかさんですよ、慥か」

「そうだったかい？」

「亀田《かめだ》とか亀井《かめい》とか、違うなあ。でも亀は付いてました。あの、何だか目付きが落ち着かない、半笑いの人。ちょっと愛想が良かったから印象に残ってます。叔母ちゃんの云う柄の悪い人と云うのは、む――いや、す」

あんた能《よ》く覚えてるねえと云って、幸江は感心したように首を捻った。ムですかスですかと益田は喰い付いた。

「む――思い出せないですねえ」

「いや、そこ大事なんです」

「いやあ。でも、四文字ですよ四文字」

「ムの四文字って何でしょうね。ム、ムシ、いやそんな名前はないすね。ム――村山《むらやま》とか村《むら》川《かわ》とかしか思い付かないなァ。ス、だとしても須田《すだ》とか須川《すがわ》とかじゃない、と云うことですね。それは三文字だから。じゃあ、その亀何とかさんと、ムかス何とかさんと、後に廣田さんが加わった、と云うことですかね？」

「いや。もう一人いたね。ねえ芽生ちゃん」

「え？　カッパのヒロさんの他にですか？」

叔母と姪は揃って腕を組んだ。

「あ」

先に声を上げたのは姪の方だった。

「いた。一二回しか来ませんでしたが、あの、痩せた人ですよね。か、川——」

　何文字ですかと益田が尋いた。

「え？　さ——三文字ですね。か、かわた、かわい、川、かわせ、そう。かわせ、川瀬《かわせ》です。川瀬」

「凄いねあんた」

　幸江は呆れたような顔で姪を見た。

「そう云えばそんな名前だったかねえ。慥《たし》かに痩せてたわ。栄養失調みたいだったね。でもさ、その痩せた男が来るようになった途端に、何だかバタバタし始めて、それで来なくなっちゃったんだ。次に来た時、悠ちゃんは腕吊っててさ、傷痍軍人の恰好してたんだよ。あたしゃ吃驚《びっくり》してね。そりゃ何だいあんたって尋いたのさね。そしたら悠ちゃん、怒ってると云うか、落ち込んでると云うかさ、暗ァい顔してさあ。東京じゃこんな恰好でもしなくっちゃおまんまにありつけねえ、もう千葉に戻るから暇《いとま》乞いに来たって。だから偽傷痍軍人だと思ったのさ——」

　いや、本当に右手の肘から先がなかったようですよと益田は云った。

「おや、そうかい。じゃあ何があったんだか——ありゃ何て云ってたかねえ。そう、そう云えば嵌《は》められたとか裏切られたとか、そんなこと云ってたと思うけども」

「嵌められた——ですか？」

「悪いことしたんじゃないのかねと云ったのさ。そしたらそうだね悪いことは出来ねえな幸坊、と云ってさ」

「サチ坊！」

益田が過剰に反応した。

「何サ。文句あるのかね。あたしはね、悠ちゃんより齢下なんだよ。この辺のおっちゃんはみんな幸坊幸坊って可愛がってくれたもんだよ。だからまあ、浅草小町とまでは云わないけどさ。あたしゃこの仲村屋の看板娘だったんだ。あんたみたいな卑怯そうな小僧に驚かれたくないよ」

お蔭様で卑怯者ですと云った後、益田は敦子に向けて判るもんですねえと小声で謐《ぼや》いた。

「いや、僕はホントに卑怯なんですわ。人を見る目がありますねえ幸江さん。実に鋭いです。僕はですね――」

敦子は手を翳《かざ》して益田の饒舌を止める。

「その後、久保田さんは」

「多分、一度も来てないねえ。あ、カッパのヒロさんは、毎年毎年、お祭りの度に騒いでたけどね。でも、まああんた何か悪事を働いたでしょとも尋けないからねえ。そのうち、そんなことは忘れちゃったよ。あんたらの話を聞くまで完全に忘れてた」

「他の連中は？」

「見かけたことないね。ヒロさんだけだねえ」

「亀も、スとかム何とかさんも、川瀬さんも？」

「いやあ、そもそもねえ、あたしは誰一人、名前さえ覚えてなかったからさ。その何だ、亀かい？　かめ、亀、亀田？　亀山《かめやま》？」

「あっ。亀山亀山」

芽生が跳ねるようにして声を上げた。

「亀山さんですよ多分。いや、そうです」

「カメヤマ亀山、亀山と。字は多分、亀さんの亀にお山の山ですね」

益田が手帖に書き付ける。

「纏《まと》めます。久保田さんは若い頃にグレて家出、千葉で漁業関係の仕事に就いてそこから出征、復員した後に浅草に戻ってみたら、空襲で実家は焼けていた——と」

「そうね」

「で、同じ部隊だったス何とかさんと、亀山と云う男と、この店で何やら怪しい相談ごとを重ね、やがてそこにカッパのヒロさんこと廣田さんと、痩せた川瀬さんが加わった」

「そうだね」

「川瀬さんが加わった直後、何だか慌ただしくなって、五人はこの店に来なくなってしまった」

「来なくなったね」

「その間何があったかは不明だけれども、次にこの店に現れた時、久保田さんは右腕を失っており、それで、千葉に舞い戻った、と」

「そうさね」

やりゃ出来るじゃないかと女将は云った。

「腰折らなきゃいいのさ」

「はあ。お蔭様で。で——それ、いつのことですかね？」

「そうだねえ。何があったか知らんけど、寄り合いしなくなって、ぱったり来なくなってから、腕吊って暇乞いに来るまで——半年くらいは経ってたと思うけどねえ。その、腕の怪我が本物だったんだとしてもさ、怪我したてって、感じじゃあなかったからね。あたしゃフリしてるだけかと思ったくらいだから、治りかけか治ってたかさ。ま、来ないでいた間に怪我したんだとして、傷が塞がるのにそんくらいはかかるだろ？」

「復員は七年前——昭和二十二年ですね？」

「ああそうね。戦争から帰って来たのは、二十二年の、ありゃ夏前だったと思うけどね。春先だったかねえ。それで、半年くらいはこの辺で管巻いてて、何か仕出かして——仕出かしたんだろ、きっと。でもって姿が見えなくなって——そうさねえ。最後に来たのは翌年の、そう、矢《や》っ張《ぱ》り夏だったかねえ」

「すると——昭和二十三年の夏、ですか。で、久保田さんはこの六年の間、全くこちらには音沙汰なしで？」

なかったねえ、と幸江は云った。

「それが最後」

「いや、来ましたよ」

間を開けずに芽生が云った。

「来たかい？　いつさ。あたしゃ覚えがないね」

「叔母ちゃんいなかったと思う」

あたしゃいつだっているだろと幸江は云った。でも来たんですよと芽生は返した。

「来たんですか、その——芽生さん」

「ほら、叔母ちゃん——あのさ、商店会の集まりがあったでしょう、先月。あの」

ああ、覗き魔覗き魔と幸江は云った。

「は？　覗き魔？」

「ほら、こないだ騒ぎになったじゃないよ。出歯亀《でばかめ》。あの男ばっかり覗く奴。陰間の覗き」

はいはいはいと益田は首肯く。

「一時騒いでましたなあ。それこそ品のない見出しで新聞に載ってました。って、それと何か関係がありますか？」

「それがさ、あれ、騒ぎの出元はこの辺なのよ」

「そうでしたかね」

益田は敦子の方を見た。

正直、敦子はまるで興味がなかったからその件に関しては殆ど知識がない。記事も斜めにしか読まなかった。俗悪で扇情的な見出しに辟易《へきえき》した所為である。

「その辺で風呂だの雪隠だの覗いてさァ。それで寄合があってねえ。気を付けろって。まあどんだけ気を付けろったって、気を付けようがないんだけどさ、うちは団子屋だし。だって団子屋だよ？　尻は出さないから。お客は。覗くったってねえ。宿六の尻視《み》られたって別に構いやしないからねえ。で、何なのさ」

「だからあの日。叔母ちゃんが寄合に出掛けてる間に久保田さんがひょっこり来たんですよ。云いませんでした？」

「聞いてないね」

「最初は誰だか判らなかったけど、腕がなかったから、あっと思って。久保田さんは私を覚えていたみたいで。それで久保田さん、幼馴染みの三芳さんは、今もこの町に住んでるのか、って」

「それはいつです！」

「だから先月――」

「そうですかッ」

益田は一度腰を浮かせて敦子に向き直った。

「これで全部が繋がりましたよ。ねえ、敦子さん」

「全然繋がってないですよ」

「は？」

益田は勘違いしている。

慥《たし》かに久保田が仲間と共に何か良からぬことを仕出かしたことは事実なのだろうと思う。

何をしたかは不明だが、その際に仲間の裏切りらしきことがあり、結果として久保田は右腕を失うと云う大怪我を負った——らしい。ただ、それも久保田の述懐から導き出した憶測に過ぎない。現時点では、その怪我が久保田達のした良からぬことと直接関わっているかどうかは、不明とするしかない。

六年後、久保田は不審死を遂げる。そして、久保田と同じ状況で不審死を遂げた人物がその良からぬことを仕出かした五人のうちの一人と思われる、廣田だった——。

その辺りのことはどうやら間違いない。

そして。

死ぬ前に久保田は幼馴染みの三芳に模造宝石の製作を依頼している。宝石の略取事件に関する何らかの工作に使用するためであった——らしい。

久保田が過去に犯した良からぬことがその宝石の略取事件であったと云う可能性はあるだろう。そうだと仮定するなら、宝石の独占こそを裏切り行為と考えることも出来るかもしれない。

しかしそれも可能性に過ぎない。

二つを繋ぐ証左は何ひとつない。

過去の悪事と、模造宝石の製作、そして二件の不審死を有機的に繋ぐだけの情報は、皆無なのだ。付け加えるなら久保田が隻手になった事由も不明とするしかないのである。

何一つ、繋がってなどいない。

不明瞭な幾つかの出来ごとが点在しているだけなのであって、それぞれを結ぶのはより曖昧な推理——妄想でしかない。

「久保田さんの人と態《なり》や、復員してからの足取りなんかに就いては、こちらのお二方のご協力でかなり詳しいことが判明した訳ですけれど、それにしたって彼等がその昔どんな悪巧みをしたのか、それさえ判然としないんですよ。三芳さんのご依頼に就いては——未《ま》だ能《よ》く判りませんよ」

それ以前に、敦子には三芳のした依頼の内容が解らないのだ。

「お二人のお蔭で益田さんのお話に欠けていた部分が多少埋まったので、私も概《おおむ》ね、事情と云うか、諸諸《もろもろ》のあらましは理解しました。だから益田さん」

「はい？」

「これ以上脱線しないで、三芳さんの依頼を整理してみてください。そもそも益田さん、お知恵を拝借なんて云ってましたけど、今のところ私が役立つとは——思えないんですが」

ですから先《ま》ず尻ですと益田は云った。

「あの」

「ふ、巫山戯《ふざけ》てないですよ僕《ぼか》ァ。三芳さんは自分が拵えた偽物の宝石がどうなったのか、何に使われたのか、それが知りたいんですよ。最初は雲を摑むような話でしたが、ほら。久保田さんが良からぬことをしたのは本当っぽいでしょうに。それが宝石絡みだとしたらどうです」

「どうですって」

「久保田さんはその偽物を本物と掏り替えると云ってた訳で、じゃあ本物を持ってるのは誰かと云えば、そりゃあ宝石を掠め盗った人、ってことになるじゃないですか。で、久保田さんが三芳さんに語ったところに依ればですよ、猫糞《ねこばば》した宝石を独り占めした男と云うのは、尻に宝珠の刺青があると云うんですよ」

「それは聞きました」

「ですから、何や彼《か》やとややこしい話なんですけどね、ここまで来れば話は簡単で、その男を捜す手立てをですね」

馬鹿じゃないのかねこの男はと幸江が云った。

「はあ、そうですか？」

「手立てって何だい。そんなもん、尻見せて下さいと頼んで回るしかないじゃないか。頼んだって尻なんか見せるかい。おケツを人に見せたがる奴なんかいないだろ。それこそ雪隠だの風呂だのを覗くしかないでしょうがね」

「いやいやいや、例えば銭湯で見掛けたとか、あるでしょ。自慢の彫り物なら、おケツだってこう、見せ付けるかもしれないし」

益田は腰を浮かせた。

「なら尋いて回りなさいよ。尻尻云うのは得意なんだろ。尻見せて尻見せてと頼み廻りゃいいじゃないのさ。見付ける前に警察に捕まるかもしれないけどね。それ以外に方法はないよ。なら、この近所でケツに刺青のある人ァいませんか——って、御用聞きみたいにさ。それしかないだろ？　このお嬢さんの知恵なんか借りなくて良いじゃないか。卑怯な上に馬鹿なのかい」

「まあ、多少は」

「それとも、それ口実に口説《くど》こうって肚《はら》かい。尻の話なんかで女が口説けるかね」

「いやいやいや」

益田は汗を拭った。

「何を云い出しますかねえ、この看板娘は。ただですね、その、漠然としていた尻宝珠の男がですね、今のお話で、亀山さん、スとかム何とかさん、川瀬さんの三人に絞り込まれたんじゃあないかと――」

「ですからそれは無根拠ですって益田さん」

名前と人数が知れたと云うだけで、それ以外の事柄は何ら解明されていない。関連性に関しては今に至って尚、不明としか云いようがないのだ。精精《せいぜい》、関連していた可能性もあると云うだけに過ぎない。しかもその可能性さえ、高いとは思えない。

益田は不服そうに口を尖らせた。

「いやあ、関係あると思うけどなあ」

「関係あるなしを判断する以前に、その宝石略取事件と云うのは久保田さんが云っているだけで、本当にあったかどうかすら不明なんですよね？　今は宝石泥棒なんかも年に何件もあるんでしょうけど、七年前となると敗戦直後ですから、盗難であれ詐欺のようなものであれ、事件化していたなら目立ったと思うんですが――少なくとも公にはなっていないんじゃないかと思いますが」

そこですかと益田は云う。

「まあ、高貴なお方なんで表沙汰にしなかったのかもしれませんけど。どうですか、お二人。そう云う話、してませんでしたかね、久保田さんは。宝石がどうしたとか」

「どうしたとかって、客の話は右から左だと云っただろうさ。団子屋の鑑だとかって云ってたじゃないか、あんた」

「鑑ですけど、耳の隅っこに残ってたりしませんかね、その、宝石のほ、くらい」

幸江と芽生は顔を見合わせた。

「宝石ってもさあ、ねえ。あたしらの暮らしにゃ無関係だからね。見たことないよ実物の宝石。蜻蛉玉《とんぼだま》みたいなものだろ？」

「いやいや、もう少少高級ではないかと。蜻蛉玉って寧ろ《むし》ビー玉に近いですよね。それにその、高貴なお方の宝石だそうですから、なら更に高級だって気もします」

幸江は眉間《みけん》に皺を寄せた。

「高貴なお方って誰さ。高貴なお方になんて会ったことないよ。あたしも姪も筋金入りの平民だ。あたしン家《ち》はご一新前も後も、戦前も戦後もずっと団子屋――だと思うね。そんなお方で知ってるっつったら、天皇陛下くらいだよ。勿論、お目に掛かったことはないけど」

「ああ」

――それか。

敦子は思い出した。

そうなら慥《たし》かに――。

だが、そんなことがあるか。

そうだこんなですと云って益田は鞄から紙切れを引っ張り出した。

「これはですね、三芳さんが模造品を作る時に参考にした、設計図と云いますか、スケッチと云いますか、そう云うもんなんですけどね。久保田さんの云う通りに描いたもんだそうで」

紙にはデッサンのようなものが描き付けてあった。

「宝石は全部で五個なんです。久保田さんの記憶を頼りに平面図と立面図つうんですか、それを描いて、もう一丁おまけに斜めから見たような——流石に絵が上手ですな」

「彰ちゃんは器用だったからね」

幸江が覗き込む。

「指輪とか首飾りとかじゃなくって、石だけなのかい？」

「そうみたいですねえ。これ、実物大らしいですけども。そうだと思って見てみると、結構大きい気がしますねえ。氷砂糖じゃないんだから、普通はもっと小振りなもんじゃないですかな。金剛石ってもんが普通どれっくらいの大きさで、値段も幾価《いくら》くらいするもんなのか、僕ァ知りませんけどね」

敦子も覗いてみた。

何となく三面図のようなものを予想していたのだが、静物画のようにタッチが付けられていた。

この絵——設計図なのか——が実物大なのだとすると、益田の云う通りかなり大きい方だろう。このサイズで、しかも金剛石と云うなら大変な値打ちものだろう。敦子は長年宝石や装飾品とは縁がない生活をしている。綺麗だとは思うけれども、欲しいとは思わない。身に着けようと思ったことなどただの一度もない。だが、相場くらいは知っている。

一カラット四十万から五十万。

一カラットは二百瓱《ミリグラム》である。

図面だけでは果たして何カラットあるのか判らない。色や透明度、カットの仕方で値段は変わるらしいから、当然値踏みなどは出来ないのだが、数百万円か、場合に依ってはそれ以上の価値があるものではないか。それが五つ——である。

これは。

益田は幸江と芽生の顔色を窺い、それから敦子に縋《すが》るような視線を呉れた。

「どうですかねえ。そうだ——その、七年前の悪巧みの時にこんな宝石の話してませんでした？　何カラットとか金剛石とか、そう云う言葉聞いてないですか？　どうです、芽生さんは記憶力が良いみたいですから、何か覚えてませんか？」

「あたしの物覚えが悪いみたいな云い方だねえ」

「さ、幸江さんは最後の頼みの綱ですから最後に尋こうと思ってたんです。そこは誤解しないでください。い、いや先に思い出して戴いても結構でございますよ」

適当な兄《あん》ちゃんだよこの人はさと云って幸江は呆れ顔になった。

お蔭様で適当ですと益田は答える。

「どうです、敦子さん。ま、絵じゃ何ともですが」

——いや。

これはもしかしたら。

「益田さん、隠退蔵物資《いんたいぞうぶっし》ってご存じですか？」

「イン——何です？　印度《インド》象の仏師？」

「違います。日本軍が戦時中に民間人から接収した物資ですね。それは大量にあった訳ですけど、それ、占領軍が来る前に処分通達が出されたんですね。でも、かなりの物資が有耶無耶のうちに闇に消えてしまった。政界に流れたとも謂われています。ほら、衆議院でも調査特別委員会が——」

「それが？」

「未《ま》だ大半は行方不明なんです。特に、貴金属に関しては」

「貴金属？」

「貴金属も接収されてるんですよ。銀座の宝石店に並んでいる宝石の多くが隠退蔵物資の横流し品だと云う噂すらあるんです」

「へ？」

電話をお借り出来ますかと云って、敦子は立ち上がった。

「あります――よね？」

「あるよ。ほれ、帳場の横」

確認してみる必要はある。

兄か、或いは事件記者の鳥口か――いや、鳥口は今日、原水爆禁止署名運動全国協議会結成大会の写真撮影に行っている筈だ。敦子が依頼したのだ。

少し考えて、敦子は取り敢えず『稀譚月報』編集部に電話してみた。今日は日曜だが、必ず誰かはいる筈だ。

中禅寺君か、大変だ――。

出るなり、電話口の中村《なかむら》編集長は大声でそう云った。

3

「下品なお話ねえ――」

淳子《じゅんこ》さんは半笑いでそう云った。

南雲《なぐも》淳子は、美由紀の母の姉の長女――つまりは従姉妹《いとこ》である。

子供の時分は年に一二度会って遊んで貰ったりしていたのだが、家が引っ越してからは徐徐に行き来が途絶え、最後に会ったのは五六年前のことだったと思う。

美由紀より五つは齢上だったから、もう成人している筈だ。今は役場に勤めているそうである。社会人なのだ。

美由紀は、夏休みである。

今は、小さな旅行をしている。

実家のある木更津《きさらづ》に帰省して一週間。四五日はぶらぶらしていたのだが、早早にすることがなくなってしまったのである。

美由紀は、木更津にはそれ程縁がない。

近所には小学校時代の友人も幾人かはいるのだけれど、毎日毎日遊ぶ程親しくはなかったし、彼女達には各各《おのおの》今の友人関係がある訳だから頻繁に誘うのも少少気後れしてしまう。

勿論、宿題なんかはあった訳だが、ほぼ当然のようにそんなものは休暇後半にするものと決めていたから、美由紀の退屈は間もなく頂点に達したのだった。

だから、旅をしてみようと企んだ。

旅と云っても、日帰り出来るような距離であったし、しかも未踏の地に行く訳でも観光地に行く訳でもなかったのだが。美由紀は、ただ過去に向けた旅行がしてみたくなったのだ。

幼い頃――。

美由紀の家族は勝浦《かつうら》に住んでいた。

正確には興津《おきつ》町鵜原《うばら》と云う処である。

木更津へは父が会社を興《おこ》す際に引っ越したのだ。

小学校に入って直《す》ぐのことだったたと思う。中学は全寮制だったから、美由紀が木更津で暮らしたのはたった四五年のことである。悪い想い出は一つもないが、想い出の総量はそれ程多くない。

父は、起業するにあたって祖父と喧嘩をしたらしく、臍《へそ》を曲げた祖父とは表向き断交した。とは云え、父は欠かさず祖父への仕送りを続けていた訳だから、親子の縁を切ったと云うような話ではなかったようだ。

大きな確執があった訳ではないのだ。

祖父は住み慣れた土地で漁師を続けたかっただけなのだろう。だが、そもそも父が起業を決心したのも、祖父が漁師を続けられなくなったからなのだ。

祖父は、蘇我《そが》の友人を訪ねた際、千葉空襲に巻き込まれて足に怪我をしている。漁師は廃業せざるを得なかったようだ。

しかし祖父には未練がたっぷりあったのだろう。

祖父は去年まで意地を張って鵜原で独り暮らしをしていたのだ。

美由紀が去年まで入れられていた全寮制の女学院は、勝浦近辺にあった。近辺とは云うものの、そこは町からはかなり離れた山中であり、簡単に行き来出来るような距離ではなかったのだが。

どこか監獄めいたそこで、去年の春に連続殺人事件が起きた。

美由紀はその陰惨な事件で、親しかった友を失った。疑われたり、責められたり、泣いたり喚《わめ》いたりした。

その最中《さなか》、美由紀は八年振りに祖父と再会している。美由紀は大きくなったが、祖父は小さくなっていた。

小さい祖父は、酸鼻を極めた事件の渦中で翻弄されていた孫娘の舫《もや》い綱となり、美由紀を確乎《しっか》り此岸《しがん》に繋ぎ止めてくれたのだった。

その事件を契機《きっかけ》にして祖父は意地を張ることを止め、美由紀の両親と同居することになった。だから、今は祖父も木更津に住んでいる。

それで生まれてから六年間暮らした鵜原とはすっかり縁が切れてしまったことになる。学院も事件後に、閉校した。勝浦辺りに行くことは、まあこの先もない気がした。用事はないだろう。

だから、行ってみることにしたのだ。

木更津から鵜原までは、房総西線《ぼうそうさい》に房総東線《ぼうそうとう》を乗り継いで行けば三時間も掛からない。早めに出れば午前中に着いてしまう。車窓を流れる海原を眺めているうちに、あっけなく到着した。

祖父の住んでいた小屋はそのまま残っていた。

祖父が集めた漂着物は――祖父は漁師時代、舟に寄り付く様様なものを拾い上げ、コレクションしていたのだ――引っ越しの際に殆ど捨ててしまったようだった。

既に廃屋と呼んでいいだろう。

家の中はガランとしていて、埃《ほこり》っぽかった。

家具など元元ないようなものだったし、埃っぽいのも昔からだったような気もするのだけれど、矢張り人の住まぬ家と云うのは、蛇の抜け殻のように空虚なものなのだなと美由紀は強く感じた。

そこは——家の形はしているけれどもう家ではなくて、ただの柱と壁と天井と床に過ぎなかった。

入り口に、割れた貝殻が幾つか落ちていた。

家の中は埃っぽいのに外の土は湿っていた。

埋もれていた記憶の糟《かす》が浮き上がってくる。

序《つい》でにあの学院も見ておきたい気になった。

しかし学院までは距離がある。行けぬことはないが時間も掛かる。疲れるだけならそれでもいいのだが、戻る途中で夜になってしまうかもしれない。

それに、聞けば既に廃校になったそこは、年が明けて直ぐに取り壊しが始まっていると云う。ならばもう粗方は壊されていることだろう。

それなら空虚どころか廃墟である。いや、もしかしたら更地になっているかもしれない。

そんなものを見ても仕方がない。

大体、建物が残っていたとしても、知人友人は疎《おろ》か、そこには誰もいないのではないか。

誰かいたとしても、それは工事をしている作業員だったりするのだろうし。

それは最初から知れていたことだ。

校舎の残骸や掘り返された地面を眺めても、それで感傷に浸れる程に良い想い出がある訳でもない。

人との想い出はあるのだけれど、土地には何の思い入れもない。

そう考えると行く気が失《う》せた。

で——。

美由紀は淳子の住む総元に向かったのだ。

気紛れではない。

元元そのつもりだったのである。

総元には子供時分に何度も行っている。木更津に移ってからも数回行った。最後に行ったのがいつだったのか明確には覚えていないのだが、中学に入ってからは行っていない筈なので、最低でも四年、いや五年以上は足を向けていないと思う。

昔を懐かしむ——ような年齢でもないから、勿論いつぞやの河童話の時に思い出した、河伯神社の存在を確かめたかった、と云うのが直接的な動機なのである。と、云うよりも伯母の家なら泊ることが出来るから、数日は暇が潰れるだろうと云う目論みもあったのだが。

母に頼んで予《あらかじ》め連絡も入れて貰っている。

その昔は、先に手紙を出しておいたり、いつ何時《なんどき》に行くのでヨロシクなどと云う電報を打つなどしていたと思う。今は淳子の勤め先の役場に電話をすれば、電報など打たずとも連絡はつくのである。

時間を決めずに、明日の午後に行くとだけ伝えて貰った。

毎日が休みのお子様である美由紀は何も考えていなかったのだが、電話をしたのは金曜で、土曜は半ドンだから何とでもなると淳子は云ってくれたらしい。ただ、時間を伝えていないので出迎えて貰うのは無理である。

駅からの道順を覚えているかどうか不安だったのだが、まあそれ程広い村でもないから、行けばどうにかなるだろうと、美由紀はお気楽に構えることにしたのだ。

鵜原と総元は、直線距離ではそんなに離れていないように見えるのだけれど、実はかなり遠くて行き難《にく》い。

鉄道で行こうとするなら、房総東線で大原《おおはら》まで行き、木原《きはら》線に乗り換えなくてはならない。つまり実家とは反対方向に進んで、ぐるっと大回りすることになる。更にそこから木更津まで戻るとなると、房総半島の外周を一周するような恰好になってしまうのだった。

それがまた面白そうだと美由紀は思ったのであった。

房総東線の車窓からは、海ばかりが見える。

木更津から乗った房総西線も一部を除けば海岸線をなぞるようにして走っているから、まあ海ばかりが見えていた。

窓から吹き込む風も磯臭い。美由紀は海が好きだからまるで気にならなかったのだが、飽きないかと問われれば飽きるような気もする。東京の電車のように街中を走るよりはずっと好《よ》いと思うけれど。

でも、木原線に乗り換えた後は様子が変わった。

木原線と云う線名は木更津の木と大原の原を繋げたものなのだそうだ。本来はその名の通り木更津と大原を結ぶ路線となる予定だったと云う。結局、木更津までは通じていないのだが、もし通じていれば房総半島の根本を横切るようになっていた筈だ。

内陸を走っているのだから、当然海など見えない。

線路の横には花があって草があって、その先には木が生えている。森と、山も見える。後は空だ。

それで、町はあんまりない。草深いと云うのか。

海辺の町と、監獄のような学校と、そして都会と、そんな場所にばかりいた美由紀には新鮮な情景だった。

何処にも空はあるが、こんなに大きくはない。草だって何処にでも生えているし、花だって何処にでも咲いているけれど、こんな、地べた一面が草花で埋め尽くされている場所はあまりない。

そう云えば、子供の頃に満開の菜の花を見て随分驚いたことがあった気がするが、それは総元に来た時の記憶だったかもしれないと、美由紀は思い至った。その時の想い出は真ッ黄色である。

窓の外は右も左も草と木と空だった。

車中で母が作ってくれたお弁当を食べた。朝食を食べずに家を出て来たので、美由紀は恥ずかしいくらいにがっついて食べた。乗客が少なかったのが幸いだったろう。

そして。

眩《まぶ》しいくらいの深緑が車窓を流れているのを呆然と眺めているうちに、美由紀は東総元《ひがしふさもと》駅に到着したのだった。

午後四時だった。勝浦を出たのが午後一時を過ぎていたと思うから、乗り換えを含めて三時間弱かかった、と云うことだろう。玩具《おもちゃ》みたいな無人駅である。降車したのは美由紀一人だったから、暫くホームに突っ立って、空気を吸ったり辺りを見渡したりした。

綺麗な川が見えた。

——川だ。

ただそう思った。河童がいるんだとか——河童の謂い伝えがあるのだ、が正しいのだろうが——そう云う風には全く思わなかった。西陽を映して綺羅綺羅《きらきら》していた。

駅舎——と云うか、小屋ですらないのだが——の前には何もない。

本当に何もない。

人っこ一人いない。扨《さて》、右へ行ったものか左に行ったものか、全く勝手が判らない。何も覚えていないのだ。訪れた際の記憶が只のひとつもない。美由紀は己のお気楽加減にやや愛想が尽きた。ところが。

駅の前に突っ立っているとひょっこり淳子が現れたのだ。美由紀は大層驚いたのだが、それは偶然でも奇蹟でもなかった。到着時間を予想して迎えに来てくれたのだ。凄いと云うと、それ程本数がないからと云う答えが返って来た。

淳子は眼鏡を掛けたこと以外あまり変わっていないように感じたが、美由紀の方は大いに変わっていたらしく、淳子は頻《しき》りに大きくなった大きくなったと繰り返し云った。

幼児なら喜ぶところなのだろうが、十五にもなって大きい大きい云われてもそんなに嬉しくはない。でも、綺麗になったとも云われたから、まあ良しとすることにした。お世辞でも良しとしたい。

道道、河伯神社のことを尋いてみた。

記憶は間違っておらず、字もあっていた。しかし河童とは関係ないと思うと淳子は云った。そもそも何で河童なのと不審そうに尋ねられたので、美由紀は連続覗き魔に端を発した女学生の河童談議の話をしたのだった。

「東京の女学生はそう云う話を平気でするの？」

「しませんよ」

「美由紀ちゃんだけ？」

「その手の話題も平気だと云うだけです。好んでそんな話はしないですよ。だって河童ですよ？」

「河童ねえ。いないからねえ」

「そう云う話になるまで頭の中に河童のカの字もなかったんですから」

普通ないよねと淳子は笑う。

「ないです。お友達はお尻と云う単語すら口に出来ないんですから、能《よ》くそんな話をしたなと思います」

「そうねえ。でも、河童は私も緑色だと思う」

ですよねえ——と美由紀はひと際大きな声で云った。

「この辺でもそうなんですか？」

「いや、だからこの辺ではあんまり河童の話聞かないのよね。親から聞いたこともないしね。父方の祖父母は私が生れた時には亡くなっていて、母方のお祖父《じい》ちゃんやお祖母《ばあ》ちゃんは、ほら、元元この辺の人じゃないから」

母方の祖父母は千葉市の出身だ。

「じゃあ矢っ張り河童はいないのかなあ」

「河童いないでしょ」

「そう云う意味じゃなくって。銚子の漁師さんには話を聞いたんだよね」

そのお尻を川に浸ける話かと、淳子は半笑いで尋く。

「そんな習わしあるかねえ」

「そう聞いたんですよ私は。でもまあ私も河童の話をお祖父ちゃんから聞いたことないし。でも――」

あんな立派な川があるのにねえと云って、美由紀は道の左右を見る。

ホームから見た川は迚《とて》も綺麗だった。

繁茂した木と、田圃《たんぼ》。川は見えない。でも。水音は聞こえる。

「あれ」

何だか妙だ。どうしたのと淳子が尋く。

「川って、こっち側ですよね？」

川の気配は左側にある。そうよと淳子は云う。

「そうすると、その川は駅のホームから見えた川とは別の川？　支流とかですか？」

「何云ってんの美由紀ちゃん。同じ川よ」

「だって流れの向きが」

車窓から眺めた川は線路と並行に流れていた気がする。しかし美由紀の横を流れている川はそうではない。

曲がってるのよと淳子は云った。

「曲がってるって――そんな、此処、駅からあんまり離れてないですよ。突然九十度くらい曲がらなくちゃ、こんなにはならなくない？」

「だって曲がってるんだもの。夷隅川は物凄く蛇行してるの。もう少し行くと、また反対側に曲がるわよ」

「そんなに？」

想像出来ない。

「鉄道も何度か川を渡って来た筈よ。鉄橋とかあったでしょ。あれ、みんな一本の川なのね。普通は線路が曲がってるんだろうけど、木原線のカーブはわりと緩やかで、川の方が曲がりくねってるのよ。因《ちな》みに、ちょっと判り難《にく》いかもしれないけど、上流は向こうね」

淳子は駅と反対側の進行方向を指差し、それからぐるっと身体を回した。

「え？　あ、どっちが上流だか判らないですよ、それじゃあ」

「そう？　あっちこっちからぐにゃぐにゃに流れて来た渓流が其処此処で集まって、それで一本になって、またぐにゃぐにゃ曲がり乍《なが》ら北に」

淳子はまた身体を回す。

「あなたが来た方ね。そっちに流れて、で、大多喜《おおたき》の辺りで東に折れて、また曲がり乍《なが》ら夷隅まで行って――」

で、海――と淳子は云った。

全く判らなかった。清花が云った通り、もう少し地理を勉強すべきかもしれない。

後で地図見せてあげるわと淳子は云った。

淳子の家で歓待を受け、それから伯父と伯母に去年の事件のことなどをあれこれ尋かれた。隠すこともなかったから尋かれるままに答えたが、大層同情された。

その後、寝る用意をしていると、淳子がやって来た。淳子は苦笑して、ごめんなさいね嫌だったでしょうと云ってくれた。

別に嫌ではなかった。

動機は興味本位だったのかもしれないのだが、伯母さんも伯父さんも美由紀のことを心配してくれてはいる訳で、それが判る以上、嫌だなどとは思わない。その上、淳子が気を遣ってくれているのだ。

全然気にしなくていいですと答えた。

蒲団の上で地図を見た。

本当に、どうやったらこんなにぐにゃぐにゃになるのかと云う程に夷隅川は曲がり捲《まく》っていた。しかも駅の前で本当に直角に曲がっていたので、美由紀は笑ってしまった。

「東総元の駅がここで、河伯神社はここよ」

指で示された場所はそれ程遠くない。

「明日行ってみる？　別に何にもないけど」

行きたいですと答えた。

何もないのだろうが。

疲れていたのだろう。美由紀はすぐに眠った。

翌朝。

美由紀はかなり早く目覚めた。

親戚とは云え一応客待遇に緊張した所為かと一瞬思いはしたのだが、目覚めの気分は思いの外清清《すがすが》しく、早めの覚醒は寧《むし》ろ熟睡出来たお蔭なのだと美由紀は思い直した。

宿舎はベッドだから、帰省した際に久し振りに畳の上で寝たことになるのだが、実家ではただ惰眠を貪るだけで只管《ひたすら》にだらだらゴロゴロしていただけな訳で、寝ているのだか起きているのだか、その途中なのだか判らなかったような具合だった訳であり。

この期に及んでやっとちゃんと眠れたと云うことだろう。

鳥の声が聞こえた。

蒲団を上げて、てきぱきと着替える。

勝手に顔を洗っていると伯母が出て来てあらみいちゃん早いのねと云った。

美由紀のことをみいちゃんと呼ぶのは、伯母だけだ。

「淳子はまだ寝てるわよ。起こそうか」

「いや、いいです。私はずっと休みだけど、淳子さんは週に一度のお休みでしょう」

「そうだけどねえ。子供の頃から寝ぼすけでね。今日は何処か行くのかい」

河伯神社に連れてって貰いますと云った。

「おやま。ただお社《やしろ》があるだけだけどねえ。お参りする人も少ないから、静かだろうけども、何もないよ。ずっと住んでるあたしだって参ったことがないからねえ。お祭りは十月だから」

どんなお祭りですかと尋いてみると、アラ、みいちゃん一度行ったんじゃなかったかねと云われた。

行っているのか。

「まあ小さかったからねえ。覚えてないかもね。お祭りったってあんた、こぢんまりとしたものさ。子供神輿が出てね、後は」

「お相撲――でしたっけ」

お相撲お相撲と伯母は笑った。

「まあ、覚えてるかね。みいちゃんが来た時、お相撲あったかねえ。戦争でしてなかった時期もあったからね。子供も減ってるから。どうだったかしらね。あらやだ、こっちが覚えてないわ」

伯母はケタケタと笑った。

美由紀も見た記憶は全くないのだが、何故か覚えていたのだから、聞くか見るかはしているのだ。

朝食を戴《いただ》き、八時過ぎに出発した。

辺り一面の田圃がそれはもう青青としていて、空も抜けるように碧《あお》くて、もう目が眩《くら》む程だ。風に乗って木や草や水の匂いが通り過ぎる。潮《しお》の香りもしないし街の香りもしない。何処も彼処《かしこ》も瑞瑞《みずみず》しくて、まるで埃っぽくない。

好《い》いとこですよねと云うと、淳子は眉を顰《ひそ》めた。

「好《よ》くないですか？」

「悪くはないんだけど、本気で何にもないよ。見れば判ると思うけど。東京の学校に行ってるなんて羨ましいよ。私、ずっと此処《ここ》よ」

「まあ、そうかもですが」

「でも、偶《たま》にならいいのかもね。二十年以上、毎日毎日おんなじ景色ばっかり見続けてると、もう今日だか昨日だか判らなくなっちゃうよ」

橋を渡った。

「この川も夷隅川なんですよね」

美由紀は足許に目を遣る。

「そうなのよ。私は他の川は知らないんだけど、地図で見ると、何処の河川ももっと真っ直ぐと云うか緩やかな感じでしょう。この川、駅前であっちに曲がって、また曲がって、この下を通ってる訳よ。相当根性が曲がってるのよ」

「でも綺麗ですよ」

まあねえと淳子は云う。

「この一帯の田圃も、この川のお蔭であんなに青青してるんだし、文句なんか云ったら罰が当たる気がするけど。どんなに曲がってても、有り難い川ではあるのよね」

「水も透き通ってるし。東京の川って、こんな色してないですよ。多分、両岸に家が建ってるからだと思うけど」

「都会でしょ。住んでる人が多いからねえ」

「もう際まで建物ですよ。それに、水もこんなに澄んでない気がするなあ。塵芥《ごみ》とかが結構浮いているし。それにしても水、綺麗ですよねえ。これなら河童がいたっておかしくないですよ」

「河童なんか泳いでたら丸見えじゃない」

「ああそうか」

そう云ってからもう一度川面《かわも》を見ると――流れて行く何かが遠くに見えた。

人っぽい。

「何だろ」

「何？」

「川で泳ぐ人とか――いませんよね？」

さあ、と淳子は首を傾げた。

暫《しばら》く進んで岐路《わかれみち》を左に曲がると、すぐに石造りの鳥居が見えた。

「あれが河伯神社。小さいよ」

「でも鳥居は立派ですよ。古びてないです。まだ新しいみたい」

「新しいと云っても、大正時代に建てられたもんだと聞いてるけど。社殿は五年くらい前に火事で焼けちゃって」

「矢《や》っ張《ぱ》り。じゃあ私――」

火事のことは何となく記憶していたのだ。ただ戦禍で焼けたような覚えもあった訳で、それは勘違いと云うことなのだろう。いずれにしろ五年前となると話が合わない。その時期美由紀は此処に来ていないと思う。

私いつ来ましたっけと美由紀は大いに間抜けな質問をした。

「美由紀ちゃんが最後にうちに泊りに来たのは戦後直《す》ぐのことでしょう。九年前くらいだから、まだ古い社殿があった頃だと思うけど。私もまだ中学に上がったばっかりだったと思うから。でも、その時は此処に来なかったと思うけどなあ」

――そうだっけ。

「お祭りは？　私、お祭り見たのかな」

「えー。その時は――やったのかな。覚えてないなあ」

「私もその、見たような、見てないような、そんな感じで」

「慥《たし》かに、美由紀ちゃんが来たのは秋のことだったと思うから、その時もしお祭りやってたんだとしたら、見に来るくらいはしたかもしれないけど、日が違ったのか——いや、きっと何もしてないと思うよ。もっと前のことかな？」

「そうか。じゃあ、私、それより前に見に来たことあったのかな？」

「うーん。どうかな」

淳子は顎に人差指を当てた。

「実は私自身、あんまりお祭りの記憶がないんだよね。その昔は賑《にぎ》わったんだと聞いてるけど、今はもう寂れた感じ。と云うか私、お祭りにそんな興味がなかったしなあ」

行ってないんじゃないと淳子は云った。じゃあ聞いただけなのか。

石段を四五段昇る。もう一つ鳥居があって、鳥居の左右は柵《さく》のようなもので囲まれて一段高くなっていた。奥に社殿がある。慥かにまだ新しい建物だった。古びた感じはしない。

「お参りする？」

「どんな神様が祀られてるんです？」

それは知らないと淳子は云った。

「村の鎮守みたいなものだと思うけどなあ」

「違いますよ！」

突然声がした。

柵と鳥居の間に何者かが立っていた。

「此処は河伯神を祀ってるんですッ。元禄《げんろく》十三年十二月創建の古い神社ですよ。明治期に村社になってから、この辺の氏神《うじがみ》的に扱われるようになっただけですから。でも、元は河伯神です」

河伯神ですッ――と、その人は捲《まく》し立てるように云った。

丸っこい人だ。

ただ、額が長い。

その額の上に強《こわ》そうな髪の毛が逆立っている。寝癖《ねぐせ》にも見える。度の強そうな眼鏡を掛けていて、ポケットが沢山付いたチョッキを着ている。ズボンは緩緩《ゆるゆる》だ。

神社の人かなと思ったのだが、どうも違う。立派な写真機を二台も首から提げているし、おまけに大きなリュックサックまで背負っている。ヤミ米でも運んでいるのか。それにしては悪目立ちする恰好である。

「いいですか、河伯と云うのは大陸の神話に登場する神ですよ。白亀か、龍が曳《ひ》く車なんかに乗った神人か、または龍そのものか、或《ある》いは人面の魚の姿をしていると伝わる、黄河《こうが》の神様ですよ、神様。いいですか、日本の河川じゃないんですよ。黄河ですよ黄河」

その一風変わった人は怒ったような口調でそう云い乍《なが》ら鳥居を抜けようとしたが、リュックがぶつかって少し蹌踉《よろ》けて、石段から落ちそうになった。

危なっかしい。

体勢を立て直してから石段を下り、美由紀の前まで歩み寄ると、眼鏡の奥のわりと凛凛《りり》しい眼を藪睨みにして小さめの口をへの字にし——。

威張った。

もしかしたら威張った訳ではないのかもしれないけれど、まあ強張った顔で踏《ふ》ん反《ぞ》り返られればそう見えようと云うものである。上背がないので余計にそう見えたのかもしれない。

それから男は唐突に語り始めた。

「いいですか。河伯神社と云うのは他にもあるのです。宮城《みやぎ》県の安福河伯《あふくかはく》神社は有名ですよ。勧請したのは日本武尊《やまとたける》ですよあなたッ。貞観《じようがん》四年に官社になって、正五位です。いいですか、正五位ですよ正五位。しかし祭神は速秋津比売神《はやあきつひめのかみ》なんですっ。これは水戸神《みなとのかみ》、つまり水門を司《つかさど》る神ではあるし、川に流された罪穢《つみけが》れを呑み込んでしまうと云う神でもあるのです。つまり、上流から流れて来た汚いものを海に排出しないために濾過《ろか》してくれる神様ですよ。でも水神ではあっても河伯ではないッ。河伯神を祭神とする神社には、飛驒《ひだ》の荒城《あらき》神社がありますが、これはどうやら勘違いだったのですッ。こちらも古い神社で、ずっと河伯神を祀っていると云われていたのですが、本当は大荒木之命《おおあらきのみこと》だった。水神である彌津波能売命《みつはのめのみこと》も合祀されていますが、これだって河伯じゃないッ」

男は小振りな鼻からフン、と息を吹き出した。

「高知《こうち》にも河泊《かあく》神社と云う神社はありますけど、字が違っていて、外泊の泊です。でも、まあ元は伯爵の伯だったと僕は思う。ただ、これは小さいのです。いいですか、全国に散らばる河伯を祀った社で、龍神の姿をお祀りしているのは此処だけだったと思うんですッ」

ないですよと男は叫んだ。

「ね？　ないでしょ」

「な、何がですか？」

「だから」

男は強い口調で云った。

「此処には龍神様の像があった筈ですよ。どこにもないですよ。何故ないのですかッ。何処に行ってしまったと云うのです！」

「あの――」

あなた誰ですかと淳子が尋いた。

「えっ！」

何故驚くのか。

この状態で名を問われたら普通は名乗るだろう。

驚くのは美由紀達の方だと思う。

「ああ」

男は眼鏡を外し、布で拭いてから掛け直した。

「僕は研究家ですよ」

「はあ」

「多々良《たたら》勝五郎《かつごろう》と云います。多い多いに良い子悪い子の良いに勝ち負けの勝つに数字の五に桃太郎の郎です。多々良。多々良勝五郎です。研究をしているんですよ、その」

神社のですかと淳子が尋くと、神社もですと多々良は答えた。

「研究対象は様様ですよ。森羅万象です」

「兎《と》に角《かく》何でも研究するんですか」

美由紀がそう云うと、そんな適当じゃないよと多々良は小鼻を膨《ふく》らませた。

「それより龍神の像ですよ。龍神。しかも女神だと聞いたんですよ、僕は」

「そうなんですか？」

「何云ってるんですかッ。いいですか、本場の河伯は男神なんですよ。妻は黄河の支流である洛水《らくすい》の神で、これは妻と云うのだから女神ですよ。ならそれかもしれないでしょ。そんな像があるなら是非覧《み》たいですね。覧るべきでしょうに！」

いや、そうなのか。

焼けてしまったと思いますよと淳子は云った。

「焼けた？　何故焼くんです」

「火事ですよ」

火事ッと叫んで多々良は頭を掻《か》き毟《むし》った。

「駄目じゃないですか。ねえ。こう云うものは重要な文化財ですよ。国が指定しなくたって、県が指定しなくたって護《まも》らなくちゃ駄目ですよ。ねえ」

「はあ」

判らなくなるでしょうと多々良は地団駄を踏んだ。本当にそうやって悔しがる人間を美由紀は初めて見た。

「ゆ、由来はどうなっていますか」

多々良は喰い付くように美由紀に尋いた。

知りませんと美由紀は答える。

知る訳がない。

「何故知らないのです。地元の人でしょう。氏子《うじこ》が知らないでどうしますっ」

「地元じゃなくて旅行者です」

「えッ！」

多々良は硬直した。

私、地元ですと淳子が小さく手を挙げた。

「そ、そうですか、じゃ」

「知りません」

云い切る前に却下である。

まあ——どれだけ好意的に捉えたとしても、この多々良と云う人は態度も見た目も不審人物だと思うのだが、それでもそう簡単に割り切れないことも慥《たし》かである。

変ではあるのだが、悪人とも思えない。

愛嬌やら愛想やらがあるのかと云えばそれはまるで逆で、口調も表情も怒っているようにしか感じられないのだが——思うに、そこが却って良いのかもしれない。これで媚を売って来たりしたら大概は敬遠することになるだろう。多々良は口角を下げたままの口を半分開けて、声にならない声を発した。

「本当に、知らないんですか？」

「地元ですけど、氏子じゃないんです。この神社の氏子は、瞭然《はっきり》しませんけど、今は多分十数軒だと思います。うちはそんなに遠くないんですが、お祭りを見物に来る程度ですから」

「お祭りと云うと河童祭りですか？」

「いや、違うと思いますよ。此処、河童神社じゃなくて河伯神社ですから。私なんかは、何処でもやってるただの秋祭りだと思ってましたけど」

そんな筈はないと多々良は憤慨した。

「折角こうして河童を求めて——」

「カッパ？」

河童です河童、河童ですよと多々良は云った。

「河童でしょ？」

「でも、河伯ですよ。此処。河童じゃなく」

「だから」

多々良は強い口調で続けた。

「河伯こそが河童の起源と云う説もあるのです。僕はその説に与《くみ》する者ではないですが、実際河童を河伯と呼ぶ地域もあるし、河伯と書いてカッパと読ませる例もあります。中には河童の尊称と捉えている人もいるんですよ。河伯が渡来して河童になったなどと云う単純な形は有り得ないにしても、無関係でないことは間違いない。僕は語源としては朝鮮語読みの河《かわ》虎《こ》なんかの方を重要視していますが、それでもですね——」

判りました判りましたと淳子が宥《なだ》めた。

「判った？　判る訳がないでしょう。何が判ったって云うのですか。僕はもう何十年も研究していますが、まだ全然判りませんよッ」

「あなたが真面目に研究されているんだ、と云うことが判ったんですよ。それ以外は何も判りませんから。私達は何も研究してないですし。だから何を聞いても何も判りません。ですからその——」

淳子は美由紀をちらりと見た。

何も云うことがなかったので、多々良さんは河童の研究をしていらっしゃるんですねと美由紀が云うと、だから河童もですと多々良はまた威張った。

「河童って、その胡瓜が好きで、お尻が好きな？」

「そうです。お尻が好きな河童です」

「色が――赤かったりする？」

「こ」

この辺でも赤いですかと多々良は興奮した。

「あ、赤いのは東北です。岩手だったかな？」

「ああ。岩手は赤いんです顔が。この辺はどうなんですか」

「さあ」

こっちが尋きたい。

「緑色じゃないんですかねえ」

「それは標準的な河童ですッ」

「河童に標準があるんですか？」

「いいえ」

何なんだ。

「ありませんけどね。だから標準と云ってしまうと語弊がありますね。一番広まっちゃった姿、と云うことですよ。江戸の、黄表紙などに描かれた漫画の河童はまあ、そんな感じの色です。河童と云う呼び名も、思うに関東近郊の方言だった筈ですよ。河童小僧とか、川太郎《かわたろう》とかですよ。それがそう云う絵やなんかと一緒に全国に広がって、土地土地の伝承と混ざってしまっているんです。通じるだけでなく、混ざってる！　そのお蔭で、河童と云う呼称が標準語のようになってしまった。性質もそうです！　このままではみんな均一になってしまう。それはいかんのです。本来的な土地との結び付きが――」

ねえ、と同意を求められた。はあ、と答えた。

話が途中だから判りやしない。

「お皿とか甲羅も関東なんですか？」

「お皿はもっと広範囲です。甲羅は、元元は西の方じゃないかと思いますよ。ただ、古い河童は毛だらけで皿もありません。関東でも」

「はあ。その、何だっけ。お尻の――玉？」

美由紀ちゃん、と淳子が袖を引く。

「尻子玉ですね！　それは抜きます。馬は引きます。尻子玉は抜きますよ」

「矢っ張り」

お尻なんだと美由紀は少し落胆した。

そこで——センセイセンセイと呼ぶ声がした。

声のした方に目を投じると開襟シャツを着た男性が走って来るのが見えた。

一つ目の鳥居を潜る。汗だくになっている。

「駄目ですね、誰も知りませんわ」

そう云ってから男は美由紀達に気付いて、あ、と声を発した。

「あのう」

「私達はただの通り次《すが》りの者ですッ」

淳子は宣言した。知り合いと思われても困る。男は多々良と美由紀達を見比べるようにして、それから眉根を下げ、あの、もしかしてご迷惑をおかけしてますかと尋いた。

「何でさ。僕はただこのお二人にお話を伺っていただけだよッ」

いや、主《おも》に話していたのはそっちだと思うが。

「あー。申し訳ない、私達は一応、その、雑誌の取材で来ておりましてですね、ええ、こちらは、妖怪研究家の」

「ようかい？　って、何です？」

お化けですお化けと男は言った。

「えー、多々良勝五郎先生。決して怪しい者ではありませんから、誤解しないでください。私は、こう云う者で」

男はポケットから名刺入れを出すと、恭《うやうや》しく名刺を差し出した。

稀譚舎／稀譚月報編集部・古谷祐由《こたにすけみち》――。

名刺にはそう記されていた。

「ご存じかどうか判りませんが、『稀譚月報』と云うのは弊社が発行している雑誌の名前です。一応科学雑誌なんですが、その雑誌の連載企画に『失われた妖怪たち』と云う記事がありましてですね、こちらの多々良先生は、その」

「稀譚舎？」

「はい。その、決して」

「『稀譚月報』？」

「ええ。ですから、何か失礼があったのか、どのように思われたか存じませんけども、決して不審な者ではなくてですね」

「何さ。それじゃあまるで僕が不審者みたいじゃない。古谷さんさ、僕は不審じゃないですよ。だって、不審じゃなかったでしょ」

「ですから先生、この間みたいに誤解されては」

「あれは向こうが悪いんだよ。僕は単にあのお宮を調査しに入っただけじゃない。どうして泥棒になるの？　不法侵入っておかしいよ」

「いや、私有地ですから。と云うか彼処は個人宅の庭だったし」

「ちゃんと断ったじゃない。入りますよ、って。聞いてないんだよ、挨拶を。泥棒は入りますよって云いませんよ。云わないよ。ねえ」

「あの、『稀譚月報』って、中禅寺敦子さんが勤めてるところじゃないですか？」

「中禅寺ィ」

と、多々良と古谷は声を揃えて云った。

「ちゅ、中禅寺は弊社社員——と云うか僕の同僚ですが、お嬢さん中禅寺をご存じなんですか？」

中禅寺敦子は、美由紀にとっては齢の離れた尊敬出来る友達——だ。

友達だ、と——思う。向こうはどう思っているか判らないし、十歳近く年上なので、友達と云ってしまうのは何とも烏滸《おこ》がましい気がするのだけれど、親しくしてくれていることは間違いないと思う。兎《と》に角《かく》——あまり上手《うま》く説明出来ない関係なのだ。

今年の春、ある事件を契機《きつかけ》に知り合って、月に一二度は会うようになった。

とは云うものの、駄菓子屋で蜜柑水《みかんすい》を飲んだりするだけの仲なのだが。

一寸《ちよつと》ご縁がありましてとだけ云った。

「それ、中禅寺君の妹さんじゃない。ねえ！」

敦子だけでなく兄の方も知っているらしい。

敦子の兄は去年の大事件にも関わっている。

「と——云うか多々良先生の担当編集者じゃないですか中禅寺は。僕は臨時ですよ臨時。臨時担当」

淳子はぽかんとしている。まあ、判らないだろう。

「ええと——」

「呉美由紀です。こちらは従姉妹の」

淳子は名乗った後、村役場に勤めていますと云った。

「役場の方ですかあ。それはまあ都合が良かったです。あのう、この神社のですね」

火事だよ火事と多々良は云った。

「もう聞いてるんだよ。火事で焼けちゃったんだって、ご神体は」

じゃあ空振りですかと古谷は云った。

「空振りも空振り、大三振だって。何にもないんだよ此処には。その上、この辺にはあんまり河童の話がないと云うんだッ」

「ひゃあ」

河童いそうな感じなのになあ、と古谷は泣き顔になって云った。

淳子は何故か申し訳なさそうにすると、

「いや、私が知らないだけかもしれませんよ。お年寄りなら知ってるのかもしれません」

と云った。

「はあ。お年寄りねえ。先程、近くのお宅でお年寄りにも伺ってみたんですけどねえ。この辺に河童いませんかとお尋ねしたら、お前は馬鹿かって顔されましたし」

それは尋き方が悪いと美由紀は思う。

「で——まあ僕は諦めずにその辺二三軒廻ってみたんですけどね、門前払いなんてことはなくて、親切に話は聞いてくださるんですけども——慥《たし》かに皆さん、あんまり関心はないっぽかったなあ。知らないの一点張り」

けしからんねと多々良は云った。

「けしからんよ。川があるのに河童がいないなんて変ですよ。こんな豊かな水系に恵まれていて河童知らずなんて。河伯神も泣いているよ」

多々良は、ねえと美由紀に同意を求めた。笑うしかない。

どなたかご紹介戴けませんかねと古谷は頭を掻き乍《なが》ら淳子に云った。

「困りましたねえ。まあ、一応はお年寄りのいらっしゃる家庭なんかも承知してますし、何処にあるかも把握はしていますけども——この、大戸《おおと》の方ですと、扨《さて》、何処かなあ」

折角の休日だと云うのに淳子も災難である。

その災難を呼び寄せたのは、まあ間違いなく美由紀なのだが。

「役場に広報課とかないんですか」

古谷は困り果てたと云う顔付きである。思うに色色な意味で困ってはいるのだろう。

淳子もまた困ったようである。

「小さい村役場ですよ。それに今日は日曜ですからねえ——少し離れた処に、小学校の前の校長先生が住んでいらっしゃいますけど、あの方なら——」

「その方がいいです」

多々良はそう云った。

「何処ですか。あっちですか」

「あっちって——川を越さなきゃいけないから、橋まで行かないといけないです。洗い越しは渡れないでしょうし——」

「洗い越し！」

多々良が大きな声を出す。

「ええ。洗い越し。でも——お化けとかじゃないですよ？」

「知っています。そんなお化けはいませんッ。それは沈下橋《ちんかきょう》ですね。沈下橋の一種でしょう。潜水橋《せんすいきょう》とすべきなのかな？」

それは何ですか、と美由紀は尋いた。

チンカキョウなんて日本語は知らない。センスイキョウも判らない。

ほんとに意味の通じない言葉と云うのは多いものである。単に美由紀がもの知らずのお子様だからなのかもしれないのだが。

「沈下橋ですよね、洗い越しと云うのは。違いますか？　潜水橋が正しいのかな。でも、そう云うものですよね。川の下を橋が通っているのです。そうですねッ？」

「川の――下？」

それでは渡れない。と云うかそれは橋じゃない。淳子はしかし、そうですと答えた。

「まあ、橋じゃないのでその呼び方が正しいのかどうか私には判りませんけど。川を歩いて渡れる道ですね」

「水の中ですよねッ」

「まあ、そう云われればそうなんですけど、何と云うのかなあ。洗い越しですから、水の中ですね」

それでは平時でも渡れないと思う。

「どうなってるのそれ？」

「まあ、橋じゃないんだけど。道が川の中を通ってるのね。道幅の分だけかなり浅瀬になっていると云うか。まあ、やや濡れるけど、渡れるの」

「想像出来ない」

拝見したい、と多々良は云った。

「見るようなものじゃないですよ」

「そんなことはないです。そこは古いですか。古い潜水橋は、そんなにないです」

「古いと思いますけど」

「そうですか。潜水橋は、川の上に架ける橋と違って安上がりに出来るのです。道の延長ですから。しかし増水時には渡れない。そうですね？」

「増水してたら慥《たし》かに渡れませんけど——橋を架けたとか云うものじゃなくて」

「て、天然？」

「さあ。そこは、まあ、造ったと云うか、何かしら人が手を入れたものではあるんでしょうけども——元からそう云う地形だったんじゃないですかね」

いつからあるものなのか村史にも載ってませんと淳子は云った。

「多少は盛ったり削ったりしたのかもしれませんけど、最初からあんなだったんじゃないかと思いますね。ただ川の中に道があるだけみたいな感じなんですよ。橋——じゃないんですよね。ただ川を渡れる道と云うだけですから。何と云うのかな、浅瀬の道？　ですから、橋と思ってる人はあまりいないんじゃないでしょうか。なんで、洗い越しです」

「行きましょう。渡っても良いッ」

多々良は道も聞かずに歩き出した。古谷は汗を拭き拭き何度も頭を下げた。

駅に向かう広めの道まで出て、駅の方に向かって進み、左側の径《こみち》に入って少し進むと、やがて川音が大きく聞こえるようになった。

いや、もうそこは川だった。ただの川だ。橋なんかない。

「此処ですよ、大戸の洗い越し」

「えッ」

多々良は駆け出して川の縁《へり》に立った。

多々良が立ち塞がってしまうと、もうその先が見えない。

「ああ」

美由紀は多々良の横から顔を出すようにして川面を見てみた。

能《よ》く判らないけれど、慥かに川の中に筋のようなものが確認出来た。

「あれがそれ？」

「まあ、あれがそれね。ほら、この道が向こうまで通じている、と云うこと」

慥かに、対岸には道がある。

こちら側の道が水没し、そのまま筋のようになって川を横断しているのだ。その筋は対岸に至って川から生えるようにしてまた道になり、その上の坂道へと続いている。

「渡れるの？」

「渡る渡る。ほら、直《す》ぐそこの川向こうに用事がある時に向こうの橋まで行くとなると、かなり遠回りでしょ。ずうっと行って、橋を渡ってから戻ることになるから。ま、水嵩《みずかさ》が増えてる時は危ないかもしれないけども。あっち側にも田圃がある訳。だからそれなりに便利なの」

「うーん」

古谷が妙な声を発した。

「センセイ、真逆《まさか》、これ渡るとか云い出さないですよね。南雲さん、その校長先生の家は彼処《あそこ》にあるとか――」

古谷は頰を攣《つ》らせている。

「ないですよ。見た通り田圃ですって。先生のお宅は対岸ではあるので、橋は渡りますけど、遠回りにはなりませんから。まあ、此処を渡って田圃抜けても行けますけども」

「そんな恐ろしいこと云わんでください」

古谷は扇子を開いてばたばたと煽いだ。

「いや、大きな声では云えませんけど、常にこの調子ですからね、あの大センセイは。何に興味が向くのか解ったもんじゃない。茸《きのこ》だの便所に貼ってあるお札だの、落ちてる下駄にまで引っ掛かるんですからね。普通に付き合っている中禅寺君を尊敬しますよ」

多々良は黙って突っ立っている。

「センセーイ、もう見たでしょ。午前中にその前の校長先生のとこに行きましょうよ。お昼時に掛かっちゃうだと迷惑でしょうし、出来れば今日中に引き揚げたいですよ。昨日泊った大多喜辺りまで戻らないと宿ないですよ」

「うーん」

多々良は唸《うな》っている。

「何ですよ。河童でもいたんですかセンセイ」

「いたかも」

多々良はそう云った。

「はあ？」

最後尾にいた古谷は漸《ようや》く前に出て来て、多々良の右横に立った。

「何を口走ってるんですかセンセイ。暑さでやられちゃったんじゃないでしょうね」

「古谷さんさ、あれ何に見える」

多々良は何かを指差した。美由紀も興味が涌いたので前に出た。多々良の短めの指の、その先。川の中程に何か白っぽいものが見えた。上流から流れて来た何かが洗い越しの段差に引っ掛かって止まってしまったのだろうか。

「あれさ」

お尻だよね、と多々良は云った。

「シリ？　尻って、おケツの尻ですか？　何の尻です？」

「何の尻ってさ。尻は尻だって。見れば判るじゃない。あれさ」

人でしょと多々良は云った。

「ヒト？　ひとって、人間と云う意味ですか？　人類？　人間の——お尻？」

「当たり前じゃない。あんな尻した動物はいないって。ちゃんと見なさいよ。ねえ、古谷さんさ、ほら、あれは人でしょうに。水に浸かってるけどもさ。塵芥《ごみ》とか水草とかじゃないでしょ。ねえ」

人——に、見えた。

上半身は水に浸かっている。腕が川の流れに合わせて浮き沈みしている。髪の毛と思《おぼ》しき黒いものも矢張り水中でゆらゆらしている。上半身には何か白いものを纏《まと》っているようだが、下半身は——裸だ。靴は履いているのかいないのか判らない。でも、ズボンや下穿きは穿いていない。慥《たし》かに、お尻だ。

水面から尻が出ている。

俯《うつぶ》せで、剝き出しのお尻を突き出した——。

「す、水死体じゃないですか？」

美由紀がそう云うと古谷がわあと大声を出した。

「す、すい、水死」

「だって死んで——ますよね？」

「し、死んでるでしょう。だって顔浸けたまんまですよあれは。人形——じゃないですよね？ 生ですよね。人間ですよね。なら、あ、し、死体です。死んでます」

「ねえ」

多々良は漸く美由紀に顔を向けた。

「お尻を出した骸《むくろ》だよね」

まるで河童にやられたみたいだよねと、多々良は云った。

「じゅ、淳子さんッ」

美由紀は振り返る。淳子は口を開けたまま固まっている。

「警察、警察に連絡してッ。大至急」

美由紀は大声でそう云った。

4

「品がない話をするなッ——」

敦子が入り口に立つなりに、何なんだ此奴《こいつ》はと怒鳴って刑事らしい男は机を叩いた。

「何だよ尻だの玉だの。さっきから黙って聞いていれば関係ないことばかりべらべらと。俺は猥談が聞きたいんじゃないんだよう。普通に説明出来ないのかッ」

「なっ、何が猥談ですか。慥《たし》かに河童は猥雑な側面も持っていますよ？　民俗社会では厠《かわや》に潜んでご婦人の尻を触ったり人間と情を交して子供を産ませたりもします。好色なんですよ。それに戯作や黄表紙なんかに登場する河童は概ねお下劣ですッ。おならをしたりします。河童の屁ですよ」

「あのな——」

「だから」

刑事が向き合っている人物——在野の妖怪研究家である多々良勝五郎が強い口調で何かを発言する前に、駐在が失礼しますと大声を張り上げた。

「何だよ」

「は。お取り込み中に失礼致します。本官は総元駐在所駐在の池田進《いけだすすむ》巡査であります。発言しても宜しいでしょうか」

「あのな、いちいち名乗るなよ。此処の駐在所にはお前しかいないじゃないかよ。もう五回聞いたよ名前」

「は。あの」

「あ？　連れて来たのかよ？　もう夜になるから女の子は明朝って云ったじゃないか」

「そ、そうではなくてですね、磯部《いそべ》刑事様」

「刑事に様は変だろ。それにな、刑事は階級じゃないからさぁ。俺だって巡査だよ。何を畏まってるんだよ」

失礼しましたと云って池田巡査は最敬礼した。

「だからさぁ。同じ階級なんだからタメ口でいいんだって池田さん。いいから女の子は一旦帰せよ。この親爺、何を云ってるのか解らないんだよ」

「だから」

多々良は強い口調で云った。

「尻子玉なんて臓器はない訳です。水死体の肛門が多く開いていることから想像されたものと考えられますが、それも水難事故へのですな」

「先生」

「恐怖と云うか、畏れをですね」

「センセイ」

「だからこれはエロスじゃなくて」

「多々良センセイッ」

三度目で漸く多々良は敦子に気付き、顔を向けてああとだけ云った。

磯部と云う大柄な刑事は顔を歪めて敦子を見ると、ああんと妙な声を発した。

「発見者じゃないのか？　誰だその人」

「ハイッ。こちらの方はですね、ええと、東京の出版社の稀譚舎『稀譚月報』編集部の、中禅寺敦子——さんであります」

「ちゅ、中禅寺？」

磯部は立ち上がった。かなりの巨体である。

「その名前は嫌な予感がするなあ。稀譚舎って、奥にいる男の同僚？　ああ、この親爺の本当の担当とか云う人なのか？」

「親爺ではなく多々良ですって」

お前は黙れよと磯部は云った。

「あのさ、お宅さ、親類に変な和服の古本屋かなんか、いない？」

それ多分兄ですと敦子が云うと、磯部はかあッとまた妙な声を上げて、指で鉄砲の形を作り、バンと一度敦子を撃つ真似をした。

「どうしてこんな奴ばかり来るのさ。何でこんな変梃《へんてこ》な事件ばかり起こるのさ」

僕は射撃が上手なのにさあと云って、磯部は巨体を揺らした。磯部の方が変梃である。

「まあいいや。あのさ、このタタリ？　タタレ？」

「多々良」

「此奴の通訳してくれる。担当なんでしょ」

「通訳って何ですか。僕はずうと日本語だけを喋ってますよ。広東語《カントン》も希臘語《ギリシヤ》も話してないよ。大体話せないよ。ねえ？」

「知ってます。あの、弊社《うち》の古谷と、多々良さんが屍体の第一発見者だ――と伺っていますが、そう云うことなんでしょうか」

磯部はそうだよと云った。

「その割に、事情聴取と云うより被疑者の取り調べみたいに見えたんですけど――」

「こんな駐在所で取り調べたりしないよ。最初はただ話訊いてたのさ。でも、何を云ってるんだか解らないんだよ。河童だか喇叭《らっぱ》だか知らないけどさ。だから」

「解ります」

「喇叭じゃないよッ。河童は吸ったりしない」

「喇叭は吸うんじゃなくて吹くんだと思いますよ先生。それに、刑事さんは当面のところ水死体の民俗学的な解釈や河童の口碑伝承を知りたいのじゃなくて発見時の事実だけを知りたいんだと思います。考察は後回しにされた方がいいです。これは、連続殺人事件である可能性があるようですし――」

「そう、その通り――と云いたいけど、お宅、どうしてそんなこと知ってるんだ？」

犯人なのかとやや常軌を逸したことを口走る磯部に向けて、敦子は透かさず名刺を差し出した。

こうした対応は予想の範囲内である。

特に多々良と一緒の時はこうなることが多い。

多々良は、森羅万象凡百《あらゆる》ものに興味を持ち、熱心に探求を続けている。ただ一つ問題なのは、社会通念のようなものに対してだけは何の興味も持っていない――と云うところである。

また多々良は学究の成果として様様な事柄に関して該博な知識を有してもいる。博識の部類ではあるだろう。但し、一般常識と呼ばれるものごとに関してだけは、甚《はなは》だ心許ない。山を観たとしても、多々良は綺麗だとか登りたいとか清清《すがすが》しいとか思う前に、植生や天候や地形を観る。そしてどんな歴史、そんな伝承があるのかを探るのだ。

そして。

妖怪《おばけ》のことを考える。

多々良とはそう云う男である。だから、水死体を観たとしても、先《ま》ずはそう云う反応をするに違いない。警察が知りたいのは単なる事実なのであって、その状況から喚起される文化的事象などはどうでもいい筈だ。

つまりは確実に揉めているだろうと——事情を聞いた敦子は判断した。

加えて。

多々良が発見した屍体は、どうやら下半身が露出していたらしかった。発見場所も前の二件と程近い。ならば、益田が抱えている案件と無関係とは思えなかったし、もし関係しているならば、益田の持っていた情報は捜査に役立つものとなる筈である。

そう考えたから、敦子は編集長に手配を頼み、益田と別れて即座に現地に向うことにしたのである。本来は敦子が行く筈だったのだし。

とは云え近くはない。現場である千葉県総元村大戸に着いた時は、もうすっかり陽が翳《かげ》っていた。駅の近くの民家で道を聞いて、敦子は真っ直ぐに駐在所に向った。

すると。

何故か駐在らしき人物が駐在所の前に所在なげにしていたのだった。簡単に事情を説明し、裡《なか》に通して貰ったのだが——。

するとまあ、この状況だった訳で。

どうやらこの磯部と云う刑事は、昨年の春に勝浦で起きた目潰し魔事件か絞殺魔事件を担当した刑事の一人——なのだろうと思う。その事件には、薔薇十字探偵も、敦子の兄も深く関わっている。敦子の兄も探偵も、警察にとっては目の上の瘤《こぶ》には違いなかっただろう。勿論、両者共に捜査の邪魔をした訳ではなく、寧ろ事件解決に貢献している筈なのだが——警察側にしてみれば、それはいずれであっても同じことだろう。

中禅寺と云う姓はそう多くないから、磯部はすぐに何かを察したのに違いない。そして確実に敦子に対して偏見を持った筈だ。

磯部は渡した名刺に一瞥をくれた。

「何だ、また煙に巻こうと云うのか？」

磯部は訝《いぶか》しそうに眼を細めた。予想は当たったようだ。

「いいえ違います」

敦子は吐《つ》きかけた溜《た》め息《いき》を止《と》めた。

「いいえ。そんなことはありません。刑事さん、勝浦署の方じゃないですよね？　県警本部の方ですね？」

「はあ？　だから何で判るかと訊いてるの。あの男から僕のこと聞いてたとか云わないでくれよ。それともあの変な探偵か？　あ、あの本庁の顔の四角い刑事か。僕の噂でもしてたのか。でなきゃ、判らないでしょ」

そんな話は仮令《たとえ》聞いていたとしたって覚えていないだろうし、覚えていたところで写真でも覧《み》ていない限り同定など出来る訳もない。

噂は全く聞いてませんと答えた。

「じゃあ何で判るのさ」

「こちらの——池田巡査が余りにも緊張されているものですから、そうなのかな、と思っただけで」

すいませんッと大きな声を上げて池田は頭を下げた。

「こ、此処いらでこんな大事件が起きるとは、夢にも思っておりませんでしたものでありまして、本官は——」

磯部は頰を膨らませた。

「あのさ、いつ何処で何が起きるか判らんのだから夢くらいには思っておけよ。まあいいや。お察しの通り僕は千葉県警の磯部ですよ。それで？」

「ええ。実は丁度、前の二件に関連する可能性がある情報を入手したところだったんです」

取材の途中に——と敦子は嘘を云った。

「だから、前の二件って云うけどさ、連続とも、殺人とさえ報道してないんだよ？　と云うか警察《うちら》も断定はしてないから。出来ないんだもんさ微妙で。現状はただの不審な溺死《できし》なんだよ。それなのに関連とか、何で判るのさ」

「ですから、そうした事情でもなければ、千葉県警から刑事さんはいらっしゃいませんよね？　駐在所に。池田さんも大事件だと仰ってたし」

すいませんッと池田はまた頭を下げた。

「謝るなよう。と云うか、謝るようなことするなよう。そうだとしてさ、あんたは何で来たの。この親爺の保護者だとでも云う訳？」

タタラですよッと多々良は不服そうに云う。

「私はそちらの多々良先生の担当編集者です。取材先から編集部に電話を入れたところ、前の二件と近い場所で同じ状況のご遺体が発見され、しかも先生と弊社社員が第一発見者だと云うことを聞きましたので、多少なりとも情報をご提供出来るかとも考えて、急ぎ駆け付けたんですが」

大意に於て嘘はない。まあ取材中に得た情報ではなく、知り合いの探偵助手の風変わりな依頼に巻き込まれて知った、と云うのが正解なのだが――。

「何だよ、情報って。あのさ、河童が屁をしたとか云う話だったら逮捕するよ」

この人は横柄だと多々良が云った。

「警察官と云うのは公僕でしょ。公僕と云うのは公衆の僕《しもべ》って意味ですよ。なら、善良な一般市民を護るのが役目じゃないんですか。僕は一般ですよ。善良ですよ。なら護られるべきでしょ。そうですよ。辱めを受けたり責められたりする覚えはないッ」

「あ――あんたが一般で善良ならその辺の人は全部特殊で邪悪になるだろッ」

おい磯部、と奥から声がした。

「何だお前、また揉めてるのか。恫喝《どうかつ》でもしてるように聞こえるじゃないか。いい加減にしろ。民間協力者の方の扱いは丁重にしろよ」

奥から色黒の男が顔を出した。

「どんな時だって、そう云う高圧的な態度はいかんよ。云ってるだろうが。そんなだと津畑《つばた》の二の舞いになるぞ。あれは余りにも態度が悪いので、結局内勤になったんだぞ。庶務だ」

男はのっそりと出て来て多々良に会釈をし、それから敦子に気付いた。

「あの」

敦子はほぼ同じ内容で来意を告げた。

「ああそう。私は千葉県警捜査一課の小山田《おやまだ》と申します」

小山田は警察手帳を広げて見せた。

「何か失礼があったなら謝罪致します。事件中は気が立っている者も多くてですな」

「小山田さんはいいですよう。この人の取り調べしてみなさいよ。誰だって怒鳴りたくなるよ。何たって、河童の話するんですよ」

「河童だと云うのなら河童ですかと聞くんだよ。取り調べじゃなくて事情聴取なんだし。河童が犯人だと云うなら河童捕まえますと云うの」

「え？　河童ですよ」

「猿でも河童でも悪い奴は捕まえるんだよ。それが仕事。河童なら送検せんでも罰していいから楽だよ。動物みたいなもんだろうに。なら、河童は見付けたら即、懲罰だよ」

「そうですよ！」

河童は捕まれば罰せられることが多いんですよと云って、多々良は威張った。

「詫び証文を書かされたり魚獲りを命じられたり薬の作り方を伝授させせられたりします！」

「人が亡くなってますからな、その程度では済まんです」

小山田は退《の》けと云って磯部を立たせると、多分駐在のものと思われる机の前にあった椅子を引き摺って移動させ、まあどうぞ座ってと敦子に向けて云った。

敦子が座るなり、奥から同僚の古谷がそろそろと出て来た。

「あー中禅寺君、来てくれたかあ」

「ああ、あんた、古谷さん、悪いけどもう少し奥にいてくれないかな。何処か宿取ってるんかね？　何なら後でジープで送るから。あ？　取ってないのかな？」

取ってないよと多々良は云った。

「帰るつもりだったんですよ。だから取ってないですよ。帰れなくなったのはあなた方が拘束したからじゃないですか。僕はですね、校長先生に話さえ伺えなかったんだ。しかも、これ程河童に無関心な人間と長時間話をするなんてッ」

ねえ、と多々良は敦子に同意を求めた。

磯部は前のめりになって、机を叩いた。

「河童の話なんか聞いてないからさあ」

「いいからお前は奥で頭冷やせって。何なら外に出ろよ。河童懲罰は俺に任せろ。な？」

小山田に窘められ、磯部はぶつぶつ呟き乍《なが》ら入り口で矢張り所在なげに突っ立っていた池田巡査を通り越し、外に出た。

「どうもすいませんなあ」

小山田は仕切り直すようにそう云った。

多々良が何か云う前に、敦子は名刺を出して再度名乗った。

「ああ、古谷さんの同僚の方なんですな。あ、古谷さんから発見時の様子はかなり詳しくお聞きしました。ですから状況の方は概ね――あ、こちらの先生からは――いや、先ずあなたからお聞きしましょうか、ええと中禅寺さんね。わざわざ来てくださったようだし」

小山田は横目で多々良を盗み見た。

多々良は口をへの字に結んだまま動かない。

小山田は愛想笑いを浮かべ、先生何なら奥で古谷さんと一緒にお休み下さってても結構ですよ、と云った。古谷から多々良の扱いに就いて聞かされているのかもしれない。多々良は腕組みをして、此処で結構、と答えた。

「ああそうですか。いや、何処にいて戴いても結構ですわ。それで何でしょうか、その、何か、情報があるとか」

「ええ――」

何から話すべきか。情報開示は順番が肝心なのだと兄は云う。兄の真意は量れないけれど、慥《たし》かにそうだと思うこともある。益田のようなやり方は、効率的でないだけでなく、相手に依っては正確に伝わらない。

「今回発見されたご遺体ですが、身許は判明しているのでしょうか」

そこから攻めることにした。

小山田は頭を掻き、まあ事件性が高いのでまだそう云うことはと語尾を濁した。当然そう云う筈である。

「勿論教えて戴こうとは思っていません。でも、もしかしたら亡くなられていたのは、亀山さんか、川瀬さんか、スカムの音が頭に付く苗字の方――ではないですよね？」

「あ」

小山田は眼を見開いた。

色黒なので眼が目立つ。

「それは――」

「え？　そうなんですか？」

敦子はわざと意外そうな——素振りを見せた。

「うーん。まあ仕方がないなあ。被害者——今、司法解剖か行政解剖か解剖しないか、決め兼ねてるとこなんですがね、だから被害者ではないのかもしれないんだが、亡くなられていたのは亀山智嗣《ともつぐ》さんと云う方ですわ」

仲村屋店員、入川芽生の記憶は確かだったようだ。そして七年前の悪巧みと今回の連続水死事件に関連性があることは、これでほぼ確定されたと云って良いかもしれない。

ただ、模造宝石との関連は未《ま》だ不明なのだが。

「確認出来ているんですか？」

「ほぼ間違いないでしょうなあ。いや、ご遺体回収する際に、運転免許証がね、発見されとるんですなあ。あれは写真が貼ってあるでしょう。割と特徴的な顔付きでね、まあ同一人でしょう。偽名で免許取ったとか云うなら別だが」

「所持品も発見されているんですか？」

「いや、被害者——いや、ご遺体は財布と運転免許証が入った胴巻きをしてたんですな。それ以外はね——まあ」

捜査上の秘密などはお答え戴かなくて結構ですと敦子は云った。

「私が得た情報は、情報源も含めて凡《すべ》てお伝えします。ただ、亀山さんに関して云えば、名前以外の情報を殆ど持っていないんですけど」

「まあ、そう云う意味では我我も同じですよ。免許証から知れる事実なんてものは、現住所や生年、出生地程度ですから。まあ免許証に細工の跡は見られませんでしたし、そんな小細工はようせんでしょうからな、現状鵜呑みにしていますがね。それだって確認が取れるまではどうかと思っとったところですわ。ま、警視庁の担当所轄に協力要請をしたので明日には確認が取れるでしょうが。ほぼ間違いないでしょう」

「警視庁、と云うと、亀山さんは東京の人なんですね？　もしかすると、浅草界隈にお住まいの方なんですか」

「扠《さて》、私は東京の地理には不案内だが、ええと、御徒町《おかちまち》一丁目と云うのは、その辺りですかな」

どちらかと云うと上野なのだろうが、浅草にも近い。

「はあ、ではその」

小山田は名刺に視線を落とす。

「中禅寺さんか。中禅寺さん、あなたがその取材中に得た情報と云うのは、本件とは無関係ではなさそうだ——と、云うことですな？」

「本件と云いますか——そうですねえ、亀山智嗣さん、それから廣田豊さん、久保田悠介さんの関係性を示す証言、と云うことになるでしょうか。もしかしたら警察ではもう把握されてることなのかもしれませんけど」

いいやいいやと小山田は首を振った。

「久保田さんと廣田さんの関係も判ってない」

「そうですか。亀山さんは、おそらく戦争中久保田さんと同じ部隊にいた人——の筈です」

「ほう。では戦友と云うことですかな。すると廣田さんも——」

「廣田さんは広島の人で、徴兵はされたようですが内地からは出られていないようです。故郷が原爆でやられてしまったので、已《や》むなく東京に出て来たようです。下谷に住んでらしたようですね」

「ああ、鑢作ってたようだね」

「水泳が上手で、カッパのヒロさんと」

「河童！」

ずっと黙って——と云うよりも半分寝ていたらしい多々良が過敏に反応した。

「矢ッ張《やっぱ》り河童なんですか。じゃあ犯人！」

「犯人じゃなくて被害者ですよ先生。ちゃんと聞いてください。カッパのヒロさんも同じような姿で亡くなっていたんです」

「お尻出して？　河童がですか？　じゃあ河童が尻子玉を抜かれたってこと？　そんな例は今まで聞いたことがないですよ。河童は——」

「ですから、綽名《あだな》です。鑢職人だったんです」

「鐪ですか？　変だなあ。河童は鉄気《かなけ》を嫌うもんなんですよ、大体。え？　もしかして、それは雁木《がんぎ》鐪ですか？　もしや岸涯《がんぎ》小僧《こぞう》ですか！　僕は昔、岸涯小僧に因んだ事件に巻き込まれて難儀したことがありますよ！　岸涯小僧は古いタイプの河童をモデルにしてですね」

「河童ですか」

小山田は半笑いになって、ならそれも懲罰しますよと云った。

「で——その三人の関わりと云うのは一体どう云うことになっとるんですか、中禅寺さん」

小山田はそれまで多々良の方を向いて半身を敦子に向けていたのだが、椅子ごと完全に敦子の方に向いた。

「今更隠しても始まらないようだから、当たり障りのない範囲で云いますがね、最初に見付かった久保田さんと云うのはね、木更津で漁師をしていた男で、腕を怪我して漁に出られなくなって、遠洋漁業の会社で事務だか庶務だかしてたんですよ。鐪職人との接点はなかった」

「久保田さんは浅草松葉町《まつばちょう》で生まれ育ち、若い頃に家出して、千葉に住み付いたようです」

そうなのかねえ、と云って小山田は一度のけ反り、何度か首肯《うなず》いた。

「住民票がない。まあ戦争挿《はさ》んでるし、書類や記録も焼失だの紛失だの、色色と混乱もあるんだが、まあ、家出人がそのまま漁師になるようなことはあったんだろうなあ。すると、そこに親類かご家族がいますか」

残念乍《なが》ら絶えていると答えた。

「そうですか。すると、その、みんな浅草辺りで地縁があったと云うことですかな？」

浅草じゃありませんよと多々良が声を上げた。

「違うんですかな？」

「いいですか、合羽橋は何故に橋なのか知ってますか？」

何故に合羽——ではなく、何故に橋——なのか。

敦子は時に、多々良のこうした発言にはっとさせられることがある。発想と云うより、着眼点が人と違っているのだ。まあそこに辟易することも少なからずあるのだが。

小山田は首を傾げた。

「いやあ、私は田舎者だから。合羽橋がそもそも判らないですわ」

橋ですよ橋と多々良は威張った。

「橋と云うのはですね、川を渡るために造るもんです。違いますか」

「違わんでしょうなあ」

小山田は多々良に対して関心があるような、ないような態度を取るようにしているようだ。もしかしたら、この刑事は割と多々良のような人物の扱いに向いているのかもしれない。全く関心を示さなければ多々良は不心得だと奮起するだろうし、示せば示したで蜿蜿《えんえん》と語り続けるだけだからである。

「なら判るでしょう。橋があると云うことは必ず川もあったんです。新堀川《しんぼりがわ》ですよ。大正時代に暗渠《あんきょ》になって、橋の方も昭和八年に廃橋になったので、もう地上からは判りませんけどね。川です川。その昔は川沿いに伊予国新谷藩《いよのくににいやはん》加藤《かとう》家下屋敷があってですね、そこの江戸詰下級藩士が内職で作った合羽を欄干で干していたと」

「河童を干す？　罰ですか」

「雨合羽ですよ。判るでしょうに普通。ねえ」

発音も抑揚も一緒なので判らない気がする。

だから合羽橋と云うんですッと、多々良は怒ったように云った。

この辺で——大抵の人は多々良を見切る。

話の内容は兎《と》も角《かく》、大して興味もないのに何故叱られてまで聞かねばならないのかと思ってしまうのだろう。だが、そこから先をきちんと聞かなければ、多々良の真意は知れないのである。多くの人は、だから多々良の云いたいことが判らないまま、この碩学の変人を誤解してしまうのだ。

そっちのカッパですかあと小山田は云った。

「当たり前ですよ。河童、干さないでしょ。河童なんか干したら、木乃伊《ミイラ》になっちゃうじゃないですか」

「な、何です？」

「その新堀川と云う川は鳥越川《とりごえがわ》に合流してたようなんですが、あの辺りは低地なので水捌《みずは》けが悪く、雨の度に出水して大変だったんですッ。洪水ですよ洪水。それで文化《ぶんか》年間に合羽屋喜八が隅田川の河童達の手を借りて、掘割を整備したんですよ」

「雨合羽が手を貸しますかな」

「そっちのカッパは河童ですよッ！」

「はあ、今度はあっちの河童ですか。じゃ、懲罰ですかね」

「馬鹿なことを云っちゃいけないよ！」

多々良は声を荒《あら》らげた。

「何が懲罰ですか。いいですか、その河童は良い河童ですよ。と、云うかですね、工事人足のことですよッ」

「人なんですな」

「人ですよ、人。僕が思うに、その工事は普請奉行の許可を得た正式なものではなかったのではないですか。だから河童が手伝ったなどと云う話に仕立てたのかもしれない。河童は奉行所の管轄じゃないですよ。でも、河童は人足なんですッ」

「なる程ねえ」

そんなことはいいんですと多々良は自分で話の筋道を戻した。

小山田の戦略は功を奏したようだ。

「その新堀川を挿んだ西側が上野、東側が浅草ですよ。だから本来はですね、曹源寺のある松葉町辺りは――」

「近い訳ですな、下谷とも御徒町とも」

「まあ近いですよ」

敦子は少しだけ笑ってしまった。

多々良はものを沢山知っている。ただ、知識と知識の接続の仕方が独創的なのだ。そこのところが解らないから、話の総体や輪郭が見えて来ないのだ。論旨自体も判らない。だから対峙する者は戸惑うのである。途中で切り上げてしまえば意味不明ともなる。

しかし、慥《たし》かに話の全体を理解しようとするのは大変なことなのだけれども、論旨を無視して素因となる情報だけを拾うならば、この物知りは結構便利なのだった。

「それで――その」

「ええ」

敦子は仲村幸江と入川芽生から得た情報を時系列に整理して小山田に語った。

小山田はいちいち手帳に書き付け乍《なが》ら、興味深く聴いた。

模造宝石の話は一旦伏せた。益田の話が始終とっ散らかって聞こえたのは、発端となる逸話が実は最後に語られるべき内容だったからだろう。凡てが連続した事象として捉えられるものと仮定した場合、三芳彰への奇妙な依頼は時系列ではかなり後、と云うことになる。

前段となる仲村屋での不穏な寄合と模造宝石製作の接点は、双方に久保田悠介が関係していると云う一点だけなのである。

その後に今回の連続水死事件が続く訳だが、これは明らかに前段と連続しているものと思われる。不穏な寄合をしていた五人のうち、三人が亡くなっている。

「すると――」

小山田はそこで顔を曇らせた。

「その甘味屋――団子屋か。そこで七年前に密議を凝らしていた五人組のうちの三人が、次次と変死していると、こう考えられる訳ですな？」

「そうとも考えられる、と云うことです。違うかもしれませんし、偶然と云うこともありますし」

「いやあ、偶然と云うなら精精二人まででしょうなあ。しかもその」

尻ですね、と多々良が云った。

「尻でしょう」

「まあねえ。その」

「今回もベルトが切られていたのでしょうか」

「それもご存じですか」

小山田は顔を顰《しか》めた。

「その件に関するなら、私は知人の私立探偵から聞かされました。その人物は多分、警察関係者から尋き出したんだと思いますが。ですから、犯人しか知り得ない事実——と云う訳でもないようですよ、既に。尤も、私が犯人なら別ですが」

僕も違いますよ違いますよと、多々良は二度云った。

小山田は頭を掻いた。

「いやあ、誰が漏らしたのか知らんが、何でもかんでも私がバラしてるみたいに思われてしまいますなあ。こりゃ参ったな。いや、今回はですね、まだズボンが見付かってないですわ。下穿きもです。捜索は明朝からになりますからね。しかし、まあ亀山さんはあの、鯉口《こいぐち》襯衣《シャツ》——ほら、お神輿《みこし》担ぐ人が着るようなの、あれを着ていまして、下半身は剝き出しでした」

「お尻が見えてたんですッ」

「尻は出てましたがズボンがない。だからまあ、今回は単なる溺死で、ズボンやなんかは途中で脱げちまったんだ——と云う線もあるかなと、内心では期待してたんですけどねえ。いや、事故だろうと何だろうと人が亡くなっていて期待と云うのは不謹慎なんですがね。殺人よりゃあ若干マシな気がしますからな。あの夷隅川は蛇行が激しいし、深い処も浅い処もある。途中に中洲があったり、合流したりしてますからね。障害物が多いんですわ。現にご遺体も」

潜水橋ですよと多々良は云った。

「あれは引っ掛かるよね。雨で増水でもしてれば乗り越えるかもしれないけど、歩けるくらいなんだから引っ掛かりますよ絶対に。そこで止まっちゃうからさ。ねえ」

そうですねえと小山田は云った。あまり心の籠らない口調ではある。

「害者の身許も明日には瞭然《はっきり》するでしょう。亀山さんは既婚者でしてね、奥さんが家にいるようですからね。所轄に電話入れてるんで、連絡が付いてればもうこっちに向かってる筈ですわ。今日はご遺体を引き揚げて運んだだけですが――」

「その――ぬ」

多々良はそこで突然黙った。これは能《よ》くあることで、固有名詞を忘れた時に多々良は必ず、ぬ、と云うのである。何故そうなのかは敦子も知らない。

「ぬ？　何ですかな」

水死体の人ですと多々良は云った。

「水死体の人、あれは死後一日程度ですよ。水から引き揚げたとこ観ましたけど、皮膚が剝がれるって程じゃなかったし、髪の毛もちゃんと残ってましたからね。かなり流されたようですけど、そんなに損傷してないし。土左衛門《どざえもん》は、二日以上経つと髪の毛はごそっと抜けるし、皮もぺろって剝けます」

そう云うことには詳しい。多分、概ね正しいのだろう。

「それからですね、頭頂部をぶつけてますよ。傷があったから。死因かどうか判らないけど、死んでからの傷じゃないよ」

こちらはお医者さんですかなと小山田は敦子に尋いた。

研究家ですかね、と答えた。

「はあ。まあ、死因が不審となると、解剖待ちってことになりますがね。もし、この先生のお話通りなら、矢張り殺人ですかねえ。殴られたのか」

「殴ってないよ」

「いや、先生は疑ってないですわ」

「だから」

多々良は強い口調で云った。

「こんなとこ殴りますか？」

多々良は自分の頭の天辺《てっぺん》を人差し指で示した。

「普通、後頭部とかじゃないですか？」

「いやあ、それは、そうとも限らないのじゃないですかなあ」

「だって、傷があったのは頭頂部ですよ？　天辺《てっぺん》。しかも頭の真上から何かが落っこちて来たか、天井にぶつけたような感じでしたよ。こっそり近付いて真上から石でも落としたみたいでしたよ。叩いたんだとすれば、しゃがんでるとこ真上から」

多々良は短めの指を総《すべ》てピンと伸ばして、机をパンと叩いた。

「こんな風に叩きますか？」

「叩きませんかな」

「叩かないよ。しゃがんでるとこ殴るとしたら、後ろからこう、何か振り下ろすでしょ。もし棒状のもので叩いたんだとしたら振り下ろしたんじゃなくて杵《きね》みたいに縦突《たてづ》きですよきっと。そう云う感じの傷だったんですって。そんな殴り方しますか？　普通垂直突きしないでしょ。それって不自然だよ。ねえ」

「ああ。まあ、でも——いや、寸暇《ちょっと》待ってくださいよ」

磯部、磯部と小山田は同僚を呼んだ。

池田巡査がおろおろと落ち着きない動作で外と裡を見比べた。

それから泣きそうな顔で、

「あの、磯部刑事様は何処かに行かれたようであります」

と、畏まって答えた。

「どっか行った？　実際仕様がない奴だな」

多々良が笑った。

「頭を冷やせと云われたから川で冷やしてるんじゃないですか。西瓜《すいか》みたいにさ。河童に狙われますよ。尻子玉抜かれますよ」

「刑事襲ったりしたら本気で懲罰しますよ河童。いやね、慥《たし》か、廣田さんの頭の天辺にも傷があったんですわ。ただ、死ぬようなもんじゃなくてですな、たん瘤《こぶ》みたいなものだったんで――久保田さんはかなり流されてて、それこそふやけてましてね、ご遺体もあちこちぶつかったのか、相当傷んでいたから気付かなかったのかなあ」

多々良は不謹慎にもひひひと笑って、

「たん瘤は生きてなきゃ出来ませんよ。死体を叩いたって凹《へこ》むだけですよ。凸《とつ》じゃなく、凹みですよ」

と云った。

云い方は何だが、それも正しい。

「はあ。昏倒させて川に放り込んだって殺人には違いないですわな。しかしだね、そうすると――どうなのかなあ。中禅寺さん、その密議を凝らしていた男達と云うのは五人なんですな。後は――川瀬、そしてス某かム某、ですか。この川瀬と云うのは」

全く判りませんと敦子は答えた。

「スかムの付く人は姓さえ不確かです。川瀬さんの方も、下の名前も素性も判りません」

「しかし、こうなると残りの二人も殺され兼ねない感じですなあ。まあ殺人だとしたら、ですが」

「残りの二人のうち一人、または二人共が犯人と云うことも考えられますけど」

「あ。仲間割れね。それにしても木更津でも浅草でもなく、何でまたこの辺なんだろうか。亀山さんは判らんが、久保田さんも廣田さんもこの辺とはまるで関係ないようなんだがねえ。川瀬——川瀬ねえ」

「川瀬、でありますか」

池田巡査が直立不動のままそう云った。

「何？」

申し訳ありませんと巡査は最敬礼する。

「いや、池田さんさ、まだ何も云ってないでしょうに。私は磯部と違って乱暴な口は利かないから、そんなに気張らんでいいよ。何かあるんなら云いなさいって」

「はあ——実は本官は、この近くの出身でありまして——と、申しましても、大戸ではないんでありますが」

いや、申し訳ありませんと池田は謝った。

「何、どうしたの」

「いいえ。本件には関係ないかと思い直した次第であります」

「だからさ。云ってから、関係ないよと云われたら謝ればいいじゃないか。云ってみるまでは判らんだろうに。もしかしたら重要なことなのかもしれないし、なら云わないでいて後から申し訳ないじゃ済まないでしょうに」

池田はいやあ、と云って口を曲げ、関係ないなあと続けてから、そうですねえと云い渋った。

「云いなさいよ」

「はあ。川瀬、と云う姓の人がいたのであります」

「何処に？」

「ですから、本官の育った集落であります」

「それ何処」

「は、遠内《とおない》と云う集落でありまして、ええ、久我原《くがはら》と云いますか、その、そこ」

池田は指を差した。

「東総元駅の向こう側からですな、山の方へと、ずん、ずんと進みまして——あ、これは方角の話でありまして、西と云うか、道と致しましては、矢張り久我原のですね、その、北西に」

「判らん」

小山田はそう云ったが、多々良は重ねて、判りますよと云った。

「判る？　判りますか」

「この辺ですね？　ですよね？」

多々良は腰を上げると、丸っこい体を伸ばして壁に貼ってある地図を示した。

「いいえ。敏男さんは我が家が転出する前に大多喜の人と結婚して遠内を出ていたのでありまして、その後、暫《しばら》くしてからこの辺に戻られたんでなかったかと。そう記憶しておりますです。そうであれば、出征されるまでは総元に住んで行商をしておられたのかと。それまでは、行き来があったと申しますか、その、行くことはなかったですが、来ることはあったのでして」

「何だそりゃあ」

「行商ですから、来るのであります」

「復員はされたのかね」

「は、直接はお会いしておりませんが、復員は自分より早かったと母が云っておりましたから、昭和二十二年には総元にですね」

今はどうなんだねと僅《わず》かに苛付《いらつ》いたらしい小山田が問うと、今はおりませんと池田は答えた。

「いないのか」

「どうやら復員後、東京に出たらしいのです。周囲には儲け話があると云っていたようなのでありますが、何のことかは不明であります。本官の知る限りは、その後、帰っておりません」

「女房は」

「はあ、聞いたところ、戦争中に亡くなっておりますようで。息子さんは、慥《たし》か、開戦の年に十二歳くらいだった、と思いますが、どうだったかな。こちらも現在の行方は判りません。関係——ございませんですね」

申し訳ありませんと池田はまた頭を下げた。

「どうかなあ」

小山田は浅黒い顔を拭う。

敦子は問う。

「その川瀬敏男さんは、どんな感じの方でした？」

「は。痩せた人でした」

そこが——最初に来るのか。

小山田は顔を顰《しか》めた。

「おいおい、池田君。もっと何かないのか？ 痩せてたってね、君。戦後はみんな痩せてただろう。私でさえ多少は細かったんだ。だから、何と云うかな、もっと特徴みたいなものはなかったのかね。あるだろう、ほら、温厚そうだとか喧嘩っ早いだとか。見た目にしたってさ、黒子《ほくろ》があるとか鼻がでかいとか——」

痩せてたそうですと敦子は云った。

「は？」

「団子屋の店員さんは、痩せた人だと云っていました。他に特徴がないのか、それが何よりの特徴なのか、一二度しか見ていないようですから甚だ不確かですが、いずれにしても第一印象は痩せていた、なんでしょうね」

「じゃあ——」

でも痩せてるってだけじゃなあと小山田は云う。

「痩せた川瀬さんなんざ、この日本に何人いるか判らんですよ実際」

「そうですが——儲け話と云う云い方も少し気になりますね。就職先が決まったとか仕事を見付けたとか、そう云う感じのもの云いではないですよね。何か実入りの良い商売を見付けたのだとしても——でも、そんな云い方はしませんよね？」

「は。本官が聞いております限りでは、東京行きは一時的なものであったかと。息子さんを連れて行った様子は、なかったようで」

「子供置いて行ったんですかッ」

多々良が云うと、子供ったって当時もう十七八でしょうなと小山田が返した。

「もっとかな。今は、もうとっくに成人しとる勘定でしょうな」

「生きておればですが」

「そうか、行方不明なのか——」

「はあ。関係ございませんですね。す」

「謝るな。あるかもしれない。多少、都合良過ぎる気もするが」

「この近辺が事件の舞台になっている理由がその川瀬さんにある——と云うことなら、都合良くて当然と云う気もしますけど」

　小山田は唸った。

「そうなると——ですよ。仮に、仮にその川瀬さんが、その川瀬さんだとして、ですな。可能性としては命を狙われているか、または犯人かと」

　犯人ッと池田が大声を上げた。

「敏男さんがッ」

「まだ判らないんだよ。多少、磯部の気持ちが判る気がするな。しかしだね中禅寺さん、そうするとその密議——悪巧みですか。その内容が気になるところですな」

　そう。ここで、三芳の話をすればいいのだ。

　敦子は益田から聞いた話を出来るだけ手短に語った。

「模造宝石？」

　小山田は手帳を捲り、それから机の上の紙束を崩してあれどうしたかなと云った。

「何探してんです」

　池田の背後から磯部が顔を覗かせた。

「まだその親爺から聴き取りしてんすか。晩飯とかどうするんすか」

「馬鹿もんッ」

小山田が怒鳴ると、磯部ではなく前にいた池田が畏まって首を竦めた。

「待て。池田君は謝るなよ。私は磯部に怒鳴ったんだ。おい、この木偶《でく》の坊が、頭冷やせとは云ったが外していいとは云ってないよ。お前が遁《ふ》けてる間に大進展だぞ。お前に説明し直すのは面倒なんだから一緒に聞いてろよ。あのな、あれ。遺骸《ホトケ》さんの胴巻きの中身」

「中身？」

「濡れてたから干しただろ。免許証とか、あの」

「ああ。勝浦の方に送っちゃったじゃないすか」

あ、そうかと云って小山田は額を叩いた。

「何です？」

「そのですな、亀山の胴巻きの中に写真が一枚入っていたんですわ。身許確認の必要もあるので、遺体と一緒に勝浦署に送ってしまったんだ」

「何が写ってたんです？」

宝石ですよと小山田は云った。

「写真だから紅玉《ルビー》だか蒼玉《サファイア》だか区別が付かんですし、ま、白状すれば直《じか》に見たって判りゃせんのですが――まあ宝石ですよ」

「宝石の写真だったんですか？」

「そう。しかし宝石なんちゅうもんは実際見たことも触ったこともないもんですからな、綺麗な石程度の認識ですわ、実際。それが何だか函《はこ》のようなもんに入れてあって——」

「幾つありました？」

「数はねえ。写真だし」

五つだ五つと磯部が云った。

「写真には石が五つ写ってたよ。で、色は微妙に透明っぽかったからきっと金剛石《ダイヤモンド》だよう」

「何で写真で色が判るか」

「判るのさ。僕は、拳銃だけじゃなく写真機にだって詳しいし写真だって撮るんだから。自分で現像もするんだ。中間色は区別が付け難《にく》いけど、透明かどうかくらいは判るじゃないか。それが本物かどうかは判らん」

——写真か。

なる程、写真にしてしまえば真贋は見極め難いのだろう。模造品であっても誤魔化せる確率は高くなるかもしれない。ならば。

そこに写っていたのは、三芳が作った模造宝石ではないのか。

敦子はそれが古い写真だったか尋ねた。小山田は濡れていたから判らないと答えたが、写真に一家言あるらしい磯部は、あの印画紙は新しいと云った。

そうなら。

「三芳さんが作った模造宝石も——五個だそうです。しかも金剛石だったとか」

小山田は太い腕を組んで、あらあらと困ったように云った。

益田の思う壺《つぼ》——と云う表現は正しくないような気もするが、敦子は咄嗟にそう感じた。

これで一応、凡ての点はちゃんと線上に並んだと云うことになるのだろうか。益田には連絡しておく必要があるだろう。

「しかし、まあそうだとしても、能《よ》く呑み込めませんなあ。何か宝石絡みの犯罪的なことが七年前に行われたんだとして——まあ、何かは行われたんだろうけれども、そうだとして、それで——裏切りですか？　着服？　いやそれが判らんなあ。どう云うことです？」

仲間割れじゃないのと磯部が云った。

「あれだろ、何人かで共謀して盗むか騙し取るかしたものを、そのうちの一人が持ち逃げしちゃったとか云う話なんじゃないの？　でもって、悔しいから偽物作って掏り替えようってこと？」

普通はそう考える。

だが——。

「あの、もしそういう筋書きだったとして、略取したのは七年前ですよね。それを誰か一人が着服したんだとして——その人は七年間ずっと宝石を隠匿していた、と云うことになりますよね？　何故お金に換えなかったんでしょうか？」

ほとぼりが醒めるのを待ってたとかじゃないのと磯部は云った。

「盗品って、実は中中捌《さば》けないもんなんだよ。何処にでもあるもんなら兎《と》も角《かく》、美術品なんかは一点物だったりするからさ。外国で売るとかしないと、割にすぐ足が付くから」

それはない、と多々良が云った。いつも以上に断定的な口調である。

「何でさ」

「それ、普通の盗品なら、って話でしょ。それ、宝石ですよ宝石」

「だから何？」

「いいですか。この国は何年か前まで占領されてたんですよ。知ってますあなた」

磯部が何か云う前に小山田がそれは能《よ》く知ってますと答えた。

「敗戦から講和まで、ですなあ」

そうですよそうですよと多々良は二度云った。

「いいですか、軍部は敗戦時に大量の物資を所有してた訳ですよ。負けたんだから武装解除は仕方がないですけど、武器以外のものも沢山持ってたんですよ？　強制的に民間から供出させたり、軍用として押さえちゃったりしたからです」

「それが何？」

「そう云う物資をですね、占領軍がやって来る前に何とかしなくちゃいけないと国は考えたんです。ＧＨＱに横取りされるとでも考えたんでしょうな。だから、慌てて処分した！」

「だから何です？」

「何ですじゃないですよ。軍の物資だけじゃない、軍が管理監督してた民間工場の製品、原材料、兵器以外の備品、衣料品、医薬品、通信機器や木材、それから慥《たし》か食品まで、それはもう、物凄く迅速に処分しろと、閣議決定したんですよ。占領軍がやって来るまでって、あなた、ポツダム宣言受諾から総司令部設置まで二箇月しかなかったんですよ！」

「そ、そうでしたな」

「後で知ったんですが、この緊急処分の決定は二週間くらいで撤回されてるんですよ。廃止です。その後どうなったのかは有耶無耶《うやむや》ですよ。二週間って無理ですよ」

時間がないッと多々良は力説した。

「何処に何がどんだけあるのか誰も把握出来てないような大量の物資を、関係省庁や民間生産者なんかに振り分けて大慌てで処理したんですよ。たった二週間で。出来ないですよ、ねえ」

「まあ、そうでしょうが」

「これ、僕ら一般人には内緒ですよ。隠してなかったとしても、別に広報されませんでしたよ。少なくとも僕は聞いてないですよ。国民にも内緒、亜米利加《アメリカ》にも黙って、こっそり急いでやったんです。そんなの終わる訳がないでしょ。当然杜撰《ずさん》になるでしょうに。杜撰ですよ杜撰。ねえ」

同意を求められて、池田一人は首肯《うなず》きかけたのだが、二人の刑事が黙っていたので途中で止めたようだった。

「あの、先生ね、それはどう云う――」

「だから」

多々良は強い口調で云った。

「きちんと処理出来る訳ないって。当然大混乱ですよ。隅隅まで目が行き届く訳ないでしょうに。それに、監督する方からして不正してた節がある。横流しやら隠匿やらもあった筈です。いいや、あったんです！　お上《かみ》のすることは大概いつもこんななんですよ」

「だから――何です」

「判らん人ですな。あのですね、戦争中には貴金属類も接収されているんですよ？　軍部は首飾りだろうが指輪だろうが、みんな持ってっちゃったんですよ。宝石だって、何に使うのか知りませんけど、みんな取り上げたんですよ！」

「ああ、宝石をねえ。え？」

「宝の山ですよ。で、国はそう云うもんを持ち主に返さずに、処分しちゃった訳です。処分と云っても今云った通り、杜撰ですよ。ザルです。しかも不正です。ですからね、今流通してる宝石の何割かは隠匿物資なんですよ。軍部が民間から押収したり供出させたりした貴金属類が闇から闇に横流しされた訳ですよ」

「ああ、それはまあ知ってますよ。そうだとして——？」

「いいですか、その、それは七年前でしょ？　敗戦からまだ二年ですよ」

「そうですが？」

「それってつまり、それらの隠匿物資が右から左へこっそり流されてる時期と云うことですよ。そんな絶好の時機《タイミング》に宝石手に入れたりしたなら即座に売るでしょうに。その時期なら絶対バレないですよ。なら売る方も買う方もこっそり迅速に、ですよ」

「まあそうでしょうなあ。まだ占領下だったし、世の中も混乱してましたからなあ。だから？」

「だからって、だから売ると云う話をしてるんですッ。何がほとぼりを醒ますですか。持っててどうしますか。その当時現金に換えてれば何の問題もないけど、今になって売ったりしたら確実に足が付くでしょう。だって今はもう問題視されてるんだから。国会なんかでも取り上げられたんじゃなかったですか。ほとぼり醒ますどころかほとぼってるじゃないですか。寧《むし》ろ捕まり易いですよ。それは馬鹿じゃないですか。馬鹿ですか」

磯部が一歩踏み出すのを池田が抑えた。

「金が欲しいんじゃなく宝石自体が欲しかったのかもしれないだろ。宝石集めるのが趣味の人だっているよ。収集家は手段を選ばないし金に糸目も付けないだろ。だから高くても売れるんじゃないか。集めてるなら売るとは限らないよ」

「まあそうだけどなあ、磯部。そら違う」

小山田が残念な口調でそう続けた。

「どうしてさ」

「あのな、家出して漁師になったのに隻手になって漁も出来なくなった男に、原爆で何もかも失って上京した水泳上手の鑪職人、その辺の山ん中で育って女房に先立たれた子連れ行商の男——まあ、亀山さんともう一人の身の上は判らんのだが、いずれ似たり寄ったりの境遇じゃないのか。そんなのが宝石集めるか？　どいつもこいつも喰うや喰わずだろう。欲しがるなら——金じゃないのかねえ」

私もそう思いますと敦子は云った。

「略取したとされる人物に就いては情報がないので断定は出来ませんが。ただ、久保田さんは職を失って生活に困っていたにも拘らず、三芳さんには宝石を取り戻しても売るのではなく、本来の持ち主に返すんだと説明したそうですが」

「じゃあ何か、善行ですか。或いは償い——と云うことなのかな？　しかしだね中禅寺さん。その、それがこの先生の云うような」

「隠退蔵物資」

「それだとしてさ、なら元の持ち主と云うのは誰になるんですかな？　軍部ですか？　もう日本に軍隊はないでしょうに。返しようがない。国に返すとでも云うのかね？」

「本来の持ち主でしょう」

「あ、供出した民間人か。でも、そんなの判るものかなあ」

「その宝石に関してだけは判っていた――のじゃないかと思います」

「判ってて掠め盗ったと？」

「勿論、想像なんですが」

古谷さん古谷さんと敦子は同僚を呼んだ。

奥の扉が開いて、同僚が顔を出した。

「あ、終わったの？　少し寝てました。じゃあ、帰る？　帰っていい？　でも帰れるのかな、この時間で。電車とかありますか」

終わってませんよと、池田を除くほぼ全員が異口同音に云った。

「古谷さん、慥《たし》か去年、接収解除貴金属及びダイヤモンド関係事件の取材しましたよね？　編集長に聞いたんですけど、あれは古谷だったたって」

「何だって？」

眼を擦り乍《なが》ら古谷が出て来た。

「ええと――あ。はいはい。取材しましたよ。畑違いだったからかなり困った。俺、そもそも合成金剛石の科学気相蒸着法の記事とか担当してたから、序《つい》でに行って来いって云われたんだけども、序でって云っても関係ないよねえ」

「それはいいんですけど」

「良くないよ。俺は所詮、便利遣いされるだけの男だ」

「私はそんな風に思ってませんから、聞いてください。

「あの時に一番問題視されていたのって、慥《たし》か」

「ああそう。コウシツの金剛石だったね」

「硬質？　硬いと云うことですか」

「金剛石はみんな硬いですよ。そうじゃなくて」

皇室ですよと古谷は云った。

「こ」

小山田はそこで絶句した。

「民間から貴金属を供出させるにあたって、先ず範となるべきとしてですな、宮中から金剛石が軍に下賜されてるんですよ。宮様が率先して、由緒正しき神品を差し出されたんですね、そのお蔭で、貴金属の民間からの供出は、慥《たし》か予想の九倍だか十倍だかにまでなったんだそうで。ま、その多くが行方不明になってる訳ですが、その」

「皇室ッ」

そこで小山田は漸く息を吐き出した。

「皇室ってあんた」

「そうですよ。皇室から下賜された王冠だか勲章だかから外したと云う立派な金剛石がですね、未《ま》だ行方不明なんですわ。まあ、お上なんて不公平なもんで、下下が損しても騒がないのに、こと宮様となるとそうもいかんのでしょうな」

小山田は大きく息を吸った。どうも息を止めていたようである。

「ほんとに皇室なのかな」

「はあ。で、それがどうかした？」

「その下賜された金剛石は、幾つですか」

「え？　あー、五つ——だったかな。でかいんだそうだよ。当時でも数千万くらいになったんじゃないのかなあ？　誰が持ってったんだか、売っ払った金はどうなったんだか」

「す」

今度は多々良が絶句した。

「すう」

多々良は敦子を見て、もう一度すう、と云った。

「ねえ。見たことないよ」

俺だってないと磯部は云った。

「それなら誰でも目が眩むよ。そんなものを奪取する計画だったなら、警察辞めて乗ってたかもしれないよう」

戯《たわ》けたことを云うなと小山田が一喝した。

「お、畏れ多くも宮様の宝物だぞ。曲《まが》り形《なり》にも警察官が何を云うかッ。しかし、それが、その何だ、連中がナニをナニしたと云う——」

「ええ。久保田さんは元の持ち主は高貴な方だと三芳さんに云ったそうですし」

高貴だ、高貴だよと小山田は畏まった。

多々良もそうですよと云った。

「まあ、他に高貴と云っても、今の日本には誰もいないですよ。政治家は高貴じゃないですよ。ないよね？　でもまあ陛下はねえ。高貴と云うより他ないかなあ」

「じゃ、じゃあその何ですか中禅寺さん。久保田はその宝石を奪還して、皇室にお戻しすると、そう云う計画を立てたと云うんですか。そのために、その三芳とか云う幼馴染みに偽物を作らせたと？」

「想像です」

推理ではない。想像である。

「そう考えれば、まあ色色と辻褄は合うんですけども、肝心の七年前の悪巧みと、その宝石の在り処が全く不明ですから何とも云えないんですけど」

「何とも云えないが、そうだとするなら独り占めしたのは誰か——と云うことになるかな」

「久保田さんが嘘を吐《つ》いている——と云うこともありますけど」

「どう云うことかな？」

「元の持ち主に返すと云っていますが、それはどうでしょうか。返すにしたって、警察や宮内庁を経由しなければいけない訳ですし、そうしたところで疑われることはあっても褒められはしないようにも思います。褒められたって得はないですよね。それから、仲間が独り占めしたとか云うのも嘘なのかもしれません」

「嘘――と云うと？」

「もしかしたら単に本物と掏り替えて売り捌くつもりだったのかもしれませんし。七年前に既に売り捌いていたのだとすると、久保田さんは買った人間を知っていたと云う可能性もあります」

「じゃあ現在誰が持っているか、と云うことか」

「ええ。そして、一番肝心なのはどうして昔の仲間が次次と死んでいるのか――と云うことですね」

川瀬だなあと小山田は云った。

「まあ、その池田君の知り合いの川瀬が悪巧みに参加した川瀬なのかどうか全く判らんのだし、雲を摑むような話ではあるんだが、三人が三人共この近辺で死んでいると云うことを考えると、どうも見過ごせないなあ。池田君よ、その、置いてき堀を喰った川瀬の息子さんとやらの消息は、いつ頃まで判っておるのかね」

「はっ。そうですなあ、本官が最後に会ったのは、七八年も前のことでありまして——終戦の頃から暫く、久我原の養鶏場で下働きをしていたようなのであります。本官は復員後にそこを一度訪ねておるのであります。聞いた話だと、その養鶏場に復員した敏男さんが礼を云いに来たことがあったのだそうで、その時、お前ももうすぐ働かなくて良くなるだろうから、そしたら学校に行けと——」

「儲け話があるからと云うことか？」

「そうだと思います。あの子は——香奈男《かなお》と云いましたかな。その香奈男君にそんなことを告げていたと、まあ養鶏場の親爺が云っていたのを覚えております。しかし敏男さんは戻りませんで、香奈男君もいなくなったと」

「じゃあ何か、姿が見えなくなってから、矢っ張り七年近くは経つ——と云うことになるのか。そりゃ難儀だなあ」

「それよりも、先ずその亀山さんが所持していた宝石の写真を三芳さんに確認して貰うべきじゃないですか？」

「三芳さんって——ああ、偽物作った人か」

「三芳さんはさっき私が話したことを、丁度廣田さんのご遺体が発見された日に地元の所轄署に話しているそうですし、その際、多分県警本部経由で勝浦署にも照会があった筈なんですけど、全く話が通っていないようですよね」

そんな照会あったかなあおい、と小山田が磯部に問うた。磯部はあったんじゃないですかと抑揚なく答えた。

「庶務の津畑さんが適当に返事したんじゃないですか。ほら、あの人、前から警視庁が嫌いだから」

「余計なこと云うなよ。所轄宛ての照会なら取り次ぐだけだよ。勝浦の方から上がって来てないだけだろ。関係ないと思ったんじゃないのか」

「ええ。でも既に関係ないとは思えないですよね」

「まあそうですねえ。写真が出ちまった以上、その情報は無視出来ませんなあ。しかし今日はもう遅いなあ。明朝の会議に諮りますわ。それより中禅寺さん、あんた今夜はどうする気ですか。大多喜辺りまでなら車で送りますが、色色考えると、明日も出頭して貰った方がいいかなあ」

僕達はいいですかと古谷が云うと、多々良が間髪を容れず駄目だよ校長先生に会ってないじゃないかと被せた。

「ここまで来て何の収穫もないんですよ？　帰れますか？　帰れないでしょ。第一もう帰れないよ。帰れないけど宿もないじゃないか」

「此処に泊ってもいいですよ。池田君、蒲団くらいあるんだろうが」

「は。二組しかございません」

「夏だからいいだろう雑魚寝で。それでなくても暑苦しいんだよ。しかし、こちらは女性だから、そうもいかんなあ」

「あ、そうだ」

古谷が手を打った。

「そう云えば、ほらあの、僕らと一緒に水死体《どざえもん》発見した女性」

「通報くれた、役場の南雲さんでありますか？」

「その従姉妹《いとこ》だか姪だか云う娘さん。何と云ったかな」

「クレさんでしょ」

「あ？　そう、慥《たし》か、呉美由紀さんだ。それは中禅寺君の知り合いなんでしょ？　そんなこと云ってたけど」

「呉美由紀？　美由紀ちゃんが？」

「ああ。何でもね、親戚が——その南雲さんか。それが此処いらに住んでて、夏休みで泊りに来ているとか」

「美由紀ちゃんが発見者なんですか？」

知らなかった。

「正確に云うなら、第一発見者は僕ですよ」

多々良はそこで胸を張った。

5

「下品な話ですか？」

稲場麻佑《いなばまゆ》は何とも奇妙な表情を見せた。

まあ、それも仕方があるまい。

朝っぱらから見ず知らずの奇妙な集団が家に押し掛けて来て、河童《かっぱ》だ河伯《かはく》だと喚《わめ》き立てられたりしたら誰だって困惑するだろうと、美由紀は思う。

稲葉麻佑は、総元の小学校の前の校長先生の外孫にあたる人だそうである。外孫なので校長先生とは姓が違っている。淳子より少し齢上《としうえ》だろうか。

「下品な話と云われましても」

「いや、別に下品である必要はないです。下品でも構わないと、こう云っているんです」

「構わないと云われましても――」

「ですから」

多々良は強い口調で云った。

「僕は下品なことを研究している訳ではなくてですね、僕の研究しているものには下品も含まれると云う意味ですよ！」

例に依って猪突猛進である。斜め後ろに控えた中禅寺敦子がいちいち愛想笑いをしたり頭を下げたりしていなければ、まあ普通は逃げるか怒るか怯《おび》えるかするだろう。

それ以前に、淳子の紹介がなければ門前払いだったに違いない。

昨夜。

駐在に誘《いざな》われた敦子が南雲の家にやって来たものだから、美由紀は腰を抜かす程に驚いたのだった。

色色と事情を聞いてもう一度吃驚《びっくり》した。敦子は宿泊の算段が出来ていないようだったので、南雲の家に泊まって貰うことにした。

その辺、田舎の人は良い。中には他所《よそ》者を歓迎しないと云う地域もあるのだろうし、家に依ると云われればそれまでで、田舎と一括《ひとくく》りにしてしまうのはどうかと思うが、少なくとも美由紀の周囲では不意の来訪者を嫌がるような風潮はないと思う。伯母辺りは特に鷹揚である。

敦子の方は随分恐縮していたようだが、伯父も伯母も大歓迎だった。

夕飯は済んでいたのだが、敦子が未《ま》だだと知るや食卓には何やかやが再び並び、美由紀は二度目の夕食を食べる羽目になった。

伯父は食事は大勢で食べた方が美味《うま》いのだと云うようなことを主張した訳だが、それはまあ、判らないでもないのだけれど、そこまで行くと親切の押し売りっぽい気がしないでもなく、淳子も苦笑していた訳で、敦子は勿論顔になど出さなかったのだけれど、この状況にやや辟易《へきえき》したのではないかと慮《おもんぱか》って、美由紀は一緒に二度目の夕飯を食べたのだった。

お腹は一杯だったのだが。

同じ部屋に蒲団《ふとん》を並べて寝た。

寝る前に朝ご飯は流石《さすが》に食べられないかと思ったのだが、起きてみれば普通にお腹は減っていた。こんなだから背がどんどん伸びるのかと美由紀はやや落胆した。

美由紀と淳子は朝一番で再度詳しく事情を聞きたいと県警の人に云われていたのだが、朝一番と云うのが果たして何時なのか判らず、淳子は行くにしても一度役場に顔を出して事情を説明しなければならないと云うので、美由紀は取り敢えず、八時になるのを待って敦子と共に駐在所に向かったのだ。

駐在所には県警の人はおらず、代わりに多々良と古谷がいた。古谷はげっそりと倦《う》み疲れていた。聞けば、多々良がリュックサックの中身を整理するガサガサ云う音が気になって全く眠れなかったのだと云う。多々良の方は整理が済むとさっさと眠ってしまったのだそうである。

時間をきちんと指定しなかったことを駐在は詫びた。

県警の刑事は昨夜勝浦署に戻り、今こちらに向かっている途中——と云う話だった。まあ敦子の話を聞く限りただの溺死ではなく、かなりややこしいことになっているようだし、会議だの手続きだのが色色とあるのだろう。

古谷は敦子の顔を見るや安堵したようで、さっさと帰ると云い出した。多々良と古谷は昨夕たっぷり話を訊かれたものと思われる。二人共もうお役御免らしかった。

しかし多々良は帰らないと云った。云い張った。

元校長から河童の話を聞くまでは何が何でも帰らないと云うのである。憎めない感じの人ではあるのだが、困ったおじさんでもある。

刑事が到着するまではもう暫《しばら》く掛かりそうだったし、その間駐在所に屯《たむろ》していても詮方ない。淳子もいないのに南雲の家まで一旦戻って出直すと云うのも何だか変だし、多々良とて諦めそうもない。

そこで、遅れて出頭して来る淳子の到着を待って先に多々良を元校長宅に連れて行くのはどうか、と云うことになったのだ。美由紀は、まあまるで関係なかったのだけれど、独りで居残りするのも嫌だったので同行させて貰うことにした。

古谷は美由紀達がそう決めた途端に小走りで東総元駅に向かった。幾ら急いだってそう上手く電車は来ませんよと云う駐在さんの親切な言葉は届かないようだった。一刻も早くこの場を立ち去りたかったのだろう。

古谷と入れ違いに淳子が到着した。

と──云う訳で美由紀はその、小学校の前の校長先生とやらの家に居る訳である。

ところが。

校長先生ご本人は夏風邪を拗《こじ》らせて臥せっているのだそうで、看病のために訪れた孫娘の麻佑さんが応対してくれている──と云う訳である。先生は独り暮らしなのだ。

僕は河童の話が聞きたいんですと、多々良は力説した。

「馬を引くとか、人を溺れさせるとか、それから尻を撫《な》でるとかですね、ご婦人を誘惑するとか──まあ、半分くらいは大体品のない話になっちゃうんですよッ」

「はあ」

「あなたはお若いし、ご婦人ですから、赤の他人に品のない話はしづらいだろうと、そう配慮してですね、僕は品がなくても構いませんと予《あらかじ》めお断りした次第ですよ。いいんです。何を話されようとあなたの品性を疑うようなことはありませんから、知っているなら話してくださいッ」

「知りません」

「え？」

「ですから、知らないんですよ。かっぱと云われましてもねえ。私、大戸じゃなくて三又《みまた》ですけど、あまり聞いたことないですよ。知りません」

「河童を？」

かっぱは知ってますと麻佑は云った。

「ほら、あの、テレビジョンでやっている――何でしたっけ、『かっぱ川太郎《かわたろう》』でしたっけ。うちにはテレビなんかないので、何度かしか観《み》たことないですけど、あの紙芝居みたいな」

連続テレビ漫画ですねと敦子が云った。

「清水崑《しみずこん》さんの」

「何ソレ」

多々良は眼を円《まる》く見開いて敦子を藪睨《やぶにら》みにした。

「知らないよ。そんなのやってるの？」

「どうでしょう。今もやってるのかしら。慥《たし》か毎日放送してたんですよ。人気があって、週刊誌にも同じ作者の『かっぱ天国《てんごく》』と云う漫画が連載されていた筈ですけど。そっちはまだやってると思いますけど」

「え？　それ何？　皿は？　甲羅は？　毛は？　色は？」

「テレビですから色はないですよ。雑誌も一色ページですから。お皿も甲羅もあるようですが、体表はつるっとした感じです」

それだ。

美由紀の知っている河童は、そう云うものだ。テレビジョンを観たと云う明確な記憶はないのだけれど、きっと美由紀も何処かで観ているのだろう。緑色だと思っていた理由は能《よ》く判らないけれど。

困ったなあと多々良は云った。

「困りますか？」

「困ります。そう云う創作が全国に行き渡ってしまうと色色と淘汰されてしまいますよ、地域の特色なんかが。それ、全国ですか？」

「電波塔の設営や受像機の普及がどの程度進んでいるのか正確には知りませんけれど、電波が届いて受像機があれば何処でも映るんじゃないですか」

益々時間がないなあと多々良は苦渋の顔を見せた。

「時間がないってどう云うことです？」

美由紀が横から尋《き》くと、だってすぐですよと多々良はより理解不能の返答をした。

「だって、各地に伝わる伝説は物凄い勢いで消滅しているんですよ。戦争でやられて復興の際に開発されて、街も様変わりしてしまうでしょう。祠《ほこら》も石も樹木も、失われているんです。習俗もです。文化がなくなってしまうんです。その上そんなものが世の中に行き渡ったら、上塗りされてしまうじゃないですかッ」

「上塗り？」

「そうですよ。薄れて消えかかっているものの上に真っ黒い墨を塗ったりしたら、下に描かれてるものはまるで見えなくなってしまいますよ。そうでしょうに。のみならず最初からそうだったと思ってしまうでしょう、後世の人は。つまりですね、過去まで書き替えられてしまうんです！　いいですか、文化のようなものは忘れられることで殺されてしまうんですって。誰かが記憶してるか記録するかしないと、死んでしまうんですッ」

多々良は鼻から息を噴き出した。

どうもすいません、と麻佑が頭を下げた。

この人が悪い訳じゃないと思うけれども。

今は一寸《ちょっと》した河童ブームですからね、と敦子が云う。

「去年あたりから、世間は河童の意匠で溢《あふ》れてます。酒舗《バー》の燐寸箱《マッチ》にも、菓子の袋にも河童が描かれていますし。そう云う意匠の方が、云い伝えなんかよりも強い影響を与えることは否めないように思います。伝える人も減っていますし、何より――形があるのは強いですから」

そう云う河童は緑色ですかと尋こうとしたが、止《や》めた。

「そうですねえ。私も、かっぱと云えばそう云うものだと思っていて――そう、夷隅川にもかっぱの話はあるんだと思いますけど」

あるンですカッと多々良は喰い付いた。

「こ、この辺じゃないですよ。聞いたことはあるんですが、話があるのはもっとずっと河口の方です」

「河口？」

「ですから夷隅の方のお話なんだと思います。夷隅川って、こうくねくね曲がって、東の夷隅の方に流れて行くんです。だから夷隅川って云う名前なんでしょうけど、夷隅の宮前《みやまえ》と云う処に六所神社《ろくしょじんじゃ》とか云う神社があって」

ありますよと多々良は云った。

「六所宮は全国にあります。房総にも数個所あった筈ですよ。慥《たし》か、この近くにもありますよ。大多喜に。夷隅の方にもあるんですね？」

こう云う時に中禅寺君がいてくれると便利なんだけどなあと多々良は云った。

敦子の兄のことだろう。

「彼は官幣社《かんぺいしゃ》以外の神社にも詳しいですからね。変な社を識《し》っている。僕は一宮《いちのみや》と総社《そうじゃ》なら総《すべ》て覚えてるんですよ。なので、館山《たてやま》と市川《いちかわ》の六所神社は判りますけど、近在の六所宮ではそれしか知りませんね。そこは、安房国《あわのくに》と下総国《しもうさのくに》の総社なんです！　で、そうするとその夷隅にも」

「はあ。難しいことは能《よ》く判りませんけど、そう云う神社があるんです」

「祭神は？　創建はいつです！」

「知りません。ただの神社だと思います」

「ただの神社なんかないですよ。六所宮は六柱神様を祀ってるんです！」

「そうなんですか？　で、そこの神社の宮司さんが、見せ物になってたかっぱを助けて、そのお礼にかっぱが水難から人を護《まも》ってくれるようになったとか——近くの淵《ふち》に棲《す》み付いたんだったかしら。それで、どうだったかな、慥か人を救助しようとした時に石で滑って流されて死んじゃったとか。ええと、つるつるとか、つるりんとか——そう云う石があるとかないとか。細かいことは覚えてません」

多々良は首を傾げた。

「行くべきかなあ」

日を改めて下さいと間髪を容《い》れず敦子が云った。

麻佑は顎に人差指を当てた。

「そのお話は、去年だったか、宮前に嫁いだお友達から聞いたんですけど——その時もかっぱの姿はその、テレビ漫画みたいなものを想像して聞いていました、私。多分、その」

「つるりですか？」

「ええ、頭の中では、滑っているのはかっぱの川太郎ちゃんみたいな姿のものでした。違うのかもしれませんが」

違うでしょう、と多々良は云った。

「汚染されています」

えっ、と声を上げて麻佑は頭を押さえた。

どうか気になさらないでくださいと敦子が透かさず云う。

「センセイ、汚染はないですよ」

「ないかな」

「それじゃあまるで黴菌《ばいきん》か何かみたいじゃないですか。それに、そんなこと云うなら、みんな汚染されてることになりますよ。そもそもそれを汚染と云うなら、それ以前のカッパのイメージだって何かの汚染ですよ」

「そうかもしれないけど、それはさ、長い時間を掛けてその地域の文化が作り上げたものだよ。民意だよ。誰か個人の創作じゃないよ」

「それはそうなんでしょうけど、幾ら民意があったとしても、土地の文化が生み出したものであったとしても、誰かが創り出したものに違いはないですよね。慥《たし》かにカッパの仕業とされる現象自体は実際にあるのでしょうが、肝心のカッパそのものは——いない、いないんですよ」

矢《や》っ張《ぱ》りそうだよなと美由紀は思う。

淳子も麻佑も首肯《うなず》いている。多々良は不服そうである。

「目撃者はいますよ」

「目撃者はいるでしょうが、それをカッパだとするのは見た人の解釈ですよ」

「そうだね」

「その解釈もまた、その土地に伝わる何かに規定された判断なんですよね？　そして見た人は、自分が見たモノを、情報として他者に伝えるしかないんです。見ていない人はそれを聞いて想像するしかないですよね？」

「それもそうだけど」

「想像する際にも、明白かつ厳格なガイドラインはないんです。お皿があるんだと云われても、どんな風になっているのかは個人個人が想像するしかないです。実際、私もどうなっているのか能《よ》く判りません。頭が凹《へこ》んでいるだけなのか、平らなのか、皿状のものが嵌《は》まっているのか、蓋《ふた》でも付いているのか――」

「蓋！」

蓋付きなら水は溢《こぼ》れない――かもしれない。

「どんなに情報が豊富にあったとしても、実物が示せない以上はどうしたってそれぞれの想像になってしまうんですよ。それは時代を経るごとに変質していくものなんでしょうし、新しい情報も足されて行くでしょう。その追加された新情報が、インパクトのある、説得力のあるものだったなら、民意も得られるでしょうし、そうなら更新されても行くでしょう。それ、汚染でしょうか」

「いや、そうなんだけど」

図像は強いんですと敦子は云った。

「言葉で説明されるよりも、絵や像で示された方がずっと判り易いんです。事実、今の漫画のカッパの意匠だって、江戸期に描かれた絵姿の影響下にある訳ですし」

それはそうだねと多々良は云った。

「そうです。何でもかんでも古い方が正しい、オリジナルだと考えるのは、ことお化けに関してだけは間違っているように私は思います。そんなこと云ったら、地方のローカルルールだって、多分——後付けですよね？」

「え？」

「原初的なカッパって、そんなに多種多様な姿形をしてたんでしょうか。私にはそうとは思えないんですけど」

「原形はあるでしょ」

「なら、地方に伝わるカッパに類する色色なものは地方の文化に汚染されてる、と云うことになっちゃいますよ？　それは違うでしょう」

違うねと多々良は素直に認めた。

「そうした特色がどうやって出来上がって行ったのか、それを調べることでそれぞれの地域の文化の違いや成り立ちを見極めるのがセンセイのお仕事ですよね？　なら」

そうですよそうですよと、二回云って、多々良は体ごと斜めに傾いた。

「いや、そうなんだけど――速過ぎますよ、この変化。そうした地域色って、かなり長い年月をかけて醸成されたものですよ。時代時代で更新されて来たのだとしても、それもまた積み重ねでしょ。五年十年でがらっと変わっちゃうものじゃないよ。百年とか、千年とか、そう云う長い積み重ねの結果なんですよ。江戸明治大正と、それくらいまでは、地続きで、ついこの間まで、地方の特色はまだ生きていたでしょ？」

それは流通の仕組みなんかの問題じゃないですかと敦子は云う。

「例えば、絵草紙や何かが全国津津浦浦に行き渡ることなんて明治以前にはなかったでしょう。そもそも部数の桁《けた》が違いますから。もし行き渡っていたとしても、手に取れる人は限られていたのではないですか」

それはそうだよねと多々良は云った。

「地方に届くにしても時間が掛かったでしょ」

「そうですよね。それに都市部なら兎《と》も角《かく》、地方の、特に民衆と呼ばれる階層に於《おい》てそうしたものを読むことが一般的な行為だったのかどうか――識字率も決して高くはなかったのでしょうし、影響は少なからずあったんでしょうけど、どの程度の速度で浸透していったのかを考えると」

「遅いね」

「だから時間がかかったってだけですよね？」

「え？」

「そう云う条件だったから時が要ったと云うだけです。でも、今は違います。新聞も雑誌も、同じものが全国で、余り日を空けずに発売されますし、テレビに至っては受像機さえあれば日本中が同時に視られるんですよ」

「だから困るんじゃない」

「そうでしょうか。公共の放送でこれが河童ですと云う画像が流されて、これはうちの地方の何何とは違うって、自信を持って断言出来る人がどれだけいるんでしょうか。いたとしてもそう云う人は違うものだと思うんじゃないですか？　そもそも地域で呼び方も違うんですから。ですから――ええと、何でしたっけ、ひょうすえか。ひょうすえと河童は別物だと思うだけなんじゃないでしょうか」

級友が云っていた名前と似ている。でも、もう彼女が何と云っていたのか美由紀は思い出せない。ひょ、が付くのは九州だったか。東北の方は――。

「め、めど」

メドチですかと多々良が云った。

「それです。少し違ったかもしれないけど、そんなです。岩手の友達が云ってました」

それはカッパなの、と敦子は尋いた。

「まあ、そのような、そうでないような――」

「そうでしょう。漫画のカッパが全国に浸透したなら、メドチも、スイコも、みんな別物、そうでなければカッパに似たもの、或いはカッパの別称――そう云う理解になってしまいますよね。名前が違うし性質も違う。でも元元カッパと呼んでいた地域もある訳で、そう云う処の場合、今はもう――」

漫画の姿になってしまったんでしょう、と敦子は云った。

「もう遅い？」

「遅いと云うなら遅いんでしょうけど、だからこそセンセイはこうやって東奔西走してるんじゃないんですか？」

「そうだけど」

「私もセンセイの考え方に賛同したからこそ、連載をお願いしてるし、こうやって取材も同行してるんです。センセイ、カッパと云うのは、慥《たし》か関東圏を中心にした呼び方なんですよね？」

「まあ、そうですよ」

「そうなら、この辺りには漫画のカッパのイメージを凌駕《りょうが》するだけの特徴を持ったカッパの伝承はなかった、と考えるべきなんじゃないですか？」

「うーむ」

多々良は腕を組んだ。

「伝承がないですか？　河童の」

「ないんじゃなくて、こんなカッパはカッパじゃないと退けるだけの大きな違いはこの辺りにはなかった——と考えるべきなんじゃないでしょうか」

「ああ」

そうかもなと多々良は云う。

「勿論、それは外見や何かのことであって、逸話や習性なんかはまた違っているんでしょうけど、そう云う細かな差異は漫画と同じ外見であったとしても別に温存出来るものなんじゃないですか？」

そうかそうだねと多々良は云った。

「だとしても——」

謂い伝えすらもないんですねと、多々良はやや弱まった口調で麻佑に問い質《ただ》した。

「全然ない？　伝説とか」

「はあ。伝説と云っても、この辺は——そうですねえ、日蓮《にちれん》上人の謂い伝えがあるくらいだと思うんですよね。鴨川《かもがわ》や勝浦に近いでしょう」

小湊《こみなと》、鯛《たい》ノ浦《うら》、と多々良は叫ぶ。

「日蓮上人生誕の地！」

「そうです。ですから、古いお題目なんかが伝わったお寺はあります」

「ご、ご真筆ですか」

多々良は興奮して問うたが、日蓮上人のものではありませんと淳子が応えた。

「村内の寺院に伝わるのは、室町《むろまち》から江戸初期の鬚曼陀羅《ひげまんだら》数点ですね。山中《やまなか》郷八箇村――要するに総元村は、古くから日蓮宗に帰依《きえ》していたようで、まあ文化財です」

それはそれで立派なものですと多々良は云う。

「後は――何でしょう。そうですねえ。寸暇《ちょっと》待っててください。祖父に尋いて来ます。起きてはいるんです。ただ、咳が酷《ひど》くってお客様にお感染《うつ》ししてもいけないと――」

どうもすいませんと敦子と淳子が頭を下げた。

美由紀も慌てて会釈をしたが、多々良は何も動じなかった。

麻佑は直《す》ぐに戻った。

「龍とか蛇だそうです」

「は？」

「いえ、この辺の水の――何と云うんですか、かっぱっぽいものと云えば、蛇とか龍だと祖父は云ってます」

「りゅ、龍ですか」

「はあ。池の主とかは概《おおむ》ね大蛇だそうですし、蛇は婦女子を誑《たぶら》かして、子供を産ませたりもするようです」

「子供を！」

「ええ。後、何だっけ、これ、私は能《よ》く判らないんですけども、八畳間に独りで寝ると蛇になるんだとか——」

そんなことを云ったら美由紀はもう蛇である。

南雲の家の客間は八畳だったのだ。

「蛇ですか」

「ええ、蛇なんだそうです。で、水の神様として考えれば、龍だとか」

「この辺一帯——山中郷八箇村の総社は、慥《たし》か、貴船《きふね》神社じゃなかったですか？　違いますか」

違いませんねと淳子が応える。

「村社は八つありますけど、総社は堀之内《ほりのうち》の山の方にある貴船神社ですね」

「そこは？」

そこは、とだけ尋かれても困るだろうと美由紀は思ったのだが、淳子は平気で答えた。伝わっているのだ。多々良に慣れたのか。

「創立起源は不詳です。安房里見《あわさとみ》氏統治の時代と謂《い》われますが、文献などでは確認出来ていないので、真偽の程は判りませんね。近在の漁業関係者が多くお参りするので、水の神様です」

「貴船神社と云うなら祭神は高龗神《たかおかみのかみ》ですよ。伊邪那岐神《いざなぎのかみ》が迦具土神《かぐつちのかみ》を殺した時に生まれた三柱の神のうちの一柱で水神ですよ。龗《おかみ》と云うのは、雨冠に龍と云う漢字を書きますけども、おかみは和語ですよ。これは龍の古語です」

「はあ」

龍なんだなと多々良は云う。

「ええ、まあこの貴船神社ですが、俗信では――」

俗信！　と多々良は叫んだ。

どうもこの研究者は単語に反応し、その単語だけを反復する癖《へき》があるようだ。

「――その堀之内の辺りの夷隅川縁《べり》に舟付《ふなつき》と云う処があるんですね。その舟付と云う地名の由来が、貴船神社のご神体が流れ着いた処だから、と謂うんです」

「流れ着くって、何処から流れ出したんです？」

此処《ここ》からだそうですと淳子は云った。

「此処？　この辺ですか？」

「大戸から流れて来たと謂い伝えられているようです。こっちの方が上流なので、豪雨の時に流されたんだと」

「此処の何処です」

さあ、と淳子は首を傾げた。

「貴船面《きふねめん》と云う地名はありますけど——村内に神社は幾つもあるんですが、大戸の神社って、河伯神社くらいですけどねえ」

「か、河伯！　あ、彼処か」

多々良はどうやら河伯と云う単語だけに反応したのだ。昨日行ったことを失念していたらしい。

それってかっぱ神社ですかと麻佑は云った。

「カッパ？　カハクじゃなくて？」

「私は小さい頃からかっぱ神社と呼んでましたけど。かっぱじゃないんですか？」

河童が祀《まつ》ってあるのかねえと淳子は美由紀に顔を向けて尋いた。

こっちが尋きたい。

カッパでいいんじゃないですかね——と、敦子が云った。

「いいってどう云うこと？」

「ですから——まあ、こう云うことは勝手に決めていいことじゃないですし、社伝や記録が残っていない限り常に類推でしかないんですけど、カッパって、河の童と表記すると決まってる訳じゃないですよね？　河童と書いて普通にカッパと読むようになったのって、いつ頃からです？」

それは古いよと多々良は云った。

「でも、江戸期の文献を覧《み》ると、河伯と書いてカッパと読ませるようなものも散見しますよね。河童と書いてカワワラワと読ませたりもするでしょう。必ずしも河童イクォールカッパと云う訳じゃないですよね？」

「それはそうだけども」

「民俗社会でカッパと云った場合、それって音だけの言葉なのであって、漢字表記が前提になっている訳じゃないようにも思うんです。他の呼び方が総《すべ》て漢字表記で書かれる訳じゃないですよね？　ヒョウスエとかメドチとか」

「それはそうですよ。識字の問題もあるし」

「現在では、カッパだけは漢字表記されることが多いんですけど、でもカッパも同じだと考えたならどうです？　つまり先んじて呼び名があったと考える。なら、後から漢字を当てている訳ですよね？」

そうとも限りませんよと多々良は云った。

「漢字——と云うか、漢字表記出来る名称が先の場合だってありますよ。ヒョウスエだって、兵主部《ひょうすべ》の意と云う可能性があるし、メドチだって、ミンツチだって、あれはミズチの訛《かか》化だと思いますよ。なら水《みず》、霊《ち》ですよ」

「だからって、メドチは漢字表記しませんよ、センセイ」

「しない——ねえ」

「カッパだってそうなんじゃないんですか？　例えばガワッパだとかカワワラワだって、漢字で書こうとすれば河童になっちゃうんじゃないですか。漢字が素直に対応するのってそれこそカワタロウくらいですよね。ほら、センセイはゴウラとかゴウラボシの方も、甲羅じゃなくて、朝鮮語由来説を唱えていらしたんじゃなかったですか？」

「そうですよ。そうですけど」

「なら、河伯神と云う表記だからと云って、そのまま大陸の河伯神信仰と結び付けるのも早計――と云う気もするんです。そもそも道教で謂うところの河伯と、民間信仰の河伯も、きちんと呼応するものではないですよね。黄河の水神と云うだけで、姿も来歴も結構バラバラじゃないですか」

詳しいですねえと美由紀が云うと、予習したからと敦子は答えた。

そう云う人なのだ。

多々良は突如切迫したような顔付きになった。

「じゃあ、河伯神社の燃えちゃったご神体が龍の形の女神像だったと云うのも、黄河の河伯由来なんかじゃなくて、偶々《たまたま》？　え？　河伯と関係ない、ただの龍？　まあ、女神なんだから河伯そのものじゃないんだけど、関係ないの？」

「かもしれない――ですけど。勿論、関係があるのかもしれないけれど、無理矢理関係付けなくても理解することは可能なんじゃないですか？」

「それって、単に表記の問題だと云う理解？　え？　河伯と書いてカッパと読ませたってこと？　逆か。カッパと云う呼称を河伯と表記したって云うこと？　いや、だって、カッパなら河童と書くんじゃないのかな？」

「そうですか？」

「いや、そんなこともないですね――うん、いやまあ、そう読ませてる例もあるんだけども、表記は様様ですよ。でも。じゃあ祭神は河伯神じゃなく河童だと云うんですか？　そうかもしれないけどさ」

「芥川龍之介《あくたがわりゅうのすけ》が書いた『河童』と云う小説がありますよね」

敦子は唐突にそう云った。

「ありますよ。題名だけで感銘を受けたので僕も喜んで読みましたけど、あれは文芸作品でしょ。社会批判と云うか諷刺《ふうし》と云うか、狂人の目を通して見た痛烈な人間批評と云うか、そうしたものですよ。伝承や信仰とは無関係でしょ」

「そうです。でも、あの作品、副題に『どうかKappaと発音して下さい』とあるのを覚えてますか？」

「え？　そうだっけ。まあローマ字表記はあったよね。作中に英語も沢山使われてましたよ。覚えてませんけど。でもそれは、作品発表当時に表現規制が厳しくなったことへの反発とか、そうした世相への皮肉とか、そう云うものでしょ？」

「私もそう読み取ったんですけど、でも、もしかしたら普通に読み難《にく》かったのかもしれませんよ」

「何が。河童が？」

「発表されたのは昭和二年ですが、その頃、河の童と書いてカッパと読むのが当たり前だったのかどうか少し疑問です。普通に音読みすればカドウとかコウドウ、ですよね。訓読みならカワワラベ、でしょうし。勿論、江戸期からカッパは河童と記されていたんですから、それを知る者にとっては当たり前のことだったんでしょうけど、河伯を当てることだって少なからずあった訳ですから」

「でも字義から考えるなら、伯より童の方が近いんじゃないの？」

「では河の方はどうです？　どうして川の字ではなく河の方が選ばれたのでしょうか。字義で云うなら河は大きな川、と云う意味ですよね？　その字を選ばなければならない理由は見当たらないですよ。ですから、原義がどうであれ語源がどうであれ、いずれにしても民俗語彙《ごい》としては――当て字ですよね」

「ああ。まあ」

「河伯神社の創建は？」

「元禄十三年ですよ。だから、総社の貴船神社の方がずっと古い筈《はず》ですよ。でもその貴船のご神体は元元この大戸から流れて行ったたって――え？　どう云うこと？」

「知りませんけど、この大戸にもっと古くから龍か何かが祀られていて、本当にそれが災害で堀之内まで流されたのか、或いは何かの隠喩《いんゆ》なのか、全くの俗説なのか、それは解りませんよ。でも、此処の神社が元禄時代に造られたのだとして、です。それは間違いないですね？」

「疑う理由はないよ」

「そうなら、その時代にカッパは河童と表記すると決まっていた――とは思えないんですけど」

「表記は揺れますよ。決まりはないですよ。それこそ長い時間を掛けて、淘汰されたり統合されたりして行くだけですよ」

「そうなら、古くなる程に揺れは大きくなるんじゃないですか？」

「それはそうです。河童子とか河子と書いてカッパと読ませるような例もありますよ。『本《ほん》草綱目《ぞうこうもく》』だと封《ほう》をガワタロと同定しているから、それもカッパと読んだかもしれない。勿論、河伯表記もありますよ。河伯は多いかもしれませんよ。文化文政《ぶんせい》くらいになると河童表記が定着して来るような印象ですけど、でも黄表紙なんかだと平仮名だったりもしますからね。なら、え？　ええと、元禄十三年か。それって一七〇〇年ですよね。そのくらいの時代なら単にカッパを祀る際に河伯と云う字を当てることも――え？　いや。でもさ、いや、そうか」

多々良は自問自答して混乱し、それで結局、

「そうですね」

と云った。

「当て字と考えれば、別に不自然なことじゃないのかな？」

「ええ。勿論、黄河の神様と無関係だと決まった訳じゃないですけど——」

「当て字？　あ、そうですよ。メドチやミンツチの水霊《みずち》って云うのは、蛟《みずち》と解すればほぼ龍ですよッ。イクォールではないけど、蛟は大蛇や龍の類《たぐ》いですよ。ミズチのチはオロチのチとも謂われますよ。足のある蛇です。角もあったりするし、蛟龍《こうりゅう》となると、極めて龍に近いですよッ」

「河童って龍神様に尻子玉供えるんじゃないんですか？」

美由紀はいつだったかそう聞いた。

多々良はアッと云った。

「そッ、そうですよ。房総の太平洋側の沿岸部には龍宮や龍神を信仰するところがあるんですよッ。海神としての龍ですッ。そうだ、勝浦だって龍宮様を祀ってるじゃないですか。龍は山の方に行くと蛇に置き換わることも能《よ》くあることです。いずれにしても水神として捉《とら》えるならば、河童を祀る神社のご神体が龍だったとしても」

そんなに変じゃないのかと多々良は云った。

「河伯神社の河伯と云うのは、素直に河童と考えてもいいのかもしれないんですねッ。仮令《たとえ》ご神体が龍の像であったとしても。黄河の河伯神を持ち出す前に、龗《おかみ》でも蛟でも、考えるべきものは沢山ある訳ですよ。お、奥が深いですよ河童」

多々良は大きく息を吐き出した。

どう欲目に考えたって初対面の人の家に午前中から乗り込んで話す内容ではない。麻佑は少し呆《あき》れたようだったが、やや脱力して、

「祖父曰《いわ》く、蛇は水神としては龍で、子供や獣の尻子玉を抜いたり、溺れさせたり、そう云う悪さをする時は、かっぱなんだろうって云ってましたけど」

と、云った。

「そうですか。つまり、この辺は河童の伝承が少ないと云うよりも、蛇や龍なんかに属性が移っている可能性があると考えればいいと云うことですか。そうか。この近辺では蛇や龍こそが河童なんだッ！」

敦子は興奮する多々良に早合点はいけませんよと云ったが、多々良は止まらなかった。

「じゃ、じゃあ龍はどうです。龍を祀ったところはないですか。その、貴船神社の他にです。ご神体が龍と云うような祠や神社は——」

ないですよと淳子が即答した。

「ない？」

「私が勤める前のことですけど、役場で調べてたんですよ。あの、敗戦で社格が廃止されて、神社本庁に管轄が統一されましたよね。その時に調べたようです。明治の神社改めで一村一社になったので、総社が貴船神社、村社が八箇村で八社。無格の神社が二十四社あって、うち七社が明治末に合祀《ごうし》されているので、残っているのは十七社です。河伯神社に就いては祭神の記載がなかったんですが、それ以外で龍神様が祭神の神社はないです」

能《よ》く覚えてますねと多々良は感心した。

「実は——今度町村合併するので、いずれ村史を編むために見直していたんです」

「合併？」

総元村はなくなるのよと淳子は云った。

「今年の十月で。だから後二箇月ですね。老川《おいかわ》村や西畑《にしはた》村や、この辺はみんな纏《まと》まって、大多喜町になるの。この辺りは夷隅郡大多喜町大戸になって、総元村じゃなくなるのね。総元と云う名前は消滅」

「まあ」

「でも、町村制が施行されるまでは八箇村だった訳で、元元総元なんて村はなかった訳だし、今でも大戸は大戸、三又は三又って感じではあったから、実はあんまり実感ないんだけど——役場はなくなっちゃうのね」

失業するのと美由紀が問うと、そうじゃないけど考え中と淳子は云った。

「大多喜の町役場の方に移れるかもしれないんだけど。人は余るからね。通うにしても遠くなるし、この際、転職しようかなとか」

私は少し淋《さび》しい気がしますけどと麻佑は云った。

「小学校の名前に総元は残るみたいですけど——祖父も、それで落ち込んで風邪引いちゃったんで」

「まあ、先生は総元村のために長年尽力されて来られた方ですからねえ。悔しい想いもあるのでしょうね。お年寄りの方方は皆さんあまり良い顔をされていません。でも、決まったことですから。と——云う訳で、ないと思います。龍を祀った神社」

「あるわ」

麻佑が声を上げた。

「あるわよ、淳子さん」

「いや、ないでしょう」

「多分、調査に漏れてるのよ、その明治時代の。ほら、役場の裏手から登ってく、山の中」

「はあ？」

そんな処に人家ないですよと淳子は云った。

「前はあったんだ——と思うけど」

「それ、遠内とか云う処ですか？」

敦子がそう云うと、麻佑は能《よ》くご存じですねえと云って大いに驚いた。淳子はポカンとして、それは何処ですかと問うた。

「駐在さんに聞いたんです」

「ああ、池田さんって、池田さんですか？」

淳子ちゃんは知らないかと麻佑は云う。

「もう十年くらい前に誰も住まなくなっちゃったんだっけかな。私が小学校入ったぐらいの頃は、慥《たし》かまだあったのよ。山の中の集落。そこから通ってた子もいたし」

「なくなった集落？　そんなの知りません」

村史にもありませんよ、と淳子は云った。

「もしかして——明治時代に合併した八箇村に入ってなかったということですかね」

その可能性はありますねと敦子が云った。

「ええ。道は久我原の方に繋《つな》がってるんですけど、遠回りになるからって道もない山の中を歩いて来てた子がいたんです。凄い山の中の集落で。そこに龍神様の祠が——」

「あっ」

多々良が声を上げた。能く声を上げる人だ。

「昨日の、あの。龍王池！　池だか淵だかがあるとか——」

待ってくださいと敦子が云った。

「昨日池田さんから伺ったところに拠れば、その集落は昭和十年以降――開戦前には無人になっていたと云うことでした。聞く限り子供もいなかったようなんですけど、昭和十年と云えば、十九年も前ですよね。でも稲場さん、今、十年前って仰《おつしや》いましたよね？　戦中ですか？」

「そうですね。昭和十九年――くらいのことになるのかしら。私は、昭和十四年に小学校に入ったんです。同級生の、川――」

「川瀬さん？」

「そうそう。川瀬香奈男君。五年生くらいまではそこから通ってたと思いますけど」

おかしいですよねセンセイ、と敦子は多々良に問うた。

「何が？」

「だって池田さんの話だと、川瀬さんは池田さんが集落を出た昭和十年より前に大多喜の人と結婚して転出したと云う話じゃなかったですか？」

多々良はぽかんとしている。美由紀が思うに、その話を真面目に聞いていなかったのだろう。興味がなかったんだと思う。敦子は続けた。

「そうすると、正確な年代は判りませんけど、少なくとも昭和九年には、もう遠内にはいなかったと云うことですよね？」

「いや、だけど、川瀬君は同級生ですよ」

「ええ。川瀬さんは総元村を中心に行商をしてらしたようですから、村内に住まわれていたのかもしれないし、お子さんが総元の小学校に通うこと自体はおかしくないんですけど、でも、遠内はその当時もう無人だった筈です。それなのに、どうして遠内から通っていたんでしょうか？　香奈男さんが麻佑さんと同年代と云うのは計算が合うんですけど——」

　戻ったんでしょと多々良は云った。

「戻った——」

「例えば、川瀬さんが兵役に取られて、奥さんとお子さんだけが集落に戻った——と云うことでしょうか。え？　開戦よりも前にですか？」

　そうなのかなあと麻佑は悩ましげな顔をした。

　そんなことはどうでもいいですよと多々良はこともなげに云った。

「問題はその龍王池の祠ですよ。そこに何が祀られているかでしょう。ねえ」

「ええまあ——」

　敦子は困ったような顔をして、多々良の言葉を遣《や》り過ごし、麻佑に向けて云った。

「その香奈男さんですが、その後のことは」

「どうだったかなあ。あの、それこそ昔のことなんですけど、一度、その遠内に行ってみたことがあるんですよ、私」

「行った！　見たんですかッ」

多々良が身を乗り出した。

麻佑は気圧されて後ろに引いた。

「別に何も見ませんけど——池はありました。池と云うか泉なのかな。後は田圃《たんぼ》だったような」

「ほ、祠は」

「さあ。あったと思いますけど」

「どんな？　龍神？」

「それは、見た訳じゃなくて後になってそう聞かされただけです。実はその遠内って処《ところ》、昔は——何て云うんですか、その、あまり行ってはいけない場所だったようなんですね。明治より前は孤立していたんだそうです。祖父は進歩的な人なので、そう云う差別的な考えは旧弊だと退けてたし、実際そう云う差別は私が小さい頃にはもうなかったと思うんですけど」

まあ、誰も住んでいなかったのだとしたら、差別のしようもないのだろうが。

「でも、行ったと云ったら曾祖母《そうそぼ》なんかは凄く怒って。何でも、水枯れのご祈禱《きとう》する時以外は近付いてもいけない——とか」

「雨乞《あまご》いと云うことですか？」

「馬の首を切ってその池に沈めるんだって曾祖母は云ってましたけど」

「馬の首ッ」

そう云う習俗は他所《よそ》にもありますよと多々良は矢鱈《やたら》に興奮した。ぐいぐいと前に出る。まあ、この一途《いちず》さと云うか集中力は見習いたいと美由紀も思う。

「そ、それで」

詳しくは知りませんと麻佑は云った。

「そのお婆さんは何処に」

「曾祖母はもうずっと先に亡くなりました。でも、私がその遠内と呼ばれている集落に行ったと知るや、顔を真っ赤にして怒って――祖父が執り成してくれなければ一体どうなっていたやら。ですから、禁足地と云うんですか、その、集落ごと蔑視《べっし》されていたのかもしれません」

いかんことですと多々良は云った。

「いかんですけど、一方でその昔の習俗文化としては珍しいことじゃないです。そこは、ゆ、由来とかその――」

さあ、と麻佑は眉根《まゆね》を寄せた。

「本当に詳しく知らないんですけど、曾祖母の話だとその昔、どのくらい昔か知りませんけど、大昔に何処かから流れて来たか落ち延びて来たかした人達が住み着いた場所で、元は猿がどうしたとか――猿引きとか――猿回しと龍神様は関係ないよなあと思った覚えが」

「サル！」

多々良はそれだけ云って、敦子や美由紀に顔を向け、サルですよともう一度云った。

「猿と馬は関係が深いのです。厩《うまや》祓《ばら》いは猿回しのお役目ですよ。そして猿は河童に置き換えられるものです。だから河童も馬を引くんです。馬は水神への供物になるんですよ。だから雨乞いの贄《にえ》になるんですよ。ねえ？」

ねえと云われても。

先に興奮されてしまうと、他の者は醒《さ》めがちになるものである。美由紀は多々良の小振りな鼻から次次に漏れる息の方が面白かったりした。

「それ以上のことは判りませんねえ」

麻佑がそう云い切る前に、大収穫ですよと多々良は云った。

「そ、其処《そこ》は行けますか？」

「まあ行けますけど、もう誰も住んでないでしょうし、家だってどうなっているか――」

「建て替えられたり開発されたりしてるくらいなら放置の方が千倍マシですよ。風化は緩やかだッ！」

行きましょうと多々良は云った。

「いや、駐在所に行かなくちゃ駄目ですよ」

淳子がそう云うと多々良はエッと一際大声で云った。

「私達は約束してるんですから」

「僕は一人で平気ですよ。目的地さえあれば道すら要りません。方角は判りますッ」

腰を浮かせる多々良の袖《そで》を敦子が引いた。

「待ってくださいセンセイ」

「な、何を待ちますか」

「私を待ってください。あの、稲場さん。その川瀬香奈男さんの消息って——ご存じですか?」

「香奈男君ですか?」

麻佑は寸暇《ちょっと》考えて、そう云えば、と云った。

「つい最近、この近くで香奈男君に会ったと云う友人がいました。驚いて声を掛けて立ち話をしたとか云ってましたけど。ええと、何を話したといってたかなあ。ずっと見掛けなかったけど今まで一体どうしていたのかと尋いたらば、慥《たし》か、お父さんが亡くなって——」

「亡くなった? 川瀬さんは亡くなっていたんですか?」

「はあ。そうらしいです。誰も知らなかったんですけど——と云うか、私達お父さんのことを能《よ》く知らなくて。香奈男君の話だと、勿論又聞きなんですけど、香奈男君自身、お父さんが亡くなっていることは最近知ったような口振りだったようです。それで郷里に戻ることにしたとか」

「慥か、養鶏場に勤めていたとか」

「勤めていたと云うより下働きみたいなものでしょうね。戦時中はまだ子供ですし。戦後の話だとしても十三四くらいでしょう？　香奈男君に会った友達と云うのが、その養鶏場の親戚の子なんですよ。だから小学校を出た後も見知っていたらしく、それで声を掛けたんですね。だから、そうですねえ。終戦の後、暫くは養鶏場にいたようですけど、いつの間にかいなくなってしまったとか――」

「昭和二十二年頃にお父さんが復員されて、一度こちらに戻ってらしたと聞きましたが」

「それは知りません。友達が聞いたところに依れば、香奈男君は千葉の方で、つい最近まで漁師の真似ごとをしていたようですね」

「千葉ですか」

「はあ、千葉と云っても此処も千葉の内ではありますからね、何処だか判りませんけど――港のある処でしょう」

敦子は何か考えている。美由紀の知らないことを知っているのか、或いは美由紀が思い付かないことを思い付いたのか。

「すると――彼はその働き先でお父さんが亡くなったことを知った、と云うことでしょうか」

そうなりますかねえと麻佑は云った。

「何しろ伝聞ですし何も確証はないんですけど。兎《と》に角《かく》、最近になって、お父さんが随分前に——慥《たし》かもう七年も前とか云っていたかしら。そんな前に亡くなられていたことを知って、この辺に戻って来たんだとか、どうとか」

「七年前——ですか」

復員して来てすぐに亡くなった、と云うことになるのか。

「それ、最近のことなんでしょうか」

「友達から話を聞いたのは二月《ふたつき》くらい前だったと思いますけど。あの、それが、何かかッぱと関係あるんですか？」

「関係ありそうです」

敦子はそう云った。何を云い出すのか。

多々良もぎょっとしている。

「え？　河童の話？」

「ええ、これは河童の話——なんでしょうね。センセイ、その遠内と云う処ですが」

私も一緒に行きますと、敦子は意外なことを云った。

「行くって敦子さん——」

「ええ、判ってます。いずれにしても一度駐在所に戻りましょう。駐在の池田さんに同行して貰った方がいいだろうと思いますし。そこのご出身だそうですから」

敦子さん、と美由紀はもう一度声を掛けたのだけれど、敦子はちらりと振り向いて苦笑しただけだった。

丁寧に礼をして、校長先生の家を辞した。

道すがら発奮した多々良は猿がどうした龍がどうしたと語り捲《まく》っていたのだが、美由紀は敦子のその思わせ振りな態度が気になって、何も耳には入らなかった。

敦子はずっと何かを考えているようだった。

駐在所には昨日もいた千葉県警の刑事と、制服を着た女性が待っていた。女性の警察官らしいが、美由紀はそう云う役職の人を初めて見た——と云うか——会った。

「比嘉《ひが》宏美《ひろみ》巡査です」

小山田と云う刑事がそう紹介した。

「お恥ずかしい話ですがね、うちの磯部の態度があまりにもその、何なもので、県警唯一の婦人警官を連れて来ました。いや、あれも悪気はないのですがな、どうも日頃から荒くれ者ばかり相手にしているもんで、粗暴でいかんのです。お嬢さん方に高圧的な接し方をしたのじゃ、民主警察としてその、どうかと思いましてね。まあ河童懲罰の方は私が——」

小山田は多少困ったような——と云うかあからさまにあんた未《ま》だいたのかと云う顔で多々良を盗み見た。それまで厳しい顔付きだった比嘉巡査は、刑事の仕草を見てから美由紀の方を向き、こっそり表情を綻《ほころ》ばせた。

「珍しい？　女の警官」

「は？　ああ。いや、初めてです」

「婦人警察官は、戦後にGHQの指導で警視庁が採用を決定した後、全国の国家地方警察で募集したので一時期多少は増えたんですけど、それでも狭き門だったので――いいえ、それ以前に、そもそもが男社会ですし」

比嘉巡査は小山田刑事をちらりと見た。

「うちの署でもいつの間にかみんな辞めてしまったので――千葉では今、私一人です。でも警察法が改正されたし、随時募集もしてるので、今後は増えると思います。そのうち警察官の前《さき》に婦人なんて付かなくなるでしょうね。宜《よろ》しく。比嘉です」

「ひ――がさん」

「珍しい名前でしょう。祖父が琉球《りゅうきゅう》の人なの。沖縄《おきなわ》の姓なんだと思います。尤《もっと》も私は行ったことがないんですけどね、沖縄。簡単に行けなくなってしまいましたし」

現状沖縄はアメリカの統治下にある――ようだ。

お子様の美由紀には能《よ》く判らない。そもそも田舎の子供には占領されていたと云う実感もそんなにないのだった。いけないことだと思う。

淳子と二人、奥の畳の部屋で話を訊かれた。

比嘉巡査は丁寧に話を聞いてくれた。

淳子は兎《と》も角《かく》、美由紀の方は余計なことばかり沢山喋《しゃべ》った気がするのだが、そもそも偶偶《たまたま》見付けただけなので、そんなに話すことはないのだった。だからあることないこと——嘘こそ云わなかったのだけれど——話した。ただ。

「そうすると、呉さんは流れて行く人体らしきものを、死体発見の一時間程前に目撃している——と云うことですね？」

そうなるのか。

慥《たし》かにそう云うものは見ているのだが、美由紀はそれと水死体とを結び付けて考えてはいなかったのだ。流れが蛇行している所為《せい》か、どっちが上流なのか理解出来ていなかったのである。比嘉巡査は地図を出した。

「ここから見た、と云うことですね。そこから発見現場の洗い越しまで——流れたとして、どのくらいになりますかね？　南雲さん」

「別に増水はしていなかったので——まあ三十分程度じゃないですかね。もっと速いかも。いや、何か流したことなんかないから判りませんね」

「なる程」

比嘉は帳面に何ごとかを書き記し、もう結構ですよと云った。

「ご協力有り難うございました」

「はあ」

障子を開けて土間の方を見ると、小山田が腕組みをして唸《うな》っていた。

「ああ、終わりましたか。ご苦労様でした。そうだ比嘉君、比嘉君。あの、ほら、今朝の亀山さんの奥さんの証言なんだがね、何と云っていたかね、あの、名前」

「亀山綾子《あやこ》さんですか？」

「いや、奥さんの名前じゃなくて。その、訪ねて来たと云う男の方だ。ええと――」

「菅原《すがわら》です。菅原市祐《いちすけ》」

「そう、それだ。それ、菅原。あなたが云うところのス何とかとか云う男――と云うことになりませんかな？」

四文字だと云ってましたと敦子は云った。

「四文字と云っても四音と云うことだと思いますから、スガワラは適合しますね」

「そうですか。亀山智嗣さんは――あ、奥さんに遺体確認して貰ったので身許《みもと》は確定ですな。亀山さんは、その菅原と云う人相の悪い男と、あれこれ口論していたんだそうですわ。亀山さんと云うのは、これが愛想だけは良い人だったらしくて、滅多に声を荒《あら》げたりしなかったようですがね。その菅原とは云い争いをしていたと云う」

そうだったなと小山田が問うと、そうですと比嘉が答えた。

「女性の参考人や被疑者への応対は女性の警察官に任せようとね、まあそう上が決めたんだが、何せみんな辞めてしまったもんで、この比嘉が大活躍ですわ。で、何だっけ」

比嘉巡査は美由紀達を追い越して土間に出た。

「奥さんは次の間にいたらしく、会話を瞭然《はっきり》とは聞かれていないそうなんですけど、聞こえて来たのは——先《ま》ず、川瀬は死んでいるだろう、と」

川瀬なんですわと小山田は云った。

「まあ、それが池田君の知ってる川瀬氏かどうかまでは判りませんがね」

川瀬さんは七年くらい前に亡くなっているそうですと敦子が云う。麻佑の云っていたことだ。

「死んでるのか——」

小山田は嫌な顔をした。比嘉が続けた。

「それから——俺じゃない、玉はあいつがとっ、たんだ、と菅原氏が云っていたとか」

「とった——と云うのは？」

「盗んだの意か、手に取るの意かは不明です。後は単語ですね。リュウとか、そして、カッパ」

「龍に河童！」

居眠りでもしているように腰掛けたまま脱力して下を向いていた多々良が敏感に反応し、座ったまま跳び上がった。

「か、河童」

「いや、河童懲罰は私がしますから先生は寝ててください」

「寝てないですよ。寝られませんよ！」

もう少し我慢してくださいと敦子が諫《いさ》めた。

「まあ、益々怪しい訳ですがね、川瀬」

「それ以前に、亀山さんの処に久保田さんの訪問はなかったのでしょうか？」

「それに就いては確認しましたが、近近《きんきん》にはなかったようです。廣田さんも来てはいません。奥さんはご両人とも見知っていたようですね。頻繁に行き来はなかったものの、何度か訪ねているようです。ただ、菅原と云う人だけは初めて来た人だと云っていましたね」

「久保田さんと廣田さんが亡くなったことは？」

「新聞を見て知ったようです。亀山さんは随分驚いていたと云っていましたね。長屋で行われた廣田さんのお葬式には行かれたようです。久保田さんの方は——葬儀が行われなかったようで」

久保田さんとは接触していないんだと云って、敦子は自分のおでこを突《つつ》いた。

美由紀には何が何だかサッパリ判らない。

「そうだ。写真——宝石の写真は」

奥さんは見てないそうですねと比嘉は答えた。

「亀山さんが写真のようなものを眺めていた、とは云っていましたが」

「そうですか。それでは——菅原さんが訪ねてくる前に、二十代の若い男性が亀山さんを訪ねてはいませんか？」

「ああ——それは」

能《よ》くお判りですねと比嘉は眼を円《まる》くした。

「訪ねて来たそうです」

小山田がほう、と声を上げた。

「その若者がやって来るなりに亀山さんは大いに驚いて、何処か外——多分近所の居酒屋だと思うと奥さんは云っていましたが、そこに行ってしまったので、名前も、何を話したのかも判らなかったようですが。何でも、以前世話になった人の息子さんだとか云っていたようです」

「亀山さんが写真を眺めていたのはその後、じゃないですか？」

それに就いては結び付けて考えていませんでしたと比嘉は云った。

「中禅寺さん、あんた何か摑《つか》んだんですかな」

小山田が訝《いぶか》しそうに問うた。

「私にゃあ何が何だか判らんがねえ。もし、何かお気付きの点があるのであれば、是非ともご教示願いたいもんですなあ。私も一応、河童懲罰より犯罪捜査の方が優先事項になるもんで——」

未《ま》だ何も判りませんと敦子は答えた。

「ただ、散らばっていた沢山の断片がそれなりの形に纏まって来た——と云うだけです。欠けた部分が多いので、確かなことは何も云えません」

矢張《やは》り敦子は何か見通しを立てていると云うことなのだろう。

小山田は眉尻を下げた。

「不確かでも欠けてても聞きたいですけどな。纏まるどころかこんがらかるばかりだ」

「もう少し確認させてください。見えて来た形が正しければ、どんな断片でもきちんと嵌まる筈なんです。比嘉さん、その若者が訪ねて来たのはいつのことなんでしょう?」

「一週間前のことだそうです。その後、亀山さんは仕事を休んで、二日ばかりあちこち歩き回って、それで菅原さんを家に連れて来た。それから、妙にそわそわとして、千葉に行くと云って家を出たのが、三日前です」

「因《ちな》みに」

亀山さんの死亡推定時刻は一昨日の午後四時から六時くらいですわ——と小山田が云った。丁度、美由紀が東総元駅に到着した頃である。

「まあ、何処で亡くなったのかは皆目判りませんがね、そもそも上流が一本じゃないんですわ。平沢川が合流しているしね。流れて来たとして——この辺りですかなあ」

小山田は壁の地図を示した。

「まあ障害物もあるからね。あっちこっち曲がってるし、素直には流れなかったでしょうが、ほれ、廣田さんのご遺体は平沢川の方に上がった訳ですからね、もし同じ場所で犯行が繰り返されたのだとするなら、上流になる平沢川から夷隅川に流れた、と云うことになるでしょうな。そうならね、時間的なことを考慮すると、この辺、これより先から流れて来たってことはない——と云うのが会議で出された見解ですわ」

「ここはどうです？」

椅子に座っていた敦子は立ち上がって、矢張り地図を示した。

山の中である。

「そこは山ですよ中禅寺さん。いや、あ、そこは」

遠内でありますと池田巡査が声を発した。

「ほ、本官の生家がある場所で」

「いや、だって山じゃないかよ」

池がありますよねと敦子は云った。

「龍王池って、思うに水が溜《た》まっているのではなく湧水なんじゃないですか？　実際に見ている稲場さんも泉と云ってましたから。水が湧いているのだとするなら、それは何処かに流れ出ているのじゃありませんか？」

流れ出ておりますと池田は答えた。

「大きな流れではありませんが、小川と云うようなものでもなく、一応川にはなっております。川幅は狭いですが傾斜が強く、流れは急でありまして、子供などが遊ぶのに適した川ではありません。大変に危ないと」

そんな豆知識はいいよと小山田は云った。

「川があるんだな」

「その川は——夷隅川に通じているんじゃないですか？」

「はあ、通じておるかと」

「ああ？」

小山田は大きな声を出した。

「つまり何か、支流——じゃないな。ええと、その能《よ》くは判らんが、そこから流したもんは夷隅川に流れ出るのか？」

「流れ出るかと思われますが」

それを早く云いなさいよと小山田は情けない声を出した。

「か、関係ある事柄でしたかッ」

「あるさ。大ありだって。つまり、上流——と云うか源流の一つなんだろ。じゃあ必ずしもこっちから流れて来たとは限らんのかい」

何処に流れておるんだと小山田は壁に貼られた地図を指して問うた。

「ないじゃないか。川。地図には何も書かれておらんよ」

「はあ。その地図は住居地図でありますし、山の方は最早《もはや》、誰も住んでおりませんので、巡回の必要もないのでありまして――」

「川は書くだろうよ」

「その、川と云うのであれば、黒原《くろはら》の上の方にも池沼はありますし、小さな湧き水はあっちこっちに結構ありましてですね、ちょろちょろと夷隅川に流れ込んでおります。それらは樹木に覆われておりますから、航空写真にも写らない、と云うような話も聞きますです。従って地図にも記されておらんのであります」

ややこしい川だなあと小山田は云った。

「で？」

「はあ。龍王池からの流れは二筋になっておりまして、一方はこう」

池田は指で示す。

「大戸の方へと流れておりまして、もう一方は、こう、こちらですな。久我原の西側に流れ出て、この辺――ですかな。ここに」

「それは何とか云う滝の上流じゃないか！」

「不動《ふどう》の滝でありますか？　まあ、そうなりますかなあ」

「つまり平沢川だろ？　廣田さんの死体が見付かった」

「そうなりますかな」

あのさあ、と云って小山田は頭を掻《か》いた。

「そのナントカの滝んとこが問題だった訳さ。水死体はそこ越えて流れないんじゃないかと云うね。越えてもほら、合流してるでしょうに。三《み》つ叉《また》みたいに。久保田さんと亀山さんはその下流で見付かってる訳。で、廣田さんは」

こっちだよと小山田は示す。

「さっきも云ったが、これ、もし殺人事件で、しかも同じ処で殺害されたんだとしたら――だよ。平沢川の方から流れて来たと考えるより他なかった訳だよ。そうでしょうに。でも、そうだとしてもさ。小さいものじゃなくて人間の死体だよ。こんな滝やら合流地点やらを越えてさ、誰の目にも触れずにこっち側にスイスイと流れて来るもんか？　まあ来るのかもしれないけど」

と云うか本当《ホント》ややこしい川だなあと小山田は云った。

すいません、と淳子が謝った。

「いや、別に怒っているんじゃないですよ。と云うより怒ってたとしてもあなたが造った川じゃないでしょう、これ。でもだね、その池田君の故郷とか云う、何だ、そこからなら、合流点の上流下流どっちにも流れると云うことなんだね？」

「どっちにも流れるんであります」

「しかもそこから流れたとすると、三件いずれの発見現場からも然程離れていない地点に流れ出ると云うことに、なりゃあせんかね？」

「なるかと」

大事なことだよねえと小山田は謡《うた》うように云った。

敦子は小山田の顔色を窺うように云う。

「行ってみる——べきじゃないですか？」

「行くって何処に？　ああ遠内か。まあ、でもですな、中禅寺さん。これが殺人だったとして——いまだに判らんのだけれども」

瘤《こぶ》があるでしょと多々良が云った。

「凹みじゃなくて凸《とつ》ですよ。凸。あの謎はどうなります」

「どうなりますって」

「しかもお尻が出ているじゃないですか。お尻の謎もあるんですよ。その、ぬ」

亀山ですかと美由紀は云った。

そうじゃないかと思ったのだが、そうだった。

「亀山さんのズボンは発見されたんですか？　もしかしたらその、ぬ」

遠内ですねと美由紀は云う。

これも中《あ》たっていた。

「遠内から流れ出てる川の何処かに引っ掛かってるかもしれんですよ。いいんですか見付けないで。あのですね、その元集落には龍神が祀られているかもしれないんですよ？　河童は尻子玉を龍神に供えるんですよ？　年貢ですよ年貢」

「はあ、その」

河童はねえと小山田は云った。

「捕まえられればねえ。喜んで罰しますけども、先ず、捕まらんでしょうしねえ」

捕まる訳ないですよッと多々良は威張った。

「一昔前なら確実に河童の仕業とされてた事件ですよ。でも今はもう昭和です。残念乍《なが》ら二十世紀に河童でしたは通用しないでしょうに！」

お前が云うかと云う顔になって小山田は多々良を見た。

「それに、この辺では河童の属性は蛇や龍神に振り分けられているようですから、そもそも河童らしい河童はいないんです。ですから、懲罰するなら犯人ですよッ！」

人間ですよと、研究家は強い口調で云った。

「そ、そりゃ同感ですが——縦んば犯人がいると仮定して、ですよ。犯行現場に——いや犯行現場ってたって水死ですよ。水死。殺人だとしたって同じ場所で行う必要はないでしょうや。現場の特定も無理でしょう」

行ってみなきゃ判りませんよと多々良は云った。

「さっさと行きましょうよッ」

「小山田さん」

亀山さんの事件の発表はいつですかと、唐突に敦子が尋いた。

「は？　まあ、昨夜のうちに身元確認が出来てる訳だから」

もう発表されていますよと比嘉が答えた。

「夕刊には載るんじゃないかと思いますが。勿論殺人とも連続とも発表していないので、不審死となるでしょうが」

「そうですか」

あまり時間はないかもしれませんねと敦子は云った。

「時間って——何です？」

「お電話お借りしていいですか？　編集部に確認事項があるのと——探偵に調査もして貰いたいので」

敦子はそう云って、ちらりと美由紀の方を見た。

6

「品のない話ですいませんね」

益田龍一はそう云った。

昨日の午後に連絡したのに丸一日で粗方調べ上げたのであるから、それなりに調査能力はあるのだ。

敦子は多少なりとも益田を見直したのだが──。

「でも、こりゃあ僕が悪いんじゃなく、そう云う話なんですから仕方ないですわ。僕だって別に好きこのんでこんな話を美由紀ちゃんみたいな可憐《かれん》な女学生の前で話したかァないですよ、実際」

口数が多いのは相変わらずである。

どうやら益田は昨年の春の事件の際に既に美由紀と知り合っていたようで、妙に気安い。

美由紀の方はやや迷惑そうである。

どうでもいいから早く先に進めてくれと敦子は頼んだ。

「はあ。ですから、浅草界隈《かいわい》を騒がせた覗《のぞ》き魔ってのは、どうも若い男だったようです。風《ふ》呂《ろ》や便所を覗かれたのはまあ、概《おおむ》ね三十過ぎ、五十くらいの親爺《おやじ》です。親爺の尻《しり》が好きな若者——つうことですな。まあ、性癖嗜《し》好《こう》は人それぞれ、そっちの道は奥深いですからね。老《ふ》け好きもいようってなもんですが——」

「事実だけ報告してくれればいいんです」

あまり時間はない——と思う。

「はあ。ご存じの通り、模倣犯や便乗犯が沢山現れましたから、正確な数は判らんのですがね。愉快犯みたいな悪戯《いたずら》もありましたからね。都合四人検挙されてる訳で、うち三人は女性を覗いている。こりゃ、ただの出《で》歯《ば》亀《かめ》です。残りの一人は完全な悪戯。結局捕まってない方が多いみたいですね。美由紀ちゃんの学校でも騒ぎがあったようですけど」

美由紀は黙している。

「これも犯人は捕まってないですなあ。オリジナルの犯人——俗に云う、覗き陰間《かげま》も、結局挙げられてません」

「そのオリジナルと云うのが活動した時期は？」

六月中旬から七月の初旬までです、と益田は答えた。

「意外に短いですよ。件数も、発覚してるのは八件。まあ覗き魔ってのは、こっそり覗いてますからね、露見していないのもあるんでしょうが——」

で、と益田は前髪を揺らした。

「流石《さすが》、敦子さんの炯眼《けいがん》には恐れ入りますな。出されてましたよ被害届。亀山さん家《ち》から」

亀山あ、と横で黙って聞いていた小山田が声を上げた。

「どう云うことです中禅寺さん」

「ですから亀山さんの家が覗き魔に覗かれた——と云うことです。そうですね？」

「はいはい。亀山さん家は内風呂で。覗かれたなあ風呂ですね。亀山さんの奥さんてえのが近所でも評判の別嬪《べっぴん》らしいから、旦那《だんな》は慌てて交番に届けたんですが——」

亡くなったそうですねえと益田は萎《しお》れた。

「若くして未亡人ですかあ。可哀想になあ」

「いちいち脱線する男だな、この探偵」

小山田が顔を顰《しか》めた。

「能《よ》く云われます。ま、覗かれたのは旦那の方だった訳ですがね。で——廣田さんの方はと云うとですな、こりゃ銭湯なんですけどもね。廣田さん行きつけの銭湯——これが紙乃湯《かみのゆ》ってんですが、変な名前ですね。そっちでは別に覗き騒ぎはない。考えてみれば、これ、男同士ですからね、銭湯の場合は覗く必要はないです。入りゃいいんだから。真っ裸見放題ですよ。ところがですね、廣田さんはあんまり銭湯に行かなかったんですわ。廣田さん、職人でしょう。こう、鑢《やすり》の目をごりごりごりごり——」

真似はいいですよと敦子は云った。

「あ、真似と云うか想像ですけどね。鑢の目立て仕事なんざ見たこたあないです。それで兎《と》に角《かく》ずっと働いてて、はっと気付くと風呂屋はもう落ちてるんですわ。そんなですから専《もっぱ》ら行水で済ませてたようで。頼まれた仕事が一段落してですね、納品も済ませてから寛緩《ゆっく》り風呂屋に行って、酒飲んで休むと云う暮らしです。で、丁度六月から七月にかと云う。鑢は季節もんとも思えないんですが――」

「で？」

「ああ。その廣田さんの住んでた家は六軒長屋でして、便所は共同です。そこで覗きがありました」

「廣田さんも覗かれてたのか！」

小山田は驚いたようだった。

「はあ、覗かれたと騒いで届け出たのは隣の金魚屋ですけどね。これも、まあ覗かれたのは自分なんだが、おかみさんが美人なんですわ。そしたらその隣の大工も覗かれていて、仏具職人も覗かれていた」

どうも職人の多い長屋ですなと益田は余計なことを云う。

「これ、全部野郎です。どうも男ばかり覗くと云う噂はここから出た節がありますな」

「廣田さん自身は？」

「これが──能《よ》く判らないんですな。覗かれてたかもしれないけれども、瞭然《はっきり》とは判らんと云ってたようです。鈍感な人だったようで──まあ、俺のケツならいつでも見せるのに、くらいのことは云ってたようですけど」

下品でしょうと益田は美由紀に向けて云った。美由紀は何も答えずに、少し横を向いた。

「で、後はまあ、数件、それらしい覗きはある訳ですが、いずれも浅草近辺です。これはどうも、標的の居場所が定まってなかったようで」

「菅原さん──ですか」

「ええ、そうですね。調べましたよ、菅原市祐」

調べたのかねと小山田がまた驚く。

「調べますよ。仕事ですから。僕ァ依頼されれば何でもしますからね、勿論法律に触れない範囲でですが。その上に、敦子さんのご依頼とあらば通常の三倍は働きますよ。何たって下僕体質が身に沁《し》みてますから、もう身を粉《こ》にして──」

君のことはどうでもいいよと小山田が云った。

「そうですか。仲村屋の幸江さんと芽生さんにも確認しました。スガワラで記憶にピタリだそうで。青木《あおき》君にも協力してもらいましたしね。菅原、前科もありますな。恐喝と窃盗で前科三犯。商売は、まあ香具師《やし》みたいなものです」

「住居は」

「浅草――と云っても外れの方でして、今戸《いまど》に近いです。住まいは一軒家ですが、借家です。商売柄旅が多くて、家にはあんまりいません。その上、表札も何も出ていない。昨夜見て来ました」

ご苦労様ですと云うとお蔭様でと返された。

通じ難《にく》い返しだが、平素のことである。

「へえ、まあ隣近所に聴き込みもしましたが、その一帯が一番覗きの被害が多かったですな。独り暮らしのお爺《じい》さんやら寡夫《やもめ》のお父《と》っつぁんやら、男所帯ばかりが覗かれてました」

「うーん」

そりゃどう云うことなんですかと小山田は敦子に向けて尋《き》いた。

「ええ。これは想像なんですが、覗き魔は何処《どこ》が菅原さんの家だか判らなかったんじゃないかと思います。その上、菅原さんの顔も知らなかった。名前を変えている疑いも持っていたんじゃなかと」

実際、判り難《にく》かったですよと益田が云う。

「顔も知らんなら捜しようもない訳で。だから手当たり次第に覗いた――んでしょうなあ」

「何故」

「刺青《いれずみ》を確認するため――でしょうね」

「刺青？」

そうなんですわと益田は前屈《まえかが》みになる。

「いや、真逆《まさか》昭和の出歯亀が自分の抱えてる案件に関わってるたぁ、夢にも思いませんでしたよ。あのですね、犯人は尻に宝珠の刺青がある男——なんです」

「犯人？」

それは——違う。誤解を招く云い方だ。

「その覗き魔はですね、お尻に宝珠の刺青がある人物を捜していた、と云うことですよ小山田さんか亀山さんか菅原と云う人のいずれかの尻に刺青があると、絞り込んでいたんでしょうな、そいつは。でも、その」

お尻見せてとは云えないですよと、ずっと黙っていた多々良が云った。

「ねえ」

「まあそうでしょうが——だから覗いた？　尻を確認するために？　風呂や便所を？　また迂遠《うえん》なことをしたもんですなあ。で、それは一体——」

まるで解りませんと美由紀が云う。

「まあ、私が解る必要はないんですけど」

この段階では説明し難い。

いつも思うのだが、敦子は兄のするようには出来ない。何もかもが出揃って、凡《すべ》てが動かし難《がた》く収まり、きっちり確定してから行動を起こすような真似は、敦子には無理である。

「まあそうとしか思えませんわ」

　と、益田が続ける。

「廣田、亀山、菅原は、久保田さんと共に七年前の宝石略取事件――に関わった人間と思われます。関わった五人のうち、川瀬さんは亡くなっているようなので、残りの四人のうちの一人がその――って敦子さん、実は僕も能《よ》く解らんのです。久保田、廣田、亀山は既におケツが出てる訳ですな。刺青はなかったんですね？」

　そんなものはないなと小山田は云う。お尻はただのお尻だったよと多々良も云った。

「すると、尻に宝珠の男は菅原――ってことになりますよね。久保田さんの話を信じるなら。だってその尻宝珠の男を騙《だま》して宝石を奪還するために、三芳さんに依頼した訳ですからね、久保田さんは。模造宝石の製作を。川瀬さんが亡くなってるんであれば、当然騙せない訳だし――」

　刺青の男は菅原市祐で間違いないだろう、とは思う。だが。

「それで――ですよ敦子さん。尻宝珠が菅原だとして、残りの四人は凡て死んでる訳ですよ。で、三芳さんの作った模造宝石かもしれん写真は、亀山さんが持っていた訳でしょうに。なら、その、川瀬さん以外の生き残りの三人が、尻宝珠の菅原を騙そうと画策して返り討ちに遭った――ってことじゃないんですかね？　なら犯人は菅原じゃないですか」

　そうなるなあと小山田は云った。

「でも、そうだとして、覗きの方はどうなるんです？」

「は？　覗きは——覗きじゃないですか。軽犯罪でしょ」

「誰が覗いたんです？」

「いや、それは」

「そうだよ。宝石略取の仲間ってのは、そもそも菅原さんに刺青があることを知っていた可能性が高いんじゃないかね？　仲間なんだし。ならそれ以外の人と云うことになるのかな？」

「厠《かわや》を覗くのは河童《かっぱ》ですよ」

そう云って多々良はひひ、と笑った。

「河童なら懲罰ですがね、でも、河童はねえ」

いや——。

「そうですね。その河童が——果たして誰なのかと云うことです」

「河童が誰かって、中禅寺さんあんた」

小山田は顔を顰《しか》めた。

これはまだ想像なのだが——。

「益田さん、それで、別件の方は——」

はいはい、と益田は調子良く帳面を捲《めく》った。

「久保田さんが勤めていたのはですね、ええと、銚子の江尻《えじり》水産と云う会社で——また尻が付きますなあ。これ、会社の体裁になったのは、例のマッカーサーラインの第三次許可以降ですから、四年くらい前ですね。それまではただの網元——だったんですかな。遠洋漁業中心に調子良く業績を伸ばしてたんですが、これも例の原子マグロ騒動で相当打撃を受けまして、倒産こそ免《まぬが》れましたが、船も一艘《そう》売ってるし、かなり人員整理をしてる。久保田さんもその一人です」

解雇されたんですよと益田は云った。

「久保田さんはですな、仲村幸江さんの証言通り昭和二十二年に復員した後に何か悪さをして、腕を失いまして、昭和二十三年の冬に千葉に舞い戻っていまして、江尻水産設立時に事務方として雇われているようですね。江尻さんとは戦前、漁師として一緒に働いていたそうで——縁故採用ですな」

能《よ》く調べたなあと小山田が感心した。

「お役所仕事では中中突き止められなくってね。まあ、刑事事件と決まった訳じゃなかったから、捜査と云っても身許《みもと》洗うと云うところまでしてなかったんだが」

「まあ、僕は卑怯《ひきょう》で姑息《こそく》ですから。目先のことなら何とでもなりますね。後で叱《しか》られても只管《ひたすら》に謝るだけで。あ、ホントに違法なことはしません。小心者でもありますから」

そんなことはどうでもいいですと云った。

「敦子さん、最近僕に風当たりが強い気がしますがね。ええと、今年になって江尻水産を解雇された人の中に、お捜しの人はいませんでした。いませんでしたが、こりゃ要するに正式な社員の中にいなかったと云うだけでして」

「と、云うと?」

「小間使いと云うか用務員と云うか、いますでしょう、見習いみたいなのが。学生服着てたりする。あの待遇。正規雇用はされてないですから社員じゃないんですけど、働いていたんですよ」

誰が、と小山田が問う。

「ええ」

川瀬香奈男さんですと益田は云った。

「か、川瀬の息子かッ」

「はあ、香奈男さんは——こりゃ僕が直接話を聞いたんじゃなくて同業者に調査を頼んだんで、伝聞なんですがね。六年くらい前と云いますから、これも昭和二十三年ですか。その時分に九十九里《くじゅうくり》近辺に流れて来て、あっちこっちで漁師の手伝いなんかをしていたようですね。その頃は少年だったようで。江尻水産に拾われたのが、一昨年のことです。真面目に働けばいずれは社員にして船にも乗っけてやろうと。でも、まあこの春には馘《くび》ですわ。何もかも水爆実験の所為《せい》ですなあ」

「待て。すると、久保田と川瀬の息子は——同じ会社にいたと云うことかい?」

「そうなりますでしょうね。それがどんな意味を持つのか、僕にゃあ皆目判りませんが。鹹んなった後の消息は不明です」

一度郷里に戻り、それから。

——浅草に行ったか。

「香奈男さんにお父さんが死亡していることを告げたのは久保田さんだと思います。総元小学校の前の校長先生の外孫——稲場さんと仰《おつしや》るんですが、彼女は香奈男さんと同級らしいです。その彼女の話だと、香奈男さんは五月か六月頃に一度、この総元村近辺を訪れているようです」

香奈男君が、と池田が声を出した。

「戻ってると?」

「ええ。今もこの村にいるのかどうかまでは判りませんが。その際に香奈男さんは、七年前に自分の父親は亡くなっていて、自分は最近そのことを知ったのだ——と云うようなことを、稲場さんのお友達に語ったんだそうです。今年の春まで香奈男さんが江尻水産に勤めていたのだとすると、同じ職場には久保田さんがいたと云うことになります。香奈男さんのお父さん——」

敏男さんでありますと池田は云った。

「そう、川瀬敏男さんは、戦前、この近辺を中心に行商をしていらしたようですから、その段階で銚子辺りにいた久保田さんと接点があったとは考え難《にく》いんですが、もし、宝石略取の五人組の一人が、その川瀬さんなんだとしたら」

「間違いないっぽいなあ」

小山田は池田に視軸を投じた。

「久保田さんは三芳さんに、宝石略取の際には人死にまで出ている——と語っていたようです。ならば五人のうち誰かが亡くなっている可能性がある。それが川瀬さんだとすれば」

「丁度、七年前に死んでいる——と云うことになるのか」

「ええ。七年前復員した敏男さんは、香奈男さんに儲《もう》け話があるからと云い残して東京に出て、そのまま戻らなかった——らしいんですよね？」

そうでありますと池田は答えた。

「時期的なことを考慮するなら、その儲け話と云うのが件《くだん》の宝石略取計画だった可能性はあると思われます。そして、模造宝石製作依頼時にその宝石略取計画の存在を仄《ほの》めかした久保田さんは多分、計画の遂行と同時期に右腕を失うと云う大怪我を負っているんです。だから何かはあったんでしょう。しかし何があったのだとしても、それを知る者は多くない。額面通りに受け取ればそれは犯罪ですから。しかも露見していない犯罪なんですね。隠蔽されている訳です」

「そんな事件は聞かんからね」

「そうすると、川瀬さんの死を知っている人間と云うのも自《おの》ずと限られて来る訳でしょう。その中の一人が久保田さんであることだけは、先《ま》ず疑いようがないことですから」

「すると――」

復讐《ふくしゅう》なんですかと美由紀が云った。

そう――なのだろう。

「お父さんの復讐？」

でも、判らない。断定は出来ない。

「その、お父さんを殺されちゃった香奈男と云う人と、片腕をなくしちゃった久保田と云う人が――復讐しようとした、と云うことですか？」

「それはそうなんだろうけども――」

「いやいや」

小山田が手を振った。

「それ、誰に復讐すると云うんだね？　その、内輪揉《も》めがあったんだと云うことなんだろうけども、その結果、誰か一人が一人を殺し、一人を怪我させて、その畏《おそ》れ多い宝物を独り占めした――と云う筋書きだと考えればいいのかね」

大筋はそう云うことなのだろう。

だが――。

「そうすると、的《まと》は尻に刺青の男――菅原ってことになるんじゃないか？　さっきは菅原が犯人だって云う話じゃなかったかね」

そりゃあ僕が云ったんですと小声で云って、益田が小さく手を挙げた。

「刑事さんも賛成してくれたじゃないですか」

「そうだけども。違うのかな」

違うと思います、と云った。

「覗き魔は――川瀬香奈男さんだったんだと思います」

「おやま。そうするとですね、敦子さん。香奈男さんは、尻宝珠男が誰なのか知らなかった、ちゅうことになりますけど」

「そう考えないと辻褄《つじつま》が合いません。香奈男さんがお父さんの死を久保田さんから知らされたのだとしたら、当然隠されている犯罪のことも聞かされているもの――と考えられますよね？」

考えられなくはないですなと小山田は云った。

「まあ、ただ死んだとだけ伝えるのもねえ。久保田自身も腕を失くしてるんだろうから、語るんであれば、そこに触れずに語るのも難しいとは思うがねえ。久保田本人がその、裏切りですか。それを怨みに思っていたのなら、尚更云うだろうし」

「それを知った香奈男さんは」

「復讐を目論《もくろ》んだと云うことですかな」

「断言は出来ませんよ。でも過去の悪事に関わった人達が次次に亡くなっているんですから、無関係ではないでしょう。香奈男さんがもし復讐しようと考えたんだとすれば、どうするでしょう」

「まあ、相手と、その居場所を特定しますな」

「香奈男さんは、昔の仲間の名前や居所を久保田さんからある程度は聞き出していたんじゃないでしょうか。でも――その中の誰が父を死に追い遣《や》った張本人かは聞き出せなかったのか、判っていなかった。ただ、その張本人のお尻に刺青があることだけは知っていた、と云うことなんじゃないですか」

「は？　だから風呂や便所覗いて尻を確認し、仇敵《かたき》を確定しようとしていた――と云うのかね？　中禅寺さんは」

「ええ。そのくらいの理由がなければ、そんな妙なことはしないと思うんですけど、如何《いかが》です？」

まあ無性に男の尻が好きだったと云う以外に理由はそれしか思い付きませんなあと益田は云った。

それ、少し変ですよと美由紀が云った。そう。慥《たし》かに少し――変なのだ。

「だって、久保田とか云う人はそれが誰なのか知っていたんじゃないですか？　どうしてそこんとこは教えなかったんですか？」

「そうなの」

判らないのは久保田の動きである。

大体の断片《ピース》はきちんと嵌《は》まった。だから大きな構図に変わりはない——と思う。

しかし久保田の動向に関しては巧《うま》く収まらない。

主犯——と云うより略取した宝石を独り占めしたのが宝珠の刺青の男——菅原市祐だと仮定する。当然、久保田悠介はそのことを知っていた可能性が高い。久保田に怪我を負わせ川瀬敏男を殺害したのが菅原であるのなら、久保田はそのことを当然川瀬香奈男に告げているだろう。

その点は伏せられている。

もし、これが久保田悠介と川瀬香奈男の復讐であるのであれば、二人は協力し合う筈だ。

しかし久保田は多分、香奈男とは別行動を取っている。

三芳彰に模造宝石を作らせたのは久保田の独断なのではないかと、敦子は考えている。何より、作らせた目的が今一つ判らない。

その上、久保田自身が死んでいる。

しかも、一番最初に。

「それに、久保田と云う人は復讐したい側の人なんじゃないんですか？　でも、死んでますよね？　香奈男と云う人はわざわざ教えてくれた久保田さんも疑ったんですか？　と、云うか、そのお尻の刺青の人だけ生き残ってますよ？　他は、全部死んでます。苦労してお尻確認したのに。結局、誰かが殺したんだとしても、お尻に刺青のない人だけ殺してることになりませんか？　そうなら最初の返り討ち説の方が正しいような気がします」

美由紀の云うことは解る。

しかし。

「久保田さんに就いては判らないことが多いんだけども——いずれにしても香奈男さんは覗き行為では標的を確認出来なかったんじゃないかな。だから次の手に出た——そんな気がするの。何か餌で釣って引っ掛かって来るのを待った——」

餌ってのは宝石でしょうねえと益田が云った。

「この場合。他に美味《おい》しそうなものはないですからねえ。しかしですね敦子さん。その宝石、久保田の言を信じるなら菅原が持ってることになりますよね？　その菅原を釣るのに宝石って変じゃないですか。いやあ、そりゃ変ですわ」

「変と云うなら変なんですよ。でもね、どうして水死体の下半身は剝《む》かれていたのか——と云う点を考えるなら、矢《や》っ張《ぱ》りそうなると思う。何か罠《わな》を掛けたとして、罠に掛かったのが本命の仇敵なのかどうか、確認した——のじゃないですか」

「ああ。いやあ、そりゃつまり標的を絞るための尻確認に失敗したから、取り敢えず順番に罠に嵌めて殺して、それから尻確認したってことですか？　それは酷《ひど》いなあ。でも、死んでしまえば尻は見放題ですからなあ。と云うか、なら全部ハズレじゃないですか」

だから。

時間がないと思うのだ。

つまりこう云うことですかと益田は云う。

「川瀬香奈男さんは、久保田さんからお父さんの死の真相を聞かされて、お父さんの仇討《あだう》ちをしようと目論んだ。憎《にっく》き仇は、廣田、亀山、菅原の三人の中の一人で、お尻に宝珠の刺青がある男だと云うところまでは絞り込めている。ただ誰のおケツに彫りもんがあるのかが判らないから、先《ま》ずそれを確認しようと便所や風呂を覗き回ったが、これがまあ、判らなかった――と」

判らなかったのだ、とは思う。

「で、已《や》むを得ず、次に何らかの罠を仕掛けた。この罠と云うのは、三芳さんの作らされた模造宝石とは」

「関係ないのじゃないかと思います」

無理に関係付けると輪郭が歪む気がする。

関係ないのかあと気の抜けた声で云って、益田は一度放心したように口を開けた。

「あ。いや、すいません。それでその何だか判らない罠に——最初に引っ掛かったのは」

久保田さんと云うことになりますが——と云い乍《なが》ら益田は前髪を掻《か》き上げ、それはどうですか、と続けた。

「だって、香奈男さんに諸諸の情報を漏らしたのは久保田さんだと云う前提なんでしょうに。なら、美由紀ちゃんの云う通り、何でそんな半端な教え方するんですか。万が一ですよ、久保田さん自身、尻宝珠が他の三人のうちの誰なのか知らなかったんだとしても——です。何だってその罠に自ら進んで引っ掛かるんですか」

「別の計画があったんだと私は考えてます」

「久保田さんにですか？　香奈男君とは別に？　どうですかねえ。だって、亀山さんに写真を渡したのは、敦子さんの推理だと香奈男君ってことになるのでしょ？　その写真に写ってたのは模造宝石じゃないんですか？」

確認して貰《もら》いましたよと小山田は云った。

「昨日の夕方、勝浦署の署員がその、河童の橋だかまで出向きましてね、ええと、三芳さんか。その人に写真を覧《み》て貰った。三芳さんからは、断言は出来ないものの、自分が作った模造宝石と同じ形、同じ数だと云う証言が取れました。比較対象物が写っていないので大きさが確定出来ないし、模造したものではなく本物と云う可能性もあるから、写真だけでは断定は出来ないと云う話で。まあ、正確を期した証言だと思いますな。寧《むし》ろ信用出来ますわ」

ほらあ、と益田は鼻の下を伸ばした。

「なら、久保田と香奈男は共犯ですよ」

「そうですよね。だから変だと思うんです。二人が共犯なんだったら——犯人は共犯者を最初に殺したんですか？　で、殺してから刺青を確認したんですか？　ズボンを下ろして？」

美由紀が不服そうに尋いた。

「ああ。まあ、そう——なんじゃないんですか。共犯だって仲違《なかたが》いくらいするでしょ。尻はまあ、見たかったとしか」

益田はそう云うが、それは考え難《にく》いように敦子は思う。

ズボンのゴムを切ってまで確認している以上、犯人は久保田もまた刺青の男である可能性を持つ者の一人と考えていたことは間違いない。共犯関係にある者に対しても疑いを持つと云うことはあり得るのだろうが、そうだとしても確証もなく最初に殺すようなことをするだろうか。益田の云った通り、幾ら何でもそれは酷《ひど》い。

事実久保田に刺青はなかったのだ。

久保田を含めるとして、候補者は四人。その中の一人が狙いだったとするなら、そんな効率的でない罠——どんな罠なのかは判らないけれど——は仕掛けないだろう。そもそも、確認してから殺すと云うならまだしも殺してから確認しても仕様がないのではないか。最初から全員殺すつもりなら、いちいち確認する必要もないと云う気がする。

これは、矢張《やは》り久保田が勝手に罠に掛かったと考えた方が素直なのではないか。

いや、久保田だけではなく、廣田も亀山もそうだった、と云う可能性はないか。

「いずれにしても何か欠けてはいるんですよ」

敦子はそう云った。

「ただ、それは考えて判るものではないんだと思います。解ったところで実証は出来ないし、実証出来ても」

阻止は出来ない。

阻止と云うのは何ですかなと小山田が問う。

「今のところ確実なのは悪巧みをしていた五人組の中で生き残っているのは菅原と云う人だけ、と云うことです。益田さんの云う通りその人は犯人であるかもしれない。でも同時に」

最後の被害者になる可能性もある。

「菅原も殺されると云うのかね」

「可能性はあると思いますけど」

だが殺すと云ってもなあ——と云って小山田は腕を組んだ。

「どうやって殺したと云うんですか。正直、ただの溺死《できし》である可能性の方が大きいのですよ、現状。そりゃ、そちらの先生が仰ったようにね、たん瘤《こぶ》はある。だから外傷がないとは云わないですわ。でも致命傷じゃない。溺《おぼ》れてるんです」

「河童だね」

多々良は明後日《あさって》の方を向いて小声で云った。

本当に河童の仕業で済むのならいいのだが。

河童でも捕まえますよと小山田は云う。

「ただね、犯人がいるんだとしても、確実なのは死後にベルト切ったってことだけですよ。それだって死後に切ったかどうかさえ判らんのです。今の段階では、矢張り殺人事件と決め付けることは出来ないですからなあ——」

「でも」

そう。

「何故そうなったのかは判らないんですが、結果的に確認は出来てしまったと云うことですよね？　計画的にそうしたのか、偶然そうなったのかは別にして、久保田さんにも廣田さんにも亀山さんにも刺青がないことは確認出来た訳で」

じっくり検分出来ますからねえと益田が接《つ》いだ。

「お尻」

「もし、川瀬香奈男さんが何らかの手段で刺青の男を特定しようとしていたのだとすれば、それは特定出来た、と云うことにはなりませんか？」

菅原市祐に。

「そうか。今までの三人が事故死か殺人かはあんまり関係ない、と云うことなんですね？ 菅原とか云う人は、狙われているかもしれない――のか」

「美由紀ちゃんの云う通りです。もし川瀬香奈男さんが敵《かたき》討《う》ちを考えているのだとすれば、仇敵《かたき》は菅原さんに一本化されたことになる。一方で、益田さんが最初に云っていたように菅原市祐が自分を狙っている者達を次次に返り討ちにしていると云うのであれば、最後の一人は」

川瀬香奈男である。

「勿論《もちろん》、三人の不審死の謎は解くべきなのでしょうが、それよりも、これから起きる事件を防ぐことの方が優先されるべきだと私は思います。これ以上被害者を増やしてはいけないでしょう。縦《よ》んば復讐と云う目的があったのであれば、相手の特定が出来た以上、もう、後は」

殺すだけなのだ。

そりゃ判りますがねえと小山田は顔を歪《ゆが》めた。

「人員はこれ以上割けないですわ。現在、平沢川と夷隅川の合流地点を中心に、地元の協力を得て亀山さんのズボンを捜しておるんです」

「遠内でしょ」

多々良が云った。

昨日から多々良は遠内に行きたくて行きたくて仕方がないようである。

今もすっかり準備を整え、我慢も限界だと云う顔をして、いつでも出発出来るように入り口に立っている。

「ズボンがあるとすれば遠内ですよ。川筋を辿ればあるでしょきっと。だって昨日、そう云う結論に達したじゃないですかッ」

「いや、そりゃ結論でなくて推論ですわ先生。まあ一応、午前中の会議で報告はしましたがな。と、云うかですな、本件に関しては捜査本部も正式には立ち上がってないんですよ、現状」

なら行きますよと多々良は云った。

「ならって――少少意味が通じ難《にく》いですがな」

「ですから」

多々良は強い口調で云った。

「警察の捜査対象地域じゃないんなら、僕がそこに行こうと何しようと勝手、と云うことでしょ。違うんですか？」

「違わんです。私にゃ先生を止める権利はないですわ。しかしですなあ、中禅寺さんの話を聞くに、何か起きるかもしらんでしょう。もしも、ちゅうこともあるから」

「なら行きましょう」

「一緒に？　いや、私は此処にいなくちゃいかんのですよ。もう直《す》ぐその、勝浦署からの連絡員が来ますもんでね――」

来ましたよ来ましたよと多々良は二回云った。

云い切る前に何か音が聞こえて、自動車が駐在所の前に停まった。ドアが開いて比嘉巡査が出て来た。運転席には磯部刑事がいるようだった。

「主任、菅原市祐の――」

そこまで云って比嘉は敦子と美由紀に気付き、少し驚いたようだった。

「いや――まあ捜査協力で本日もお出《い》で願ったんだよ。こちらは東京の探偵事務所の益田さんだ。色色と情報提供をしてくれてね。ま、菅原の素性なんかも聞いた」

やあ婦警さんですかあと云って、益田が前に出て来た。

「お蔭様で僕ァ元国家地方警察官でして。神奈川県本部にも婦人警察官はいましたが、何か怒って辞めちゃいましたよ直ぐに。環境が悪いんでしょうねえ、職場の。国家地方警察から県警察になって改善されたのかなあ。親爺《おやじ》ばっかりですからねえ。職務がキツいと云う以前に、親爺がキツいすから。ひ弱で貧弱な僕は保《も》ちませんでしたねえ。女性には辛《つら》いですよねえ、警察」

同感ですと比嘉は云った。小山田は更に顔を歪《ゆが》めた。

「菅原の写真が警視庁から届きました」

比嘉は写真を出した。

「菅原は昨夕、自宅を出て何処かへ出掛けたようです。香具師仲間の話では、別に遠出の仕事も興行もない筈だ、と云うことだそうですが」

「そうかい――」

小山田は益々渋面を作った。

「それから、亀山さんの行政解剖の結果ですが、溺死だそうです。頭部の傷は死因とは直接関係ないと云うことですが、例えば、水中で何かにぶつかったりして出来たものならば、そのまま意識を失ってしまったり、或《あ》るいはその際に大量に水を飲んでしまったりするようなことは考えられるだろうと」

「まあ、素人でもそのくらいは判るがね。ここは司法解剖して貰うよう進言するんだったかなあ。無理だろうなあ。何も出ないだろうしなあ。睡眠薬でも出ればばね、まあ、そんな判り易いもんなら行政解剖でも判るのかね？」

そこで益田があっと声を上げた。

「何ですか。頼むからこれ以上話をややこしくせんでください」

「そうじゃないですよ。と、云うか多分ややこしくしちゃいますよ僕は。僕は、今朝一番の電車に乗り、バスだの何だの乗り継いでやって来た訳ですがね、木原線で――一緒でしたよ。この人」

「どの人だ」

だからこの人ですと云って益田は小山田の指先を示した。

「菅原——か？」

「その人がス何とかこと菅原さんなら、そうですよ。乗ってましたよ」

「そいつ、何処で降りたのかな？」

「何処でって、同じですって。そこの、東総元駅でしたっけ？」

「この辺にいるってことか？」

捜しますかと池田巡査が云う。

「捜すって別に手配されてる訳じゃあ——」

いや。

遠内だろう。敦子はそう確信している。

「センセイ、行きましょう」

そう云った。

「こちらも立て込んでいるようですし、これ以上提供出来る情報もないです。その、龍王池の祠《ほこら》の取材をして、東京に戻りましょう」

私も行きますと美由紀が云った。

「待て待て。あんたはマズイよ」

「どうしてです？　山の中だからですか？　人、いないんですよね？」

「そうだが——」

小山田さあんと車の窓から磯部が呼んだ。

「何してんですかぁ。河原の捜索の監督に行かなくちゃいかんでしょ。さっさと行きましょうよ。早く済ませて一旦《いったん》県警本部に戻らなくちゃ叱られますよう。あ、お前、探偵だな」

磯部は益田を認めると指で鉄砲の形を作って一発撃つ真似をした。これは誰にでもやるようだ。お調子者の益田は撃たれた振りをした。これはすべきではないだろう。

「いや、そうなんだがな。比嘉君、君は——」

「私も本日中に千葉に戻る予定です。勝浦署には寄らなくてもいいと」

「そうか。じゃあ、すまんが暫《しばら》くこの駐在所にいてくれないかな。池田君、君、この人達と一緒に、その、遠内か。そこに行ってくれないか。もしかしたら何かあるかもしれんから。あってからじゃマズイし。あ、お嬢さんは行かないようにね」

小山田はそう云うと己《じぶん》の額をぺたぺた叩《たた》いて、ホントに河童の方が良かったよとぼやき乍《なが》ら、自動車に乗り込んだ。

比嘉は自動車を見送ってから、

「勝手ですねえ」

と云った。

「こちらの都合も尋かずに、返事もしてないのにアレです。そもそもどうなっているのか私には状況が全く判ってないんですけど——」

命令ですから従いますけどもと云って、比嘉は駐在所に入って来た。それから池田巡査に、そう云うことだそうですから宜《よろ》しくお願いしますと云った。

池田は畏《かしこ》まりましたと敬礼した。

「この近辺は、本来平和で長閑《のどか》な土地柄でありますから、これ以上は何も起こりはしないかと思いますですが」

比嘉は苦笑した。

「何かあった場合の連絡要員と云うことでしょうから。本部でお茶汲《く》みさせられるよりずっといいですし。主任は何かあるかもしれないと仰ってましたけど、何かあるかもしれないんですか？」

池田はまた敬礼した。

「残念乍ら、本官の理解の及ぶところではありません」

「そうですか——ではくれぐれも気を付《つ》け」

その段階で多々良は既に胸を張って意気揚揚と歩き出していた。

池田が慌てて大声を出した。

「先生様、そちらではありませんッ」

「え？　だって方角はこっちでしょ」

「方角は正しいかもしれませんですが、道はないのであります。米軍のM４中戦車にでも乗らなければ迚《とて》も直線での移動は不可能と思われるのでありまして、本来であれば木原線で久我原まで行き、細い山路を登るのでありますが――」

そんな時間ないですよと多々良は云った。

「で、では本官が最短の道をご案内致します。そちらも道らしい道は殆《ほとん》どないのでありますが、でも最低限人間が移動出来る範囲の環境かと思います。それでも」

そちらの方向ではありませんと、再び歩き出した多々良を池田は止めた。

取《と》り敢《あ》えず駅まで向かい、駅を越して山の方に分け入った。益田と美由紀も一緒である。敦子も美由紀の同行は止《よ》すべきかと思ったのだが、云って聞く娘ではない気がしたし、池田も黙っていたので、何も云わなかった。

いざとなったら美由紀は自分が護《まも》るしかない。

何か起きた場合の多々良の反応は、全く予測が出来ない。腕力皆無にして卑怯者を自任する益田は――勿論有事の場合は敦子や美由紀を護るべく行動に出るのだろうとは思うけれども、真っ先にやられてしまうような気がした。頼りになるのは池田だけである。

と――云うより。

敦子は暴力沙汰《ざた》は予想していない。

ただ、菅原と云う人物に就いては不明の点が多い。反応が予想出来ないから、用心するに越したことはないとは考えている。

山——と云うより、原野のようだ。

藪《やぶ》のようなものを掻き分け道を切り開くかのようにして池田巡査は進んだ。

思うに稲場麻佑が云っていた、川瀬香奈男が通学路として使っていた道と云うのがこのコースなのだろう。

樹木の背が高くなり始める。

地面も傾斜している。明らかに山である。

やがて、川が現れた。

大きな川ではないが、傾斜の所為か流れは速いように思える。

「これが龍王池から流れ出ている川ですわ。遠内の者は東の筋と云ってましたが。久我原の方に流れるのは西の筋ですな。ですから、川と云う理解ではなかったのかもしれんですなあ」

後はこの流れに沿って登りますと池田は云った。

見上げるといつの間にか樹樹が空を覆っていた。

慥《たし》かに、航空写真でもこの川は写らないだろう。

それでも人間の死体を流すくらいの水量はある。

「転出してから一度も行っておりませんのでね。もう二十年近く登ってないことになるですが、変わっておりません」

「そうだ。前の校長先生のお孫さんの話だと、川瀬香奈男さんは、この経路を通って学校に通っていたようですけど」

「そりゃ変だな」

池田は立ち止まった。

「敏男さんは、若くして結婚して──初めは大多喜で所帯を持った筈ですがな。その後、一二年で大多喜を出て、てっきり総元に宿替えしたんだと思っていたですが──うちにも偶《たま》に寄ってくれてたから、山中郷八箇村のどっかに住んでるもんだと、そう思い込んでいたんだが、違ったのかね。遠内に戻ってたのか？」

「そうじゃないんでしょうか」

「そんなことあるかなあ。だって誰もおらんのですよ。生活出来ないでしょう」

「行商って、何を売っていたんです？」

「ああ、薬ですね。打ち身や捻挫《ねんざ》に効く膏薬《こうやく》を売っていたんだと思いますな。我が家も幾度か買いましたが、使った覚えがないですわ」

「河童の膏薬じゃないの」

多々良はそう云って、ひひひと笑ってからそれは出来過ぎだねと続けた。

「その、香奈男さんは開戦時に十二歳くらいだった訳ですよね？　現在はもう二十五歳くらいと云うことになりますけど——少し年齢が合わない気がします。敏男さんは池田さんの八つ上でしたよね？　すると今年で四十歳くらいですから——十五歳の時の子供と云うことになってしまいますが」

池田は口を開けて上を向いた。

「あ？　ああ、そうですな。そんなことはないですなあ。幾ら何でも十五じゃ所帯は持てないな。いや、どうなのかな。じゃあ、もう少し小さかったのですか。大人びてたがなあ、あの子は。あれ？」

首を傾げ乍《なが》ら池田はまた登り始めた。

「その香奈男さんと同級の麻佑さんは多分、二十一か二ですよ。麻佑さん、昭和十四年に入学したとか云ってましたから。二十歳の淳子さんより上の学年の筈ですし——」

美由紀はそう云った。

「それでも変ですかね？」

「いや、それなら勘定は合いますな。敏男さんは十八九で集落を出てるんですわ」

「ひゃあ」

そんなに若いうちに結婚されてるんですかと美由紀が声を上げた。

「いや、別にいいんですけど。私、図体《ずうたい》が大きい割に、お子様なもので」

「まあその、大きな声では云えませんが、子供が出来てしまって已《や》むなく所帯を持ったんだ

と――後で聞きましたけどねえ。いやいや、こんなことはお嬢さん方の前で云うことではな

いですが」

「奥さんと云う人は？」

「それがねえ。本官は奥さんと云う人に会ったことがないんですわ。ただ敏男さんが徴兵さ

れた時――そうだなあ。うん？　あの時香奈男君は慥《たし》か――養鶏場に預けられて――あ、違

うな。敏男さんは志願兵だったのか」

「志願兵？」

「そうですわ。うっかりしておったけれど、徴兵されたのではなかった筈ですわ。敏男さん

は開戦して直《す》ぐに――いやいや、そうするとまたおかしな具合ですな。ええと、香奈男君が

小学校に入学したのは昭和十四年、なんですな？　開戦は」

「昭和十六年の末ですね」

「いやあ、そうなると香奈男君は戦争中にも小学校に通っていたと云うことになりますな

あ。それは慥かに具合が悪い。本官は何か間違っとるようですな。少なくとも終戦後は養鶏

場にいたんです。本官は復員してから様子を見に行ってますし。いや、待てよ、すると香奈

男君は、開戦ではなくて、終戦の頃に十二歳くらい、つうことですか？」

池田は自分の額を押さえた。何か記憶が錯乱しているようだ。

頭整理した方がいいすよと益田が云った。

「人間、普段の生活に関係ないこたぁ、大抵忘れてますからね。でもそりゃ思い出す必要がないってだけで、覚えてるもんですよ、大体。忘れてるってことは、記憶が変に改変されたりもしてないってことですしねえ」

池田は再び立ち止まった。

「なる程、そうですな。自分は変な思い込みをしておりました。敏男さんは、お国のために奉仕したいと開戦して直ぐに志願したんです。それは覚えてます。うちに挨拶《あいさつ》に来てですね、勇ましいものだなあと思いましたから。当時本官は十九で、正直戦争に行くのが怖かったです」

誰も行きたかあないですよと益田は云った。

「僕も赤紙手にして絶望しましたからね。命より大事なもんはないですわ」

「はあ。その時に、敏男さんは本官の母親に、自分が戦死したら息子を頼むと云ったんですわ。で、その時——そうですなあ、そう、小学校を出たら養鶏場で働けるように頼んである、と云ったんだな」

「小学校を出たら、ですか」

「はあ。で、実際復員後に行ってみたらば、いた訳で、考えてみればその時に十二歳くらいだった、と云うことですわなあ。そうすると、香奈男君は」

「遅くとも敏男さんが兵役に就かれて以降は、遠内に戻っていたということじゃないですか？　お母さんと二人で」

「お母さん——ですか」

会ったことがないんだよなあと池田は云った。

突然、斜面が急になった。川も、滝とまでは云えないものの、水はかなりの高低差を落ちている。急流だ。植物が繁茂しているから行く手は遮られているのだが、川筋の先には空間があるように見て取れた。

「この上が遠内ですが。登れるかな」

池田が経路を見極めようと蔓《つる》だの枝だのを掻き分けていると、美由紀があれズボンですよね、と大声で云った。

「ズボンじゃないですか？」

多々良は身体ごと向き直って、ああそうだねえなどと云い乍《なが》ら川に二三歩脚を突っ込んで岩に引っ掛かっているそれを拾い上げた。

気にしない人なのである。

「僕が云った通りじゃない。ズボンですよ。あ、ベルトは切れてますよ。これ、切ってるよねえ」

「これって、見えないですからね」

益田は腰が引けている。

「間違いないね。これ、あの水死体の人のズボンですよ。ねえ。これで僕は上半身も下半身も発見しましたよ」

「下半身じゃないでしょうに。ズボンですよ。衣類。それに最初に見付けたのは上半身じゃなくて全身でしょ」

益田はそう云い乍《なが》ら多々良から離れた。

「どうでもいいから早く上がってくださいよ。滑って転んで流されたって僕ァ《ぼか》助けられませんよ」

この人細かいよと云い乍ら多々良は川から上がり、手にしたずぶ濡《ぬ》れのズボンを石の上にポイと放った。

「持ってても仕様がないよね？」

「投げ捨てるんだったら拾わなきゃいいじゃないですかあ」

噂通りの人だなあと益田が云うと、確認だよ確認と多々良は憤慨した。

「殺人現場じゃないんだからさ。場所が判ればいいじゃない。現場保存とかあんまり意味ないよ。此処にあった以上は、この上から流れて来たってことじゃない。ズボンは川遡《さかのぼ》ったりしないよ。どっちにしても、これで下の河原の捜索は無意味と云うことですよ。無意味」

まあ、その通りではある。

そうしているうちに池田が路《みち》を切り開いた。

「かなり足場が悪いですがね。でも、多少行き来した跡がありますな。最近、誰かが上り下りしたんでしょうか。ああ、樹に摑《つか》まるのはいいですが、蔓は切れますから気を付けてくださいよ」

斜面は急だが、崖《がけ》と云う程の高さはない。転げ落ちたとしても余程変な落ち方をしない限り怪我はするまい。水辺には羊歯《しだ》類が群生し、岩は苔生《こけむ》している。曲がりくねった木の根と、生《お》い茂る藪。絡まった葛《かずら》。蔦《つた》のような植物が四方に触手を伸ばしている。

池田の先導で先ずは美由紀を登らせて、次に敦子が登った。益田が慌てて続いた。思うに多々良が落ちると予想したのだろう。慥《たし》かにかの巨漢の下に付くのは危ない。

案の定、背後でアっと云うセンセイの声と、滑落するような音が聞こえた。

取り敢えず気にしない。多々良はこうした環境に慣れている筈だ。

登り切ると視界は開けた。

ただ、一面が草である。

凡てが緑に覆い尽くされた光景と云うのは、ありそうでない。

森に囲まれた平地一帯に、敦子の腰丈程もあろうかと云う草が繁茂している。

低木もある。何処までも草だ。その真ん中に川が流れている。

「遠内ですな」

池田が云った。

「って、村ですかこれ？」

益田が見渡す。

「あ、あれ、建物？」

蔦に覆われたのものが左右に確認出来た。最早《もはや》植物の塊である。

「ああ、凄《すご》いことになってますなあ。いや、こりゃあもうどうしようもないです」

池田は草を搔き分けて進む。

「足許が能《よ》く見えんですが、川がありますから気を付けてくださいよ。この、雑草でもってキワが判らんですから、足滑らせると落ちますからね」

また背後から多々良の悲鳴が聞こえた。落ちかけたのだろう。

「此処いらは元は一面が田圃《たんぼ》で。私の生家は——あれですわ」

池田が指差す方に目を遣ると、矢張り緑色の塊が確認出来た。蔦はそれ程絡んでおらず、壁や玄関はあるようなので、辛うじて建物と判る。ただ、屋根には草が繁茂していた。結構大きな家である。

池田は暫くそれを眺めていたが、

「あ、申し訳ない。祠はもう少し先です」

と云って歩き出した。

「この川の先がですな――ああ、見えますかな」

緑色がせり上がっている。

まるで緑に覆われた壁のようだ。

「あの崖は登れませんな。で、ほら、あの、洞《ほら》」

湖――ではない。大きさから云うなら慥《たし》かに池である。

緑色の輪の内側が徐徐に翳《かげ》り、黒く艶《つや》やかな円い平面を作っている。比較する対象が植物しかない所為か、巨大な湖のミニチュアを眺めているような錯覚に陥る。実際はそれ程大きくない。五坪程だろうか。ただし、深さはかなりあるようだ。

池の三分の一は、抉《えぐ》れた崖に喰い込んでいる。

洞の中に植物は生えていない。

暗くて見えないのか。

そこが、この川の起点であることは間違いなかった。湧き出した水が、正面に向けて筋を作っている。池田云うところの東の筋――敦子達が辿《たど》って来た川――である。湧水は左側にも流れを作っているようだ。それが西の筋、と云うことだろう。

水も極めて澄んでいるようだ。

池の奥、洞の中に祠らしきものがあった。

「あれが龍王池ですなあ。で、祠、見えますか」

「祠には——」

行けない。池が阻んでいる。

「ご覧の通り、この龍王池は、あの洞とほぼ同じ幅でありまして。狭い池ですが、涌き出る水量は多いですし、舟か何か用意しなきゃ祠には行けんのですよ。入っちゃいかん決まりですしね。なので、裡《なか》に何があるのかは、見ておりませんなあ——」

「ああ」

最後尾から前に飛び出した多々良は、眼鏡の奥の目を細め、口を横に開いた。

「祠ですね」

「はあ。行けないですが」

「泳いで行けるでしょ？」

「まあ、相当深いですがね。小さいですからね、奥までなら泳いで行けないことはないかとも思いますがなあ。でも不入池《いらずのいけ》ですから。入っちゃいかんのですわ」

「だって誰も咎《とが》める人はいないじゃないですか」

多々良と云う男は、信心深いのか無信心なのか判らないところがある。それが明白な迷妄信であっても、土地の文化としては遺《のこ》すべきだ護るべきだと主張する。一方で禁忌は平気で破るのである。自分は土地の者ではない、他所《よそ》者だと云う自覚があるからそうした呪縛《じゅばく》もない——と云うことなのだろうか。

僕は嫌ですよと益田が云った。

誰も益田に行けとは云っていないのだが。

「水泳は不得手ですからね。厭です。濡れるのも御免です。湘南《しょうなん》辺りで水浴びしたことくらいしかないですよ、僕ァ。それも」

「川瀬さんのお宅はどちらですか」

敦子は問う。

祠よりも先ずは——進行中の事件だ。

「はい、上《かみ》の川瀬はそっちの」

池田は右側を示した。

「奥の方で。下《しも》はその、そこです」

池の左側。

建物があった。

お屋敷とは呼べないかもしれないが、かなり大きい。しかも他と違って家としての体裁が保たれている。屋根に草が生い繁っているところなどは一緒だが、壁も柱も戸もちゃんとある。ただ、あまりにも風景に馴染《なじ》んでいたために、そうと認識出来なかったようだ。

「上下《かみしも》川瀬は池を挟んで左右にあるです。元元川瀬の家が池の祠の管理と申しますか、その、堂守と申しますか、そう云う役割だったんだと聞きますな」

神官ですかと問う多々良の声がした。

「いやいや、神主さんとか、そう云うものではないでしょうなあ。堂守ですよ。お供えしたり、掃除したりしていたんだと思いますが——大正時代くらいまでは、手入れのために祠に渡る艀のようなものがあったようです。本官の子供の時分もあったと云いますが、記憶にはないですな」

池田は歩き出した。

「江戸の頃は、集落全体で十五戸くらいはあったようなんですがね。それより昔はどうだったのか、それは判りませんです。移り住んだのは源平《げんぺい》の合戦《かっせん》の頃とも、建武《けんむ》の新政《しんせい》の頃とも聞きましたが、本当のところはどうだったのか——ただ、川瀬の家は上下共に代代そう云うお役目だったんだと聞いております。池田の家は田圃を任されておったらしい」

それで池田なんですかと美由紀が云った。

「池の田圃ですもんね」

そんな単純なものかいと益田が云ったが、そうでしょうなと池田は答えた。

「苗字《みょうじ》は明治になって付けたもんで。それまではなかったのか、あったとして何と呼ばれていたのかは知らんです」

下の川瀬家の真ん前には川——西の筋が横切っていて、小さな橋が架かっていた。見た目は朽ちかけているようだが、丈夫そうだった。

「この西の筋は久我原の方に流れますが、西の筋沿いにはもう少しまともな道がありましてね、馬も通れる。この集落から麓《ふもと》に通じる、唯一の道らしい道です。集落の玄関口には水口の家があって、麓の村との交渉ごと、ものの売り買いなどは主に水口の者がやっておったようです。ま、いずれもご一新前のことでありまして、本官がいた頃にはもう、どの家も出稼ぎで——」

下の川瀬の家の前に至った。

「この家——」

ここは使えますよねと美由紀が云う。と云うか最近まで使ってたんじゃないですかと益田が受けた。

「何か、出入りした感がありますよ」

「いいえ」

敦子は云う。

「今も使っています。と云うか、多分いる。

「誰かいます」

敦子が戸に手を掛けようとするのを咄嗟に池田が制した。

「ここは本官が。万が一と云うこともあり得ますから」

池田は皆さん下がって、と云った後、建物に身を寄せ、戸を敲《たた》いた。

「誰かおりますか。香奈男君、いるのかな。覚えておるかな、以前この遠内に住んでた池田です。お父さんの知り合いの。ほら、いつだったかも下の養鶏場で会ったでしょう」

気配はする。池田は一度敦子を顧み、それから開けるよう、と大きな声で云った。

戸は難なく開いた。

裡《なか》は暗かった。

「香奈男君、いるのかな」

何かが動く音がして、やがて、いますよと云うか細い声が聞こえた。

「香奈男君か。入ってもいいかね」

「帰ってくれ——と云っても帰ってはくれないんでしょう。お仕事で来られているんでしょうし」

「いやあ、仕事と云うかなあ。半分はね」

懐かしくってねえと云って、池田は家の中に足を踏み入れた。

「うちはもう駄目になっていたから」

「そりゃそうですよ。みんな、此処を捨てて行ったんですから。捨てられたらもう塵芥《ごみ》ですよ。使えなくなります」

「そう——かもしれないが、ここは」

ここは使ってますからと声――香奈男は云った。

「使っているって――」

「他にもお巡りさんを連れて来たんですか。僕を捕まえるために？　僕は抵抗なんかしませんよ。でも僕は」

何もしていませんよと香奈男は云う。

「そうじゃないって。一緒に来たのは、ほら、警官なんかじゃないから」

敦子は裡に入った。続いて美由紀と益田、最後に多々良が入って来た。

「誰です？」

僕は研究家ですよと多々良が云った。

「それに、編集者に女学生に探偵です」

「訳が解らない」

香奈男は少し笑ったようだった。

「まあ、それより香奈男君。使っているって、君はここに住んでいるのかい？　もしかして」

「住んでいますよ。ずっと」

「ずっと？　だって君は、大多喜で生まれたのじゃなかったか？　お母さんは大多喜の人だろう」

大多喜でのことは覚えていませんと香奈男は答えた。

「二歳か三歳か――そのくらいまでは何とか暮らしていたようですけど。でも、あんまり覚えてないですよ」

追い出されたんですよと香奈男は云った。

「池田さんは平気だったようですけどね」

「平気って？」

「遠内者はね、嫌われてましたから。何と云うんですか、穢《けが》らわしいと云うんですか。特に川瀬は蔑《さげす》まれていたようですよ」

池田は悲しそうな顔になった。

「母の話だと、僕も、猿飼いの子だの河童の子だのと謂《い》われたようですから。猿なんか飼ったことはないし、河童なんて見たこともないのに。苛《いじ》められてたんですよ。だから記憶にないんです。父さんもまともには働けなくて、母さんも実家から縁切られたそうですし。仕事がなくちゃ家賃も払えないですからね。ここなら只《ただ》です」

「いや、それじゃあ――総元村じゃなく、此処に舞い戻っていたのかね。みんな転出してしまった後に、かい」

いやあ、と池田は嘆息を漏らした。

「敏男さんは何も云っていなかったがな」

「云わないでしょう。大戸や三叉の辺りはまだ人当たりが良くって——と云うか、近いのに、遠内がどう云う処なのかそんなに知られてなかったみたいですよ。久我原の人とは元元交流もあったようですしね。山中郷の村なら、まあ暮らせたみたいです。住む気にはならなかったようですが。でもね、大きめの村は何処も駄目なんですよ。嫌われる。多分、その昔廻っていたからだろう——と、父さんは云ってましたけどね」

「廻ってた?」

厩祓《うまやばら》いですねと多々良が云った。

「猿を舞わせて、厩の邪気を祓うんです。猿回しはですね、現在ではただの芸能扱いですけど、その昔はそうした役目を担った一種の宗教者だったんですよ。但し他の民間宗教者がそうであったように、まあ、蔑視されてもいた訳です」

蔑視ですか、こりゃあいいやと香奈男は笑った。

「されてたんですよ、蔑視」

「だが、その、猿なんかは本官も触ったことがないぞ」

「僕も、父さんだって同じですよ。曾祖父《そうそふ》あたりまではやってたようですけどね、その何とか。総元は小さな集落が集まって出来た村でしょう。ご先祖様は大体大きな村に行ってたんですよ。門付《かどづ》けみたいに廻ってた。大きな村にはお大尽《だいじん》がいて、馬がいますからね。それにその猿なんとかをするのは川瀬の家だけで、他の遠内者はしていなかったと聞いてます」

多々良が唸《うな》った。

「大多喜辺りだとこっちから出向いてたようですけど、近在の村の方は、寧ろ雨乞《あまご》いを頼みに向こうから来ていたようですからね。まだ扱いがマシなんですよ。低く見られてはいましたけどね。小学校にも通えたし、友達もいましたから」

稲場麻佑さんが此処に来たと云っていましたと美由紀が云った。

「ああ。麻佑ちゃんか。校長先生の孫でしょ。あの校長先生は立派な人で、そんな迷信やら旧弊はいかん、出自で差別するなど以ての外だと云って、入学させてくれただけじゃなくて、色色と面倒もみてくれたんですよ。普通に接しなさいと麻佑ちゃんなんかに云ってたようですからね。でも、あの娘《こ》は一度此処に来て――それからはあまり口を利かなくなってしまったけれど」

「あの校長先生は人格者だからなあ」

「でも、父さんは有り難迷惑って顔してましたけどね」

「いや、迷惑と云うのは判らんが――」

「迷信なんかじゃないと父さんは云い張ってましたからね」

香奈男はそう云った。

明暗順応が成って、敦子は漸《よう》く声の主の姿が見え始めている。

青年は囲炉裏《いろり》の奥に座っている。

「父さんは、逆に周囲を見下げてたんですよ、迷信を盾にして。自分達は元は高貴な出なんだって信じてた。都で宮中の厩番をしていた一族の末裔《まつえい》なんだから——って。まあ、それくらいしか誇れるものがなかったんでしょうね。謂い伝えを全部、迷信だ嘘っ八だと切り捨てちゃうと、そう云う誇りみたいなものまで捨てることになる訳でしょう。それが嫌だったんじゃないですかね。父さんは」

「いや、すると敏男さんは此処から村に下《お》りて行商しておったのか。うちにも何度も来たんだが——」

遠内者同士は気安いですからと香奈男は云う。

「懐かしかったんじゃないですか」

「上《かみ》の川瀬や、君のお祖父《じい》さんなんかは、そう云えばどうしたんだね」

「祖父は、多分池田さんが出た後に死んだんでしょう。殆《ほとん》ど記憶にないです。大多喜の方には一度も来なかったと思いますよ。上の川瀬には会ったことがないです」

「そうか。そうだったのか」

池田はそう云って、漸く框《かまち》に腰を下ろした。

「じゃあ、君は敏男さんの出征後、ずっとお母さんと二人切りか。お母さんは戦争中に亡くなったと聞いてるが——」

「母さんは直《す》ぐ死にました」

「直ぐって――」

「父さんが戦争に行って直ぐに死にましたよ。貧乏してましたから、きっと栄養失調でしょうね。いや、何も食べてなかったし、餓死だったかもしれない。だから僕は、ずっと一人ですよ」

「だって君、その時分――銃後はまだ小学生だったんだろう」

「そうですね」

「そうですねって――それこそ校長先生にでも相談すりゃ良かったじゃないか。あの人なら幾らでも助けてくれただろう」

誰にも云いませんでしたよと香奈男は云った。

「まあ、父さんと懇意にしていた養鶏場の小父《おじ》さんにだけは云いましたけどね。それも随分経ってからですよ。でも、他の人には云ってません。云うような間柄の人がいませんから」

「しかしだな、そうすると、君は――開戦当時なら、まだ八つか九つか、そんなものだろうに。こんな処で、独りで生きて行けないじゃないか」

意外に生きて行けますよと香奈男は答えた。

「僕は、学校が終わると久我原の方に下《お》りて、畑のものを盗み喰いしたり、時には本当の泥棒もしました。愈々《いよいよ》困ると養鶏場に行って面倒みて貰ってましたし」

「それで喰い繋《つな》いでいたのか」

「そうです。父さんだって似たようなものだったんですよ。父さんが売り歩いていた膏薬は、この遠内に生える何とか云う草だか実だかを原料にして作ったもんなんです。効くのか効かないのか知りませんが、売れるもんじゃないですよ」

香奈男は家の奥に顔を向けた。

父親の残像を見ているのか。

「だからきっと父さんも僕と同じようにしていたんじゃないですか。泥棒ですよ。僕が学校で厭《いと》われていたのは、だから遠内者だったからじゃなくて、汚かったからなんですよ。服も襤褸襤褸《ぼろぼろ》、風呂なんか入りませんからね。母さんが生きていた頃は多少は身綺麗《みぎれい》でしたけどね。それでも汚くて、臭かったんです。麻佑ちゃんも能《よ》く付いて来ましたよ」

いやあ、と池田は絞り出すような声を出した。

「迂闊《うかつ》だったよ。村の駐在として目が行き届いていなかった。それ以前に、何故に一言相談してくれなかったかなあ、敏男さんは。本官なら幾らでも力になったのに――」

見栄ですよと香奈男は云う。

「見栄とは違うのかな。校長先生の援助を断ったのと同じ理由でしょうね」

「ほ、本官は此処の出身だよ」

「だからですよ」

「何故だい。謂わば同族じゃないか」

「違うようですよ。池田さんとこは、元元は川瀬の眷族《けんぞく》なんですよ、きっと。厩を清められるのも、雨を降らせられるのも、それは川瀬だけで、つまり川瀬の家系こそが遠内の主《あるじ》なんです。それ以外の遠内者は——武士で云うなら家来なんでしょう」

「臣下に助けは求められんと云うことかい」

池田は淋《さび》しそうな顔をした。

「父さんにとって、だからこの前の戦争は特別なものだったんですよ。父さんは云ってましたよ。自分は陛下のために死ぬんだ——って」

「へ、陛下ッ」

池田は身を硬くした。

香奈男はゆっくりと自分の真上を指差した。

香奈男の背後には不必要に大きな祭壇か仏壇のようなものがあった。そして、その上に御真影が懸けられていた。

「上古《いにしえ》より宮中で馬の清めを任されていた一族の末裔として、畏れ多くも陛下がお望みになるのであれば、一兵卒として命を賭《と》すが当然と、そんなことを云ってましたよ、父さん。それくらいしか、人生の明かりが見えなかったんですよ」

暗い家裡の、更に暗い上方に掲げられているそれは、それと知れる以上には殆ど見えはしなかった。

香奈男はそれを見上げる。

「これだって何処から持って来たのだか。学校にも飾ってあったから、何処にでも飾るもんだと思ってましたけどね。兎《と》も角《かく》父さんは朝晩これを拝んでましたよ。僕も拝まされた。まあどっかで凝り固まっちゃったんですよ、父さんは」

赤貧でしたから——と香奈男は笑った。

「父さんがいても、母さんが死ななくても、暮らし向きにあまり変わりはなかったと思いますよ。だから、別に何とも思ってないです。僕は——生きてますしね」

昔話はそのくらいにしておいてくださいと益田が云った。

「僕ァ、その、軽佻《けいちょう》浮薄《ふはく》を信条にしてるもんですから、そう云う話は苦手なんです」

口調はいつもの軽口と同じなのだが、益田は暗い貌《かお》をしていた。香奈男は鼻で嗤《わら》った。

「先の話は出来ないですよ。明日のことなんか考えたことはないですからね。僕にはくだらない昔があるだけですから。それよりも——どんなご用なんです?」

「あ。僕はその、七年前の宝石のですね」

ああ——と云って、香奈男は胡坐《あぐら》の足を組み替えた。

「父さんが昔仕出かした犯罪を追っていらっしゃるんですか、探偵さんは」

そう云う訳じゃなかったんですけどねえと云って益田は背中を丸めた。

いいですよ話しますよと香奈男は云う。

「知ってることしか話せませんけどね。まあ、意気揚揚と出征はしたものの、陛下のためには——死ねなかったんです、父さんはね」

おまけに戦争も負けたでしょうと、香奈男は何故か愉快そうに云った。

「僕はね、正直戦争のことは能《よ》く判らなかったんですよ。子供だったし、ここにはラジオもないし新聞も来ない。学校も、戦況が怪しくなってからは行かなくなっちゃった。だからまあ、その頃は——十歳過ぎたくらいですかね。ただの浮浪児で。卒業もしてないですよ小学校。或る日養鶏場に行ったら、小父さんに戦争は終わったんだと云われて、でもピンと来なかった。小父さんがここで働けと云うから、まあその通りにしたんです」

「本官は復員して直《す》ぐに訪ねて行ったろ。敏男さんに頼むと云われていたからね。君は、普通にしていたが」

覚えてますよと香奈男は云った。

「まあ、いつだって普通ですよ僕は。そして——敗戦から二年目くらいかな。池田さんが来てくれたのより前ですよ。父さんが帰って来たんですよ。それでね、こんなこと云ってました。俺はこれから」

ご恩返しをする——。

「そう云ってましたよ」

「ご恩返しって、誰にですか？　その養鶏場の小父さんにですか」

益田が問うと、香奈男は再び上を指差した。

「え？」

「こちらの方です。戦争で酷《ひど》い目に遭ったのに、何も変わってなかったんですよ、父さんは。僕なんかは誰のために戦って誰が負けを決めたのか——なんて思っちゃうんですけどね。父さんは違ってた。まあ、色色と難しいこともあるんでしょうから、間違いじゃないんでしょうけど」

この人の所為《せい》じゃないのかと僕は思ってたんですけどね——と、香奈男は御真影を示して云った。

一口に戦争責任と云っても、立場や見解に依《よ》ってその意味合いは大きく変わるのだろう。法律的な責任、政治的な責任、倫理的な責任は、それぞれ分けて考えねばならないのだろうし、そう云う意味では、広義の戦争責任などと云うものはなくて——あるとするなら国民凡《すべ》てに敷延すべきものとなるのかもしれず——幾つもの狭義の戦争責任が重層的にあるだけなのだと敦子は考える。

だからこそ、皇室の責任に関しては大きく意見が分かれるところだ。否、それを論じること自体が一種タブーとされているような感はある。発言する者はそれなりにいたのだけれど、建設的な議論に発展することはなかったのではないか。云いっ放しで無視されるか、封殺されるか攻撃されるか——そんな印象を受ける。

敦子もそれに就いては一時期真剣に考えたことがあったのだが、結局は誰にも相談出来ず、結論も出すことは出来なかった。

父さんは――香奈男は続ける。

「復員して一週間くらいはここにいました。負けて悔しいとか云うようなことは全く云わなかったけれど、陛下に退位を求めるような論調には――その頃、そう云う風に云う人もいたらしいんですよ。僕は知らないけれど。そう云う意見には、豪《えら》く肚《はら》を立てていた。それで」

恩返しですかと益田が問う。

「ええ。一体何のことかと思ったけれど、皇室が軍に下賜した宝石だかが闇で流れていて云々《うんぬん》、と云う話でしたよ。父さんは、不敬だ不敬だと矢鱈《やたら》に怒っていて、それを取り戻して陛下にお戻しするのだと云っていました」

本当だったんだと多々良が呆《あき》れた。

「それはどんな計画だったんですか。何か奇手奇策でも?」

ただ奪い取る――と云う話だったと思いますよと香奈男は云った。

「ただ? 強盗?」

「でしょう。何でも、同じ部隊にいた男がブローカーからブツの運搬を頼まれているんだとか――その同じ部隊にいた男と云うのが、実は久保田さんのことだったんですけどね。ご存じなんでしょ、久保田さん」

会ったこたぁありませんと益田は云った。

「死んでましたし」

「久保田さんは善い人でしたけどね」

そう。

久保田の動きが――今一つ敦子には判らないのだ。

「父さんの話だと、同じ部隊にいた三人に、二人ばかり加えて実行するような――まあ、同じ部隊にいたっ人てのは久保田さんと、後は亀山さんのことで、後から参加したのが、廣田さんと」

菅原か。

そうですよと香奈男は云った。

「いや、復員船の中で体毀《こわ》したらしく、復員して暫くの間は東京の病院だか傷病兵療養所だかに入院させられていたようなんですよ、父さん。マラリアの疑いがあったとか。そこに久保田さんが見舞いに来たんだそうで。まあ、後から久保田さん本人に聞いてみたところ、やくざだか何だかの仕事を請け負って羽振りが良くなったから、バナナかなんか買って行ったんだ――と云う話で」

「その、久保田さんが請け負った仕事と云うのが隠退蔵物資の横流しの手伝いだった訳ですか」

「請け負ったと云っても指定の場所に運ぶだけだったと云う話でしたよ。で、今は小口ばかりだが半年後に大きな儲け口があるから、退院したら手伝わないかと、父さんを誘ったんだそうです。一人頭相当額の日当が出るとか」

「その儲け口ってのが皇室の宝石だった、と？」

香奈男は一度上を見上げて、父さんは怒ったんですねと云った。

「久保田さん曰《いわ》く、最初は興味を持っていたようだが皇室絡《がら》みと知れた途端に顔を赤くして、畏れ多くも宮様の宝物で私腹を肥やそうなんて話は看過出来ないと——烈火の如く怒ったんだとか。だから、まあ父さんが火元なんですよ」

「火元——ですか？」

「だって、普通やくざから何か奪い取るなんて考えませんよ。危険過ぎるでしょう。命が幾つあっても足りないでしょうよ。割に合いませんからね。余程の理由がなくちゃ」

「まあねえ。横流し品の横取りですからねえ」

相当危ない橋だよなあと益田は云った。

「でしょう。でも父さんにはその危ない橋を渡るだけの理由があったんです。父さんは陛下を崇《あが》め奉っていたんですよ。お国のために役立てようと下賜された皇室の品を横領し、売り払って金に換えようなんて、まあ、万死に値する大罪でしかなかったんでしょう。父さんにしてみれば」

警察に報せるとか云うんじゃ駄目だったんですかね——と、美由紀が至極真っ当なことを云った。

「占領下だったんですよ。警察が押収しても、右から左でGHQに盗《と》られると考えてたようですよ、父さんは」

実際そうなっていた可能性も——ないではないと思う。

「そんな訳で、父さんが云い出しっぺになって宝石の横取りが計画された、と云う経緯だったようですね。でも思惑はそれぞれだったようですけどね。久保田さんは、まあ返すにしても礼金くらいは欲しいとか、一つくらいは着服してやろうとか、そんな軽い気持ちだったようです。亀山さんも同じような感じだったんじゃないですか。問題は後から加わった」

「カッパの廣田さんと、菅原——ですか」

僕はみんな能《よ》く知らないんですよと香奈男は云った。

「ただ、亀山さんも廣田さんも悪い人と云う感じではなかったし、近所の評判も良かったですよ。でも廣田さんと云う人は日本も米国も——と云うか、戦争自体を酷《ひど》く憎んでいて、だから皇室に返還することには反対していたようですね。盗られたものを取り返す、何千万円貰っても足りないと、そんな風に云っていたと、久保田さんは云ってましたけどね」

「あの人は原子爆弾で家族親類根刮《ねこそ》ぎ殺されてんですよ」

益田が暗い口調でそう云った。

「まあ、心に開いた穴は補塡《ほてん》出来ないですよ、お金じゃね」

そうなんですかと香奈男は云った。

「僕は原子マグロでクビになりましたけどね。原爆だの水爆だのってのは、あれ、爆発させて誰かが得するもんなんですか？」

誰も得はしませんよと益田は即答した。

「脅しに使うだけでしょ。あんなものは。実際に使うもんじゃないですよ。どれだけ死にますか。だから落とすぞ落とすぞと脅すだけ。ただ、脅すためには、まあ恐ろしい威力があるんだぞと世に知らしめる必要があったんですよ、きっと。だから何発か落としたんでしょう。そんな理由であんなに殺されたんじゃ、堪らんですよ。亡くなった方も浮かばれませんよ。馬鹿らしいです」

厄介ですねえと香奈男は云った。

「でも、どんな想いも結局はお金に換えるしかないんじゃないですか。みんなそうしてるんだと思いますけどね。死んだ人は還らないし、廣田さんだってそう考えたんだと思いますけどね。それで、菅原と云う人は、まあ奪取したら全部売り捌《さば》こうと考えていたようなんですね。これ、父さんとしては到底認められない訳です。自分が一番嫌うことを、自分達で行うことになる訳だから」

そうなるだろう。

「でも、その菅原と云う人が宝石横取り作戦を練った事実上の司令塔だったようなんですよ。まあ、後の四人は素人ですからね。菅原抜きでは実行は不可能だったろうと、これはまあ、久保田さんの談なんですが。でも何度話し合っても話は纏《まと》まらなかったようですよ。各各の腹積もりがまるで違ってるんですから。まあ、父さんを除けば妥協点はあったんでしょうけどね」

仲村屋での度重なる会合は、その相談だったのだろう。

川瀬があまり参加していなかったのは、一人だけ頑《かたく》なに返還を主張していた所為か。

計画を知っている以上——と云うより発案者であるから外《はず》す訳にはいかなかったのだろうが、川瀬がいると話が前に進まないので、他の四人で計画を詰めてから呼び出した——と云うところか。

「でもね」

香奈男は何処か自嘲《じちょう》めいた口調で続けた。

「取り敢えず宝石を奪わないことには始まらない訳でしょう。だから宝石の処分に関しては成功してから改めて決めようと云うことになったんだと、久保田さんは云ってましたけどね」

「しかし香奈男君。敏男さんは、いい儲け口があるんだと養鶏場の親爺さんに話していたようなんだがな。少しは金に換える算段をしていたのじゃないかね？」

池田が問うと、それは養鶏場の小父さんの考えでしょうよと香奈男は答えた。

「その人にとって一番大事なものは何か、と云う話ですよ。小父さんにとって、それはお金だったんでしょう。生活が大事なんだから。そりゃ普通そうですよ。だから命懸けの大事な仕事も、儲け話になっちゃったんでしょう。でも父さんにとっての大事なものは、違ってたんです。名誉——違うな。忠誠心とか、いや、上手く云えないんですけど、そうだなあ。いずれにしても」

自己満足ですよと香奈男は云った。

「父さんがここに戻って来たのは、思うに決行の直前だったんじゃないですかね。父さんは戦争に負けたのは自分達の働きが足りなかったからだと云っていたし、生きて戻れたのは陛下の英断があったからだとも云っていた。その償いと、恩返しをするんだと、まあ父さんは大分昂《たか》ぶってましたからね。小父さんにしてみれば——こりゃ余程儲かるんだろうと思ったんじゃないですか。それで」

やっちゃったんですよねと香奈男は云って、笑った。

「それがね、どう云う計画だったのか、細かいことを僕は全く知りません。久保田さんも何も云いませんでしたし、そんなこと聞かされたって仕様がないから、一切尋きませんでした。でも、まあ作戦は決行されて、しかも——どうやら成功しちゃったようですね」

「宝石は奪い取ったんですね、実際に」

「そのようですね。でも、まるまる成功したかと云うとそんなことはなくて、これからは久保田さんから聞いた話ですが、先ず久保田さんが捕まっちゃったんだそうですよ」

捕まったあ、と益田が声を上げた。

「そりゃ、絶体絶命じゃないですか」

「折角戦争を生き延びて、万に一つ拾った命もこれまでか——と思ったと、久保田さん本人も云ってましたよ。それでも死にたくなかったようで、何も知らないとシラを切り通したようですが、そもそも運搬仕事を受けてたのは久保田さんですし、人足を手配したのも久保田さんですからね。責任取らされたんだとか」

「え?」

「はあ。指くらいじゃ済まないと、腕を——」

切られたんですかと美由紀は声を上げた。同時に、落とし前ですかあと益田が素っ頓狂《すっとんきょう》な声を出した。

「厳しいなあ、やくざ渡世。落とし前だったか」

「さあ。僕は田舎者ですから、やくざのしきたりなんかは何にも知りませんけど、そう云うもんなんですか」

「いや、普通は小指ですよ」

益田は小指を立てた。

「まあヘマするごとに順番に切られてくと云うような話も聞きますけど――それ、いきなり腕一本ですか？　いやあ、まあ、かなりの取引金額だったんだろうからなあ。こりゃ想像ですが、外国に売り飛ばしちゃうような企《たくら》みがあったんだと思いますけどね。それならまあ殺されちゃっても仕方ない感じですかねえ。やくざなら。あ、でも一応久保田さんは堅気《かたぎ》なのか。別に杯《さかずき》交わした訳じゃないですもんね。いや、それで腕切っちゃうかあ」

「そう云ってましたけどね。だから、久保田さんはその後仲間がどうなったのか、宝石がどうなったのか、全く知らないいいいんです」

「はあ――」

「どんな作戦だったのか僕なんかには想像も出来ないんですけど、ただ決行は深夜で、しかも海か川か湖か、そう云うところで行われたみたいですね。舟を使ったようですし。みんな泳いで逃げた――と云うことでしたから」

「それで廣田さんはスカウトされたのかなあ。泳ぎが自慢だったようですからね」

「ああ、ならそうかもしれません。父さんも水練は達者だったと思いますし、他の人もそうだったんでしょう。詳しくは知りませんけど、舟の上で宝石の入った箱を奪い取って――後はそれぞれバラバラの方向に泳ぐ――みたいな、お粗末な計画だったようです」

「単純な作戦ですねえ」

そうなんですよきっと、と香奈男は云う。

筈もない。

単純——なのだろうと敦子も思う。

契機《きっかけ》が川瀬敏男の報恩にあるのであれば、詐術を凝らした巧妙な計画など用意されていた筈もない。

それに、遂行を決めてからも計画内容を吟味したとは思えない。

慥《たし》かに幾度も密議は凝らされているのだが、それは主に強奪完了後のこと——主に利益分配に就いての話し合いだったのではないか。

川瀬敏男を参加させていなかったことからも、それは容易に想像出来る。

思うに、菅原抜きでは計画が成立しなかったと云う久保田の言は、多分盗んだ後の宝石の処分に関する算段のことだったのではなかろうか。

素人が盗んだ宝石を売り捌くことはほぼ不可能である。

久保田も亀山も体を張って参加する以上はそれなりに見返りが欲しかったのだろうし、返還するにしても無報酬でいいと思ってはいなかったろう。廣田に到っては返還自体を望んでいなかったのである。

菅原は推して知るべしだろう。

つまり、そう云う意味で川瀬敏男は、最初から仲間に謀《たばか》られていた——と云うことになるのかもしれない。

香奈男は続けた。

「初めの計画では久保田さんは手引きだけして一人だけ舟の上に残る手筈だったようですね。久保田さんだけはやくざに素性が知れている訳ですし、一緒に泳いで逃げたっていずれ陸《おか》には上がる。逃げ切れるもんじゃないでしょう」

「いやいや。逃げ切れないからって残ったらマズいでしょ。実際、それで捕まっちゃったんでしょ」

「だから何も知らない体《てい》で残る——と云う段取りですよ。その方がシラも切り易いんでしょうし、手引きしたことだけ隠し果《おお》せれば大丈夫だと考えたみたいですよ。それに足止めやなんかも出来るだろうと。分け前は後から貰えばいいと云う」

「だって、バレますよ。バレてるじゃないですか」

そうじゃないようですよと香奈男は云った。

「久保田さんは、自分はかなり信用されていたから計画通りに進んでいれば平気だったと思うと云ってましたね」

「計画通りじゃなかったんですか？　成功したんでしょ」

「強奪は成功したんです。でも計画自体は目茶苦茶になったようですね。久保田さんは残る段取りだったんですけど、ところが、いざ決行と云う時に仲間の誰かに水の中に突き落とされちゃった——と云うんです」

「海にですか？」

「さあ。海なのか湖なのか。でもそうなると、もう逃げるしかないですよね？　一緒に飛び込んだようにしか見えないんだし」

仲間と思われちゃいますかねえと云って、益田は前髪を揺らした。

「まあ、そうなったら、僕ならどうするかなあ。溺れた振りして――いや、猿芝居は直《す》ぐにバレちゃいますよね。泥棒泥棒と叫ぶ――のも駄目か。久保田さん、根は善人らしいから速攻でやくざに寝返るってのもねえ。と云うか、どっちにしろ責任問題ですしね。逃げますかねえ」

「そうですよね。まあ、予想外の展開と云うか、久保田さんは何が何だか判らなかったようですが、兎《と》も角《かく》こうなったら逃げるよりないと思ったんだそうです。ところが泳ごうとすると、矢張り仲間の一人に攻撃されて、それで泳げなくなって、溺れかけたところを捕まえられた――らしいですね」

「攻撃？」

「そう云ってましたね」

何で仲間が攻撃するんです、と美由紀は益田に尋《き》いた。

「それ以前に、どうして突き落としたりするんですか？　計画通り遂行出来なくして、何か得があるんですか？」

「いや、それはさ、美由紀ちゃん」

久保田さんに死んで欲しかったんじゃないのと益田は云った。

「は？」

「だって久保田さんはやくざに面も素性も割れているんだから、万が一共犯だとバレたりしたなら、そん時は絶対に逃げられやしないでしょうに。で、バレちゃった場合、下手すれば寝返る可能性もある訳だよ。殺され兼ねないんだし、なら保身のために裏切るかもしれない訳でしょ。だから、手引きだけはさせて、あわ能《よ》くば口封じに殺しちゃえ、みたいな筋書きだったんですよきっと」

殺すつもりだったんでしょうかねと、香奈男は抑揚なく云った。そりゃあそうでしょうよと、益田は大袈裟に答えた。

「そうでなきゃ、ただやくざに捕まえさせるってのは余計に危ないじゃないですか。掠奪計画に関しては素《す》っ恍惚《とぼ》けられたとしても、ですよ。久保田さんは全員の身許を知ってるんだし、白状しないとも限らない。だから殺す気で突き落として殺す気で攻撃したんですよ。それ、誰にやられたのかは判らなかったんですか？」

「判らなかったようですね。夜のことで暗かったんでしょうし。水の中ですから。でもね、一瞬——見えたんだそうです」

「何が？」

刺青ですよと香奈男は云った。

「当て身か何か喰らわされたんですかね、気が遠くなりかける寸前、月明かりに、こう、ざぶんと水に潜る尻が見えたんだとか。その尻に——」

「宝珠！」

と多々良が短く云った。

「宝珠ですね！」

「はあ。尻っぺたの右側と云ってましたね。でも最初に聞いた時は、宝珠って何だろうと思いましたけどね。後で、絵か何か見て、何となく判りました」

「珠《たま》と云っても尖《とが》ってるでしょ」

栗みたいにさと多々良は云う。

私は全く判りませんと美由紀が云った。

「知らない！　何故！　宝珠は梵語《ぼんご》でチンターマニですよ。如意《にょい》宝珠です。願いを叶《かな》える霊験ある珠ですよ。あれはですね、地蔵菩薩《じぞうぼさつ》や——」

今はいいですよと、多々良の饒舌《じょうぜつ》を益田が止めた。

見えたんだそうですよ、それが——と香奈男は云う。

「攻撃した人が久保田さんを殺すつもりだったのかどうかまでは知りませんけど、でも気を失いかけた久保田さんは、溺れる前にそのままやくざに捕まってしまった」

最悪じゃないですかと益田は云った。

「それ、絶対に白状しますから。恐いですよやくざの恫喝。しかも大金が絡んでますからね。僕なら訊かれる前に全部白状しますね。で、全力で許しを請います」

「久保田さんは何も云わなかったそうですよ」

「は？　良い人だから？」

「違いますよ。自分も加担していたと知られたら殺されると思ったんだそうです。仲間の名前や居所を教えちゃったら、誰かは捕まるでしょう。その場合は久保田が裏切ったんだと思うでしょうから、仲間も久保田さんを護りやしない。あることないこと云うでしょう。そうなれば、宝石が戻ったとしても久保田さんは――」

「ああ。まあ、何処かに埋められちゃうか、沈められちゃうかもしれませんなあ。いや、でもそれじゃあ腕はどうなります？　シラを切り通した訳ですよね？　でも、腕は落とし前なんでしょ？」

「ですから、それは身許の不確かな連中を雇ったことへの落とし前ですよ」

「そっちですか？」

「ええ。久保田さんは拷問されても頑《がん》として自分は無関係だと主張したようです。それでも連中を引き入れた責任はありますからね、それで利き腕を落とされて、血が止まるまでどこかに監禁されて、やがて放逐されたんだ、と云ってました。命があるだけ良かったと思えと云われたようですけど。白状してたら殺されてたでしょうね」

なる程なあと益田は云った。

「命か腕かって選択ですかあ」

「そうなんでしょうね。それで久保田さん、もうすっかり落ち込んで、東京から古巣の銚子に逃げ戻ったんですね」

つまり——宝石は残りの四人のうちの誰かが持って逃げたと云うことになるのだろう。

久保田は三芳に、宝石は着服されたと云うようなことを述べたようだが、そう云う経緯なら理解は出来る。取り返して持ち主に返すと云うやや奇妙に思えた話も、元は川瀬の主張していたことなのだ。

また、久保田は刺青の男が誰なのかも本当に知らなかった、と云うことになるか。

だが、そうだとして——。

君はどうしていたんだと池田が尋いた。

「僕ですか？　僕はずっと父さんを待ってましたよ。父さんからもう遠内には行くなと云われたんで、ずっと養鶏場にいました。小父さんには十日くらいで戻ると云って出たそうですが、半年経っても戻らなかった。何処に行ったのかも知らなかったから、捜すことも出来ない。それで一度この家に戻ったんですが——」

そこで香奈男は言葉を切った。

それから、開け放しになった戸口の先に目を遣った。

「——戻ってみると、どうも一度誰かが来たような様子があったんですよ。戸が開いていたし、土間も汚れていた。まあこんな処、来るとしたら父さんだけだろうし、じゃあ戻っているのかと、暫くこの家で待ってみたんですが、待てど暮らせど帰って来ない。仕方なく遠内《ここ》を出て、養鶏場にも戻らず——」

また香奈男は言葉を止めた。

「——千葉の方に出て、職を転転として——何年目だったかなあ、江尻さんと云う人に拾われて、会社の、書生と云うか、雑役夫として雇って貰ったんですけどね。そこに久保田さんがいたんですよね。偶然ですよ。僕が川瀬敏男の息子だと知って、久保田さんは随分驚いていましたからね」

香奈男は腰を上げ、ゆっくりと立ち上がった。

「宝石はどうなったんです？」

美由紀が問うた。益田が続ける。

「ああ、そうですよね。そこ大事ですよ。それに就いてその、久保田——」

「宝石は」

香奈男はひと際大きな声で、まるで益田の言葉を遮るかのように云った。

「宝石は、父さんが持ち帰っていたんですよ、此処に」

「こ、ここ？」

「そうです。父さんはやくざから逃げ切った後、誰かと争って大怪我をしたようですね。刃物で刺されたか何かしたのでしょうか。いや、刺されてたんですよ」

「何故判るんですか」

「僅《わず》かに血痕《けっこん》が残ってたんですよ。ほら、そこの床や、そっちの地面や、その橋に。だから怪我はしていたんです。しかし手当てもせずに、何とか此処まで戻って、死んだんですよ」

「死んだって——死体は？　なかった訳でしょ、何も」

「父さんは、宝石が見付からないように、自分の死骸ごと隠したんですよ」

自分で自分の死体は隠せないよと、多々良が云った。

「無理でしょ。死んでちゃ」

「勿論、生きているうちに移動したんです。傷の手当てより、自分の命より——」

陛下への忠誠を選んだんですよ——と、香奈男は云った。

「父さんは、何処から逃げて来たのか知りませんけど、生まれ故郷のこの遠内に至って死期を悟ったんじゃないですかね。でも、もし誰かが追い掛けて来ているかもしれない。その場合、自分が死んでいれば宝石は奪われてしまうし、そうすれば必ず売り飛ばされてしまうでしょう。だから——生きているうちに身を隠したんです」

「ど、何処にですか」

益田は見回す。

「龍王池の底ですよ」

「い——池の底ォ？」

「ええ。祠の真下に、横孔《よこあな》があるんです。その横孔の中に宝石はあります。今も——」

「今も？」

そう云うことですよ菅原さん、と香奈男は大声で言った。

「聞こえてましたか菅原さん」

戸口に影が差した。

「ああ、聞いたよ」

筋肉質の目付きの悪い男だ。

池田が立ち上がった。益田は飛び上がって多々良の背後に身を潜めた。

多々良は動じる様子もない。美由紀も硬直している。

この男が菅原か。

何だ大勢いるなあと、菅原は云った。

「おいおい。お巡りさんもいンのかよ。おっと、お巡りさんよ。俺はまだ何にもしてねえからな、捕まえることは出来ねえよ。おいお前。お前があの川瀬の——息子か」

「香奈男と云います」

菅原はフン、と鼻で嗤《わら》った。

「俺が来ると踏んでたのかよ。一つ尋くが——宝石があるのを知っていて、お前は何故取らない？」

興味がないからですよと香奈男は云った。

「金に興味がねえのか」

「興味がないと云うより、お金の遣い方が判らないんですよ。僕はね、ずっと赤貧で生きて来ましたからね。宝石ですか？　そんなもの手にしたって、お金に換えることは出来ないですし、そんな知恵もないです。もし換えられたとしたって遣い道がないんですよ」

「ふん」

欲のねえことだと、菅原は吐き捨てるように云った。

「お前の親父は、何としても皇室にお返しするんだと云って聞かなかったがな。それもいいのか？　親父の遺志を引き継ごうって頭はなかったのか」

ないですねと香奈男は即答した。

「僕は、まあ、あんな父さんに育てられたから、それなりにその」

香奈男は少し顔を後ろに向けた。

「陛下ですか。尊い方なんだと思ってますし、敬う気持ちもありますよ。でも、あの何とか云う米国の司令官だかと並んだ写真が載ったでしょう、新聞か何かに。あれを覧《み》た時に」

何だかもう、どうでも良くなってしまったんですよと香奈男は云った。

「きっと偉い人なんでしょうし、尊い人なんでしょうけども、人間ですよね。横の外人はスカしてましたしね。この人のために死ぬと云うのは、どうなんだろうと——」

　親父より話が通じるなあと云って菅原は笑った。

「あの時、お前の親父がお前くらい話の解る男だったらな、今頃は俺もお前も左団扇《うちわ》のお大《だい》尽《じん》だったんだがなあ。ま、済んだことは仕方ないわな。そうかい。あの池の底かい」

　菅原は背後を確認した。

　気が付くと蟬《せみ》の声が響いている。

　ずっと聞こえていたのかもしれないが、敦子は全く認識していなかった。まるで突然鳴き出したかのようだった。

「そうだ。それとな、久保田や廣田、それから亀山か。あれは何で死んだんだ？　俺は、お前が殺したのかと思ってたんだけどな」

「どうやって殺すんですか。知りませんよ。それこそ僕は何もしてないですよ。みんな、ただ溺れ死んだんでしょう？　甘く見たのじゃないですか。あの池は小さいし透き通っているから、実際より浅く思えるんですよ。みんな何の準備もしないで、そのまんま池に入ったみたいですね。服も脱いでない。公園にある池なんかと同じに思ったんじゃないですか。でもあの池は見た目よりずっと深いですよ。背も立たないし、水もどんどん湧き出ていて、流れ出てもいるんですから、危ないんですよ」

「なる程な。ならいいよ」

菅原はそう云うと、後ずさるようにして戸口から離れた。

「つまり、あいつらは池の底の宝石を取ろうとしてヘマをしたと云うことだな」

それは──そうなのだろうが。

「ま、どんだけ泳ぎが上手でもな、素潜りってのはまた違うんだよ。速く泳いだり長く泳いだりするのとは全然違う。まあ、残念だが俺は餓鬼の頃から人一倍素潜りってのが得意な質《たち》でね。取れると思うけどね。取れたなら──俺が貰ってもいい、と云うことだよな」

「いや、君、それはだな」

池田が踏み出した。

「おっとお巡りさんよ。俺は未《ま》だ何にもしてねえと云ってるじゃないかよ」

「いや、待て。そうだ。し、七年前のだな」

「それを云うならよ、先に物資の横流ししてた連中を捕まえなよ。そいつらの方があくどいぜ。大体、俺がその強奪犯だって証拠はねえだろう。その餓鬼が語ってるだけだし、そいつだって又聞きだぜ。証人は誰もいないんだからさ。勾引《しょっぴ》けねえだろ、それだけじゃ」

菅原は此方《こちら》を向いたまま、橋の上まで移動した。

「ま、暫くそこから動かねえで温順《おとな》しくしててくれよ。俺は──用が済んだらすぐに消えるからよ。下手に動くと、後悔するぜ」

「おいッ」

菅原は円首の襯衣《シャツ》を脱ぎ捨てると、ズボンも脱いで、褌《ふんどし》姿になった。池に入るつもりなのだろう。

「待ってください」

敦子は——止《と》めた。止めるしかない。香奈男は嘘を吐いている。

「何だよ、お嬢ちゃん。あんたが先に潜るとか云うんじゃねえだろうな。それならそれで、まあ見物《みもの》だけどな」

「違います。そこに——宝石はないと思いますよ」

「何だと？」

「そうですよね、香奈男さん」

適当なことを云うなよと菅原は云う。

「そうやって妙に時間稼いだところで誰も来ねえだろうよ。来たところでどうしようもねえだろうけどな」

菅原は背を向けて橋を渡り、池の辺《ほとり》まで進んだ。

尻に——刺青がある。

筋彫である。

上方が尖った珠だ。

周囲には炎のような模様も描かれている。

「菅原さん。潜れば——死にますよ」

敦子はそう云った。

「そこは——禁忌の池なんです」

「禁忌だぁ？　何だそれ。祟《たた》りがあるとか云うのかよ。けッ、馬鹿にしてるぜ。何だ、河童でもいるってのかよくだらねえ」

菅原は一度敦子に一瞥《いちべつ》をくれると、深く大きく息を吸ってから——。

池に入った。

「菅原さんッ」

池田と美由紀が駆け寄る。多々良と益田も家から出た。

香奈男は敦子に向けて云った。

「何方《どなた》か知りませんが、何故あの人を止めたんです。好きにさせればいいじゃないですか。誰に権利があるのかどんな価値があるのか判らないけど、そんなもんはただの綺麗な石ころでしょう、欲しいと云う人にあげればいいんですよ。持ち主に返したってどうにもならないでしょうに。生活《くらし》に困っていると云うなら兎《と》も角《かく》、宮様でしょう。こんな処まで来て、水に潜ってまで欲しがってるんだから」

「でも」

ないですよねと敦子は云った。

「香奈男さん。あなた、お父さんが亡くなったと云うことを、最近になって久保田さんから聞いた——のではなかったんですか？」

「そうだとして、何です」

香奈男は囲炉裏を越して前に出て来た。

未《ま》だ幼さが残っているが、もう二十一歳になっている筈である。

「久保田さんは川瀬敏男さん——お父さんが七年前に亡くなっていることを知っていた訳ですね。と云うことは、宝石を持って逃げたのもお父さんだと久保田さんは知っていた——のでしょうか？」

「いや、それは違いますよ。宝石の行方に就いてあの人は何も知らなかった筈ですよ。宝石を見付けたのは、僕です」

「どうやって見付けたんですか」

「簡単ですよ。横孔のことは川瀬の者しか知らないんですよ。それに——僕はその孔に母さんの骨も入れましたからと香奈男は云った。

「骨——」

「ええ。池田さんはご存じかもしれませんが、遠内には檀那寺《だんなでら》がないんですよ。お寺の檀家になることは認められてなかったんですよ。だから、墓地もないんです」

お墓がないんですかと美由紀が問う。

「ありませんね。此処で出た死人は、皆その辺に埋められてますよ。何百年も前からね。森だの林だの色色です。墓石なんかない。此処を捨てた人達は別ですけどね」

池田は顔を顰《しか》めた。

「母さんが死んだ時、僕は未《ま》だ十歳にも満たない童《ガキ》だったんですよ。その時、遠内《ここ》にはもう人が誰もいなかったんですよ。僕一人です。それ、どうしようもないでしょう。どうしようもないから、放っておきました。埋めようとしたって穴も掘れないですから、家の裏手まで何とか運んで、寝かせておいたんですよ。それで精一杯だったんです。二年くらいで母さんの死骸は骨になった。だから池で洗って、その骨を家の裏に埋めて、骸骨《がいこつ》だけ――」

祠の下に納めたんですよ。

「龍王池は遠内で一番綺麗な処なんです」

香奈男は池の方に顔を向けた。

「神聖とか、清浄とか、そう云う感じは判らないけれど、綺麗なんですよ。水だって一度も濁ったことがない。その横孔の下から水が湧いて出てるんですよね、滾滾《こんこん》と。だから、いつでも、夏でも冷たい。あんなに小さい時分でなかったら僕は必ず、母さんの死骸をあの孔に入れたでしょうね。腐る前にね。だから父さんも同じことを考えるだろうと、ふと思ったんですよ。だから」

「そうですか」

そうか。それでか。

「だから潜ってみた。そして見付けた。思った通りでしたよ。死期を悟った父さんはそこに身を隠したんです。それだけですよ」

「香奈男さん」

敦子は問う。

「あなたは――その事実を一体いつお知りになったんです」

この間ですよと香奈男は答えた。

「職をなくして此処に舞い戻ってからです」

「そうですか。七年前に一度戻られた際には、どうだったのでしょう。血痕は、その時に確認されていらっしゃるんですよね？」

「ええ。でも、普通そんなことは考え付きませんよね。死体がなかったんだし。だから、父さんは怪我して戻って来て、また何処かへ行っちゃったんだろうぐらいに思っていました。子供でしたしね。その後、久保田さんから父さんは七年前に死んでるんだと聞かされて、それで、もしやと思って潜ってみたんですよ」

「でも――それも変ですよ」

美由紀が云った。

「考えてみれば、久保田さんがお父さんの死を知っていると云うのは、おかしいですよね」

戸口の外から美由紀が云った。

「そんなことないでしょう」

「いいえ、変ですよ。海に突き落とされて、当て身を喰らわされて溺れかけて、それでもって捕まっちゃった人には、知りようもないことじゃないですか？　あの、香奈男さん、何か隠してませんか？」

「細かい人達だなあ」

香奈男は土間に降りると、少し笑った。

かなり痩《や》せている。

「そうですよ。そこの女の子の云う通りです。僕は少しばかり省略してお話ししました。先ず——久保田さんですがね、父さんが宝石の箱を持って水に飛び込むところは、目撃しているんですよ。突き落とされる直前に。父さんは、陛下への忠誠と云う執念があったから、誰より先に箱を奪取したんでしょうね。でも」

香奈男は寛緩《ゆっくり》と時間を計るように歩を進めた。敦子は圧《お》されて後ずさり、戸口の外に出て美由紀と並んだ。

「それなのに久保田さんは、水の中で当て身を喰らった時に、喰らわせた奴が箱を持っていたのも——見ているんです」

「え？　でも、それ変じゃないですか。久保田さんが泳ぐのを邪魔したのは菅原さんなんでしょ？　今、私見ましたよ、お尻。栗饅頭《まんじゅう》みたいな絵がありましたよ。お尻に宝珠の人にやられたんでしょ？」

美由紀は喰い下がった。

「そうですね。だから久保田さんはずっと自分を陥れたのは父さん、川瀬敏男なのじゃないかと思っていた——らしいんですよね。でもね、僕と知り合って、久保田さんは川瀬敏男の尻には刺青なんかないと云うことを知った。ある訳ないですよ。父さんはずっと此処で暮らしていて、そのまま兵隊になったようなもんなんだから。戦地で彫ったと云うなら別ですけどね。それで、そうなると久保田さんに当て身を喰らわせた男と云うのは——」

亀山か。廣田か。菅原か。

「誰であったとしても、そいつは、水中で父さんから箱を奪い取った——と云うことになるでしょう」

「ああそうか」

「でも、それはそうなんですよ。父さんが宝石を持っていたと云うのなら——陛下に忠誠を誓った父さんが、ですよ。私利私欲に凝り固まった男や国に怨恨《えんこん》を抱いている男なんかに素直にそれを渡す訳がないですからね。最初に父さんが持っていて、それが別の者の手に渡ったんだとすれば、必ず争いになっていたことでしょうね」

その通りでしょうと香奈男は云った。

「だから父さんの尻に刺青がないのであれば、父さんは箱を奪った男に殺されてるだろうと久保田さんは云ったんです。でも」

奪い取ったのが亀山なのか廣田なのか菅原なのか、久保田さんには判らなかったんですよと香奈男は云った。

「ただ、尻に宝珠の刺青がある男だと云うことだけは間違いないと久保田さんは信じていたんです。そいつは久保田さんを嵌めて、久保田さんから腕を奪った男でもある訳ですけどね。知っていたら名前を云うでしょう。でも、本当に知らなかったんですよ。あの人は」

「そうだとしても」

あなたは久保田さんも騙したのではないですかと敦子は云った。

「どうして騙さなきゃいけないんですか」

「騙したのでなかったとしても、香奈男さん、あなたは久保田さんを――全面的に信用しては、いませんでしたよね？」

「どう云う意味です」

その時――。

龍王池がさんざめいた。

波立ったとか、水音がしたとか云うのではない。

そして菅原が——背を向けて浮かんで来た。

「早く、早く引き揚げてくださいっ」

敦子は叫んだ。

池田と益田が池の縁《ふち》まで駆け寄った。敦子と美由紀も橋を渡る。多々良が続いた。

軽く振り向くと、香奈男は表情をなくして、無感動に池を見詰めていた。

池田が半《なか》ば飛び込むようにして菅原を縁まで引き寄せ、美由紀と敦子、そして益田が引き揚げた。手が切れる程に冷たい水だった。真夏だと云うのに。

これは溺れてますよと多々良が云って、菅原に跨《また》がり胸を圧した。

「ほ、本官が」

池田が人工呼吸を施した。

数度繰り返すとやがて菅原は水を吐き出して大きく息を吸い——そして、まるで化け物でも見るような目で香奈男を見た。

香奈男は覇気のない動作で橋を渡ると、菅原の横に立った。

「助けちゃった——んですね」

「当たり前だよ香奈男君。溺れてる者を見て助けんような公僕はおらんよ」

そうですねと云って、香奈男は屈んで、菅原の顔を覗き込んだ。

そして尋いた。

「何が——いました？」

「あ。あれは——あれは」

歯の根が合っていない。

「あれはね、河童ですよ。いや、猿かな」

「河童！」

多々良が大声を出した。

「かかか、河童がいるんですかっ！」

池を覗き込む。

「センセイ落ちます溺れます。絶対に引き揚げられませんから止《や》めてください」

益田が多々良のチョッキを摑んだ。

「菅原さんは——運が好いんだな。運には敵《かな》わないですよね。僕は——本当はあなただけ、で良かったんだけど」

香奈男はそう云った。

「父さんを刺したのか」

菅原は充血した眼で香奈男を見上げた。

「刺したんだな。刺して宝石を奪った。そうでしょう」

菅原は難儀そうに体を返し、数度噎《む》せて、それから漸《よう》やっと言葉を発した。

「い、生きてる筈はないんだ。こんな場所まで来られたことさえ信じられない。あり得ない。あ、あいつは、川瀬は、腹を刺してやったのに、それでも泳いで、俺を追っ掛けて来たんだ。し、執拗《しつこ》い男だ。埠頭《ふとう》の上で組み付いて来た。俺は、川瀬の目が」

目が怖くて。

「怯《ひる》んだ隙《すき》に箱を奪い取られてしまった。だ、だから——」

「どうなんだ。それでまた刺したのか」

刺したよと菅原は云った。

「何度もな。何度も刺した。刺した、刺した、刺した。あいつはそれでも箱を手放さねえで、箱を持ったまんま海に落ちたんだよ。随分捜したが、何処にも、何処にもいなかったんだ。箱もなかった。川瀬も宝石も消えちまった。泳げるとは思えなかった。死んだ筈なんだよ。あいつは——」

菅原は頭を押さえ痙攣《けいれん》して唸《うな》り出した。

口の端から泡を噴いている。

「頭を打っとるのか。こりゃ、脳震盪《のうしんとう》でも起こしとるのかな。ほ、本官はこの人を下まで連れて行きます。久我原に病院がありますから——」

池田は、後はお願いしますと誰にともなく告げると菅原を負ぶって走り出した。

逞《たくま》しいなあと益田が云った。

「ああ。あれならあの人は助かりますねえ」

まあ、良かったのかなと香奈男は云った。

わんわんと蟬が鳴いている。

さわさわと草が戦《そよ》いでいる。

香奈男は、無表情のままだ。

池は閑寂として澄んでいる。

敦子は香奈男のすぐ横まで歩み寄った。

「香奈男さん」

敦子が呼んでも香奈男は反応しない。

ただ、池の澄んだ水面《みなも》を眺めている。

「香奈男さん」

敦子はもう一度呼んだ。

「池の底にいる河童は――あなたのお父さん、川瀬敏男さん――ですね？」

敦子がそう云うと、香奈男は漸く敦子に顔を向け、眼を見開いて、能《よ》く解りましたねえと云った。待ってくださいよ敦子さんと益田が云う。

「それ。死体と云うことですか？　いや、亡くなったのは七年前だし――じゃあ骨ですか？」

「屍蠟《しろう》――なんですね」

香奈男は笑って、知りませんと云った。

「僕の父さんは、生きている時と変わらない姿で、池の横孔の中で、母さんの髑髏《どくろ》を抱いて座ってるんですよ。今も――」

香奈男は池の水面に目を投じる。

しろうって何ですかと美由紀が問うた。

い、蠟ですよ蠟と多々良が云う。

「低温で酸化しない状況では死体の脂肪が鹸化《けんか》するんですよ。石鹸みたいなものですよ。そうなると腐ったりしないし、骨にもならないし、乾かないから木乃伊《ミイラ》にもなりません。見た目は――蠟人形みたいなもんですよ」

「はあ。すると――」

「洞の中の池の底の横孔の奥――ですから、かなり暗いでしょ。幾ら水が澄んでいると云っても能《よ》くは見えない。なら生きているように見えた筈ですよ」

うわあ、と美由紀が声を上げる。

「そ、それかなり怖いですよ――」

美由紀は池の水面に目を向けた。

敦子は問う。

「香奈男さん、その横孔と云うのは、どのくらいの大きさなんですか？」

「高さも幅も、一メートルないです。奥行きは二メートル程度で、奥の方の天井が少し高くなっていますかね」

敦子は想像する。

冷たい池に潜り、孔を見付けて、そこを覗くと。

死んだ筈の男が生きている時そのままの姿で座っているのだ。

こっちを向いて――。

驚くことは――間違いないだろう。

狭い孔の中で反射的にのけ反れば、頭頂部や後頭部を孔の天井にぶつけてしまうこともある。否、皆ぶつけているらしい。その段階で、息はかなり苦しくなっている筈だ。

そして――。

そう云うことかと益田が云った。

どう云う状況か思い至ったのだろう。

「まあ、そりゃ吃驚《びっくり》しますわ。と云うより、水中でそんなに息は続かんですし、驚いたりすれば水飲んじゃいますよ。恐慌《パニック》状態になって頭でもぶつけりゃあ――」

溺れますよと多々良が云う。

「あなたが意図的にそう仕向けた――訳ではないのですか」

「さあ。能《よ》く判らないですよ。いや、江尻水産時代に久保田さんから父さんは死んでるかもしれないと聞かされて——それまでは宝石奪取の件さえ知らなかったんですから、僕は結構驚いたんですよ。それで、まあ二人とも解雇されたんですが、久保田さんは行き場がないなら一緒に東京に出ようと云ってくれた。親切な人だったんですよ。でも僕は、どうしても此処に一度来たくって——さっき、血痕《けっこん》があったと云ったのは本当です。僕は、七年前に血痕を見てるんですよ。だからもしかしたら、父さんはあの時此処まで戻って来て、それで死んだんじゃないかと、そう思ったんです。それは嘘じゃないんだ。だから」

そしたら。

池の底に。

父さんがいた。

「それで、僕は東京に出て、久保田さんにそれを報せた。それだけですよ。報せるべきだと思ったんですよ。そしたら久保田さんは、じゃあそれは殺されたんだと云う。亀山か廣田か菅原か、その中で、尻に宝珠の刺青のある奴が犯人だ——と、こう云う。まあ、そうかなと思いました。でも誰なのか特定出来なくて——浅知恵で、便所を覗いたりしてみたら騒ぎになっちゃって」

諦《あきら》めて遠内《ここ》に帰ったんですよと香奈男は云った。

「帰った？　何もしないで？」

「することなんかないですよ。幸い江尻社長が退職金、と云うんですか、それをくれたので、暫くは暮らせるだろうと」

「じゃあ久保田は、何だって三芳さんに模造宝石を作らせたんですか？」

写真を撮るためですよと敦子は云った。

「その写真を見せて、相手の出方を見ようとしたんじゃないでしょうか」

「相手ってのは——残りの三人ですか？」

「ええ。香奈男さんの云う通りなんだとしたら、久保田さんは誰が宝石を持って行ったのか、本当に知らなかった訳ですよね。もし川瀬さんが持って行ったのなら、それはこの遠内にあることになる。でもそうでない可能性もある。だから」

「試したってんですか？」

「例えば、廣田さんに、川瀬が故郷にあの宝石を隠しているようだと云って、宝石の写真を見せたとすると」

「そうか。廣田さんが宝石を持って行った張本人だとしたら——」

判っちゃいますねと美由紀は云った。

「廣田さんは浅草界隈ではそれなりに有名な人だったようですから、直ぐに居場所が判ったんでしょうね。廣田さんと亀山さんはその後も交流があったようですから、亀山さんも宝石を持っていないことは知れる。だから亀山さんとは——」

「亀山さんの居所は僕が調べたんですよ。覗くために」

香奈男が云った。

「菅原さんの居所も探し当てました。それも久保田さんに教えました。久保田さんにとっても、まあ仇のようなものでしょう、宝珠の男は。だから」

「そうですか」

「でも、そんなこと僕は与《あずか》り知らぬことですよ」

そうなのだろう。

「あの人が何をしようとしてたのか、僕は知りません。久保田さんは、ただ、そこで」

香奈男は池を指差す。

「死んでたんですよ」

ありゃあ、と益田が変な声を出した。

「じゃあ久保田さんの意図ってのは何だったんですかね。まあ川瀬さん以外の誰かが宝石を持っていたなら、そりゃこの人の云う通り久保田さんにとっても憎い相手と云うことになるんでしょうけど――」

欲だよ欲と多々良が云った。

「恨みより欲。そうでしょ。そうだよね」

そう――なのだろうか。

もしかしたら、久保田悠介は本当に川瀬の遺志を継いで宝石を皇室に返上しようとしていたのではないかと、敦子は思うのだ。勿論欲に目が眩《くら》んだだけなのかもしれないのだけれど。善い人だったと、益田も仲村幸江も、そして香奈男までもが云っているのだし。

「或る日」

香奈男は云う。

「いや、東京から戻った後、僕は此処を根城にして、この辺一帯で日雇い仕事なんかをして暮らしてたんですけどね。或る日、戻ってみると、久保田さんが死んでいたんですよ。ほら、そっちの——東の筋の処でね。それを見て、最初は何が何だか解らなくって、驚いたんですけど、そのうち気付いたんですよ」

香奈男は、今もそこに死体が浮いているかのように川面に視軸を投じた。

「この人は、もしかしたら宝石があると思って此処に来たんじゃないか、と。そして、あちこち捜した揚げ句、池に入って——」

罰《バチ》が中《あ》たったのかと。

「そう思ってしまうと、久保田さんの云ってたことが全部、何もかも怪しく思えて来たんですよ。口で云うだけなら何とでも云えることですから。久保田さんを信じる謂《いわ》れは、実は何もない訳でしょう。そうなんですよ。その女の人の云った通り、僕は久保田さんを信じてなかったんです。いや、そうじゃないな。そこに浮いていた死体を見て——」

信じられなくなったんですよ。

でも騙した訳じゃないと香奈男は云った。

そうなのだろう。

少なくとも久保田悠介は、偶然に出来上がった罠に自分から嵌まっただけ——だったようである。

「久保田さんは、結局お金が欲しかっただけじゃないのかとも思った。なら、他の人と変わらないですよね。僕が川瀬敏男の息子だから、僕の前では嘘を云って親切そうに取り繕《つくろ》ったんじゃないか——そんな風に思えて来た。何もかも仲間の所為にして、自分は被害者面《づら》をしていたけれど、もしかしたら自分のしたことを仲間に押し付けているだけで、こいつが父さんを殺した男なんじゃないか——と云う思いが過《よぎ》った。だから」

「尻確認しましたかあ」

そう云って、益田が口を開けた。

「ええ。何ででしょうね。尻の刺青の話だって久保田さんが云ってただけだし、自分のことだったらそんなことわざわざ云いませんよ。そう後から気付いたんですけど、何故か確認しなくちゃいけない気がして。何もなかったですけどね。確認した時にズボンの尻ポケットからあの写真を見付けました——」

香奈男は、宝石の写真を偶然手に入れたのか。

「覧《み》ても何だか解りませんでしたが、宝石らしいと云うことだけは判った。なら、昔撮ったものだろうと思ったんです。濡れてましたし、僕は写真なんかあんまり見たことがないから古いか新しいかなんて判らないですよ」

「久保田さんの死体は」

「流しました。遠内の者ではないから、此処に埋めることは出来ないですよ」

報せりゃいいでしょうにと益田は云った。

「警察に。池田さん好《い》い人じゃないですか」

「池田さんのことは考えたんですけどね。覗きのこともあるし、駐在所には行き難くて。で、そうこうしてるうちに、日を空けずに——」

廣田さんも死んでたんですと香奈男は云った。

「家の前の、その、橋の処に引っ掛かってたんですよ。いや、もしかしたら僕が見付けた時は未《ま》だ完全に死んではいなかったのかもしれませんけどね。でも、助けるより先ず——」

尻ですかと益田は残念そうに云った。

「ええ。何だか、無性に肚《はら》が立ったんです。何で死んでるかと云えば、欲に駆られたからでしょう。そんなことで命を棄ててるんですよ。くだらないとは思いませんか？　父さんも同じですよ。何のために死んだんですか。死ななきゃならなかったんですか？」

香奈男は激高した。

「誰が殺したかとか、犯人は誰かとか、もうどうでも良くなってたかもしれない。復讐とか仇討ちとかでもないですよ。ただ、宝石を欲しがって命を落とすような金の亡者は死んで当然だ——と云う気持ちにはなってましたけどね。母さんは食べるものがなくって死んだ。父さんの所為ですよ。その父さんは何だか訳の判らない使命感から死んだ。家族でもない、親子でもない、会ったこともない誰かのために死ぬって、どう云うことなんですか？」

僕は生きてますよと香奈男は云う。

「お金もないし、蔑まれて苛められても生きてますよ。生きられますよ、人は。それなのに、暮らして行けるだけの経済力があって、ちゃんと生活出来ている奴等が、これ以上何を欲しがるんですか。久保田さんは、慥《たし》かに障碍《しょうがい》もあって、失業もしていたけれど、昔の僕に較《くら》べればずっとマシですよ。浅草の人達は親切でしたしね。廣田さんだって、家族を失ったと云う哀しい過去はあるんでしょうけど、それでも愉しそうに暮らしてましたよ。生きて行けるんですよ人は。それが——」

何で死ななきゃならない。

「生きて行くためにどうしても欠かせないものなんか、ないんですよ。あるんだとしても極めて僅かなものですよ。必要以上のお金だとか、贅沢だとか、名誉だとか、そんなものが要りますか？　そのためなら死んでしまってもいいんですか？　僕には全然解らなかったですよ。僕の方が間違っているんですか。ほんとに解らなくなりましたよ」

「それで——その後、あなたは亀山さんの処に行った訳ですよね？　それは、どうしてです？」

「久保田さんが何か企みごとをしているなんて知りませんでしたからね。どうして次次と遠内《ここ》にやって来るのか僕には判らなかった。だから探ってやろうと考えたんです」

殺そうなんて思ってませんよと香奈男は云った。

「残っているのは亀山か菅原ですからね。そこで先ず亀山さんを訪ねてみた。いえ、菅原さんは幾度訪ねても留守だったし、どうも胡散臭《うさんくさ》かったんですよ。亀山さんは奥さんもいて大層幸せそうでしたから。だから興味も何も示さないのかとも思ったんですけども——」

同じでしたよと香奈男は云った。

「歯を剝《む》いて眼を輝かせてましたよ。久保田の云ってたことは本当だったのかと云って。いや、亀山さんは久保田さんの話、と云うか久保田さん自身を信じてなかったようです。もう、別にどうでもいいと思ってはいたようですし。職場に連絡は来たものの取り合わなかったんだそうです」

それが正解ですよと香奈男は云う。

「満ち足りていたんですよ亀山さんは。だからこんなことに首を突っ込む必要なんか全くなかった筈なんです。でも、僕が宝石の写真を見せた途端に、あの人は豹変《ひょうへん》したんです」

「まあ、心当たりはあり過ぎですしねえ。驚くでしょ」

益田がそう云うと、驚いたんじゃないと香奈男は云った。

「目の色が変わったんですよ。欲が出たのに決まってますよ。僕はただ、実はこんなものがあるんだが何だか判らない、値打ちものなんですかと尋ねてみただけなんですよ。久保田さんに尋ねようと思ったんだけれども、亡くなってしまったから——と。そしたら場所やら何やらを根掘り葉掘り聞く。聞かれたから素直に教えただけです。写真も呉《く》れと云うから、あげました」

「判って——いたんですか」

美由紀が問うた。

「何をですか」

「久保田さんと廣田さんが何故死んだのか——と云うことをです」

「ああ」

香奈男が上を向くと、突然蟬が鳴き止《や》んだ。

「そうですね。亀山さんの家に行った頃には、何となくですが判ってました。どうして二人が溺れたのか。でも、それで必ず死ぬとは思ってはいなかったし、実際死ぬかどうかは判らないでしょう。況《まし》て、殺してやろうなんて考えちゃいなかったですよ。何度も云いますけど怨む気持ちなんかなかったですから。みんな勝手に死んだんですよ」

美由紀は哀しそうな顔をした。

「あの様子なら亀山さんも来るんだろうなと思ってましたよ。その後、菅原さんの処へも一応は行ったけれども、矢《や》っ張《ぱ》り留守で。結局菅原さんには一度も会えませんでした。さっきが初対面ですよ。留守じゃしょうがないでしょう。だからそのまま帰って来ましたよ、遠内《ここ》へ。写真もあげちゃったし、もうどうでも良かったんですよ。亀山さんが来ようが来るまいが、もう勝手にしろよと云う気持ちでしたから。まあ——放っておいても菅原さんは来るんじゃないかと思いましたし。どうせ久保田さんが教えてたんでしょう？」

違うようですと云った。

「久保田さんは菅原さんとも接触していたのでしょうが、思うに、相手にされていなかったんだと思いますよ」

「どうしてです」

「久保田さんが何を云ったところで、何しろ菅原さんは自分で川瀬さんを殺害した——実際はその場では亡くなってはいなかった訳ですが、兎《と》に角《かく》、菅原さんは川瀬さんを刺している訳ですから、千葉の山の中に宝石があると聞いても、俄《にわか》には信じなかったんでしょうね。香奈男さんが帰った後、亀山さんは菅原さんと会っているようですから、その際に写真を見せたんだと思います。その段階で菅原さんは漸く確信したんじゃないですか」

「ふうん」

みんな同じですねと香奈男は池に向けて云った。

「結局、金が欲しいんでしょう。人を陥れたり殺したりしてまで金が欲しいんだ」

そして香奈男はいきなり振り向いた。

「これ、罠に嵌めたことになるんですか？　みんな勝手に来て、勝手に死んだだけなんですよ。僕は誘《おび》き寄せたりしていないし、何も云ってない。寧《むし》ろ肝心なことは黙ってたんですよ。小さな嘘をたった一つ吐《つ》いただけだ。それで良からぬ気を起こしてやって来るかどうかなんて、僕の与り知らぬことですよ。みんな欲に駆られて自分の意志で此処にやって来たんですよ。それで死んだ。自業自得じゃないですか。結局父さんを刺したのは菅原さんで、菅原さんだけ助かってしまったけれども」

「欲に駆られたのではないのかもしれませんよ」

敦子はそんな気がしている。

「違うと云うんですか？」

「亀山さん、菅原さんと口論していたようです。その際に亀山さんは菅原さんが川瀬さんに危害を加えたか殺害した可能性を感じ取ったんじゃないでしょうか。だから」

亀山は確かめに来たのではないか。

「何をですか」

「亀山さんも亡くなってしまったので真実は判らないです。でも、遠内《ここ》に盗んだ宝石か、川瀬さんの遺体があれば、それは菅原さんの犯罪の証拠になるでしょう」

「摘発する——と云うことですか？　菅原を？」

そんなことはしないでしょうと香奈男は云う。

「自分も捕まるでしょう。共犯ですよ、泥棒の」

「自分が不利益を被ったとしても、それでも許せないことってあると思いますよ」

「僕は——信じられないな」

香奈男は目に険しさを湛えた。

「不利益を被る？　それどころか大きな利益を欲していたんでしょうに。そう云う人じゃなきゃ、そもそも宝石の横取りに加わったりしないですよ。違いますかね。そんな、今になって心変わりなんてしますか。そんなことしたって亀山さんには何の得もないんだから」

得にならないことなんかするかよと、香奈男は吐き捨てるように云った。

慥《たし》かに、欲得ずくの行いだったと、考えられないこともない。でも。

「久保田さん、廣田さんの二人が亡くなったことに就いても、亀山さんは何か疑いを持っていたのだと思いますよ。香奈男さん、あなたが復讐しようとしていると気付いたのかもしれない」

「なら来ないでしょう。寧ろ、逃げますよね」

「止《や》めさせようとしたのかもしれない」

「何ですって？」

香奈男は足を開いて、敦子を睨《にら》んだ。

「そんな訳ないじゃないか。あの人は、欲に突き動かされて、宝石を独り占めしようとしたんだ。そして勝手に死んだんですよ。そうに決まってるでしょう。そう云う顔してたんですよ、亀山さんも。宝石の写真を覧て、喜んでたんだ！」

「そんなこと判らないですよッ」

叫んだのは美由紀だった。

「どんな顔してたって心の中までは判らないですよ。私、どんな場面でも割と平気な顔してるって能《よ》く謂われますけど、心の中は全然平気じゃないですよ。他人の気持ちなんか、然《そ》う簡単に判るもんじゃないんです。そんなの勝手に決め付けてるだけじゃないですか」

「いいや、判る。判るさ。人間は簡単に変わるもんじゃない。七年間ずっと黙り続けていた奴が、この期に及んで事件を摘発しようなんて思う訳ないだろ。そうならとっくの昔に自首してるだろう」

「悩んでいたのかもしれないですよ」

「怪しいな」

香奈男は大袈裟《おおげさ》に首を振った。

「ずっと口を拭って、幸せそうにのうのうと暮らしていたんじゃないか。大体、宝石の写真を見て殊勝な気持ちなんかになるもんか！」

欲が出たんだろうさと、香奈男は人を罵るような口調で云った。

「決まってるさ。金が欲しかったんだよ。そうに決まってるだろ。あの宝石が幾値《いくら》になるのか、そんなことは知らないけど、大の大人が何人も群がって大騒ぎするくらいの値打ちがあるんだろ。なら目も眩むさ。そう云うもんだろう。ふん」

香奈男は地面を蹴《け》った。散った土くれが池の表面に波紋を作った。

「みんな、金が好きなんだよ」

「そんなことないですよッ！」

多々良が強い口調で云った。

「河童はね、鉄気《かなけ》を嫌うんです。だから、魚や胡瓜《きゅうり》は欲しがるし、好色でもあるけれど、お金を欲する河童なんかいませんよ！　いないよそんな河童。河童は金銭欲がない！　その上律義です。約束は護るんです。命に代えても――」

「なら」

父さんは矢《や》ッ張《ぱ》り河童だったんですよ――と力なく云って、香奈男は膝《ひざ》を突き、そのまま池の縁に座り込んだ。

「五人の中で金を欲しがってなかったのは父さんだけだったようですからね。でも、父さんは、あの人はもっと悪かった。くだらない謂い伝えを真に受けて、一度も会ったことのない人のために戦争に行って、律義に、命を懸けて、宝石護って」

死にましたよ。

「なら——みんな河童ですよ」

敦子はそう思う。

どう云う意味ですと香奈男は問うた。

「久保田さんは今回、もし宝石を手に入れることが出来たなら、売り払うのではなくて皇室に返そうとしていたようですよ。本心なのかどうかは兎《と》も角《かく》、友人の三芳さんにそう語っていたことだけは確かなようです。そうすると、廣田さんも亀山さんも、もしかしたらお父さんの——」

「止《よ》してくださいよッ」

香奈男は池の辺《ほとり》の草を毟《むし》って水面に散らした。

「何度も云わせないでくださいよ。何があったって人の本性は変わらないですよ。そんな気持ちがあるんなら、七年前の段階で菅原なんかを仲間に引き入れたりしていないでしょうに。さっきの菅原の態度見たでしょう。破落戸《ごろつき》じゃないですか。僕も底辺で生きて来た人間だけど、あそこまで酷《ひど》い奴は知りません。あんなのを引き込むんですからね、あいつらはみんな強欲な金の亡者ですよ。父さんは馬鹿な河童ですよ。僕は——」

卑しい河童の子ですよ。

いい気味ですよと香奈男は笑った。

「ないんだよ、そんなものは。此処にあるのは父さんの死骸と母さんの骨だけさ。陛下のために戦争に行って、陛下のために宝石盗んで、陛下のために死んだ馬鹿な男とその男の犠牲になった哀れな女がいるだけだ。それなのにみんな――」

「宝石の箱はないんですね」

美由紀が問う。

だからないよと香奈男は云う。

「それが僕が吐《つ》いたたった一つの嘘なんだよ。そんなものはなかった。孔の中にあったのは父さんの死骸と母さんの髑髏だよ。僕は久保田さんに、池の中に父の亡骸があったとだけ伝えたんだ。箱はなかったかと尋かれたから、判らないと答えた。正直、それがどんな箱なのか知らなかったからさ」

「どうして云わなかったんですか。そんな嘘吐《つ》くから、久保田さんは偽物作って何かを企んだり――」

「関係ないよ。僕は、宝石があったと云った訳じゃない。判らないと云ったんだ。大きな嘘じゃないだろう。でも、本当はなかったんだよ。宝石があの写真みたいな木の箱に入ってたのなら、どっかに流れて行ったんだろうさ。途中で箱が壊れたら、宝物は川の底の砂利《じゃり》の中じゃないのか！」

「だったら」

お父さんは変わったんですよと美由紀は云った。

「何でだよ！」

香奈男は地面を叩いた。

「知ったような口を利くなッ」

「知ったような口利いてるのそっちですよッ」

いい加減にしてくださいよと怒鳴って——美由紀は香奈男の前に足を開いて立ちはだかった。

「能《よ》く考えてみてくださいよ。だって、お父さんは最後の最後に、お母さんを選んだと云うことですよね？」

美由紀はそう云った。

香奈男は狐に抓《つま》まれたような顔で美由紀を見上げた。

「どう云う——ことだ」

「だって、水の中のお父さんはお母さんの遺骨を手に持っているんだと、香奈男さん云ってませんでしたか？」

「そうだよ。父さんは母さんの髑髏を——」

「なら」

美由紀は香奈男の真ん前に立った。

「死体は動かないですよ。死んでからじゃ遺骨は手に出来ないでしょう。つまり、生きているうちにお父さんは宝石の箱を手放して、お母さんの骨の方を手に取ったと云うことになるんじゃないですか？」

「え？」

「それ以外に考えられませんよね。それが亡き妻の遺骨なんだと、お父さんには判ったんですよ」

「しかし、母さんの骨のことを父さんが知ってる訳が――」

何故かは知りませんけど解ったんですよと美由紀は繰り返した。

「だって、大怪我していて、今にも死にそうな人が池の底の横孔に入る理由なんて、命より大事なものを隠すこと――以外に考え付きませんよね？」

「だから――そうしたんだろ」

「なら必ず宝石の箱は持っていた筈ですよね？」

「それが何なんだ」

「それがないと云うことは、箱から手を離したってことじゃないですか。手を放したからこそ、宝石の箱はどっか行っちゃったんでしょ？　木の箱なら浮きますよ。水もどんどん湧いて出てるんだろうし、ちゃんと持ってなきゃ流れて行きますよ。手を放したらそうなることぐらい子供だって判りますよ！　それなのにお父さんは手を離してるんですよ？」

「それは」

「それはどうしてですか？　人の本性は変わらないとか、そんなものはすぐ判るとか、そう云うことばっかり云ってますけど、なら判るんじゃないですか？　どうしてですか」

美由紀は声を荒らげた。

「孔の中に、手を離すだけの理由があったからですよ。忠誠心だか名誉だかより、宝石より大事なものがあったんですよ。だから宝石の箱を放してそれを手に取ったんじゃないんですか。それは」

お母さんですよッと、美由紀は云った。

「他に考えられないです。お父さんは髑髏を目にしてそれが何か、どうしてそこにあるのか、凡てを察したんですよ。だからお父さんは、その忠誠心だか一族の名誉だか何だか知りませんけど、命懸けで手に入れた皇室の宝石よりも、お母さんの遺骨の方を選んだんですよ。死に直面したお父さんには、そっちの方が大事だったんですよッ」

「父さん——」

父さん父さん父さんと香奈男は繰り返した。

「慥《たし》かに人は中中変わらないもんですけど——結構自分はこうなんだ。こうすべきなんだと思い込んでるだけ、ってこともありますよ。本性は違ってるってこともありますから」

真面目な人程気が付くのが遅いんですよと美由紀は云う。

「私の友達に――友達じゃなかったのかな。知っている人に、自分は悪魔の申し子だと信じ込んでいた子がいたんですよ。それで、色色酷《ひど》いことをした。そして――殺されてしまったんですね。でも今思うと、あの子はとっても良い子だったように思うんです」

美由紀は涙声になっていた。

「自分は悪魔だと思い込まなくちゃやってられない現実があって、だからそうだ、そうなんだと、無理して思い込んでたんです。境遇が少しでも違っていれば、きっと仲良くなれてたと思う」

淋しいですと美由紀は云った。

「お父さんだって――そうだったんじゃないんですか。無理にそうだと思い込む努力をしていただけで、本当は違ったかもしれないじゃないですか。他の人だってそうですよ。何でもかんでも決め付けてますけど、それってただ拗《す》ねて駄駄《だだ》捏《こ》ねてるのと変わりないですよッ！ せめてお父さんくらい信じてあげてくださいッ」

敦子もそう思う。

「このままお父さんを河童にしておいて」

いいんですかと敦子が云うと。

香奈男は泣いた。

そして。

川瀬香奈男は総元の駐在所に自首した。

小山田が身柄を引き取って県警本部に連れて行ったようだが、引き渡しをした比嘉巡査の話に依ればかの刑事は頭を抱えていたと云う。

果たして、どのような罪状で立件すべきなのか判らない——と云うことだった。無理に送検しても公判を維持するのは難しい。河童と違って詮議《せんぎ》無用で懲罰する訳にはいかないのだから、これは当然のことである。

香奈男の犯した罪の中で間違いなく立件出来るのは覗き——微罪だけなのである。

また。

池田巡査によって久我原の個人病院に担ぎ込まれた菅原市祐は一命を取り留めた。

池田の応急処置が功を奏したのであった。

ただ、頭の打撲傷は思いの外《ほか》深かったと云うことである。横孔の天井に打ち付けた際、菅原は軽い脳震盪《のうしんとう》を起こしてしまったらしい。

その所為であまり水を飲んでいなかったことも結果的には良かった——と云うことだったのだが。

池から上がった際、一旦は意識を取り戻したものの、菅原の記憶はかなり混濁していたものと思われる。

菅原は回復した後も只管《ひたすら》怯《おび》え続けていたと云う。

池の底で遭遇したモノが何なのか、結局、菅原は知らされていなかったのである。七年前に自らが死に至らしめた相手が、生前と変わらぬ姿で目の前に現れたのであるから、恐慌状態になるなと云う方が無理なのかもしれない。

退院を待って菅原は逮捕された。

本人は何もしていないと主張したようだが、警察によって回収された川瀬敏男の遺体に生活反応のある刺し傷が複数発見されたため、傷害致死の嫌疑が掛けられたのだそうである。

菅原には余罪もかなりあるようで、いずれ何らかの罪に問われることは間違いないと云うことである。

更に。

隠退蔵物資の横流しをしていたらしい暴力団への捜査も、近近行われる予定であると云う。本件に関わる案件は七年以上前のことになるのだが、接収解除貴金属及びダイヤモンド関係事件は現在も鋭意捜査中であり、ならば看過出来ないことでもあるだろう。

川瀬敏男の屍蠟化した遺体は、検案後改めて火葬にされ、妻の遺骨と共に埋葬される運びだと云うことだった。

葬儀や埋葬に関しては稲場麻佑の祖父、前の校長先生の尽力があったと聞く。

因《ちな》みに。

池の奥の祠の中身は空だったそうだ。

元元何も入っていなかったのか、何者かにご神体が盗まれてしまったのか、何かの拍子に流れ出るなどして紛失してしまったのか、その辺りのことは不明らしい。

三芳彰が作った五つの模造宝石は、久保田悠介が止宿していた浅草界隈の木賃宿の天井裏から発見された。写真に写っていたのと同じ木箱に入っていたそうである。

写真で観る限りは本物と見紛う出来栄えだったようだが、実物は観る人が観れば硝子玉と知れるものだと云うことである。ただ仕上がりは丁寧で、本物を見たことのない素人なら充分に騙せるレヴェルではあったと云う。

証拠品として押収されたと聞くが、何を証明するための証拠なのかは詳《つまび》らかではない。そもそも誰の所有物なのかも微妙なのだった。三芳は制作費を回収出来ていない訳だが、作ったと云うだけで返還されたとして、戻された方も困るのだろうし。

だが、それでも三芳は無縁仏として処理される可能性があった久保田の遺骨を引き取って、父母の眠る墓に入れて供養することにしたのだそうだ。

友達だったから、と三芳は云ったそうである。

二十日ばかり経って。

敦子は自宅近くの駄菓子屋、子供屋に出向いた。

美由紀に会えるかもしれないと思ったからだ。

敦子は先日、美由紀の学校に出没していた覗き魔が捕獲されたと耳にした。

逮捕ではなく、捕獲である。

驚いたことに学校の敷地内を徘徊《はいかい》していたのは本物の猿——日本猿だったのだそうだ。

子供屋は、美由紀の隠れ家のような場所である。

間もなく新学期が始まる。

美由紀もそろそろ実家から寮に帰っているだろうと当たりを付け、様子見がてらに訪れてみた、と云う訳である。

案の定美由紀はそこにいた。

美由紀は敦子の姿を認めると、長い腕を伸ばして大きく振った。

「お猿でしたよ！」

敦子が近付くなり、美由紀は袋入りのポン菓子を食べ乍《なが》ら愉快そうにそう云った。

どうやら敦子が何をしに訪れたのか、既に察していたようである。

そのようねと云って、敦子は美由紀の向かい側に座った。安っぽい縁台である。何か買おうかと思ったのだが、店番がいなかった。

留守番してますと美由紀は云った。

「お婆さん、仏壇のお線香切らしちゃったとか云って買いに行っちゃいました。敦子さん、何か食べますか？」

「悪いけど」

遠慮すると云った。ラムネを一本買った。

「それより猿だったのよね」

「そうなんですよ。憧《あこが》れのひとみ先輩を覗いてたのは、腹ぺこのお猿だったんですよ。お蔭で河童はお猿だと主張していた岩手の市成さんは優勢になってます。でも猿は猿よと宮崎の橋本さんは云い続けてますけど。小泉さんが仲裁してます。もう、すっかり河童ブームですよ、うちのクラス――」

何でも、上馬在住の男性が正月に猿回しの門付でもして一儲けしようと考え、八王子辺りまで出掛けて苦労して一匹捕獲したものの、どう扱っていいか判らず、調教する前に逃げられてしまった――のだそうである。

間抜けな話である。

「元手要らずで儲かると思ってたみたいだけど、そう巧《うま》く行く訳ないから。捕まえるのも大変だったとは思うけど、何より猿を調教するのはかなり難易度高いと思う」

ですよねえと美由紀は云った。

「餌代なんかも掛かるしね。アパートで飼うのは無理だよね。その人、警察にかなり叱られたみたいだし――」

猿に逃げられた男は、玉川署に紛失届けを出したのだそうだが、そもそもペットではなく野生動物であるし、近隣住民へ危害を加える虞《おそれ》もあるので、早速捜索が行われた。

猿は最初駒澤野球場周辺の林に潜んでいたようだが、食物を求めて美由紀の学校に潜入し、棲《す》み着いてしまったらしい。

夏休みで人が減り、食料に事欠いて出て来たところを捕獲されたと云う話であった。

「多々良センセイは怒ってたけど」

その話を聞いた多々良勝五郎は、猿回しは素人なんぞに出来るものではないと大いに憤慨し、その霊的歴史を滔滔《とうとう》と語ったのだった。

敦子は右から左へ聞き流したのですっかり忘れてしまったのだけれど。

あのセンセイ変わった人ですねえと美由紀は感心した。

「変わってるけど、色色凄い人ではあるの。何でも能《よ》く知ってるしね。そう云えばセンセイは、河童は菅原姓の人には絶対に忤《さから》えないんだとか、そんなことも云っていたけど――」

能《よ》く解らなかった。

「香奈男さんはどうなるんですか？」

美由紀は心配そうに問うた。

「今回、沢山人が亡くなりましたけど、これ、不幸な出来ごとと呼ぶよりないですよね。私、何か偉そうに怒鳴ったりしたんですけど、香奈男さんの気持ちも分かる気がするんです。あの人は――どんな罪になるんでしょう」

どうなのか。

「それは判らないな。宝石の捜索も一応は行われたようだけど、川筋からは一つも見付からなかったみたい。まあ、何処をどう捜したものか、見当が付けられるものでもないんだろうし――」

臍曲りの夷隅川の水系は複雑なんですよと美由紀は云った。

「河童も見付からないくらいですから」

「そうだよね。もしかしたら」

龍神様に献上されちゃったのかもねと――敦子は答えた。

（了）

今昔百鬼拾遺◎月

天狗

◎天狗

◎天狗《てんぐ》——

——畫圖百鬼夜行／陰　鳥山石燕／安永五年

(前略) 山に對する信仰・神祕觀の一現象には違いないが、山だけに住んだ實在の特殊な人間を、里の人が誤認した經驗も天狗譚には含まれているかと思われる。山中で大木を伐り倒す怪音（天狗倒シ）・天狗笑ヒ・天狗ツブテなどの幻覺の例は今も各地に信じられている。天狗が子供をさらい、神隠しにする話は中世以前の鷲、その後の鬼につづいて近世甚だ廣く語られるようになつた。

——民俗學辭典　柳田國男監修／昭和二十六年

1

「高慢だとお思いになったでしょう」

いいのですその通りですからとお嬢様は云った。

お嬢様である。

どう観てもお嬢様だと、呉美由紀は思う。

美由紀は漁師の孫である。父も以前は漁師をしていたのだけれど、今は漁師を辞めて小さな水産会社を経営している。とは云え業態が株式会社になったと云うこと、父本人が漁に出なくなったと云うこと以外、別段違いは感じない。だから漁師時代と生活が変わったと云う実感はない。

だから自分は社長の娘ではなく、元漁師の子で漁師の孫だと美由紀は思っている。漁師になりたいとは思わないけれど、性質として美由紀は漁師属性を持っていると思う。

勿論、社長令嬢なんかではない。

だからお嬢様では決してない。

それなのに——両親はかなり背伸びをして、美由紀を全寮制のお嬢様学校に入学させたのだった。

でも結局美由紀は変わらなかった。

その学院は刑事事件に巻き込まれ、人死にまで出し、醜聞《しゅうぶん》と汚濁《おだく》に塗《まみ》れて閉校したのであった。

美由紀が変わる前に。

それは陰惨な事件だったから美由紀はそれなりに傷付いたし落ち込みもしたのだけれど、その反面これで窮屈《きゅうくつ》な暮らしとは縁が切れるかと思い、清清したりもしたのだった。だが、世の中と云うのは儘ならないもので、親切なお金持ちのお節介のお蔭で美由紀はまたもや全寮制の女学校に転入することになってしまったのだった。

漁師の孫が良かったのに。

だから、相も変わらず美由紀の身の周りには女学生女学生した女学生達が掃《は》いて捨てる程にいて、それぞれが幼い自尊心やら叶う筈のない夢やら美しい毎日やらを身に纏《まと》って、馴れ合ったり競い合ったり助け合ったり啀《いが》み合ったりしている訳であり、彼女達は各々《おのおの》がそれなりのお嬢様ではあるのだろうけれど、それでも目の前にいるこのお嬢様に較べればまるでお嬢様たり得ていないように思う。

彼女達がお嬢様のなり損ないにしか見えなくなって来る。

そんな風に云うと学友達に失礼な気もしないではないのだが——彼女達もまあお嬢様ではあるのだろうけれど、何と云うか、その、お嬢様としての年季が違うのである。

このお嬢様は、筋金入りだ。

代議士の一人娘で、乗馬薙刀《なぎなた》、お茶にお華を習得しており、趣味はオペラ鑑賞に洋菓子作り、三箇国語を自在に操ると云う国際派の才媛。お嬢様斯《かく》あるべしと云わんばかりの、ズバリ深窓の令嬢なのだった。

名を篠村美弥子《しのむらみやこ》と云う。

年齢は二十歳だそうだが、もっと若く見える。何をするにしても自信たっぷりに見えるし、それでいて溌剌《はつらつ》としている。

その所為《せい》かもしれない。

見た目——と云うか、顔立ちも髪形も身に着けているものも、何もかもがお嬢様以外の何ものでもないのだった。立ち居振る舞い物腰口調、何処を取っても、もう完全無欠のお嬢様なので、美由紀もお嬢様と呼びそうになった程である。

ただ、このお嬢様はお嬢様ではあるのだが、ただのお嬢様ではないようだった。

その証拠がこの危機的現状である。

美由紀と篠村美弥子は——。

軽く遭難《そうなん》していた。

「美由紀さん」

「何でしょうか」

「高慢だと思われたなら、そう云ってくださって結構なのよ。わたくしは自分が鼻持ちならない高慢ちきな女だと自覚していますから。否定しようがないもの。直せないとも思うし」

「別にそうも思いませんけど」

「でも、わたくしは今、貴女《あなた》に命令するようなことを云いましたでしょう。云ってから気付いて嫌になりましたの」

身分だの家柄だのは横に除けておくとしても、齢上《としうえ》なのだし、それで普通な気もする。

美由紀がそう云うと、それは違いますわと美弥子は云った。

「齢上と云っても高高《たかだか》四五歳です。敬われる程の差はありませんわ。貴女だって保護せねばならぬ程に幼くはないでしょう」

まあ、中身は兎《と》も角《かく》、態《なり》は大きい。

「なら、対等であるべきです。わたくしは貴女に対してもきちんと敬意を払うべきでしょうし、貴女もわたくしの行いが宜しくないと感じたなら指摘すべきですし、時に糾弾すべきです。正せるならば正します。ただ」

高飛車なもの云いは直りませんの――と美弥子は云った。

「沁《し》み付いてしまったようですわ。ご免なさいね」

「いや」

まるで気になっていないと答えた。

学友達の喋り方は、時に可愛らしいと思うこともあるのだが、聞いていて苛《いら》つくこともある。堂に入《い》っていない所為だろう。彼女達は一所懸命にお嬢様の真似ごとをしているのである。そうでなければ成りかけなのだ。それでも一端《いっぱし》の口は利く訳で、だから精一杯頑張っているなあとでも思えれば可愛くも感じられるのだが、度を越せば何を生意気なと思ってしまうのだろう。そう云うものなのだ。

だが美弥子の場合はそうではない。気が強いのか捌《さば》けているのか、寧《むし》ろ清清《すがすが》しく感じる程である。この人はこう云う人なのだろうし、装いはどうであれ、芯にあるのは何かもっと豪快な姿なのだと云う気がするからだ。そうでなければ——。

このような状況になることはない。

矢《や》っ張《ば》り火なんか点《つ》きませんよ——と、美由紀は云った。

「そう。こんなに燃すものがあると云うのに、癪《しゃく》に障《さわ》りますわね。あ、貴女が悪いと云うことではないの。燐寸《マッチ》くらい持って来るべきだったと云う、これは自戒です」

何だか知らないが、美由紀は乾燥した枯れ木同士の摩擦に依って火を熾《おこ》す試みとやらをさせられていたのだ。

一筋の煙さえ出なかった。

素人考えでしたわと美弥子は云った。

「どうも、そんな簡単なものではないのね。実際わたくし、自らのもの知らず世間知らずを大いに恥じます。日日後悔しない生き方を心掛けているのですけれど、でも改めるべきところは改め、恥じるべき行いは恥じるべきですわね」

「はあ」

山中で道に迷い壙《あな》に堕《お》ちた上に足を挫《くじ》き出られぬままに日暮れを迎えようとしている最中に述懐するようなこととも思えないのだが、そこはまあいいようにも思う。

きゃあきゃあ泣いて叫ばれても困る。

その辺が学友達と違うところなのだ。多分これが女学校の生徒達だったなら、助けて助けてと泣き喚いていたことだろう。

ただ、現状に於《お》いては二人で大声でも出していた方が救《たす》かる確率は上がるようにも思うが。

美由紀もどうやら悲鳴を上げるのは不得意なようである。

「秋口とは云え、陽が落ちれば気温は下るでしょうし——烽火《のろし》のように煙を立ち昇らせれば良いかとも思ったんだけれど、浅智恵ね。夜になってしまえば煙は見えませんし、此処は窪《くぼ》んでいるから、もしかしたら一酸化炭素中毒になってしまうかもしれないですわね」

「私にはもの知らずとも世間知らずとも思えませんけど」

美由紀がそう云うと美弥子はそれは貴女の心得違いですと返した。

「わたくしは先《ま》ず、山を嘗《な》めておりました。この山は登山家が入念な準備をしてから挑むような高峰と違って都心からも程近く、ケーブルカーも引かれていて、毎年何万もの人が参拝のために登る山と云うことで、甘くみていたのですわ。山に謝らなくてはいけませんわね」

「山に——ですか」

高尾山《たかおさん》である。

「ええ。日帰りも可能で登山者も多いと云うことから、ハイキングのような気軽さを持っていたのですわ。思うに、多摩《たま》丘陵の延長程度の認識だったのでしょう。でも、この山は秩父《ちちぶ》山地に連なる歴《れっき》とした山です。古くは修験者《しゅげんじゃ》の修行の場でもあった訳ですから、険しくない筈もないのです。しかもこの森の深さと云ったら——」

美弥子は何故か笑顔になって上方を仰ぎ見た。

上にも天はない。鬱蒼《うっそう》とした樹樹《きぎ》の切れ間に、既に翳《かげ》りつつある秋の寒空が、ちらちらと覗くだけである。

「古くは北条 氏照《ほうじょううじてる》が伐採を禁じ、そして幕府直 轄地《ちょっかつち》として護られ、今も尚、行政に依って保護されているこの森は素晴しいものよ。わたくし、植物学者の牧野富太郎《まきのとみたろう》博士にお会いしたことがあるのだけれど、博士はお若い頃この高尾山の森で様様な新種の植物を発見されたのだと仰《おっしゃ》っていました」

美弥子は眼を細めた。

「それだけこの森が外界から孤立していたと云うことです。どうです美由紀さん、素晴しいことだと思いません？」

お身体を悪くされたと聞きましたけれど大丈夫かしらと美弥子は云った。

「誰がですか？」

「牧野博士です。ご高齢なので心配」

いや——そうなのかもしれないけれど、他人の心配をしていられる状況じゃないとは強く思う。それに、どう聞いても美弥子は能《よ》くものを知っているし、世間も広い。

そう云ったのだが、一笑に付されてしまった。

「冗談じゃなくってよ。ものを識《し》っている人間がどうしてこんな目に遭いますか。しかも、貴女のような、関係のない前途ある女性を巻き込むなんて、言語道断だわ。配慮が足りないのです。そこは充分に自覚しています」

そもそも。

ことの発端は先週の日曜日に遡《さかのぼ》る。

美由紀はその日、神田神保町にある薔薇十字探偵社を訪れた。

探偵社を訪れたなどと云うと何やら不穏な印象であるが、別に調査の依頼などではなく、単に挨拶をしに行っただけである。

美由紀は、薔薇十字探偵社の探偵である榎木津礼二郎《れいじろう》とは、昨年の春に知り合っている。

してくれたのだ。

榎木津と、そしてその友人である中禅寺秋彦《あきひこ》が美由紀の通っていた学院を覆った霧を晴ら
今年の春、美由紀は世間を騒がせた昭和の辻斬り事件に関わってしまった。その際に、中禅寺の妹である雑誌記者の敦子と知り合った。敦子とはそれ以降親しくさせて貰っている。

そうした経緯もあり、中禅寺の処には一度挨拶に行っている。

ただ、榎木津には会えていない。

榎木津と云う人はかなり奇矯《ききょう》な人物で、もしかしたら美由紀のことなどまるで覚えていない可能性もあるし——と、云うか八割方覚えていないだろうと云うのが榎木津を知る者達の見解なのだが——また美由紀の方にも別に会わねばならぬような義理も負い目もなかったのだが、取り敢えず礼ぐらいは云っておきたいと思っていたのだ。

美由紀は、夏休み中にもややこしい騒動に巻き込まれている。変死体の第一発見者になってしまったのである。その際も美由紀は中禅寺敦子に随分と世話になったのだが——その騒動の渦中、美由紀は榎木津の助手である益田龍一と再会したのだった。その際にあれこれと聞いて、そのうちに挨拶に行きますと告げた。

そのうちなどと云う云い様は、まあ、かなりいい加減な云い様なのであって、日取りを決めた訳でもなく、約束と云う程のこともなかった訳だが。ただ、行きたくないと云う訳ではなかったから、都合がつけば顔を出そうと考えていたのだ。

十月十七日、美由紀は上野に行った。

東京国立博物館のルーブル美術展を観に行ったのである。

別に西洋美術に造詣《ぞうけい》が深いなんてことはない。好きな訳でもなかった。それ以前に絵画自体を目にすることがない。前の学校に何とか云う立派な画家の模写だかが飾ってあったのだが、ご多分に漏れずそれは怪談めいた噂話を纏ったものであり、だからそう云う色眼鏡で観ていただけなのであって、純粋に芸術作品として眺めたことなどただの一度もなかったのである。でも、まあ観たい気がしたのだ。

芸術を鑑賞することで何か新しい世界が啓《ひら》けるだろうなどと考えた訳ではない。興味半分、あとは話の種になるだろうと云う打算だったように思う。

美由紀は、美由紀の周りを固めているお嬢様擬《もど》きの級友達に対して提供出来るような話題をただの一つも持っていない。と、云うよりも彼女達が何を喜ぶのか考えるのが面倒臭いのだ。だから概ね、ハイハイと話を聞き、咬めるところで咬むだけだ。能動的に話題を提供することは、ほぼ皆無である。でもまあルーブルなら自発的に語ってもいいような気がしたのだった。尤《もっと》も何の興味も示されない可能性もあったのだけれど、そうであっても顔を顰《しか》められることも哀れみを受けることもないだろう。何しろ天下のルーブル美術館である。仏蘭西《フランス》の芸術だ。保険金だけで一千万円だとか云う話を聞いた。

だが。

美由紀は観るのを止《や》めた。

それはもう、見たこともないような人出——だったからである。

一体何処にこれ程の人間が潜《ひそ》んでいたものか。別に潜んでいた訳ではないのだろうが、まあ涌いて出たことは間違いない。それこそ黒山の人集《ひとだか》りと云うか門前市《いち》を成すと云うか、あれ程大勢の人間と云うのを、美由紀は見たことがなかった。

しかもぎゅうぎゅう詰めに並んでいる。

呆れた。

千葉の片田舎から東京に出て来て一年以上になるけれど、美由紀は東京と云う処を殆《ほとん》ど知らない。全寮制の女学校で暮らしている以上、学校の外がどうなっていようと関係のないことである。阿弗利加《アフリカ》にあろうと西伯利亜《シベリヤ》にあろうと、敷地の外に出さえしなければ大差はないのである。顔を合わせる顔触れも人数も決まっている。

こんなにも多くの人類が涌いて出て来られると云うことは、もっと大勢の人類が其処此処に潜んでいると云うことなのだろう。そんな有り様は想像することも出来ない。

この——一人一人に人生があるのだ。悩みやら喜びやら悲しみやら楽しみが、人の数だけうじゃうじゃあるのだ。その想像は、もう美由紀の許容出来る範囲を遥かに超えたものだった。そしてその中の一人に混じってしまえば、もう美由紀なんかはいないに等しいではないか。いたっていなくたって、大勢と云う塊にそう変化はなかろう。

物怖《ものお》じするとは正にこのことである。

美由紀は早早に上野を後にした。

で。

博物館に背を向けたその途端、美由紀は何だか妙に癪《しゃく》に障《さわ》って、帰るのが嫌になった。

無駄だと思った訳ではない。

人生に無駄なんかない。どんな経験でも何かの糧《かて》にはなる訳で、楽しかろうが腹立たしかろうが徒労と云うのはないのだと美由紀は思っている。

癪に障ったのは、単に物量に圧倒されてすごすご背を向けた、己の覚悟のなさに対してである。

こんなに混んでいるのは疲れるし嫌だと思ったから止《や》めた――と云うのなら、それは己の考えに沿った判断であり行動、と云うことになる。しかし美由紀は嫌だと思ったのではなく、嫌になる前に挫《くじ》けただけなのだ。

人混みに果敢に分け入って行くだけの度量も、順番が来るまで凝乎《じっ》と待ち続ける忍耐力も、それらを担保するだろう強く高い目的意識も、揃って欠如している。

勿論、こうしたことは勝ち負けではないのだろうから、負けて悔しいなどとは思わないけれど、それでいて敗北感に似たものだけは感じてしまう。何にも負けていないのに。美由紀はそこのところが釈然としなかった訳である。

と——云う訳で。

美由紀は熟慮の末に神保町に向ったのだ。

もう序《つい》でですらない。ロクな理由ではなかったと思う。

神保町は学生の街で、且《か》つ古書の街だと聞いていた。

慥《たし》かに角帽を被った大学生らしい姿の人が目立つ。本屋も多い。町全体に、インクや紙の匂いが沁み付いているような感じもしないではない。暫《しばら》くすずらん通りを彷徨《ほうこう》して——要は道が能《よ》く判らなくて迷っていたようなものなのだが——雰囲気だけでも独り立ちしたような気分になった頃、新しいんだか古めかしいんだか判らない大きな建物が目に留《と》まった。

それが榎木津ビルヂングだった。

テーラーの脇の入り口から裡《なか》に入ると薄暗いロビーのような空間で、正面に石造りの階段があった。ひんやりしていた。残暑も一段落して過ごし易い季節になったものだと思っていたのだが、外気はそれなりに暖かかったのだと知った。

己が石の段を踏むその音を聞いて、美由紀は去年の春まで通っていた学院のことを思い出した。

学校は石で出来ていて、迚《とて》も冷たかった。そして石の床や壁や天井は凡《すべ》てを撥《は》ね返した。

でも、ここは。

——ここはどうだろう。

いや、ここは違うと美由紀は思った。素材は同じだがこのビルは学校とは違う。

理由は——明白だった。

微妙に煩瑣《うるさ》いのだ。落ち着かない。階上から何やら声が漏れ聞こえている。前にいた学院は、笑うことも、鼻歌を唄うことすらも禁じられていた。無音だったから自分が発する音が自分に撥ね返って来ていたのだ。

——何だろうこの喧騒は。

探偵事務所は三階だと聞いていた。二階を越すと声は益々瞭然《はっきり》聞こえるようになった。女声である。間にもごもごと聞き取り難《にく》い声が雑《ま》じるのだが、こちらは男声のようだった。

薔薇十字探偵社と記された扉があった。

どう云うことですかと云う女の声が扉の中から聞こえて来る。

怒鳴っているのではないのだが、口跡が良く聞き取り易い。その上に能《よ》く響く声音なのである。

暫《しば》し戸惑ったが、ここで引き返したのでは上野に続く二連敗である。いや、繰り返すけれど勝ち負けではない。自分に負けたなどと云う、くだらない修辞《レトリック》は大嫌いだ。独り相撲に勝ち負けはない。それは最初から無為だと云う比喩《ひゆ》だろう。

ただ、美由紀は勝負してもいないのに負けたような気になる自分が残念に思えるだけである。その残念をこんな短い間に二度も繰り返すのは如何《いかが》なものか。

美由紀は扉を開けた。

カランと鐘が鳴った。

真正面に、萎縮《いしゅく》して前髪を垂らした探偵助手の益田の姿が見えた。益田は顔を上げ前髪を搔き上げて、あッと声を発した。

「み、美由紀ちゃんッ」

「誰ですって？」

益田の正面に座っていた女性が振り返った。

それが——。

美弥子だった。

美由紀は会釈《えしゃく》して、お取り込み中でしたかと云った。益田はいやいや良いところにと軽薄な調子で答えた。

「益田さん。良いところと云うのはどう受け止めれば宜しいのでしょう」

そう云われて益田は硬直した。

「わたくしとのお話は未《ま》だ終わっていないと思うのですが。それともこちらの女性が交渉してくださるのでしょうか。見た目で判断するのは宜しくないのでしょうけれど、未《ま》だお若いようですし、制服を着ていらっしゃるところからも女学生とお見受けしますが——探偵社に関わりのある方なのですか」

見た目のまんまの女学生ですと美由紀は云った。

「呉と云います。探偵さんと面識はありますが関係者ではありません。その益田さんとも、ちゃん付けで呼ばれる程親しい間柄ではありません。今日はご挨拶に寄っただけですから、お客様のご用の済むまで待っていますし、何なら出直します」

「呉さん」

貴女の態度は大変に好ましいですわねとその人は云った。

「出直す必要はありません」

ソファの真ん中に座っていたその人は体を左に移動させ、開いた場所を手で示した。

「こちらにお掛けなさい。わたくしは篠村美弥子と云いますの。無職よ」

無職――と、わざわざ云うか。

美由紀は美弥子の指示通り隣に座った。どうなっているのかまるで判らなかったが、少なくとも卑屈そうな益田よりも堂堂としている美弥子の方に従うべきだろうと思ったのだ。

「扨《さて》、呉さんをお待たせするのは本意ではありませんから、早くわたくしの用件を済ませてしまいたいのですが」

益田は恨みがましい目で美由紀を見てから、もごもごと話し出した。

「早く終わらせたいのは大賛成ですが、しかしですね篠村さん、何度仰《おっしゃ》られても無理なものは無理でありまして――」

「ですから何故、とお尋ねしています。貴方《あなた》は何度お尋ねしてもその問いにはお答え下さいません。わたくしは榎木津さんにお願いしたいと申し上げています」

益田は泣きそうな顔になった。

「あのですね、まあ、僕は見た目が卑怯そうですし、ひ弱で卑屈ですから、そんなに信用ないとは思いますが、これでも去年の正月までは国家地方警察の刑事やってたんです」

「だから何です？」

「いや、人捜しは得意なんです。亀でも豪猪《やまあらし》でも捜します。捜し出します。失せ物でも何でも見付け出します。見付けますとも。浮気調査も身元調査も任しとけ、ってな具合ですよ。任せてください」

「解らない人ね」

「解らん——ですかなあ」

「わたくしは、榎木津礼二郎様にお仕事を依頼したいと申し上げているんです。最初から幾《いく》度《たび》も。重ねて繰り返し」

「はあ、ですから弊社に於《お》いて、そうした案件の担当は私め、と云う決まりでして」

「決まりですか。その決まりごとは何方《どなた》がお決めになりましたの？」

「は——はあ、まあ済《な》し崩《くず》しと申しますか已《や》むを得ずと申しますか、いつの間にかと云いますか」

「そう云う約款なり社則なりがある訳ではないのですね？」

「ない――んですけどねえ」

益田は益々肩を窄《すぼ》めて小さくなった。

「うちの先生はそうしたことは天地が引っ繰り返ってもしないんです。捜査とか調査とか、そうした行為自体を蔑《さげす》んでおりましてですね。まあ、経過は無視です。結論だけの人なんです、あれは」

「結果だけで結構なんですけど」

益田は一度美由紀を見てから、滑稽《こっけい》な程に眉尻を下げた。

「そりゃ無理ですって。あの人の遣《や》り方は普通とは違ってですね――ああ、極めて説明し難《にく》いんですけども、これ、アレですか、その一年前の事件の意趣《いしゅ》返し――とかじゃないですよね？」

「は？　わたくしが何故こちらに意趣遺恨《いこん》を持たねばなりませんの？」

「そりゃあ」

結婚の披露宴を滅茶苦茶にして破談にしちゃったんですよねと益田は云った。

一体何をしているのだろうこの人達は。

「大いに感謝していますわ。皆さんが水際で止めてくださったから、わたくしはあんな下衆《げす》な最低男と添わずに済んだのですから」

「はあ。そう云うご理解で——」

「女性を見下し、同性愛者を差別し、親の権力を笠に着て暴戾《ぼうれい》に振る舞うだけの無能な屑でした。わたくし、あの後、あの馬鹿男の被害者の一人の早苗《さなえ》さんと交流を持っていますのよ。赤ちゃんが可愛いんですの」

「あ、赤子はここにも来ましたッ。いや、あの事件だって、大方は僕が調べ上げたんですよ、自慢じゃないですが。無頼漢の巣窟《そうくつ》に潜入したりして。ですから」

僕じゃ駄目ですかと益田は顔を上げた。

「駄目です」

間髪を容れずに美弥子は拒んだ。

「調べたのは貴方《あなた》かもしれませんけど、解決なさったのは榎木津さんと果心居士《かしんこじ》さんでしょう。わたくし、今回の件に関しては調査して欲しいのではなく解決して戴きたいんです」

益田は頭を掻き毟《むし》った。

「無理ですよ」

「あの」

美由紀は小さく手を上げた。

「ご本人に直接尋《き》いてみればいいんじゃないんですか？」

何だか判らないけれど堂堂巡りのようなので、そう云ってみた。

「榎木津さんって、訳判らないですけど、間違わないですよね？」

「それは僕の方は云ってることは能《よ》く判るけども間違っていると云う意味なのかな、美由紀ちゃ——呉さん？」

そうですねと云った。

夏の騒動の時の益田が、正にそうだったからである。益田の云うことはいちいち尤《もっと》もではあったのだが、常に一言多いし、加えてあまり役に立ったとは思えない。

悪人ではないし、親切でもあるのだろうし、真面目なのだろうとも思うけれど。

「だから、ご本人に判断して貰えばいいんじゃないですか？　だって、本人が嫌だと云えばこちらの方もご納得されるんじゃないですか」

「呉さんの仰る通りです。榎木津さんご本人がお断りになられても喰い下がるような見苦しいことは致しませんわ。でも」

会わせてくださらないのです——と美弥子は云った。

「わたくしは居留守を疑っています」

「い——居留守ってあなた、そんな晦日《みそか》の貧乏長屋じゃないんですから。本当に居ないんですって。富士山《ふじさん》だか河口湖《かわぐちこ》だか、あっちの方に行ってるんですよ。何しに行ったんだか知りませんけどね。そもそも篠村さんがいらっしゃるなんてこたァ知りませんからね、隠れようもないでしょうに。ねえ、和寅《かずとら》さん、和寅さんってば」

益田は台所の方に声を掛けたが返事はなかった。

「まったくもう、いつまでお茶を淹《い》れてるんだかあの人は――で、ですから」

「益田さんのお話は最初から弁明染《いいわけじ》みているのですわ。こちらが何も尋いていませんのにぺらぺら饒舌《じょうぜつ》にお話しになるし、何か一言申し上げる度、即座に十言も二十言もお返しになるし、何よりも挙動が不審ですわ。何かお隠しになっているように思えて仕様がないのですけれど」

「そ」

それは僕が小心者だからですッと益田は泣き顔で云った。

「だってあなた、いきなり篠村代議士のお嬢様がお出でになってですな」

「父の社会的地位とわたくしの訪問とは何の因果関係もございませんけど。代議士だか何だか知りませんけれど、わたくしにとって父は迷信に凝り固まった子供っぽい中年男に過ぎませんわ」

「そ、そうですけど。うちの榎木津探偵もそう云うことを能《よ》く云いますけどね。でも仮令《たとえ》誰であってもですな、お客様はお客様なんですから、何か失礼があっちゃいかんと思うでしょう。そうすれば云わんで良いことも云います。ご機嫌を損ねるようなことになってはいかんと思ってしまいますよ、僕《ぼか》ァ小者なんですから。ですから、必死で座持ちしてるだけで」

「用件がすぐに通るなら座持ちの必要はございませんわ」

美弥子はそう云い放つと正にすっくと立ち上がった。そしてつかつかと足を鳴らし乍《なが》ら窓を背にして設《しつら》えられている大きな机の方に移動し、その裏側を確認した。子供でもあるまいにそんな処には隠れないだろうと普通は思うが、こと榎木津に関しては油断がならないと云うことだろう。

机の上には探偵と云う文字が記された三角錐が置いてある。巫山戯《ふざけ》ている。

美弥子はそのまま奥まった台所のような処を覗いた。ひいと云う声が聞こえた。いつまでもお茶を淹れている何とか云う人が上げた声なのだろう。

それから美弥子は扉と云う扉を開け、家捜しでもするように裡《なか》を確認し始めた。

益田は前屈みになって、

「あそこまでやりますかねえ」

と小声で云った。

「ま、時と場合に拠っちゃ居留守の時もない訳じゃないですし、能《よ》く疑われもしますけどねえ。でもまあ借金取りじゃないんだし、榎木津さんだって犯罪者じゃないですからね、覗かんでしょうよ部屋。概ね腹芸は通じるもんで——ああ、榎木津さんの寝室まで覗いてますよ。あそこは魔窟なんですよ。あの人衣類を畳まないから。しかも趣味の悪い変な服を沢山持ってるし」

「本当に」

いないようですわねと、美弥子は云った。

「疑ったことに関しては謝罪致します。でも貴方の態度は感心致しません」

「僕も感心してませんよ自分に。別に悪いことしてないですけど謝りたいです。どうもすいません」

では帰りますと美弥子は云った。

美由紀も、じゃあ私もと云った。

美由紀は榎木津に挨拶に来たのであるから、不在なのであれば用はない。

益田には夏に会ったばかりである。

益田は手を伸ばした。

「いや、美由紀ちゃ――呉さんまで帰るこたぁないじゃないですか。来たばっかじゃないですか」

「益田さんには用もないので」

「間もなくお茶が」

それでは一緒に参りましょうと美弥子は云った。

「お茶でも一緒に如何《いかが》かしら――」

美弥子は気高く微笑んで、上品な口調でそう云ったのだった。

と、云う――。

偶然と適当と無策と無為が無駄に重なったような出来ごとが、美由紀と美弥子が出逢う経緯《いきさつ》だった訳である。

訪れた時は全く気付かなかったのだが、榎木津ビルヂングの前の道には黒塗りの高級そうな自動車が横付けになっていた。美弥子の姿を確認するや鹿爪らしい恰好の男が素早く運転席から降りて後部座席の扉を開けた。何だか凄いと思った。

「こちらの方と銀座《ぎんざ》に行きます」

美弥子はそう云うと車に乗り込み、美由紀を招き入れた。

初めて——車に乗った。いや、正確には初めてではないのだけれども、警察車両で送って貰ったりするのとはまるで違っていた訳で。体に伝わる振動までもが心地好く感じられたのは、まあ錯覚なのだろうが。

何とか云うパーラーの小洒落《こじゃれ》た席に就いて、真正面から美由紀は美弥子の顔と云うか佇《たたず》まいを、漸く見た。

顔が小さい。色が白い。切れ長の一重の眼と小振りな鼻と、文字通り蕾《つぼみ》のような唇が愛くるしい。髪の毛一本一本が艶があって細くて真っ直ぐで、それが揃って揺れるのが何より綺麗で、つい見蕩《みと》れてしまう。一体何をどうやったらこんなに行儀の良い毛になるものか。

着ているものは——高価《たか》そうだった。その高級さを云い表わす語彙を美由紀は持っていない。何と呼ぶのかも知らない。

「ご覧になったでしょう、先程」

美弥子はそう云った。

何をですかと美由紀が問うとわたくしの振舞《ふるまい》ですわと美弥子は答えた。

「わたくしは、あのように高飛車で鼻持ちならない態度を取る女なのですわ」

そこは素直にそうですねとは云えないだろう。

「それは仕方がないのです。わたくしはそう云う風に出来上ってしまいました。育った環境の所為《せい》もあるのでしょうけど、それだけではありませんわ。わたくしと同じような境遇のお友達も大勢いらっしゃいますけど、皆さん、もっと謙虚だったり、奥床しかったりしますから。ですから、わたくしのこの性質は、環境によって定められた属性とは無関係なのですわ」

「それは」

美弥子はお嬢様ではない、と云うことか。

遠回しにそう云うと、美弥子はケタケタと豪快に笑った。

それでも品格が損なわれないのだから、まあお嬢様なのだろう。

「わたくしの尊大な態度をしてお嬢様を規定したりすると他のお嬢様に失礼になります。わたくし、境遇としてはお嬢様なのかもしれませんけれどお嬢様そのものではなくってよ」

わたくしはわたくしですから――と美弥子は云った。

まあ、それはそうだろう。

美由紀は美由紀なのだし。

美由紀は間違いなく人間だが、人間は美由紀だと云うことではない訳で。

「まあ、でもお嬢様の一種ではありますよね？」

そう云うと美弥子は眼を見開いた。

「一種？　そう、一種ではありますわ。ただわたくしの、このあまり他の方方に好ましく思われない立居振舞は、家柄や経済的事情と云う環境に因って築かれたものではありませんし、況《ま》てや、男だ女だと云う性的な差異に起因するようなものでもないのですわ。勿論、成育環境が無関係とは云えないでしょうし、今のところ性差は替えようがありませんからお嬢様に分類されることに異議はございませんけれど、お嬢様だからこの性格と云う理解は肯定出来ません」

「そうですよね。私も能《よ》く、周囲《まわり》から女らしくしろとか学生らしくしろとか、齢《とし》相応にしろとか謂われますけど──私、元元女で学生ですから。普通にしていても女で学生なんですよね。何かそれっぽいものを演じなくちゃいけないのかなと思うこともありますけど、出来ないもんは出来ないし。だからこう云う種類の女学生もいるんだぞ、みたいな。その、何と云うか、開き直ると云うか」

異端視されませんかと美弥子は問うた。

「イタン？　あ、まあ、孤立したり攻撃されたりもしますけど、それもまあ、仕方ないのかなと思います。こっちは敵意なんかないんですけど、鼻に付くんじゃないですか。迎合すんのが下手なんで」

　そこなのよと美弥子は云う。

「貴女、矢《や》っ張《ぱ》り見所がありますわ、呉さん。わたくし、何が嫌いだって、迎合するのが大嫌いなんですわ！」

「はあ」

「あの探偵助手はすぐに迎合しようとするので苦手なのです。あの人はご自身も認める小心者のようですから、悪意をお持ちではないのでしょう。でも人に依っては迎合する姿勢を見せつつ、内心で相手を小馬鹿にしているようなこともありますから」

「まあ、そうですね」

　美由紀もそう思うことは多い。

「正正堂堂戦いを挑まれれば粉砕して差し上げますのに。表向きだけ迎合するような姿勢を取られるのは嫌いです。しかもそう云う輩《やから》に限って、迎合している対象はわたくしそのものではなく、わたくしのお嬢様と云う属性だったり、代議士の娘と云う肩書きだったりするんですもの」

　まあ、解らないではない。

「呉さんはその点、迚《とて》も好ましく感じられたのですわ。これを機会に、お友達になって戴けます？」

まあ、嫌――ではない。寧《むし》ろその逆なのだが、はいと云うのもどうなのだろう。

何だか図図《ずうずう》しい気もする。

美弥子程、自分に自信を持っていないからだ。

大体、お嬢様の眼鏡に適った理由が判らない。

思い返すに、榎木津と初めて出会った時、驚いた美由紀はわあと云ったのであるが、きゃあと云わないのが好ましいと褒められた。

意味が判らない。

多分、美弥子も榎木津の同類なのだ。

この手の人達は、何に感心するのか全く以《もっ》て判らないのである。

この手の人達と云うのが果たしてどの手の人達なのか、その辺のことは非常に曖昧模糊としているのだけれど。

上流階級の人達――と、母などは能《よ》く口にする。

まあ、身分制度はなくなったのだから、それは即ちお金持ちと云うことなのだと、美由紀は思っていた。暮らしに困らない、生活にゆとりのある階層の人達、と云う意味なのだろうと理解していた。

でも。

熟々《つらつら》考えてみるに、美由紀も別に生活に困ったと云う記憶はない。

まあ父も母も生活のために日日汗水垂らして労働に勤《いそ》しんでいる訳で、美由紀の生活《くらし》はその苦労と努力に依って成り立っている。そこは充分に承知している。遡《さかのぼ》れば祖父が魚を獲り続けてくれたからこそ美由紀の今はある。

それは尊ばれることでこそあれ卑下するようなことではない。だから美由紀は、自分は恵まれているのだと素直に思う。思うだけではなく実際恵まれているのだ。今の生活に一切不足はない。その生活を維持するために何か大きな犠牲を払ったと云うような事実もない。家族が散り散りになって路頭に迷っているなんてこともない。

そうなると、美由紀の現況は母が上流階級と呼ぶ人達のそれと、大差ない——とも考えられる。母もまた然《しか》りである。

なら何故に母は上流階級と云う呼び方で一部の人人を切り出し、自分達と分かつようなことをするのか。そして、羨《うらや》んでいるのか蔑んでいるのか判らないような態度を取るのだろうか。

能く解らない。

いやいや、自分が上流だと思う訳ではないのだけれど。

世の中には様様な人がいる。

本当に三度の食事も儘《まま》ならないと云う人達だっているだろう。

それは、外的要因で齎《もたら》された理不尽な境遇である場合もあればそうでない場合もあるだろう。中には自己責任としか云いようのない困った場合もあるかもしれない。そこは人それぞれなのだろうけれど、簡単に不幸の二文字で片付けてしまうのはどうかと云う境遇の人達は多いのだと思う。

しかし、母はそうした人達のことを下流とは呼ばない。困っている人には同情したり、時に手を差し伸べたりもする。怒ることもある。働かずに博奕《ばくち》ばかりして生活を破綻させた親戚を呼び付けて蜿蜿《えんえん》説教したこともあったらしい。

どうであれ、見下げるようなことはしない。母は怠惰には肚《はら》を立てるし悪事や犯罪は忌み嫌うけれども、貧困や不幸を蔑むようなことはしないし云わない。当然の在り方だろうと美由紀も思う。

ならば、母はそもそも自分達も下流のうちと考えているのだろうか。どうもそうではないようだ。まあ、どう考えたって伴侶は小さいとは云え会社の経営者で、娘も全寮制の学校に入学していて、それで下流と称するのも、逆の意味で烏滸《おこ》がましかろう。

どうやら母は、下流と云う概念を持っていないようなのである。

でも、上流は何となく切り離す。

やっかみなのだろうか。働きもせずに楽をしているとでも思っているのだろうか。

中にはそう云う人もいるのかもしれないが、母が上流として括った人達だってまるで働いていないと云う訳ではあるまい。苦労だってあるだろう。生活に困っていない——と云うこと、楽をしている——ことは、違うのかもしれない。楽がしたいから生活に困るような人もいるのだろうし。生活には全く困っていないけれども全然楽じゃないと云う人だっているだろう。それ以前に、上流ではなく、下流と云う概念も持っていない母は、と云うか美由紀の家族の階級は、一体何なのか。中流と云うのがあるのか。

あるのかもしれない。

そんなことを立て続けに考えていると見たこともない綺羅綺羅《きらきら》した食べ物が出て来た。フルーツなんとかと云うものか。何とかア・ラ・モードだったかもしれない。

——いや。

駄菓子屋の軒先で酢烏賊《すいか》を齧《かじ》り乍《なが》ら蜜柑水《みかんすい》を飲むことを好む美由紀なんかとは、矢張《やは》りかなり違うのだ、この人達は。

「ご遠慮なく」

と、云われてもまあ、多少なりとも引け目は感じてしまう。

食べ慣れないと云う以前に値段が気になるし、へらへらしたり、もぞもぞしたり、要は作法と云うか、食べ方が能《よ》く判らなかった訳だが、美由紀は半笑いでやや固まってしまった。

先《ま》ずご馳走になる謂《いわ》れがない。

「いいんです。わたくしも境遇は同じですから」

「は？」

「わたくし、現在就労していません。ですから収入はないんです。父に扶養されている訳ですから、これは父の奢《おご》り。貴女もわたくしも、そう云う意味では同じです」

余計に食べ難《にく》い。

「あの」

「わたくしもこの一年、色色と考えましたが、現在はこの境遇を謳歌する——いいえ利用することが義務のような気がしていますの。親許を離れて自活することも考えましたけれど、それが社会のためになるとも思えませんし、そんなことをしてみたところで精精自己満足でしょう。世のため人のためになる訳でもないのですわ」

考える時間があることを幸いとして考え付くまで考えますと美弥子は云った。

「いけないかしら？」

「いやあ。いけないことないんじゃないですか。能《よ》く判りませんけど。私も、未《ま》だ高等部の一年ですから、まあ身の振り方に就いては後一年二年は考えてみるつもりですし。考えつくかどうか判りませんけど」

「偉いですわ。考えなしにあれこれ決める人が多過ぎます。幾ら考えたって正解なんかないのでしょうけれど、だから考えなくていいと云うのは変よ」

「そう――ですね」

「わたくし、去年結婚する予定でしたの」

「あ」

さっき益田がしどろもどろになっていた事件か。

「披露宴を滅茶苦茶にされたとか云う？」

「最低なの」

それはもう道を歩けない程の恥をかきましたわと云って、美弥子はまたケタケタと笑った。そこは笑うところなんだ。

「貴女も――あの榎木津さんに関わりをお持ちだと云うことは、相当に変な体験をなさったの？　呉さん」

「変と云うか――」

美由紀は、ぽつぽつと掻い摘《つま》んで昨年春に起きた事件を語った。

榎木津との関わり方は確実に変なのだが、事件自体は陰惨なものである。

あらそれは大事件じゃなくってと、美弥子は深刻そうに云った。慥《たし》かに亡くなった人の数も多いし、世間も大いに騒いだから、大事件ではある。

「まあ――」

美弥子は能の小面《こおもて》みたいな顔《かんばせ》の形の良い眉を八の字にして、哀しそうに歪《ゆが》めた。

「貴女の方が、ずっと過酷な体験をしているではありませんか。強い人です。益々お友達になりたくなりました」

「買い被りじゃないですか？　私、背が高いだけの漁師の孫ですよ」

「わたくしも高慢なだけの代議士の娘ですもの。因《ちな》みに、祖父は代書屋でした」

「はあ」

接《まじ》と美弥子の顔を見た。

美弥子も美由紀を見ていたから、まるで睨《にら》めっこでもしているようになった。双方同時に噴き出して、美由紀もケラケラと笑った。

それですっかり吹っ切れてしまい、美由紀はフルーツ何とかを食べた。

そして――漸く美由紀は、美弥子が探偵社を訪れた理由を聞いたのだ。

美弥子の友人に、是枝美智栄《これえだみちえ》と云う女性がいるのだそうだ。学校の同窓と云う説明だったが、それが小学校なのか高等学校なのかは判らなかった。

どうでも良いことなのだろう。

何とか云う会社の社長の娘――美弥子も社名は知らないようだった――で、ちょっぴり犬に似た、可愛らしい人だったと云う。

その辺は能《よ》く解らない。

先《ま》ず顔が想像出来ない。

犬に似た人と云うのが判らない。他の友人達は美智栄さんとか美智さんと呼んでいたらしいが、美弥子だけは是ちゃんとか、ワンちゃんと呼んでいたらしい。

ワンちゃんはないと思うが。

是枝美智栄も美弥子のことをナントカちゃんと呼んでいたようで——これは美由紀が聞き取れなかっただけなのだが——要するにかなり仲が良かったのだろう。

是枝美智栄は自然志向が強く、山歩きを趣味としていたそうである。

美弥子も幾度も誘われたと云う。ただ、ハイキング程度なら付き合いもしたようだが、是枝の登山熱は徐徐に高まって行き、美弥子が付いて行くには難度が高くなり過ぎてしまったのだそうである。美弥子は美弥子で乗馬だのお華だの忙しくしていたようだから、日程の調整も難しかったのだろう。

そもそも本格的に登山をしようと思うなら、装備も必要になるし訓練も要るのである。是枝美智栄は美弥子にそこまでのことを強要するようなことはなかったし、美弥子もそんなことをする気はなかったようである。

是枝美智栄は父の会社の登山同好会のメンバーに教えを乞い、装備を調え、低い山から始めて経験を積んだのだと云う。その結果、一年程でそこそこの山に登れるようになったそうである。そこそこ、と云うのがどの程度の山のことなのか美由紀には判らない。まるで知識がないのだ。尋《き》いてみたのだが美弥子も能く知らないと云うことだった。

「何でしょう、慥《たし》か金時山《きんときやま》とか、茶臼岳《ちやうすだけ》とか云っておりましたけど——それは神奈川《かながわ》や栃木の山ですわね？」

「判りません」

美由紀は地理が苦手である。

「最初は高尾山だったそうです」

「高尾山——は知っています。朧《おぼろ》げに」

耳が覚えていただけなのだが。高尾山にはわたくしも行きましたと美弥子は云った。

是枝美智栄が登山にのめり込んだことで接触する機会自体は減ったものの、二人の関係そのものが疎《そ》になった訳ではなかったらしい。

美弥子と是枝美智栄は月に一度くらいは会って、食事をしたり映画を観たりしていたと云う。

「時には——山歩きもご一緒することもありましたわ。尤《もっと》も、高尾山が限界」

「一緒に登山なさったんですか？」

「登山——ではありませんわ。だって、高尾山にはケーブルカーがあるの。お寺があるので参詣者も多いし、ご高齢の方もいらっしゃるからでしょう。ハイキングコースもありますの。ですから、初心者やわたくしのような素人も行けます」

「はあ」

「ワンちゃんは、高い山へ登る計画を立てた時は先《ま》ず高尾山に行くことにしていたようなの。練習と云うか、肩慣らしと云うか、初心忘るべからずと云う意味もあったようね。わたくしも――そうね、三回ばかりお付き合いしました。わたくし、山が好きと云うこともないのですけれど、清廉な自然の中に身を置くのは好ましいことだと思いますわ」

「私は海育ちですから、山には多少憧れます。気持好さそうな感じですよね」

「気持ちは好いですわ。でもわたくし、本当のところは川の方が好きなのです。わたくしが憧れているのはアマゾン川なのですわ。いずれ必ず行こうと心に決めているのです――」

それは何処の川なのか。

返事をせずにぼうっとしていると、南米よと云われた。

「熱帯雨林の、世界一の大河よ。密林って素敵よね。あら、でもそれはこの件には無関係です。問題は、その高尾山」

近いのよと美弥子は云った。

「関東――なんですよね？」

「東京ですわ、多分。多摩と云うか八王子と云うか、武蔵野と云うか――判らないかしら」

「千葉育ちなんで」

「中央本線浅川《あさかわ》駅まで――一時間程度かしら。そこから少し歩いて、ケーブルカーで登りますの」

「天辺《てっぺん》まで行けるんですか？」

「それは無理。ケーブルカーの終点で降りると山の中腹辺りね。そこから山歩きのコースが幾つかあって、参詣にいらした方も少し歩くだけで間もなくお寺の門が見えて来ますから迚《とて》も楽。高尾《たかお》山薬王院《さんやくおういん》と云う、由緒ある名刹——だそうですわ」

「聞いたことだけはあります」

覚えていた訳ではない。

「立派なお寺ですわ。山の上のお寺と聞きますとお寺がぽつんとあるように思いがちですけど、神社のような建物や堂宇が点在しているのですね。お寺なのに、鳥居がありますの。詳しいことは判りませんけど。尤も、わたくしは罰当《バチあ》たりな不信心者ですから、お参りをしたことはございませんのね。周りの名勝を歩くだけでした」

「景色がいいのですか」

「絶景奇景と云う印象こそありませんけれど、滝があったりはしますし、清浄な感じがして綺麗ですわよ。見所は寧ろ、豊かな植生ですわね」

なる程。

浮世離れと云う言葉がある。

母の云うところの上流階級の人達なんかが、能《よ》くそう謂われる気がする。

火事が発生した場合。

まあ、大変だ、消さなくちゃ報せなくちゃ逃げなくちゃ——と、庶民なんかは思う訳だが、でもその手の人達は、何て綺麗な炎でしょう——などと感じ入ってしまったりする——ような印象がある。勿論、印象である。偏見と云ってもいいかもしれない。

この間知り合った学者だか研究者だか云う人は凡そ上流階級と呼ぶには程遠い人物だったが、それでも確実に浮世離れしていた。

こちらは、縦《よし》んば火事を見ても、風向きだとか湿度だとか燃えているものの材質だとかの方が気になるのだろうし、燃え方だの燃焼時間だの被害総額だのの方が先に頭に浮かぶような気がする。

でも。

浮世離れして見える人達は、別に現実と乖離《かいり》していると云う訳ではないのだ。

彼等も同じ現実を見ているのだ。ただ同じものを見ていると云うのに、見えているものが多少違うだけなのだろう。

否——そう云う意味では同じものを見て同じように感じる人など、只の一人もいないのだ。皆、それぞれ違っている筈だ。そうして考えてみると、大変だと、消さなくちゃと、報せなくちゃと、逃げなくちゃは、全部違う。

同じようなことかもしれないが、違う。

庶民だとか上流だとか、そう云うことは関係なくて、要は人に依ると云うだけだ。

でも、まあ貴方と私はおんなじだと、どうしても思いたがる人は多いのだ。

同調することで安心するのだろう。

それは時に同調しろと云う強制にもなる。

それが普通なんだお前も普通だろと彼等は謂う。

違うとなると、普通ではないと謂われる。のみならず、お前も普通になれ普通こそ正しいのだと云う押し付けが始まる。それを拒否すると、愈々《いよいよ》孤立することになる。そしてお前は普通じゃないと云う烙印が捺されてしまうのだ。でも。

それだけのことかもしれない。

普通なんかないのに。

浮世離れして見える人は、拒否する力を持つ人なのだ。財力でも学力でも何でもいいが、世間の同調圧力を退けるだけの何かを備え持っている人達がそう見えるだけなのだろう。

植生と云うのは、その土地にどんな種類の植物が生えているか――と云うことなのだろうが、美由紀なんぞは樹木の種類にも草の種類にも全く詳しくないから、見ても聞いても教えて貰っても珍紛漢《ちんぷんかん》である。

しょくせい、と云う語感から美由紀が思い浮かべた事柄は、そんなに食べられる草が生えているのかな――と云う、極めて間抜けな空想だった。食生と云う文字を思い描いたに違いない。完全に馬鹿である。

美由紀は一人で笑った。

「興味があるのかしら」

「ち――違います。ないこともないけど」

「わたくし、一度目はケーブルカーの終点の高尾山駅付近をうろうろしただけでしたけど、二度目はケーブルカーを使わずに山麓から少しだけ登って、三度目は高尾山駅から山頂を目指しました。天辺までは行けませんでしたけれど」

疲れてしまいましたのと云って美弥子は笑った。

「あ――お嬢様だから挫《くじ》けてしまったなどと思われては困りますわ。わたくし、体力には自信がありますの。乗馬倶楽部では、早駆けでも遠乗りでも一番です」

ひ弱な感じはしない。

美弥子は小柄だけれど手脚は長いし、動きも緊緊《きびきび》としていて躍動的だ。細いけれど靭《しな》やかそうで、強そうでもある。

「体力がなかったのではなくって、本気で登ろうとしていた訳ではなかったからなのですわ。実際、お年寄りでも山頂まで登られる方は沢山いらっしゃるし、道もあって、そんなに険しい訳ではないの。元旦のご来光を拝みに行かれる方もいるみたい。わたくし達、お互い会う機会が減ってしまったのでお話しすることが沢山あって、山歩きよりもお喋りの方に身が入ってしまったのね」

美弥子は小首を傾げる。

齢上《としうえ》の女性に抱く感想としては如何《いかが》なものかとも思うけれども、可愛らしい。

「お喋りをするのが楽しくって、ペースも遅かったので——途中で陽が翳《かげ》りそうになってしまったの。それで引き返したのです」

「登れたのに止《よ》したんですね」

「そう。登山と云うのは、きちんと下山出来るまでが一セットなのだと聞きます。帰路が暗くなってから、日帰り登山の場合は、山頂で日没を迎えたりしてはいけないのです。ですかしまいますでしょう。夜の山は、それは危険なのだそうですわ。日没後の下山は、迚《とて》もハイリスクなのよ。山は突然に暗くなるし、季節に依っては冷え込むし、滑落したり、迷ったりもしますわ」

「そうですよね」

前の学校は山の中にあって、夜は怖かった。

「と——云うようなことは皆、ワンちゃんから聞いたの。ワンちゃん——是枝さんと云う人は人一倍慎重な性格だったのですわ。わたくし等とは違って無謀とは一番遠い人。登山同好会の皆さんにもお聞きしましたけど、どんな時にも無理はしないし、装備はいつも万全、危険を冒すようなことは絶対にしない——と云う評判でしたわ」

それが。

二箇月ばかり前のこと。

美弥子は是枝美智栄に四度目の高尾山行きに誘われたのだと云う。何でも、秋口に劔岳《つるぎだけ》に登る計画があったようで、そのウオーミングアップだったらしい。

「お断りしたんです」

丁度その日、美弥子は琴の合奏会があったのだそうだ。

何とも忙しいことだと思う。また、断る理由も優雅なものである。

「久し振りのお誘いでしたので迚も残念でした。ワンちゃんは、じゃあこの度は独りで行きますわ、と云って――以前にも野点《のだて》の会とぶつかってしまったことがあったのだけど、その時もワンちゃんは中止しないで独りで登ったんですわ。わたくしの方は単なるお友達とのお遊びですが、彼女の主眼はお喋りではなくて山歩きの方なのですから――当然ね」

「あの、単独では危険――と云うような場所ではないんですね？」

それはないですわと美弥子は答えた。

「勿論、ルートから外れたり、無茶な行動を執ったりするなら危険なのでしょうけれど、それは何処でも同じこと。そうしたことをしなければ、極めて安全な山だと思います。極端な軽装でない限りは、登山装備がなくても歩ける場所も多いですから。わたくしは常にそれっぽいだけの恰好でしたけど、ワンちゃんはちゃんとした登山スタイルで登っていました。独りで行くなら余計にきちんとされていたと思うわ」

でも。

是枝美智栄は戻らなかった。

行方不明になってしまったのである。

「行方不明って——遭難しちゃったと云うことなんですか？」

判らないのと美弥子は云った。

「日帰りの筈が戻らなくて、ご家族は直《す》ぐに警察に届けたようです」

警察の調べたところに依れば、是枝美智栄はその日間違いなくケーブルカーの高尾山駅までは行っているらしい。

目撃者は多数いたようだ。その中には過去に何度か山で出会《でくわ》していて、顔見知りになっていた者もいたと云う。挨拶まで交わしたと云うのだから間違いないのだろう。

また是枝美智栄はケーブルカーの降り口付近にある茶屋で御不浄を借りている。店の者も名前こそ知らないが何度か見掛けた顔だったと証言していると云う。

その日、是枝美智栄は間違いなく高尾山に行ってはいるのだ。

様様な証言を総合してみると、彼女はケーブルカーを降車した辺り——霞 台《かすみだい》と云うらしい——から、琵琶滝《びわたき》と云う瀑布のある方に向ったようである。

ただ、滝には行かず、通り越している。

そこから先は能《よ》く判らない。

滝へ通じるポイントを越し、ぐるりと中腹を一周すると云うルートは、特に変わったものではないのだと云う。その経路を行った場合、三十分から四十分程で元の場所に戻るのだと云うことである。高低差も余りないから歩き易いし、南陵と北陵の両方の森を巡ることになるため、美弥子の云う植生の違いが瞭然《はっきり》と判る、植物好きには良いコースであると云う。

「他にその路を歩いていた人はいなかったのでしょうか？」

「いたようなんですけど、能く判らないみたいなのです。山中では見知らぬ人であっても擦れ違う時に挨拶したりするようなのね。だから比較的覚えているものらしいのだけれど、滝へ通じる分岐地点を越した辺りからワンちゃんを目撃した人はいなくなってしまうの」

「え？　真逆《まさか》、それ」

滝――ですわよねと美弥子は云った。

「警察もそう考えたみたい。それ、事故か自殺の線ですわね」

「まあ、滝って、危ないですよね？」

「そうね。でも、それはなかったようですわ」

「なかったんだ」

「どうやら、滝へは行っていないの。断定は出来ないけれど、縦《よし》んば行っていたのだとしても、先ず以《もっ》てそこは事故が起きるような処ではないんです。華厳《けごん》の滝《たき》みたいな滝ではないのですわ」

「滝壺が深くないとか?」

「それもそうみたいなんですけど――と、云うよりも、そこは修行の場なので、観瀑《かんばく》は出来ても滝そのものには近寄れないみたいですの。しかもその日、琵琶滝には修行されてる方がいたようなんです」

滝に打たれて修行するお坊さんと云うのは今でもいるものなのか。美由紀にとっては昔話や物語の中にしかいない。

「山内には、もう一つ滝があるようなんですけれども、そちらの方も同じような滝らしいですし、そこは少し離れていて――と云うよりも、問題なのは距離ではなくって、もし彼女がその中腹を一周する経路を行ったのだとしたら、ぐるりと回って、ルート上の最後にある浄心門《じょうしんもん》と云うポイントを通過していなくてはならない、と云うところなのですわ。そこを通らなかったとするなら、路を外れたか戻ったかね」

「それ、お寺の門なんですか?」

「そうみたいですわ。その門の処に、彼女を見知った登山者がずっと留《とど》まっていたらしいの。彼女よりも十分ばかり先に出て、途中で気分が悪くなるかして、そこで休まれていたようなのですわ」

どうやらその彼女を見知った人と云うのは、是枝美智栄と同じケーブルカーで登って来た人らしい。

十分の差が出たのは是枝美智栄が茶店に寄って用を足していたからである。

「その茶店から琵琶滝に行く方向に進んで、滝に行かずに山を回るルートを行ったのだとすると、通常なら三十分もかからないで——二十分くらいかしら、その程度で浄心門に着いてしまうようね。でも、その人はそこで三十分以上休んでいたみたいで、それからそろそろと進んだようだから——通常は三四十分で周れるコースを一時間以上かけて歩いたことになる訳。でも彼女は、その人を追い越していないんだそうです」

「はあ。では引き返した？」

違うか。

「違いますね。でもそれ、どっちにしても中腹を一周するって云ってましたよね？　じゃあ、その経路を進んでも結局は元の処に戻ることになるんですよね？　それなら引き返しても進んでも、同じことなのか——その、茶屋の人とかは」

「帰って来たところは見ていないと云っているみたいですわね」

「見逃した？」

「登山者や参詣者の全員をチェックしている訳ではないのでしょうから、これは仕方がないのですけれど。でもケーブルカーで下山した彼女を見た人はただの一人もいないのです。勿論、ケーブルカーを使わずに下山することだって出来る訳ですけど、それでも霞台までは戻る恰好になる筈なのよ」

「下山してない？　じゃあ、ルートを外れて山の中に入りこんだ——と云うことになりますよね？」

「そうよね。そうでなければ人目を忍んでこっそりと下山したか」

「こっそり？」

それだって出来ない相談じゃないの、と美弥子は云った。

「滝の方に向う振りをして、木陰か何処かで服を着替えたりしたなら、まず判らないでしょう。リュックサックを背負っていた筈なので、着替えくらいは幾らでも持って行けるでしょうし。でも」

そんなことをする意味はあるのか。

「その場合は、是枝さんが自らの意志で行方を晦《くら》ました——家出と云うことになりますよね？」

「そうですわね。ルートを逸れて山の中に入りこんだ場合は、また少し事情が違ってくるけれど」

本当に迷ったか。

或いは。

「自殺——と云うことですか」

それはないと思うのです——と美弥子は云った。

「いいえ、わたくしだって是枝さんのことを何もかも知っていた訳ではないですから、確証があるかと問われれば何とも云えないのですけれど、どう考えても」

彼女が自ら命を絶つ理由なんか一つとして思い付きませんと美弥子は云う。

「そもそもワンちゃんはわたくしを高尾山に誘っているのですよ。自殺するつもりならそんなことはしないでしょう？」

「しない――でしょうね」

「わたくしに見届けて欲しいとか、一緒に心中してくれと云う話なら兎《と》も角《かく》、そんな思い詰めたお誘いではなかったわ。だから、もし何かあったとするなら、わたくしが同行を断った後――と云うことになります。わたくしがお電話を戴いたのは、彼女が失踪する僅か二日前のことです」

元気でしたわと、美弥子は何故か怒ったような口調で云った。

「秋口の登山を楽しみにしている様子でした。どうやら、意中の殿方と一緒の登山になる予定だったらしくって」

「意中？」

一瞬、意味が判らなかった。

それは好きな人と云う意味なのだと、寸暇《ちょっと》してから理解した。

「その方と――何かあったと云うことはないんですか。その――」

「ないでしょう。何しろ彼女、片思いだったようですし。お付き合いするどころか、告白さえしていない、憧れていただけなのです」

「それでも傷付いちゃうようなことって——ないですか？」

美由紀は恋愛には疎《うと》い。

「ええ。そうも思ったので調べてみましたが、その方に別の想い人がいると云うようなこともなかったようです。それ以前に、彼とは一切連絡を取っていないようでした」

「誰かが何か嘘を吹き込んだとか——」

「それは考えませんでしたけれど——もし彼女が失恋したとしたら、いの一番にわたくしに連絡をくれると、わたくしは思いますわ。そして彼女はこう云うでしょう。また駄目だったみたい！　私は恋の女神に見放されているのですわ！　何処かで甘いものをお腹一杯食べたいから貴女も一緒にお付き合いしてくださらない——と」

そう云う人だったんだ。

そう云う人だったのですと美弥子は云った。

俗な感じで云うならば、惚れっぽくて振られがちで、立ち直りの早い元気な人だったと云うことになるだろうか。

「自殺なんかするかしら」

難しい問題である。

「人は、複雑で判らないものですから、もしかするとわたくしなどには計り知れない懊悩《おうのう》を抱えていらしたのかもしれませんけれど――どうも、わたくしには想像することが出来ないのです。少なくとも友人である是枝美智栄は、裏表のない、天真爛漫な人でした。密かに身を隠したり、突然自死したりする人だったとは、どうしても思えないのですわ」

ならば事故――と云うことになる。

「警察は――山狩りなんかはしなかったんでしょうか」

「したようです」

地元の青年団や消防団などにも協力を仰ぎ、かなり入念な捜索が行われたらしい。

但し。

山全体の捜索が行われたのは、失踪から五日後のことだったようだ。

かなり遅い対応と云う気もするが、これは決して捜査当局の怠慢ではないらしい。

届け出があったのが失踪翌日。

聴き込みと登山コースの捜索に、丸二日かかっている。四日目からは範囲をやや広げた捜索をし、その翌日から山全体の捜索――山狩りにかかったと云うことだろう。

順を追って捜索範囲を広げている訳で、怠けていたと云うことはないようだ。捜索に動員された人数も少なくはなかったようだし、広範囲に、かなり大規模な山狩りが行われたらしい。捜索は延べ半月近く続けられたようだが何の手掛かりも見付からなかったと云う。

「とは云え、警察は一週間を過ぎた辺りでほぼ諦めていたようです。遭難したにしても、事故に遭ったにしても、生きてはいないでしょうから、これは仕方がないでしょう。でも死体も、痕跡さえも見付からなかった。自殺したとしても死体はあるでしょうし、そこで意図的な失踪ではないのか——と」

「こっそり下山の線ですか？」

「そうね。でも、彼女の性質を踏まえる限り、自殺と同じくらい考え難《にく》いとわたくしは思います。わたくしは」

誘拐されたのではないかと考えていますと美弥子は云った。

「ゆ、誘拐ですか？　ま、まあないこともないんでしょうけど——」

誘拐されるのは幼子が相場と、単純に美由紀はそう思い込んでいた。

別にそんな決まりはないだろう。

「連絡なんかは？」

「営利誘拐なら連絡が入るのでしょうけれど、そうでない場合もあるでしょう。性的目的かもしれませんわ。そうなら、誘拐監禁、或いは暴行と云うことになりますわね」

そう云う犯罪もあるのか。あるのだろう。

「実際」

美弥子はそこで声を低くした。

「地元では、神隠しだと謂われているようです」

「神隠しですか？」

「神隠しと云うより、天狗攫《てんぐさら》いかしら」

「何サライです？」

「天狗ですわ。高尾山には天狗がいるのだとか」

「テング？　てんぐと云うのは、あの天狗のことですか？　お話なんかに出て来る、あの顔が赤くて鼻の高い、羽の生えた、あの、一本歯の下駄履いて羽団扇とか持ってる？　え？あれって本当に居るんですか？」

そんなものは居りませんわと、美弥子は半笑いで云った。まあ、居ないとは思うが。

「でも、巷間にそんな流言蜚語《りゅうげんひご》が流れてしまうと云うことは、何者かに拉致《らち》されたと考えるのが一番妥当——と云うことじゃないのかしら？　天狗は居なくても」

人攫いなら居るのよと美弥子は云った。犯罪だ、と云うことか。

「これを覧《み》て」

美弥子は小振りなバッグから写真を一枚取り出した。

卓上に置く。

美由紀の果物はまだ半分くらい残っている。美味しいけれど食べ付けない。それに上品に食べなければいけないのかと思うと手が進まない。その上、話を聞いていると手が止まる。

奇妙な写真だった。風景写真でも人物写真でもない。

布か何かの上に色色なものが並べられている。襤褸布《ぼろきれ》のようなもの。半巾《ハンケチ》。財布に、通帳か。それから帽子、鞄のようなもの、靴。登山の装備品——なのか。

思ったまま質《ただ》すとそうよと云われた。

「これは先週、群馬《ぐんま》県で亡くなった女性が身に着けていたものですわ」

「先週——ですか？　群馬？」

「そう。十月七日に発見されています。亡くなったのはもっと前。群馬県の迦葉《かしょうざん》山と云う山で発見されたの。自殺されたようなのです。遺書もあったようですわ。断崖から跳び降りたのね」

「それが？　どうして美弥子さんはこんなものを持ってらっしゃるんですか？」

「その登山帽、わたくしのものなの」

「え？」

美由紀は写真を手に取って繁繁と見てみた。取り立てて変わった帽子ではない。

「内側に、わたくしの名前が刺繍してありましたのよ。父からの贈り物。父は何でもネエムを入れるのが良いと思っているのですわ。喜ぶと思うのでしょうか。迚《とて》も迷惑です」

「いや、その」

能《よ》く判りませんと云った。

「亡くなった方とは」

「全く存じ上げませんわ」

「どう云うことでしょうか？」

「そこに写っているのは全部、是枝さんが身に着けていたものなんです。そのお帽子は、以前一緒に高尾山に行った時に交換しましたの。ワンちゃん、色も形も可愛いとたいくご執心だったので——」

お蔭で警察に疑われてしまいました、と美弥子は云った。

「それって」

何かが起きているのですわと、お嬢様は云った。

2

「傲慢な振舞いでした」

そう云った美弥子は、別段悪びれた様子もなく表情を変えることもなく、背筋も伸びていた。

一般的に、それは謝意を示しているとは受け取られ難《にく》い態度だろう。口でなら何とでも云えると謂われてしまっても、仕方がないかもしれない。でも美弥子の言葉は上辺だけのものではない。それは、美由紀にも判る。

多くの人は謝る時に卑屈な態度を取る。下を向き、しおらしく、謙虚に、不幸でも背負っているような顔をする。謝意を示すためにはそうした態度こそが相応しいと誰もが思っているのだろう。まあ相手が怒っているのであれば下手に出た方が穏便に済むことも多いのだろうとは思うし、敢《あ》えて火に油を注ぐような振舞いをするのも如何《いかが》なものかとは思うけれども、能《よ》く考えてみれば、それは過ちを認めると云う以上に、過ちを犯した自分を許して欲しいと云う態度であるようにも思う。

美弥子は、自らの過ちは素直に認める。

それに対する償いもするのだろう。反省もすると思う。

しかし悔いることはないのだ。

況《まし》て、許して貰おうなどとは微塵も思っていないのではないか。

その辺が、凡夫匹婦《ひっぷ》と違うところなのかもしれないとは思う。

考えてみれば、自らの行いの善悪可否と、それを他者がどう受け止め何を思うのかと云うことは、まあ、別なことである。反省し悔い改めることと、許しを乞うことも別だ。

こんなに謝ってるんだからお前もいい加減許せよと云うのは、変な話なのだ。

強要は出来なかろう。

別に悪いことをせずとも嫌われてしまうことはあるし、どれだけ償っても許してくれない場合もある。逆恨みだってある。

それとこれとは話が違うのだ。

美弥子は謝意を表わすことはするが、許しを請うことはしないのだ。

ご免なさいは云うけれど、許してくれとは云わないのである。

「美由紀さん、貴女《あなた》はちゃんと警戒されていらしたでしょう。わたくしが以前に申し上げたことを覚えていたのね。日暮れまでに下山しないとリスクが大きくなると云う話。午後四時を過ぎた時点で引き返すべきだったのですね」

「まあ、私なんかはオマケでくっ付いて来ただけですから」

「きちんとわたくしの話を聞いて同行を承知してくださったのですから、立派なパートナーです。パートナーの助言に耳を傾けないと云う態度は、思うに不遜なことですわ。平気よと云ったのはわたくしです。根拠もないのに。実際危機管理がまるでなっていなかったわ。だから傲慢だと云うのです」

平気じゃないですかと美由紀は云った。

「食料は少しならありますし、まだ凍える程の季節でもないですから、もしこのまま夜になっても平気ですよ。一晩遣り過ごせれば何とかなるんじゃないですか」

と——云っているうちにみるみる暗くなる。

美由紀と美弥子は、壙《あな》に陥《お》ちたのだ。

美由紀は腰を打っただけだったが、美弥子は足を挫《くじ》いた。

「大体、こんな処にこんな穴ぼこがあるなんて、普通は思いませんよ。ほんとに山は危険なんですね」

「この壙は——」

人為的に掘られたものでしょうねと美弥子は云った。

「は？」

美弥子は体を傾け、二人が滑落して来た土肌を手でなぞった。

「明らかに掘った跡です」

「そうですか？」

美由紀にはただの穴ぼこにしか見えない。

「何かの工事ですか？　でもそれならこれ、途中で止《や》めてますよ。大体、こんなとこ掘って何を造るつもりだったんでしょう。山歩きのコースからはかなり外れてますよね？　登山道でもないんでしょうし。それよりもこの山や森は、なんか保護されてるんじゃなかったですか？」

危ないなあと美由紀が云うと、危なくて当然ですわと美弥子は云った。

「当然って」

「陥穽《おとしあな》──と云うことですわ」

「陥穽って、子供が悪戯《いたずら》で掘るような、あの陥穽ですか？　あの、上に何か被せておいて上を歩いた人を落っことす？　そうですか？　だって、底にこんなに落ち葉やなんかが積もって──え？」

「古い陥穽です。掘られてから数箇月は経過していますわね。放置されていた、と云うべきかしら」

「ああ」

でも。

美由紀達は被せものを踏み抜いて陥《お》ちた訳ではない。

ほぼ滑落したと云う感じだったのだ。

「嵌《は》まって陥ちた訳じゃないですよ。落っこちてはいますけども」

「ええ。ですから陥穽と云えば陥穽なんでしょうけど、縦穴を隠し、踏み抜いた者を陥とすタイプのものじゃなくって、多分壙の縁から突き落とす――ために掘られたものじゃないかと思いますわ」

「そんな」

美由紀は壙の縁を見る。

途中までは緩やかな傾斜だが中程から角度が急になっており、最終的には縦穴状になっている。反対側は――ほぼ垂直だ。掘り出した土が盛ってあるように見えないこともない。深さは――地表から量れば三メートル以上はあるだろう。いや、もっと深いかもしれない。これがただの縦穴で、普通に落下していたならば、間違いなく大怪我をしていたことだろう。

「こっち側だけが蟻地獄みたいになっている――と云うことですか。って、罠じゃないですか。それじゃあ」

「罠ですわね」

まんまと罠に掛かってしまったんですわと美弥子は動じることもなく云った。

「こんな処に罠を仕掛けて、何をしようと云うんです？　誰が仕掛けたのか知りませんけど、野生動物でも獲るつもりだったんでしょうか」

「こんな大雑把な罠に掛かるような動物はいませんわね。それに、動物なら入りこんでも抜け出せると思います。狸《たぬき》や鼯鼠《むささび》は落ちないでしょうし鼬《いたち》や栗鼠《りす》なら簡単に出られるでしょう。尤《もっと》も、猪《いのしし》なんかの場合は判りませんけど」

「はあ」

人間も普通は陥ちないと思いますと美弥子は云った。

「山歩きをする人は、皆さん気を付けて歩きますもの。山の中は足許が悪くて当然ですから。わたくしのように山を軽視し、尚且つ当てもないのにうろうろするような粗忽者《そこつもの》でない限り、こんな壙には陥ちません」

「私も陥ちました」

「貴女は陥ちたのではなく、滑り落ちるわたくしを助けようとして巻き添えになったのです。間抜けは偏《ひとえ》に、わたくしですわ」

まあ、そうなのだが。

慥《たし》かに、慎重に進んでいれば当然気付くような壙である。

美由紀にも、まあ変梃《へんてこ》な感じと云うか、不自然な地面の隆起や凹みは見えていた訳で。ただそれが何なのかは、美弥子が足を滑らせるまでまるで判っていなかったのだが。

「そうですねえ。全力で走ってた訳でもないし、まあ――立ち止まりますよね。でも、縁に立っているとこを押されれば落ちちゃうでしょうけども――あ、突き落とすためと仰《おつしや》ったのはそう云う意味ですか」

「ええ。誘《おび》き寄せて突き落とす――そのための罠だと思います」

見れば見る程そう見えて来る。

「え？　すると、この穴ぼこはその」

美智栄さんを――。

「彼女を捕まえるために掘られた壙なのではないかと、そんな考えが浮かんでいるのですけれど、どうかしら」

「そのために掘ったと云うんですか？」

「違うかしら」

「いやあ――でもこんな大きな穴ぼこ、ちょっとやそっとじゃ掘れないですよ。私達、高尾山駅から此処まで、何かないかと探し乍《なが》らかなりあちこち寄り道して来ましたけど、それでも三時間程度でしたよね」

午前中に西側を歩き、一旦茶店まで戻って、午後に東側を探索した。

その後、茶店付近でお弁当を食べてから午後一時頃に再び出発し、壙に陥ちたのが午後四時頃だったと思う。

「是枝さんは、コースから外れたとしても私達みたいにあちこち見たり寄ったりはしないで真っ直ぐ来たんでしょうから、精精三十分から四十分、何処かに寄り道をしたんだとしても一時間程度ですよね。その間に先回りしてこんな罠を作るのは無理じゃないですか？」

それは無理よと美弥子は云った。

「見た処、元元の地形を利用した罠のように思えますけれど——多分、擂鉢《すりばち》状に低く窪《くぼ》んではいたのでしょうし、底に穴らしきものもあったのかもしれませんけど。それに手を加えて陥穽にし、登れないように細工して罠に仕立てたのだと思います。そうだとしても——一時間やそこらで掘れるものではないでしょう」

登れそうで、登れないのだ。

「到底一人じゃ掘れないですよね？」

「時間を掛ければ可能ですわ。でも単独で掘ったとするならば、何日か掛かっている筈ですわね」

「ですよね」

ならば。

「誰だか知りませんけど用意周到だったと云うことですか？　是枝さんが来るのを見越して、先に作っておいたって云うんですか？　何日も前から？　それとも、その何者かがこの罠の完成後に、是枝さんを高尾山に登るように——仕向けた？」

それは無理と美弥子は一瞬で美由紀の愚考を却下した。

「彼女がこの高尾山に来た理由は劔岳登山のウオーミングアップのため。その登山計画が正式に決まったのは、彼女がわたくしに電話をくれた数日前のことだったそうなの。その計画を何者かが知り得たのだとして、それから急いで用意を始めたのだとしても、多分無理だと思います。四五日しかないのですもの」

四五日——。

大勢で掘れば間に合うのではないか。

そう云った。

「大人数ならそれは間に合うでしょうけど」

目立ちますと美弥子は云った。

「此処は登山コースからは大きく外れているし、普段は人の通らない場所です。でも此処に来るためには、必ず何処かから登って来なければなりませんでしょう」

それはそうだろう。

「勿論、山なのですから四方八方何処からでも来られますけれど、多分一番楽なのはわたくし達が来たのと同じ経路。そんな大勢が手に手に道具を持って何日も通ったりしたなら、かなり目立つのではなくって？　まあ五人以上いれば——一日か二日で終わるとは思いますけど、それでも目立ちます」

「道具——要りますよね」

　素手で掘るのは無理だろう。

「ええ。人手だけ多ければ良いと云うものではないですから、道具は必要ね」

「道具、置きっ放《ぱな》しで通ってたのじゃ」

「どうでしょう。それでもそれなりの人数が通ったら目に付きます。その人達がもっと山奥に棲んでいて、そこから通っていたと云うなら別ですが、それでは——」

　天狗ですと美弥子は云った。

　天狗だったらあっと云う間に掘れる気もする。

「山に棲んでいる人、いるんですか？」

「いないと思いますけれど——」

「泊まり込みとか」

「不可能ではないですけれど、かなり大掛かりにはなりますわ。それってテントを張るなりして野営することになる訳でしょう。此処はそれ程山奥じゃないですから——必ず人目に付きます。夜間の作業は明かりも要るでしょうし」

　こんな場所ですから人目に付けば騒ぎになりますと美弥子は云った。

　まあ、この山にはその昔は天狗がいたとか云う話なのだし、山中で変な火が燈《とも》っていたりしたら妙な噂も立つかもしれない。天狗の御燈《みあかし》とか云うのだったか。

「夜の山は暗いですから、明かりを燈したりしたらば、かなり遠くからでも見えてしまう可能性がありますわ。仰《おつしや》る通りこの辺りの森は大昔から保護されていますし、現在も東京都の自然公園指定を受けている筈ですから、変なことは出来ない筈です。こんな壙なんか掘ったら叱られます」

いずれにしても手間ではある。

「——手間が掛かる割に不確実ですわ。彼女が劔岳登山の前に高尾山に登るなんてこと、余人には判らないことでしょう？　もし彼女にそうした習慣があると知っている者がいたとしても、いつ登るかまでは判らないことですわ。もし登るように仕向けたのだとして——彼女は此処に来る二日前に、また二人で行こうと、わたくしを誘ったのです。お断りしていなければわたくしは同行していました。ですから、矢張《やは》り変です。総合して考慮してみると、凡そ用意周到とは云い難《がた》いとは思いません？」

「それじゃあ」

この壙は美智栄さん失踪とは関係ないのじゃないですかと美由紀は云った。

「まあ悪戯にしては度が過ぎてますし、犯罪の匂いがしないでもないですけど、その何だか判らない罠に偶々《たまたま》私達が引っ掛かっちゃったと云うだけで、美智栄さんの件とは無関係なんじゃないですか？」

「いいえ」

「違うと云うんですか？」

誰でも良かったんじゃないかしらと美弥子は云った。

「意味が判りません」

ただ適当にこっそり罠だけ作っておいて、誰でも良いから落っこちれば面白いだろう、と云うことか。そうなら随分と悪趣味である。

「それ。面白いですか？」

「いいえ、人が落っこちるのを面白がると云うのなら、ずっと見張っていなくては」

「あ、そうか」

「それに、誰かが此処に陥ちたとしたら――出られないのです」

出られないのだ。自分達も。

「誰かが助けに来なければ出られないの。下手をすれば陥ちた人は死んでしまいます。そんな悪戯はありませんでしょう？」

まあ、下手をすれば死んでしまう状況なのは現状、美由紀達なのだが。

「わたくし達は間抜けにも自らこの罠に陥ち込んでしまった訳ですが、普通はこんな処を歩きませんから、然《そ》う然《そ》う引っ掛かる人はいないでしょう。ならば、矢張《やは》り特定の人物を捕まえるために作られた罠だと考えるべきですわ」

「でも、誰でもいいんですよね？」

「ですから、誰でもいいと云っても何か条件があって、その条件に見合う人ならば誰でも良かった、と云う意味ですわ。条件に合致した人がこの山に登って来た時に、その人を何らかの手段で此処まで誘って来て——」

「突き落としたと云うんですか？　何のために」

「それは」

判りませんわと美弥子は云った。

「皆目見当も付きません。山の中で女性を拉致する理由なんかは判る訳もないし、解りたくもないですわね。でも、そうとでも考えないと納得出来ませんわ。彼女は——その条件に合致した。だから」

「此処に落とされて、それで誘拐されたと云うんですか？」

証拠は何もないのですけれど——と美弥子は辺りを見回す。

既に地面は夕闇に溶けかけている。

「そうとでも考えないと、この壙の存在が特異すぎると思うのです。人が一人消えた場所のすぐ近くに、こんな罠があるなんて、凡《およ》そ偶然とは思えませんもの」

「偶然かもしれませんよ」

そう思いたくないと云う美弥子の気持ちは能《よ》く判るのだが——。

それに、これが無関係だったとするなら、この状況は余りにも間抜けである。

「そうですわねえ」

お嬢様はあくまでお嬢様である。

慌てるとか取り乱すとか、そう云うことはないのだろうか。

斯《か》く云う美由紀も、そんなに狼狽してはいない訳だが。美由紀の場合は、単に楽天的で考えなしだと云うだけだと思うけれども。

「大体ですね、是枝美智栄さんが此処に突き落とされたんだとして――ですよ、美弥子さん。その後はどうなるんですか」

「その後って？」

「いや、落とし放《ぱな》しじゃない訳ですよね。落とされて捕まえられた後、何らかの形で下山している訳ですよね？」

あらそうねと美弥子は眼を円《まる》くした。

「下山させるのでしたらこんな厄介なものを拵《こしら》える必要はないですわね。壙に落としたからと云って云うことを聞くようになる訳でもありませんでしょうし、引っ張り上げる手間も掛かりますものね。それなら、当て身を喰らわせるか何かして意識を失わせて、自由を奪ってしまえば――」

「それ、もっと目立ちます」

それは一応、考えたのだ。

幼児なら兎《と》も角《かく》、成人女性である。気を失わせたとしても殺したとしても、そんなものを担いで歩くのは大変だ。可能だとしても目立ち捲《まく》りだ。警察が念入りに聞き込みをしている訳だし、それで目撃証言が出ないと云うのはどうなのか——と。

「どっちにしても是枝さんは下山しているんですよね？　この山にはいなかったんですから。そうなら矢《や》っ張《ば》り自らの意志で下山したと考えた方が無理がないように思いますけど。そうだとしたら、こんな変梃な罠は何の意味もなくないですか？」

「意味ないですわね。いや、もっと別な意味があるのかも」

美弥子は考え込む。

「私は、この壙と是枝さんは関係ないように思います。と云うか私の友達の推理が一番妥当だって云う気がしてますけども——」

そう。

銀座の高級パーラーで是枝美智栄の失踪話を聞かされた美由紀は、俄然興味を引かれてしまったのだった。ただ女性が失踪したと云うだけなら珍しいことではないのかもしれないが、失踪した女性が身に着けていた衣服一式を身に着けた全くの別人が離れた場所で自殺していた——となると、まあ徒《ただ》ごとではないだろう。

とは云うものの。

弥次馬《やじうま》だ。

美由紀は失踪した女性の家族でも友達でも何でもない。面識すらない。警察官でも探偵でもない。一介の女学生には何の関わりもないことである。

興味本位の弥次馬だ。

加えて。

美弥子と云う人に興味を持った——と云うのもあるかもしれない。

連絡先を交換し——と、云っても美由紀の場合は通っている学校の名を教えただけなのだが——美由紀と美弥子は再会を誓った。いや、誓ったとか云う背中が痒くなるような云い方は美由紀の好むところではない訳だが。美弥子は近いうちにまたお会いしましょうねと云ってくれた訳で。

寮の近くまで高級な車で送って貰った。

勇んで出掛けて腰砕けになり、取り戻そうとして空振りに終った一日ではあったのだが、仕上げは上上と云った具合で、悪い気分ではなかった。美弥子と出会っていなければ、かなりしょぼくれて帰路に就いていたことだろうと思う。

その時美由紀は、寧《むし》ろやや昂揚していたのだ。

お嬢様候補生に囲まれて日日を過ごしているまるでお嬢様ではない美由紀なんかが、正真正銘お嬢様の中のお嬢様と友達——らしきものになったのであるから、多少の昂揚くらいはしようと云うものである。

美由紀自身に何か変化があったと云う訳ではないから、つまり単なる気分の問題でしかないのだが。子供っぽい昂揚に過ぎない。

まだ日暮れには時間があり、そのまま寮に帰る気もしなかった美由紀は、自分だけの場所に寄ることにした。いや、自分だけの場所などと云う妙に小洒落た云い方も美由紀の好むところではないのだが、まあ何ともその、語彙が少ないのである。

勿論そこは美由紀専用の場所なんかではない。美由紀の学友達が一人として寄りつかない処、と云うだけのことで、公の場所ではある。平素《いつも》人は大勢いる。尤も、殆どが年端も行かぬ子等なのであるが。

板塀と、板で蓋をした溝《どぶ》に挟まれた、袋小路になった狭い露地。その途中にある、駄菓子屋——屋号を子供屋と云う。美由紀はその店の前の著しく通行を妨害している縁台に座って、泥だらけで遊ぶ子供達を眺《なが》め乍ら廉《やす》くて不味《まず》いものを食べるのが好きなのだ。

大通りから露地を覗く。きゃあきゃあ云う叫声《きょうせい》が聞こえた。日曜日の子供達は、刹那的《せつな》に明るい。

露地に踏み込む。

湿っぽいのに埃っぽい。

色褪《いろあ》せているのに毒毒しい。

限りなく廉《やす》っぽいのに魅惑的だ。

子供屋に視軸を投じると美由紀の指定席に誰かが座っていた。勿論、美由紀は毎日来ると云う訳ではないから、そこには多く子供達が群がって座っている訳だが——。

子供ではなかった。

到着する前にその人は振り向いた。

中禅寺敦子だった。

「敦子さん」

美由紀は少少面喰らった。

敦子が独りで子供屋を訪れることはないと思っていたからだ。

此処は、美由紀が指定した密会の場所である。密会と云うのもまた淫靡で不穏当な感じなのだが、矢張《やは》り語彙が少ないのだ。

まあ秘密と云う訳ではないのだけれど、大人が来るような処ではないから、此処で会っていることは誰も知らない。

だから密会でも間違ってはいない。

敦子は科学雑誌の編集記者である。

今や美由紀の——少し歳の離れた——大事な友達である。

「何してるんです」

時間を潰しているだけと敦子は答えた。

「子供屋で？」

「他に行く処もなくて。夕方、三軒茶屋《さんげんぢゃや》で取材なんだけど――」

目を遣ると敦子の前には蜜柑水の入ったコップが置かれているのが確認出来た。

美由紀はその、そんなに美味《おい》しくない駄飲料――そんな言葉はないと思うが――を能《よ》く飲むのだが、敦子はあまり好きではないようだったので、少し嬉しかった。

日曜日なのにお仕事は大変ですねと云うと、先方の都合もあるからと答えて、敦子はふっと、溜め息とも何ともつかぬ息を小さく吐《は》いた。

美由紀は酢《す》烏賊《いか》を買って敦子の向かい側に座った。

その日は少し前まで銀座の気取ったパーラーで高級なフルーツなんとかを食べていた訳だから、その落差たるや正に天と地と云ったところなのであるが、正直に云うなら美由紀は汚い駄菓子屋の縁台の方が遥かに落ち着くのであった。

酢烏賊も殆ど美味しくないのだが、でも慣れ親しんだ味と高級ならざる薫りが、色色と沁みる。

不味《まず》いけど、好きだ。

予期せぬ邂逅《かいこう》に僅《わず》かにほっこりして、美由紀の無根拠な昂揚はやや沈静化した。そして美由紀は、美弥子から聞いた神隠し事件の話を敦子にしたのだった。

美由紀は説明が巧くないのだが、敦子は聞き上手なのでどうにか通じた。

「神隠し——と云うより、天狗攫《さら》いとするべきなのかもね。高尾山だし」

聞き終えた敦子は先ずそう云った。

「美弥子さんも云ってましたけど——天狗って、存在しないですよね？　それなのに、どうして天狗説になるんですか？」

「場所柄と云う話」

敦子は笑った。

「同じようなものごとも土地が変われば呼び方が変わるんだ、とか。まあ兄貴が能く云ってたから。お化けの話」

「高尾の辺りは天狗攫いなんですか——」

「ほら、この間の河童《かっぱ》と同じ。大多喜の辺りは河童じゃなくて蛇の仕業だったでしょ。起きていること自体は同じことなんだろうけど、解釈が変わるのね。例えば失踪した人がいたとして原因も方法も判らないような場合、納得するには何かの所為《せい》にするしかない訳ね。見世物小屋の人とか、サーカスの人とか、濡れ衣を着せられた人達もいたみたいだけど、まあ昔はお化けとか、神様とかでしょう。天狗の言い伝えがある場所なら天狗の仕業。その話だって街中で起きていたら最初から誘拐事件扱いになっていたかもしれないでしょ」

「ああ、まあそうか」

でも不思議ですよねと美由紀は問うた。

「天狗でも何でもいいんですけど、高尾山の山の中で消えちゃったんですよ、是枝美智栄さんは。それで、二箇月後に群馬県の山で服だけ一式――まあ中身は別人だったと云うことですけど、発見された訳で」

「迦葉山だっけ？」

「どう云う字を書くのか知りません。私は地名に無知です」

そこも天狗で有名な山だと思うと敦子は云った。

「え？　また天狗？　天狗、出るんですか？」

「いや、出ないと思うけど。天狗面を祀ってるお寺があった筈。兄貴や多々良さんじゃないから詳しくないけど」

多々良と云うのは、何かを研究している人である。敦子が編集している雑誌に連載を持っているらしい。夏の騒動の時に偶然出会ったのだが、かなりの奇人だ。

「天狗の伝説自体もあるかもしれないんだけど、お寺が祀っているのは中興の祖である高僧に由来するお面だった筈。これもいつ誰が決めたのか知らないんだけど、高尾山、迦葉山に京都《きょうと》の鞍馬《くらま》山《やま》を加えて、三大天狗とか謂うみたいだけど」

「じゃあ鞍馬山に！」

敦子は何故か大いに笑った。

「何を云ってるの美由紀ちゃん」

「いや、天狗が、その」

本当に何を云っているのか。

「まあ——普通に考えれば」

「それです」

それって何と尋《き》かれたので、普通ですと美由紀は答えた。

その、普通の考えが知りたいのだった。敦子の云う普通とは、同調圧力を強要するような多数意見のことではない。多寡に拘らず個個の持つ偏りを出来るだけ排除して得られる極端な起伏のない見識——のことだと思う。

敦子は理性を重んじる人だ。人は色色な想いを持つが、想いと云うものは強い弱いに拘らず理《ことわり》を覆ってしまうものである。思い込みは偏向や歪曲を呼び込むし、時に曲解や捏造《ねつぞう》も生んでしまうものだ。そうなると当たり前のものも当たり前に見えなくなる。色眼鏡を通して見たのでは真実の色は見えない。どれだけ数が多かろうがそれは関係ない。青い眼鏡を掛けた人が多いからと云って世界は別に青くはないのだ。真実は多数決で決まるものではない。

敦子は極力そうした覆いを取り払うように心掛けて生きているように、美由紀には感じられる。美由紀などは、気付かぬうちに幾つもの色眼鏡を掛けて世の中を見ているから、世の中が本当は何色なのか判らなくなることが多い訳だが、敦子は常に本来の色を見ようと努力をしているようなのだ。

何でもないですと美由紀は云った。敦子は一瞬の間を置いて、続けた。

「山に登った人が下《お》りて来ない、これはまあ、遭難だとか何だとか——仮令《たとえ》発見されてなくても、色色理由は考え付くんだと思いますけど、別な場所でその人の服を着た別人が自殺って——」

不思議ですよねと云うと、不思議でもないんじゃないのと敦子は云った。

「そうですか？」

「半月に亘る大捜索を挙行して見付からなかった以上、山中にはいないんでしょう。つまりその是枝さんと云う人は、どんな状態であったとしても——生死に拘らずと云う意味なんだけど——必ず下山はしている筈ね？」

「そうですか」

人間が煙のように消失することはありませんよと敦子は云った。

「もし下山してないのなら、未《ま》だ山の中に隠れているってことになる。それこそ生死を問わずと云う話になっちゃうんだけど」

まあ、そうかもしれない。と——云うか、そうだろう。

「これは総《すべ》て推測だから気を悪くされても困るんだけど、可能性として是枝さんが山の中で亡くなっていた場合——死体が山中にない以上、彼女は死んだ状態で下山したと云うことになるでしょう」

なる——だろう。

「死体は自分では動けないのだから、必ず運んだ者がいる筈です。殺害されたなら犯人か、共犯者。事故死や病死だったんだとしても、何者かが彼女のご遺体を山から下ろしたと云うことになる——違うかしら」

違いませんと云った。

「それは可能かどうか——まあ不可能とは云わないけれど、これ、かなり目立つと思うんだけど。そうねえ、怪我人を背負って下山するようなケースはないこともないだろうから、生きているように見せかけておんぶしたとか——でも、そんなの能《よ》くあることじゃないだろうから、見たなら誰か覚えているでしょう。そもそも、おぶわれていたのが是枝さんだったなら、見覚えのある人なら絶対に判っちゃうでしょう。普通に下山するより遥かに目立つと思うけど。寧《むし》ろ記憶に残らないかしら」

「着替えさせたとか？」

「死体を？　殺してから別な服に着替えさせるって考え難《にく》いように思うけど。殺していないのであれば余計に意味が解らないだろうし。それに、息があると云うならまだしも、どんな恰好《かっこう》させたとしても死体だったら絶対に判っちゃうんじゃない？」

「まあ気持ち悪いですしねえ。死体」

死体をおんぶするのは難しいと思うと敦子は云った。

「肩に担いだりした方がマシだと思うけど、そのまま担いで歩くと云う訳にはいかないだろうから、大きな袋や鞄に入れるとか、箱に詰めるとか――重いから台車に乗せるとか、そう云う方法を執らないかしら」

「重い――ですもんね。大きいしなあ」

「大きくて重いの。山にそんな大きな荷物を持って登る人は少ないよ。と、云うよりいないんじゃない。そうなら、大勢人がいたんだから誰かは見ている筈で、見たなら必ず記憶に残ってると思う。印象的だもの」

死体を運ぶのは兎《と》に角矢鱈《かくやたら》に目立つ、と云うことだろう。

「縦《よし》んば失踪事件と関連付けた記憶でなかったとしても、警察が聞き込みをしに来たなら一人か二人はそれに就いて言及するだろうし、時間的に符合するなら、警察はもっと大勢にそれに就いて尋くでしょうから、そうしたら思い出す人もいる筈」

「じゃあ、死体を隠し持ったまんま夜までどっかに隠れていて、暗くなってからこっそり下山したとか？　捜索願を出したのは翌日だそうですから」

「その場合はケーブルカーは使えないから徒歩で死体を抱えて下山したことになるんだろうけど――それも簡単じゃないよ。夜になれば山の上の方の人気《ひとけ》はなくなるのかもしれないけど、麓は普通に町なんだし、下山した後の算段もしておかなきゃ。いずれ運ぶための装備は必要になるでしょう。それは登る時に持って行かなきゃいけないの」

「そうですね」

「袋でも箱でも台車でも、それは何でもいいんだけど――畳める袋は兎《と》も角《かく》、そんなものを持って登ったりしたら、それはその段階でもう目立っちゃうと思うし――いずれその場合は計画的な行為と云うことになるでしょう？」

「なりますね」

「それ、どんな計画？」

「え？」

「殺人計画だとするなら――そんな苦労して道具を山の上まで運んで、山の中で殺害して、更に苦労して死体を山から下ろすって、変でしょう。ただ殺したいのだったら山から下ろす必要なんかないいんだろうし、そもそも下山したところを捕まえて殺せばいいんだから」

「いや、その、人目が」

山にも人は沢山いたんじゃないの、と敦子は云った。その通りである。もしかしたら麓より多かった可能性もある。

「運搬中は確実に目に付くんだから、リスクは物凄く高いでしょう。だから、不可能ではないかもしれないけれど、何かそうしなければならない事情がない限り、それはない――と思う。一方で事故や病気などで是枝さんが亡くなった場合は」

「もっとないですね」

「ないでしょうね。遺体を運ぶ道具を苦労して山まで持って行って、偶然亡くなる人を待っていて、亡くなった人がいたらこれ幸いと遺体を確保し、更に苦労してこっそり下ろすなんて——正気の沙汰じゃないし、狂気の沙汰ですらないもの」

「そうですよね」

既に理解不能である。

「でもね、これは不可能ではないの。何かそうしなければいけない事情があったなら出来ることではある訳だから、そこは間違わないで。その気になれば出来ること。そうだよね？」

「え？　まあ、そうですが」

「でも、問題にすべきなのは、そう云う奇天烈な行為を目撃した人が皆無だと云うこととと、そうせざるを得なくなる事情と云うのが——まるで想像出来ないと云うこと」

だから——と云って敦子は蜜柑水を一口飲み、美味しくなさそうな顔をした。

「この線は一旦外すべきだと思う。この線と云うのは、是枝さんが生死に拘らず動けない状態で誰かに運ばれたと云う線ね」

そうか。

生きていたとしても——例えば拘束されていたとか意識を失っていたとかであっても、目立つという意味では同じことなのか。

どうであれ下山する是枝美智栄の姿は誰にも目撃されていないのである。

生きていようが死んでいようが、いずれにしてもその方が目立つと云うことになるのであれば、誰かに運ばれたと云う線で考えるのは無理がある——とすべきなのだろう。

そうなの、と敦子は云った。

「だから、この場合、是枝さんは自分の足で下山したと考えた方が素直でしょう。そうするとずっと話は簡単になって、吟味すべきはただ一点のみ。登って行く彼女を見た人はそれなりにいるけれど、降りて行く彼女を見た人が全くいない——と、云う謎が残るだけ」

「謎です」

「この謎には解が幾つでもあると思う。先ず下山していないと云う解。これは、捜してもいないんだから却下。するとどうやって下《お》りたかと云うことを考えればいいだけね。そうなると、まあ人目に付かないようにこそこそ降りたと云う、実につまらない解答が濃厚でしょ」

「こそこそ？」

「ええ。彼女を知っている人、彼女の顔を覚えていそうな人に見られないようにこっそり下りた、と云うこと。出来ない相談じゃないでしょう」

「出来ますか？」

「だって、山なんだから隠れるところは沢山あるでしょう。是枝さんを見知った人がコースの途中で休んでいたと云うことだけれど、そのまま目の前を通ったなら当然気付いていたんでしょうけど、見られないように通ったなら」

「見られないようにですか？」

「現場はこの露地みたいな閉鎖空間でもないし一本道でもないんだから、横でも後ろでも何処でも通れる筈。山なんだもの。門があると云っても、周りが塀で囲まれている訳じゃないんだと思う。もし身を隠して通過するのが不可能でも、その人が移動するまで何処かに潜んでいれば済むことなんだし、茶店の人の目を掠《かす》めることだって不可能なことじゃないでしょう。店番の人だって常に監視している訳じゃないんだから。ケーブルカーは使わなくたって下山出来るんでしょう？」

「そうですけど」

「茶店の人が是枝さんとどれくらいの関係だったのかは判らないけれど、例えば、行き帰りに挨拶をするぐらいの間柄だったとして、なら、何も云わずに通り過ぎれば却って気付かない——と云うことはあるでしょう？　それに、是枝さんは入山前に御不浄を借りているんだから、なら帰りにも一言挨拶くらいはするだろうと。そう」

思い込んでいたら。

「そうですねえ」

「変な小細工は考えなくても、自分の意志でこっそり下山した——と云うのがこの場合一番しっくり来ると思う。だけど」

問題は迦葉山ねと敦子は云った。

美由紀は半《なか》ばそっちのことを忘れていたから、少し慌てた。

「自殺した女性の衣服が、そっくり是枝さんのものだった——と云う件」

「は、はいそうです」

「で、また話を戻すんだけども、是枝さんが人目に触れずに下山するに当たって、こそこそ隠れずに済む方法もあるんだと思うんだけど、どうかしら」

「いやあ」

迦葉山を思い出した途端に高尾山に話が戻ったので、さっぱり判らなかった。

「例えば、変装したとか。どうかしら」

「変装ですか？　いや、それなら普通に下山しても気付かれないかもしれないですけど、まあ——美弥子さんも云ってましたけど、そんなことする動機が」

動機は一旦考えないでと敦子は云った。

「いずれ、本人に確認するまで動機は解らないと思う。解らないことを幾ら詮索《せんさく》しても結論は出せないでしょう。先ずは起きたことだけを俎上《そじょう》に載せて可能なのか不可能なのかを吟味すべきだと思う。変装は——この場合有効でしょ？」

「はあ。迚《とて》も有効です」

「変装した、と仮定しましょう。理由は判らないけれど。すると彼女は、変装する衣装や何か一式を用意して山に登った、と云うことになるわよね？」

「ああ、リュックか何か背負ってるからそのくらいは持てるだろうと——」

「でもそれはない——とお友達の篠村さんは云っている訳ね？」

「そんなことをする意味が解りませんからねえ。何か姿を晦《くら》ましたい理由があったんだとしても、山に登って——登ったまま消えてしまうような演出しますか？　変装したんだとするなら、そう云うことですよね」

そうねと敦子は云った。

「さっきの、山で亡くなる人を待ち構えていてこっそり下ろす人と同じくらい考え難い気がする、妙な行いよね。それは私もそう思う。ただ、可能ではある」

「可能だと云うだけじゃないですか？」

「そう。でも——偶々《たまたま》そうなってしまった——としたら、どうかしら？」

解らない。

「あの、その偶々変装するってより一層考えられないですよ敦子さん。何処にうっかり変装する人がいますか」

そもそも、うっかりでは変装のしようがない。変装するには準備が必要だろう。準備なき変装と云うのは、あり得ないことではないだろうか。

「だから」

敦子は子供っぽい表情で微笑んだ。

「変装するつもりではなかったのに結果的に変装したのと同じような効果を齎《もたら》す行いになってしまった——と云うこと」

「いや、それ、どう云うことです？」

「例えば——美由紀ちゃんは今制服を着ているけれど、此処で私と服を取り換えたとしたら、どうなるかしら。私はチビだからサイズが合わないんだけど同じような体格だったら可能よね？」

「まあ」

「私は女学生と云う年齢じゃないんだけども、制服を着たなら——多少は誤魔化せるでしょう。近寄って繁繁見れば齢《とし》は判ってしまうだろうけど、遠目には判らないかもしれない。違う？」

「や。近くで見ても十分女学生に見えると思いますよ。敦子さんは」

それは私が幼いと云うことなのと云って敦子は眉根を寄せた。

「わ、若く見えると云うことです。敦子さん、私なんかよりもずっと可愛いじゃないですか。私、もし制服着てなかったら学生には見えないですよ、でっかいし」

「若いって——美由紀ちゃんまだ十五じゃない。私は貴女より十も上なんだから、それは幼く見えると云う意味ですよ。自覚はあるからいいんだけど。それよりも、もしそうしたとして、それ、私が女学生に変装したのと同じことよね？」

「あんまり疑う人はいないと思います」

「私、別に変装する気はなくって、貴女と服の取り換えっこをしただけ。でも私は女学生に変装したことになっちゃうでしょ」

「ああ」

そうか。

「その時、私のことを知っている誰かが近くにいて、私がこの露地に入って来るところを見ていたとするでしょ。それで、出て来るのを大通りで待っていたとする」

「で、そこで取り換えっこ、ですか」

「そう。そうすると、私は女学生になって露地から出て行くことになる訳。その人は、まあ注意深く見ていればお前何馬鹿なことしてるんだ——と云うことになるんだろうけど、普通はそんなことするなんて考えはしないから、見逃してしまうかもしれない。そうすると、私は——」

「駄菓子屋に行ったまま失踪？」

「そうなっちゃうかもしれない——と、云う話。もし、是枝さんが山の中で誰かと服を取り換えたとしたら、同じことが起きるんじゃないかしら」

起きる——かもしれない。

「彼女の顔を知っている人は、概ね彼女が山に登る時に目撃している訳よね？」

「概ねと云うより、登るとこだけです。目撃」

「でも話を聞く限り、その人達は彼女を能《よ》く知っている訳ではなくて、何度か見掛けた程度の関係のようだし、彼女がまるで違う服装になって下山したなら、別にこそこそ身を隠していなくても気付かない可能性は高いと思う。一方、彼女の服装になった誰かは、本当に彼女ではないんだから、同じような服の誰か——と云うことにならないかな」

「なります——ね。なりますけど、でも、そんなことします？」

あんまりしない、と敦子は云った。

「でも、変装の準備をして山に登って、変装してから降りてくるとか、偶然に変装しちゃうよりは、ずっとあることだと思うけど。その、是枝さんと云う人がどう云う人かにも拠るんだけど。美由紀ちゃんの話振りだと、人見知りをするようなタイプじゃないように感じたんだけれど」

「まあ私もご本人のことは知りませんからね。でも、失恋したら自棄喰《やけ》いしちゃうような、その自棄喰いに友達を誘っちゃうような感じの人だったみたいですから、そんなに内向的な人じゃないんだろうとは思いますけど——」

そう云う人なのよ、と美弥子は云っていた。そう云う人がどう云う人なのか不明なので確証は何にもないのだけれど、そんなに間違ってはいないだろう。

そう、と云って敦子は人さし指を唇に当てて瞳を空に向けた。

「それなら――まあ、それは判らないことなんだけど、多少は可能性があるように思う。茶目っ気があるとか、正義感が強いとか、何でもいいんだけど、そう云うことをしそうな人っているでしょう。例えば美由紀ちゃんみたいに」

「私？」

自覚は全くない。

「そう云う話を持ちかけられたら、やってしまうのじゃない？」

「するかなあ」

するかもしれない。

時と場合に拠りますと答えた。どんなものでも時と場合には拠るんだろうが。

「例えば――そうねえ、貴女が山に登ったと仮定して、自分と同じような年齢で同じような体格の人が困っていたとして」

「困ってるんですか？」

「そのシチュエーションが一番美由紀ちゃんの琴線に引っ掛かると思ったの。困ってる人がいたら貴女、ほぼ助けるでしょ」

「うーん」

まあそれこそ時と場合に拠るのだろうけれど、概ねは何かするだろう。声くらいは掛けると思う。それで助けてと頼まれたら――。

「助けるかも」

「でしょ。で、その人は、誰かに追われているとして」

「追われている？」

「悪漢に。仮定よ。まあ悪い人かどうかはこの際どうでもいいの。世の中には色んな人がいるから、女性を追い掛け回すような人もいるでしょ。その人にどんな理由があろうとも、追い掛けられている女性は怖かったり嫌だったりするかもしれない。それなら逃げるでしょう。そこで」

「あ。服を取り換えっこ？」

「そう云われたら、貴女は取り換えないかな。きっと――取り換えちゃうと思うんだけど」

「取り換え――ますね」

見抜かれている。

「それはつまり、私がその人の身代りになるってことですよね？」

「そうなんだけど、多分そうじゃないの」

「え？」

「その人にしてみれば、貴女を身代りにして逃げようと思ってる訳じゃなくて、貴女に変装して逃げたい、と思っている訳」

「そうか。身代りにはならないか」

「その人は怖がってるんだし、他人を犠牲にしようとは考えないでしょう。つまり変装したかったのはその困ってる人の方なのね」

「そうか」

「そう。変装したかったのは困っている人なんだけど、でも貴女もまた、変装したような恰好にはなっちゃう訳」

「そうだ」

それが偶々変装——と云うことか。

ないかしらと敦子は云った。

「まあ、今までの中では一番ありそうな話ですけど」

「勿論想像だから、違うかもしれない。ただ、そうだと仮定してみると——是枝さんが気付かれずに下山出来たこと、そして彼女の服や帽子を別の女性が身に着けていたことも、それなりに解決出来てしまうでしょう」

「あ。迦葉山！」

「迦葉山で発見された方に就いての情報は、ないのかな」

「あ」

あんまり——聞いていない。

美弥子が話さなかった訳ではなく、美由紀が尋かなかったのだ。

美弥子は警察に疑われたと云っていたから当然名前くらいは知っていたのだろうが。

そうか、と敦子は残念そうに云った。

「まあ、別に単なる想像だから、何とも云えないんだけど、多少、悪い想像も出来てしまうから——」

「悪い想像ですか？」

敦子は一瞬暗い顔をした。

「悪い想像なんて幾らでも出来るから。兄貴なんかは、可能性は可能性に過ぎなくて、可能性に過ぎないものに善し悪しのような価値を見出すことは愚かなことだと云うんだけど、私はどうしても自分の望まない可能性は、悪いことと思っちゃう」

「それは当然ですよね」

「そうも思うんだけど——例えば、今此処に自動車が突っ込んで来る可能性だって、ゼロではない訳でしょう。で、もし自動車が突っ込んで来たとしても助かるかもしれないの。必ず死ぬとは限らないし、怪我すらしないかもね。でも二人とも死んじゃう可能性だって同じだけある。そして同じと云うなら、同じように、それに因って途轍《とてつ》もなく良いことが起きる可能性も」

ない訳ではないのと敦子は云った。

それはそうだろう。

「来るかどうかも判らない暴走自動車を怖がったりあるかどうか知れない良いことに胸をときめかせたり——そこまではまだ良いとしても、それで哀しんだり喜んだりするのは変よね。まだ何も起きてないんだから。同じことだと兄は云うの。起きてしまったことに対して感情が動くのは仕方がないことだが、可能性は——ただの可能性に過ぎない」

「それは、悲観的になるなと云うことですか？」

「悲観も楽観もしない、と云うことだよね。悲観も楽観も、考え得る限りの可能性を想定する思考の妨げになるだけ——ではあるでしょう。どちらも、得てして最悪の可能性を見切ってしまうことになるから」

まあ——出来るだけ悪いことは考えたくないとは思う。

「可能性は常に数え切れないくらいあるんだけれど起きたことやこれから起きることは一つだけ。それが自分に取って好ましくないことであることは少なくないし、尚且《なおか》つ最悪のケースでないなんて」

絶対に云い切れないでしょ——と敦子は云った。

最悪のケース。

最悪かどうかは判らないけれど、美由紀の場合はそれに近いケースを何度か経験している。それが誰に取っての善し悪しかと云う話ではあるのだろうが、悪いことと云うのは起きるものなのだ。

「それが善くないことであった場合、即座に改善策を執るべきだと兄は云う。速ければ速い程良いと云う。それは——当然なんでしょうけれど、悪いケースを想定していなければ対応は出来ないよね。だから数限りなくある可能性の中で、一番想定しておかなければならないのは最悪のケースなんだと、まあこう云う訳ね」

「理屈ですね」

「理屈ね。でも、人は理屈通りには行かないものでしょ。正直なところ、悪い予測や悪い想像は——出来るだけしたくない。楽観はしたくないし悲観もしたくないけれど、それでも考えたくないことは考えたくないもの。それに」

そう云うことを考えてると兄貴のような顔になっちゃうからと敦子は云った。

慥《たし》かに敦子の兄の顔は——怖い。

「でも、こう云う場合はその——悪い想像もしておく必要はあるかもしれない、とも思うのね」

「そうですけど、私には今のところ悪い想像と云うのが出来ないんですけど。その、衣服取り換え案が事実だと仮定すれば、是枝さんは生きて自分で下山した、と云うことになる訳ですよね？　それ、山の中で殺されたとか云うより、ずっと良い感じの予想なんじゃないですか？」

悪い予測はいずれも否定されている。

そうでもないわと敦子は云った。

「今までは下山するまでの出来ごとに対する考察でしょう。美由紀ちゃんは先ず、その部分が謎なんだと考えているようだったから。だから、それは不可能なことじゃないと云う話をしただけ。今の推測が中《あ》たっていてもいなくても、是枝さんがこっそり下山することは不可能なことじゃないの。でも、下山は出来たとしても、それ以降の――」

是枝美智栄の行方は知れない。

「そうか。どうやって下りたかよりも、その後どうなったかの方が」

問題としては深刻なのか。

「これは衣装交換があったと云うことを前提とする話だから、仮定の仮定みたいなもので、本当にただの想像。空想ね。だからそこのところは勘違いしないでね。さっき云ったように、衣装交換があったとするなら、それは是枝さんが云い出したこととは考え難《にく》いだろうと思う。なら是枝さんに話を持ち掛けた人がいる訳で――」

困っていた人、ですねと云った。

「そうね。困っていたのかどうなのかは判らないんだけど――例えば巫山戯《ふざけ》ただけだとすると、余りしっくり来ない。何か切迫した理由があったと考えた方が現実的だと思う。そうだとすると、彼女に話を持ち掛けた人と云うのが本当に困っていた――と云う可能性は高いでしょう」

「ですから、誰かに追われているとか、そう云う感じの話なんでしょう？　さっきそう云ってたじゃないですか」

「ええ。そうだとすると、是枝さんはその追われていた人の服装で下山したと云うことになる訳じゃない。それって、危ないわよね」

「え？　でも敦子さんさっき、身代りにしようとした訳じゃなかったって云ってましたよね。慥《たし》かに私もお節介のお人好しの考えなしですけど、身代りになってと頼まれたら断るかもですよ。なら」

「身代りにするつもりも、されたつもりもなくたって、結果的に追われていた人と同じ服装になってるんだから。それ、間違われる危険性があると云うことでしょ」

「ああ」

間違われてしまうことはあるか。

「悪い想像と云うのはこれからで、もしその困っていた人を追っていた誰かが、その人に危害を加えようとしていた——もっと簡単に云うなら殺そうとしていたとするなら、その人の恰好をしていた是枝さんが」

「え？　それ、図らずも身代りになっちゃったと云うことですか？」

「背格好も似ていた筈。でなければ衣装交換は成り立たないでしょう」

「ま、間違って殺されちゃった？」

だから想像だってと敦子は云った。

「何もかも想像なの。証拠も何にもない、ただの空想。推理とすら呼べない。情報も少な過ぎる。その少ない情報を組み合わせて捻《ひね》り出した、無数にある可能性の中のひとつ」

「そうですけど――」

「そんな悪い想像をすることになったのは、勿論その是枝さんの行方が知れないと云うこともあるんだけれど、それよりも是枝さんの服を着た女性が亡くなっていたと云う事実があるからよ」

「自殺――ですよ？」

「自殺だとしても。と、云うか自殺だからかしら」

他殺なら。

それは、その人を追っていた誰かが殺した――と云うことになるのだろうか。

しかし、自殺と云うのはどう考えればいいのだろう。追跡者の執拗《しつよう》な追尾に疲弊し、死を選択してしまった――と云うことになるのか。

「逃げるのに疲れて自ら死を選んだと云うことですよね？　それ、是枝さんとは関係ないんじゃないですか？」

「もし、あなたが思ったように是枝さんに危害が加えられていたとしたら？」

「え？」

「殺されるようなことはなかったんだとしても、間違われることはあるし、危ない目に遭うこともあるでしょう。入れ替わったのだとしたら。何が起きているのかは全然判らないんだけれど、もし無関係な是枝さんを巻き添えにしてしまったとしたら――」

「ああ」

それで、もしものことでもあろうものなら。

「ただでさえ追われてるんだとしたら、心中は穏やかじゃないですよね。いや、もし自分を助けてくれた人の身に何かあったりしたら――もう、それどころじゃないか」

美由紀にも覚えがある。

自分の所為《せい》で誰かが傷付くことは、時に自分が傷付くよりもうんと辛《つら》い。

昨年。美由紀は大切な友達だった人や、大切な友達になる筈だった人や、大切な友達だと思っていた人を、亡くした。それは美由紀の所為と云う訳ではなかったのだけれど、すぐ近くにいて、彼女達に死を齎した出来ごとに関わってしまったと云うだけで、重い責任を感じ、美由紀は深く苦しんだのだ。

敦子は淋しそうな顔をした。

「もし自分の代りに誰かが犠牲になるような、そんなことが起きたんだとしたら、自責の念はより大きくなるかもしれないと私は思うんだよね」

「そうか」

それは結構キツイかもしれない。

「その女性のご遺体が見付かったのは、是枝さんが失踪した日から二箇月も後のことなんでしょう？　いつ亡くなられたのかは判らないんだけれど、もしも日が開いていたとするなら、その間ずっと同じ服を着続けていた訳はないよね？」

「あ」

「そう。そうならわざわざ是枝さんの服に着替えて自殺したと云うことになる訳だし——」

「じゃあ敦子さん」

「駄目」

敦子は突然立ち上がった。

「敦子さん？」

「駄目駄目。こんなの駄目だよ。何の確証もなく物語を創ってるだけ。こんなもの予測でも推理でも何でもない、可能性どころかただの邪推だよ」

「そうですか？」

私調べてみると敦子は云った。

「こんな断片的な情報だけであれこれ想像しても何の意味もないし、寧ろ気持ちが悪いだけ。問題を解くのじゃなくて問題自体を推理するなんて無駄だし、先に解を用意しておいて後から問題を考えるなんて愚の骨頂」

敦子はささくれた木机の板面に両手を突いた。

「私、少し調べてみる。調べると云っても知ることなんか高が知れているけれど、判る範囲で調べてみる。情報量が多くなればもう少しマシな可能性が想定出来るかもしれないし。大体、面識のない行方知れずの人に就いて、多分死んでるだろうなんて無責任に空想するのは——いけないよ。そんなのは御免だもの」

土曜日の午後にまた来ると云って、敦子はすたすたと露地を出て行った。後で知ったことだが、この日敦子は新宿《しんじゅく》で発生している伝染性の奇病に就いての取材があったようである。

慥《たし》かに——。

美由紀は是枝美智栄を知らない。

会ったこともない。顔も見たことはないし声も聞いたことがない。名前しか知らない赤の他人だ。

赤の他人が能《よ》く知りもしない人のことを生きているだろうとか死んでいるだろうとかあれこれ云い合うなんて、不謹慎だ。

大きなお世話でもあるだろう。

是枝美智栄の仲の良い友達である美弥子は、ある意味で当事者である。いや、警察に事情を聞かれているのだから、確実に関係者の一人だ。

でも、美由紀は単なる弥次馬だ。

敦子は——。

何よりも理性的であることを心掛けている人なのだ。ならば美由紀のように能天気に構えることは出来ないのだろう。

結局、美由紀はその日の出来ごとを誰にも話さなかった。

正真正銘のお嬢様に誘われ、黒塗りの高級自動車で銀座の高級パーラーに乗り付け高級なフルーツ何やらを食べたなどと云う話は、まあ充分自慢話になるものだろうとは思ったのだが、考えてみればそれらは凡《すべ》て、美由紀自身とは何の関わりもないことなのだ。

偶然なのだし。

高級なのは自動車でありパーラーでありフルーツ何とかなのであり、それらを御しているのはお嬢様である。

美由紀は高級でもないし立派でもない。

偉くなった訳でもない。

何も変わらない。

ならば、そんな出来ごとは自慢にも何にもなりはしないのだ。精精、お金を拾って交番に届けた程度の、面白トピックに過ぎないではないか。そんなこと、吹聴する価値などまるでないだろう。拾ったのが目が飛び出る程の大金だったとか、それを猫糞《ねこばば》してしまったとか云うならまだしも——である。

でもその場合それは犯罪の告白以外の何ものでもない訳で。そもそも罪を犯していない美由紀なんぞは告白することさえ何ひとつない訳で、それならもう、何を云おうと寝言を云っているのと変わりがないように思った。

だから美由紀は、何も語らずに数日を過ごしたのだった。

土曜日。

美由紀は授業が終るなり、昼食も摂らずに子供屋に向った。居ても立ってもいられなかったのだ。でも、早過ぎた。敦子はまだ来ておらず、珍しく子供屋のお婆さん——名前はまだ知らない——が、店の前の掃除をしていた。子供が何かを大量に溢《こぼ》したようだった。

手伝いましょうかと云うと、いいのいいのいいのとお婆さんは三回云った。

「どうせ綺麗にしたって、すぐ汚すから。あんたも知っとるでしょう。不潔だねえ」

保健所が来るねえと云い乍《なが》ら老人は店に入り、手を洗った後に柄杓《ひしゃく》で蜜柑水を汲み出して、頼んでもいないのに木机の上に置いた。

「手伝うって云うてくれたから、一杯無料《ただ》さ。店は汚いけど食べ物は綺麗だよ。衛生衛生、衛生第一だね。子供等がお腹壊しちゃいけんし。そう思うから掃除もするが」

云っている尻から子供達が何かを撒き散らし乍《なが》ら駆け抜けて行った。袋小路なのだが、板塀の隙間から隣の空き地に抜けられるのだ。この始末だよと云って老婆はまた塵取《ちりと》りと箒《ほうき》を手に取った。振り撒かれたのは、どうやら粉粉に砕いた落ち葉のようだった。

子供達の叫声を遠くに聞き乍ら、暫くぼうっとしていた。

多分、敦子がやって来たのは一時間くらい経ってからのことだ。

何でも低体温直視下心臓手術がどうとか云っていたが、何のことかは判らなかった。また小難しい取材をしていたのだろう。

敦子は座らず、立ったままで調べてみた——と云った。

「何か判りました？」

「まあ、勿論、限界はあるし、知り得ることは少なかったんだけど——」

敦子はそこで言葉を切り、狭い露地を見回した。

子供達の声が響いた。

場所を変えないかと云われた。

敦子も昼食を食べていないようだった。

暖簾《のれん》を仕舞いかけていた蕎麦屋《そばや》に駆け込んだ。敦子は月見蕎麦を注文し、美由紀は笊《ざる》蕎麦を二枚頼んだ。

「気になることがあった」

頼むなり敦子はそう云った。

「是枝美智栄さんが高尾山に登ったのは八月十五日。終戦の日ね。地元の警察署に捜索願が出されたのは翌日の午前十時過ぎのこと」

日付を聞かされると、突如お話が真実味を帯びて来るような気がした。

その日、美由紀は夏休みで千葉の実家にいたのだ。

河童騒動が未《ま》だ後を引いていた時分である。

「是枝さんのご実家は、実は此処からそんなに遠くないんだ。だから捜索願が提出されたのは——玉川署なの」

「あら」

考えてもみなかった。

「だから賀川さんに尋いてみた」

賀川と云うのは玉川署の刑事で、春先に近所で起きた昭和の辻斬り事件の際に孤軍奮闘した気の好い男である。どちらかと云えば老け顔なのだが、眼が大きくて小柄な所為か、軍隊時代は子供と呼ばれていたらしい。

あの子供刑事と美由紀が云うと、だから失礼だってと敦子は苦笑して云った。

「殺人や窃盗じゃなくて失踪事件だから民間からの情報提供は寧ろ歓迎する——と云うことで——尤《もっと》もこっちには提供出来るような情報は何一つなかったんだけど、まあ前回のこともあるから、話だけはしてくれた」

辻斬り事件の謎を解いたのは敦子だ。

敦子は否定するのだけれど、美由紀はそう思っている。

「彼女が失踪したと思しき現場は管轄が違う訳だから、当然担当の所轄に連絡を入れることになったようなんだけれど、その時点で所轄の八王子署には別の捜索願が出されていた、と云うのね」

「別の？」

「娘が高尾山に登ったまま戻らないと云う届け出があったらしくて。八王子署では捜索を開始していたらしい」

「そうすると、居なくなったのは二人――と云うことですか？」

敦子は美由紀の問いに直《す》ぐには返事をせず、まあその時点では――と答えた。

「え？　その時点で、と云うことは、見付かったんですか、その、もう一人の失踪者は」

「それが、失踪ではなかったの」

「どう云うことですか」

まるで判らない。

捜索願が出されていたと云うもう一人の女性の名は天津《あまつ》敏子《としこ》、二十二歳。

八王子の素封家天津家の一人娘であると云う。

天津敏子は十四日深夜か十五日早朝に家を出ている。山に行きますとだけ記した書き置きが残されていたと云う。

十五日の午後には捜索願が受理されている。

天津敏子の捜索が高尾山中に及んだのは、十六日のことだそうだ。

つまり是枝美智栄の失踪が八王子署に伝えられたその時、既に山中の本格的な捜索は始められていたと云うことになる。

「えーと、それじゃあ美智栄さんは警察がうろうろしてる中で姿を消したと云うことですか？　そんなことってあります？」

「それは違うよ。天津さんが山に登ったのが何時頃なのかは判らないけど、是枝さんも同じ日に登っているのね」

「そうなるか」

「そうなるの。でも、捜索願が出されたのは天津さんの方が一日早い。と云うか、天津さんの捜索願はその日のうちに警察に届けられているの。是枝さんの方は翌日ね。それだけのこと。ただ天津さんの書き置きには山としか記されていなかったので、先《ま》ず警察は自宅周辺から捜索を始めたようなのね。八王子近辺は山が多いから、どの山なのか特定するのは難しいでしょう。でも――」

天津敏子には登山の趣味はなかった。

家を出た時もごく普通の服装だったようだ。

何の装備もなく山に登るとなると、自ずと行き先は限られて来る。ふらりと訪れてある程度の処まで登れるとなれば、それは高尾山くらいしかないのだそうだ。

家を出た時間が早かったと云うこともあり、目撃証言は殆ど得られなかったようだが、捜索は徐徐に高尾山方面へと絞られて行ったらしい。

「十六日の午前中には捜査員が高尾山へ向っていたようなのね。地元の青年団なんかも駆り出されていたようだし、かなりの数の捜索隊が出ていた。そうした経緯があるから、是枝さんの方の捜索も通報が遅かった割には比較的早く着手されたと考えてもいい——と思う。是枝さんの場合は最初から高尾山に登ったと判っていた訳だから、ロープウエイや例の茶店の聴き込みなんかも、その日のうちに行われているみたいだし。同じ日」

「じゃあ二人纏めて捜したんですか？　八王子の警察は。まあ、山狩りなんて一人でも二人でもやることは一緒なのかな」

「それは一緒なんだろうけど——実際はそうではなくて、天津さんの方は十六日の午後には見付かっているのよね」

ご遺体で——と敦子は云った。

「え？」

「だから、是枝さんの捜索が始められた時には、天津さんはもう見付かっていた、と云うことになるのかな」

「事故ですか？　まあ、違うか」

普段着で山に行く——と云うことは、推して知るべしと云うことになるだろうか。

「自殺ね。登山コースからはかなり離れた森の中で、首を吊っていたみたい。服装が届け出されたものとほぼ一致していたことから、ご遺体はすぐに回収されて、ご家族が確認もしている」

「確認しているんですね」

もしや——とは思ったのだが。

是枝美智栄はその天津と云う人と入れ替わったのではないかと、一瞬美由紀はそう考えたのだ。そうならば死んでいたのは美智栄と云うことになってしまう訳だが。

しかしそれはなかったようである。

「ご遺体はご遺族が引き取って、翌週にはご葬儀も済ませてるようだから、これは間違いないのでしょう。私が気になるのは」

これから先、と敦子は云った。

そこで蕎麦が出て来た。

寮暮らしの美由紀に笊蕎麦はご馳走だ。寮では中中食べられないからである。

「まあ、敦子さんが気になる以上、それだけでないことは判ります。それだと、単に日が重なっただけの別件ですもんね」

敦子はぽかんとして見詰めている。

「どうしたんです？　伸びちゃいますよ」

「美由紀ちゃん、器用ね。どうやったらそんな風に食べ乍《なが》ら喋れるの？」

「普通ですよ」

普通じゃないのかもしれないが。

「まあいいわ。実は――その、天津さんなんだけどね。善くない噂があって」

「善くないって？」

「素封家と云うか、お金持ちではあるのね、天津さん。元は薩摩《さつま》出身の士族だったようなんだけど、今は幾つも会社を経営している実業家。まあ、そんなことはどうでもいいんだけれど――どうも、父娘の仲が最悪だったと云う――これは噂。噂だから丸呑みで信用しては駄目ね」

前に話した鳥口さんから聞き出したんだけどもと敦子は云った。

鳥口と云うのは醜聞などを能《よ》く扱う何とか云う雑誌の編集者であるらしい。辻斬り事件の際に調べものをしてくれた人物だと聞いている。

「敦子さんのお祖父《じい》さんと云うのが、それはもう厳格な人らしくて、旧幕時代の因習そのものと云う堅物らしいの。まあ、古臭いこと自体は構わないとしても、かなり今の時代からはズレた、女性蔑視《べっし》者なんだそうよ」

「あらまあ」

いるんですよそう云う男は、と美由紀は云った。

「別に女が偉いとか男は駄目だとかそんな風には思わないし、持ち上げて欲しいとも思わないけど、蔑まれる謂われはないですからね。困りますよね」

そうよねえと敦子は溜め息を吐《つ》いた。

「そのお祖父さんと云うのは、もう相当なお齢《とし》のようだし、だから明治時代の妙な倫理観に囚われてしまっているのも解らないではないんだけど、お父さんと云う人も同じような考え方の人——のようね。これも噂に過ぎないから、まあ滅多なことは云えないんだけど。噂が本当なら、娘さんの苦労は想像に難《かた》くないでしょ。実際、それで孫の敏子さんは、かなり反発をしていたみたいなのね」

「もしやそれで追い込まれちゃったと云う話なんですか？」

「そうだと云えばそうなんだけど」

敦子は箸で丼の中を弄《いら》った。

「確執の根はもう少し深いみたい。彼女が死を選んだ理由と思われるのは——勿論本人が亡くなっている以上確実なことではないんだけれど、ざっくりと云うなら」

「何です？」

「そう——悲恋と云う線が濃厚なんだよね」

「悲恋って、悲しい恋の悲恋？　じゃあその頑固爺どもに恋路を邪魔されたと云うことですか？　恋人と引き離されちゃったことを悲観して？」

美由紀は多分、まだ子供なのだ。だからそこまで辛い恋愛と云うものを想像することが出来ないのである。命を奪ってしまう恋なんかあるものなのだろうか。

あるのかもしれない。あるのだろう。

いや、それは人に依るのかとも思う。是枝美智栄は失恋しても甘いものを沢山食べる程度で遣り過ごしていたようだし、まあ美由紀もそっちの仲間ではあるのだろう。でも、そうでない人もいるのだ。心の強さは他人には計れない。

敦子は、何も答えず暫く黙って蕎麦を食べていたが、やがてまあそうなんだけどもと云った後、顔を上げて、

「貴女、偏見はある？」

と尋いた。

「は？　まあ偏見の一つや二つはどっかにあるんでしょうけど、自覚はないです。出来るだけ公正にしようと心掛けてはいますけど、まだ無知なんで、知らないうちに偏見持ってたりするかもです」

「そうね。私も同じ。差別や偏見をなくすつもりでいるのに、結果的に目の届かないところに差別の眼を向けていたりすることは多いと思う。人は――みんな違うから」

「そうですね。って？」

彼女の恋人は女の人だったのよ――と敦子は云った。

「そうでしたか」

「驚かないのね」

「驚きませんよ。だって、そう云うことはあるんじゃないですか。恋愛に性別関係ないですよ。と——私なんかが云ったところで、どうにもなりませんね。世間はそうは思わないんでしょうし、そんな古臭い家柄なら理解もされない——んでしょうけど」

「そうだったようね。風当たりは相当に強かったみたい。天津敏子さんの恋人は葛城《かつらぎ》コウさんと云う女性なんだけど、この人も同日から行方が知れなくなっている。ただ独り暮らしだったので、発覚が遅れたのね。見付かったのは二箇月後——」

「え？」

「葛城コウさんは」

迦葉山で亡くなっていた女性よ——と敦子は云った。

3

「驕慢《きょうまん》です」

美弥子はそう云ったのだが、この度の発言に関しては自らに向けて放たれた言葉ではないようだった。

「自分達の価値観が永遠かつ普遍的で絶対的なものだと信じ込んで微塵も疑おうとしない連中と云うのが、世の中には数多くいるのですわ。そんなものは時代や世相で変化するし、地域や文化で限定されるし、その上、相対的なものですわ。違います？」

「はあ」

「もっと云うなら、価値観なんてそもそも個人的なものに過ぎませんわ。それは多く思い込みです。違いまして？」

「いやあ」

美由紀はあまり真面目に考えたことがない。善いものは善いし悪いものは悪い。そこはあまり疑ったことはない。それもまた思い込みなのだろうか。

そう云うと、美弥子は何故か笑った。

「例えば人を傷付けるのは良くないこと――これは、思うに時代地域を問わず普遍の理《ことわり》としていいと思います。と云うよりも、それはそうあるべきでしょう。美由紀さんが仰《おつしや》る善し悪しとはそう云うものではなくって？」

「そう、ですけど」

そう云う話ではないのか。そうではないのと美弥子は云う。

「例えば――」

美弥子は小首を傾げた。

「そうねえ、武士は偉いとか、中でも殿様は偉いとか、そう云うことですわ」

「って、武士いませんよ」

「いないのに未《ま》だ偉いと思っているわ。元武士」

「元武士って――それもいませんよね？　だって明治維新って百年くらい前じゃないですか？」

「明治大正を合わせても六十年に満たないのですから、八十数年前ですわね」

「いやいや」

それだって当時の武士はもう百歳近いと云うことになるのではないか。そんなお年寄りが元気でゴロゴロいるとは思えない。

明治と云う時代を造ったのは武士ですわと美弥子は云った。

「って、四民平等にしたのも武士ですよね？」

「それは社会の仕組みね。価値観は必ずしも仕組みと添うものではありませんわ。江戸時代だって、形式上は公卿の方方の方が武士の皆さんよりも身分は上だった訳だけれども、事実上はまるで違っていた訳でしょう」

「能《よ》く知りません」

「幕府は名目上朝廷を立てていらしたけれども権力の実体は幕府が掌握していた訳ですから公家貴族のご身分はほぼ有名無実、多くのお公家さんは困窮されていたのだそうですわ」

「そうなんですか？」

美由紀には、きらびやかな衣装を身に着けて鞠《まり》でも蹴《け》り乍《なが》ら、歌でも詠んで優雅に暮らしているような印象しかない。貧乏だったと云われても想像するのが難しい。

「その捩《ねじ》れこそがご一新の大義名分になったようなところもあるのだと思いますけれど。わたくしも近代史にそれ程明るい訳ではないので、そこは怪しいわ」

「私はまるで無知です。でも——華族様って、あれは元お公家さんだったんじゃないんですか？　慥《たし》か少し前まで偉かったですよね？　ご一新があって、それで世の中が引っ繰り返って、武士は失脚した、ということになるんじゃないですか？」

「そうじゃないの。お大名も華族だったのですし」

「そうなんですか？」

「そう、失脚なんかはしていないの。結局引っ繰り返したのも武士なんですもの。仕組みは変えたって武士は武士だったのですわ。事実、華族士族と云う身分階級制度はつい最近まであったのですから、平等と云いつつも、偉いんだってことです」

「偉いんですか」

偉くないでしょう別に——と、美弥子は憎憎しげに云った。

「生まれつき卑しい人間がいないように生まれつき偉い人間なんている筈がないですわ。身分制度は廃止されて、事実上は国民は皆平等になった訳ですけれども、それでもまだ偉いつもりでいる人が多いと云うだけ」

「つ、つもりなんですか？」

い、いつもりに決まっていますわと美弥子は吐き捨てるように云った。

何か、余程気に入らないのだろう。

「親が立派だろうが先祖が立派だろうがその人には何の関係もありませんもの。今の世の中、職業の選択も自由、婚姻も信仰も自由、それがただの建前になっているのは大いに問題だと、わたくしは思います。家業も家名も継ぐ必要などないのです。それなのに血統だの家柄だの、そんな無根拠なものに縋《すが》って自らを正当化したり、剰《あまつさ》え地位や名誉を世襲したりする有り様は愚かと云うより醜くさえあります」

美由紀さん、と美弥子は呼んだ。

「わたくしは先にも云った通り、常に自分の考えには疑義を抱き、正すべきは正そうと心掛けております。それでもどうしても許せない——と云うより嫌いなこと、譲れないものが二つ程ありますの。お判り？」

判る訳もない。首を横に振ったが、既に壙《あな》の中は薄暗く、美弥子も顔を向けていなかったので、判りませんと声に出した。

「一つ目は——思い込みの激しい人ね。大ッ嫌いです。自らを省みることを一切せず、他者の話を聞かず、それをして信念信条と云い切るような人。どんなにその思い込みが正しかろうと高邁だろうと、そう云う人は駄目です。屑《くず》です」

「クズって」

お嬢様の語彙としては意外な選択だ。

絶対に正しいことなんかこの世にはないのですと美弥子は云った。

「縦《よし》んば正しかったとしても、正しければそれでいいなんてこともないですわ。それを振り翳《かざ》すことで傷付く人がいるのなら、振り翳し方は考慮すべきです。いいえ、もう一度ことの正否を考え直してみるべきなのですわ。思い込みや妄信盲従は、あらゆる意味で公平さを欠く、愚劣な態度でしかありませんもの」

もう一つ——と云って、美弥子は人差し指を立てた——ように見えた。

「ものごとを勝ち負けで判断する人」

「はあ」

能《よ》く解らなかった。

「勝ったり負けたりはいけないですか」

「いけないということはないですわ。でも万能絶対の価値判断ではないのじゃなくて？　いいえ、それは断じて濫用してはいけないものなのよ」

未《ま》だ解らない。そうなのかもと思う程度だ。

お解りにならないかしらと美弥子は云った。

「勝敗と云うのは、極めて限定的なルールが、しかも厳密に施行されている場でのみ有効なもので、それ以外の場に敷延《ふえん》することは出来ないものですわよね」

「はあ」

「土俵から出たら負けと云うのは、お相撲の時にだけ有効なルール。転んだら負け、土が付いたら負けと云うのも同じでしょう？」

「まあそうですけど」

「お相撲をしている時だけよ、そんな決まりごとがあるのは。他の場面では無効じゃなくって？　ただ蹴躓《けつまず》いて転んだ人は、何かに負けたことになるのかしら？　転ばなかった方は皆さん勝ちですの？　そんなことはありませんでしょう」

「転べば痛いし残念ですけど、まあ別に——負けてはないですね。今日は一度も転んでないですけど、慥《たし》かに勝った気はしません」

「そうなの。そう云うルールに則ったゲームをしますという諒解が全員にあって初めてそのルールは生きるのですわ。その場合は厳密に判定すべきですけれど、そうでない場合、ルールは失効しています」

「そうですけど」

「その場面で有効とされるルールの中に勝敗が明示されている場合だけ、勝ち負けと云う概念は有効になるのですわ。そうでない場合は無効。世の中には様様なルールがあるけれど、考えるまでもなく勝敗を明示するルールなんて限られています。勝敗が盛り込まれたルールが適用されるのは、概ね遊び。ゲームの類いだけ」

「そうですか?」

そんなこともないように思うのだけれども——でも、能《よ》く能く考えてみるに、慥かにそうかもしれない。

「例えば法律だってルールでしょう。法律は、社会の一員である限り必ず護らなければいけないルール。多くの禁忌が設けられていますわね。その禁忌を破ることは犯罪と呼ばれますわ。でも、犯罪を犯すことは負けではないですわ。だって、それでは」

勝ちがいませんと美弥子は云った。

「違法者が負けで遵法者《じゅんぽうしゃ》が勝ちなんてルールではないんです、法律は。してはいけないと決めたことはしてはいけないと云うだけ。そこに勝ち負けを持ち込むのはナンセンスではなくて？　況《ま》してや、ルールも何もない、日常の何でもない場面にそんな単純化された価値観を持ち込むなんて、愚の骨頂を通り越してそれこそ犯罪的だと思いますわ。それなのに、人は能く勝ち負けでものごとを判断しますでしょう。あれは何故？」

「さあ。まあ判り易いからですかねえ」

「そうね。つまり、思考停止していると云うことね。収入や財産の多寡《たか》や、組織内の地位なんて、どうでもいいことよ。課長さんより部長さんが偉いなんてことはないでしょう。なされている仕事が違うだけ。況て先に出世した方が勝ちなんてルールは存在しません。そうでしょう？」

「いや、まあそうですけど。私なんか能く敗北感を感じますよ。何のルールもないのに負けたような気になっちゃいます。勝手に競って勝手に負けてますよ」

それは自分ルールでしょうと美弥子は可笑しそうに云った。

「あなたの中のルール。それはいいの。美由紀さん限定で、しかもそのルールは多分、厳密なものだから。それに、その場合、判定はあなた自身が下《くだ》すのでしょう」

「あ。そうです」

判定を下すのは行司ですわよと美弥子は云う。

「行司は力士ではないので競技者ではないの。ルールを適用する側ね。美由紀さんが、美由紀さんだけのルールで、美由紀さん自身に判定を下しているだけでしょう？」

そうなるか。

「それは単なる自己評価ですわ。一定の評価軸を採用して上回れば勝ち、下回れば負けと呼んでいるだけではなくて？　それこそ判り易いからそう呼称しているだけでしょう。しかも、自分の中だけで」

「いや、正に自分の中での話です。仰る通り、自分ルールです」

「自己評価のルールは好き勝手に創ればいいだけのものですわ。でもそのルールは外の社会には適用出来ないし、しちゃ駄目でしょう」

「まあ、相手にされませんね。と云うか自分で思ってるだけですからねえ」

口に出すことはない。

「ところがそれを口に出す方がいらっしゃるのですわ。自分の勝ちだとか、それでは負けだとか、お前に負けただとか俺が勝ったとか、あれはいったい何なのです？」

まあ、能《よ》く耳にする。

美弥子は何をお考えなのかしらと云った。

暗いので瞭然《はっきり》とは見えないけれど、お嬢様はどうやら口を尖らせている。憤懣遣《や》る方ないと云う表現なのだろうが、顔付きが幼子っぽいので何だか可愛らしい。

「勝ったとか負けたとか。ご自分が世界の判定者にでもなったつもりでいらっしゃるのかしら。なら大いなる勘違いですわ」

云いたいことは能く判るのだが――。

「それは――そうですねえ、ええと、でもそれ、比喩とかじゃないですか」

「比喩でも駄目」

「駄目ですか？」

「駄目ね。何の比喩にもなっていませんもの。それって、要するに多くを切り捨ててものごとを単純化しているだけ。美由紀さんの云うように、単純だと判り易いし、断定されるとそんな気にもなるのだけれど、それ、何も考えていないのと同じですわ。勝ち負けにものごとを喩える人は、きっと物凄く考えるのが苦手な人なんだと思いますわ。わたくしに云わせれば――」

「あらら」

肩より下、と美弥子は云い放った。

「お相撲もそうだけど、スポーツって概ね勝敗を盛り込んだルールがあるでしょう」

「ありますよ。なきゃ駆《か》けっ競《くら》も出来ないですよ」

「そうね。駆けっこって、あれは何のためにするのかしら」

「え？　まあ」

子供屋の裏の空き地でいつでも子供達は走っている。楽しそうである。

それは何故するのと美弥子は何だか根源的なことを問うた。

「いやあ、子供って、走るもんなんじゃないですかねえ」

「そうね」

駆けたいから駆けるのでしょうと美弥子は云う。

「走るのが愉しいから走るのね。本当はただ走り回るだけでいい筈なのに、集団では無秩序になってしまうから、速い遅いで勝敗を付けると云う単純なルールを設けてゲームに仕立てた——そう云うことではないのかしら。つまり勝つためにやるのじゃなく、愉しいからやるのではなくて。違って?」

愉しくなければやらないと思う。

そう云うと、そうでしょうと美弥子は大きく首肯《うなず》いた。

「勝敗は、単に面白さを担保するために考え出されたお約束に過ぎませんのよ。他のスポーツだって同じね。勝敗は飽くまでゲームとしての体裁を整えるためにある約束ごとに過ぎないの。スポーツ競技は勝つためにやるものではない筈。やること自体に意味が見出されるべきものでしょう?」

「そりゃそうですけど——負けてもいいやとか思っちゃったら、それも面白くないんじゃないですか」

「ほら」

「勝たなきゃ駄目、になってますわ」

「は？」

まあ――なっているのだが。

「勿論勝ちたいと思って努力練習するのはいいのです。そうでなければ面白くなりませんし、そうしなければ面白くありませんもの。けれど、勝たなきゃ駄目、負けるのは駄目なんて、そんな莫迦《ばか》なお話はないと思いますわ。面白くするためのお約束が面白くなくしてしまうなんて本末転倒よ。スポーツは愉しくあるべきです。練習も試合も含めて愉しくなければ嘘ですし、勝っても負けても面白いと云うのが本来の在り方だったのではなくて。スポーツと云うのは、負けても愉しくあるべきものだとわたくしは考えます」

「はあ。でも、負けて悔しいとか思うじゃないですか。勝って嬉しいとか」

それが花一匁《はないちもんめ》の文言だと、美由紀は云ってから気付いた。

「それはそうでしょうけれど、悔しいと思うことと駄目と思うこととは違うでしょう。悔しいと云うのは、次があってこそ。もっと練習してもっと愉しもうと云う気持ちじゃないのかしら」

「ああ」

まあそうなのだろう。

「負けたら終わり、それまでの努力も水の泡——なんておかしいでしょう。何かを習得する過程、熟練して行く過程こそが愉しいのですわ。それこそが人生の糧。勝敗と云うのはただ一度のゲームの結果に過ぎないのであって、人生の結果ではありませんわね。負けたからと云ってその素晴しい過程を全否定してしまうと云うのは、全く以《もっ》て愚かなことです。悔しいと思ったらまた愉しめばいいのです」

その通りだとは思うのだけれど、矢張《やは》りそれは美弥子のような立ち位置だからこそ云えること——のようにも思える。やっかみのようなものとは無縁なのだろうし。

美由紀のような凡人は、中中そうは思えないのではなかろうか。不遇感を持つ者は優越感を求めるもので、その場合勝った負けた基準は単純で、都合が良いのだ。

まあ、勝敗至上主義のような考え方には辟易《へきえき》することも多いのだが。

「大体、負けたら終わりと云うのは大昔の武士の真剣勝負くらいではなくって？　あれは負けた方が死んで仕舞うのです。死んでしまえば終わりですものね。なら何としても勝ちたいのでしょうけれど、でもそんな野蛮で下等なものとスポーツなどを同一視すること自体が間違っているとわたくしは思うのです。そんな、黴《かび》の生えた精神論みたいなものは、個人の人生にも社会にも、害悪しか齎《もたら》しません。強い者の方が偉いとか、偉いから凄いとか、だから勝ちだとか、全く以《もっ》て肚が立ちます」

美弥子は云い知れぬ義憤に駆られたようで、地べたを拳で叩いた。

「そうなってしまったのも、この国を近代化したのが武士だったからですわ。何ですの、あのくだらない戦争は」

「いやあ」

そう云う話はしていない。と、云うよりも美由紀達は現状、遭難している訳であり。

「武士はこの際関係なくないですか？」

「大いに関係あります。例えば、家父長制だって何だって、元は武家の作法なのではなくって？」

それは――何か聞いたことがある。誰に聞いたのかは思い出せないのだが。

「家で一番偉いのは男の年長者。当たり前のように受け入れていますけれどもそんなルールはありませんわ。年長者を敬えと云うだけならば理解出来ます。そうするべきでしょう。いえ、年齢性別を問わず、普《あまね》く他者には敬意を払うのが人としては当然ではなくって？」

「それはそう思いますけど」

別段敬意なんか払って貰わなくても一向に構わないのだけれど、無根拠に攻撃されたりするのは御免だ。男女問わず、誰彼構わず上に載ってくるような人も多くて、面倒臭いから載りたい人は載せておくことにしているのだけれど、美由紀がどう云う態度を執ろうとも、その手の人は先《ま》ずは攻撃的に接して来るものなのである。

これがまあ、迷惑なのである。

上に載りたがる人は、概ね自信がない人なのだろうと思う。他人に敬意を払う余裕なんか、もうまるでなくって、兎《と》に角《かく》保身に必死だから、咬み付いて来るのだ。叩かなきゃ叩かれると思っているのだろうし、先に叩いた方が上だと思っているに違いない。そう云う人にとって人間関係は上下関係でしかなく、それでいて上は下を無条件に叩けるのだと考えているのかもしれない。そうしてみると、それは美弥子の云う勝ち負け判断と同じ——と考えることも出来るだろうか。

「まあ、お年寄りは大切にしなきゃいけないとは思いますけど」

そう云った。

美由紀なんかが壜の中でごちゃごちゃ云っても始まるまい。

美弥子はそうねと軽く答えた。

「でもね、美由紀さん。年長者だから、しかも男性だから無批判に従えと云うのはおかしいですわ。齢を取っていようと男だろうと、間違うこともありますし、駄目な人もいます。年齢や性別に拘らず、莫迦は莫迦ですわ」

「いや、まあそうですけど」

「彼等の云う家と云うのは、家族や家庭のことではないのです。自らの血統を引いた集団のこと。嫁は人質。嫁の実家は味方。婿にしても同じです。あれは夫ではなく婿養子——養子ですもの」

「人質とか味方とか解りませんけど」

「身内以外は敵なのですわ。敵味方、勝ち負けで判断しているの。つまり、戦うことを前提とした考え方です。それは、武家の、しかも古い武家の在り方でしかありませんわ。要するにそれは、自分か自分の直系を頂点とした勢力を拡大して行きたいと云う浅ましい欲望から発生した、極めて前近代的な、卑しい想いの結実なのではなくって？　そう云う人に取って家と云うのは単なる肥大した自我に過ぎませんわ。そうなら、配偶者も子供も孫も、家族の総てがその自我を護り拡げるための道具に過ぎなくなります」

「ああ」

そんな話も何処かで聞いた。

敦子の兄が云っていたのかもしれない。

それともそう云う話をあの人から聞いた誰かからの又聞きだったかもしれない。直接聞かされていたならもっと覚えている気がする。

「皆さん儒学だの道徳だの、尤《もっと》もらしい屁理屈をつけるのですけれど、後講釈《あと》も甚だしいとわたくしは思います。肥大した自我を温存するため、そしてそれによって齎《もたら》される既得権益を死守するための、男どもの詭弁です。極めて前時代的ですわ」

「いやあ」

そうじゃない男の人もいるんじゃないですか――と美由紀は恐る恐る云った。

「いますわ。沢山。いて当然です。同じように、それを疑問に思わない女性もまた多くいるのです。別に、そう云う考えを持つこと自体は問題ではないの。世間には色んな方がいらっしゃるのですもの、そう云う人だっていますでしょ。それは仕方がないことです」

「いいんですか」

「いいの。でも、それが当たり前だと思い込むことが思考停止で、それを他者に強要することが罪悪だと、わたくしは云っているのよ」

「ああ。そうですね——それは解りますけど」

その話はまあ解るのだが、矢張《やは》り関係ない気がする。と云うか最早何の話だったのか判らなくなりつつある。それ関係ありますかと問うと、大ありですわと云われた。

「だってそう云う考え方だからこそ、婚姻イクォール妊娠出産になってしまうのではなくって?」

恋愛もまともにしたことのない美由紀なんかを相手にいきなり妊娠出産の話題と云うのもどうなのかと思う。それ以前に、文脈が繋がらない。

「どう云うことですか?」

「即ち、婚姻と性的関係は同義になってしまうと云うこと。恋愛もその図式に当て嵌《は》まらない場合は駄目。婚姻をしない、出来ない関係は、性的関係のあるなしに拘らず不義だの不倫だのと規定されるのですわ。それは別のことよね?」

「それ、がどれか判りません」

「生涯の伴侶――人生のパートナーとすること、恋すること、そして性的関係を持つことと子供を作ること産むこと、これってそれぞれに深く関わり合ってはいるけれど、同じことではないとわたくしは考えます。わたくしは美由紀さんのことを好ましく思っていますけれども恋をしている訳ではありませんし、性的な関係を持ちたいとも考えてはいませんわ」

「は？」

顔面が紅潮した。

「お顔を赤らめることはなくってよ。そうではないと云っているのですから」

「く、暗いのに能《よ》く判りましたね」

「あてずっぽう」

美弥子はそう云ってから、うふふと笑った。

「わたくし、女学生時代にエスのお友達もおりましたけれど、親密と云う以上の関係にはなりませんでしたわ――」

エスと云うのは主に女学生の間で使われる、所謂《いわゆる》隠語である。シスターの頭文字のSから来ているのだそうだが、美由紀の知る限りシスターという言葉は姉妹や尼僧を表すものであるから、何故にその頭文字が当てられたのかは不可解なのだが、どうやら仲良しと云う以上の間柄――を指すらしい。

考えるまでもなく女学校には女性しかいない訳であり、云うまでもなくそれは女同士の関係と云うことになる。

それが一般的にどの程度通用する言葉であるのかは、知らない。

美由紀は今の学校に編入するまで知らなかった。

美由紀の通っている学校にも、エスと噂される者達や、公言している者までいる。誰と誰がどの程度の間柄なのか実態を把握することは難しいのだが、ただ口祥《くちさが》ない雀達の言に拠れば、まあ相当にえげつない関係と云うことになるのだけれど。

「残念乍《なが》ら――」

わたくしには同性と性的な繋がりを持つ素養がないようですと美弥子は云った。

「素養なんですか？」

美弥子は少し違うかもしれませんわねえと云った。

「そこは難しいところなのだけれど、何と云ったらいいのかしら。でも、そうねえ。素養と云うのも誤解を招きそうなんだけれど、上手な言葉がないの。少なくとも嗜好なんかではなくってよ。好き嫌いとか、趣味だとか、決してそう云うものなんかではないのですわ。だって、それ以外の選択肢が持てないと云う方もいらっしゃいますもの。性差を問わずと云う方もいるようよ」

また赤くなっているのと美弥子は云う。

「し、知りません。自分の顔は見えませんから」

「恥ずかしいことではないの。徒《いたずら》に秘め事扱いするから勘違いする輩《やから》が増えるんだと思いますわ。どんなものにも節度は必要だし、礼儀も場所柄も弁《わきま》えるべきだとは思いますけれども、それ自体は恥ずかしがることでも、隠すことでもないと思うのですけれど――犯罪ではないんだし」

「そう――ですよね」

「強制的に性的関係を求めたり、暴力を振るったりするのは考えるまでもなく犯罪ですけど。以前、婚約していたバカ男が――そう云う下等な奴でしたのよ」

「へ？」

「榎木津さんが婚礼を完膚《かんぷ》なきまでにぶち壊してくださったので、迚《とて》も助かりましたの。親の決めた政略結婚だったとは云え、あんな最低な男の本性が見抜けなかったと云うだけで、このわたくしも万死に値します。自分は正しくて偉いと思い込んで疑わない、唾棄すべき男でしたのよ。強姦や痴漢は――女性を、いいえ性差を問わず、性そのものを侮辱し陵辱する凶悪下劣な犯罪でしかありませんわ。わたくしが中世の為政者だったら、投獄して二度とお日様を拝ませないのに」

美弥子はまた地べたを叩いた。

かなり怒っているようだ。

「能くって美由紀さん。恋愛と結婚と生殖と性行為を同一軸で語るのは、それが都合が良いからに過ぎなくってよ。誰の都合かと云えば、武家社会の残滓をずるずると引き摺った時代遅れの一部の男共の都合。現行の制度もそう云う連中が造ったの」

でも勘違いしないでねと美弥子は云った。

「男だから悪いと云っているのではなくってよ。勿論女が良いと云っているのでもありません。男尊女卑が大手を振って罷《まか》り通っていたような前時代の仕組みを現代に適用することを、思考停止で受け入れ、無批判に信じ込み、一切疑おうとしない者をわたくしは非難しています。何も考えず享受するなら、男も女も一緒ですわ。違います?」

違うかどうか判らない。

でも、何も考えないで受け入れることはあまり良くないと美由紀も思う。と、云うかそれは怖いことではないのか。昔からそうだったと云うのも何の理由にもならないだろうし。

そう云うと、そうねと美弥子は首肯《うなず》いた。

「大体、昔っからそうだったことなんかないのですわ。世の中は常に変わり続けるもの。自分達に都合が良いからと云って、それを止める連中がいるのです。今のこの国の原形は、そう云う人達が作ったものなのですわ。そんなもの、伝統でも文化でもありません」

「そうなんでしょうけど――でも結構騙されてますよ私。変だと思ってもずっとそうだったからと云われると云い返せないですし。それで納得しちゃうこともあります」

そうよねえと美弥子は云う。

「制度は変でも守らなくてはいけませんものね。でも制度は兎《と》も角《かく》、明文化されていないところまで縛られるのは真っ平御免ですわ。慥《たし》かに、今の法律では同性同士の婚姻は出来ないし、生物学的に同性での生殖は出来ないのだけれど、それ以外は平気。ならば堂堂としていればいいのではなくて？」

「そうもいかないんじゃないですか」

白眼視される。異端視される。

美由紀だって、田舎者でそんなに裕福ではなくて背丈があると云うだけで、取り敢えず一旦蔑視はされるのだ。大勢と違う行動を執ったり、違う意見を述べたりしても、煙たがられることは間違いない。

美由紀なんかの場合は世間が狭いし未《ま》だ子供だから、どんな扱いをされても高が知れているし、その辺は割と平気なのだが――それだって堪えられないと云う人はいるだろう。

気にする必要は全くないのよと美弥子は強い口調で云った。

「そうは思いますけど」

「判ります。わたくし、仲の良いおかまの方がいますの」

「へ？　それは？」

釜《かま》でも窯でも、鎌でもなかろう。

「性別は殿方なのに、中身が女性なの。女性なのに男気のある——あら変ね。でもそう云う人。金《きん》ちゃんと云うのよ」

想像出来ない。

「本名は熊沢金次《くまざわきんじ》——だったかしら。もう五十歳くらいだと思いますけれど、お相撲さんの松登《まつのぼり》に少し似ていて、白髪交じりの丸坊主だし、割と腕力も強いのだけど」

「お、おじさん？」

「見た目はそう。でも心は女性。父と余り変わらない年齢ですけれど、わたくしの大事なお友達なのですわ。話が合うの。明るくて愉快だし。ダンスも上手。淀橋《よどばし》辺りの品のない酒舗《バー》にお勤めしているのですけれど」

「か」

顔が広いですねと云うと、榎木津の紹介だと云われた。それならまあ、解らないでもない。

「金ちゃんは——まあ、そんななので、かなり世の人人からは色眼鏡で見られているようですし、心ない人達からの迫害も受けているのですけれど、まるでめげないのです。何故なら恥じることは一欠片《ひとかけら》もないし、一切他者に迷惑も掛けていないからですわ。世間は金ちゃんを理解しないし、受け入れもしないけれど、金ちゃんはそんな世間を理解しようとし、受け入れようとしているのです」

「受け入れて貰おう、としているんじゃなく？」

「そんなことはしません。金ちゃんは迎合はしないの。金ちゃんの方が、駄目な世間を受け入れようとしているだけ。世間様よりもずっと度量が広いのですわ。多少下品ではあるけれど、そこは大いに見習いたいところです」

「尋《き》いていいですか」

その人は。

「あ、金ちゃんはそう云う人なの。好きでそうなった訳ではなくってよ」

「生まれ付き、と云うことですか」

「それはわたくしには判らないのですけれど、少なくとも他の生き方が選べない人ではあるの。さっきも申しましたけれど、好き嫌いで選んだと云う訳ではないのね」

嗜好なんかじゃないと云っていたか。

「勿論、好きで選んだ方だっていらっしゃるし、そう云う方だって恥じる必要なんかないですわ。他者に迷惑さえ掛けなければ何を嗜好しようと勝手。でも、金ちゃんと同じような方でも自らを押し殺して世間の物差しに合わせようと、辛《つら》い思いをされている方もいらっしゃるようよ。でも金ちゃんのように堂堂と生きるのは、もっと辛いと思うけれど。間違いなくそう云う人はいて、それは動かし難い事実で、そう云う人達が生きづらいと云うなら、世の中の方が間違っているんだとわたくしは考えます。美由紀さんは、如何《どう》？」

「それはそう思いますけど」

「間違っていない方が間違った方に合わせないと立ち行かないと云うのは変よね」

「間違っていないとも思ってないし間違ってるとも思わないんじゃないですか。そうでない人達は」

「それ」

わたくしの嫌いな思い込みよねと美弥子は云う。

「金ちゃんのお店には、金ちゃんの他にも男性なのに女性の衣服しか着られないと云う人や、男性なのに男性しか好きになれない人もいます。人は皆違うから、色色な人がいて当然。これは良くてこれは駄目なんて、人を峻別《しゅんべつ》するようなことは許されません。だって」

平等なのよねと美弥子は云う。

「それもこれも、捩曲《ねじま》がった武士道みたいなろくでもないものを崇《あが》めて家だの血筋だの云うどうでもいいものを護ろうとばかりする頭が苔生《こけむ》した連中の思い込みに過ぎなくってよ」

「苔生してますか」

「黴《かび》が生えてるでも良くってよ。連中はいいだけ威張る癖に強い者には媚《こ》びるし、そうでなければ喧嘩を売って潰しにかかる。勝てば絶対的に偉くなって、負ければお終いだと考えているのです。そんなだから——戦争なんかをするんですわ」

大迷惑よと美弥子は吐き捨てる。

まあ慥《たし》かに、無関係と思っていた話題にも脈絡はあったようである。

そこに関しては美由紀も納得した。

「人を何だと思っているのかしら。繰り返しますけど、男の方が皆そうだとは全く思いませんし、男だから駄目だともまるで思いません。けれども、少なくとも今の世の中や制度はそう云う頭のお悪い方方の都合で創られたものなのであって、必ずしも、いいえ、決して正しい在り方ではないのです。それを無批判に妄信したり盲従したりすることが我慢ならないと、わたくしはそう云っているのですわ。お判りよね」

「判りました」

真逆《まさか》、山の中の壙の中でこんな講釈を聞くことになるとは、流石《さすが》の美由紀も思わなかった。ただ、美弥子の云うことはいちいち尤《もっと》もではある。

色色難しいのだろうな、とは思うが。美弥子や、その金ちゃんと云う人なんかはその難しさに対して果敢に立ち向かって生きているのだろうと思う。

「わたくしの父なんかも、表向きは理解を示すものの、胸の奥ではわたくしのこうした考えを快く思っていないのです。体面を気にして進歩的な振りをしているだけですの。一度刷り込まれてしまった性根を書き替えることって、難しいことなのですわ。金ちゃんとのお付き合いだって、ことあるごとに窘《たしな》められますし」

それはまた別の問題であるようにも思うのだけれど、どうなのか。

二十歳そこその娘がいかがわしげな酒舗に出入りしたりすることは、そんなに褒められたことではないようにも思うのだが。

わたくし成人するまで酒精《アルコール》は戴きませんでしたわと美弥子は云った。

「勿論、美由紀さんにも勧めません。法律厳守は国民の義務。義務を果たさなければ文句は云えませんもの。権利を主張するなら義務は果たすべきだと思いますわ。悪法は変えるべきですけれども、変えようとするなら正当な手続きを経るべきですし、変わるまでは従うのが当たり前ね」

いや——それもそうなのだけれど、お酒を飲まなければ良いと云う話でもないと云う気がする。金ちゃんがそう云う人でなかったとしても、矢張り同じように云われていたのではなかろうか。品がないようだし。

美由紀さん、と美弥子が呼ぶ。

「わたくしが驕慢だと云った理由が、お解りになって？」

「え？」

既に誰に対して驕慢だと云ったのか判らなくなっていた。

「ええと」

「ですから、この山で自死した女性のお父様のことです」

そうだった。

「慥《たし》かに、同性同士の婚姻は現行法では無理ですけれど、同性を好きになることは禁じられてはいませんし、入籍は出来ないとしても、同性を人生のパートナーに選んだって構いはしないでしょう。縦《よ》んば相手と性的な関係を持っていたのだとしても、他人に口を出される筋合いはなくってよ。親族と雖《いえど》もそこは変わらないのではなくって？　生き方は自分が決めることですわ。それを、家だの跡継ぎだのそんなものを振り翳して、自死に至るまで追い込むなんて――」

「ああ」

そうなのだ。その話をしていたのである。

そう云う話を聞くとどうしても憤ってしまうのと美弥子は云った。

娘の命より大事ですかと美弥子は云う。

「血筋を保ちたいなら方法は幾らでもあります。同性同士で子は生《な》せないけれど、人生の伴侶と生殖のためのパートナーは別でも良いのじゃない？　何もかも一緒くたにして、ただ思い込みの倫理観や道徳観を盾に追い詰めるから、こんな悲劇が生れるのです。その方は、自分は異常だと思ってしまったのですわ、きっと。異常なんかじゃないわよ」

異常である訳がない。

百歩譲って異常であったのだとしても、異常を受け入れられない世の中はあまり居心地が良いとは思えない。

「相手を慮《おもんぱか》り自らを省《かえり》み、思い込みを捨てて真摯に臨めば、仮令《たとえ》、決定的に意見が合わなかったとしても——このような事態には決してならない筈ですわ。その人の父親は、彼女を諭したのでも叱《しか》ったのでもなく、ただ娘に勝ちたかっただけです。その人は負けて死を選んでしまったのでしょう——と美弥子は悔しそうに云った。

「驕慢さは人の命を奪ってしまうこともあるのですわね。わたくしも、深く自戒したいところです」

「そうです——よね」

それも美弥子の云う通りだと思う。

「この壙に落ちたのも、まあわたくしの傲慢さ故ですわ」

美由紀は美弥子が傲慢だとは些《ちっと》も思わないのだけれど、まあ今自分達が置かれている状況も危機的ではある訳で——美由紀にしてみれば、粗忽《そこつ》さは死を招くと云われた方が確実にピンと来るのだけれども——。

暗い。

すっかり陽は落ちたようだ。

元元薄暗い場所だし、更に壙の中なのだからより暗いのは当然である。それでも漆黒の闇ではないのだろう。山中の闇は深いが、目が馴れると云うことは微かでも光量は保たれていると云うことである。

明るさが人の思考や感情に与える影響と云うのは大きいのかもしれない。楽天家を以《もっ》て自認する美由紀が、やや心細くなって来ている。

耳に届く美弥子の声が頼もしい。

途切れると少しだけ不安になる。

わたくしの友人の中にも薩摩武士のお孫さんがいらっしゃいます——と美弥子は続けた。

「お友達のお母様やお祖母様とも親しくさせて戴いていますの。彼女達は、こう仰っていました。殿方は、顔を立ててやらないと役に立たない——と」

「はあ」

「薩摩と云えば男尊女卑の巣窟と云うようなことを仰る向きも多いようですけれど、少しばかり違うようです。男が偉いのではなく、殿方は女性に持ち上げられていただけ」

「煽《おだ》てられてるだけなんですか？」

「煽てると云うのとは少し違いますわ。ご婦人は誠心誠意尽し、本気で人生を磨り減らして殿方を立てているようですの。そこまでされて奮起しないと云うなら、余程のろくでなしですわよね？」

「まあ——そうですねえ」

そんなに尽されたら却って辛いのではなかろうか。期待に応えられる人ばかりではあるまい。

「でも、だからこそ、そうした習性《ならい》は確《しっか》りとした相互理解の下《もと》にのみ成立するものだと云うことですわね。殿方は口には出さなくとも深くご婦人方に感謝し、ご婦人方は云われなくともそれを信じ――」

「口に出さなきゃ解らないんじゃないですか？」

そこが問題――と美弥子は云った。

「口にしないのがお約束ですわ」

「どうしてです？」

「一度でも感謝を口に出してしまえばお終い。次からは口に出さなければ感謝はないのかと考えてしまいますでしょう？」

「何度でも云ったら好いんじゃないですか？　減るもんじゃなし、本当にそう思っているんなら平気ですよね？」

「でも、そうしてしまうと、殿方に感謝されたいがためにしている――と云う体《てい》にもなってしまいますでしょう。それだと話が違ってしまいますもの」

「違っちゃいますか」

「ええ。そう云う話ではないのね。それはあくまで、殿方の自尊心《プライド》を傷付けないように計らいつつ、黙って働かせるために形成された関係《コミュニケーション》なのですもの」

「はあ」

「お約束が壊れてしまえば、自分は働きたくないからお前も俺を立てなくていいよと云うことにもなりますでしょう。お前に感謝なんかしたくないからこれ以上尽さないでくれ、と云うことにもなり兼ねませんわ。感謝してくれないならこっちも何もしませんと云うケースもあるでしょうし。それでは生活が成り立たないのです」

「そんなもんですか」

「昔は——と云う話ですわ。今日《こんにち》的ではないの。もうそんな関係性はとっくに壊れてしまったし、通用しないと、お友達のお母様も仰っていましたし。ところが」

「はあ」

「殿方の方は勘違いし続けているの」

「何をです？」

「奉られ続けているうちに本当に自分が偉いと思ってしまう莫迦が生まれたのね」

「バカ——ですか」

クズ、ろくでなし、バカ——。

お嬢様の語彙は思いの外《ほか》豊富だ。聞けば相当変梃《へんてこ》な人脈があるようだから、世間も広いのかもしれない。顔も姿も殆ど見えないので余計にそう感じる。

「そんなもの、形骸化してしまえばただの悪習ですわ。単に男が女の生を搾取する、悪しき形式に堕してしまいますもの」

「それは、解ります」

「そうね。お約束が壊れても確《しっか》りとした相互理解さえあれば——仮令《たとえ》なくとも理解し合う努力があったなら、それで何とでもなるものを、その大事なところだけは等閑《なおざり》にして尚、形式だけを遺しているのですから始末に負えないのです」

「ええと——」

「深く考えるまでもありませんわ。何の憑拠《ひょうきょ》もなく、殿方が殿方だと云うだけの理由でご婦人に尽力奉仕を強制するなんて——狂気の沙汰ではなくって？」

「そりゃそうですけど」

「その方が殿方に都合がいいからでしょうね。そうすれば、自尊心も護られるし、威張れるし。だから、その歪《いび》つな関係性が当たり前だと思い込むのでしょうね。自分達は無条件に偉いと思い込むことで、ようやっと自分を保っているのですわ。それは小心者のすることではなくって？　勘違いも甚だしいとは思いませんこと？」

「ああ。でも」

ありがちではある。

「そう云う一握りの小心者のために、どれだけ多くの犠牲が払われていると云うのでしょう。搾取され差別されているのは女性だけではなくってよ。実を云うなら、先程お話しした金ちゃんも——」

薩摩のご出身ですのと美弥子は云った。

「はあ。そうでしたか」

「金ちゃんは、自分《あたし》には故郷の風土が馴染まないのよ――なんて云っていたけれど、相当に嫌な想いや辛い想いをされたんだと思いますわ。金ちゃんは先の戦争で出征もしているのですけれど、軍隊生活もそれは嫌だったと云っていました。それはそうですわ。軍隊には女性がいないのだし、黴の生えた武士道やら無意味な精神論ばかりが罷《まか》り通る、暴力的で絶望的な、小心者の叩き合いみたいな処なのでしょう？」

「し、知りませんけど」

軍隊に入ったことなどない。

「軍人さんにも色色な人がいらっしゃったのでしょうし、そもそも強制的に徴兵されたのですから勿論みんな同じではないのでしょうけど、環境の強制力と云うのはありますわ。劣悪な環境は、人を追い込むのです。環境を生み出したのも追い込んだのも」

古く使えない価値観ですと美弥子は云った。

「壊れたら捨てればいいし、古くなったら改めればいいのです。お約束を護らず、使えなくなった仕組みを上面《うわつら》だけなぞって都合良く作り換え、伝統などと云い張って温存するなどと云う行為は到底許せるものではありません。わたくし――」

間違っていますかと美弥子は尋いた。

「はあ、聞いている分には間違っていないようですけど――と、云うより、首肯《うなず》けるところばっかりではあるんですけど、反対意見もあるでしょうし、立場に依っては違う考え方も出来るんでしょうから、私のような世間の狭い勉強不足の小娘には即座に判断出来ません」

迎合することは簡単だし、否定も出来るだろう。

無根拠に賛同することは可能だし、理由なんかなくても反対意見は云える。深く考えなくたって気分で何か云うことは出来るのだ。でも美由紀自身が咀嚼し、整理し、納得した上でするのでなければ、それはあまり意味がないと思う。ちゃんと考えるべきなのだ。考えるためには勉強が必要で、学ぶ余裕は今の美由紀にはない。

遭難しているのだし。

どうやら、美弥子も敦子同様、理《ことわり》を求めてものごとを見据えているようだ。

でも、敦子と美弥子は少し違うようにも思う。敦子は極めて現実的な処に軸足を置いていて、そこから真理を見上げ、そこに至る道を模索しているような感触が美由紀にはある。

一方美弥子は、斯《かく》あるべしと云う理想に軸足を置き、下界の矛盾や誤謬に苛立《いらだ》っているような感じがする。勿論、それは印象であって何の根拠もない。

そんなことを考えていると、突然、素晴しいわと美弥子が声を上げた。

「な、何がありました？　脱出方法とか思い付いたんですか」

「違いますわ。美由紀さんの答えが素晴しいと申し上げています」

「は？」

「わたくしは、今のところ自分の考えが間違っているとは思っていません。思っていないからこそ、こうやって口にしています。でも何処かしら間違っているかもしれないし、全部間違っているのかもしれません。指摘されて納得出来たなら、即座に考えを改めますわ。ですから、わたくしのお喋りをお聞きになって、一時的に納得したからと云って、妄信してしまうような態度はいけませんし、解らないから否定すると云うのもいけません。一家言持っていないなら、美由紀さんのように答えることが正解なのだと思いますわ」

そうなのか。

美由紀は敦子ならこんな風に答えるかなと思って真似してみただけなのだが。実際敦子がそう云うかどうかは判らないのだけれど。

「迚《とて》も良くってよ」

美弥子は実に愉しそうにそう云ったのだが、勿論そんなことで喜べるような状態ではないのであるが。

「いずれにしても、その亡くなった方を追い込んだのはその方のご家族ですわ。世間の目がどれだけ過酷なものであったとしても、家族だけは彼女を護るべきですのに。その家族自体が彼女を追い詰めるような状況を生み出すなんて、不幸過ぎます。何てことでしょう——その方」

「天津敏子さん——です」

「そう、その天津さんが首をお吊りになった場所と云うのも、このすぐ近く——と、云うことですわよね？」

「お吊りになったって」

妙な云い方だったので、つい笑いそうになってしまったのだが、考えてみれば笑って良いようなことではない。美由紀はお化けも死体も怖いとは思わないけれど、それでもそんな風に云われると少し変な気分になってしまう。

惨《いた》ましいことですわと美弥子は云った。

「死ぬことはない——と、口で云うのは簡単ですけれども、そこに至るまでの苦悩は余人には計り切れないものですわ。その道しか選べなかったのでしょうか。さぞやお辛《つら》かったのでしょうね。自死と云う最悪の結末を選択させてしまったのが家庭環境だったとしたら、その責は重いですわ。遺されたご家族はどのようなお気持ちなのか、わたくしには察することが出来ません。それでもまだ、旧弊を捨てる気にはなられないのかしら」

「はあ。聞いたところに拠れば、そうらしいですけども」

敦子の調査を信じるなら、そう考えるよりないだろう。敦子は鳥口からかなり詳しく話を聞いていたようだった。それは勿論、興味本位の弥次馬根性で聞いたのではなく、是枝美智栄の失踪との関連性を計るための聞き込みだった訳だが——。

天津敏子の父、天津藤蔵《ふじぞう》は、遺体発見時既に高尾山薬王院付近にいたと云う。発見の報告を待たずに山に登っていたと云うことになるだろう。どうやら捜索が高尾山に絞り込まれたと云うことを聞き付け居ても立ってもいられなくなった、と云うことであったらしい。

その話を聞いた時、余程心配だったのだろうと美由紀は思った訳だが、どうもそれは早合点だったようである。事実は少しばかり違っていた。

天津藤蔵は、娘が女同士で情死している可能性を危惧した——のだそうである。

若い女性二人が世を儚《はかな》んで心中——などと云うことになれば、それはもう下世話な醜聞としては申し分ない。三流雑誌の記事としては持ってこいの材料となるだろう。

事実、なったのであるが。

雑誌には載ったらしい。一応匿名になっていたらしいのだけれど、特定は簡単に出来たようである。何しろ、高尾山中で首吊りと云う報道は新聞でも為されていたのであるし、場所と日付を鑑みれば調べるまでもなく判ることである。

天津藤蔵の行動は無意味なものに終わったと云うことになる。

そもそも亡くなっていたのは天津敏子一人だったのだし。

天津藤蔵は、芝居や心中ものにあるように、二人の遺体が紐で結ばれているような状態を危惧していたらしい。そうであった場合、そうした状況が新聞などに載ってしまうことを惧《おそ》れた訳である。

昨今の報道は速いから、そうだった場合は現場で警察に根回しをし、発表に手心を加えて貰うつもりだったようである。

そんなことが出来るものなのだろうか。

警察のような公的機関や、新聞や放送などの報道機関は、事実は事実のままに伝えるものだと美由紀はそれこそ思い込んでいたのである。

敦子の説明に依ればそんなことはないのだそうだ。捏造や改竄《かいざん》は以《もっ》ての外だが、例えば関係者や遺族に著しい不利益が齎《もたら》されるような場合や、社会に与える悪影響が懸念されるような場合は、情報の一部が伏せられることがあるらしい。また、現在進行中の犯罪に関しては、捜査に支障を来すような情報は開示しないこともあると云う。

このケースがそうした条件に当てはまるものかどうかは疑問である。

ただ美弥子が憤るように、現状同性の恋愛が社会的に認められているとは到底云えないことは確実だろう。

そうした状況下にあっては、遺族の要望が聞き入れられる可能性は高いだろう、と敦子は云っていた。ただ、仲の良い友達同士が連れ立って自殺したと云う程度の表現になるだけだろうとは云っていたけれど。心中や情死と云う表現はしないし、それを思わせるような状況証拠は伏せる——勿論、それは調べてみないと断定出来ないことであるから、或る意味では当たり前のことなのだろう。

敦子の話し振りから感じられたのは、天津藤蔵は寧ろ、所轄警察の上層部が同性の恋愛に対して強い嫌悪感を持っていた場合に、死者を貶《おとし》めるためにわざと扇情的な発表をする可能性を懸念していたらしい、と云うことである。

そんなことがあるのだろうか。

犯罪者扱いは余りにも哀しい。

美由紀がそう云うと、敦子はあるかもしれないと答えたのだった。

あの日。

蕎麦を食べ終わった敦子と美由紀は、子供屋には戻らなかった。寒くはなかったから近くの空き地に移動して、廃材の上に腰掛けて話を続けたのだった。

「駄目だよね」

敦子はそう云ったのだ。

「何がです？」

「私達は何でこんな処にいるの？」

「いや、子供がうようよいる駄菓子屋さんで話すことじゃないでしょう」

「それはそうなんだけど。自殺や失踪の話は、そもそも駄菓子屋や蕎麦屋でするものじゃないとも思うし。でもね」

その時の敦子の、何だか遣り切れないと云った貌《かお》は迚《とて》も印象的だった。

「さっきも云ったけれど、私は差別的な感情は持たないように努力しているし、実際、そう云う意識を持っていると云う自覚はないんだよね」

敦子はそう云った。

「事実、宗教的な戒律や文化的な偏向を除けば、そう云う人達――そう云う人達と一括りにしたりするのもいけないと思うんだけど、その人達とそれ以外の人達を分かつ理由はないし、況《まし》てや蔑んだり蔑まれたりするような謂われは、全くないでしょう」

「ないですね」

「ないの」

そう云って敦子は空を見上げた。

その日の空は、曇っているのにどこか透明な感じがする、高い空だった。

「そんな理屈は何処を掘っても出て来やしない。私は情動よりも論理を重んずる傾向があって、ならば何の蟠《わだかま》りもない筈なんだよね。でも、深く考えてみると、自分は本当にそうした在り方を受け入れているのか、真実分け隔てたりしていないのか、心に一点の曇りもないのか――不安になる」

「まあ、それは」

そんなものじゃないかと思うと云った。

「そう努力する姿勢が大事なんじゃないですか？」

「それはそうなんだけど、どちらかと云うともっと根源的な不安——かな。人は、自分と似たものを好み、違うものは遠ざける傾向にあるよね。動物は概ねそうなんだろうから、これは仕方がないことでしょう。犬や猫を可愛らしく感じる人が多いのは、人の形や仕草を想起し易いからだと思う。昆虫や爬虫類を人に寄せるためには、かなり高い抽象化が必要になるでしょう。生物として貴賤は全くない筈なのに外見が何かを隔てている」

「まあ、虫は多少苦手です」

違いはないのよと敦子は云う。

「それってもう単なる好悪でしかないもの。動物は兎《と》も角《かく》、人間同士の場合は見た目が違うからと云って遠ざけ、差別するなんてことは本来的にあってはいけないことでしょう。人種差別の問題だって、文化的背景を含め様様な理由があるんだろうけど、結局根っこの部分は同じだと云う気がするの」

「そうかも」

美由紀は、外国の人と対峙した時、見下すような気持ちなんかは全く涌かないのだけれど、見下されているような気持ちにはなる。それも外見が齎す一種の偏見なのだろうし、差別的な気持ちの裏返しなのかもしれないとは思う。

「外見で人を峻別するなんて、それは許されないことでしょう。でも外見の違いと云うのは或る意味で判り易いから、将来的には解消して行くことも出来るんだと思う。でも」

心の問題は判り難《にく》いのと敦子は云った。

「何もかも、何ひとつ違いがないのに、まるで違っていたりする。それは当然のことで、人は皆違うのだし、在り方は多様であるべきで、多様性は認めるべきだから。それは本気でそう思っているんだけど、それなのに何処かで距離を置いている自分がいる気がする」

敦子は下を向いた。

「家系差別だとか、職業差別だとか、地域差別だとか——そうしたものに関してはなくすべきだと思うし、私の中にそんな差別感情は全くないと云い切れる。勿論、性的に違いがある人達に向けても、同じように思う」

「でもそう出来ない、と云うことですか?」

差別感情はないのと敦子は云った。

「それは本当。ある部分が違っているだけで、それ以上の違いはないんだと私は承知しているし、自分と違っているところが認められないとか、いけないとか、駄目だとか悪いとか嫌だとか、そんな風に感じることはない。全然ない。それなのに——そうねえ」

何かを畏れているのかしらと敦子は云った。

「おそれ、ですか?」

「もしかしたら自分の方が駄目なんじゃないか、間違っているのじゃないかと思ってしまうのかもしれない」

「どう云うことです？」

「異常と正常と云う区分は、本来的に到底承服出来るものではないんだけど、でも世間では簡単に使うよね。そう云う物差しで見た場合、多く異性愛者が正常で、それ以外は異常と云うことになりがち。でもそんなことは絶対になくて、さっきも云ったけどそれは単に数の問題だったりするでしょう。だからそう云う偏見や刷り込みを出来るだけ外して、そして熟慮してみると――」

異常なのは自分の方じゃないかと思うことがあるのと敦子は云った。

「いや、そうですか」

「うん。正常異常と云う分け方自体がおかしいんだから、そう考えるのもおかしい訳だけれども、例えば多数だから正常だと云う言説は無効だと主張する際に、じゃあその逆はどうなのかと――ふと考える自分がいる訳。勿論、それも無効なんだけど、そう云う妄執に囚われることもある。きっと」

敦子はそこで言葉を切って、一度空を見上げた。

空は白い。

「彼や彼女達の方が人としてピュアな在り方だと予想しているのかな。考え方に依っては性別と云う生物学的に逃れられない枷《かせ》から解き放たれていることにもなる訳でしょう」

「ああ、そうか」

でも不自由なのかと敦子は云った。

「その一方で、そうであるにも拘らず――だからこそ、かな。そうした人達は肉体と云う脱ぎ捨てられないものが、この上ない重しになっている訳でしょう。限りなく自由であるが故に、この上なく不自由なの。それに加えて社会と云う壁もある。私は、弱者と云う呼び方にも抵抗があるのだけれど、そうした人達が生きて行き難《にく》い社会であることは間違いないことだと思う」

「まあそうでしょうけど――」

「社会の壁は、いずれ超えられると思うのね。時間は掛かると思うけれど。そう云う意味では、同じような壁に突き当たっている人は大勢いて――そもそも、ただ女性だと云うだけで何らかの迫害を受けていたり搾取されていたりすると云うのが現状なんだし、そうした偏見は何としても変えて行かなくちゃいけないんだと思う。性の問題に関しても同じだと思っている。そうなんだけど――」

矢《や》っ張《ぱ》り怖いのかなと敦子は云った。

「何がです？」

「だから、真剣に向き合うのが怖いのかもね。怖いと云うか――真剣に向き合うことで自分の中の何かが変わっちゃう予感がして、それが怖いのかな」

上手に云えないと敦子は云った。

「どっちにしても、腫れ物に触るような扱いをするのは間違っていると思う。もっと普通に接するべきなの。だって、普通なんだから。普通って云うのもおかしいんだけど、巧い言葉がないから」

普通と云うのは便利だけれど厄介な言葉なのだと美由紀は知った。

多数派を普通と規定した場合は、少数派を差別し排除する言葉となり兼ねない。ものごとを見定めるために標準値を算出することは時に有効なのかもしれないが、規格外を異常だ劣悪だとしてしまうのはおかしい。でも、基準を一切なくしてしまって、何もかもを普通と規定してしまうとなると、反社会的なものごとや反道徳的なものごとまでもを普通としてしまうことになる訳で、それはそれで具合が悪いと思うのだ。普通と云うのは、そんな風に使う言葉ではないと美由紀は思う。一番厄介なのが、自分を基準として普通だと云い張ることだと思うけれども、そうした認識を持っている人は殊の外多い気がする。

敦子の云う普通は、思うに人からは離れているのではなかろうか。様様な条件を考慮し擦り合わせた上で、一番自然で、理に適っていて、無理のない状態を想定し、それを普通と称しているように思う。そう云う意味なら――。

普通ですよね、みんなと云った。

まあそうだよねと敦子は答えた。

「いずれにしても、彼等彼女等は変でもないし劣ってもいない。誰に恥ずることもないし、世間に伏せることもない。それなのに、人前で話題にすることを憚《はばか》ってしまうでしょ。現にこうやって野原でお話ししてるじゃない」

それで駄目、なのか。

「だから駄目なんだけど」

敦子は残念そうに続けた。

「でも、そうは云っても、多くの場合、当人が隠しているんだよね。隠さざるを得ないのでしょう。世間が異常だ、恥だと云うラベルを貼るから。排斥されちゃう可能性の方が高いでしょう」

「そうですよね——」

正しかろうが非がなかろうが、責められるのは嫌だ。正しくて非がないなら余計に嫌だ。でも、どんなに正しくても非がなくても、相手の顔が見えなければ抗うことさえ難しい。声を上げれば上げるだけ攻撃されることにもなるのだろうし。

「そうしてみると、例えば公共の場でそれを話すことで当事者が不利益を被ったりすることも十分にあり得る訳だから、今の無理解な社会状況を考慮すれば、デリケートな話題になることは間違いないんだけど——」

「真面目なんですよ敦子さん」

美由紀はそう思う。

「別に駄目じゃないですよ。私なんかも同じように考えることありますけど、考えが足りないので割と平気です。人を傷付けるのは嫌だけど、傷付けようと思ってなくても傷付けちゃうことはあるし、そう云う場合は謝るしかないですよ」

軽挙妄動を反省することは、美由紀の場合殊《こと》の外《ほか》多い。誤りに気が付いたら先ず謝る。それが美由紀の処世である。

「謝ったところで、取り返しのつかないこともあるのかもしれないから慎重になるべきだとは思いますけど、私の場合は考えが足りないのですぐに失敗《しくじ》ります」

「まあそうだけど」

「私、男同士が恋しようが女同士が恋しようが全然気になりません。物凄く表面的にしかものごとを見てないからそう思うのかもしれませんし、単なる物知らずなだけかもしれませんけど。それ以前に、恋愛自体が能《よ》く解らないんですよね。頭の中がお子様なんですね、私の場合。ただ、無心に遊ぶ子供達のすぐ横ちょで、色恋沙汰や首吊り自殺の話もナイかなあって――それだけのことですよ」

敦子は吃驚《びっくり》した子供のような顔をした。

「何です？」

そうよねえそれだけのことよねえと云うと、敦子は美由紀に顔を向けた。

「普通なのは貴女《あなた》よね」

そして敦子は、感心したようにそう続けた。何のことかは判らなかったのだけれど、何かと比較しない限り、概ね誰でも普通は普通だろう。

「私は頭でっかちなのよね、きっと。そもそもこの事件に関して云えば、その部分は核心に関わるものでもない――のかもしれないし」

細かいことは気にせずに話すことにすると敦子は仕切り直すように云った。

「自殺した天津敏子さんが何時頃、どのように自殺現場まで行ったのかは確認出来てないのね。家を出たのが発見前日の早朝より前だったと云うだけ。現場には遺書もなかったようだけど、家に残された置き手紙がそもそも遺書のようなものだった訳だから警察も自殺と判断したのでしょう。でも」

「でも？」

「同行者がいたかどうかまでは判らないのね。自殺の動機は、恋人との行く末を断たれてしまったことに因る絶望――なんだろうから、なら」

「心中――と云うことですか」

「そうであってもおかしくないと、お父さんの藤蔵さんも考えたのでしょう。事実相手の葛城さんの行方も敏子さん失踪の日から判らなくなっている訳だし。駆け落ちなら兎も角、命を絶つとなれば、これはどちらか一方と云うのも不自然――ではあるでしょうし」

美由紀には矢張《やは》り失恋で死を選ぶ人の気持ちは判らない。判らないけれど、それはもう辛かったんだろうなとは思う。それ程好き合った相手がそれ程辛い気持ちになっていて、死を選ぼうと云うところまで追い詰められて、知らんぷりはないだろう。

もしも同じ気持ちであったなら――。

「死ぬなら一緒に、と思いますかねえ」

それは判らないと敦子は云った。

「必ずそうなるとは云えないよ。止《と》めたのかもしれないし、止めたのに死んでしまったから跡を追った、とも考えられるでしょう」

そう、葛城コウも亡くなっているのだ。

「その葛城さんが、行方不明の是枝さんの衣装を身に着けていた――と云うことになる訳よね？」

「ええまあ。そうなりますけど」

深刻だけれど変梃《へんてこ》な話ではある。

「この前の推理――と云う程のものではないんだけど、あの当て推量が当たっているのだとしたら、是枝さんは葛城さんと衣服を交換した――可能性が高い、と云うことになるのじゃないかしら」

それもそうなるだろう。

「そうなら、是枝さんが衣装を交換したのは高尾山中でしょ。葛城さんも当然、高尾山にいた――と云うことになるよね。しかも交換したのは是枝さんが山に登ってから天津さんの遺体が発見されるまでの間、と云うことになるでしょう。違うかしら」

「違わない――か」

美由紀は時系列が整理出来ていないのだが、天津敏子の遺体は是枝美智栄の捜索開始直前に発見されている訳だから――。

そう云うことになるのだろう。是枝美智栄の捜索願が出された時点で、既に天津敏子は亡くなっていたと云うことになるのだろうし。

「天津さんの正確な死亡推定時刻は判らなかったんだけど、是枝さんが山に登った時にもう亡くなっていたか、或いは山にいる間に亡くなったか――そう云うタイミングになるんじゃないかな。衣裳交換が事実だと仮定すると、その時間、葛城さんも高尾山中にいた――と云うことになる訳で、そうなら葛城さんが天津さんの自殺現場にいたか、そうでなくとも自殺した遺体を見ていると云う可能性は迚《とて》も高いと云う気がする」

「え？　じゃあ」

どう云うことになるのだろう。

「それ、心中するつもりが怖くなって、一人だけ止《や》めちゃったとかですか？」

それじゃあ落語よと敦子は云った。

「ないとは云えないけれど、もしそうだったなら何か痕跡が残っているのじゃないかと思うし、そんなのがあったなら下世話な雑誌が嗅ぎ付けているようにも思う。警察が黙っていても、人の口に戸は閉《た》てられないから。あの人達は見逃さないでしょう」

「痕跡ですか？」

「二人で登ったと云うことが確認されただけでも適当な記事を書いちゃうと思う。実は首吊りの輪が二本下がっていたのだとか、腕に何か結んだ痕《あと》が残っていたとか、それで充分なの、その手の人達は。現に何もなかったのに書いているんだから」

そんなものなのか。人が亡くなっているのに。

「私は、葛城さんは天津さんの自殺を阻止しに行ったのじゃないかと思う」

「止《や》めさせようとしたと云うんですか」

「自分の好きな人が世を儚んで死のうとしていたら、止《と》めない？」

そりゃ全力で止めますと答えた。

「好きな人でなくたって止めます。知らない人でも止めますって」

目の前で人が死ぬのは――御免だ。

友達が、友達になれた筈の人が、美由紀の前で相次いで死んだ。

一人は屋上から転落し、一人は首をへし折られ、そして一人は眼を貫かれて。この間も一人亡くなっている。もう沢山だ。

私もそう思うと敦子は云った。

「知っていたなら必ず説得に行った筈。知らなかったとしても、心配はしたでしょうし。でも間に合わなかった――と云うことじゃないのかな。そうでなくては、そんな時間にそんな近くにいたことに就いての説明が付かないでしょう」

「ちゃんと遣り遂げたかどうか見届けに行ったなんてことは――考え難《にく》いですね」

「そうね。偶然と云うのはもっと考え難《にく》い。いずれにしても葛城さんは是枝さんと前後して山に登っていると考えた方がいいんだと思うし、なら、間に合っていない――のじゃないかしら」

「じゃあ、探しに行ったか止めに行ったかして、発見した？」

「そうなら――先《ま》ず、通報しないかしら」

「ああ」

「仮令《たとえ》息がなかったとしても、先ずは救急を呼ばないかな。それとも、もう手遅れだと諦めて帰っちゃうものかな」

「帰りません――ね」

狼狽するだろうけれど、そのまま下山はしないだろう。

「葛城さんは下山しているのよ」

「え？　そうでしたっけ？」

何云ってるのと敦子は苦笑した。

「彼女は日を開けて迦葉山で亡くなったのよ。必ず下山しているでしょう。そして是枝さんも――」

「あ、そうか。いや、それ変じゃないですか。どう云う行動ですか？」

「間に合わなかったのみならず」

行き着けなかったのじゃないかしらと敦子は云った。

「行き着けないって――天津さんの自殺現場に行けなかったってことですか？　何故です？　見付けられなかった？」

「問題はそこだと思う」

「全部問題な気もしますけど」

「まあ、それはそうなんだけど。もしも、彼女が是枝さんと衣装を取り換えたのだとしたら葛城さんは――」

何かから身を隠していたと云うことになるのじゃないかな、と敦子は云った。

「私の下手な想像が当たっているなら、彼女は変装して下山せざるを得なかった、と云うことになるよね？　是枝さんの方にそんなことをしなければならない事情は見当たらないようなんだけど――一方で葛城さんの場合は」

「まあ何かありそうですよね」

「ありそうと云うのは不謹慎な云い方かもしれないけれど、恋人が近くで亡くなっている訳だし、不審ではあるでしょう。そこで葛城さんの方も詳細を尋ねてみたの。まあ、それこそ不謹慎な人達は熱心に調べているだろうと思って」

鳥口と云う人ですかと問うと、鳥口は違うと云われた。

「鳥口さんの名誉のために云うけれど、その手の人達と同業だと云うだけで、鳥口さんはまともな人だと思う。方向音痴で故事成語を間違うところ以外は極めて常識的だし、正義感もあるし。多少――軽口が過ぎる程度」

軽口が過ぎると云えば、薔薇十字探偵社の益田くらいしか思い出せない。

「ただ、蛇の道はへびで、その手の同業者も多いから」

「醜聞《スキャンダル》専門、みたいなですか？」

「そう。天津さんの自殺から葛城さんの遺体発見までは二箇月開いている。ご遺体は夏場と云うこともあって損傷が激しく、正確な死亡時期までは特定出来なかったようなのね。発見当初の検案では、死後一月以上三箇月未満と云う幅のある結果しか出せなかったみたい」

骨になってたんですかと問うと、二三箇月程度だと完全に白骨化することはないでしょうねと即答された。

「勿論、死体があった場所の温度や湿度なんかの条件にも因るんだろうけど。ご遺体が葛城さんだった場合、二箇月前までは生存確認が出来ている訳だし。所謂《いわゆる》腐乱死体と云う――」

こう云う話は平気なのよね私、と云って敦子は変な顔をした。

「まあ。かなり傷んでいたの。だから身許の確定は難航すると思われていたんだけれど、遺体が所持していた鞄に、預金通帳と社員証が入っていたようなのね。それで確認——と云う運びになったようなんだけど、葛城さんのご両親は戦争中に他界されていて、親類が千葉と山梨《やまなし》にいるだけ。一応見て貰ったようなんだけど、疎遠にしていたらしいし」

「腐乱ですか」

「そうなのね。まあはっきりとは判らないでしょうね。そこで勤め先の上司——信用金庫にお勤めだったようだけど、その直属の上司に確認して貰ったようね。そうしたら、まあ二箇月前から無断欠勤をしていて音信不通だと云うことが判って——」

「特定ですか？」

「まあ、篠村さんの帽子の一件と云うのもあった訳だけれども、そちらはご本人が元気でいらっしゃった訳で」

「是枝さんの件は」

「そうなのね。篠村さんは当然、その帽子は是枝さんに譲渡したものだと証言したようだし、衣服も是枝さんのものだと主張したようなんだけれど、結論から云うならその遺体は是枝さんのものではなかったようね」

「なかったんですか？」

「なかったの。体格は似ていたようだけど、是枝さんは女学校時代に右腕を骨折しているようなの。遺体に生前骨折した跡はなかった。それに、是枝さんは髪をショートカットにしていたみたいなんだけれど、ご遺体の髪は長かったのよ。それなりに」

「髪型なんかどうにでも――って、そうか伸ばすのは無理か」

「ほぼ無理な差だったみたい。地元警察は篠村さんからの聴取を元に是枝さんのご家族にも連絡を取って確認をして貰ったようなんだけど――」

「そうなんですか」

「そうみたい。でも、ご家族は否定したと云うことだった。だから衣服を着ていようが帽子を被っていようが、迦葉山で見付かった遺体は是枝美智栄さんでは――なかったみたいね」

「あらら」

良かった、とすべきなのだろうか。

二人亡くなっていてその感想は如何《いかが》なものかと思うが、是枝美智栄生存の可能性は残ったと云うことになる。

「帽子にネームのあった篠村美弥子さんではなくて、身に着けている衣服を着ていたらしい是枝美智栄さんでもない、と云うことになれば、預金通帳と社員証を持っていた葛城コウさん――と云うことになるでしょう。親類も上司も、まあそうだろうと証言したようだし。体格も同じくらいで、髪形も似ていたようだから」

「でも腐乱ですよね」

腐乱よと敦子は答える。

「だから、消去法で葛城さんと特定されただけなんだよね。そう云う意味では少し――怪しい気がするけど。でも亡くなっていたのが是枝さんでないことだけは確実みたい。さて、そうなると」

敦子は美由紀に向き直った。

「何故葛城コウさんは高尾山に登り、何故是枝さんと衣装交換をしてこっそり下りなければならなかったのか――と云うことよね。遺体の状況から考えると、下山した葛城さんはそのまま着替えもせずに群馬県まで移動して、迦葉山で投身自殺をしたと考えるのが自然なんでしょうね。交換した時のままの服装だったんだし」

そう云うことになるのか。でも。

「他人の服着て自殺しますかねえ」

「家に帰れなかったのかもしれない」

「ああそうか。つまり、矢《や》っ張《ぱ》り追われていたと云うことなんですか？」

「追われていたのか見張られていたのか判らないけれど、葛城さんが何らかの事件に巻き込まれていた可能性はあるんだと思う。そしてそれは天津さんの自殺と無関係じゃないでしょう。もしかしたら、葛城さんは自殺じゃないのかもしれない」

「それって事故って意味じゃなく、殺人と云うような意味ですよね？」

「調べたらより弥次馬になった気分。でもそう云うこと。私は、天津さんの自殺も少しだけ疑っているけど。遺書めいた書き置きがあったことと、ご家族がすぐにご遺体を引き取っている以上、縊死されたのが天津敏子さんだと云うことは疑いようがないんだろうけど、本当に自殺なのかは」

「検死とかで判らないんですか？」

「判る場合もあるけど判らないことだって多いと思う。行政解剖もしていない可能性が高いし。それから、葛城さんは失踪前に預金を全額下ろしているようなのね。預金通帳には殆ど残金がなかったの」

「つまり現金を持って逃げたってことですか？」

「ところが死亡時の葛城さんの所持金はなし。一円も持ってなかったみたいね。お財布は空だった」

「強盗――じゃないですね。使っちゃったんでもないか」

「もう一点、どうしても判らないことがあるのね」

「まだありますか」

「いや、他のことだって何も判ってはいないんだけどね、何もかも推測だから。でもこれは本当に判らないのよね」

「何です？」

「天津さんと葛城さんの関係を一体誰が漏らしたのか——と云うこと。彼女達が同性の恋人同士だったと云うことは、家族以外誰も知らなかったことみたい。ご近所の人も知らないし、職場の上司も知らなかった。下世話な雑誌の記事になるまでは——と云うことだけど」

敦子は顔を顰《しか》めた。

4

今度は何がですと問うと、天狗ですと云う思ってもみない答えが返って来たので美由紀は半《なか》ば脱力してしまった。

「テングって——あの天狗ですか」

他の天狗を知りませんと美弥子は答えた。

「ほら、傲《おご》り昂《たか》ぶった人のことを、あの人は天狗になっていると謂《い》いますでしょう。増長していると云うのかしら。それから自慢する様子——と云うのかしら？　あれも、鼻が高いとか謂うでしょう。それだって天狗のことなのじゃないのかしら。ほら、天狗は鼻がこう、長いでしょう」

こう、と云われても既に暗くて何も見えない。

「天狗って、何かを自慢してるんですか？」

知りませんわと美弥子は云う。

「尊大なのですわ——」

「会ったことがありませんもの。でも——そう、何か理不尽な理由で不幸な境遇に追い込まれて——権力争い等で不当に公職を追われたり、冤罪《えんざい》で遠島になったりしたような場合ですわね。そうした仕打ちに就いて激しく怨んだり憎んだりした結果、法や倫《みち》を踏み外して魔道に堕《お》ちられた方が、天狗になるんだ——と聞きましたけれど」

壙《あな》に陥《お》ちているのは美由紀達なのだが。

「いやあ、でも、それって、何か、あんまりテングになってる状態じゃないって気がしますけど、どうです？　そんな目に遭ってる人が、尊大になります？　寧ろ凹《へこ》みますよね、そう云う場合」

「そう思いますでしょう？　わたくしも最初聞いた時はそう思ったのです。理に叶わない憂き目に遭った人は、落ち込むものではないのかと。でも、思い直したのです」

「解りません」

不満に思うと云うのならまだ解る。

だが増長するような要素は何処にも見当たらないと思う。

「慥《たし》かに、それはもう酷《ひど》い目に遭われたのでしょうね。それが理不尽な理由で齎《もたら》された不幸なのであれば、まあ肚《はら》も立つのだろうと思いますわ。でも、普通は美由紀さんと同じように萎《しお》れる方が先なのだと思います。それが不当な処遇であれば抗議すべきだとも思いますけれど——それでも先《ま》ずは哀しんだり嘆いたりしてしまうものではなくって？」

「いや、絶対がっかりしますよ。それから――まあ能《よ》く考えてみて、何か納得出来なかったりすれば多少はムカつくかもしれませんけども。そうしたら文句のひとつも云うでしょうけど。それ、云ってどうにかなる話ですか？」

「云ってもどうにもならないようなお話だと思います。多分、流刑とか幽閉とか身分剝奪《はくだつ》とか、そう云うものでしょうから、何を云っても無駄」

なら怒るだけ損ですよと美由紀は云った。

「云ってどうにかなるなら抗議でも直訴でもしますけど。どうにもならないんだったら、まあ、その条件で楽しく暮らす方法を考えた方がいいと思いますけど、私は」

「それが」

きっと正しいのでしょうねえと美弥子は云う。

「勿論、間違いは正すべきでしょうし、冤罪のようなものなら何としても晴らすのが正しい姿勢だと思いますわ。でも、そうでない場合は、どう？」

「どうって――」

「例えば試合に負けたとか試験に落ちたとか」

「それは自分の所為《せい》じゃないですか。自分に肚を立てるしかないじゃないですか」

「そう思えなくなるのですわ」

「どう思うんですか？」

「そうねえ。試合の判定や試験の採点に不正があったとか——」

いやいやいやと美由紀は手を振る。

「そこ疑っちゃったら、もう何もかも全部信じられなくなっちゃいますよね？　まあ、世の中そんなに公平じゃないってことは、少ししか生きてない私も身に沁みてますから、そう云うこともあるのかもしれませんけど——それ、当然良くないし、正しいことでもないですけど——でも、縦んばそんな不正が行われてたのだとしたって、どうにもならなくないですか？」

「どうにもなりませんわ。でもどうにもならなくっても、どうであれ我が身の不遇に対する憤懣が溢れ出てしまって、それ以外には考えが及ばなくなってしまうのでしょう。自分は必ず勝っていた筈だ、必ず受かっていた筈だ、負けたり落ちたりするのは怪訝《おか》しい、これは誰かの仕組んだ陰謀だ——と」

そうなると——どうなのか。

「そう云う方は、兎《と》に角《かく》自分以外を悪者にするしかないんですわ」

「まあ、そう思っちゃうような人は自信がある人なんだろうし、本当に実力があったりもする人なんでしょうけども、世の中には運と云うものもありますしねえ」

自分で云っておいて、十五の娘の発する言葉とは思えないな——と感じた。

達観と云うか諦観と云うか、そんな観はまだまだ持っていないのだけれど。

「いや、だから諦めろって云う話じゃないんですけど、本当に不正や陰謀があるんだとしたら、まあ暴かれるべきなのかもしれないとは思いますけど。でもそんなの、島流しにされたり牢屋に入れられたりした当の本人にどうにか出来ますか？　証拠とかがあるんならまだしも、勘繰ってるだけなら打つ手はないですよ。勘違いなら逆恨みだし。それでもそんな気がするってだけなら、もう、怒るにしても怨むにしても、何に対して怒ればいいのか誰を怨むのかさえ判らなくないですか？」

そうなのよと美弥子は云った。

「ご自分を貶《おとし》めた対象が明確でないような場合は困るわね。不遇感が大きい程に、対象も大きくなるでしょう。最終的にはこの世の中凡《すべ》てを憾《うら》むようになるのですわ、きっと。私は不遇だ、私は不運だ、私は不幸だ、そう云う想いを払拭するために。私は不遇じゃない、私は不運じゃない、私は不幸じゃないと思い込むために――」

それ、無為じゃないですかと云った。

「と云うか、無為な上に、何だか哀しい感じですよね、そう云うの」

「そうですわ。被害者意識は何処までも肥大して、行き着くところその運を与えた天を憾むしかなくなりますわね。世の中を憎み、世界を呪うのです」

「世界って」

それが天狗なのではないですか、と美弥子は云った。

「はあ」

「世界中を敵に回しているのね」

「世界中って――一体何人いるって話ですか。二体一だって劣勢じゃないですか。味方はいないんですよね？」

人数は関係ないのと美弥子は云った。

「凡ての人を――いいえ、人に限らず、虫魚禽獣、山川草木、森羅万象、天も地もありと凡百《あらゆる》ものを敵視しているのですわ、きっと」

「それ――無理ですよ」

敵認定したところで戦い自体成り立たない。勝ち目はない。

「そうね。人は卑小なもの。独りで出来ることなど高が知れています。でも、心の中、頭の中では別ですわ。思うだけなら何でも出来てよ」

「そりゃそうですけど」

まあ思うのは自由なんだろうが。

思うだけではなく思い込むのと美弥子は云う。

「自分は被害者だ、自分は正しいと思い込むの。そして自分は強い、自分は負けないと思い込む。そして最後は自分は偉い――に行き着くのです」

「偉いですかそれ？」

「勿論偉くはありませんわ。でも偉いと思い込まなくては、そんな歪《いび》つな考えは維持出来ないのではないかしら。世界中を敵に回して独りで戦おうとするのですもの。しかも勝とうとするのです。世界と互角に張り合おうと云うのなら、先ずは世界と同じだけの質量が要りますでしょう。だからこそ、そうした方は自我をどんどんと大きくすることに——なるのではなくて？」

「理屈は解りますけど、想像は出来ません」

世界と同じだけでかい自分って、どんなだ。

美由紀も背丈だけなら十分に大きいのだが。

そうねえ、と美弥子は続ける。

「そう云う状態にあるような方は、先《ま》ず、自らを省《かえり》みることはしませんでしょう。それに他者を慮《おもんぱか》ることもないと思います。他者の言に耳を傾けることなどなくて、つまり自らに非があったとしても決して認めない——」

厭な感じですねと云った。

「そう。でもそう云う人は実際にいます。どんな状況下でも謝らない方って、意外に多いものではなくって。その程度の方でしたら大勢いますもの。それって、要するに、どんな境遇であれ謙虚さが全くない状態——なのだろうと、わたくしは考えます。それこそ将《まさ》に魔道に堕ちた者ではなくって？」

魔道、と云う道がどの道なのか、美由紀などには詳《つまび》らかではないのだが、あんまり良くない道ではあるのだろう。

「魔道に堕ちた者を天狗と云うのだそうよ」

「ああ」

天狗の話だったんだ——と、美由紀は今更乍《なが》ら思う。

「そんなですから、天狗になっている人は威張るのですわ。尊大になるの。本当に力のある人、讃えられるべき人は、決して威張りません。そんな下品な態度を執らずとも、然るべき功績のある方、徳のある方は自ずと尊敬されますもの。いいえ、そう云う方は周囲の評価など気にしませんわよね」

まあ、健《すこ》やかに暮らしたいとは思うから、蔑《さげす》まれ虐《しいた》げられるような環境はなるたけ避けたいところだが、だからと云って、取り分け褒められたいとか持て囃されたいと思うことはない。そんな美由紀も時には云い訳くらいはするのだけれど、それは凹《へこ》んでしまった部分を平らにする程度の意味しかなくて、今よりも盛り上げようとか粉飾しようと思ってする訳ではない。

立派な人は、まあ誰が見たって誰も見なくたって立派なのだから、俺は立派だと周囲に誇示する必要はないのだろうし。そう云う人は元元盛り上がっているのだから、多少凹んでも弁明する必要さえもないだろう。

美弥子の云う天狗の人と云うのは、何だか知らないが色色な理由で物凄く凹んでしまっていて、それを埋めるだけでは飽き足らず、凹んだ分だけ盛り上げたい、そうでもしなけりゃ元が取れないくらいに思っている人なのだろうか。

それならまあ、弁明程度では済まないだろう。盛って盛って、大盛りにしなければなるまい。

そうねえと美弥子は云う。

「自らを大きく強く見せるために人は威張るのではなくって。それは、本当はそうではないからなのでしょうね。威張る人は弱くて小さな人よ。そのみっともない自分を認めたくないから、威張るのね。自分を上げるために周囲を下げるようなことまでするのですわ」

最低と美弥子は云った。

それから一瞬沈黙して、

「あら。わたくし訂正しなければいけませんわ」

と云った。

「な、何です？」

「わたくし、少し前にどうしても許せないものが二つあると美由紀さんに申しましたでしょう。一つは思い込みの激しい人」

「クズだって云ってました」

「まあ、その通りですけれど、口汚く云ったものですわ。それから、もう一つは勝ち負けでものごとを判断する人」

「おんなじように云ってましたけど。クズとかバカとか」

うふふ、と美弥子は笑った。

「その、クズとかバカをもう一つ増やさなくてはいけないようね。威張る人。威張る人も許せませんわ」

迎合する人も大嫌いだといつか云ってましたよと美由紀が云うと、あらそうねと美弥子は何故か嬉しそうに云った。

「じゃあ四つですわ。でも、困りましたわね。四つでは少し許せないものが多すぎるでしょうか。本当なら一つに絞りたいのですけれど――その方が理路整然としていて、示し易いでしょう。でも――そうですわねえ。どうかしら。思い込みの激しい人、勝ち負けで判断する人、威張る人、迎合する人――あら、どれも許せませんわねえ」

困ることでもないと思うが。

と云うか。

「相手に迎合するって、遜《へりくだ》るみたいなことですよね？　それ、威張るのとあんまり変わらない気もしますよ」

「そうかしら」

どっちも自信ない訳ですよねと美由紀は云う。

「それで、自分を良く見せ掛けようとしてる訳ですよね。上げたり下げたり、遣《や》り方が違うだけで」

「そうね――」

「で、そう云う人達って、まあものごとを勝ち負けで判断してることが多いんじゃないですか？」

「多いと思いますわ。人との関係を上下関係として捉えてるんでしょうから」

「で、そう云う在り方を当たり前だと思い込んでいる、ってことですよね？」

「まあ」

その通りよと美弥子は嬉しそうな声を発した。

「美由紀さん、貴女《あなた》、素晴しいわ。負けだと思い込みさえしなければ不遇とは感じないのでしょうし、不遇だと思い込まなければ憾みも涌きませんわ。その結果、他人に諂《へつら》うようになるか、威張るか、そう云うことになるのですものね。わたくしの許せないものは、一つですわ！」

それは天狗よと美弥子は云った。

「わたくしは天狗が嫌いなのです、きっとそう」

待ってくださいよと美由紀は止める。

「美弥子さんの仰《おっしゃ》ることは能《よ》く判りますし、気持ちも解るんですけど、天狗ってそんなに悪いモノですか？　あの、鞍馬天狗は正義の剣士じゃなかったですか？　覆面の」

あれは小説かさもなくば映画ですわ、と美弥子は云った。

「しかもそう名乗っていると云うだけ。慥《たし》か権力に刃向かう人なのよ。一応、倒幕派ですけれど、新政府にも批判的」

詳しいですねと云うと映画を観たのよと美弥子は云った。美由紀も観たことがあるが、違う作品のようだった。

「剣戟《けんげき》映画は何も考えずに観ていられるので、痛快です。それで、原作も読んでみたんだけれど、全然違いました」

小説は読んだことがない。

「原作――と云うのかしら。そちらの方が筋書きはきちんとしていて、痛快ではないけれどわたくしは好ましく思いました。主人公は体制に与《くみ》することもなく、反体制に固執することもなく、きちんとものごとを考えて行動すると云う設定でした」

「天狗じゃないじゃないですか」

「偽名なのよ。名乗ってるだけ」

「そんな立派な主人公が、そんな悪いモノの名前名乗ります？」

「そこは、まあ悪や不正に対して容赦しないぞと云うことなのじゃなくて？」

「良い意味じゃないですか。鬼や河童とは違うんですよ。鬼とか河童とかだと、ほぼ悪口になるんじゃないですか」

「そうね。でも」

同じようなモノでしょうねと云われた。

まあ同じようなモノだとも思うのだが。

「云われてみれば、慥《たし》かに鬼って良くない比喩に使われますわね。鬼教官とか鬼嫁とか、鬼のような人と云うのは情けも容赦もなくて、強靭《きょうじん》で、人の出来ないことをするのですものね。河童の方は能《よ》く知りませんけど」

下品なんですよと美由紀は云った。

「色色あるみたいですけど、均《なら》すと」

「あらまあ。ならそうなのでしょう。でも鬼だって、単に厳しいとか、強いとか、人並み外れているとか、そうした、そんなに悪くない意味にも使われないかしら。河童だって──そうねえ、水練が達者だとか」

鬼は兎《と》も角《かく》、河童はその程度だと思う。

「水泳が上手な人以外に河童と云われて喜ぶ人いないと思います。後は──髪形くらいじゃないですか？　おかっぱ。基本悪口ですよ」

お化けのようなものなのだし。

「天狗だって同じじゃなくって？」

「そうですかねえ。鬼は恐いモノだし、河童は品のないモノみたいですけど、天狗は少し違うと思いますけど」

天狗は驕《おご》ってるのと美弥子は云った。

「鞍馬天狗はさて置いて、高慢で鼻持ちならない奴等のことだと思いますわ。その驕りが極まれば、世界を呪う大魔縁になってしまうのですわ。それってもう人じゃなくってよ」

「まあ——そうなんでしょうけど、でも、その、天狗って、慥か信仰されてたりもしますよね。そんなモノなら崇めたりします？」

「あらそうね」

だからそれなりにちゃんとしたものなんじゃないんですかと美由紀は云う。

「神様だか仏様だか判りませんけど、天狗みたいな絵姿が描いてある護符とかってありますよね？　あの、羽の生えた。剣とか持ってる。お不動様みたいなの。あれって神神《こうごう》しい感じですよ？　ご利益《りやく》ありそうですし。ほら、何か、そこのお寺にも祀られてるんじゃなかったですか？」

その筈だ。

遠目でそれらしい像を見た。

お祀りされていますわねと美弥子は云う。

「ご本尊なのかどうかまでは判りませんけども。でも、そうした図や像は、神様だか仏様だかが、天狗のお姿を借りて顕現されているだけなのじゃなくって？　ならば姿形がそうだと云うだけなのじゃないかしら。わたくし、そちら方面は極めて無知なので——と云うか興味がないので詳しくは知らないのですけども、権現と云うのはそう云うものらしいですわよ」

「そうなんですか」

しかし、天狗がそんな悪いものであるならば、神仏もわざわざその姿になって顕れることもないように思う。顕れたところで拝むだろうか。

そう云うと、偉ぶっているから民草はつい拝んでしまうのじゃないのと、美弥子はかなり適当なことを云った。

「でも——そう云う偉い天狗じゃない、普通の天狗も何だか立派な衣装着てませんか？　あの、そう、昼間その辺で見掛けたお坊さんみたいな人が着てたような服着てるじゃないですか。ボンボンの付いたのとか、あの角張った小さい帽子とか。下駄も履いてるし。鬼や河童はあんまり服着てないですよ」

美由紀の知るそう云うモノの姿は、大体絵本か何かに描かれたものでしかない。実在しないのだろうから当たり前だとも思うが——鬼は概《おおむ》ね褌一丁だし河童は何も着ていない。と云うか先般まで美由紀は、河童を動物の一種のように考えていたのだ。

天狗の方は——。

「そうだ。それから、ほら、なんか、鴉《からす》とか鳶《とんび》みたいなのもいますよね？　天狗。あれは鼻高くないですよね」

それは家来なのじゃなくって、と美弥子は輪を掛けて適当なことを云った。

こうなると、どの辺まで信じて良いものやら怪しくなる。

そうなのかもしれないけれど。

「家来ですか？」

「だって、鳥ですもの」

「まあ鳥っぽいんですけど」

「鞍馬天狗の名前の元になった鞍馬山の天狗――牛若丸《うしわかまる》に剣術を教えた天狗ね。あれも、わたくしの記憶では鼻高が一番偉くって、鳥がその手下なのじゃなかったかしら。わたくし、そう云う絵を覧《み》た覚えがありますわ」

それは美由紀も覧た気がする。

偉そうな天狗の前で鴉みたいな顔の連中と昔風の衣装を着た子供が棒を振っている絵だ。

「あれも驕っているんですかね？」

「さあ。でも、牛若丸に剣術を教えたのは人間だと思いますけれども。天狗、いないでしょう？」

まあ、いないだろうが。

「牛若丸って義経《よしつね》なんですから、実在したのでしょう。なら教えたのは人。鬼なんとかと云う陰陽《おんみょうじ》師だと云う謂い伝えもあるようですし。山に棲む人達や、山で修行しているお坊さんなんかも山奥で遭えば驚きますでしょう。中には天狗に見間違えられたりもしたのじゃないかしらね」

そんな——簡単なものなのか。

敦子の兄か、夏に知り合った変梃《へんてこ》な研究家の意見が聞いてみたいものだ。尤《もっと》も聞いたところで理解出来るかどうかは怪しいのだけれど——。

それ以前に、天狗に詳しくなったところで、そんなに嬉しくはない。

「絵本なんかに出て来るお話の中の天狗はそんな悪い感じじゃないですけどねえ」

「そう？　子供攫《さら》ったり、変な音を立てたりするのでしょう？」

「するんですよ。でも攫うと云っても鬼みたいに食べちゃう訳じゃないし、殺さないですよ、人。攫っても暫くしたら返して寄越すのじゃなかったですか。後は、声だけで笑ったり。木を倒す音させたり。でも、それってただの悪戯《いたずら》じゃないですか？」

人攫いは犯罪ですと美弥子は云った。

「誘拐や拉致は、或る意味で最低の犯罪だと思いますわ。危害を加えずとも、悪戯では済みません。でも、お話ししていて思い出したのですけれど、その昔は、鷹《たか》や鷲《わし》などの大型の鳥が子供を攫うようなことが実際にあったのだそうです」

「鳥が攫っちゃうんですか？　子供を？」

「あったようですわよ。そうした出来ごとが、やがて天狗の仕業に掏《す》り替わったのかも知れませんわね。そうしてみると――そう云う悪戯なんかは、手下である鳥の方の天狗がやるものなのではないのかしらね」

「何でですか」

「憂さ晴らしじゃないかしら？　だって、思うに階級社会なのよ、天狗。しかも、上にいるのは偉ぶってるだけの莫迦なのです。鼻を高くして威張っているのが天辺《てっぺん》。下っ端はそう云う権力欲の塊みたいなのに支配されているのですもの、かなり鬱憤《うっぷん》が溜まっているのじゃなくって、手下の天狗達。なら、時には人間くらい揶《から》揄《か》ってみたくもなるのじゃない？」

「聞いてるとまるで実際に天狗がいるみたいなお話ですけども」

　天狗いませんからねと美由紀は云った。

「いませんわねえ。でも、そう云うお話って、何かあるのじゃなくって？」

「何かって何です？」

「元になる事実とか、何かそう云うものです。その鷹や鷲なんかもそうなのでしょうけれど、さっきも云いましたように、山伏の方とか、山で暮している方とか、そう云う方方も天狗の正体の一つではないのかしら？」

「ああ」

まあ、そうかもしれないが。そうだとしたら。

「天狗でも何でもいいですから、こう、壙から掬《すく》い上げてくれないですかねえ。この山って天狗が棲んでるお山なんですよね？　ならその、元になった人とかもいるんじゃないですかね。と、云うよりも天狗がいいです。天狗って飛びますよね？」

「羽がありますものね。助けてくれなくってもいいですから、燈《あかり》くらい点《とも》してくれても良さそうなものですわ。もう真っ暗――」

鼻を抓《つま》まれても判らないと云う感じである。幸い気温はそれ程低くない。当然暖いと云うことはないのだが、凍死するようなこともなさそうである。

「何か、叫んでみます？」

「無駄な気がします。明るくなるまで」

「誰も――いませんかねえ」

「いてもお寺の方でしょう。随分離れていますもの。それよりも美由紀さん、眠ってはいけませんわよ」

「え？　と、凍死します？」

「凍死まではしませんでしょうけど、体温が下がってしまいますから体調不良を起こし兼ねません。冷えれば風邪もひきますでしょうし。もう少し近くに寄った方がいいかもしれません」

「近く――ですか？」

美由紀は何となく美弥子と距離を置いている。

心理的にではなく、物理的に、と云う意味なのだが。でも身体の距離は精神の距離と呼応しているようにも思う。

それが何故なのかは自分でも解らない。

もたもたしていると急に手を摑まれた。

「まあ、手が冷たいわ」

引き寄せられる。

肩が触れた。

「身を寄せ合うと云うのはこう云うことを云うのですわね。わたくしの所為でこんな目に合わせてしまって、心苦しいわ。数時間前までこんな状況になるなんて考えてもみませんでしたけれど――」

これはこれで面白いですわねと美弥子は云った。

危機感と云うものは欠片《かけら》もないのだろうか。そう云う美由紀もそうしたものはあんまり持ち合わせていない訳だけれども。そう考えるとこれは最悪の組み合わせなのかもしれない。

多少は空が見えますと美弥子は云う。

そう云われて見上げたのだけれど、上の方も真っ暗だった。

かしら？」

「そう？　星が見えます。樹樹の切れ間から天が覗いているのです。そこからだと見えない
「星ですか？」

顔を移動させたら頭がぶつかった。

「す、すいません」

美弥子は楽しそうに笑った。

「山の中の壙の底で星を見乍《なが》ら頭をぶつけるなんて愉快ですわ。それはそうと」

「また、何か？」

どうして天狗は天狗なのかしらねと美弥子は真面目な口調で云った。

声がすぐ耳許で聞こえる。

「どう云う意味ですか」

「天と云うのは——空でしょう。でも狗と云うのはイヌじゃなくって？」

「イヌって、犬ですか」

「犬よ。でも何で空の犬なのかしらねえ。まあ、天狗は羽があって空を飛ぶのでしょうから、天まではいいとしても——鳥とか鼻が長いとか、そう云うものじゃなくて、何故選《よ》りに選《よ》って犬なのかしらねえ」

「何も見えません」

「鳥なら飛んでも当然ですからね。まあ天と云えば空より高いって感じなので、相当上空を飛んでる印象はありますけども」

「でも雲雀《ひばり》なんかは相当上空——天の近くまで飛ぶのじゃないかしら」

「どっちにしても天鳥って矢《や》っ張《ぱ》り変ですよ」

「それに鳥は高い鼻もないわね」

「鼻が長い動物なんて象くらいじゃないですか。天象なんて余計に変ですよ。先ず想像出来ないですし。まあ、そうですねえ。猫じゃ合わないから、犬程度が無難だったんじゃないですか？」

「無難って——山にいるのだから猿とかの方が良くないかしら」

猿は河童なんですと美由紀は云った。

「能《よ》く知りませんけど、この間そう云う話を聞きましたから。そうだ、今度、詳しい人に聞いておきます」

「是非お願いします。気が付くと気になる性質《たち》なのですわ。それにしても、何でしょう、この、静かなのに無音ではない感覚って——街中にはないものよね」

そう云えば——常に何かの気配はしているのだ。

まあ何も音はしていないのだけれども、何かはいるのだろう。

山だから。

山には、虫だの、動物だの、鳥だの、姿が見えなくても色色な生きものが其処此処にいるのである。それは動く。動かなくとも呼吸くらいはする。そんな音は勿論聞こえやしないのだけれど、一匹や二匹なら兎も角、思うに何百何千といるのだろうから、そうなれば何かは感じられても変ではない。

木や、草や、花や、蔦《つた》や蔓《つる》や、茸《きのこ》や苔《こけ》や黴《かび》や、そう云うものも、それは自ら動きはしないのだろうけれども、矢張《やは》り止まっている訳ではない。細かな振動や空気の動きは植物にも伝わるだろう。揺れれば音はする。いいや、生きていれば育つ。目で見ていても判らないけれど、どんなものも変化はしているのだ。

山は、全体で生きている。

ひとつの大きな生き物と云ってもいいかもしれない。美由紀達は、謂わばその生きものの体内にいるようなものなのだから、気配がしない方がおかしいのである。

そうしてみると、美由紀達二人は差し詰め寄生虫と云ったところか。

「私達、異物ですかね。山にとっては」

「違うのじゃなくて」

「違いますか？」

「そうねえ、山にとって、私達なんて芥子粒《けしつぶ》、いいえ、塵《ちり》ひとつくらいのものだから、存在しようがしまいが関係ないのじゃないかしら」

「でも異物は異物ですよ」

「そうかしら。なら、自分達も山の一部と思えばいいのではないかしら。山は共棲の場ですもの。山の中にいるのなら、自分は山の構成要素だと思うべきです。そう考えるなら、此処は安心出来る場所になる筈です。そう考えなければ――」

こんなに恐しい処はないですわ――と、美弥子は云った。

「この地面も、いいえ、この空気も、自分の体表に触れる凡《すべ》てが自分ではない何者かと云うことになるでしょう。勿論、それは何処にいたってそうなのですけれども、下界では自分以外もそれぞれに分断されていますから、そう恐いものではありません。でも山に限っては、街や里と違って、自分以外の凡てが山と云う得体の知れない途轍《とてつ》もなく大きなものになりますでしょう。そんなものには、最初から敵いませんもの」

山に嫌われたらお終いねと美弥子は云った。

「ですから山にいるときは山と同化すべきなのでしょう。抗《あらが》うなんて以《もっ》ての外《ほか》。山は克服すべきものでも従属するものでもなくて、同化すべきものだと思いますわ」

勝ち負けじゃないんですよねと云うと当然ですと返された。

「山のような偉大なものに立ち向かおうなどと考えること自体がもう身の程知らずです。山の中では人も虫も一緒。いいえ、山でなくたって、何処にいようと、人も虫も、そんなに変わりはなくってよ」

それはそうかもしれない。

海を間近にして育った美由紀は、海の恐さは充分に知っている。

海は、恐い。恐いけれども、海は優しい。

山も同じなのか。

「天狗って、本当はそう云うものでもあるんじゃないですか？　何か、山の神様と云うか、山そのものと云うか」

「そうねえ」

美弥子は首を美由紀の方に擡《もた》げた。

「そうかもしれない。でも、それが本来の天狗なのだとしたら、その天狗と同等だと勘違いした人間こそが、思い上がった、鼻持ちならない天狗——と云うことね」

「山と張り合ってる訳ですか？」

「人の分際で山や世界と張り合うなんてちゃんちゃら可笑しいですものね。人は卑小なものです。一方、山はこんなに大きくて、深くって、偉大なのですわ。張り合おうなんて身の程知らずです。余程虚勢を張らなくちゃなりませんわ」

「何でしたっけ。何か、そう云うお話なかったですか？　あの、蛙が牛と張り合うみたいな。ぷうっと膨れて」

それは『イソップ寓話』ですわねと美弥子は答えた。

「大きさを誇る親蛙が見栄を張って、牛の大きさに負けじとお腹を膨らませて最後には破裂してしまうのですわ。分不相応なことはするなと云う戒めなのでしょうけれど、人は中中その教訓を生かせないのです」

世の中天狗野郎ばかりで困ってしまいますと、美弥子は嘆く。

「山の中でそんなに天狗の悪口云っちゃいけないんじゃないですか？　天狗のお怒りを買いますよ」

「わたくしが口汚く罵っているのは偽物の方の天狗ですから平気。お山は寧ろ天狗気取りの男どもを快く思っていないと思いますわ」

はあ、と息を吐き出して美弥子は両手を伸ばし後ろに反《そ》っ繰《く》り返った。

と――云っても背後は土の壁である。

「こうしていると本気で山の一部になってしまいそうですわね。土って案外気持ちの良いものよ」

「いやまあ」

このまま土に還ると云うのは御免だ。

「ワンちゃんもこの山にいたのね」

「は？」

犬か――と一瞬思ったのだが、それは是枝美智栄の渾名《あだな》なのだ。

「何となく、ほんとに天狗に攫われたんじゃないかと云う気がして来ますわ」

本気ですかと問うと少しだけ本気と美弥子は答えた。

「だって、その、服はどうなるんです？」

「その葛城さんと云う方のご遺体が発見されたのも天狗縁《ゆか》りの山なのでしょう」

「そうだとしても、葛城さんも天狗に攫われたとでも云うんですか？　それで、服を取り換えっこさせられた？　まあ天狗ですから、何するか判りませんけど」

「服を取り換えた後に二人共攫われたのかもしれませんわ。それなら下山するところを目撃した方がいないのも当然です。多分攫ったら天高く飛んで行くのでしょう、天狗。天狗ですもの」

「で、迦葉山で葛城さんだけ落っこちたとでも云うんですか？」

それは空想にしても酷《ひど》い話ですわね、と美弥子は云う。

「いけませんわね。何であれ人が亡くなっているのですものね――」

そう、亡くなっているのだ。

事故か、自殺か判らないのだけれど、いずれにしても命が失われている。

敦子は、どうやら殺人まで視野に入れているようだった。そうならば、それは当然看過することの出来ない犯罪と云うことになるのだろうし、是枝美智栄もまたその恐ろしい犯罪に巻き込まれた――と云う可能性も出て来るのだが。

ならば、こんな山の中で天狗の話をしている場合じゃないようにも思う。否、それ以前に、美由紀達の状況もそれなりに危機的だ——とは思うのだけれども。

取り敢えず美由紀に関して云えば、体力が衰えてる訳ではいない。幸い美弥子はおにぎりを持って来ていたし、美由紀も駄菓子——ポン菓子と酢烏賊《すいか》を持参していた。いつぞやフルーツ何とかをご馳走して貰ったので、そのお返しのつもりだったのだ。高級なものに対抗するには低級しかないと思った次第だが、低級にも程があると云うものである。

美弥子が果たしてどう思ったのかは計り知れないのだが、お嬢様は駄菓子と云うものを初めて食されたらしく、珍味だ珍味だと云って喜んで食べてくれた。まあ八割方はお世辞なのだろうし、美味《おい》しいとは云わなかった訳だが。

それでも何だかんだで陽が落ち切る前には何もかも全部食べ切ってしまった。そのお蔭で飢えてはいない。

腹ぺこでないと云うことは、実に心強いものだと美由紀は思う。空腹だったら結構へこたれていたかもしれない。

星が見えないものかと思い、美由紀はもう一度空を見上げてみた。

まあ、見えるような気もする。

漆黒のざわざわの中に、抜けるような闇がある。そこが空なのだ。完全な暗闇ではないのである。

空と思しき処を見詰めたまま美弥子の方に体を傾けると、ちらちらと瞬く星の光が確認出来た。

途端に、恐怖か不安か判別出来ない、何とも云えない小さな澱《よど》みが、胸の奥に涌いた。何故星を見付けただけでそんなものが涌くのか、美由紀自身にも判らなかった。

心細くなって、指先に触れたものを摑むと、それは美弥子の手だった。

「どうしたのです？」

体を起こした美弥子の、少し猫のような声が、耳許で聞こえた。

「あの」

不安の正体は時を待たずに知れた。

何か、音がするのだ。何か気配の塊のようなものが迫って来るような、そんな空気の騒《ざわ》めきが感じられる。

——あれは。

壙の。

縁？

何か、稜線めいたものが見える。

何故そんなものが見えるのか。

声？

「何か聞こえませんか？」

「そうねえ。天狗じゃなくって？」

「みーちゃーん！」

「は？」

美由紀のことをみいちゃんと呼ぶのは伯母だけである。同級生は呉さんとか美由紀さんと呼ぶし、親は美由紀と呼び捨てだ。ちゃん付けで呼ぶのは敦子と益田だけである。と——。

そう云う問題ではない。

「誰？」

「みいちゃあん」

嗄《しわが》れた濁声《だみごえ》である。伯母——である訳がない。

「あら」

「金ちゃんですわ」

美弥子が体を動かした。

「え？」

「金ちゃんね？　金ちゃん」

「金ちゃんって、その——」

壙の縁がよりくっきりと見えた。

光だ。

光の奥に、熊《くま》のようなものが現れた。

「クマ？」

「熊ではなくて、金ちゃんです。わたくしの友達の。此処ですわ」

「まあ。何てことかしら。いたわ、いたわよう。壙に落っこちてたわよう」

続いてばたばたと忙《せわ》しない音が迫って来た。

人の跫《あしおと》だろう。懐中電燈の光の筋や輪が得体の知れないものを次次照し出した。

「美由紀ちゃん！」

「え？」

敦子――のようだった。

それからお嬢様お嬢様ご無事ですかと云う、慌てた声が続いて聞こえた。

「まあ、宮田《みやた》。貴方《あなた》も来てくれましたの」

お嬢様とその声はもう一度叫んだ。

多分、あの高級車を運転していた人だろう。

まあ、だから矢《や》っ張《ぱ》りお嬢様なのだ。美弥子は。

「まあ、ミイちゃんてばお転婆が過ぎるわよ。ホント、心配させないで頂戴。あたしがどんなに気を揉んだか解る？」

で、この熊っぽいシルエットが、そのおかまの金ちゃん、と云う人なのだろう。声音は明らかに小父《おじ》さんなのだが口調は女の子である。中身が女性なのだと美弥子は云っていたけれど――。

矢《や》っ張《ぱ》り熊っぽい。

無事なの美由紀ちゃんと敦子が問うた。

「まあ無事ですが、単に出られないだけです。美弥子さんは足を挫《くじ》いていて――」

単なる捻挫ですわと美弥子は云った。

「まあ。捻っちゃったの。ならあたしが降りて助けてあげる」

「駄目ですわ金ちゃん。貴女《あなた》みたいな重たい方は落ちたら二度と上がれません。それ以前に、一緒に捻挫ですわよ。此処は結構深いのです」

まあ、捻挫はイヤだわねえと金ちゃんは云った。

「ミイちゃんくらいは担げるのに」

「力持ちはこの際関係ございませんわ」

そうか。ミイちゃんと云うのは美弥子のことなのか――と、漸く美由紀は気付いた。み、が付くのは一緒だ。

「ロープありまーす」

ひ弱な感じの声がした。

「念のために持って来ましたよ僕ァ。どんな時でも万が一に備えるってのが小心者の唯一の取り柄ですからね。あ、これってーー途中から掘ってますよねえ。これ、完璧に陥穽《おとしあな》じゃないですか？　感心しないなあ、こんな処に壙なんか掘るのは。ああ美由紀ちゃあん、生きてますか？」

益田だ。

「って、縄だけあっても仕様がないですかねえ。垂らしたところで捻挫してるんじゃ自力で登れませんよねえ。でも引っ張り上げるなぁ無理かな。万が一の備えになりませんでしたかね。梯子とか要りますか」

「バカねえこの子。こんな山ン中でどうやって梯子なんか調達するのよ。ほら、どっか木に括り付けてよ。あたしが降りるから。ちゃんと結んでよ。あんた頼りないからさ。速くしないよ。長さは足りるのかしら？」

「そりゃあ縄ですからね。長いですよ。しかも丈夫な筈です」

「大丈夫なのね？　ねえ、そっちのミイちゃんのお友達は怪我してないのォ？」

私は頗《すこぶ》る元気ですと美由紀は云った。

「なので、私は縄で登れそうです。と云うより確実に登れます。美弥子さんはーー多分、ご本人は大丈夫だと仰《おつしや》るでしょうけど、大丈夫じゃないと思います」

能《よ》く解ってるわねえあんたと金ちゃんは云った。

「いい、ミイちゃん。あんたすぐに強がるけど、駄目なのよ。他人に頼るべき時は頼らなくちゃ。頼れる人がいるうちが花よ、人間ってものは。ねえ」

「何でもいいですから」

早く助けて頂戴、と美弥子は云った。

そんな訳で、美由紀と美弥子は高尾山中の陥穽から救出されたのだった。

気付いたのは敦子だったそうである。

敦子は幾つか興味深い事柄を摑んだらしく、それを美由紀に報告しようと子供屋に行って、その後学校を訪れたのだそうだ。

美由紀は知人と高尾山にハイキングに行くと寮の舎監に申告していた。日帰りなので夕食後には戻ると伝えていた。知人と云うなら美弥子だろうと敦子は直《す》ぐに察したようだ。その段階で、厭《いや》な胸騒ぎがしたのだと敦子は云っていた。余程気になったのか、敦子は時間を見計らって再度学校を訪れたのだそうだ。

寮では美由紀が戻らないので、軽く騒ぎになっていたそうである。そこで敦子は篠村家に連絡を取ったのだそうだ。美弥子も、高尾山へ行くと云って出掛けたまま戻っていなかった。敦子は美弥子付きの運転手である宮田と共に、先ず美弥子が行きそうな飲食店を捜した。下山した後に食事でもしている可能性があったからだ。

金ちゃんのいるお店にも行ったのだ。そこで、金ちゃんが合流したのである。

益田には敦子が連絡したのだろう。考えてみれば美由紀と美弥子双方と面識があるのは、榎木津を除けば益田だけである。

そんな訳で四人の探索隊が夜更けの高尾山にやって来た——と云う訳である。

寮に戻った美由紀は、散散叱られた。

不慮の事故とは云うものの、叱られて当然の愚行ではあるから、美由紀は甘んじてお小言を頂戴したのだった。一歩間違えれば大怪我をしていたかもしれないし、運が悪ければ死んでいたかもしれない。そう云われれば、まあその通りである。無事で戻った上に叱られる程度で済んだのだから御《おん》の字《じ》と思うべきである。

まあ、充分に反省はしたのだけれど。

それでもお説教されているその間、美由紀が上の空だったことは間違いない。

何が気になっていたかと云えば、それは勿論、敦子が摑んだ新事実とやらが知りたくて仕様がなかった訳であり。

頗《すこぶ》る気になった。

これまで、敦子が学校に来てくれたことなど一度もない。

と、云うより、そんな緊急を要する事態などは過去にはなかった訳で、だから来なくて当たり前だったのだが。それが、この度に限っては学校まで来てくれたと云うのである。そのお蔭で美由紀は救《たす》かったことになる訳なのだが。

つまり敦子は、それなりの何かを知り得たのに違いないと美由紀は判じた。

ならば直ぐに教えてくれても良さそうなものではあるのだが——救助された後の美由紀は、先ず尋く側ではなく訊《き》かれる側だったのだ。宮田の運転する自動車に乗せられあれこれ釈明したりして、寮に帰り着いた時刻は既に午前四時近くだった。その後も敦子は保護者のように学校側に細細《こまごま》と事情を説明してくれたりしていたのであるから——そんな暇なんかはなかったのだ。

それでも気になった。

眠れたものではなかった。

それ以前に美由紀は何だか昂ぶってもいた訳で。

頭を寄せた時に顔や首に降り掛かったさらさらとした髪の毛だとか。

耳許に掛かった息だとか。

触れてしまった美弥子の指先だとか。

そんな身体感覚の記憶だけが、反復して甦った。

そんな具合だったから、翌日の授業などには全く身が入らず——いや、平素からそれ程集中して勉学に勤しんでいる訳でもないのだが——と、云うよりも一週間、美由紀は殆ど心此処に在らずと云う感じだったのであり。級友達とまともに会話することもせず、主に図書室に籠って天狗のことを調べたりしていたのだった。

全く解らなかったのだが。

一つだけ判ったことと云えば、天狗と云う字は古くはあまつきつね、と読んだらしいと云うことだけだった。

犬ではなくて狐だったのか。

そうだとして、天の狐と云うのも、まあ何のことだか解らないと云えば解らないのだけれど。狐は飛ばないだろう。鳥っぽくもないし鼻も高くない。山にいる動物と云うのなら、まあそうなのだろうが、山にいるのは何も狐ばかりではない。それこそ猿でも、熊でも、猪でもいいと思う。何故に狐なのか、そこのところはどうしても解らない。

天狐《てんこ》と云うのもいるようで、これは何だか偉い狐なのだそうだ。狐が千年生きると天狐になるのだそうで、そんなに生きれば偉くもなろうと云うものである。

だからそれはそれで、まあ解るような気がしたのだが、密教のお咒《まじな》いでは天狐は鳶《とび》の形で表わされるのだと云う。鳶なら鳥だ。狐感は全くない。その鳥の形の天狐と、野干《やかん》――野干がどう云う動物なのか美由紀は知らないのだが――の形で表わされる地狐《ちこ》と、人の形で表わされる人狐《にんこ》を合わせて、三類形《さんるいぎょう》と云う修法に使用すると書いてあった。

こうなるともう珍紛漢紛《ちんぷんかんぷん》で、天狗と関係あるのかどうかも判らない。

敦子の兄に説明して貰いたいものである。

結局サッパリ解らなかった。

そうこうしているうち——。
土曜になった。
居ても立ってもいられなくなった。
午前中の授業が終わるなり、美由紀は矢も盾も堪らずに——。
子供屋に向った。
必ず敦子は来ていると思った。
一週間前学校まで報せに来てくれたのだから。そのまま云うことはないだろう。
小走りで大通りを進むと、見馴れた景色の中に見馴れないものがあった。
——否。
見馴れない——訳ではない。
寧ろ最近能《よ》く見るものだ。
それは自動車だった。
黒い高級な車が路肩に停車しているのである。
——あれは。
間違いない。
運転席には——宮田の姿がある。
どう云うことか即座に理解が出来ずに、美由紀は車を通り越した。

通り越してから先日のお礼をすべきかなとも思ったのだが、何だか酷《ひど》く混乱してしまった。せめて挨拶でもすべきだったかと思い直した時には、もう駄菓子屋に至る狭い露地に入りこんでいた。

美由紀を追い越して子供が駆けて行く。

煤《すす》けた板塀。

燻《くす》んだ溝板《どぶいた》。

細く長く切り取られた、薄汚れた、行き止まりの、序《つい》でに時も止まった楽園。

品がない原色の看板や貼り紙。下手糞な漫画の絵。大きな瓶に、小さな瓶。

路を半ば塞いでいる縁台と木机。

いつもなら美由紀が陣取っている席に敦子が座っていた。

そして敦子の席には。

お嬢様が座っていた。

「はあ?」

声を上げてしまった。二人は同時に美由紀の方に向いて、笑った。

「まあ、本当に来ましたのね。中禅寺さんの仰る通りでしたわ」

「み、美弥子さん、何だってこんな処にいるんですか? 変ですよ。全く似合いません。浮き捲《まく》りですよ? そ、それより」

私が教えたのと敦子が云った。

「いけなかった？」

「いけなくはないですけど、変でしょう物凄く。こう云うのを掃き溜《はだ》めに鶴とか云うんじゃないですか？」

「それは子供屋さんに失礼です」

素晴しい場所ですわと美弥子は云った。

「でも、こんな大人が占領してしまったのでは、小さい人達に悪いのかしら」

構わん構わんと店の老婆が云った。

「この辺の童供《がき》ァ行儀良く座ってものなんか喰わんのさ。汚すだけ汚すだけ。菓子をたんと買《こ》うてくれたから、貸し切りでいいのさ」

見れば大量のポン菓子が机の上に載っていた。

「少少買い過ぎてしまったの。貴女も食べてくださいな、美由紀さん」

「買い過ぎって――」

大量だ。だが、まあ廉《やす》い。美由紀は少し迷って、それから敦子の隣に腰掛けた。

「こちら、果心居士《かしんこじ》さんの妹さんでしたのね。全く世間と云うのは狭いものですわねえ」

美弥子はそう云って笑ったが、それは果たして誰なのか。

敦子の兄の別名か何かなのか。

「中禅寺さんから色色お聞きしました。大変に能《よ》く判りましたわ」

「え。もう済んじゃったんですか」

待ってたのよと敦子は云った。

「今まではこれまでのことをお復習《さら》いしてただけだから。美由紀ちゃんからお伝えしてるだろうとは思ったけど、まあ、私も少し頭を整理しておきたかったから」

「まあ、常にこんがらがってる私が話すより、敦子さんが説明した方がずっと判り易かったとは思いますけど――」

そう云う意味ではありませんわと美弥子は云う。

「この間美由紀さんがお話ししてくれた事柄が、よりきちんと理解出来た――と云うことです。こちらの中禅寺さんは大変に論理的な方のようですね」

「はあ」

それって同じこと――のような気がするが。

「それよりも、この間はご免なさいね。あんな酷《ひど》い目に遭わせてしまって」

「酷い目でもないですよ。白状しますけど、結構面白かったですし」

叱られるから神妙にしていただけである。

「でも、美由紀さん随分とお目玉を喰らったのじゃなくって？　わたくしもきつく叱《しか》られました。お父様に叱られるならまだしも、宮田にまでお説教をされましたのよ」

「それはまあ――」

仕方ないだろう。

そんなことより。

「敦子さん何が判ったんです？　何か判ったんですよね？　もしかして解決したとか？　だから美弥子さんを呼んだんですか？」

美由紀が畳《たた》み掛けると敦子は苦笑した。

「解決って、そんな訳はないじゃない。今日篠村さんにお出で戴いたのは、お尋《き》きしたいことがあったからなの。美由紀ちゃんを介して尋ねるよりも、早いでしょう」

「まあ私は」

大体こんがらがっているのだ。

「焦《じ》らさないでくださいよ」

「焦らしてないって。まあ、解決と云うより、更にややこしくなったと云った方がいいような話なんだけれど――」

実は変なものが見付かっていたのね――と敦子は云った。

「変なもの？」

「そう。是枝さんの捜索はそれなりの期間行われていた訳だけれども――」

半月近くは捜していたようですわと美弥子が云った。

「その、捜索五日目に、少し気になるものが発見されているようなんです。あ、これは、あの賀川さんに聞いたの」

「子供刑事ですか」

美由紀がそう云うと、美弥子は眼を見開いた。

「まあ珍しい。お子さんが警察官をしていらっしゃるの？」

「違います。小柄と云うだけで、眼だけでかい老《ふ》け顔の、ただの刑事です」

だから失礼だってと敦子が云った。

「実は、麓——じゃないのか。高尾山口とケーブルカー乗り場の間辺りで、丸められた衣装が見付かった——んだそうよ」

「衣装？」

「そう。それが、何と云うのかなあ。お遍路さんが着ているような服」

「おへんろさん？　誰です？」

「白衣《びゃくえ》って云うのかしら。白い着物のことね。それと、手甲脚半《てっこうきゃはん》に、足袋《たび》、山谷《さんや》袋と草鞋《わらじ》。一揃《ひとそろ》いね」

意味が判らない。

「それ——」

「ええ」

「男性のご衣装ですの？」

美弥子が問うと、敦子は違いますと答えた。

「女性用だそうです。その後、少し離れた処で金剛杖《こんごうづえ》、別な場所で菅笠《すげがさ》が見付かってるみたいです。間違いなくワンセット、ですね」

「金剛杖って何か凄い杖ですか？」

「いやだ。ただの木の棒よ。美由紀ちゃんは見たことないかな。ほら、六十六部とか、巡礼とか、霊場を廻ってる人」

知っているような、知らないような、そんな感じである。そんな感じの和風の白っぽい服装の人は朧げに思い出せる。

「中禅寺さん。それは一体、どう云う意味があるのでしょう？」

「そうですよ。今回の一件と関わりがあるとも思えませんけど」

「そうなんですけど――」

敦子は人差し指を額に当てた。

「人が一人消えている。そしてその人の衣装を別な人が着ていた。正確には着て亡くなっていた――ですね。これ、そう云う風に考えると」

服が足りないですよねと敦子は云った。

「足りないですか？」

「ええ。是枝さんの服を葛城さんが着ていたのですから、普通に考えれば、是枝さんは葛城さんの服を着ていた——と云う運びになりますよね。そう考えれば、まあ足りなくはないいんですけど。それ、違うのかもしれないですよね」

「それ以外のパターンもあり得る、と云うことですわね？　どうかしら」

「え？　交換したんじゃないとして——他の状況思い付けませんよ。それに数も合ってますよね？」

「わたくしも別に足りなくはないと思いますわ」

そうなんですけど、と敦子は云う。

「ただ、こう考えるならどうでしょう。是枝さんは衣服しか発見されていない。そして葛城さんは中身の体しか発見されていない。是枝さん本人と、葛城さんの衣服は、共に発見されていないんですね。そして、多分両者が失踪したと思われる場所の直《す》ぐ近くで、衣服一式が発見された——」

気になりませんかと敦子は云った。

「気になると云うか——敦子さん、そのナントカが葛城さんの着ていた服だと云うんですか？　そうなら、是枝さんは裸だ、と云うことになっちゃいますよ。それ、無茶苦茶目立つじゃないですか。歩けませんから。そうでなければ」

死んでいるか。

「そうじゃないのよ。葛城さんはそんな巡礼衣装は持っていなかったみたいね。賀川さんの話だと、現地の所轄署がその辺は色色と確認したみたい。まあ一式新調したと云う可能性もあるかなと思ったんだけど、発見された衣装一式は新しいものじゃなかったようだし、持ち道具なんかはそれなりに使い込まれていたようだから——まあ、そう云う古いものを譲り受けたと云うことだってないとは云えないんだけど、葛城さんはあんまり信心に興味はなかったみたいだし、そのうえ、仏教徒ですらなかったようなの」

「キリスト教徒ですか？」

「一応亡くなったご両親はカトリック信者だったらしくって、小さい頃に洗礼も受けてるみたいなんだけど、葛城さん自身は全く信仰は持ってなかったみたいね。ご両親が戦禍で亡くなって以降は、教会からも遠ざかっていたようなの」

「巡礼とはかなり遠い方ですわね。勿論、改宗されるような方もいらっしゃるのでしょうけれど、わざわざ信仰を変えるような方は、もっと信仰心が強い方ですわ。信仰心の薄い方は放っておきますもの」

私もそう思いますと敦子は云った。

じゃあ関係ないんじゃないですかと美由紀が云うと、それは早計ですわねと美弥子に云われた。

「だって葛城さんの服じゃないんなら関係ないですよね？」

「そんなこともないと思う。私達は葛城さんと是枝さんが衣装を交換したのじゃないかと云う推論を立てていた訳だけど、考えてみればそれは数ある選択肢の中のたった一つに過ぎない訳じゃない？」

「でも確実な線ですよね？」

「そうじゃないよ美由紀ちゃん。選択肢は無数にあるのよ。その中から一番シンプルなものを選んだと云うだけでしょう。それは確実とは云わない。そう考えるのが自然だとか、その線が濃厚だと云うだけで、確たる証しはないの。そうだろうと」

思い込んでいただけ——か。

「勿論、今でもそれは可能性としては一番高いストーリーだと思うんだけど、一方で他の選択肢が総《すべ》て否定されているのかと云えば、それはないの。どんなに奇妙であっても、一般的には考え難《にく》いものだとしても、僅かでも可能性が残っているのならその選択肢は生きているのね。だから、もしかしたらそうではなかったのかもしれないって——ふと、そう思ったのね」

「もう一人いたと云うことでしょうか」

「え？　三人で服交換したとか？」

云ってから、三人が輪になって着替えている間抜けな光景が頭に浮かんだ。

「まあそれも可能性はない訳じゃないけど、着替えは一度にすることになるから、三人はやや目立つわよね。人目に付くからかなり用心して場所を選ばないといけなくなるかな。私が考えたのはそうじゃなくって、是枝さんは誰か別の人と服を交換するかした可能性もあるのじゃないかと云うこと」

「だって是枝さんの服はどうなるんです」

「下山してからなら何とでもなるでしょう」

「それは、何だって何とでもなるんでしょうけど」

「要するに、是枝さんは是枝さんと判り難い姿で下山した――と云う部分が肝要なのじゃない？　下山する姿を見られていないと云うところが一つ目の謎なのであって、葛城さんが是枝さんの衣服を着ていたと云う謎と、その謎は別の謎。なら、無関係の解決があったって構わない訳よね？」

「そうですけど」

「ただ、是枝さんが葛城さんと服を交換したんだと考えれば二つの謎が一度で解ける。だからただそう思いたがっていただけなのかもしれないじゃない？　そう考えたのね」

「つまりこう云うことですわね。ワンちゃん――美智栄さんは山中で誰かと衣服を交換して下山し、下山後に美智栄さんと衣服を交換した誰かが葛城さんに美智栄さんの衣装を貸し与えた、と云うケースもあるだろうと」

「そうですね。そう考えるなら、是枝さんは天津さん葛城さんの一連の自死事件とは直接関係ない、関係があっても薄い——と云うことになるでしょう。そうなら、別のトラブルに巻き込まれたと云う可能性も出て来ます」

もう一つ、と敦子は人差指を立てた。

「衣装交換はしていないと云う可能性も、ないではないと思うんです」

「していない——って」

「発見された巡礼衣装、これは服の上からでも着られるかもしれない。ズボンの方はきついかもしれないですけど、上に白衣を羽織って、山谷袋を首に提げて、菅笠を被り、金剛杖を手に持てば——巡礼風に見えますよね？」

「見えますわ」

「実際そう云う着方をされている人もいますから、怪訝《おか》しな恰好ではないです。つまり、かなり楽に化けられる、と云うことですね。そうしてみると、山中で誰かに頼まれて巡礼に化けた——と云う線も、考えられないですかね」

「いやあ」

それ、化ける意味が解りませんよと美由紀は云った。

「何の座興です？　私、微妙にその巡礼って把握出来てないんですけど、その恰好するとどうなるんです？」

「どうもならないけど、例えば、服の上から衣装を着け、巡礼を装ってこっそり登った誰かが、自分の衣装を是枝さんに着せて身代りに下山させる——と云うようなことは考えられるでしょう」

「考えられる——んでしょうけど、そうするとその誰かは、要するにその、巡礼っぽい何かに変装して山に登って、是枝さんにその変装をさせて、自分は素に戻って下山したってことですよね？　そんなことします？」

「そうね。その場合も、それが葛城さんである可能性はあるんだけど。変装用の服装だったなら信仰は関係ないから、なら巡礼姿は割とうってつけかもしれないし」

「いや、未《ま》だ能《よ》く判りません」

「そうかな。勿論、これだって何もかも想像なんだから沢山ある可能性のうちのひとつに過ぎないんだけど、例えば葛城さんが見張られていた——と云うようなことはあると思う。駆け落ちや、心中する可能性と云うのは常にあった訳で、なら天津さんのご家族はそうした事態が起きることを何より虞《おそれ》ていたんだと思うし。娘の身を案じると云う以前に世間体が大事なんだろうから」

「それは解りますけど、そうだとして、どうなります？」

「天津さんが未明にこっそり家を出たなら、警察に報せるより、先ず最初に確認に行くのは葛城さんのアパートだと思うんだけど」

「そうですね」

分からず屋の生き残り武士のやりそうなことですわと美弥子は云った。

「葛城さんの処へは絶対に行ったと思う。それでもし、葛城さんが天津さんが家を出たことを知ってしまったなら——これは、知ったんだと思うのね。天津さんのご家族——多分お父さんだろうと思うけれど、お父さんが変な時間に突然やって来たなら、当然葛城さんも何かを察したでしょうし。捜しに来たと云うことは、行方が判らないってことなんだし。或いはお父さんが何か云ったのかもしれない。なら、当然心配する筈でしょ。だって、自殺を仄《ほの》めかすような手紙はあった訳だし」

「何も云わなかったとしても、何かは感じますわね。尋常じゃないですもの」

「ええ。何かは察したでしょうし、天津さんの動向を知ってしまったなら余計に心配しますよね、葛城さんも。でも、行動を起こそうとしても」

「見張られていたのですね？」

「それは判りません。しかしご家族は天津さんと葛城さんの関係が露見することだけは避けたかった筈です。もしものことがあったとしても、娘が同性愛者であることだけは伏せておきたかった——らしいですから。それならば葛城さんの動向は監視するのじゃないかと思います」

くだらないですわと美弥子は云う。

「娘の命と家の沽券《こけん》と、どちらが大事だと云うのでしょう。体面だの面目だの、そんなものが人命より優先するなんて道理はございませんわ。そもそもそれは。恥なんかではないです」

仰る通りだと思いますと敦子は云った。

「でも天津家では違ってたんです」

「時代錯誤ですわ」

「ええ。大いなる時代錯誤です。この国は全体的に時代錯誤だとも思いますけど、天津家は中でも取り分けそうだったんです。ですから、発見する前に娘さんと葛城さんが接触することだけは何としても避けたかった——筈です」

「そうかあ。見張られていたら出るに出られないですよねえ。恋人が死んじゃうかもしれないって云うのに」

葛城さんの胸中を推し計るに、遣り切れなくなりますわと美弥子は云った。

ポン菓子の山の前で云う台詞ではないように思うが。どうしたってこの情景《ロケーション》は合っていないのだ。あらゆる意味で。

あくまで想像だと云うことをお忘れなくと敦子は繰り返した。

「で、そう云う状況だったと仮定した場合、抜け出す際に変装は有効ですよね？」

「あ、そうか。それで巡礼か」

「そんな衣装をどうやって調達したのかと云うことは一旦置いておくとして、葛城さんが巡礼姿で出て来るとは思わないでしょう。葛城さんが住んでいたのは集合住宅ですから、見張るとしても、彼女の部屋の扉の前に突っ立っていると云う訳にはいかないんです。待機するのは外になります。他の住人も出入りしている訳ですから」

「菅笠もありますしねえ」

「ええ。見張りがいたんだとして、その目を誤魔化《ごまか》そうとするなら巡礼姿なんかは結構有効だと思います。それで抜け出せたなら」

「行くでしょうね。止めに」

「ええ。止めに行くと云うより、もしかしたら一緒に死ぬつもりになったと云うこともあるのかもしれませんけど——どうであれ、葛城さんは天津さんの処に向おうとした筈です。それで、何か聞かされたのか、知っていたのか、当筒法《あてずっぽう》だったのかは判りませんが、彼女は高尾山に行った——」

でも間に合わなかったと云うことですかと美弥子は云った。

「ええ。間に合っていれば当然この状況はなかった訳ですね。天津さんの自死は葛城さんに依って止められていたか、或いは葛城さんも一緒に心中するようなことになっていたか、いずれかでしょう」

そうだったと云う可能性はございませんかと美弥子が云った。

「本当は心中だったと云うことはないのですか。その事実を隠蔽するために、警察が発見する前に、何者かが葛城さんのご遺体だけを運び出した——とか。ございませんか？」

美弥子の問いに、時間的には可能だとおもいますと敦子は答えた。

「とは云え、可能だと云うだけです。十五日の午後には失踪届が出されているんですから、午前中のうちに葛城さんの痕跡を消さなくてはなりませんし」

「でも、ご遺体が発見されたのは翌日のお昼過ぎですよね？」

「いつ発見されるかまでを予め知ることは出来ないでしょう。それ以前に、いつ決行するのか——いいえ、心中するかどうかだって判らないことでしょう。だから誰かが事後工作をしたと云うのであれば、それをした誰かは天津さんが高尾山で自死することを予め知っていたか——後、考えられるとすれば、葛城さんの変装がバレていて、尾行されていた——と云うケースも考えられるかもしれませんね。ただその場合、二人が心中するのを、その何者かは黙って傍観していたと云うことになりますよね。そして二人が心中した後に、葛城さんのご遺体だけを山から運び出したと云うことになります」

「自分の子供が自殺するのを黙って観てたって云うんですか？」

美由紀がそう云うと、それがお父さんかどうかは判らないよと云われた。

「そうであるかもしれないけど」

「そうだった、とは？」

「お家のためならしそうな気も致しますけれど。ただ——わたくし、天津家の殿方に対して偏見を持ってしまっているので、多少目が曇っておりますけど」

「ええ、そのケースを想定する場合、それが全くの第三者であったとするよりも、天津家の誰かであるとした方が素直です。その後、捜索願を出せばいいんですから。でも、そうすると矢張《やは》り死体を担いで山を下りると云う、目立つ上にかなり困難な作業をしなければいけなくなる。それに加えて」

「ワンちゃんが紛《まぎ》れ込む余地がない——と云うことですわね」

「そうなんです。例えば、是枝さんが偶然工作しているところを目撃してしまったとか、そう云う状況は考えられるのかもしれませんが、そうなのだとしたら、その何者かは是枝さんの口を塞ごうとする筈ですよね？」

「口を塞ぐって——」

手で塞ぐ訳ではあるまい。

「危害を加えるだけでは口止めにはなりません。拉致するか殺害すると云うことですかと美弥子が問う。

「まあ——そうなってしまうことは確かなんですけど、それ、少しばかりリスクが大き過ぎると思うんですよね」

「そうか」

慥《たし》かに、その段階で犯人は自殺した二人の死体のうちの一つを移動させようとしていただけなのである。美由紀はその行為がどのような法律に抵触するものなのか知らないのだけれど、罪に問われるとしても、少なくとも殺人よりはずっと軽い筈だ。

「何があったにせよ、是枝さんは山内では発見されていないんです。つまり生死に拘らず山からは下ろされている。犯人は葛城さんのご遺体と拉致した是枝さんの両方を山から下ろしたのでしょうか。もし殺害していたのなら二つの死体を運んだことになるんですよね」

「死体の場合、一つでも大変だし、目立つって話でしたよね？」

「そう。加えて、どの状況下にあっても、葛城さんのご遺体の衣服を是枝さんのものと交換させなければいけない理由は、考え付きませんでした。ですから心中に誰かが事後工作をしたと云う線は——疑問が残りますね」

「心中はしていないと考えた方がいいのかしら」

「ええ。勿論、後追い心中であると云う線は濃厚なんでしょうけど、天津さんと一緒に亡くなったとするのは無理があると思います。ですから、葛城さんがその日高尾山に登ったのだとしても、その時既に天津さんは亡くなっていたと考えた方がいいのかもしれません。そこで何があったのかまでは判らないけれど——と云うか、何もかも想像であることは最初から変わりはないんですけどね」

「行った時、もう天津さんのご遺体は発見されていたとか」

「それは時間的に符合しないと思う。天津さんのご遺体が発見されたのは、是枝さんの捜索願が受理された直後らしいから」

「そうか。翌日なのか」

「だからその日に何があったのかは判らない。変装がバレていたような場合も、例えば山に登ってから葛城さんが尾行に気付いたんだとして、それなら是枝さんを隠れ蓑《みの》にすると云う手はあるのかもしれない。身代りに下山させて途中で脱ぎ捨てるよう指示しておけば」

「でも敦子さん。それだと葛城さんは山の上に残ったことになりますよ。それって追っ手を撒いて天津さんを捜すためだったとして、見付けてないですよね？　間に合わなかったんだとしても、そのままにして下山しませんよ、きっと。それに是枝さんだって、それならそのまんま普通に家に帰るんじゃないですか？　それに服を交換するタイミングもなくなりませんか？　てか交換しないのかな？」

その通りだと思うと敦子は云った。

「思うけど、何があったのか判らないんだから、凡《すべ》てに於《お》いて断言は出来ないよ。そう云うややこしい状況だって幾らでも想像は出来るのね。実際に起きたことはひとつでも、ひとつに絞り込むだけの情報を私達は持っていないの。私が云いたいのは、単なる服装交換と云うシンプルなアイディアも、それだけで凡てを説明出来る訳ではなくて、一つの可能性に過ぎないと云うことね」

「ああ」

「当然だけど、ものごとはシンプルな方が説得力があるし、また多くのものごとはシンプルなものなんだと思う。でも、常に想定外のことは起きるし、突発的なアクシデントに対応するために複雑な工程が発生してしまうこともある、と云うことね。瑣末《さまつ》な出来ごとが大勢《たいせい》を左右することもある。棄てられていた巡礼衣装と云うたった一つの要素を加えるだけで、選択肢はグンと増えるの」

「そうですよね。だけどそれ、無理に関連付ける必要、あります？」

「無理に、じゃないの。関係があった場合に様相はガラッと変わっちゃう、と云っているだけ。ややこしいから結論を云うけれど、その衣装は葛城さんのものではなかったようね」

「ほらー」

わざと掻き回さないでくださいよと美由紀は云ったのだが、美弥子は表情一つ変えずに、その先がおありなのですね中禅寺さんと云った。

「ええ」

「あの、先って」

「その衣装、どうも秋葉登代《あきばとよ》さんと云う方のものらしいの」

「それ」

誰ですかと問うた。

「だから巡礼衣装の持ち主」

「関係ない人ですよね？」

「そうならいいんだけど――秋葉さんは、霊場巡りが趣味で、坂東《ばんどう》三十三観音、秩父三十四観音を廻って、その後も毎週末に関東近郊の古寺名刹《こじめいさつ》に参拝していると云う方なんだそうです。そう云う話を聞くとご年配の方を想像しがちですけど、秋葉さんは私よりも若くて、まだ二十二歳」

霊場巡りって趣味になるんですかと尋いた。

趣味としてしまうのはどうなのか。

敦子は苦笑した。

「そうなんだけど。本人が周囲にそう云っていたらしいのね。ま、宗派を問わずにお参りしていたようだから、信仰ではなかったのかもしれない。お寺の歴史とか、建築そのものとか、雰囲気とか、そう云うものに興味があったのでしょう。敬意を表する意味でお参りはしていたようだけど、信心ではないいんじゃない。そう、だから霊場巡りと云うよりも、お寺巡りと云った方が正確なのかもしれない」

「何処《どちら》の方です？」

「柴又《しばまた》にお住まいの小学校の先生だそうです。子供達にも好かれていて、大層評判の良い方のようなんですけど、三度の飯よりお寺参りが好きなのが璧《たま》に瑕《きず》――と云うことでした」

「まあ。素敵な方ですわ。でも、どうしてその方の衣装だと解ったのでしょう。お名前でも書いてあったのかしら」

「実はそのようです。ただ、あの、ご朱印帳ってありますよね。お寺で納経した時に印なんかを戴くやつ。あの中に書かれていたようで——普通はお寺の名前と日付、梵字《ぼんじ》やなんかが書かれるだけで、後は印が捺してあるんでしょうけど、その中に、何故か彼女の名前が書かれている頁があったんだそうです。それで問い合わせをしてみたところ——」

「え。真逆《まさか》」

秋葉さんは二箇月ばかり前から行方不明でしたと敦子は云った。

「行方不明ですかあ」

「秋葉さんは独り暮らしだったようなんだけど、無断欠勤をするような人じゃなかったらしくて、心配した同僚の先生がアパートまで行ってみたんだそうです。そしたら、留守で。週末にまたお寺に行くんだと云うようなことは云ってたようですが、何処のお寺か判らなかったみたいで——一週間程してから捜索願が出されたそうです」

「いなくなられた日は？」

「八月十五日——と、云うことになりますね。是枝さんと同じ日です。捜索願が出される前に衣装が見付かっている以上、秋葉さんが参詣したお寺は高尾山薬王院——と云うことになりますよね。これ、どう思いますか？」

「どうって」

「同じ日に、もう一人行方不明者が出ているんですよ。しかも同じ山で、そう年齢の違わない女性が二名消えている。これは無関係でしょうか？」

「やあ、それは」

関係ない——とも云い難《がた》いか。

「しかも秋葉さんは、それこそ裸で消えてしまったと云うことになります。彼女は変装した訳ではなくて、お寺巡りの時はいつもその服装だったのだそうです。下山の途中で衣服を脱ぎ捨て、杖も笠も放り出して、下着姿で何処かに行ってしまった——と云うことになる訳ですけど、それは」

変ですねと美弥子は云った。

「それ自体は些細なことのようですが、変なものは変ですわ。教職にある、真面目な、しかも若い女性が衣服を脱ぎ捨てて半裸で失踪するなんて——そんな莫迦なことはないと、中禅寺さんもお考えなんでしょう？」

「ええ。そんなことをする人はいないでしょう。いたら保護されてます」

「そうですわね。でも——中禅寺さん。先程貴女《あなた》が仰ったように、棄てられていた衣装と云うごく瑣末な因子を加えて理解し直そうとしただけで、事態は大幅に複雑化してしまったのですわよね。そこに行方不明者なんか加えたら」

「そうなんです。でも、これって無視出来ませんよね？　是枝さんの失踪、秋葉さんの失踪、そして天津さんの自殺――これらは発覚した時期がズレているだけで、いずれも八月十五日に、同じ高尾山で起きたことです。葛城さんだけは発見場所も発見時期も違うんですけど、でもその葛城さんも同日に高尾山へ登っていた可能性は高くって、またご遺体の状況から逆算すれば、ほぼ同じ頃に亡くなっていると考えてもいいでしょう」

「みんな、ほぼ一緒？」

それは考えていなかった。発見がずれているだけなのか。

「そうなると、偶然で片付けてしまう方が却《かえ》ってご都合主義的だ――と云う印象を持ってしまう訳ですが」

「そうすると」

矢張《やは》り衣装交換のような行為はもっと複雑に行われたのだと考えるしかない、と云うことになりますのでしょうか――と美弥子は云う。

「衣服を交換したのだとしても、その場合は、単純な交換ではないかもしれない、と云うことですわね？」

「ええ。衣装《コスチューム》が一つ余っていて、生死に拘らず身体《ボディ》は二つ足りない。亡くなった方の身体には行方不明の人の衣装が着せられている。大変にややこしいです。それに加えて――お二人が落ちた陥穽のこともありますから」

「あの壙も——関係あります？」

「あると思います」

あんな穴ぼこがどう関わって来るのか。

「あの後、地元警察があの壙を調べています。あの壙は、最初の捜索——天津さんの捜索時からあった、んだそうです」

「まあ、あることはあったんでしょうけど」

「でも、ほぼ連続して行われた是枝さんの捜索時には無視されています」

「な、何でです？」

それなりに大きいし、危ない。

「立ち入り禁止になってたからですね」

「は？」

「天津敏子さんは、あの壙の真横に生えている大きな樹——お二人を引っぱり上げるためにロープを結び付けたあの樹で、首を吊っていたのだそうです」

「わあ」

本当にすぐ傍《そば》だったのだ。

「尤も、ほんの一日二日で現場の扱いにはならなくなったようですけど。自殺と断定されてしまいましたから」

「でも無視、なんですか？」

「だって、行方不明者の捜索なんだよ、美由紀ちゃん。ずっと警官が突っ立ってた場所を捜したって仕様がないでしょう」

そうか。壙を捜していた訳ではないのだ。

「で――今回のこともあったので、賀川さんを通じて所轄署と連絡を取り、検証して貰ったんです。あそこは元元陥没していて危ない地形だったようなんですけど、もし転んで落ちたりしても登れないような場所ではなかったみたい、なので――」

「天然の窪みを加工したと云うことですか？」

「ええ。確実に人の手が加えられていると云うことでした。人為的な陥穽ですね。掘った跡も確認出来たし、掘り出した土を平らに均したような処もあったようです。上から落ち葉か何かを撒いて判り難くしていたんですね」

美弥子の想像は的中したようだった。

「非常に悪質な悪戯だと云う判断がなされたようで、一応捜査することにはなったようですが――期待は出来ないと思います。昇降用の梯子や掘削具なんかも発見されてませんし、いつ掘ったのかも判らない。現状、手掛かりは皆無ですから。でも――天津さんが首を吊った時、既にあの壙はあったんです。と、云うか――天津さんは、わざわざあの壙の縁で自殺したと云った方がいいのかもしれない」

「え？」

美由紀は思い出す。

思い出してやっと美由紀は気色悪さを味わった。

あの時、もし遺体が片付けられていなかったならば。

助けが来るまでの間、亡骸はずっと——美由紀達の頭上にぶら下がっていたことになる。

そんな状況だったなら、星を愛《め》でるどころの話ではなかったろう。

「これ、無関係ではないでしょう。それからもうひとつ、これはどうしたって納得出来ないことがあるんだけど——」

「全部納得出来ませんけども」

「天津さんと葛城さんの関係を雑誌社に漏らしたのは——天津家の誰かである疑いが出て来ました」

「それは——面妖な話ですわね。その方達は、二人の関係を一番隠したいと願っていた人達なのじゃなかったかしら？」

「ええ。それはつまり当事者以外で、唯一秘密を知っていた人達——と云うことでもありますよね？」

それもそうなのだが——。

「もう、ややこしいですよ！」

「そうね。でも必ずこの複雑な要素がスッキリ納まる構図が——ある筈です」

敦子はそう云った。

5

「居丈高《いたけだか》だったねえ——」

そう云った後、茶店の小母《おば》さんは手にしたお盆を胸に押し当て抱き締めるようにした。

「警察はみんなそうなのかと思ってたけどねえ」

「事件解決のために口調が厳しくなるんですよ」

そう答えて、敦子の知り合いの刑事——青木文蔵《ぶんぞう》はお茶を啜《すす》った。

警視庁の捜査一課の刑事だと云うから、どれ程恐げな人なのかと美由紀は思っていたのだが、まるで違っていた。

頭が大きくて、しかも童顔だ。

顔だけ見るなら老け顔の賀川よりずっと子供刑事である。でも何故か青木は子供には見えない。どうしてなのか美由紀は考えてしまう。

齢《とし》は聞いていないけれど、礼儀正しい優しそうなお兄さん、と云う感じである。

すいませんねえと青木は頭を下げた。

「いや、あんたが謝る筋合いはないさ。大体、あんた刑事には見えないねえ。どっかで見たような顔だし――それよりさ、こんな女の子引き連れた刑事なんか、いやしないよ。娘さんじゃないだろうけど、奥さんと妹さんかね？」

「と、とんでもない」

青木は手と首を両方振った。

「あら。怪しいねえ」

「あ、怪しくないです。その、あの」

「あたしに隠すこたぁないだろさ。あんたら官憲は根掘り葉掘り何でも訊くだろに。偶《たま》にはこっちが訊きたいもんさね。さあ白状おし」

「いや、ですから」

捜査協力者ですと敦子が云った。

「おや。捜査なのかね、これも」

別な事件ですと青木は云った。何故か冷汗をかいている。

ケーブルカーの高尾山駅を降りた処にある茶店である。

青木は別の事件と弁明したが、それは少しばかり違うのだった。

慥《たし》かに秋葉登代の失踪は別件として処理されている。あくまで失踪であるし、事件性があると判断されたとしても、捜査するのは先ず担当所轄と云うことになるのだろう。

美由紀は警察組織の仕組みなんか能《よ》くは知らない訳だが、秋葉登代の捜索願が出されたのは柴又の交番で、そこは亀有《かめあり》署の管轄なのだそうだ。一方、是枝美智栄の捜索願が出されたのは賀川が勤める玉川署である。そして、高尾山を管轄下に持つのは八王子警察なのであった。天津敏子と葛城コウの捜索願は八王子警察が受理している。更に葛城コウの遺体が発見されたのは群馬県であるから、こちらは群馬県警の縄張りなのだろう。

縄張りと云うのは変な気がするけれど。

捜してくれと頼まれた方が捜査を受け持つのか、それとも見付かった場所の所轄が担当するのか、美由紀は知らない。しかしこれだけバラけていたのでは、まあどうしようもない気がする。しかし。

それがもし一つの事件だったとしたら——。

群馬を除く各警察署は凡《すべ》て警視庁の管轄ではあるのである。

敦子から話を聞いた青木は懸念を持ったのだ。

青木は、何よりも美由紀達が堕《お》ちた陥穽《おとしあな》のことが気に懸かったようである。

考えるまでもなく、あれは子供の悪戯《いたずら》と云う規模のものではないだろう。労力もかかるだろうし、目的もなしにあんなものは掘らない。そして何か目的があるのだとすれば、それが犯罪に結び付くものである可能性は高い。

そうだとすれば。

放ってもおけまい。

だが、その程度のことで捜査本部とやらが出来る訳もなく、それでも事態をそれなりに重く見た青木は——美由紀は敦子の言葉だからこそ重く受け取ったのではないかと勘繰ってもいる訳だが——取り敢えず休暇を利用して個人的に現地を視察する、と云う運びになったのだった。

正式な捜査ではないし、陥穽の場所も教えなければならないので、敦子も青木に同行するのだと云う話だった。

それは——。

狡《ずる》い。

これで置いてき堀は納得出来ない。

その前に、そもそも敦子と美弥子が——美由紀を差し置いて子供屋で密会していたこと自体が何となく、何と云うか、狡い。狡いと云うか、そんなことをされたのでは美由紀が必要なくなってしまう。要不要で計るものでないことは承知しているが、承服はし兼ねる。

美弥子にしてみれば敦子がいてくれれば充分なのだろうし、敦子にしてみても、美弥子さえいれば美由紀は要らない。ま、そうでなくとも自分がそんなに必要でないことは美由紀が一番良く識《し》っている訳だけれども、だからこそ割り込んででも雑《ま》じりたいのである。

まあ今回に限れば、雑じってしまって悪かったかなと多少は思う訳だが。

多分、美由紀は邪魔っけだ。青木にしてみれば敦子と二人きりが良かったのじゃないかと美由紀は思わないでもないのである。

と——云う訳で。

美由紀は先日堕ちた陥穽の検証のために警察に呼ばれているのだと、学校に嘘まで云って出張って来たのであるが。それはまあ嘘と云えば嘘なのだがそんなに大きく違ってはいないと思う。ものは云い様と云うヤツである。

と——云う訳で。

美由紀は多少のお邪魔感を覚え乍《なが》らも、敦子の横で田楽かなんかを食べているのである。かなり寒くなって来たので、蒟蒻《こんにゃく》なんぞは迚《とて》も美味しい。

「別の事件って何サ。天狗攫《さら》いだの首吊りだのって、この頃は物騒だけども、まだ何かあるのかい？」

小母さんは——いや、年齢的にはまだまだお姉さんと呼ぶべきなのかもしれないのだけれど——明るくてかなり元気だ。

「まあ、悪戯《いたずら》だと思いますけどね。山の中に、穴が掘ってあったんですよ」

「そりゃあんた、穴熊《あなぐま》じゃないの？　鼬《いたち》だの狸《たぬき》だの、いるんだよ山にはね。けだものが。穴熊は、穴掘るわよ」

穴熊だからねえと小母さんは云った。

「ぼこぼこ掘って、余った穴を狸なんかが使ってるわよ。燻《いぶ》せば出て来るさ」

「そうじゃなくて──」

陥穽なんですよと美由紀は云った。

「落とし穴？　子供の悪戯かい？　子供いないけどねえ」

「私が堕ちたんです」

「おやまあ。子供にしちゃア随分と大きいねえ。最近の子は栄養が足りてるよ。あたしなんざさぁ、あんた位の頃は南瓜《かぼちゃ》ばっかり食べてたからねぇ。だからこんなカボチャっ面《つら》になっちゃったのよう」

小母さんは左手で口を押さえ、笑い乍《なが》ら右手で軽く美由紀をぶった。南瓜だと云われればそう見えないこともない訳だけれども、ここでお世辞を云っても始まらないので美由紀は苦笑いで誤魔化した。

「まあ大きいんですけど子供です。この大きな私が落っこちて出られなくなる程深い壙《あな》なんですよ」

危ないじゃないかと小母さんは云った。

「そんなもん、怪我するよ。穴熊はそんな穴は掘らないけどねえ。小《ち》っさいから。天狗の窩《あな》かね。でも天狗ってのは窟《いわや》か樹の上じゃないかね」

掘ったのは人だと思いますよと青木は云った。

「実際に危険なんです。悪戯にしては度が過ぎているんで、調べようかと云うことになったんですよ。どうでしょう、その、円匙《シャベル》だの鶴嘴《つるはし》だの持った人足のような一団が登って行ったなんてことは——ありませんでしたか」

「大仰だねえ。そりゃ見てないけどねえ。いつのことだい？」

「それが判らないんです。あの、天津さんの」

自殺だねえ自殺、と小母さんは云った。

「そりゃ名前覚えたよ。若いのにねえ」

「ええ、その——ご遺体が発見された時には、もう壙はあったようなんですけど」

「じゃあ何で埋めないかね」

警察怠けたねと云った後、イヤだあんたも警察かと続けて、小母さんは今度は青木を叩いた。

「それで、お嬢ちゃん落っこちたかい」

「堕ちました」

「そりゃでっかい穴だね。そんなもん道具なしには掘れないだろうけど、あんた、そんな鶴嘴なんかもでっかいでしょうに」

「大きい——ですね」

無理無理と小母さんは云った。

「あのね、この辺の山はさ、なんたらとか云って保護されてんだ。誰かに。保護ってんだからさ、伐ったり掘ったりゃ禁止なんだ。それに、薬王院さんの権現堂だって、東京都からナントカに指定されたのさ、一昨年《おととし》」

　有形文化財ですねと敦子が云った。

「その文化財さ。そんなもん、大事だからねえ。傷でも付けられちゃ堪らないよ。そんな工事人夫みたいなのは登って来たらすぐ判るからさ」

「あの」

　敦子が手を挙げた。

「四五人か、それ以上の、同じような恰好をした集団が登って来ることって、ありますよね？」

「四五人？　そんなの、まあザラにいるさね。講みたいなのだと、十人も二十人も団体で来るしね。そう云うな、おんなじ様な服装さ」

「男ばかりで、下山の際に凄く汚れていたと云うような――」

「汚れてた？　どうかねえ。お参りにしろ山歩きにしろ、そんなちゃらちゃらした恰好じゃあここにゃ来ないから。転べば汚れるだろうし。それにさ、別にここは関所やなんかじゃないからね。あたしだってずっと突っ立ってる訳じゃないし。門番じゃないから。看板娘だけども。カボチャなんだけどさ。いや――」

小母さんはお盆を抱えて上を見た。

「いたね」

「いた？」

「ほれ、あの、天津さんかい。あれの捜索とかでさあ、居丈高な警察が来て、まるで罪人みたいに訊かれたでしょう。それからその次の人、天狗に攫われた人」

是枝美智栄のことだろう。

「あん時もまた、居丈高なのがね、やって来て執拗《しつこ》く訊く訳だわよ。思い出せ、思い出せって。だから思い出したのさ。その前後のことを。で――」

でもこれは警察にも云ったわよと小母さんは云った。

いや、小母さんではないのだろうが。

「何を――ですか？」

「あのさ、国民服ってあるでしょう。復員服なのかいね。そんなの、今日日着ないでしょうに。戦後は能《よ》く見掛けたけども、今ぁもう見ないだろ。あんなの着た――そうねえ、五六人だったかねえ。三十過ぎぐらいの、むさッ苦しいのがさ、固まってそこに座って――」

小母さんは美由紀の座っている桟敷を指差した。

「それがねえ、泥だらけさ。そんでお茶飲んで、酒はないかねなんて。ないさ」

茶店だものさと小母さんは顔を顰めた。

「それ、いつですか？」

「いつですかってあんた、だから、その天津さんかね？　それが見付かる前――だから、首吊った前の日かね。見付かった前の前の日。そうだよね。その天津さんがいつ登ったのかあたしは知らないんだけどもさ。何か変なことはなかったかって偉そうに訊くから、ちゃんと云ったよあたしゃ。苦心して思い出してさあ。なのに、そんなこたぁ関係ないって、まあけんもほろろさ」

居丈高だよ警察はと小母さんは青木を見た。

「まあ――高圧的なもの云いに就いては代わりに謝りますが――実際、人捜しには関係がなかったんでしょうけどね。でも、こっちの件には関係あるかもしれませんね。その男達と云うのは」

「いやいや、泥だらけだったってだけだよ。汗臭くってさ。でも、鶴嘴なんざ持ってないのさ。そんなもの持ってたら苦労しなくっても覚えてるからね。雑嚢《ざつのう》みたいなのは提げてたけども、そんなもんには入らないでっしょうに」

「いや」

青木は首を捻った。

「僕は海軍だったから能く知らないんですが、陸軍式の小円匙《しょうえんぴ》なら入るかもしれませんね。あれは携帯用だし」

「ショウエンピ？」

敦子も何だか判らないようだった。

「小さめの円匙《えんし》のことですよ。理由は知りませんが陸軍では円匙をエンピと読む習わしなんだそうです」

敦子は納得したようだが、美由紀はそう聞いたところでまるで判らない。読みがどうこう以前に漢字が判らない。エンピって、日本語かどうかも怪しいと思う。それ何ですかと訊くと、シャベルだねと青木は答えた。

「いや、シャベルだって十分大きいですよ。それともそれってあの、移植鏝《ごて》みたいなのですか？　そんなんじゃあんな壙、掘れないですよ」

「そんなに小さくはないんだ。歩兵が携帯していた掘削具――と云うか武器で、柄の部分が抜けるんだよ。先の、スコップと云うか、鉄皿の部分に木製の柄を差し込めば小振りなシャベルになる。塹壕《ざんごう》を掘るのに使うんだろうけど、盾《たて》の代わりにしたり、接近戦で相手を殴ったりしたんだそうだよ。それだと、分解すれば」

こんなものですかね、と青木は両手で大きさを示した。

「ああ、そんな法華《ほっけ》の太鼓みたいのなら袋にも入るかね。そう云われてみりゃ、ま、みんな同じような雑嚢《ざつのう》提げてたねえ。それで兵隊かと思ったんだねあたしゃ。じゃあ――あいつらが掘ったのかねえ、子供でも穴熊でもないのにさ」

「その可能性はありますね。しかしその男達が掘ったのだとすると——作業開始日は不明としても、掘り終えたのがその日と云うことになりますね。そうすると、陥穽が完成した翌日に天津さんは自死した、と云うことになりますか。これ、タイミング的にどうですか。偶然にしては出来過ぎてる気がしますけどね」

青木の問いに、偶然じゃないかもしれませんねと敦子は答えた。

青木は表情を曇らせた。

「偶然じゃないって——じゃあ陥穽が完成するのを待って、天津さんは自殺したと云うことですか？　それは何だか妙ですよ、敦子さん」

「ええ。そう考えれば妙です」

敦子は人差し指を顎に当てて、少し考えてから、

「かなり苦労されて思い出されたんですね、細かいところまで、色色と——」

と小母さんに向けて云った。

「苦労してってね、何だかそう云う風に云われちゃうと、あたしのお頭《つむ》が悪いみたいだけどさ。これでもお銭《あし》の勘定は得手なんだよ。算盤《そろばん》要らずと謂《い》われて久しいんだ、あたしは。だから賢い方さ。それだって覚えてないよね、そんなことはさ。まあ、その天狗に攫われた娘さんか？　ええと」

「是枝美智栄さん」

「その美智栄さんか。あの子はね、明るくて好い子さ。三回か、四回か、そのくらいは来てるみたいだけど、あたしゃそんなには覚えてないけどさ。ただ見覚えはあったのさ。元気良く挨拶してくれたしねえ。おでんも食べたから。だからって、いつ来ましたかと訊かれたってねえ、帳面に付けてる訳じゃなし、普通は覚えてないだろうさ。でも、攫われた日の美智栄さんはね、覚えているのさ。何たって、御不浄貸したから。そこのさ」

小母さんは奥を示す。

「山で便所は大事さね。ご婦人はその辺で用足す訳にいかんでしょう。だから、うちの便所は重宝なのよ、あんた。でも」

帰りは見てないと小母さんは云った。

「さっきも云ったけど、見張りでも門番でもないから、ずっと立ってる訳じゃないからね。見逃したんだろ。うちはもう一人いるしね。でもその日はあたし一人だった筈なんだけどね。見逃しだね」

「まあそうですよね。天津さんが登って行くところも、見ていらっしゃらない」

見ないねえと小母さんは云う。

「そもそもその自殺した子は知らない子だからねえ。写真覧《み》せられたって判りやしないよ」

「写真覧たんですか」

美由紀は顔も知らない。

「だから、その居丈高な刑事が突き出して覧ろって云うのさ。だから覧たのさ。覧たって判らんよ。そもそも、後から来た刑事が出した美智栄さんの写真とだって、区別が付かんかったくらいさ」

似てるんですかと問うと似てないよと即座に云われた。

「あのね、似てないったって、普通はみんな似てないよ。顔は違うじゃないか。双生児《ふたご》でもあるまいにおんなじ顔の人なんかいないだろ。でもほら、パッと見と云うのがあるだろ。写真なんかだと同じに見えるさ」

「写真では似ていたんでしょうか」

「だから顔は似てないよ。まるで違う顔さね。服装だって全然違うから。その自殺した子がその日着てた服ってのはね——自殺した子の方は見てないんだけどさ、あの居丈高な刑事が諄諄《くどくど》と説明したもんだからさ。覚えちゃったよ。何だい、カーディガンかい、桃色の。それに裳裾《スカート》だってさ。そんな恰好じゃあんまり来ないよ、この辺」

まあそうだろう。

「だから全く見覚えがないの。でね、美智栄さんかい？　その人はさ、あの、洒落《しやれ》た登山帽に、それからリュックサック背負《しよ》って、何だったかね。格子柄の襯衣《シャツ》と鼠色の上衣着て、それから黒っぽい洋袴《ズボン》だってのさ。いや、それはホントにそう云う恰好だったのさ、あの子は。お便所貸したんだもの。リュックサック預かったからね」

「なる程。写真の方はそう云う恰好じゃなかったんですね」

「全然違うさ。だって両方とも見合い写真みたいなもんだもの。そんなのじゃ区別付けにくいだろ？」

「なる程」

敦子は再び考え込んだ。青木がその横顔を覗き込む。それから刑事は参道の方を見た。

「巡礼のような恰好をした人達って、多いんですかね、このお山は」

「巡礼？　それって、四国とかじゃないのかい」

「いや、ほら」

青木が示す先には、白い和風の服装をした人が数人、杖を突いて歩いていた。

ああ云うのがそのナントカなのかと美由紀はやっと納得出来た。

「ああ。ありゃ巡礼じゃないさ。お参り。でも、まあいるけどね。講の人達なんかだと揃いの白衣《びゃくえ》の人もいるね」

「その、問題の日ですが」

「問題って？　あ、自殺と天狗攫いの日かい？」

「その日です。その日、あんな感じの恰好で、しかも菅笠被った女性が独りで登って来ませんでしたか？」

「来た」

「来たんですね」

「来た。いや——あんた、それだって警察に云ったよ。あたしは包み隠さず思い出したことは洗い浚《ざら》い全部くっ喋《ちゃべ》ったからね。ほら、何たって相手は居丈高だから。何か見てんだろって云うから。だから云ったのさ。丁度、美智栄さんか。あの子にお便所貸した時に通り過ぎたね。あたしゃリュック持ってたから将《まさ》にその時だね。こりゃ間違いない。でも関係ないだろと云われたけどね」

関係はなかったのだ。その時点では——。

「それは目立った、と云うことでしょうかね？」

敦子が問うと小母さんは首を振った。

「目立ってか——まあほれ、同じような出で立ちの人ァいるからさ、別に取り分け目を引くようなもんじゃないさ。でも、その服装で独りってのは、そんなにいないのさ。しかもほれ、見な。大体爺婆《じじばば》でしょうに。若い娘はあんな恰好はしないって。そう云う意味じゃあ、まあ珍しいね。それに、笠被ってたんでしょう」

「被ってたようです」

「ね？　笠はね、あんまり被らない。見な、被ってないでしょうに。袖無し着たり、結袈裟《ゆいげさ》掛けたりする程度よ。それこそ四国の巡礼さんとか、そう云う人は色色廻るんだろうからねえ、笠も被るだろうけどもさ。此処はそう云うのじゃないからねえ」

薬王院さんは薬王院さんさ——と小母さんは云った。

「お参りするだけ。山歩きはまた別さ。山歩きの人はそんな服着んよ。大体、今は笠なんか被らんでしょう。昭和だし」

「昭和の御世《みよ》だからこそ、菅笠を被った若い女性は目立った、と云うことですね？」

あらそうだわと小母さんは云った。

「目立ってたってことだねえ」

「でも——下山するのは見ていらっしゃらない？」

「見逃しだねえ」

見張ってる訳じゃないですもんねえと美由紀が云うと、その通りさと云われた。

「だって、その、美智栄さんかい。その子だって帰るとこは見なかったんだから。通るの見たら覚えてるさ。でも、あたしだってお便所に行くからね。その間かもしれんでしょう」

そうですよねえと云って、敦子はケーブルカーの駅の方に顔を向けた。

「その日——」

そして、敦子は云った。

「その日、下山する人の中で記憶に残っている人はいませんでしたか？ ご覧になった範囲で構いませんし、高圧的な警察が関係ないと断じたことでも結構ですが」

見下されてんだよねえ官憲にと小母さんは悔しそうに云う。

「あたしはさ、三十五年も生きて来て一度も法律に触れるようなことはしてないからね。一度出戻ってるけど。警察にドヤされるような覚えは何もないからね」

　本当にすいませんと青木が頭を下げた。余程酷《ひど》い扱いを受けたのだろう。

「まあねえ。そう、変梃《へんてこ》な爺さんがいたけどね。爺さんでもないのかね。頬被りしてさ。まあでも、その頃には何度か見掛けてるから、関係ないかね」

「何度か？」

　ありゃ願掛けか何かに通ってたのかねと小母さんは云う。

「そりゃまあ、あたしも関係ないと思ったから云わなかったけどさ。後は、そうだねえ。大体同じようなもんだからねえ。そうだ、具合が悪くなった人がいた」

「それは？」

「いや、どうしたのか尋《き》いてみたさ。だって心配だろ？　何でも腹が痛くなったんだと云ってたけどねえ。女の人だよ。こう、髪の長い。旦那さんだかに背負われてさ」

「背負われて？」

　それは、もしや。

「それ、是枝さんじゃ――」

　髪が長かったんですかと敦子が尋いた。

「長かった。男の胸より下まであった。髪の毛に被さって顔が見えなかったからね」

そうか。違うのか。是枝美智栄は短髪なのだ。

「背負ってた男性はどんな人でした？」

「おや、喰い付くね。あれは旦那なのかね。ひょっとしたら親かもしらんね。老《ふ》けてたから ね。背中の女の人の頭が、こう、こっち側にあったからさあ、男の顔は能《よ》く見えなかったけど、若かないね。歩き方が若くなかったね。杖突いてたしね」

生きてましたかと美由紀が尋くと、莫迦《ばか》なこと云うねこの子はと云《よ》われた。

「何だって死体《ほとけ》さんなんか背負うかいね。死んでたらそれこそ警察喚ばなくちゃいかんでっしょうに。生きてるに決まってるだろ。うんうん唸《うな》ってたよ。死人は唸らんだろ。頭だって振ってたしね。あんまり苦しそうだったからお便所貸そうかと云ったんだけど、男の方が瀉《くだ》した訳じゃあないから平気だとか云ってさあ。癪《しやく》か何かかね。盲腸《もうちよう》かもしらんねえ」

「それもその日——なんですか」

「その日さね」

「女性の服装は覚えてますか」

「ホントに喰い付くね。さて、服装はどうだったかねえ。ありゃ、そう、リュック背負ったまんま負ぶさってたんだよ。で、その上から上衣が掛けられてたんだろうね。ありゃ男物の上衣だね。だから判らないね。でも裳裾《スカート》やなんかじゃなかったね。洋袴《ズボン》穿いてたと思う。別に珍しい恰好じゃないよ」

「それは、参拝の方でしたか？」

「お寺参りって感じじゃないよ。だから山歩きの人だろうねえ。お寺で具合悪くなったんなら、どっかに寝かすとか、何かしてくれると思うよ。こりゃ云った。警察にも話したよ。ここまで詳しく話しちゃないけど、ちゃんと云った。でも」

関係ない、ですかと美由紀が云うと関係ない、だよと小母さんは答えた。

「まあ関係ないんだろ。行方知れずの女の子に似た人負ぶってたと云うならねえ、そりゃ大手柄でしょう。なら、あんなに居丈高にはされないさ。でも全然似てなかったからさ」

「似てませんでしたか」

「顔は判んないよ。でもさ、行方不明の子ってのは裳裾《スカート》穿いてたんだよ？　背負われてた子は洋袴《ズボン》だものさ。髪も長いし、全然違おう？」

いや、それは。

「それは――天津さんの方ですよね？」

「それそれ。天津さん天津さん。自殺しちゃった子さ」

可哀想だねえと小母さんは云った。

「その、もしかしたら」

「何さ」

青木は困ったように眉尻を下げた。

「最初の——天津さんの捜索に来た捜査員に話をされて、その時に無関係として却下されてしまった話は、二度目の是枝さんの捜索に来た捜査員には話していない——とか云うことはないですか？」

「そりゃ関係ないことは話さないさ」

また見下されるのは御免だからねと小母さんは云う。

「では、その背負われて下《お》りた女性のことは——」

「二度目にかい？　話さないよ。だってあんた、違う人だもの。そんな話は訊いてないとか云われるだろ？　アホらしい」

「いやしかし、服装が」

「服装ってさ。似たような服装の人はいるさ、それは。でもあたしゃあの子、是枝さんか。知ってるんだから。お便所貸したんだから。実物だから。写真より確実さ。大体、おんぶされてた人は髪が長いって云ったろ？　判らん人達だね」

そうか。是枝美智栄も天津敏子も——二人とも髪が短いのだ。警察が覧せた写真が似た感じに見えたのは、その所為なのだろう。

「そうですか。実は、その、白衣に菅笠の女性も行方が——」

ないない、と小母さんは云った。

「ない？」

「天狗攫いはないって。大体、攫わないから此処の天狗さんは。天狗攫いってのは、他の土地じゃああるのかもしらんが、此処はないって。高尾山の天狗さんは悪いもんじゃあないよ。ほれ」

小母さんは指差す。

「見な。薬王院さんのご本尊は薬師如来様《やくしにょらい》と、飯縄大権現様《いづなだいごんげん》さね。だから、天狗ったって、そんじょそこらにいる並の天狗じゃないの。飯縄大権現様だから。有り難いんだから。攫わないって、そんな人なんかをさ。いなくなったなら、だから下山してるんだよ」

見逃し見逃しと小母さんは云う。

「そうですね」

敦子はそう云った。

「その通りです。お山にいないなら、下山を見逃しているか――」

登っていないかですねと云って敦子は立ち上がった。それからどうも有り難うございましたと頭を下げ、鞄から財布を取り出した。

「あら」

小母さんは青木を睨んだ。

「あんたさ。いいのかい。この人お代払おうとしてるじゃないか」

「え？」

青木はおろおろとした。

いいんですよと笑って敦子は小母さんにお金を渡し、二人分だけですけどと云った。

「おやま。まあ、サッパリした子だねあんた」

気に入ったようと小母さんは敦子の肩を叩いた。

「まあね、あたしゃ、何でもかんでも男が金出すって風潮は、本当は気に入らないでいたのさ。あれだろ。欧米《あちら》さんの猿真似なんだろ。でもさ、まあ見栄張りたいのかイイカッコしたいのか、払うのさ大抵男が」

青木は申し訳なさそうに首を竦めた。

「最近じゃ女の方がさ、払わないとムクれたり、払えと云ったりするの。不服そうにするのさ。お強請《ねだ》りするってなら多少は解るけどさ、当たり前と思ってるのさ。どう云う料簡なんだかねえ。でも、そんなだから心配したんだよう。こう云うのはね、まあ男だ女だ関係ないやね。割り勘割り勘——」

と、青木から勘定を受け取ろうとした小母さんは、あっと叫んだ。

「何です？」

「あんた。思い出したよ。あんたさ」

小芥子《こけし》に似てるよと云って、小母さんは膝を叩いた。青木は何だか、極めて残念そうな顔になった。

「あたしの連れ合いの弟がね、山形《やまがた》で小芥子作ってってさ。要らないってのに何度も送ってくるの。もう六つもあるの。その、困ったような笑ったような顔が似てるよ」

どっかで見たと思う筈だわ毎日観てるものさと小母さんはケタケタ笑った。

陥穽に向った。

青木はずっと残念そうにしていた。敦子に尋いてみたところ、青木は色色な人から同じことを何度も云われているらしい。最初に青木を小芥子に喩えたのは――多分――榎木津だったようだと云う話なので、まあがっかり感は相当に大きいのだろう。

茶店から壙までは二十分程歩く。たった二十分なのだけれど、コースからは外れているし、普通なら先ず行かない場所だろう。景色が良い訳でも何かがある訳でもない。

琵琶滝に行くポイントを越す。美弥子と歩いたコースである。

「是枝さんは、この辺からコースを逸れた感じですかね」

青木が云う。

「此処までの道程《みちのり》にはそれなりに目撃者がいるようですし。まあ、もっと進んで引き返したりしたと云う可能性もありますが――いずれにしても此処までの行程を辿《たど》る限り、道を間違えるようなことはあり得ないようですし――それ以前にこの道の他に道がないですよね。なら何処から紛れ込んでも同じことなのか」

「でも」

敦子は見渡す。

「天津さんの場合は、自殺する場所を探すために森の中を彷徨《ほうこう》したのかもしれないですから何処を歩いたのかは不明ですけど——是枝さんの場合は何らかの誘導がなければコースを逸れることはないと思いますけど」

「誘導か」

「それに、秋葉さんの場合は山歩きではなく参詣に来たのですから、より山に迷いこむ可能性は低いですよね。参道から逸れることは考え難《にく》い。是枝さんの場合は、本来ならこのまま山の中腹をぐるっと一周する予定だったんでしょうけど、秋葉さんは真っ直ぐお寺に行った筈です」

「お寺に行くのには、さっきの茶店から見えた門を潜って直進——ですか」

「浄心門ですね。是枝さんの進む筈だったコースもお寺の裏手を回って最終的には浄心門の処に行き着く筈ですけど」

そうですと美由紀は云った。

「そこん処にお腹が痛くなったか具合悪くなったかなんかした人がいたんですよ。美智栄さんを見知った」

「うーん」

青木は腕を組む。

「是枝さんの失踪と秋葉さんの失踪、天津さんの自殺、それぞれ同じ日の出来ごとだったとして、同時に発生した案件とも考え難《にく》いですかね。天津さんが、その、首を吊ったのが何時なのかも判りませんし」

判らないんですかと尋くと判らないだろうねと青木は答えた。

「解剖した訳じゃないからね。不審死だから検案はしたけれど、大まかなことしか判らない。解剖したとしても正確には判らないんだからね。死体の状態から見て、午《ひる》以降だろうと云う程度だね」

どれも時間帯はそう離れていない訳ですよねと敦子が云った。

「いや、秋葉さんは午前中に参拝しているものと考えられています。家を出たのはそれなりに早かったようで、寄り道をしていなければ十一時前には着いていたのではないかと」

「そうですか」

「天津さんは夜明け前くらいに家を出てるんですよね？」

美由紀が問うと、でも山に登ったのが何時かは不明だねと青木が応えた。

「ケーブルカーに乗ったのなら、始発は八時ですから、それ以降ですね。ただ、是枝さんと違って、天津さんは目撃者がいないんです。その日は今日なんかよりも人出が多かったようですし、取り分け目立つような恰好でもなかったんでしょうから、紛れてしまったのかもしれないですけど――」

目立ったと思いますと敦子が云う。

「山歩きの恰好でもないし、参詣するような恰好でもないですよ。どちらかと云えば軽装です」

「登山者ではなく参詣者なら軽装の者もいるんじゃないですか」

「軽装と云っても普段着ですよ。近所に買い物しに行く訳じゃないんですから、そんな服装でケーブルカーなんかに乗っていたら却って目立つんじゃないですか」

慥《たし》かに、今日もそれなりに人はいるけれど、カーディガンに裳裾《スカート》と云う出で立ちの人は見かけていない。

「徒歩で登ったのなら、自宅から此処までどのくらい時間が掛かるのか、それはちょっと判らないですしね。幾ら早く家を出たとしても、まあ——真っ直ぐに来たとして午前中と云う程度しか絞り込めないかなあ」

「秋葉さんはどうなんでしょう。さっきの茶店のご婦人は是枝さんとほぼ一緒だったと云ってましたけど、ケーブルカーなんかでの目撃者はいないのですか？」

調べてないでしょうねと青木は云った。

「訊き込みくらいはしてるのかなあ。しかし衣服が見付かったのは此処よりも下ですし、薬王院に参詣したのが間違いないのだとしても、下山はしているのだろうと云う判断でしょう。だから山狩りのようなこともしていませんよ」

「してないか」

敦子は森を見る。

「すると、天津さんが一番早く到着していた――可能性はあると云うことになりますよね。天津さんはお寺に行った訳でも山歩きコースを進んだ訳でもないですから、まあ、自主的に人気のない場所を捜して森に踏み込んで行ったのでしょうけど――」

美由紀も森の方に顔を向けた。

「それで偶々《たまたま》陥穽の処に行き着いて、そこを決行場所に選んじゃった――と、云うことですか？　不謹慎ですけど、上手い具合に枝振りの好い樹があったとか？」

それはどうかなと敦子は云う。

「私が天津さんなら、森に分け入るにしても、多少なりとも道らしきものがある場所から入るけど。此処まではそう云う感じのポイントはなかったでしょう。此処はそう云う意味で比較的踏み均されている感じがするんだけど――」

青木は丹念に地面を観ている。

「まあ、そう云う意味ではそうですね。でも足跡なんかは――もう、あるんだかないんだか判りませんね。普通は通らないような場所も、捜索隊が大勢で歩き廻ったんでしょうから」

「私達もこっから入りました」

美由紀は覚えている。

「樹と樹の間が少し開いてるのと、奥はもう森って感じですよね？　何と云うんですか、鬱《うつ》蒼《そう》としてると云うか。此処まではそうでもない感じですよ」

あっちなんですよね——と青木が聞く。そうです、と美由紀は答えた。

「助け出された時も此処からですよね？」

「そうだと思う。あの時は熊沢さんが何故か先導してて——」

「熊沢さん？」

金次さんよと敦子は云った。

「ああ、おかまの人の、金ちゃん」

それって女学生が使っていい言葉じゃないように思うと敦子に云われた。それを云うなら、そもそもお嬢様が使う言葉でもないだろう。

「あの人、物凄く心配してて。篠村さんは掛け替えのない親友なんです、って。そんな風に云ってくれる友達がいるって、少し羨ましい」

敦子はそう云うと森に踏み込んだ。青木が何とも云えない神妙な顔で続いた。

美由紀は少しだけ、自分の気持ちを考えた。

「矢っ張りこの道は——道じゃないんですけど、多少は歩き易い気がします。その上、美由紀ちゃんが云う通り、前方が拓けていないから——」

景色に見覚えはない。と、云うより何処も一緒である。

これでは何のために付いて来たのか判らない。

「ええと」

「こっち」

敦子は覚えているようだった。

暫く進むと、異様なものが見えた。

「あれ何です？」

「立ち入り禁止、と云う意味でしょうね」

少し後ろから青木が答えた。

「誰が落ちないとも限りませんから」

「はあ」

見れば壙の周りに何本か杭が打ってあり、縄が巡らされているのだった。危険と書かれた板を打ち付けた立て札のようなものも立てられている。工事予定地と云うか、私有地と云うか、神社かなんかの禁足地と云うか、そんな感じだ。

まあ、かなりぞんざいなのだが。

「お寺か警察が危ないと判断したんでしょう。実際危ないですから。呉さん達の件もあるし敦子さんからの通報もありましたからね。一応、地元の警察が検分してるんですよね。ただ、他の案件と関連付けて調べてはいないと思いますけども――あ、あの樹ですね」

青木は、壙の縁に聳《そび》えた大きな樹を示した。

見れば本当にすぐ傍《そば》である。太い枝は壙の真上まで張り出している。

「山桜《やまざくら》――ですか」

「ええ。思うに、あの枝に紐を掛けて壙の方に飛んだ――のじゃないでしょうか」

「え？」

じゃあ、傍と云うより真上ではないか。

美由紀はあの夜見上げた星を思い出す。

屍がそこにあったなら、星は見えなかったかもしれない。

「ホントですか？」

「ええ。山の中ですから、踏み台がある訳でもないでしょう。だからこの壙と枝は、ある意味でうって付けの」

そこまで云って青木は、いやこの表現は不適切だなと云った。

「亡くなられてる訳ですからね。しかしですね、あちら側――あの、切り立った方の縁ぎりぎりに立って、紐を投げてあの枝に掛け、輪を作って頸《くび》を通して、それで跳び降りれば」

「ううん」

その――丁度真下に美由紀と美弥子は並んで座っていたのである。

あ、と敦子が小さく叫んだ。

「その、自殺に使った紐は何処で調達したのでしょう？」

自宅にあったもののようですと青木は答えた。

「腰紐を何本か固く結んで使用したようです。いずれも天津家のもののようで」

「そう——ですか」

「ああ、まあ慥《たし》かに掘ったものですね」

青木は屈んで壙を覗き込んだ。

「この陥没と云うか斜面、こちら側は元元あったものの様ですが、あちら側は完全に掘ったものですね。此処で滑ったんですか？」

「滑ったんです。美弥子さんが。私は、まあその手を掴もうとして転げ落ちました」

能《よ》く怪我がなかったなあと青木は云う。

「美弥子さんは捻挫《ねんざ》しました。私が上に落っこったからかも」

「こちら側は丁度、滑り台のようになってるんですね。それで突然深くなっている。あちら側は垂直で、そうだなあ、三メートル以上はあるでしょうね。下の土が柔らかかったから良かったんでしょうけど——」

私は痛かっただけですと美由紀は云った。

痛かったのだ。

でも。

「本当に彼処《あそこ》に天津さんがぶら下がっていたとして、それを見付けた人が駆け寄ったりしたなら——堕ちてしまいますよね？」

「ん。そうだな。そうですね」

「こんな処にこんな穴ぼこがあるなんて思いませんよね。来た方角からは能《よ》く見えないですもんね、この壙。だったら、美智栄さんも、その秋葉と云う人も、首吊りを見付けて、慌てて近寄って、この壙に落っこちた——んじゃないですか」

「うーん」

青木は屈んだまま腕を組み、おまけに首まで傾げた。

「そうだ。序《つい》でに——序でにと云うか、葛城さんも落っこっちゃったとは考えられませんか？ 秋葉さんは兎《と》も角《かく》、葛城さんは天津さんを捜してたんだから、駆け寄りますよ。堕ちちゃったら、通報することも、遺体を下ろすことも出来ないですよね？」

「それは——まあそうだけど」

「で、壙の中で美智栄さんと葛城さんは服を取り換えた——違うなあ。葛城さんが美智栄さんの服を着て、それで秋葉さんが」

「服を脱いだ？ 何でだい？」

「ええと」

判らない。

「そもそも、その堕ちた三人は誰が壙から救出したんだい？　いや、それよりも先ず、この壙は何のために掘られたんだろう？」

「ですから、その、そう、女の子を捕まえるためですよ。って——違いますね」

美由紀は敦子を窺い見る。敦子は考えている。

「先《ま》ず」

「何です？」

「天津さんのご遺体を見付けて駆け寄ったと云うのは、ない話じゃないけれど、それが見える場所まで誰かに誘導されなくちゃ矢っ張り無理よね。山歩きコースから此処は絶対に見えない」

「あ、そうか」

「葛城さんに限っては、別だけど。天津さんを捜していたのならそう云うこともあるかもしれない。でも、他の二人は」

「無理か」

「無理なんじゃなくて、見える処まで連れて来られたのならばあり得る——と云うこと。二人とも山に分け入る理由は見当たらない訳だし。勿論、理由なんかなくても紛れ込んじゃうようなことはあるだろうから、偶然に見付けて壙に堕ちちゃうことだってあり得る訳で、だから決して無理なことではないの」

「じゃあ」

「ただ、連れ立って歩いていた訳でもない複数の人が連続して堕ちてしまうと云うのは、少しばかり考え難《にく》いことだと思うのね。それでも、この壙が誰かを拉致するために掘られたものだと云うことに就いては——そうなんじゃないかと思う」

そうですかあと、少し高目の声で云って青木は立ち上がった。

「そんなことして何になります？」

「それは判りませんけど、青木さん、他の用途思い付きます？　私は全く思い付きません」

「いや、しかし——誰か個人を狙った、と云うことじゃないですよね？　是枝さんも秋葉さんも、その日高尾山に登ったのは、謂わば偶然ですよね？」

「偶然と云うか、第三者が両者の予定を把握していたとは考え難《にく》いですね」

「誰でもいいならわざわざこんな山の中を選ばなくても良い気がしますけどね。攫うのが目的ならもっと好い場所があるんじゃないですか？　それに、こんな手間を掛けなくても」

「いや、多分」

此処じゃなくちゃいけなかったんだと思いますと敦子は云った。

「どう云うことです？」

「茶店のご婦人が云ってましたけど、この壙が完成したのは天津さんが亡くなる前日ですよね？」

「そうなりますね。掘り始めたのがいつなのかは判りませんが、少なくとも天津さんが亡くなった日にはもう出来ていた訳ですから――あのご婦人の記憶が確かなら、前日までそれらしい人達が作業していたらしいと云うことになりますからね」

「そうですよね」

敦子は壙を見詰める。

「どうしたんです？　何か思い付きました、敦子さん？」

「思い付くことなんかないよ」

「え？」

「知り得たことを組み合わせ積み上げて行くだけ。豊かな発想とか鋭い直観とか、そう云うものは私にはないから」

「そうですかね。私も概ね同じことを知ってるんだと思いますけど、組み合わさりもしないし積み上がりもしませんよ。頭の作りが雑なんですかね？」

そんなことないよと、敦子は微かに笑った。

「美由紀ちゃんは、嬉しいとか悲しいとか、沢山感情を持っていて、それで正義感もあって、しかも聡明。私は哀しくても辛《つら》くても――正しい方が好きなの。そしてどんなに好ましく思っても間違っているものは許せないのね。善悪好悪優劣に拘らず、筋が通っていないと許せない性分なのよ。それが悪いこととは思わないし、変えるつもりもないけど」

つまらない人間なのと敦子は云った。

「いやいや全然つまらなくないですけども。正しい方が良いに決まってるじゃないですか」

そうでもないよと敦子は云った。

「もしか、悪い予想――ですか」

「悪い予想は幾らでも出来るでしょう。前にも云ったけど、最悪の事態を常に予測しておけと云うのが兄貴の教えだし。だから予想とか、予測とか、そう云うのはね。いいんだ。でも、その良くない予想が補完されるような事実に辿り着いてしまうと、どうしようもなく厭になることもあると敦子は云った。

「面倒臭い女なのよ」

美由紀はそうとは思わない。ちらりと目を遣《や》ると、青木は悩ましげな眼差しで敦子を見ていた。それがどんな気持ちの表れなのか、美由紀には判らなかった。

敦子は壙の反対側に回り込み、山桜の大木を見上げた。

「あの枝――此処からじゃ判り難《にく》いですけど、随分擦《す》れてませんか？」

青木も慌てて敦子の横に立ち、背伸びして枝を眺めた。

「そうですかね。まあ、人一人の体重を支えたんだから」

「いや、荷重が掛かったと云うより、紐で擦《す》ったような感じがするんですけど」

「引っ掛けた後、こう扱《しご》いたんじゃないですか。強度を確かめるために」

青木は車を運転するような仕草をした。

擦《こす》ったり、磨いたりする動作のようだ。

「そうなのかな。それだけで木の皮が剝けるみたいになりますか？」

「そんなになってます？」

私が樹に登って見てみましょうかと云うと、それは止《や》めた方が良いよと異口同音に云われた。

「堕ちるよ」

「意外に身軽ですよ」

「いや、そうかもしれないけど、呉さんまた壙に落ちたらどうするんだい。滑落じゃないから、今度こそ怪我するだろう」

「あ、そうか。下は壙か」

青木は体を傾けたり爪先立ちになったりして枝を観察し、まあ慥《たし》かにそんな感じに見えますかねえと云った。

「どう云う――ことでしょう」

「現場の写真なんかはない――ですよね」

「最初から自殺扱いですからね。ただの変死なら撮りますけど、どうかなあ。ないと思いますけど」

敦子はそうですよねと云い乍《なが》ら、こんどは自分の足許を見た。

「かなり踏み固められてますね」

「下ろす時に何人も来てますしね。捜索の人達も検分の警官も来てますから。そうそう、壙を掘った時に出た土は——あっちの方に積んで、踏み均したみたいです。上から枯葉なんかを撒いて隠したようですが、まあ、見れば判ってしまう。柔らかいですから足跡も沢山残ってます。でも、此処は元元の地面だから、そんなに柔らかくないですし、ご覧の通り枯葉やら枯れ草を敷き詰めたみたいになってますから、足跡なんかは——」

あれ、と云って青木は前屈した。

「これ、かなり深い靴跡だなあ。ご遺体を下ろす時に付いたのかな？」

「捜査員の方の靴跡ですか？」

「いや——どうだろう。まあ、やや特徴的な靴ではありますね。兵隊靴かなあ」

美由紀も回り込んで、敦子の後ろから覗いた。抉《えぐ》れているという感じだ。

「作業は地元の消防団なんかにも頼んだんだろうから——いや、そう云う連中は大体長靴なんですけどね。それに一つだけと云うのは多少変ですかね。下ろすにしても複数で作業するでしょうし。此処、足場も良くないし、ご遺体が破損したりしないように慎重に作業した筈ですからね。それに下ろす段階では他殺の可能性だって未《ま》だ——あ、いや、まあ足跡自体は複数あるなあ」

敦子も屈みこむ。

「これは多分、益田さんの足跡で、こちらは熊沢さんのものだと思います。私達は、その山桜——あの日は夜だったから全く何の樹か解らなかったんですが、その樹にロープを結び付けて、篠村さんと美由紀ちゃんを引っ張り上げたんです」

「引っ張り上げて貰いました」

「あの時は——そうですねえ、熊沢さんは結構踏ん張っていたけど、でも——矢っ張り熊沢さんの足跡も、この靴跡より深くはないですね」

そう云えばそうだった。

「生きた人間と違って、死体は動かないから重いですけどね」

重さ変わらなくないですかと云うと、美由紀ちゃん自分で登ったじゃないと云われた。

「土に捕まったり脚を掛けたりして、登ろうとしたよね。死体はそう云う動きは一切ない訳だから、重さ自体は変わらなくても——」

敦子はそこで言葉を止めて、そうか、と呟いた。

「何がそうか、ですか」

「生きてても動かなきゃ重いか。美由紀ちゃんより脚を傷めていた篠村さんの方が引き揚げ難《にく》かったのはその所為か」

まあ、体重はほぼ変わらない気がする。

もしかしたら背が高い分、美由紀の方が重いかもしれない。いや——美弥子は華奢《きゃしゃ》だからきっと美由紀の方が重い。

まあ能《よ》く見ると足跡はそれなりに残ってますねと青木は云った。

「ありますけど、どれも浅いし、この、深い靴跡の上にあるように見えますね。勘違いでなければ、この靴跡の方が先に出来ていて、他のものはその後から出来たと云うことじゃないでしょうか？」

「そうなるだろうけど、それが何か意味のあることなんですか、敦子さん？」

「ええ。もしかしたら——それ、迚《とて》も意味のあることじゃないかと思います。青木さん、この壙ですけど、細かく調べればまだ何か見付けられると思いますか？」

「何かって——」

「例えば掘った道具が特定出来るとか、そう云うことです」

「鑑識を入れれば何か出るには出るでしょうけど、出ても細かいものでしょうし、期待は薄いですよ。掘り痕でも残っていれば掘削具の特定くらいは出来るかもしれませんが——でもご覧の通り捜査員や何やらが踏み荒らしてますしね、壙の中も」

「私も荒らしました」

美由紀は手を挙げた。

「ポン菓子も食べたので溢《こぼ》れてます」

「そうですね。私達もどたばたしたし。天津さんが亡くなった時の状況が保全されていると は到底思えないですね。そうすると――もう、これ以上此処を観察しても仕様がないのかな」

もう全部観たと云うことですかと問うと、見落としは山のようにあると思うと敦子は答えた。

「具《つぶさ》に観ればもっと発見はあるんだろうけど、それが欠けている部分を埋めるものになるかどうか。勿論、どんなことでも事実を補強するものにはなるんだろうけど」

全体の形を見極める方が先と云う気がすると云って、敦子は立ち上がった。

その後――秋葉登代の衣服が落ちていたと思しき辺りまで徒歩で下《くだ》ってみたのだが、大きな発見はなかった。美由紀はそのまま歩いて下山するのかと思っていたのだが、駅まで戻ってケーブルカーに乗った方が速いと云うことになり、少しだけ登った。結構歩いた気になっていたのだが、実はそんなに下っていなかったのだろう。

麓に到着したのはもう午後だった。美由紀は、その時点でかなり空腹だったのだけれど、新宿で誰かと待ち合わせをしているのでそこまで我慢しろと云われた。

移動中、敦子はずっと何かを考えているようだった。

美由紀は主に青木とどうでもいい話をしていたのだが、美由紀が気にする以上に青木は敦子のことを気にしているようだった。

待ち合わせの場所と云うのは、再会《さいかい》と云う名前の喫茶店だった。

美由紀は喫茶店と云うものに入店したことが一度もなかったから、正直に云えば昂揚《こうよう》した。美弥子に連れて行かれた何とか云うパーラーに入った時よりも緊張した。銀座の高級店は現実と乖離《かいり》し過ぎていて、文字通り現実感がなかったのだが、こちらは地続きである。

何処となく背徳感を感じてしまうのは校則で禁じられているからだろう。保護者同伴なので問題はないのだが、それでも大人びた気分にはなる。

と、云ってもテーブルも椅子もその辺の食堂と大差はない。多少微暗《うすぐら》いのが大人っぽさを感じさせる原因かもしれない。

待ち合わせの相手は、一番奥の席にいた。

「うへえ」

先に着いて待っていたと思しきその人は開口一番そう云った。どうやら一時間ばかり待たせてしまったらしい。テーブルの上には、皿やらカップやらが載っている。

「こりゃまた両手に花じゃないですか。青木さん羨ましいなあ」

青木は苦笑した。

「随分遅れてしまった。申し訳ない」

「構いません。僕ァスパゲッティをガツガツ喰って珈琲をガツガツ飲んでた訳で、要はサボタージュですから問題ないです」

「ガッガツ飲むって――」

「いやあ、僕は口に入るもんは何でもガツガツ行くことに決めてるんですよ。あ、そちらが噂の呉美由紀さんですか」

「はあ」

大きな犬のような人だ。

「僕は女学生が決して接触してはならない、いかがわしい業種のおじさんです。本当はお兄さんなんですが、まあ呉さんから見れば確実におじさんでしょうな」

鳥口さんよと敦子が云った。

「どうも。『月刊實録犯罪』の鳥口守彦です。健全な少年少女は決して読んではいけない雑誌を偶《たま》に出しています。もう廃刊《つぶ》れそうですが」

「私――」

噂の、なんですかと尋くと、噂は主に益田君がしてますねと鳥口は云った。益田のことであるから何を云っているのか知れたものではない。どんな噂かと尋くと、概ね褒めてるのでご心配なくと鳥口は答えた。

「概ね、なんですね」

「概ねのことは、まあ概ねですね。あ、何か注文してください。僕はもうガツガツ行きましたから平気です」

鳥口が食べていたと云う、スパゲッティと云うものを頼んだ。ガツガツ食べられるものなのか、興味があったのである。

注文品が届くまで、鳥口は美弥子の破談になった婚礼の話を面白可笑しくしてくれた。鳥口はどうやらその現場に居合わせたらしい。榎木津と、そして金ちゃんがかなり大暴れをしたのだそうだ。でも最終的に駄目男をブッ飛ばしたのは、他ならぬ美弥子だったそうである。

「大したお嬢様ですなあ。あんな京雛《きょうびな》みたいな顔して、ボカン、ですわ。で——」

調べましたよと鳥口は云った。

「僕ァこちらの青木さんと違って後ろ暗い業界が長いし、品行方正でもない訳ですね。従って話半分に聞いて戴きたいですが。情報提供者がまた公序良俗に反してまして、あることないこと喋るんですよ。なので全部鵜呑みにゃせんでください。まるごと受け止めるなァ、やや危険です。で、天津家の話ですね」

そうですと敦子は云う。

「まあ、あんまり褒められたこっちゃあないんですが、興味本位の屑《くず》野郎と云うのは、この業界じゃあ思いの外《ほか》多いもんでして、その、同性での色恋なんてものは、恰好の餌なんですわ」

困ったものですと鳥口は云った。

「そこで、連中はそれこそあることないこと、あっちこっちから根掘り葉掘り聞いて来る訳ですよ。まあ、僕はそちら方面には極めて寛容で、だからナンだと思う訳ですけども、どうもねえ。ああ云う連中は、あれ、どうなんですかね」

「どうって？」

「下世話に好きなんですか。それともそう云うのが許せないんですか。放っておけばいいんじゃないですかね。迷惑掛かる訳でもないのに。何故にそんなに知りたがるのか。でもってどうして過剰に反応すンですかね？」

自分と違うものが許せないと云うのはあるのかもしれませんねと敦子は云った。

「肯定してしまうと自分が否定されてしまうように思うのじゃないでしょうか。それは、勘違いなんですけどね」

「なる程」

「で、肯定しないまま、無理矢理に自分の価値観に引き寄せるから、下世話な興味みたいになっちゃうと云うような気もします」

男は駄目ですなあと、鳥口は云う。

性別関係ないですよと敦子は云う。

「私も、充分に理解はしているつもりなんですけど、全く蟠《わだかま》りがないのかと云えば、それはない——と、断言することが出来ないです。突き詰めて考えれば多少不安になりますよ」

どうも敦子さんは真面目過ぎますなあ、と鳥口は呆れたように云って、それから横に座っている青木をちらと見て、青木さんも真面目だからなあ、と続けた。

「真面目の双璧ですよ。これだと僕が不真面目に見えちゃいますけど、錯覚ですよ呉さん。僕ァ至って凡庸、標準的ですからね。そんなこたァどうでもいいんですけども。それで、天津さんですね。ええと天津家の先先先代ってのは薩摩藩士で」

「寸暇《ちょっと》待ってください。先代じゃなくて、先先代でもないんですね？」

「そうです。亡くなった天津敏子さんのお祖父《じい》さんの、お祖父さんです。曾曾祖父《ひいひいじい》さんですな」

そこから始めるんだと美由紀は思った。

「これが、武士と云ってもそんなに偉かった訳でもないようで、でも下級って程でもないと云う、半端な身分で。もう少し偉ければ政治家にでもなってたんでしょうが、そこまでじゃないですな。この先先先代は明治維新の頃に丁度二十代半《なか》ばの軽輩だった訳です。つまり身分も半端なら年齢も半端」

「半端ですかね。身分は兎《と》も角《かく》、二十代なら立派な侍なんじゃないんですか？」

「そうですか？　半端でしょう。西郷《さいごう》さんだってご一新の時は四十くらいでしょ。有名な勤王の志士とかって、まあその当時三十代くらいじゃないんですか。と、云う訳で、ご一新の際にも大して活躍はしてないんですけども、一応官軍ですわ」

「官軍に一応も何もないのでは」

「いや、隊列の最後尾で大筒《おおづつ》のケツ押してるのが精精って感じだと思います。これが、幕藩体制が瓦解してからも、まあ功績はないものの自尊心《プライド》だけは高いてえタイプで——いますでしょその手の親爺」

いますねと青木は云う。

「で、そう云う厄介なお父《と》っつぁんに育てられたのが、文久《ぶんきゅう》元年生まれの先先代。これが日清日露《にっしんにちろ》戦争で活躍した軍人なんですな。活躍したと云っても兵隊ですわ、兵隊。雑兵《ぞうひょう》。乃《の》木《ぎ》将軍なんかたぁ格が違う訳ですが。こちらも二《に》百三高地《ひゃくさんこうち》で大砲のケツ押してる類いだろうと思いますがね」

偉くはないんですよと鳥口は云った。

「でも偉ぶってたんでしょう、相当に。その元武士に育てられた軍人に育てられたのが、亡くなられた敏子さんのお祖父さん——天津家先代当主と云う訳ですな。これが御齢《おんとし》七十歳のご高齢。明治十七年生まれです」

「そうか。お祖父さんが武士、って訳じゃないんですか」

云ってから何と云う馬鹿な発言だろうと美由紀は思った。そんな訳はないだろう。

どうも、美弥子の話を聞かされていた所為で、恰《あたか》も武士が現代にも生き残っているかのような錯覚をしていたのだろうと思う。

美弥子は、武士は駄目だ武士は駄目だと繰り返していたのである。

「いやあ、武士は――ほぼ死に絶えてると思いますけどねえ。ただ、まあ武士に育てられた軍人に育てられた人、云ってみりゃあ武士擬《もど》きですかな。それが、そのお祖父さんですな。天津宗右衛門《そうえもん》と云う方だそうで」

「武士擬き――ですか」

青木が厭そうな顔をした。

「その人も軍人なんですか」

違いますと鳥口は即座に否定した。

「どちらかと云えば小振りな政商――と云ったところですかね。軍需で儲けたって口ですかなあ。中央とは癒着《ゆちゃく》してなかったようですが、藩閥《はんばつ》を利用して、あちこち小口で稼いだんでしょうかね。まあ、親子二代でそんな感じですよ。戦後は土建業で儲けたんですわ。復興の波に乗ったつうことで。息子の方――敏子さんのお父さんですがね、この藤蔵さんと云う人は、だからまあ土建屋ですね」

と、云うのがバックボーンですと鳥口は云った。

「で、まあ敏子さんですが、これは天津家数代目にして初めて生まれた女の子で。藤蔵さんは大いに可愛がった」

「父娘《おやこ》の関係は良くなかったと聞きましたが」

敦子が問うと、いやいやいやいやと、鳥口は手を振った。

「そりゃ最近のことでしょうな。そりゃもう猫っ可愛がりだったようですよ、お父っつあんは。ずっと。まあ最近はいけなかったようですがね」

「ええと、お祖父さんは？」

「そっちは最初っから、微妙です」

「微妙？」

どう云うことですかと青木が問う。

「まあ孫ですからね。可愛くないなんてこたあないんでしょうが、要は女じゃ嫡子《ちゃくし》とならんと云うことですよ」

はあ、と青木は溜め息を吐《つ》いた。

「跡嗣ぎ問題――ですか」

「何なんでしょうなあ、あれは。何か継ぐにしたって、男だろうが女だろうが関係ないだろとか思うのは、僕が生え抜きの町人だからすか？　町人根性ですか？　それとも、僕が子供にゃ嗣がせられんような下衆《げす》な仕事してるからですかね」

その感覚が普通なんだと思いたいですよ、と青木は云う。

「深く考える人は少ないですが、問題は根深いんだと思いますけどね」

町人も武士もなくなった筈なんだけどねと青木は残念そうに続けた。

「四民平等になったと云うより、寧ろ、みんな武士擬きになろうとしてると云う感じさえしますよ。最近じゃ、その生え抜きの町人らしき家まで、跡継ぎだ嫡子だと云いますから」

商家はまた別でしょうと敦子が云った。

「身代を嗣がせたいと云う――」

「女性でも財産は相続出来るじゃないですか」

「財産だけじゃなく総《すべ》てを引き継ぎたいと云うことですよ。血縁者に財産だけでなく利権や地位を相承したいと云う感情は理解出来なくもないですし、それは昔からあったことだとは思いますけど――明治の制度改革以降、より顕著に、更に歪《いびつ》になったと云う気がします。昔は女主人《あるじ》もいたし従業員が経営者に取り立てられたりしていたと思うんですけど。血縁の男子に拘泥すると云う風潮は、青木さんの云う通り武家作法の残滓《ざんし》かもしれません」

青木は表情を険しくする。

「そもそも僕は一部の業種を除けば、世襲と云う在り方自体に疑問を持ってます。刑事の子だから刑事に向いているなんてことはないし、親が誰でも、女性だって、刑事に向いている人はいる」

「そうですな。蛙の子は蛙なんて謂いますが、蛙も色色ですし、雄も雌も蛙は蛙ですし。雄ばかり有り難がるてのは解らんですよ。でも、宗右衛門さんって人は、雄しか認めなかったんですな」

面倒臭い爺様ですわと鳥口は云う。

「なもんで、藤蔵さんの奥さん——敏子さんのお母さんですが、この人、もう朝から晩まで跡取りを産め、男を産めと責め立てられてたようですな。宗右衛門さんに。でもこればっかりはねえ、授かりもんですから思い通りにはなりませんや。そう上手くはいかんでしょ」

産み分けは無理ですよと青木が云った。

「不妊で悩んでる人も多いんですからね」

「ですわなあ。ところが、そうこうしてるうちに第二子をご懐妊した訳です。しかし喜びも束の間、これが不幸なことに死産、奥さんも亡くなってしまったんですよ」

「まあ」

「宗右衛門さんはですな、嫁さんの葬式上げる前から後添《のちぞ》えを貰えと云い出したらしい。その辺、かなりその、蒸気が出てる」

「常軌を逸してる、と云うことですか？」

「敦子さんは呑み込みが早いので助かりますな。まあ実際頭から蒸気出てたって気もしますけどね。まあ、兎に角、この爺様の評判と云うのは頭が硬い古臭い、厳格だ、頑迷だ、尊大だ居丈高だって、聞こえて来るのはそう云う話ばっかりですよ。世代の所為にはしたくないですけど、どうしてまあ、こうなんでしょうなあ」

「それで後妻は貰ったんですか」

「それが、藤蔵さんは厳格な爺様の命令を拒否したんだそうです。こりゃあ珍しいことだったようですね。子供の頃から絶対服従と云う感じだったようですから、余程のことがあったんでしょう」

「父親に忤《さから》った——んですか？」

「そのようですなあ。どう云うご心境だったのかは知る由《よし》もないですが、藤蔵さん、それ以降、ずっと寡夫《やもめ》のままです。で——まあ相当悶着はあったようなんですけどね、でも、こうなったらもう、婿養子ですね。婿養子。もう爺さんホントに頭から湯気出して婿養子選びですよ。敏子さんがまだ六つくらいの時分から、縁談縁談また縁談——」

「六つって」

「相手も八つ、とかなんでしょうかね。こりゃあまあ、何と云いますかねえ、どう上手く纏まったところで本人無視ですわ。親が決めた許婚《いいなずけ》って——僕なんかにゃあ古臭く感じられますけども、どうなんでしょうなあ」

未《ま》だ未だあるようですけどね、と青木は云った。

「昨今じゃ見合いまで前時代的だと云う人がいるようですけどね、見合いの場合は決定権は当人同士にあるんだから、まだ民主的でしょう。意に沿わなければ断れるんだから」

「何度か断った口ですな、青木さんは。まあそう云う家庭環境で、敏子さんは育てられたと云う、これがこれまでの経緯」

で、と云った後、鳥口は呉さんまだ食べますかと尋いた。

「え？」

「この店、実はショートケーキがあるんですわ」

「それ」

鳥口さんが食べたいのでしょうと敦子が云う。

バレましたねえと云って鳥口は食べましょうよと美由紀に云った。

「どんなものか知らないですよ」

「まあここんとこはおじさんの奢《おご》りです。ご相伴ください。それから呉さん、口の周りにケチャップのようなものが付いていますね」

慌てて手で拭おうとして、ハッと気付いて半巾《ハンケチ》を探したのだが、その前に敦子が紙のナプキンを呉れた。

「扠《さて》——これからが現在の話です。敏子さんはどうやら進学を希望していたらしいんですがね、そんな家庭環境ですからね。勿論却下。女が勉学するなんて以ての外、無駄の極みてな具合で。で、その代わりに敏子さん、お茶やらお華やら、所謂《いわゆる》花嫁修業をさせられていたんですよ。花嫁ってのは修業しないとなれないもんなんですかね？　修業って、印度《インド》の坊さんとか剣豪とか、そう云うもんすか花嫁さんてなァ」

花婿修業ってのは聞きませんからその時点で不公平ですなと鳥口は云った。

「僕は職業柄多少は不謹慎ですが、こう云う偏った世の中は必ず崩れると思いますわ。それはそう思いますわ。女性の社会進出はどんどん増えるでしょうし、ならおさんどんは男もすべきです。そう思いませんか青木さん」

「僕ですか。いや、それは正論だと思うけど——中中そうはならないと云う予感もしますけどね。武士擬《もど》きはしぶといですよ」

しぶといんですと鳥口は云った。

「敏子さんとお相手の葛城さんが知り合ったのは華道のお教室らしいです。ご存じでしょうが、葛城さんってのは信用金庫にお勤めの、BGですな。敏子さんは職業婦人に強く憧れていたようで、まあそのあたりを契機《きっかけ》に親しくなった訳ですが——」

鳥口はそこで美由紀を見た。

「ええと。まあ、その、少しばかり親しくなり過ぎた訳ですよ。うーん」

「どうしたんです？」

「言葉を選んでます。これは、性別やなんかは関係ない煩悶でですね、未成年の前ですから、まあ同業の連中の表現は相当えげつないもんで——」

気にしないでくださいと云ったのだがそうも行きませんと云われた。

「あ、まあその、そうだ——心も体も強く引き寄せ合ったと云いますか」

敦子が苦笑いをした。

「お二人の関係に就いては美由紀ちゃんもある程度諒解していますから、詳しく説明しなくても結構ですよ」

　助かりますと云って鳥口は狭い額を拭った。

　どうやら鼻が尖っているから犬っぽく見えるのだと美由紀は気付いた。

　そして美由紀は是枝美智栄を思い出した。彼女も、ワンちゃんと呼ばれていたのだ。

「で、まあそう云う間柄になって、ええと、丁度二年くらい――ですね。最初の一年は仲の良いお友達程度で。でもって、そこで爺さんですよ。養子縁組みの件ですわ。これもう十五年くらい執拗《しつよう》に云ってる訳ですが、どうも上手く運ばない。敏子さんも二十歳を過ぎてますから、もう後はない。って、全然平気だと思うんですが、昔風に考えりゃこれはもう年増なんですわ」

　なら私は大年増ですよと敦子が云う。

「いや、そりゃ、ですからそうじゃないって話してます。ほら、江戸時代なんかだともう十二三歳で嫁に出されたりしてた訳でしょう、武家は。その感覚なんです。時代錯誤と云いますかねえ」

　それは慥《たし》かに武士擬きだねえと、青木が云った。

「警察にもその手の人がいますけどね。告白するなら、苦手ですよ。軍隊時代を思い出します」

「青木さんは海軍でしょ。僕ァ歩兵ですからね。歩いた記憶と、壙掘った記憶しかないです。まあ、それでですね、爺さんが縁談を強要するんですが、敏子さんにしてみりゃそんなもんは受け入れられません。婿娶《と》れ厭ですの押し問答の結果、まあ敏子さんは疲れ果てて、お父さんの藤蔵さんに告白した訳です。好きな人がいる、と」

「藤蔵さんに？」

「そのようですな。ま、周辺からの聞き込みの又聞きですからその辺のところは話半分ですよ。で、自由恋愛でもこりゃ相手次第で問題はないとお父っつあんは判断した。佳《い》い人かもしらんでしょうに。それでですな、まあ場合に依っては爺さんに話してやるから相手を教えろと――まあこの辺はそれ程珍しい展開ではないです。しかしですな、その」

「その相手は同性だった――と云うことですか」

そうなんですよと鳥口は眉毛を八の字にした。

「まあ、驚きますかね。一般的には」

「現状、すんなり受け入れる人の方が少ないでしょうね」

「受け入れないとしても、吃驚《びっくり》するとか困惑するとか、説得するとか、まあ、こじれて喧嘩くらいはするかもですがね。そんなもんですよね、一般は。どうしても受け入れられない場合は、まあ断絶するようなこともあるかもしれんですが。それだって、精精、勘当したり家出したりする程度ですわ」

「違っていたんですか？」

「天津家の場合は、お父っつあんはまあその程度だったんですがね、爺様は違った」

「違うって？」

「そんな不届き者は成敗する――です」

「成敗？」

「ですからそのまんま成敗ですよ」

「危害を加えようとしたとでも？」

「危害と云うかですね――日本刀持って追い掛け回される敏子さんを何人もが目撃してますな。ま、理由は知らなかったようですが、爺さんは本気だったと、皆さん云ってるようですね」

「それは云うことを聞け、云う通りに結婚しろと云う脅しなんですか？」

「いや、最早そう云う段階は終わってたようですね。だから、脅してるとか怒ってるとか云うのではなくて、人として認めない、だからブッ殺すと云う感じですね」

「殺す？　孫娘をですか？」

「はい。本当に殺そうとしてたようですよ」

「本気でですか？」

敦子も信じられないようだった。

そんなことは——あるだろうか。

自分と考え方が違うから認めない、認められないから殺してやる——そんな馬鹿な話はない。それでは美弥子の云っていた、偽物の天狗だ。

理解するための努力もしないいし、理解して貰おうともしない。

考え直すことも一切しない。

いや。

考え方ではないのか。生き方なのか。存在——と云うことか。

「宥《なだ》めても宥めても、沸沸《ふつふつ》と沸き上がるんですね、怒りが。爺さんに。どんな理屈か道徳か知らんですけど、実の孫がそんなに憎いですかね。いや、憎めますかねえ。と云うか、祖父にそこまで憎まれたんじゃ、かなり傷付きますよ」

「それは——そうね」

敦子は顎に人差し指を当てた。

「天津さんはそれで自殺をした——と云うことなんですか？」

そう思いますと鳥口は云った。

「悲恋の末とか、昭和女心中とか、そんな記事もありますけどね。違いますよ。肉親からそこまでされたら、どうですか」

美由紀は考える。

美由紀にも祖父はいる。美由紀は祖父が大好きだ。

その大好きな祖父が、美由紀を嫌ったとしたらどうか。

いや、ただ嫌うだけではなく、殺そうとしたりしたなら。

そんなのは——厭だ。

考えただけで胸が詰まる。

でも、だからと云って美由紀は自分で死のうなどと考えるだろうか。

そこは今一つ判らない。勿論、生きていられない程に辛《つら》いことと云うのはあるのだろうし、そう云う境遇の人に対して、何も死ぬことはないだろうなどと云う薄っぺらい言葉を吐いたところで届く訳はないだろうくらいのことは、予想出来るのだけれど。

それでも、美由紀は今のところ自ら死を選ぶ人の気持ちが、能《よ》く判らない。

美由紀が子供だからかもしれないし、そこまで熾烈《しれつ》な境遇になったことがないからかもしれないのだけれども。

いや、美由紀は、年齢《とし》の割にはかなり過酷な体験をしている訳で、要するに単に楽天的な性格だと云うことなのかもしれないけれど。

これはねえ、と鳥口は続けた。

「辛《つら》いですわ。ただ肉親に疎《うと》まれて辛《つら》いてえだけじゃないですな。まあ、それでもってそのまま殺されちゃったりしたら、爺さんは殺人犯ですわね」

それはそれで——辛いように思う。別な意味で。

「殺されるのは勿論厭でしょうけど、肉親が殺人者になるてえのも、まあ厭でしょうな、一般的には。それに、それこそ家名に傷が付くことになる訳でしょう。なら、そうなる前に死んでしまおう、いや、祖父のような立派な人があんなに激怒するくらいなんだから、こりゃ自分の方がおかしいのだろう、そんな自分は消えてしまった方が良いと——まあ、そう云う感じだったんじゃないかと、こりゃまあ、多少は僕の推測が雑じってますが。寧ろ、恋人を失って悲嘆に暮れたのは、葛城さんの方じゃないかと思う訳で——」

「天津宗右衛門さんは、本当に殺意を持っていたんだと、鳥口さんは思いますか」

敦子はそう尋いた。

「思いますね」

「真実、敏子さんを殺害しようとしていたんですね」

「そうだと思いますな。正直に云いますと、狂気の域に達していたと——これはご近所の人や何かに聞いたんですが。手加減してる様子もないし、お仕置きだお説教だと云う様子でもない。死ね、死んでしまえ、殺してやると云って、だんびら振り回すてえんですから、冗談じゃ済まないですよ。実際、止めに入った若い衆が二三人ばかり怪我してるようですからね」

「若い衆——と云う感じの人達がいるんですか?」

土建屋ですからねと鳥口は云った。
敦子の表情は山にいた時よりも硬くなっている。
美由紀は折角のケーキの味も全く判らなかった。

6

「高慢な仰《おつしや》りようですわね——」

美弥子は怯《ひる》まない。

毅然とすると云うのはこうした態度のことなのだろうなと美由紀は思う。

一方、敦子は少し離れて黙している。成り行きを観察しているのだろうか。極めて沈着冷静に。

美由紀だけが中途半端な立ち位置である。

天津家の大広間——なのだろう。床の間には鎧だか兜だかが飾られていて、その前に禿頭《とくとう》で鷲鼻《わしばな》の老人が座っている。和装で姿勢が良い。でも、それはそうだと云うだけで、座っているのは鬼でも蛇でもない、至って普通の老人である。凡《およ》そ実の孫を殺そうとするような人物には見えない。

「何だその口の利き方は」

老人は、ごく普通の口調でそう云った。

「わたくし、平素から口の利き方には気を付けているつもりでおりましたが、何か非礼なもの謂いでしたでしょうか？」

「小生意気な」

老人は矢張り押さえた口調でそう云った。

「身の程知らずとはこのことだ。女の分際で男と対等に口が利けるなどと思う、その時点でもの知らずの恥知らずだろう」

「対等でないと仰せなら、その理由をお伺いしたいですわね」

「理由だと？　莫迦《ばか》らしい。そんなものはない。要らん。そんな当たり前のことも判らんのか」

「理由のない決まりごとなど、この世にはございませんわ」

浅はかなことを――と、老人は吐《は》き捨てるように云った。

「犬が犬であることに何か理由があるか。犬に生まれ付いたものは何の理由もなく犬だわ。それと同じことだ」

「女は生まれ付き卑しい、とでも仰せですか」

「くだらんことを尋《き》くなッ」

老人は漸《ようや》く語調を強めた。

「女は女だろうが。己が何のためにいるのか考えてみろ。何が出来るか考えてみろ」

何でも出来ましてよと美弥子は云った。

「自惚《うぬぼ》れるな。女に出来ることはただ一つ、子を産むことだ。それ以外、お前達なんぞに何の意味があるか。それとも何か、子守だの飯炊きだの自慢しよるか。そんなもんは使用人がおれば済むことだわ」

「な――」

美弥子は絶句したようだった。

老人は見下す。

「子も産まず、男を守《も》り立て家を護ることすらろくに出来んようなもんに生きる価値などなかろう。違うか」

「年長者と思えばこそこれまで言葉を慎んでおりましたが、もう我慢がなりませんわ。貴方《あなた》こそ――」

「黙れ黙れ。黙らんか。耳が腐るわ。帰れ帰れ。代議士の紹介だと云うからこうして時間を取ったが――女子供の戯言《たわごと》に付き合っておる暇などない。代議士と云っても、どうせ成り上がりの町人風情であろうしな。とんだ」

時間の無駄であったわと老人は手許の鈴を振ろうとした。

「お待ちください」

何か云おうとする美弥子を押さえるようにして敦子が発言した。

「私共はそうしたお話をしに参った訳ではありません。仰せの通り、女子供ではございますが、ことはこの天津家の家名に関わることでございます。ご不快でしょうが少しばかりのお時間を戴けませんか」

「家名？」

ふん、と老人は鼻を鳴らした。

「そんなものは既に地に落ちておるわ」

老人は鼻梁の上に皺を刻んだ。

「天津の家名など疾《と》うの昔に汚辱に塗れておる。女同士で連《つる》み合うような恥知らずが家系から出たと云うだけでな。都合良く死んでくれたからまだいいようなものの——」

「貴方ね」

「篠村さん」

敦子が首を微《かす》かに振って制する。

美弥子は何かを腹一杯に呑み込んだ。

敏子さんが亡くなって御前《ごぜん》はどう思われましたかと敦子は問うた。老人は眼を細めて、吐《は》き捨てるように云う。

「あんな畜生は死んで当然だ。それこそ家名に泥を塗りおって」

「何故——泥は塗られたのでしょう」

「何だと？　莫迦か貴様は。何度も云わせるな。それは――」

そうではないのですと敦子は云う。

「御前が同性の恋愛を好ましく思われていらっしゃらないことは、私共も充分に承知しています」

「わ、儂《わし》が思うておる？　莫迦も休み休み云え、この愚か者。儂がどう思うかなど関係ないわ。それは乾坤《けんこん》の間の理《ことわり》、人の世の常識ではないか。え？　何だ？　女同士で情を交わすだと？　汚らしい。そんな愚劣なものは看過すること敵わんわ。そう云う理に反し常識から外れた連中のことを亡国の徒と云うのだ。違うかッ」

老人は正面を向いて云う。

敦子は美弥子を牽制するかのように斜め後ろから云う。

「御前のお考えは承りました。私は軽輩ですし勉強不足ですから、そのご意見が自然科学的に、或いは社会学的に正しいのかどうか、人の理であり世の常識であるのか否かを、この場で判断することが出来ません」

「そんな当たり前のことも判らんのか。なら話すことなどない。どうせ聞くに堪えぬ妄言を垂れるのであろう。そんなものは聞くだけ無駄だ。身が穢《けが》れる。帰れ。さっさとこの家から立ち去れッ」

お耳汚しは承知の上ですと敦子は云った。

「お怒りを買うだろうことも覚悟しております。とは云うものの、私はこの場で御前のお考えに異を唱えるつもりはございません。私共はそのようなことをしに参ったのではないのです。御前の仰《おつしや》る通り敏子さんが理に反し常識から外れた亡国の徒であるならば、そうだとして――そうであるなら」

それは隠されるべきこととなるのではないですかと敦子は云った。

「少なくとも御前のお立場、誇り高き天津家の家名を考慮するならば、第三者に対して喧伝すべきような事柄ではない、と愚考致します。それが――世間に知れ渡ってしまったのは何故ですか、とお伺いしております」

「何？」

「是非は棚に上げておくとして、いずれにしても裡裡《うちうち》のことではありませんか？　他人が知り得るようなことではございません。ご当人である敏子さんもお亡くなりになっているのですから、敢えて公言しない限り広まることもなかったでしょう。心なき者からの故人への中傷を防ぐためにも、秘すべきことではあったかと」

「そんなことは」

云われいでも解っておると、老人は辱辱《にくにく》しげに云う。

「それは、あの下劣で口祥《くちさが》のない下賤な連中が喧伝しよったからだ。雑誌だの何だのに書き散らしよっただろう」

「その下劣で口祥のない連中は、何故そのことを嗅ぎ付けたのでしょうか」

「そんなもの――」

誰が漏らしたのですかと敦子は問う。

「漏らすも漏らさんもないわ。他人の不幸で飯を喰うておるような族《やから》であろう。鵜《う》の目鷹《たか》の目で探し回り、嗅ぎ付けて来よるのだ。ああ云う底辺の連中は火のない処にでも煙を立てるものだわ」

「火がないのならば消す必要もありませんが、火種はあったのです。広がる前に揉み消すことは十分に可能だった筈です。何しろ相手は下衆《げす》の――底辺ですから」

「そうかもしれんが――何が云いたい」

「何故に手を打たれなかったのかと。こちらのご当主は警察にまで釘を打たれています。お相手である葛城さんにも監視を付けていたもの――と思われます。そこまでされていたのならば、そんな下賤な雑誌記者如きが付け入る隙などはなかったのではないですか。それなのに――内情が漏れ過ぎています。仮令《たとえ》何かを探り当てて来たのだとしても、脅すなり賺《すか》すなり、黙らせる方法は幾らでもあったものと考えますが」

そんなことは連中に尋け――と、老人は云った。

「尋きました」

「何だと？」

「尋いたのです。それで――ご注進に参りました」

「あ？」

老人が、ほんの少しだけ動揺したように美由紀には見えた。敦子はその様子を凝乎《じっ》と見据えている。

何かを計っているのか。

「ご興味がないようでしたらお言葉通りに引き揚げますが――このまま放置しておきますと今後、要らぬ禍根を遺すことにもなり兼ねないと思いましたもので、篠村代議士まで煩《わずら》わせて罷《まか》り越した次第なのですが――女の分際で、出過ぎた真似を致しました。申し訳ございません」

敦子は深く頭を下げた。一緒に礼をすべきかなと思ったのだが、美弥子が動く素振りを微塵も見せなかったので、美由紀は少し上体を揺らしただけだった。老人は明後日の方向に顔を向けている。

「それでは失礼します」

「禍根とは何だ」

敦子が腰を浮かせると、老人は漸く自発的な問いを発した。

敦子は止まった。

「はい。しかし――申し上げ難《にく》いことですし、ご不快に思われるかと」

「云っていい。云え」

敦子は少し矯《た》めた。

「雑誌記者にお孫さんの――敏子さんのことを密告したのは――お身内の方です」

「何だと？ 莫迦も休み休み云え。そんな寝言は到底信じられんわ。貴様、当家を愚弄する気なら――承知せんぞッ」

老人は身構えた。

「愚弄するつもりはございません。しかし複数の者から耳に致しましたものでございますから、捨ててもおけぬかと――ご気分を害されたのならお詫び致します」

「そ、そうではない。い、一体、誰だと云うのだ」

「秘密を知る者は限られている筈です」

「いいえ――」

それは大勢いるのではなくって敦子さんと美弥子が云った。

「こちらのご立派なご仁は、老骨に鞭打《むちう》たれ凶器を手にされて、実の孫娘を殺害せんと追い掛け回されたと聞いていますわ。尋常なことではありませんわよね。それこそ身内の恥を世間に喧伝しているようなものではなくって？ なら、ご近所中に知れ渡っているのではなくて？」

それは違いますと敦子は云う。

「御前のそうした行動そのものは周知のことだったかもしれませんが、御前が何故敏子さんを害されようとされていたのかを知っていた人は、ご近所の方と雖《いえど》も誰もいなかった筈です。理由が知れ渡ってしまったのは――どうやら報道された後のことなんです。そうではありませんか？」

「先程、己で云うておったではないか。誰であろうと、身内の恥を公言するような、そんな愚かなことはせんわ。ただ、あ、あのような恥曝しを我が一族から出したとあらば、ご先祖様に申し訳が立たぬであろう。あんなものは決して生かしておく訳にはいかん。それ故、この家の長たる者として、責任を以て成敗しようとしたまでのこと。世間に恥を曝す前に、始末するつもりであったのだ。叶わなかったがな。だからと云って、そんな内実を云い触らしてどうするかッ」

「貴方――」

本気でお孫さんを殺害されるおつもりでしたのと美弥子が問うた。

「何だと？　本気も何もあるか莫迦者。こともあろうに女同士での邪恋など、穢《けが》らわしいにも程があろう。とんだ戯《たわ》け者だわ。天津家の血統にそんなものが居《お》るなどと云うことは、断じて赦されん。当たり前であろう。そんなものは殺す以外にないわッ」

汚い穢《きたな》いきたないと老人は反復した。

「あ、跡取りも産めん。破廉恥な、あの、役立たずめがッ」

畳を叩く。

手許の鈴が転げた。

老人は刹那、鈴が転げた方を見た。

敦子が転げた鈴を止めた。老人は何故かやや狼狽《ろうばい》の色を浮かべて、視軸を中空に漂わせた。

「な、何だ。そのッ」

貴様等もそうなのかッ——と、老人は怒鳴った。

美弥子が何か云う前に、敦子がお静まりくださいと静かに云った。

「先ずは——この天津家に仇為《あだな》す者が誰なのかを特定すべきではありませんか。敏子さんは既《すで》に——亡くなられているのですから」

「し、死んだわ。死んで当然じゃ」

「それでは、この天津家に——いいえ、御前に対して私怨《しえん》を持つ者は、おりませんでしょうか」

「私怨だ？　そんな者は掃いて捨てる程おるわ」

「お心当たりがございますか」

「貴様等女と違ってな、男には敵が居《お》るんだ。外に一歩出れば敵だらけだ。儂に負けた者は皆、儂を恨んでおるだろう」

「外ではなく――お身内に、です」

「身内だと？」

「逆恨みと云うこともございます」

「フン。そんな者は――」

「御前が敏子さんをお手討ちになさろうとした時に、止めた者がいる筈ですが。そうでなければ、御前はその御手で――敏子さんの息の根を止《と》めていらした筈です」

「敦子さん」

　美弥子は怪訝な顔を敦子に向ける。

「そうだ。まあ、若い者が止めに入ったのだ。普段は血の気が多い連中だが、事情を知らんだのだから詮方ないわ」

「なる程。御前がお怒りになっている理由を知っていれば――止める人はいなかっただろう、と云うことでしょうか」

　当たり前だと老人は云う。

「止める理由がないではないか。そんな恥曝しを生かしておこうと思う訳がなかろう。まともな人間ならな」

「そうですか。お止めになった方方も事情は知らなかったのですね。それなら――矢張り間違いはありませんね」

「そうならば、密告者は一人しかいないではありませんか」

「何だと？」

老人は右手で畳の上を弄《いら》った。

「判らん。誰だ」

「ご当主の——藤蔵さんです」

「はッ」

老人は破顔した。

「何を巫山戯《ふざけ》たことを」

「巫山戯てはおりません。私は家庭内の情報が漏洩した経緯に就いて、どうにも不審に思えましたもので、複数の雑誌編集者に確認を取ってみました。先ず前日、数社に宛て電話で事件の予告があったのだそうです」

「よ、予告だと？」

「はい。半信半疑で行ってみますと、予告通りに騒動が起きていた。自殺者の身許に関しては現場で頬被りをした初老の男性から耳打ちされた——と証言しました」

「頬被り？」

それは——何処かで聞いた気がする。

「何が——だ」

「それが藤蔵だと云うのか」

「確証はないようですが、その後、取材を進めるに当たり、談話の申込みをけんもほろろに断った藤蔵さんと、その情報提供者は迚《とて》も能《よ》く似ていたんだそうです。同じ人ではないかと複数の者が怪しんでおりました」

有り得んことだと老人は云う。

「ええ。ですから藤蔵さんを装った何者かである可能性もあるかと考えましたが、どうもそれは――ないようですね」

「だ、だからと云って藤蔵である訳がない。とんだ与太話だ。大体、藤蔵がそんなことをして何の得があるか。藤蔵は天津家の当主だぞ。それが家名を穢すようなことをする訳がないではないか。貴様等、妙な難癖を付けて、金でもせびる気か」

違いますと敦子は大きな声で云った。

「これは、この天津家だけの問題ではないかもしれないのです。そして、場合に拠ってはこの天津家の家名は――より一層の汚泥に塗《まみ》れ兼ねないと、こう申し上げています。ですから確認させて戴きたいのです。だからこそご当主藤蔵様ではなく、ご隠居様にお目通りを願ったのではありませんか。お解りいただけませんでしょうか」

「そんなことは」

矢庭《やにわ》に信じられるか莫迦者――と、老人は語尾を曖昧にして云った。

「私達も俄《にわか》には信じられないからこそ、こうしてご確認に伺ったのです。あり得ぬことであればこそ、真実ならば大きな問題です。如何《いかが》でしょう。御前は敏子さんが命を絶たれる前後の、藤蔵さんの動向を把握していらっしゃいますか？」

「何だと？　ぶ」

「無礼を承知で伺っています」

「そんなことはだな、貴様等などに」

「ご存じなのにお教え戴けないとなれば司直に委ねるしか手はありませんね。私達は直ぐにも引き揚げ、警察に通報せざるを得なくなりますが」

「警察だと？」

老人は二度三度周囲を見回すように首を振った。

「な、何で警察が——何の罪だ。罪があるなら敏子だ。あの破廉恥な天津家の面汚しだ。その敏子はもう死んだわ」

「敏子さんに罪はありません。私達が告発するのは藤蔵さんです」

「ふ、藤蔵が何をしたと云うのだ。縦《よし》んば、その、身内の恥を下賤な者共に教えたのが藤蔵だったとしても、だ。そんなものは罪でも何でもないわ。本当ならば——気が違っていたとしか思えぬがな。そんなものを縛る法などないッ」

「どうしてもご協力戴けませんか」

「当たり前だッ。何故《なにゆえ》にお前達のような何処の馬の骨とも牛の骨とも知れぬ者どもなんぞに協力せねばならんのだ。この、身の程知らずの莫迦どもめ、女の分際で偉そうなことを吐《ぬ》かすな。ぐ、愚劣な女子供の妄想に付き合ってなどいられるものかッ。くだらん。実にくだらん」

「そうですか」

敦子は一度深深と礼をして、それから立ち上がった。

「それでは致し方ありません。私はこれから警視庁に行って、天津藤蔵さんを殺人罪で告発します」

「何？」

「敦子さん！」

美弥子が見上げた。美由紀も言葉が出なかった。

「敦子さん、殺人って――」

「殺人は殺人です篠村さん。こちらの御前からもう少し詳しくお話を伺えたなら、もしやその考えも改められるかとも思ったのですが、どうやらそうも行かないようです。所詮は女の浅知恵とお考えのようですから。でもことは殺人事件ですから、それこそ看過することは出来ません。如何《いか》なる文化、如何なる社会に於ても、殺人が重い罪であることは乾坤の間の理。人の世の常識です。警察は必ず話を聞いてくれる筈です」

「な、何をほざくかッ。この大莫迦者が。と、敏子は自殺したのだ。我と我が身の不明を恥じたか、畜生としての性《さが》を全《まっと》うしようとしたのかまでは知らぬが、あれは自ら首を縊りおったのだ。あれは、あの首吊りは——自殺ではなかったとでも云うのか。藤蔵が殺したとでも云うのかッ」

「はい」

「な、何を根拠に——」

「証拠は捜せば幾らでも出て来ると思います。ただ今は——何もありませんけれど」

「はあ？」

「警察は現状事件性を認識していませんから、何も調べていないんです。しかしきちんと調べれば——証拠は次次に出て来るものと思われます」

「そ、そんな都合の良い——」

「別に都合は良くないですよ。寧ろ、悪いんです」

「悪いだと？」

「ええ。だからこそ、急ぐ必要があると考えています。時間が経てば確認出来る物的証拠は減って行くでしょうし、場合に拠っては証拠を隠滅されてしまう虞《おそれ》さえありますので——」

「いや、いや騙《だま》されはせんぞ。縦んば——そうだとしても、だ。もし、藤蔵が敏子を殺したのだとしても、だ。それは構わん」

「構わんって——」

　美弥子が眉根を寄せた。

「——貴方、ご自身で何を仰っているのか解っておられますか？　構わないって、殺人ですよ。しかも親族殺人ですわ。貴方のご子息が、貴方のお孫さんを、実の娘さんを殺害したと云う話をしているんですよ、この中禅寺さんは」

「だからだ。何度も云っているだろう。あんな恥曝しは殺していい。死ぬべきなのだ。法に触れようが親族であろうが、為すべきことはしなければならんだろう。本来なら儂が殺すつもりだったのだ。本当に藤蔵が手を下したと云うのなら、親である儂の身を案じ、子の不明を恥じて、儂の代わりに殺してくれたのだろうよ。殺すべきものを殺したのだ。褒めたいくらいだわ」

「あ、貴方ねえ」

　立ち上がろうとする美弥子の肩を敦子が押さえた。

「どんな屑でも殺せば罪だ。だから色色と考えたのだろうな、藤蔵は。上手くやったではないか。しかし天津家の男として小細工は感心せん。本当にそうなら、正正堂堂成敗すべきであったのだ。儂は罪に問われることなど畏れはせなんだ。仮令《たとえ》投獄されようとも為すべき大義に変わりはないのだ。そうしておれば、貴様等のような女子供にこんな——」

「違いますよ」

「何が」

違いますよ御前、と敦子は云った。

「何が違う。何も違わん。女同士で」

「そうじゃないんです。藤蔵さんが殺害したのは敏子さんじゃないんです」

「何だと？　じゃあ、敏子を誑《たぶら》かしたあの淫乱女か？　何処ぞの山奥で腐って死んでおったとか云う話だが――」

「な」

何と云う酷《ひど》いもの謂いなの、と美弥子が憤った。

しかし老人は気に懸《か》ける様子もなく、寧《むし》ろ声を大きくして続けた。

「じゃあ何か。藤蔵はあの女を殺したのか。慥《たし》かにな、敏子もあの女とさえ知り合わなければ、あんな畜生道に堕ちることもなかったわな。ならばあの女は娘の仇《かたき》だわ。そうならその仕返しと云うことか。そうか。そう云うことなら得心も行くわ。殺して、何処ぞの山から投げ捨ててやったのであろう。それならそれで――」

「ですから違うんです」

敦子は老人の前に進んだ。

「御前――いや、宗右衛門さん。貴方は大きな勘違いをなされています」

「何のことだ。儂は」

「いいですか。藤蔵さんが殺したのは敏子さんでもないし、葛城コウさんでもないんですよ。彼が殺したのは――」

敦子はそこで言葉を切って、一度美弥子の方を見た。

迚《とて》も、悲しそうな目だった。

「藤蔵さんが殺したのは、天津家とは何の関係もない、二人の女性です」

「何の関係もないだと？」

「そうです。貴方の御子息、天津家当主天津藤蔵さんは、当家とは何の縁もない女性を二名、殺害したもの――と思われます」

老人は表情を曇らせる。

「どう云うことだ。お前は何を云っている。ふ、藤蔵が？　藤蔵が誰を殺したと云うのだ。寝言を云うのも大概にしろ。藤蔵に赤の他人を殺す理由などある訳がないわ。ほ――本当であるなら、そうだ、それは殺されても仕方のない屑か――」

「違います」

「違う？」

「殺されても仕方がない人間など存在しません。藤蔵さんが手に掛けたのは、死ぬ筈のない、死ぬべきでない、善良な人達です。一人は――」

是枝美智栄さんですと敦子は云った。

「敦子さん！」

美弥子は眼を見開いた。

「敦子さん、貴女《あなた》――」

「残念ですが、どうやらそれが真相のようです。篠村さん――」

「そう――ですか」

予想されてはいたことなのである。しかも、何度も、何度も。

ただ断定されることはなかった。

美弥子は、眼を閉じて、俯《うつむ》いた。

老人は、眉間に深く皺《しわ》を刻んだ。

「だ、誰だって」

「是枝美智栄さんです。そしてもう一人は――秋葉登代さんです」

「それは誰だ」

「是枝さんは登山が趣味の、この篠村さんのお友達です。秋葉さんは子供達に人気があった、小学校の先生です」

「そ、そんな女は知らん」

「どちらも当家とは全く無関係の――赤の他人ですから」

「そんな者を何故殺す。どうせ、くだらん女なのだろう」

ばん、と大きな音がした。

美弥子が畳を叩いたのだ。

これ以上侮蔑すると承知しませんよと美弥子は大声を出した。

「是枝美智栄は、決してくだらない女などではありません。前途ある、明るい——わたくしの大切な友人ですッ」

「友人だ？　ど、どうせ女同士で」

そこで異質な音がした。

老人は言葉を止めた。敦子が手許の鈴を鳴らしたのだ。老人の眸《ひとみ》が泳ぐ。

猛猛《たけだけ》しい言葉と裏腹に、その濁った眼には不安の影が差していた。

そのくらいでお止《や》めになった方がいいですよ、御前——と敦子は静かに云った。

「我慢するにも限度と云うものがあります」

「う、煩瑣《うるさ》いッ。そんな見も知らぬ女を何故藤蔵が殺さねばならん！　邪推だか妄想だか知らんが、それこそ根も葉もない誹謗中傷ではないか。て、手討ちに致すぞ。それとも何か理由があるか。あるなら云ってみろッ」

「勿論、替え玉にするためです。敏子さんと、コウさんの」

「替え玉ですって？」

美弥子は再び敦子に顔を向けた。

「ええ。そう考える以外に、解答はないように思います。一つお伺いしますが、御前は、敏子さんのご遺体をちゃんと観ていないのではありませんでしょうか」

そんなもの見るか穢らわしいと老人は吐き捨てるように云った。

「女同士で乳繰り合うような畜生は、身内とは思わん。天津家の家名を穢すだけの外道など打ち捨てられて当然だ。葬式も上げなんだし、天津の墓にも入れておらんわ。そんな骸は何処か山にでも棄てて来いと云ってやったわ。まあ、藤蔵は外道でも畜生でも死ねば仏だと吐《ぬ》かしておったから、何処ぞに埋めたのだろう。無縁仏だ」

「え？」

じゃあ。

美由紀は漸く敦子の云っていることを理解した。

その遺体は――。

首を吊ったのは。

「その無縁仏は、是枝美智栄さんです」

「何を――莫迦なことを」

「本当に莫迦なことなんです。でも、御前はちゃんとご覧になっていらっしゃらないのですよね、実のお孫さんのご遺体なのに」

「だから、見ておらんッ」

老人はまるで癇癪《かんしゃく》を起こした童《こども》のように拳で畳を叩いた。敦子はその様子を哀しそうに眺め、残念ですと小声で云って、続けた。

「御前が、もっときちんと観られていたなら——当然お気付きになっていた筈です。ただご覧になることはないと藤蔵さんは見越していたのだと思います。しかし、ご覧にならなかったとしても疑われる可能性はある。藤蔵さんが雑誌記者や新聞社に同性愛者の心中めいた噂を流したのは、繰り返し報道して貰うためでしょう。御前に——それが敦子さんだったのだと信じさせるために」

「そ、そんな——いいや、あれは敦子だ」

「ご覧になっていないのでしょう？」

「見ずとも判る。そんな荒唐無稽な」

「見なければ判りませんよ。ご覧になっていたとしても——判らなかったかもしれませんけれども」

かなりお眼がお悪いですよねと敦子は云う。

老人は顔を背ける。

「お見受けしたところ、視力がかなりお弱くなられているのではありませんか。先程からの反応を観させて戴く限り——殆ど見えていらっしゃらないように思いますが」

「関係ないッ。関係ないわい」

「そうでしょうか。御前は、示現流《じげんりゅう》を修めていらっしゃると聞き及びました。かなりの達人だったと皆さん仰っています。それなのに、何故に敏子さんを斬り殺せなかったのでしょうか。私は、流石《さすが》に本気ではなかったのか、或いは肉親の情が妨げになったのかと想像していたのですが、どうも、本気で殺害しようとなさっていたようですね」

「そうだ。本気だッ」

「それなら殺せない筈はないです。それなのに御前は、そこに居合わせたり、止《と》めに入られた若い衆を四人も傷付けていらっしゃる。要するに——斬り損ねたと云うことですよね」

黙れッと老人は再度畳を打った。

「防ぐために間に入った人を斬ると云うなら兎《と》も角《かく》、居合わせただけの人にも斬り付けていらっしゃるじゃないですか。しかもいずれも傷は浅い」

少しだけ聞き込みをしましたと敦子は云った。

「止めようと咄嗟に間に入って斬られた様子ではない。邪魔されたから斬ったと云う傷でもない。かと云って手加減したとも思えません」

「な、ならば何だ」

「本当は能《よ》く見えていないのに闇雲に刀を振り回して、誤って斬ってしまった——と云うことなんじゃないのですか？」

「し、知った風な口を利くなッ。だったら」

「見えないのでしょう」

「見えなければ何だッ」

「ですから——」

敦子さんは生きている筈ですと、敦子は云った。

「敏子が？　生きておるだと？」

「はい」

「嘘だッ！」

その途端、背後の襖《ふすま》が乱暴に開いた。

振り向くと、開襟《かいきん》姿の男が一人立っていた。

やや薄くなった髪を乱し、両眼は血走っている。

「嘘を云うんじゃないッ。死んでいる。敏子は死んだ。だって死んだでしょう、親父殿。そんな、何処の馬の骨とも知れぬ下賤な女共の話す戯《ざ》れ言に耳を貸してはなりませぬぞ。敏子は死んでいたではないですか。山の中で首吊って死んだんですよ。もう焼いてしまった。焼いたんですよ、火葬場で。そんな見ず知らずの女じゃない。こんな女の——」

敦子に近寄ろうとする男——多分、藤蔵の前に美弥子が立ちはだかった。美弥子は藤蔵の顔を覗き込むようにし、それから顎を上げた。

「何だ。どけ、女」

「どきませんわ。藤蔵さんですわね。貴方が――美智栄さんを殺したのですか」

「何だと」

「待ってください篠村さん」

敦子は美弥子を諌めるようにした。

美由紀はただ座ったまま眺めるだけだ。

まだ殆ど呑み込めていないからである。

「藤蔵さん。貴方は――相当お父上を恐れていらっしゃるようですね」

「何？」

「お父上がどうしても敏子さんを殺すんだと仰るから――貴方はそれを防ぐためにこんな茶番劇をお続けになっているのではありませんか」

「敏子は死んだ」

「死んでいませんよね？　生きている筈です。それが露見すれば、間違いなくこちらの御前は敏子さんを殺そうとする。何処にいようと探し出して、斬り殺してしまうだろうと――貴方はそうお考えなのでしょうか。いや、敏子さんを庇った自分も殺されると、そう思っていらっしゃいますか？」

「な、何を」

藤蔵は二三歩後ずさった。

「父親をむざむざ殺人者にするのは忍びなかったのですか？　それとも娘さんが可愛かったのでしょうか。いや、祖父が孫を殺すなどと云う、取り返しの付かない醜聞を嫌ったのですか。そんなことになれば、家名に傷が付くどころか、天津家はお終いですからね。でも」

矢張りお父上が恐かったんじゃないのでしょうかと敦子は云った。

「ご近所の方にお聞きする限り、日本刀を振り回すご老体のお姿には鬼気迫るものがあったようですからね。でも」

敦子は老人に視軸を向ける。

「この方には——もう敏子さんを探し出して斬り殺すような真似は出来ないと思いますけれど。初めてお目に掛かりましたが、直ぐに判りました。貴方はずっと一緒に暮らされていてお判りにならなかったのでしょうか」

「お、お前なんかに何が判るか。親父殿は」

「ただの老い耄《ぼ》れですわよね」

と——美弥子が云った。

「いいえ。ただの老い耄れではなく、最低の老い耄れです。時代錯誤の化石、知ることもせず考える力もない、最低最悪の女性蔑視者ですわね」

「何を云うかッ」

藤蔵は激昂したが、動かなかった。

老人は沸沸と肩に怒りを溜めている。

美弥子はその老人へと視軸を向けた。

「本当のことですわ。どうです。お怒りになられたら如何《いかが》です？　わたくし、今は本当に貴方を愚弄致しましたの」

美弥子は老人の真ん前に立った。老人は無言で顔を上げた。

握った手が痙攣している。

「お怒りになって結構です。文字通りわたくしは貴方を見下げています。軽蔑しておりますのよ」

「き、貴様——この、成り上がりの」

「何です？　成り上がりは貴方ですわご老体。いいえ、貴方は成り上がってさえいませんわね。貴方は些細《ちっ》とも偉くない。同郷だとか、藩閥《はんばつ》だとか、そんな細いコネクションを頼みの綱にして、姑息に小銭を稼いだだけの——小物ではないですか」

「お、おのれ、ぶ、武士を」

武士なんかいませんと美弥子は云った。

「そうやって家名だの血統だの資産だのと云った、くだらないものに縋《すが》っていなければ、まともに立ってもいられないのでしょうね。剰《あまつさ》え、性別にまで寄り掛かり、振り翳《かざ》す。見苦しいことこの上ないですわ。そんな肝の小さい、器の小さい人間を」

わたくしは心底蔑みます——と云って美弥子は老人を指差した。

「男だろうが女だろうがそのいずれでもなかろうが、そんなことは何の関係もない。地位も名誉も何も持っていなくたって、人は独りで立っていられるものですわ。何故なら人だからですわと美弥子は云った。

「生きていることそれ自体が誇りです。それなのに貴方達は、そんな要らないものを振り翳して相手の上に乗って来る。そうしなければ立てないんです。それは、猿のすることではなくって？　いい迷惑ですわね」

老人は顔を上げたまま固まっている。

「悔しいのですか？　女ごときに愚弄されて。そのご自慢の何とか流でわたくしをお斬りになります？　結構ですわ。多分わたくしは貴方のような頭の悪い体力もないご老人には負けませんことよ」

「お。女如きが」

老人は絞り出すかのように、漸《ようや》くそれだけを云った。

「まだ仰いますか。そう、どうしても男だ女だ云いたいのであれば、こう申し上げましょう。貴方は、男の屑ですわ。曲り形《なり》にも年長者にこんな罵言を吐くのは本意ではございませんけれど——」

屑は屑よと美弥子は云った。

「その屑を恐がっていると云う貴方はもっと屑ですわ。唾棄《だき》すべき男」

美弥子は藤蔵を指差した。

「そんな、屑の機嫌を取る屑みたいなものに、美智栄さんは殺されてしまったと云うのですか。そんな話があって？　それでは遣り切れませんわ。わたくし、大切なお友達を殺されてしまって泣きたい気持ちで一杯なのですけれど、それなのに涙が出ません。怒りで満ちてしまって——泣けませんわよ」

藤蔵は言葉を失っている。

「どうしたのかしら？　何ですの、その態度は。おかしいですわね。普段通りに威張り散らせば宜しいのじゃなくって？　わたくし、貴方達が日頃から見下げている女ですわよ。その女にここまで云われて何故に黙っていらっしゃるのかしら。こちらのご老体に至っては、立ち上がることさえ出来ないのですね。随分とご立派だこと」

「私は——」

「何かしら。女は子を産むことしか用のないものなのでしょう？　だから、子を産めない女は役立たずで、役に立たない者は殺したっていいと、そう云うことなのですわね？　同性が魅かれ合うことは罪悪なのでしょう？　それはそうですわよね、同性で子孫は残せませんものね。何でしたっけ、恥知らず？　外道ですか？　畜生？　い——」

いいかげんになさってッと、美弥子は怒鳴った。

「なら、貴方達は一体何の役に立っていると云うのですか。恥知らずで外道の畜生は貴方達の方ですわ。この——人殺しッ」

「人殺し——」

「人殺しではないですかッ」

人殺しと云う美弥子の言葉に撃たれたかのように藤蔵は膝を折って、崩れ落ちるように座った。

「違うんだ」

「何が違うと云うのです。何であろうと人殺しは人殺しでしょう」

違うんだ違うんだと繰り返して藤蔵は前傾し、頭を抱えた。

「私は——救いたかったんだ」

「誰をです」

「私は」

「何も救っていませんわ。貴方は殺しただけじゃないですか」

「私は——助けたかっただけだ」

「助けるですって？」

「敏子さんとコウさんを、ですね」

敦子は屈むと、藤蔵に向けて云った。藤蔵は項垂《うなだ》れたまま、首肯《うなず》いた。

「ふ、藤蔵ッ、おのれ――」

屑はお黙りくださいませんことと、美弥子は老人の言葉を瞬時に止めた。

老人は黙った。

「どうなってるんです？」

美由紀は漸く口を利いた。

「本人の前で説明するのは変だけど――その藤蔵さんは敏子さんとコウさんを助けようとして、この最低の計画を立てたの。そうですね」

敦子の言葉に、藤蔵はもう一度首肯いた。

「ですから、それはどんな計画なんです？」

敦子は藤蔵に視軸を向けた。

藤蔵はただ体を固くした。

「先ず」

壙《あな》を掘ったの――と敦子は云う。

「壙ってあの、陥穽《おとしあな》ですか？　高尾山で私達が落っこちた？」

「そう。茶店のご婦人が云っていた頬被りの初老の男と云うのは、この藤蔵さんだったんだと思う。雑誌記者に告げ口をしたのも頬被りの男だったようだし――そうですね？」

藤蔵は体を丸めたまま答えなかった。

小母《おば》さんは、その頰被りの男は何回も登って来ていたと云っていたか。

「何度も下見に行っていたのでしょう。それで、うってつけの場所――あの大きな山桜の樹と、窪みを見付けて――もしかしたらあの場所を見付けたからこその計画だったのかもしれないんですけどね。そこはどちらでもいいです。それで後日、若い衆の手を借りてあの壙を掘った、と云うか掘らせた――のではありませんか。思うに、手伝ったのは宗右衛門さんに斬られた方方ですよね？」

彼奴《あいつ》等は無関係だと、頭を抱えたまま藤蔵は聞き取り難《にく》い声で云った。

「ええ。壙を掘らされた人達は、計画の詳細に就いては何も知らなかったのだと思います。だから何のために壙を掘るのかも解っていなかったのでしょうね。そう云う意味では無関係なのかもしれない」

矢張り藤蔵は答えなかった。

「え？　何も判らずに手を貸したんですか？　云いなり？　意味も判らずに壙なんか掘りますか？　何かの仕事だって嘘吐《つ》いたんですか？」

「これは想像だけど、隠居の乱暴を止めるために手を貸せとでも云ったのじゃないかと思うけど。その人達は凶器を持って暴れるご老人にかなり辟易していたようだし。怪我もしていますす。幸い軽傷だったから良かったけれど、一歩間違えれば命に関わることでもあるんだから、何としても止《と》めて欲しかったんでしょうね」

「いやいや」

壙なんか掘ったってそんなの止まらないですよと美由紀は云った。

「何かのお咒《まじな》いとでも云ったんですか？　山に壙を掘ると乱暴が止《や》むなんて、そんな変な話、お子様の私でも信じませんよ」

違うと思うと敦子は云う。

「多分――多分だけど、敏子さんに自殺をさせるための用意だと、この人は暗に仄《ほの》めかしたのじゃないかな。敏子さんがいなくなってしまえば、宗右衛門さんも暴行を働かなくなるでしょう」

いや、それは。

「そんなこと承知します？　普通。だって人の命に関わることですよ？　何をするにしたって、自殺の手伝いになっちゃうかもしれないと思ったら、しなくないですか？　しないですよね」

「そうね。普通の感覚ならしないと思うけど、日本刀を持って暴れていたのよ、そのご隠居は。毎日のように。しかも彼等は、とばっちりを受けて怪我までしてる。自分の命と天秤に掛けたなら――どうかな。それに、仄めかしただけで明言はしていなかったんだと思うけども――どうなんですか。それともそれなりの報酬を渡していたとか？」

藤蔵は何も答えなかった。

「茶店のご婦人が云っていた国民服か兵隊服と云うのは、揃いの作業服なんだと思う。彼等の本業は土建屋なんだし」

そう云えば、この家を訪れた時もそんな感じの服装の人が何人か家の前に屯《たむろ》していたように思う。云われてみれば、兵隊風に見えないこともない。

「掘削具は青木さんが云っていた旧陸軍仕様の小円匙《えんぴ》なんでしょうね。軍隊で塹壕なんかを掘った経験がある人達が五六人もいたのであれば――作業自体は何日も掛からなかったでしょうね。いいえ、もしかしたら、まだ暗いうちに登って一日で終わらせてしまったのかもしれない。いずれにしても計画を練り、指示をしたのはこの藤蔵さんですよ。そうですよね？ご自分で作業はしていないんだと思いますけど、どうなんです？仕上がりを確認したりはしたのでしょうか」

そして。

「陥穽が完成したから――」

敏子さんは翌朝、家から出されたんですねと、敦子は云った。

「いや、未《ま》だ少し解りません」

「家を出て何処かへ行くように仕向けた。そう促して手引きしたと云うべきかな」

「手引き？」

「この人がお膳立てをした。そうですよね？　藤蔵さん」

「家を出て——どうしたんです？」

それは知らない、と敦子は云った。

「遺書は？」

「あれは、遺書のつもりで書かれたものなのかどうか、怪しいと思う。山に行きます——って文面、遺書のような遺書じゃないような書き方でしょう。この人が敦子さん本人に書かせたんでしょう」

「書かせたって、その、娘さんもこの人の云いなりに何でもしちゃうんですか？　お父さんの命令だからですか？」

「違うよ。この人は——安全を保証したんだ、と思う。これから先の身の安全と引換えに云うことを聞かせた。つまり」

逃がしたの、と敦子は云った。

「葛城さんと一緒に」

「一緒？　一緒って」

「貴方は、娘さんとその恋人を、生きたまま逃がした。そうですね？」

「そ」

そうだと藤蔵は云った。

「と、敏子は生きておるのかッ」

老人は絞り出すようにそう云うと、体を横に倒し右手を半端に伸ばした。

「何処にどうやって逃がしたのかは判りません。でも、敏子さんもコウさんも、高尾山には、登っていない。そうですね」

「じゃあ――」

「あの日、高尾山に登ったのは天津敏子さんじゃない。葛城さんでもない。この藤蔵さんなんです。暗いうちに敏子さんを家から出した貴方は、先ず葛城さんの処に行き、彼女も逃がした。思うに、葛城さんにはいつでも逃られるよう準備をしておけと予《あらかじ》め伝えてあったのでしょう。そして貴方は、始発のケーブルカーで山に登った。そうですよね？」

「ど、どうしてです？」

「この人は――高尾山で二人の身代りを捜したんでしょう」

「身代りって、そんな簡単に似た人が見付かる訳ないじゃないですか。慥《たし》かにこの間だって、それなりに人はいたけど――」

「別に、そっくりである必要なんかなかったの。流石にご老人ではいけなかったのでしょうけれど、年齢もあまり関係なかったと思う。ただ見た目の問題だけ。しかも背格好が同じくらいで、髪形が似ていると云う程度で十分だった筈。だって、誰が何と云おうと、実の父親が認めてしまえば」

それは本人――か。

いそう。そしてそこに」

"是枝美智栄が登って来たのか。

美由紀はどちらにも会ったことがないのだけれども、二人は身長も年齢もそんなに変わらなかったようだし、髪形も近かったようである。

茶店の小母さん曰く、顔は全く似ていないと云うことだが、見合い写真なら区別が付かない程度に近い雰囲気ではあったのだろう。

だから。

「藤蔵さんは早速是枝さんに目を付け、あの罠に導いたのでしょう。違いますか」

藤蔵は身を固くしている。

美智栄さんが先なのですかと美弥子が問うた。

「秋葉さんもほぼ同時に登って来られたようですけれど」

そうですね、と敦子は云った。

「ご存じでしょうが、参詣者も含めて登って来る人の年齢は様様です。若い女性はそれ程多いとは云えないでしょう。そんな中、是枝さんと秋葉さんが同じケーブルカーで登って来たんですから、この人にしてみれば千載一遇の好機——いいえ、殺される方にしてみれば不幸な偶然、最悪のタイミングとしか云い様がないんですけど」

正に最悪である。

「ですから、目を付けたのは二人ほぼ同時だったのでしょうが——」

敦子は藤蔵を見る。

「この人は、何よりも先ず敏子さんの身代りが欲しかった筈なんです。朝のうちに敏子さんを逃がしてしまった以上、そして遺書めいた書き置きまで書かせてしまった以上、もう後戻りは出来ない。その日のうちに、早急に身代りになる女性が必要だったんです。そうですよね？」

必要だった——。

代わりに死んで貰うために。

いや、殺すために、なのか。

「思うに、是枝さんと秋葉さん、どちらでも良かったのでしょう。でも——是枝さんは、敏子さんと同じく髪を短くしていたんです。だから是枝さんが選ばれた。違いますか？」

藤蔵は答えなかった。

「この人は多分、髪型に関しては何とでもなると考えていたのだと思います。短い髪の毛を伸ばすことは出来ませんが、長ければ切ってしまえばいいのですから。散髪が多少下手糞でもそんなことは大きな問題ではない。必要なのはそれらしい死体《ボディ》の方なんです。しかし、是枝さんなら手を加える必要はなかった。好都合です。だから是枝さんに狙いを定めた。そうですね？」

藤蔵は矢張り黙したままである。

「秋葉さんは一目瞭然で参詣者と知れる恰好でした。従ってお寺の方に行くことは予想出来た。一方、是枝さんは山歩きの服装だった訳で、どちらに進むのかは予測出来なかった。果たしてあの、琵琶滝に行く分岐を越した先にある森に分け入るためのポイントを通過するのか、するとしてもいつなのか、それは判らないことです。場合に依ってはそこは通らないかもしれない。でも彼処《あそこ》からでなくては巧く罠まで誘導することが出来ませんよね？」

あの場所か。

「是枝さんは茶店で御不浄を借りていますから、狙いを定めた貴方は待ち伏せて後を付けた。是枝さんは琵琶滝方面へ向いました。方向としては合っているものの、滝に向われてしまえばあの場所は通過しないことになる。しかし、幸い是枝さんは滝には行かず、滝に向う道を通り越した。だから貴方は壙の在る森に引き入れるポイントで追い付き、声を掛けたのではないですか」

美由紀は、あの場所の風景を思い出す。

「彼処からどうやって罠まで導いたのかは判らないですが——同行者が窪みに落ちてしまったので手を貸して欲しいだとか、それらしいことを云ったのでしょうか」

藤蔵は何も云わない。

美弥子がその様子を凝眸《ぎょうぼう》している。

「あの人は」

美弥子が云う。

「美智栄さんと云う人は、目の前に困っている人がいれば絶対に手を貸す、そうするのが当たり前だと考える、そう云う人でした。ですから困った顔さえしていれば、細かい事情も尋かずに付いて行ったかもしれませんわね」

美弥子は押さえた口調でそう云うと、藤蔵から顔を背けた。

「ワンちゃんは、おっとりとしている癖にお節介で明るくて、少し弥次馬な人でしたから」

敦子は美弥子の顔を悲しそうに眺めてから、続けた。

「どうであれ壙の傾斜の処まで連れてさえ行ければ、後は突き落とすか投げ入れるか、覗き込んでいたのなら、背中を押すだけでいい。滑って落ちればもう、一人では出られません」

出られなかったのだ。美由紀も。

それからどうされたんですか藤蔵さんと敦子は問うた。

「あの壙は人が通る道からは離れていますから、多少の悲鳴なら聞こえません。万が一声を聞き付けた人が森を覗いて見たとしても、姿は確認出来ないんです。樹樹が邪魔するだけでなく、あんな処に人一人がまるごと落ち込んでしまうような深い壙があるとは、普通は思いませんん」

それは思わないだろう。美由紀も堕ちた時は状況が呑み込めなかったのだ。

「でも、是枝さんが騒ぎ続けたならば――誰かが壙まで寄って来るかもしれない。そうすれば面倒なことになりますよね。だから」

どうなのですか藤蔵さんと、敦子は再度問うた。

藤蔵は首を竦めて縮こまっているだけだ。

「昇り降りするために縄梯子《なわばしご》のようなものは当然用意されていたのでしょうから、貴方はすぐに壙の底に降りた筈です。貴方は是枝さんに何をしたんですか?」

藤蔵は敦子を睨んだ。

「意識を失わせた――そうですよね。しかし気絶させたのだとしても貴方が薬物などを使ったとは思えません。藤蔵さんも武道は嗜《たしな》まれているのでしょうから、喉許《のどもと》を打つか、鳩尾《みぞおち》に当て身を喰らわせるか、胸を圧迫するか――」

「私は――」

藤蔵はそれだけ云った。

否、それだけしか云わなかった。

敦子は一瞬、険しい目付きで藤蔵を見た。

「何らかの方法で是枝さんの意識を失わせた貴方は彼女の服を脱がせ、敏子さんの部屋から適当に選んで持って行った服を着せた」

それが――衣服の交換か。

美由紀の様子を窺って、敦子は正確には交換じゃなかったのと云った。

口には出さなかったのだが、美由紀はそう云う顔をしていたのだろう。慥《たし》かに交換ではない。着替えさせられただけだ。

「私、ご遺体を回収した警察の方や地元の消防団の人に尋《き》き廻ったんですけど、どう考えても亡くなっていた女性の服装は妙ですよ。自殺するためだったとしても、逃避行なんだとしても、あんな恰好で家を出るとは思えません。発作的に家を飛び出したのだとすると普段着と云うことになりますが、どうもそうとも思えない。勿論、登山のスタイルではないですから、山では格段に目立ちます。それなのに生きている彼女の目撃者は一人としていないんです。いいえ、それ以前に」

組み合わせのセンスが変ですよ――と敦子は云った。

「真っ赤な夏用半袖セーターの上に、桃色の厚手の羊毛カーディガン。下は薄手の鼠色の裳裾《スカート》、素足に外出用の革の短靴。しかも色は深緑色――ちぐはぐと云うか何と云うか、かなり考え難い選択だと思います。おまけに鞄は疎《おろ》か手荷物も、お財布すら持っていなかったのですから」

そんな不思議な恰好でしたのと云って、美弥子は頬を攣《つ》らせた。服装に無頓着な美由紀はそうと聞いてもピンと来なかったのだが、季節感がバラバラだと云うことぐらいは判った。

お洒落《しゃれ》――でもないのか。

「着替えさせた後、貴方は」

是枝さんを殺した。

殺しましたねと敦子は云った。

「貴方はこの家から持ち出した敏子さんの腰紐を繋ぎ合わせ、輪を作って、是枝さんの頸に掛け」

何の罪もない。

「壙から出ると」

無関係な人を。

「紐を木の枝に掛け」

首吊りに見せ掛け。

「満身の力を籠め――引っ張り上げた」

「生きたままでですか！」

美弥子が声を上げる。

「――美智栄さんは、生きたまま吊るされたのですか？　この人に？」

「意識は失っていたのでしょうが、生きてはいた筈です。幾ら何でも外傷があったのでは直ぐに自殺と断定されることはないでしょう。身許は兎《と》も角《かく》、検案はされるんですから」

「酷《ひど》い」

酷過ぎますと美弥子は云う。

「貴方——わたくしのお友達を何だと思っていらっしゃるの？　いいえ、それ以前に人の命を何だと思われているのかしら。それは何です、女だから殺しても良いと、そう云うことですの？　先祖が武士なら、人を屠《ほふ》っても赦されるんですかッ」

酷いですねと敦子も云った。

「酷いですよ。都合良く枝の下に壙があったから首を吊った——そんな話ではないんです。壙から引き上げるために、わざわざ枝の真下に壙を掘ったんですよ」

正真正銘の罠だったのか。

「あの、壙の縁に付いていた深い足跡は藤蔵さんのものでしょう。是枝さんを引き上げた時に付いたんだと思います。二人分の荷重がまるまる掛からなければ、あんな深くめり込むことはありません」

そうか。

結構重たそうな金ちゃんが美由紀達を引き上げた時に出来た足跡よりも、それは深く刻まれていたのだ。美由紀達は縄を伝って斜面側を登った。金ちゃんや敦子はそれを補助してくれていただけだ。捻挫していた美弥子でさえ、ある程度は自力で登っていたと思う。

だが。

意識のなかった美智栄は、ただ垂直に引き上げられたのだ。

あの、敦子が気にしていた枝の上部の擦り痕《あと》は気を失った美智栄を引き上げる時に出来たものなのだろう。普通に首を吊ったのであれば、幾ら扱《しご》いたとしてもそんな痕は出来ないのだろうし。それにしても。

本当に是枝美智栄は意識がなかったのだろうか。

そうだったとしても十分に酷いのだけれど、もし途中で気が付いてしまったりしたらと思うと――美由紀は堪えられなくなる。

聞くところに拠れば絞首刑と云うのは、落っことされるのだそうだ。一瞬で頸が絞まるらしい。しかし、じりじりと吊り上げられるとなると――。

厭だ。

「貴方は、紐を引いたまま樹の周りを廻ってきつく縛り付けた。これで――首吊り死体の出来上がりです。これは想像ですが、その作業は考えていたよりも、ずっと早く終わったのではありませんか？」

藤蔵は、不可解だとでも云うような、奇妙な眼差しを敦子に向けた。

「最短でも一時間は掛かるつもりでいたのに、三十分も掛からなかった――そうですよね？」

「な、何故」

本当にそうだった――のだろう。

秋葉さんですよと敦子は云った。

「そこで貴方は欲を出したのでしょうか。もし間に合うなら、さっき目を付けたもう一人の女も――攫《さら》ってやろうと」

どう云うことですと美弥子が問うた。

「それは葛城さんの身代りに――と云うことですわよね？　すると、当初、この人は心中に仕立てるおつもりだったと云うことですか？」

違うと思いますと敦子は云う。

「是枝さんを敏子さんに仕立てることは可能なんですね。この藤蔵さんが認めてしまえばいいことなんですから。でも、葛城さんの場合、そうはいかないんです。近い親等のお身内はいらっしゃらなかったようですが、遠方と雖《いえど》もご親戚はご健在だったようですし、ＢＧ《ビジネスガール》ですから会社関係の人達もいる。必ず身許確認の手続きは取られる。別人であれば確実にバレてしまいます」

当たり前ですわねと美弥子は云う。

「普通の遺体なら――ですけれども」

「ええ。だから、普通の遺体でなくすために小細工が必要だったんです」

「小細工って、それ」

発見を遅らせることねと敦子は云った。

「身許を不明にするためには、外見だけでは誰なのか判らないようにしなければいけないでしょう。しかしあくまで自殺に見せかけようとしている以上、焼いたり切り刻んだりは出来ない。埋めることもできないでしょう。殺すことが目的ではなく、成り代わらせることが目的なんだから、死体が発見されないのでは意味がない。でも、直ぐに見付かってしまったのでは目的は達成出来ない。だからなるべく発見を遅らせ、出来れば白骨化させてしまうのが一番いい――そう云うことですよね？」

「そ、それで離れた山の中に？」

迦葉山だったか。

「ええ。でも、永遠に見付からないと云うのも困る訳です。それでは埋めちゃうのと変わりがないことになる。だからこそ、それなりに人は行くのだけれど、直ぐには見付からないような場所でなくてはならなかった。加えて、発見されても身許不明のままでは意味がないんですね。そこで、予め預かっておいただろう、葛城さんの身分を示すものが入った鞄を持たせた――違いますか？」

答えはない。

「そうした細工をするため、葛城さんの身代りは山ではなく、別の場所で確保する予定だった筈です」

「別の場所ですか？」

「ええ。少なくとも山中で女性を誘拐する意味はなかった筈です。小細工をするためには下山させなくてはならない。山で拉致すると云うことは、その人を伴って下山しなければいけないと云うことなんです。これ、かなり危険《リスキー》だと思います」

　それは幾度も検証したことである。

　でも——と敦子は藤蔵を見る。

「仕事《ミッション》が巧く運んだために気が大きくなってしまったんでしょうか。もしかしたら、調子に乗ってしまったんですか？」

　藤蔵は顔を上げ、敦子を睨んだ。

「寺社への参詣は山歩きと違ってそんなに時間の掛かるものではありません。本来なら間に合う筈もなかったでしょう。しかし万が一と云うこともある。貴方は急いで浄心門か、茶店の辺りか、彼女が通りそうな処まで移動した。そして丁度参詣を了《お》えて下山するタイミングだった彼女を捕まえ、某《なにがし》かの手段で罠の処まで連れて行って壙に突き落としましたね？　それとも放り込んだんですか？」

「違う！　そうじゃない。そんなんじゃないッ！」

　藤蔵は漸く声を上げた。

「あの女は——勝手に来たんだ。そして」

　そこまで云って藤蔵は沈黙している父親の顔を一度見て、再び黙った。

「そうですか。秋葉さんは信仰を持っていたと云うよりも、神社仏閣を巡るのが趣味だったようですから、山内を巡り歩くつもりだったのかもしれません。では、それこそ不幸な偶然だった、と云うことですか」

敦子さんと美弥子が呼ぶ。

「偶然であることは間違いないのでしょうが、それを不幸にしてしまったのは、この男ですわ」

美弥子は強い視線を藤蔵に送った。その通りですね——と敦子は残念そうに云った。

「秋葉さんの人生を奪ったのはこの人ですから。どうなんです。それで、また殺したんですか？　背負うなりして下山させなくてはならないのですから、大声を出されたり、暴れられたりしたのでは困りますよね？　でも死体を担いで下山するのは更に難しいですからね。その場で殺してはいないのでしょうね。では気絶させたのでしょうか。いずれにしても——自由は奪っていますよね」

何をしたのですと敦子は少しきつい口調で問い質した。

「秋葉さんは講に入っている訳でもないのに菅笠に白衣《びゃくえ》と云う印象的な姿でしたから、これは目立ちますよね。実際茶店のご婦人も独りで登って来る秋葉さんのことは記憶していました。どうであれ、服装はそのままではいけなかったんです。そんな目立つ恰好でなくとも、下山させるためには出来るだけ目立たない方が良い訳ですから——」

「あ、それで!」

そう云うことなのか。

「それで着替えさせたんですか?」

「そうなんでしょうね。服は一着、余っていた筈ですから」

「あ。脱がせた美智栄さんの服――ですか? それで?」

それがもうひとつの衣服交換なのか。

いや――こちらも交換ではないのか。

「そうですね、藤蔵さん。お尋ねしても何もお答え戴けないようですが――そうでなくては数が合わないいんですよ。居なくなった女性は四人。死体は二つ。見付かった衣服は三着なんです。秋葉さんの衣装は山内に捨てられていた。その段階で余っていたのは、美智栄さんの服だけ――ですよね」

「いいよ」

もういいよと藤蔵は云った。

「あんたの云う通りだ。私が木の幹に紐を結わえているその時、何をしに来たのだか知らないが、あの女の姿が木陰にちらりと見えたんだよ。慌てて隠れたが、首吊りは隠せないからな。立ち去ってくれることを祈ったが、女は近付いて来た。そして首吊りを見付け、近寄って、堕ちたんだ」

藤蔵は顔を背けた。

「それ——気付かれてないんだったら、そのまま立ち去っちゃっても良かったんじゃないんですか？」

美由紀はそう思う。

偽装工作は済んでいるのだろうし。

「いや、知らんぷりして助けてあげたって良かったんじゃないですか？　その方が疑われないですよね？」

そうもいかなかったのでしょうと敦子は云った。

「紐を結んでいたところ——と云うことは、まだ昇降用の縄梯子なんかも掛かっていたのかもしれないし、壙の底には荷物や、脱がせた是枝さんの衣服なども残っていたのかもしれない。いや、きっと残っていたんでしょう。だから貴方は、壙に降りて、秋葉さんも」

そうだよと藤蔵は答えた。

「あの女は、足が挫《くじ》けるか折れるかしていたんだ。自分では全く動けないようだった。だから——その時、丁度好いかもしれないという想いが浮かんだんだ。どうせ——」

生かしておく訳には行かないですかと敦子は無表情で云う。

「飛んで火に入る夏の虫——とでも思われましたか？」

そうだよ、そうだと藤蔵は突然声を張り上げた。

「年格好も髪の長さもお誂《あつら》え向きだったからそう思うさ。しかも壙の中だ。それに歩けもしない。だから」

「だからどうしたんです」

「だからあんたの云う通りだよ。当て身を喰らわせて気絶させ、着替えさせたよ。結んでいた髪も解いた。そのまま担いで、徒歩で下山したんだ。女は途中で意識を取り戻したようだが、救助されてる途中だとでも思ったか、まだ朦朧《もうろう》としてたのか、うんうん呻《うめ》くだけで、何も云わなかった」

その状態で茶店の前を通過したのだろう。

「貴方は、それまでに何度も茶店の前を行き来していた筈ですが——また随分と大胆な行動に出たものですね。それまではずっと頬被りをなさっていらっしゃったんだとしても、体格や服装で判ってしまうとは思わなかったのですか」

敦子が冷ややかに云う。藤蔵は投げ遣りに判らないさと云って、少し笑った。

「それは、少しは危ないかもしれないと思いはしたが、だからと云ってそうする以外どうしようもないじゃないか。その場で殺してしまう訳にも行かないし、殺したとしても放置は出来ん。山から下ろさない訳には行かないだろう。なら利用したほうがいい」

「でも、慥《たし》か小母さんが声を掛けたんじゃないんですか」

バレるとは思わなかったのか。

「あのお節介な店の女か。話し掛けられたが適当に躱《かわ》したよ。どうせ他人ごとだからな。判りやしないさ。まあ、私の顔なんか覚えちゃいないだろうと思ったが、女の服装やリュックサックなんかは覚えているかもしれないとは思った。だから俺の上衣をリュックサックの上から被せておいた。案の定、気が付きやしなかった」

小母さんは気付いていなかったのだ。実際。

「女が元元着ていた着物は、丸めて持って行って途中で捨てたよ。杖だの笠だのも捨てた。麓まで下りてから手足を縛って猿轡《さるぐつわ》を咬ませ、予め停めておいた車のトランクに入れたんだよ。その時女は——まだ、生きてたよ」

「真逆《まさか》——その足で警察に行ったのですか？」

行ったがどうだと藤蔵は云った。

「あの女が覗きに来たくらいだから、いつ誰に発見されてもおかしくはない。だから急いで捜索願を出したんだよ」

「それから——雑誌社に情報を流したのですね」

「何でもお見通しだな。警察の捜索は最初から高尾山に絞り込まれるような感触だったし、死体はすぐに見付かると踏んだ。だから時間はないと思ったんだ」

「この人は」

雑誌社の方に何を云ったのですと美弥子が忌忌《いまいま》しそうに云った。

「私が聞いたところでは、女同士の邪恋の末に心中すると云い残して高尾山に登った——と告げたそうですよ」

「邪恋？」

美弥子は拳を握り締めた。

どうであれ世間様に取っちゃ邪恋だろうと藤蔵は嘯《うそぶ》いた。

「私も翌日の午前中には山に登った。下手《へた》をすればもう見付かっているかもしれないと思ったから急いだんだ。幸い山狩り開始前には間に合った。報道らしい連中も見掛けたよ。私が連絡したのは四社だったが、もっと沢山いた。ネタを横流ししたんだろうな。麓にも警察や消防団は大勢いたから、タレ込みは本当だと受け取ったんだろう」

「そこで、それらしい人に接触して敏子さんと葛城さんの身許を教えたんですね」

「そうだよ」

「それは——」

違うんだよと藤蔵は云った。

「現場の責任者に会って話をしたら、もう一人別の女の捜索願が出されたようだと云うことだったからさ。なら、それは吊るした女のことだろう。だから危ないのを承知で身許を教えたんだ」

「どうしてです？」

「どこの誰だか知らないが、間違えられちゃ可哀想だろう」

「間違う？」

ト一《いち》ハ一《いち》にだよと藤蔵は云った。

「トイチハイチ？」

女性同士が性的関係を持つことを云う遊廓の隠語よと敦子が教えてくれた。

「そんなもんと勘違いされちゃ可哀想だろうよ」

何ですってと美弥子が憤った。

「貴方、ご自分で殺しておいて、何と云う言い種《ぐさ》ですの」

殺したからさと藤蔵は云う。

「あの女は敏子の身代りに死んで貰ったんだ。だからこそ死んだ後まで辱め受けたんじゃ憐れだろうと、そう思ったんだよ」

「辱めですって？」

恥でも何でもないでしょうにと美弥子は静かに怒鳴った。

「それを恥にするのは貴方達です」

「そうだよ。その通りだよ。あんた達の云ってることは正しいんだろうよ。私だってそう思うさ。だけどな、あんた達がどう思おうと、今の世間じゃ恥だろう。違うか？　正しいとか正しくないとか、そんなこと関係なく蔑視されるだろうに。するじゃないか」

みんなそう思ってるじゃないかと藤蔵は怒鳴った。

「読まなかったのか雑誌の記事。酷いことが書かれてたじゃないかよ。あれがこの国の大衆の意見なんだよ。だから」

「だから何です」

「だから」

何をしたって変わらないだろう変えられないんだよと藤蔵は畳を殴った。

「間違っているからって何か云ってどうにかなるなら云うさ。何かすれば変わるならしているんだ。けどな、どうにもならないなら、それを承知で処世するしかないだろう。それに、死んだのは敏子と、葛城コウでなくちゃならなかったんだよ。だから雑誌の連中に身許を教える一方で、警察には口止めをした。その方が連中も喰い付くからな。幸い、彼処《あそこ》の署長は筋金入りの守旧派で、うちの親父殿と話が合うような頭の硬い男だからな」

藤蔵は父親を上目遣いに見た。

「首吊りは午後には発見された。報せを聞いて駆け付け、敏子だと云った。信じない奴はいないさ。服の組み合わせが変だろうが何だろうが、届けた通りの恰好でぶら下がってたんだし、先ず親の私が認めてるんだからな。一応死骸を警察に運んで調べると云うから好きにしろと云った。遺体は翌翌日にこの家に届けられたが、葬式は出さんと親父殿が云うから、直ぐに火葬にした」

「そ——それじゃあ、是枝さんの捜索が始まった時点で、是枝さんのご遺体は警察にあったと云うことですか？」

美由紀が問うと、そうなるようね、と敦子は云った。

「見付かる訳がないわね」

「それ、絶対に見付かりませんけど——ちょ、寸暇《ちょっと》待ってください。その、秋葉さんはどうなったんです？」

どうもならないさと藤蔵は云った。

「その間は、そのまんまだった。幾ら葬式をしないと云っても、手続きだの何だの色色とある。警察だの寺だの役所だの火葬場だの行ったり来たりしなきゃならなかったし、雑誌の連中も纏わり付いてたから妙な動きも出来ん。それ以前に何や彼《か》やと忙しかったからな、半ば忘れてたんだよ」

「まんま？　まんまって、縛って、トランクに入れたままですか？　だって何日も——」

「丸三日そのままにしておいた」

「そんな——」

死んじゃうじゃないですかと云おうとして、美由紀は言葉を止めた。

殺す気だったのだ。巧く下山さえさせられれば、生かしておく必要など全くなかったのである。迚《とて》も厭な気分になった。藤蔵は、頰を攣《つ》らせた。

「だから、敏子の死亡手続やなんかがすっかり終わるまで、放っておいたんだよ。死んでるかと思ったが、しぶとく生きてたよ。まあ脈があったと云うだけだがな。それから山に棄てに行った。袋に入れて崖の上まで運んで、袋から出して、逃がす時に葛城から貰っておいた鞄を掛けてな、投げ落としてやったのさ」

「酷《ひど》い――」

「ああ、酷いさ」

酷くて悪いかと藤蔵は大声で云った。

「どうせ助からなかったよ。落とす前に何度か頬《ほほ》を叩いてみたが、白目を剝いただけだったからな」

「そうですか」

敦子は眉間に皺を寄せた。嫌悪の表情に見えた。

「迦葉山で見付かったご遺体には、落下時に付いた傷以外に目立った外傷はなかったようです。それは、そもそもあの壙に一度堕ちただけで、気絶させた時以外に危害を加えられずにずっと監禁されていたからなんですね。足を挫《くじ》いた秋葉さんは、トランクに詰められ、飲まず喰わずで放置され、揚げ句の果てに崖から落とされたんですか。何の罪もないのに。貴方は立派な」

殺人鬼ですと敦子は云う。

「そうだよ。だから何だよ」

藤蔵は身を起こし、立ち上がった。

「そうさ。白状したよ。私は殺人鬼だ。どうだ親父殿。どうする」

老人はただ息を荒くしている。

「何とか仰ってくださいよ。どうなんですか。あんた、女を人だと思ってないからな。なら構いませんよね。私が殺したのは女です。下賤で無能な女ですよ。どうなんです？　上手《うま》く隠し通せると思っていたが、浅知恵でした。何もかもすっかり露見してしまった。さあ、どうします親父殿。この女共も殺しましょうか」

どうなんだ何とか云ってくれと藤蔵は怒鳴った。

「こ――」

「殺せですか？　二人殺すのも五人殺すのも大差はないですね。いや、この連中を殺してしまえば隠蔽出来るかもしれない。なら殺しましょうか？　いいんですね、女だから」

「ふ、藤蔵お前――」

あんたがそんなだから私は人殺しになったんだよと云って、藤蔵は床を踏み鳴らした。

「何だと？」

「能《よ》く聞け親父殿。私はね、あんたの考え方や生き方は間違ってると思う。いいや、狂ってるとさえ思う。あんたは狂ってるよ」

藤蔵は自《おの》が父親を睨み付けた。

「それでも、親だから、尊敬しているから、ずっと黙って従って来た。それが当たり前と育てられましたからね。でも、それに就いて文句を云う気はないよ。あんたはそれで、そうして威張っていられるだけの場所を自分で作ったんだし、世間だってあんたとそう大きく違っちゃいないんだからな。今だって人の上に乗って、人を見下《みくだ》す奴が偉いんだ。でもなあ、親父殿。私は――」

私は娘が可愛いよと藤蔵は云った。

「仮令《たとえ》どんな娘でも自分の子供じゃないか。可愛いに決まってるだろう。それをあんたは本気で殺そうとしただろう。しかも何度もだ。あんたにとっても孫じゃないのか？　どんな孫だって血を分けた肉親だろ。あんた、本気で斬り付けたよな？」

「あ、当たり前だ。あんなもの、女である以前に畜生だ。亡国の徒だッ」

あんたの孫だッと藤蔵は叫んだ。

「流石に最初に真実を打ち明けられた時は私だって戸惑いましたよ。凡《およ》そ、素直には受け入れられなかった。考え直せと何度も云った。でも、敏子は本気だったんだよ。だから――女同士だって何だって構わない、添い遂げさせてやりたいと、そう思うようになったんだよ」

それが親だろうと藤蔵は大声で云った。

愚かしいことを口走るなと老人は声を嗄《か》らして返した。

「それを云うなら儂はお前の親だ。親の教えが護れぬのか。儂の云うことが聞けんと云うのか。その上この儂を、あ、天津の家を貶めるようなことまでほざきおって。藤蔵、貴様は孝も忠も忘れた廃《すた》り者に成り果てたのかッ」

「そんなもんはどうでもいいですよ」

「き、貴様、それでもこの天津家の――」

「天津家？　天津家が何だって云うんですか。先祖は高が田舎の下級武士ですよね。殿様でも何でもない。いいや、殿様だったとしたって関係はないですよ。私は、そんな家名なんかより自分の娘を大事に思う。望みを叶えてやりたいと思うさ。それが親だろう。違うか親父殿ッ」

「お、おのれ、この不忠者が、父に向ってその態度は何だ藤蔵ッ」

「そこに直れ、ですか。いいでしょう。私をお手打ちになさいますか。それでこの天津家の血統は絶えますよ。殺すなら殺せばいい。いいですよ。警察に捕まれば私はどうせ死刑になるでしょう。ならなくたってこの家はもう終わりだ」

「お。おのれッ」

「いい加減にしてくださいッ」

美由紀は怒鳴った。

序《つい》でに威勢良く立ち上がった。

「あなた方は一体何なんですか。さっきから黙って聞いていれば云いたい放題——私は女だし、まだ子供です。偉くも何ともないしお金持ちでもないですよ。でも判りますよ」

　どっちも最低ですと美由紀は云った。

　何だか云わずにいられなかったのだ。

「変ですよ。家名だ何だって云うのはそれこそどうでもいいですけども、藤蔵さん、あなただって親だ親だとそれらしいこと云ってますけど、当事者である敏子さんと葛城さんはほぼ無視じゃないですか。あなたが、あなたの好きなようにしているだけじゃないんですか。どうなんです。あのお二人は——」

　二人は何も知らんと藤蔵は云った。

「ただ金を持たせて逃がしただけだ。相手の女にもそう云った。どこか遠くで、二人で暮らせと云ったよ。その時が来たら報せるから、いつでも逃げられるように用意だけはしておけと、そう伝えておいただけだ——」

「莫迦じゃないですか。それ」

「何だと」

　間違ってるでしょうにと美由紀は云った。

「何故だ。何が間違っている。私は娘のため、娘が添いたいと願う人のため、二人のために、二人の願いを——」

「そこが間違ってます」

美由紀は藤蔵の言葉を止めた。

「あのですね、好きな人と一緒になりたいと云うのは、まあ誰でも思うことだと思いますよ。相手が男だろうと女だろうと関係ないですよ。でも、その願いを叶えてやるために逃がすって、何です？　何故逃げなくちゃならないんですか。悪いことしてないなら逃げる必要ないですよね？」

「それは、せ」

「世間とか関係ないですよ。だって、先ずは身内の問題じゃないですか。世間とか云うの
は、その後の話ですよね？」

「それは」

「悪いこと何もしてなくても責めるような人が身内にいるから逃がそうなんて発想になるん
じゃないんですか？　いや、あなた自身が悪いことだと思ってたんじゃないんですか？　藤
蔵さん、敏子さんの気持ち、ちゃんと解ってたんですか？」

「わ、解っていたさ。真剣だった。だから私は、それこそ人まで殺して――」

それが変でしょうにと美由紀は云った。

「真剣だと理解したなら受け入れてあげるのが本来なんじゃないんですか」

「知ったような口を利くな。し、真剣だったのなら」

「何ですか？　駆け落ちして幸せになる人も中にはいるのかもしれないけど、それって家族と恋人天秤に掛けてる訳ですよね？　どうしても受け入れて貰えないから、仕方なくするもんでしょうに駆け落ちって。あなた達みたいなどうしようもない人達であっても、敏子さんにとっては大切な家族でしょう。家族に祝福されるのとそうでないのは大違いですよ？」

祝福など出来るか莫迦者と、老人が声を上げた。

少し黙っててくださいと美由紀は怒鳴り返した。

世迷言《よまいごと》は聞きたくない。

「それだけじゃないですよ。あなた、二人を逃がすために、人を二人も殺しているんですよね？　娘逃がすために人殺しですか？」

「そ、それこそ二人は与り知らないことだッ」

「そんなこと隠したって本人にはすぐ判ることですよね。だって、自分が死んだことになってるんですよ。雑誌にも新聞にも出てるんでしょ、あなたが漏らしたから。そんなの、どんな鈍感な人だって判りますよね。それ、どうなんですか。自分達のために関係ない人が命を失ってる訳ですよね？　しかも殺したのはお父さんであることは間違いないですよ。お父さんが人まで殺して、それで家から出されて、それって幸せなことなんですか？」

敏子さん達のことなんか何も考えてないじゃないですかと云って、美由紀は畳を強く踏んだ。

「藤蔵さん、あなたの目にはこのお爺さんしか映ってないじゃないですか。雑誌に情報流したのだってお爺さん対策でしょ。世間が世間が云うならそんなことはしませんよね。あなたは、その冷たい世間とやらに二人を放り出して、実名まで晒したんですよね？　どうなんですか」

「だから二人は死んだことに——」

「それ、これまでの人生と名前を奪った、と云うことですよね。これ以降は別の人間として暮らせってことですもんね。藤蔵さん、あなた、本当に娘さんの気持ちを理解していたんですか？　家を追い出され、死んだことにまでされて——しかも自分達のために犠牲者まで出して、それで二人は幸せになれますかッ。あなたは、是枝さんと秋葉さんの命を奪っただけじゃなくて、敏子さんと葛城さんの人としての尊厳まで奪ってしまったことになるんじゃないんですか？」

他に道はなかったんだと藤蔵は声を荒らげた。

「聞いただろう。この人は、私の父親と云うのはこう云う人なんだよ。実の息子である私が狂っていると思うくらいだ。この人は天地が引っ繰り返ったって、敏子を許しはしないだろうさ。いいや殺す。殺す気だったんだ。本気で殺す気だったんだよ、この人は。じ、実の孫に斬り付けたんだぞ」

防ぎなさいよと美由紀は云った。

「女の人吊り上げたり崖から投げ落としたりする体力があるならそんな干物みたいな人簡単にやっつけられるでしょう。いいですか、私は小娘ですよ。あなた達が蔑む女で、しかも年端も行かない、頭も良くないお金もないただの庶民ですよ。それでもそのくらいの道理は判りますよ。あなたがすべきだったことは、人殺しなんかじゃなく、人殺しを防ぐことだったんじゃないんですか。先ずその、頭の煤《すす》けたお爺さんを何としても説得することが先決でしょう？　二人のことを理解し、応援しようと云う気持ちがあるなら、そうするのが当たり前じゃないですか」

「そんな綺麗ごとじゃ済まないッ」

「綺麗ごと云ってるのはあなたですよ。結局、あなたはこのお爺さんの前で恰好付けたかっただけじゃないですか。そうですよね？」

「恰好付ける？」

「そうじゃないですか。家の中ではお爺さんの機嫌取って今まで通りに振る舞って、その上で娘さんの願いも叶えてやろうなんて、そんなの虫が良過ぎでしょうに。だからそんな、二人も無関係な人を殺しちゃうような、無茶な計画を立てなくちゃいけなくなるんじゃないですか。あなたは、このお爺さんの不満を取り除くためだけに、二人も人を殺してる訳ですよね？　殺された人はいい迷惑ですよ。それって正気の沙汰じゃないですよ？」

解ってますかと美由紀は云った。

「あなた。あなたは、高高十五の小娘に正気じゃないとか云われてるんですよ？　解ってます？」

藤蔵は握った拳に力を籠めている。

「このお爺さんがまともじゃないことは、私にだって解ります。昔昔の大昔なら兎《と》も角《かく》、これからの時代にこんな人は要りませんよ。でもそんな人が大手を振って歩いてるのがこの時代ですよね。歩くだけならまだしも、威張ってますよ。威張って、威嚇して、暴力まで奮うんですよ？　まともじゃないですよね。あなた、敏子さんと話し合って、その真剣な気持ちが解ったと云ったじゃないですか。なら、次に向き合うべきはこのお爺さんでしょう。違いますか？　世間がどうであれ、社会がどうであれ、そんなこと関係ないですッ。弱い者護るのは先ず家族でしょうに。こう云う、まともじゃないことを信じてる人に理解して貰うことが、世の中変える第一歩でしょ？　この人、あなたのお父さんですよ。なら何とかするのはあなたでしょうに。それとも話が通じない程、この人耄碌《もうろく》してるんですかっ！」

「貴様ッ」

反応したのは老人の方だった。

「この無礼者めがッ」

しかし老人は、身を起こそうとしただけで蹌踉《よろ》けて倒れた。藤蔵は一瞬慌てたが、すぐに体の力を抜いて、下を向いた。

「お爺さん。お年寄りにこんなことは云いたくないんですけど、いい加減にしてくれませんか。人は色色ですから、お爺さんのような考え方の人もいるんでしょうし、それ自体は構いません。でも、違う人もいますよ。いるんですよ」

「何をッ」

聞いて下さいよと美由紀は云う。

「本気で耄碌してるんですか。そうじゃないと思うから話してるんです。お爺さん長く生きてるんだから尊敬したいですよ本当は。尊敬させてくださいよ。お年寄りを軽蔑なんかしたくないですよ私だって。それとも、耳も遠くなってるんですか」

煩瑣《うるさ》い黙れと老人は云った。

ただ、殆ど声は出ていなかった。

「慥《たし》かに、今の世の中、お爺さんみたいな考えの人は多いんだと思いますよ。でも、違う人だって沢山いますよ。いや、沢山いると云っても全体から見れば数は少ないのかもしれませんけど、それでも一人や二人じゃありませんよ。いいえ、細かく見るならみんな違うんですよ。私と敦子さんと美弥子さんだって同じじゃないですよ。でも、同じところ、同じであるべきところもありますから。同じなのは自分と違う意見に耳を傾けよう、相手を尊重しようと努力するところです」

それが何です――と、美由紀は老人を指差した。

「自分と違う者は認めない、聞く耳も持たない、そのうえ恫喝して服従させる。違う者は潰す。何かと云うと人の上に乗っかって来て、上に乗った方が偉いって、猿山のお猿ですか？お爺さん、言葉通じてますよね？ それで、何ですか、最後は殺すんですか？」

どんだけ野蛮なんですかと美由紀は詰め寄る。

「お爺さんが本当に敏子さんを殺していたらお爺さんは今頃牢屋の中ですよ。家名だか何だか知りませんけど、そうなっていたらもうこの家は孫を斬り殺すイカレた殺人狂の家として後世に伝えられてましたよ。代わりに息子さんが赤の他人を殺してしまったから同じことですけどね。いいえ、もっと酷いですよ。藤蔵さん——息子さんはお爺さんの身代りですよ」

何が親なら当然ですかと美由紀は藤蔵を睨み付ける。

「冗談じゃないですよ。是枝さんは、好きな人がいたんです。一緒に山登りしたかったんですよ。秋葉さんは、子供達にとっても好かれてた優しい先生ですよ。会ったことはないけれど、どちらにも立派な人生があったんですよ。あなた達にそれを奪う権利があるんですか？男だからですか。武士の末裔《まつえい》だからですか？」

笑わせないで。

「もう一回云いますよ。あなた達親子は、無関係な二人の女性の命を奪ったのと同時に、敏子さんと葛城さんからも人生を奪ったんですよ。こんな最低の状況になって、幸せになれますか？ この先どうやって生きて行くんですかッ」

「敏子――」

藤蔵は力なく、娘の名だけを口にした。

「あなたが勝手にやったことだとしたって、敏子さんも、葛城さんも、何も知りませんでしたじゃ済みませんよ。世間にバレなかったとしたって、二人とも死んだことになってるんですよ。死人ですよ。代わりに誰かが死んでることくらい判るでしょうに。そんな、底の浅い計画、当事者なら直ぐにも想像出来ますよね？　それで、知らんぷりして幸せに暮らせますか？　責任感じないと思いますか？　戸籍も何もないんですよね？　それでどうやって暮らすんです？」

莫迦は小父《おじ》さん達ですよと云って、美由紀は畳を蹴った。

知らないうちに涙が出ていた。

「今は未《ま》だお爺さんみたいな考えの人も多くいるんでしょう。だから自分と違う考え方の者は認めないなんて偉そうに云ってられるんでしょうね。でも世の中は必ず変わります。十年掛かるか百年掛かるか知りませんけど、変えなきゃ駄目でしょう。性別だとか国籍だとか人種だとかで人を選《よ》り分けるような世の中はいつか滅びます。時間は掛かるだろうけど、駄目でも私が滅ぼしますよ。そうなってもそのままでいるなら、もうそれはただの害虫です」

国を滅ぼすのはあなた達ですよと美由紀は更に老人に近付く。

何だか能《よ》く解らないのだが、無性に肚《はら》が立っていたのだ。

「女だから何ですか。若いからどうだと云うんですか。長く生きてれば偉いと云うんなら、山に生えてる大木の方がずっと偉いですよ。同性で好き合って何がいけないんですか。何か迷惑なんですか。簡単に人を殺す方がずっと迷惑ですよ！」

大迷惑ですと美由紀は怒鳴った。

「何でもかんでも戦いに持ち込んで、無理矢理優劣付けて、上に乗った方が偉いとか、勝ったとか負けたとか、馬鹿じゃないですか。そんなだから戦争になるんじゃないですか。その方がずっと早く国が滅びますよ。ついこの間滅びかけたでしょうに。もう忘れちゃったんですか？　大勢で殺し合いして何が楽しいんですか？　負けるの判ってても意地張って止めないで、大勢死んで嬉しいですか。何か得るものがあったんですか？　世界中には色んな人がいて、誰もが幸せになりたいんですよ。少数派だから切り捨てるんだとか、対立してるから潰せとか、本気で頭悪いですよ。一体、何を信じてるんですか。その先に何があるんですか。教えてくださいよ！」

振り上げた右手を、美弥子が摑んだ。

「もう宜しくってよ、美由紀さん」

美弥子は静かにそう云った。

「わたくし、先程までこの親子をぶん殴ってやりたかったのですけれど――もうその気は失せましたわ――と、美弥子は静かに云った。

「美由紀さんの演説を聞いていたら、この方たちが何だか、愚かで、憐れに思えて来ましたの。こんな可哀想な人達を相手にすることはなくってよ」

美弥子は美由紀の手を引き下ろした。

そして、本当に憐れ、と云った。

「でも、この人達を無理矢理に啓蒙したり教化したりすることは、余り意味がないことのように思えます。況《まし》て、脅迫的に従わせるようなことは決してしてはいけないのですね。それではこの人達と同じになってしまいます。わたくし達まで愚劣になってしまってはいけません。況《いわん》や、暴力など以《もっ》ての外《ほか》ですわ」

いつか解るでしょうと美弥子は云った。

「話し合うことが大事なのでしょうね。でも――それと犯罪行為は別です」

貴方は殺人者ですわと、美弥子は藤蔵を示す。

「わたくしの大事なお友達を、罪もない無関係な人を二人も殺した。そして」

美弥子は宗右衛門を示す。

「貴方は殺人未遂の罪を犯しています。敏子さんを殺害しようとしたのでしょう。罪はきちんと償ってください。男だろうが女だろうが、関係ありませんわ。貴方も法治国家の一員でしょう」

「儂は」

「この期に及んで云い逃れでもするおつもりなのですか。貴方達の言葉で云うなら、そう云う態度は男らしくない、と云うのではなくって？」

「そうですね」

敦子はそこで後ろを一度顧みた。

「後は司直に委ねるべきでしょう。裁くのは人ではなく法です。この方達は篠村さんの仰る通り、立派な日本男児のようですから、きっと潔く罪を認めると思いますけれど——」

見計らったかのようにどやどやと音がした。

間もなく、藤蔵が半端に開け放しにしていた襖が全開になった。そして開き切る前に制服警官を含む数名の男が慌ただしく入室して来た。

埃っぽい空気が侵入して来て、美由紀は反射的に除けた。

敦子も美弥子も後ろに引いて、天津親子だけが中心に残った。警官の前に立っている二人の男のうちの一人は、青木文蔵だった。

「何だッ」

何だ何だと老人は崩れた恰好のまま、嗄《か》れた声を張り上げた。

藤蔵も顔を向ける。青木は黒い手帳を出して、開いて見せた。

「警視庁捜査一課一係の青木と云います。こちらは同じく——木下《きのした》です」

「警察だァ？」

床の間の前の老人はわたわたと畳を掻くようにして、声を振り絞った。

「警察が、な、何の用だッ。官憲なんぞに用はないぞ。莫迦莫迦しい、真逆《まさか》、お前達、この女どもの妄言でも信じたのかッ。この愚か者どもめッ」

「いいえ、違います」

青木は親子を見比べるようにした。

「先程、天津敏子さんと葛城コウさんが警視庁に出頭されたんですよ」

「な、何だって？」

藤蔵の顔から血の気が引いた。

「調べるまでもなく、どちらも亡くなったことになっていますからね。これは看過出来ません」

知ったことかと老人は虚勢を張った。

「騙《かた》りだ。そんなもの、騙りに決まっておるわ。敏子の名を騙る何処かの詐欺師だろう。くだらん。天下の警視庁ともあろうものが、そんな、女なんかの虚言に惑わされるのかッ」

「自殺した人物の名前を詐称する理由が判りませんからね」

「こ、この天津家の家名に泥を塗ろうとでも云う腹積もりだろう。女の分際で、どうせくだらん雑誌か何か読んで思い付きよったんだろうが――」

家名に泥を塗っているのはあなた達ですよと青木は云った。

「天津宗右衛門さん、あなたは殺人未遂罪で告発されました。勿論天津敏子さんにです。それからあなたが斬り付けた若い衆四名も、暴行傷害罪で告訴したいと云っていますが」

老人は両手を後ろに突いた。

「先程、この家の前で聴取したのですが、告訴すると云っている若い衆は壙掘りを手伝ったことも証言してくれました。彼等は、凡《おおよそ》のことは察していたようで、共犯にされるのではないかとかなり怯えていた。ですから何もかも包み隠さずに供述してくれました。天津藤蔵さん、あなたは――殺人容疑で逮捕します」

連行しろと青木が云った。

警官が駆け寄ると、藤蔵は温順《おとな》しく従った。老人の方は見苦しく暴れた。

「ぶ、無礼者。離せッ」

警官の手を振り解く。ただ、立ち上がることは出来ないようだった。

「儂を誰だと思うておるか。儂は天津家の、天津宗右衛門だぞ。止《や》めんか。その辺の雑魚どもと一緒にするな。儂は警察の高官にも顔が利くのだぞ。この木っ端役人め等が、離せ。儂は何もしておらんわ。離さんか無礼者。お、お前達の首を飛ばしてやるから覚悟しろ」

「お止《や》めくださいみっともない。これ以上の恥の上塗りは、同じ男として、いや人間として見るに堪《た》えない。お願いですから年長者としての品格威厳を示してください」

生意気なことを云うなと掠れ声で叫び、老人は足掻《あが》いた。

「何も、何もしておらんぞ儂は」

「困りましたね。既に公務執行妨害ですよ。どの程度警察内部にお友達がいるのか知りませんがね、天津さん。警察機構は法の下《もと》、万民に公正公平が基本ですよ。それが警察官としての僕の矜恃でもあります。当然、こちらの地元の八王子警察も承知のことですし。警視庁は」

そこまで腐っていませんからと、青木は云った。

老人はまるで捕まえられた小動物のようにじたばたし乍《なが》ら、警官達の手で広間から引き摺《ず》り出されてしまった。木下と紹介されたずんぐりとした刑事は青木に向けて軽く片手を挙げて、連行される二人を追って退出した。

喧騒は去った。

美由紀と、敦子と美弥子と、青木が残った。

途端に、何だか涙が止まらなくなって美由紀は美弥子に縋《すが》って、正においおいと泣いてしまった。どう云う感情が何処から涌いて出たのか、美由紀自身にもさっぱり判らなかった。

「泣いてくださるのですね美由紀さん」

美弥子が美由紀の肩を撫でた。

「どうも有り難う。ワンちゃんに代わってお礼を申し上げます」

美弥子がそんなことを云うので、益々涙は止まらなくなった。

「とんだ天狗の鼻折れですよ」

天津親子が去った方向を眺めて、青木は誰に云うでもなくそう呟いた。

「天津敏子さんと葛城コウさんは——」

敦子が問うと青木は今朝一番で出頭して来ましたと答えた。

「自分達は死んではいない——と。いや、気が付かない訳がないんですよ、こんな杜撰《ずさん》な計画。雑誌は兎も角、新聞にだって載ったんですからね。口裏を合わせていたと云うならまだしも、二人は本当に逃がされただけだったようですし」

「遠方に逃げていた訳ではなかったのですね」

「ええ。逃避行と云うようなものじゃなく、ただ身を隠していただけと云う感じですよ。都内の商人宿に隠遁していたらしいですが——それはそうでしょう。二人はただ、許してやるから家を出ろと云われていただけみたいですしね。天津藤蔵の計画を少しでも知っていたなら、絶対に反対していたでしょう。いや、それでも自分の死亡記事が出れば普通は某《なにがし》か察するでしょうし。呉さんの云った通りですよ」

「云った通りって」

聞いていたんですかと美由紀が涙声で問うと、青木は頭を掻いた。

「いや、踏み込もうと思ったら何処かで聞いたような声が聞こえて来たもので——入り難《にく》くなってしまって。悪いと思ったんだけど、ついつい立ち聞きしてしまいましたよ」

困るんですよねえと云って、青木は頭を掻いた。

「真逆《まさか》、敦子さん達がいるなんて思いませんからね。驚きました」

すいませんでしたと敦子は頭を下げた。

「出過ぎた真似をしたようです」

「まあねえ。実は、八王子の警察内部でも怪しむ声は上がっていたんです。ただ親族が断定している以上、何か確実な証拠でも上がらない限り踏み込んだ捜査は出来ませんからね。ご遺体も茶毘《だび》に付されていますし。迦葉山で発見されたご遺体や、秋葉さんの失踪と結び付けることもされていなかった。あの陥穽だってそうです。こんな穴だらけの無茶な計画だったと云うのに、皆さんがいなければこのまま闇に葬られていたかもしれませんよ」

そう云う意味ではお手柄ですと青木は云った。

「でも」

敦子は云う。

「こんな結末なら、天狗に攫《さら》われてたとか云う方がまだ良かったかもしれないと、思わないでもないですよ。天狗って、攫っても、いずれ戻してくれたりもするんでしょう」

是枝さんも秋葉さんももう戻りません——と敦子は云った。

「それに、出頭して来た敏子さんと葛城さんの気持ちを思うと——遣り切れなくなります。彼女達のこれからは茨《いばら》の道です」

そうと決まった訳でもありませんわよと美弥子が云った。

「世の中には、この美由紀さんのような人だっているのですから、まだまだ捨てたものではありませんわ。勿論、今の世の中はまるで駄目です。考えなくてはいけないことは山積みですわ。敦子さんは楽観も悲観もされないのでしょうけれど――わたくしはこのような性格ですから」

今はやや楽観したい気持ちですと、美弥子は結んだ。

敦子はそうですねと云って、美由紀の肩を軽く叩いた。

「まあ、美由紀ちゃんの啖呵《たんか》を聞くのはこれで三回目になるけど、既に堂に入った感じだよね。あのお爺さん、かなりダメージを受けてたし」

「わ、喚《わめ》いただけですよ」

振り向くと、少しだけ微笑んだ敦子が半巾《ハンケチ》を差し出していた。

「でも、犯人の許に直接乗り込むなんて危険なことは、もう止めてくださいよ敦子さん」

青木が苦笑いをして云った。

「そちらのお二人もです。今回は僕達が間に合ったから良かったけれども、これは偶然ですからね。僕等が来ていなければ、何をされていたか判りませんよ。しかも未成年まで巻き込んで」

そこは反省していますと敦子は頭を下げた。

「そうですわねえ。義憤に駆られたとは云え、仰せの通りあまり褒められた行いではなかったと思います。それに、美由紀さんの同行を許したことに就いても軽率だったと反省しております。但し、身の危険と云う意味に於ては——」

今回に限っては平気だったと思いますけれどと美弥子は云った。

「勝ち負けで表現したくはないですが、あのご老体には負けた気がしません。わたくし、薙刀の心得もございますから——」

「いや、無事で済んだとしても、敦子さんの兄上に叱られますよ」

青木がそう云うと、それは恐いですわと美弥子は肩を竦めた。

「まあ、何もしなくても兄貴は怒りますからね。今回も私は叱られるでしょうが——高尾山の天狗様に免じて赦して貰いましょう」

敦子がそう云うと、天狗様の誘拐容疑を晴らしてあげたのですものねえと美弥子が続けた。そして、笑った。

美由紀も、少し笑った。

（了）

今昔百鬼拾遺・月——了

『美人コンテスト百年史』　井上章一／朝日文芸文庫

※

『千葉県郷土誌叢刊・千葉県夷隅郡誌』　夷隅郡役所編／臨川書店
『総元村史』　総元村史編纂委員会
『眼で食べる日本人　食品サンプルはこうして生まれた』　野瀬泰申／旭屋出版
『近代日本食文化年表』　小菅桂子／雄山閣
『昭和　二万日の全記録』　講談社
『第五福龍丸事件』　第五福龍丸事件編集委員会／焼津市
『第五福竜丸は航海中ビキニ水爆被災事件と被ばく漁船60年の記録』　第五福竜丸平和協会
『県別河童小事典』　和田寛／河童文庫
『河童の文化誌　明治・大正・昭和編』　和田寛／岩田書院

※

『天狗名義考』（未刊・稀覯書叢刊第一輯）　諦忍／壬生書院
『武州高尾山の歴史と信仰』　外山徹／同成社
『高尾山薬王院の歴史』　外山徹／ふこく出版

初出一覧

鬼

『鉄鼠の檻』『虚談』『ヒトごろし』発売記念三社合同期間限定サイト（二〇一八年二月二十八日〜十一月三十日）

河童

幽vol.29　（二〇一八年六月刊）　株式会社ＫＡＤＯＫＡＷＡ

怪vol.0053　（二〇一八年十一月刊）　株式会社ＫＡＤＯＫＡＷＡ

幽vol.30　（二〇一八年十二月刊）　株式会社ＫＡＤＯＫＡＷＡ

天狗

小説新潮　（二〇一八年十月号〜二〇一九年三月号）　新潮社

書籍

『今昔百鬼拾遺　鬼』（二〇一九年四月十九日発行）　講談社タイガ

『今昔百鬼拾遺　河童』（二〇一九年五月二十五日発行）　角川文庫

『今昔百鬼拾遺　天狗』（二〇一九年七月一日発行）　新潮文庫

主な参考文献

『鳥山石燕　画図百鬼夜行』　高田衛　監修／国書刊行会

※

『佐藤彦五郎日記』　日野市

『日野宿関係資料集／日野宿関係論考』　日野市

『土方歳三日記』　菊池明編著／ちくま学芸文庫

『土方歳三・沖田総司全書簡集』　菊池明編著／新人物往来社

『新選組日誌』　菊池明・伊東成郎・山村竜也編／新人物文庫

『浅草十二階』　細馬宏通／青土社

『明治の迷宮都市』　橋爪紳也／平凡社

『百美人寫眞帖』　綱島亀吉／大橋堂日比野藤太郎

この作品は、作者の虚構に基づく完全なフィクションであり、登場する団体、職名、氏名その他において、万一符合するものがあっても、創作上の偶然であることをお断りしておきます（「河童」作中には「Twitter上で行われた『虚談』刊行記念クイズ正解者十五名の氏名が盛り込まれておりますが、実在する正解者と作中のキャラクターは無関係です）。

旧弊なるもの

綿矢りさ

何世代もの人々の記憶が古い頃から順に語られてゆくとき、私たちはそこに、今では変わってしまったものと、今でも変わらないものを見つける。

『今昔百鬼拾遺　鬼』では、先祖代々刀で斬り殺されるのが定めだという、片倉家の女性たちについての話が、様々な話者を通して語られる。殺人を誘うのは、刀の呪いか、それとも人の因縁か。呪いのように何度も繰り返される殺人の背景で、歴史だけは着実に進んでゆく。

片倉家の犠牲者の一人、柳子は、明治時代に生きた人物で、当時本邦一高い展望台だった「凌雲閣」に自身の写真が張り出された際、それを見て柳子にほれ込んだ人物に追いかけ回され、殺される。

凌雲閣について私は、民衆に愛されたデパートのような施設で、関東大震災の折り、周りの建物は全壊したけど、この建物だけは残っていたという知識しか無く、なんとなく、当時の東京の繁栄と幸福を象徴する建物なのかなと思っていた。

実際は凌雲閣が新名所としてもてはやされた時期は短く、段々いかがわしい商売の店の割合が増え、猥雑《わいざつ》さを帯びてきたのだと、本書を読んで知った。そういう建物は現代でも時々見かけるから、イメージはしやすい。年数が経つうちに威厳を備える建物もあれば、どことなく人の暗い感情や欲望が染みつくだけ染みついた、入るのをためらう建物もある。

〝凌雲閣の抱え込んでいる闇は深い気がする〟とは本文中の言葉だが、この闇は、いわくつきや、呪いと呼ばれたりもする。人々の情念の歴史が澱となって溜まりやすい場所を、人は得体の知れない所として恐れるのかもしれない。凌雲閣は日本初のエレベーターが設置されたのに、すぐ故障して使えなくなり、脆いと思いきや大震災後、周りの建物は倒壊したのに〝鬼の角のように〟残っていたという。この塔の奇怪なしぶとさが本作のテーマと呼応しているように思う。

片倉家の女性の系譜のなかで、もっとも闇が深いのは、涼さんではないかと私は思う。彼女は幼いころ、父が刀で母を斬り殺し、次に父が首をつって死ぬ姿を見て、首吊りは汚い、どうせ死ぬなら斬られて死にたいと思い、自分を斬ってくれる鬼を探して奔走する。この独特の考えが、涼さんの個性なのか、それとも置かれた異常な状況から導かれた、ある種まっとうな結論なのかは分からない。

しかし読んでいると、その考えに至ったのも分からなくはない。異常な体験は常識を根こそぎ覆し、新定理を本人に無理やり発見させるほどの強烈な力があるからだ。この背筋の冷たくなるような歪み方をした涼さんの思考回路は、彼女の子孫たちの人生にも影響をおよぼす。

「刀身は、汚れることも傷むこともあるが、穢れるものじゃねえ。刀ってのはな、穢れを祓い、切り裂くものだ」

と刀研ぎの大垣老人は言う。人を殺すのは刀だが、因縁に囚われるのは、刀ではなく、人だ、と。先祖から引き継いでしまった哀しい因縁を断ち切るには、先祖や家族からの思い出を全部信じないか、捨ててしまうしかない。しかしそれは、とても困難なことなのだろう。

『今昔百鬼拾遺 河童』では冒頭の女学生たちの河童談義を読んでいくにつけ、確固としていたはずの、自分のなかの河童像が揺らいでいった。緑色で、頭に皿があり、ぬるんとして、口はくちばしみたい。そんな風に頭の中で可愛くキャラクタライズしていた河童が、次第に実在する生き物として、赤黒く毛むくじゃらの姿で川からずぶ濡れで這い上がってくるような、生々しさを感じた。

本書でも言及があるが、河童の特技として知られている〝尻子玉を抜く〟についても、今まで疑問に思わなかった自分を疑問に思った。なんだか、河童ならなんでもアリだと思い過ぎていた気がする。河童におれをナメるなよと言われている心地になる作品だなと思った。

「世間は真理では動かない。それは概《おおむ》ね雰囲気で動く。だが、その無責任な世間こそが正論を吐《は》くことも多い。だがそうした世論は、どれだけ正しくとも正しいだけだ。世間は社会を動かせない」という文章があるが、世界中で新型肺炎が一大事のいま、身にしみる話だ。世間はその時代に生きる人々の息の根を止めるほどの影響力があるのに、移ろいやすく雰囲気で動き、気づけば前と全然違うことを新常識として謳《うた》ってる。そんな無責任さなのに、ときには正論も混じっていて、でもそんな正論も他の戯言《ざれごと》に紛れてしまう。

本書には、会ったこともない位の高い方に心酔し、命を賭けて忠誠を誓った結果、一番身近な家族をないがしろにしてしまう人物が出てくる。これは耳の痛い話で、ちょっと気持ちが分かってしまう。自分から遠く離れている人物にこそ、自分の孤独は癒やされ、そして会ったこともないその人物について、自分は誰よりも理解していると錯覚することはある。根底には非常なプライドの高さがあるのかもしれない。尊敬、敬愛、ファン心理と様々な呼び方ができる感情だが、行き過ぎると周りにも自分にも良いことがない。

『鬼』だと刑事の賀川さんの喋り口の小気味よさが癖になる巧みさだったが、『今昔百鬼拾遺　天狗』ではお嬢様の美弥子の流麗でエネルギッシュな語り口が物語を引っ張ってゆく。本作は作品内で起こる殺人事件の根本的な理不尽さを、美弥子の明快な憤りを通して訴えかける。

失踪した美弥子の友達を探すために高尾山へ登った主人公の美由紀は、美弥子と共に、誰かの掘った深い壙《あな》に落ちてしまう。助けを待つ間に美弥子は事件にまつわる様々な話をするが、印象的な言葉があった。

「恋愛と結婚と生殖と性行為を同一軸で語るのは、それが都合が良いからに過ぎなくってよ」

恋愛から始まるそれらのライフイベントを、スムーズにこなせばこなすほど幸せの証だ、という雰囲気は、つい最近まで当たり前のように世間を包んでいた。最近でこそ、でも一概には言えないじゃない？　という意見がかなり増えてきたものの、本当に魔法のように、童話のように、たった一本のこの道だけが王道なのだと、信じ込まれていた。本作は昭和二十九年の出来事で、美弥子たちは現在よりももっと選択肢の少ない世界を生きている。だからこそ、この言葉が胸に響く。

美弥子は「地位も名誉も何も持っていなくたって、人は独りで立っていられるものですわ。何故なら」「生きていることそれ自体が誇りです」とも言う。そんな風に思って暮らせていけたらいいなと、心底思った言葉だった。人の世の複雑さを突き詰めて考えてゆくと、こんな風な明るくさっぱりした結論に行きあたるのかもしれない。

人の世に暮らしながらも、結局自分を救えるのは丸裸でも自分自身の心に宿り続ける誇りだけではないのかと思うと、外に向かって何かと求めてばかりだった気持ちが、内側を見つめ直す方向へ変わる。

本書を読んでいると、殺人事件を通して昭和の風俗やその時代を生きる人々の心情が仔細に伝わってくると同時に、現代の在り方も強く意識する。

旧弊の縛りにもがきながらも華麗に脱出しようとする、昭和二十九年を生きる登場人物に、令和の今を生き、現状を知る自分が、〝頑張れ！〟とエールを送りたくなる。そして実際に先人が頑張ってきてくれたからこそ、現在の自由が存在するのだなと新たに気づかされる。

『今昔百鬼拾遺 鬼』（講談社タイガ）

『今昔百鬼拾遺 河童』（角川文庫）

『今昔百鬼拾遺 天狗』（新潮文庫）

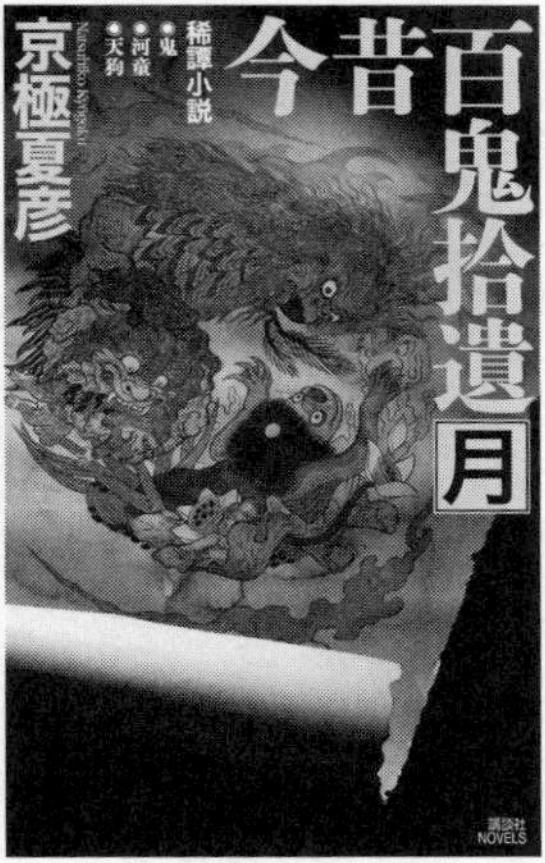

『今昔百鬼拾遺 月』（講談社ノベルス）

◉装幀　坂野公一（welle design）

公式ホームページ「大極宮」
http://www.osawa-office.co.jp/

|著者| 京極夏彦　1963年北海道生まれ。'94年『姑獲鳥の夏』でデビュー。'96年『魍魎の匣』で日本推理作家協会賞受賞。この二作を含む「百鬼夜行シリーズ」で人気を博す。'97年『嗤う伊右衛門』で泉鏡花文学賞、2003年『覘き小平次』で山本周五郎賞、'04年『後巷説百物語』で直木賞、'11年『西巷説百物語』で柴田錬三郎賞、'16年遠野文化賞、'19年埼玉文化賞、'22年『遠巷説百物語』で吉川英治文学賞を受賞。

公式サイト「大極宮」
http://www.osawa-office.co.jp/

文庫版《ぶんこばん》　今昔百鬼拾遺《こんじゃくひゃっきしゅうい》　月《つき》
京極夏彦《きょうごくなつひこ》

2020年９月15日第１刷発行
2023年11月10日第２刷発行

発行者──髙橋明男
発行所──株式会社　講談社
東京都文京区音羽2-12-21　〒112-8001
電話　出版（03）5395-3510
　　　販売（03）5395-5817
　　　業務（03）5395-3615
Printed in Japan

講談社文庫
定価はカバーに
表示してあります

KODANSHA

デザイン─菊地信義
本文データ制作─講談社デジタル製作
印刷───株式会社KPSプロダクツ
製本───加藤製本株式会社

ISBN978-4-06-519026-5

講談社文庫刊行の辞

二十一世紀の到来を目睫に望みながら、われわれはいま、人類史上かつて例を見ない巨大な転換期をむかえようとしている。

世界も、日本も、激動の予兆に対する期待とおののきを内に蔵して、未知の時代に歩み入ろうとしている。このときにあたり、創業の人野間清治の「ナショナル・エデュケイター」への志を現代に甦らせようと意図して、われわれはここに古今の文芸作品はいうまでもなく、ひろく人文・社会・自然の諸科学から東西の名著を網羅する、新しい綜合文庫の発刊を決意した。

激動の転換期はまた断絶の時代である。われわれは戦後二十五年間の出版文化のありかたへの深い反省をこめて、この断絶の時代にあえて人間的な持続を求めようとする。いたずらに浮薄な商業主義のあだ花を追い求めることなく、長期にわたって良書に生命をあたえようとつとめるところにしか、今後の出版文化の真の繁栄はあり得ないと信じるからである。

同時にわれわれはこの綜合文庫の刊行を通じて、人文・社会・自然の諸科学が、結局人間の学にほかならないことを立証しようと願っている。かつて知識とは、「汝自身を知る」ことにつきていた。現代社会の瑣末な情報の氾濫のなかから、力強い知識の源泉を掘り起し、技術文明のただなかに、生きた人間の姿を復活させること。それこそわれわれの切なる希求である。

われわれは権威に盲従せず、俗流に媚びることなく、渾然一体となって日本の「草の根」をかたちづくる若く新しい世代の人々に、心をこめてこの新しい綜合文庫をおくり届けたい。それは知識の泉であるとともに感受性のふるさとであり、もっとも有機的に組織され、社会に開かれた万人のための大学をめざしている。大方の支援と協力を衷心より切望してやまない。

一九七一年七月

野間省一